KB271861

한국 근대 고백소설 작품 선집 ②

1920년대 초반 이후

한국 근대 고백소설 작품 선집 2

1920년대 초반 이후

우정권 편저

도서출판 역락

머 리 말

한국 근대문학은 서구 문학의 이입에 의해 형성되기도 하였지만, 조선 후기의 문학 양식을 계승하여 발전시킨 측면도 상당히 많으며, 특히 개화기에 들어온 서구 문명에 의해 형성된 개인적 자아의 인식에 의해 형성되기도 하였다. 현실 세계에서 사회적 자아의 원천이 있음을 자각한 근대적 인간이 생성되면서 문학의 양식 또한 변하기 시작하였다. 그와 같은 문학 양식이 서사로 되는 과정에서 개인의 역사가 사회 공동체의 역사 못지 않은 의미를 지니게 되었다. 즉, 일상적 삶이나 신변잡기 같은 일들이 그 동안 역사와 사회, 민족과 국가를 중요하게 여긴 거대 담론에 의해 홀대를 받다가 새롭게 삶의 중요 요소로 부감되게 되었다. 그와 같은 변화의 요소들이 서사 양식으로 들어왔을 때 가장 잘 나타난 것이 고백적 글쓰기이다. 서구의 문학에서 고백이 소설이라는 문학 장르가 탄생되는 데 기본적 요소로 작용하였다고 보고 있듯이, 한국 문학에서도 비슷한 양상이 벌어져 한국 근대소설의 서사적 양식의 기초를 다지는 데 큰 역할을 한 것이다.

본 작품 선집은 한국 근대소설이 형성되는 과정에서 나타난 고백적 글쓰기를 하나로 묶어 한국 근대소설이 어떻게 형성되었는지를 텍스트로 보여주고자 하는 목적으로 기획되었다. 그런 목적을 십분 살리기 위해 원본 그대로 옮기려고 노력하였다. 맞춤법, 띄어쓰기, 철자법 등은 모두 원본 그대로이며 다만 식별하기 어려운 글자는 현대어로 되어 있는 판본을 참고하였다.

그러다 보니 젊은 세대들에게 읽기 어려운 과제를 주는 것 같아 주석을 첨부하여 이해를 쉽게 하려고 하였다.

이 자리를 빌어 출판을 하여 주신 역락출판사 이대현 사장님께 감사드리며, 꼼꼼하게 교정을 보아 준 장은미 씨와 그 외 본 작품 선집을 만드는 데 힘써 주신 많은 분들께 감사를 드린다.

2003년 8월

편저자 우 정 권

차 례

현 진 건

犧 牲 花

『開闢』, 1920. 11

一

어머님은우리남매를다리고 社稷골막바지에서 쓸쓸한가정을이루어잇섯다

우리아버지는 내가 세살먹던가을에돌아가섯다한다 어머님께서時時로눈물을먹음고 아버지께서牧使로 계시던것이며 그熱烈한雄辯이죄만흔사람을 감동시켜한우님을밋게하던것이며 자기몸은족음도돌아보지아니하고 敎會일에蓋心竭力하던것을이약이하신다 나보다4년마지인누님은이말을들을적마다 그맑고고흔눈에눈물이어리엇다

집안은넉넉지는아니하나마 만치안흔식구라 아버지생전에장만하여주신 몃섬직이나秋收하는것으로 飢寒[1]은免할수잇섯다

아버지의成化인지는모르나 어머님은우리남매를학교에단이게하엿다 벌서십여년전일이다 누님공부식ㅋ키는데대하야 別別批評이다만핫다 그러나어머님은무슨까닭에女子敎育이필요한것인줄은모르섯겟지마는 아마여자도교육시기는것이조흔줄로아신것갓다

---

1) 굶주림과 추위.

二

누님은18세의꼿가튼처녀로 ○○학교여자부4학년급에優等成績으로進級
되고 나도그학교2학년급에進級되던봄의일이다

나의손을붉게하고내얼골을푸르게하던 치위는업서진지오래이다 해ㅅ빗
은 짜뜻하고바람꼿은부들업다 잔듸밧헤는새싹이도다나고 개나리와진달래는
벌서山野를붉고누르게繡노앗다

어느덧버드나무얽힌곳에꾀고리는벗을찻고 아지랑이熹微한한울에종달새
는놉히썻다

우리집쓸압헤 심어둔두어나무月桂花도 春君의고흔빗을 나도바닷노라하
는듯이爛漫이피엇섯다

하로날쩌오르는鮮明한해ㅅ빗이 어렴풋이조으는듯한아츰안개에 煒煌한
금색을허틀적에 누님은가늘게숨쉬는春風에머리카락을날리며 어리인듯이月
桂花를바라보고섯다 쏘아오는해ㅅ발이 그의눈을비취니 고개를갸웃하며한
손을이마우에언고 눈을스르르감더니아즉도어슴푸래하게조으는月桂花그늘
에 몸을숨키매이슬저즌꼿송이가 누님의쌤을스친다 손으로가벼야이 花瓣을
만치며 고개를숙여꼿을드려다본다……

나도한참누님가月桂花를바라보다가 학교에갈시간이나아니되엇나하고
房에걸린시계를보니 아니나다를가벌서시간이다되어간다 急히건넌방에들어
가冊褓를싸가지고나오며「누님어서학교에가요, 벌서시간이다되엇서요」「응,
벌서!」하고누님은내말에놀라돌아서더니허둥허둥건넌방에들어가 책보를싸더
니쏘茫然히안저잇다

「어서가요」 나는燥急히부르지젓다 누님은쏘한번놀라몸을일으켯다

요사이누님의하는일이매우異常하엿다 그熱心으로하던공부도책을보다가
말고 茫然이自失하야먼산만머얼거니바라보고잇슬적이만핫다－누님이 잠은
어머님을뫼시고큰방에서자되 工夫는나를다리고건넌방에서하엿슴으로누님
이精神일코안즌것을여러번보앗다

그날밤새로한시나되어잠을깨니 갑작이뒤가보고십헛다 나는급히일어나

뒤간에갓섯다　뒤를보고나오니이미이즈러진어스름半달이中天에 걸리어잇다
나는달을치어다보며　한거름두거름마당가운대로나왓다　뜰압月桂花는熹微한
달빗에어슴푸레하게비취이는데　꼿사이로하야스럼한무엇이보인다　仔細히보
니　누님이꼿에다머리를파뭇고서잇다　그의흰玉洋木[2]겹저구리가내눈에씌임
이라　웨누님이저긔저리고서잇나? 온世上이짜뜻한봄의歡息에싸이어고요이잠
든이밤중에 무슨까닭으로나와섯나?　나는어린가슴을두근거리며「누님거긔서
무엇해요」내소리에깜짝놀랏는지 몸을흠칫하더니아모대답이업다　가만가만
갓가이가서어깨를가볍게흔들엇다　숨을급히쉬는지등이들먹들먹한다　나오는
울음을불어멈추는지　가늘고썰니는　嗚咽聲[3]이들린다나는바싹대들어누님의
얼골을보았다.

　　　粉결가튼두손사이로보이는얼골은　밝으레하엿다나는웬일인가하고　얼골
가린두손을힘써쩌엿다　두손은저서잇섯다　누님의두손으로눈물이흘러나린다
구슬가튼눈물이點點이月桂花에썰어진다　月桂花는그눈물을먹음이　엷은明
細[4]로가린듯한달빗에어렴풋이우는것갓다　누님의머리는불덩이가티더웟다
「웨안자고나왓니……」하며내손을밀치는그손은쩌는듯하엿다　나는목멘소리
로「누님웨우서요? 네?」하고내눈에도눈물이핑돌앗다

　　　이슬에저즌꼿향기는사랑의노래와가티살근살근가슴을여의고　짜뜻한微風
은戀愛에타는피처럼부들업게쌤을스쳐지나간다　이런밤에　부들어운창자에늣
김이업스랴!꼿다운마음에愁心이업스랴!

　　　철모르는나는「누님어서들어가서요」하고누님의손목을이쓸엇다　脈이종
작업시쒸는것을感覺하엿다　누님은눈물을씻으며「먼저들어가거라, 나도곳들
어갈것이니……」하엿다

　　　「大關節웬일이야요? 어대가便찬으셔요」

　　　「아니空然이마음이뒤숭숭하구나」하더니한손으로月桂花가지를부여잡고
이마를팔에다대며　흑흑늑기여운다

---

2) 생목보다 발이 고운 무명. 빛이 썩 희고 얇음.
3) 울음소리.
4) 분명하고 자세함, 또는 그 내용.

어스름달빗은 쓰린離別의視線가티朦朧하게月桂花나무우에흘러잇다

三

이틀 후 공일날 누님과나는창경원구경을갓섯다

昌慶苑사구라꼿이한창이란記事가 수일전부터신문에揭載되고 일기도和
暢함으로구경군이구름가티모여들어 넓으나넓은御苑이희도록덥혀잇다 果然
사구라는필대로피어動物園에서植物園가는길에 兩便에는萬段紅錦5)을펼친
듯하다

「國柱야 우리는動物園은그만두고 저잔듸밧헤안자꼿구경이나실컷하자?」
누님은贊成을求하는듯이나를드려다보며웃는다 나도짐승겨테가니야릇한무
슨냄새가나던것을생각하고「그립시다」라고곳贊成하엿다

우리는길엽잔듸밧慇懃한便소나무미테坐定 하엿다붉은놀가튼꼿다리미트
로지나가는흰옷을입은遊客들을꼿빗에비치어붉으스럼해보이는것이 말할수
업는春興을자아낸다 어린나도짜쯧한듯한부들어운듯한봄의깃븜을째달아웃
는낫으로누님을도라보니 누님은나즉이한숨을쉬며고개를숙이더니 푸른풀사
이에핀누른꼿을하나썩거쌤에다대인다 무슨걱정이나잇는듯이눈쌀을찌프럿
다 나는그날밤에누님이月桂花사이에서 울던光景을가슴에그리면서有心이누
님의行動을살피엇다

누님이얼골에愁色6)을씬것이퍽애처로와서 무슨이악이를하야누님의興味
를쯔을가하고 곰곰생각하며이리저리살피엇다

偶然이植物園便을바라보다가 그곳을가르치고누님을흔들며「저긔를좀보
셔요」 하엿다 웬일인지누님은깜짝놀란다 困한잠을쌘사람에게혼이잇는表情
으로내가가르치는곳을바라본다 거긔서우리學校校服을입은學生하나이 이리
로나려온다 그는우리學校4年級級長이엇다 누님이한참머르거니바라보다가
두秋波가마조친것갓다 누님은고개를숙이엇다 나는누님의귀밋이밝으레해진

---

5) 일만의 비단 조각.
6) 근심스러운 기색.

것을보앗다 누님이내무릅을꼭잡으며 「거긔무엇이잇다고 날다려보라니」 艱
辛이귀에들릴라만큼말하엿다

　「아야! 아이고압하요웨저이를모르서요 그긔가요 이번에첫재로四학년급
에進級한이야요 공부를썩잘하고쏘才操가非凡하애요, 게다가얼골이저러케잘
낫겟지요」 나는바로내나그런듯이깃버하면서입에침이업시稱贊하엿다. 누님
은부끄럽게웃으며 「웨내가그를모들다듸四년이나한學級에단엿는데…… 그
래그사람보라고사람을흔들고야단을햇니?」

　「그러면요……그런데요, 어저쌔내가누님보자좀일즉이나왓지요? 집에오
니싸어머님親舊몃분이오섯는데누님稱贊이야단입듸다 「어쩌면人物도그다지
잘나고 才操도그러케조흘고 참福만히바닷습니다」라고요나는그말을듯고춤
이라도출듯이깃버하엿서요, 저사람도壯하지마누님은더壯해요」 나는그사람
을넘우稱贊하여 辛여나눔이그에게질까보아서쏘한참누님을추어올럿다누님
은쏘얼골을붉히며 「너는別소리를다하는구나, 누가네게稱贊듯고십다듸」

　우리가이런수작을하는틈에그가벌서우리압흘지나가며 슬쩍누님을엿보앗
다 두視線은쏘한마조쳣다누님의얼골은갑작이茶紅빗을쯰엇다 그가衆人總
中[7]에석기어 漸漸멀어가는樣을누님이물그럼이바라본다 그는나가버렷다 누
님의눈이이리로도는바람에 그사람의뒤꼴을보는누님을 盜賊해보던내눈이집
히엇다 「너는남의얼골을웨쌴이드려다보니」하고누님의얼골은쏘다시붉어젓
다 「보기는누가보아요」하고나는빙그레웃엇다

四

　그이튿날아츰에누님은 좀처럼바르지안튼粉을若干바르며더럽지도안한옷
을벗고서새옷을갈아입엇다 「니가오날은웬일이냐」하고 어머님이 疑訝하신
다 누님이머뭇머뭇하더니 어린애모양으로어머님가슴에안치며 「제가오날은
퍽잘나보이지요」하고웃는다 그웃음과한쎄누님의얼골에紅潮가퍼진다 果然
오나른누님이더어여쎄보이엇다 두손으로긔운업시뒤로큰방문을집고비스듬

---

7) 사람들의 무리.

이門에다 몸을半만실려웃난모양이말할수업시어여썻다 어리인 牛乳에粉紅
물을들인듯한두쌤은부풀어오른듯하고 薔薇꽃밧가튼입술이방실벌어지며 보
일듯말듯이 흰이ㅅ발이번적어린다 春由를그린듯하눈섭은살짝우으로치어오
른듯하며 그미테서 秋水가맑은 눈이웃음의가는물결을 친다

　어머님이 누님을보고웃으시며「언제는못낫듸」

　「그런데 오날은요?」누님이되질러뭇는다

　「오냐오날은더예뻐보인다」

　「어머님정말이야요」하고 누님은쏘방긋웃는다 羞色에 싸인 喜色이 드러
난다

　「오날은정말더이뻐보인다 너의父親이보섯던들작히깃버하시겟니」 하시
며어머님의눈에눈물이스르르어리엇다 곱게빗나던누님의얼골에도구름이끼
인것갓다 그러나얼마아니되어 그구름이슬어지고 쏘다시깃븜과希望의빗이번
적어린다

　우시는어머님을憫惘이바라보던누님이 지은듯한喩흔語調로「어머님마음
傷하지마서요」 하엿다

　「애時間이다되엇겟다 내걱정을랑말고 어서학교에나가거라」하고 어머님
은눈물을삼키셧다

　우리는책보를끼고나섯다

　학교문턱에들어서니 鍾소리가들린다 우리는다름박질하여들어갓다 全校
生徒가다모혓다 모다行列과番號를마치자「氣着, 敬禮 出席員都合○○名」
이라하는카랑카랑한소리가들리엇다 그는四年級級長의소리다 이소리가씃나
자女子部便에서도이와가튼號令과報告를하는소리가들리엇다 그는玉을바
으는듯한날카로운소리이엇다 그는우리누님의소리다 오날은웬셈인지이두소
리가나의어린가슴을쮜게하엿다

　그다음土曜日下學한후에校友會가 모인다고四년급생도들이학교문을걸
고 파수를보며 철업는1, 2년급들이 나가는것을막아섯다 우리가늘모이는강당
에들어가니 벌서이편에는남학생저편에는여학생이쌕쌕이안저잇섯다 나도거
긔안젓노라니 무엇이니무엇이니하고한참야단들이더니 얼마아니되어四년급

생이흰조희쏘각을돌리며 「智育部幹事投票權이요　한張에한名式쓰시요」하
며웨친다　내겨테안즌연석이쏙쏙한체로 「有記名投票야요　無記名投票야요」
뭇는다 「勿論無記名投票지요」　아까웨던四년급생이대답한다　저편에서 「無
記名投票란무엇이오」하는연석이잇다 「그것도모르면서會할적마다집에만가
랴고하지!　無記名投票란것은選擧者의이름을쓰지안는것이요」　쑤짓는듯이　그
四년급생이말하고기색이嚴肅하다　나는무의식적으로담박四년급급장이름을
썻다　畢竟男子部에는最多點으로그가選擧되고　女子部에서는最多點으로우
리누님이選擧되엇다

　　그後부터누님이幹事會한다　智育部幹事會한다하고저녁먹고나가면밤아
홉點열點이나되어　돌아오는일이　頻頻히잇섯다　그會에갈적마다안보던거울
도보고　늘어진머리카락도쓰다듬어올리며옷고룸도고처매엇다

　　하로밤은누님이 智育部幹事會한다고　저녁먹고나가더니　열點半이되어도
도라오지안는다　어머님은別別念慮를다하시다가

　　「너누이가여태썻돌아오지를안니,　會는벌서끗낫슬것인데　너좀가보아라」

　　나는두루막을입고　집을나와　社稷골막바지로부터光化門通에가는길로　타
박타박거러간다　달도업는五月그믐밤이엇다　電燈도별로업고　행인도稀少한
어둠침침한길을　거러가랴니　무석무석한생각이난다　나는무서운생각을쫏노라
고　발을쾅쾅구르며 「하나　둘」하고　다름박질하엿다　한참쒸어가니숨이헐덕어
리고진쌈이흘른다　帽子를벗어부채질하면서천천이거러간다내아멀지안한곳
에이리로向하야　젊은남녀가짝을지어올라온다　그는남학생과여학생이엿다!
그와누님이엿다!　나는가삼이설렁하며　一種好奇心이일어낫다　살짝남의집담
모퉁이에隱身하엿다　둘은내가거긔숨어잇는줄은모르고　英語로무어라고소근
소근그리며지나간다　그중에이말이제일쏙쏙이들리엇다　(그째는모랏지만　至
今생각하니　아마이마린것갓다)　그가

　　「Love is blind(사랑은　盲目的이라지요)」라니까누님은소리를죽여웃으며
「But, our love has eyes!(그런데우리의사랑은보는사랑이지요)」하엿다　그들이
지나가자나도가만가만뒤를쌀앗다　어두운속이라누님의흰적삼이퍽눈에씌인
다　電燈켠뉘집대문압흘지날째에나는그의바른손이누님의왼손을꼭쥔것을보

앗다 나는 웬일인지싱긋이웃엇다 그들이행여나나를돌아볼가보아서 발자최를죽이고 남의담에몸을부비대며쌔멀리쩔어져서갓섯다 우리집갓가이아서둘이거름을멈추더니서로握手를하고 쏘握手를하은것가탯다 戀戀이서로쩌나기를실혀하는것갓다 한참이나그리하다가그가손을노코쏘무어라고한참수근거리더니 그가돌아서온다 누님은우리집문압헤서서한참그의가는양을바라보고서잇다 그는쏘내겨트로지나간다 그이거름거리는허둥허둥하엿다 그가지나간후나는다름박질하여집에돌아왓다 大門턱에들어서니어머님과누님의問答하는소리가들린다

「웨그처럼느졋니 나는別別그님을다했다」

「오날은 相議할일이좀만하서……」 누님이머뭇머뭇한다

「그애는어대로갓니? 가티오지를안핫니 오는길에못봐서?」 어머님이뭇는다

「그애가어대로갓슬고…… 길에서맛낫슬것인데」 누님이걱정한다

나는안房門을열고 시침을쑥짜고「누님인제왓서요」하고빙그레웃엇다 어머님은놀라며「너쌤에 옷에맨흙투성이니웬일이냐?」 하신다

「담에부터와…… 아니야요 저저……」하고누님을보고빙빙글웃엇다 누님의얼골은쏘밝애젓다

五.

그후더운날달밤에 누님은친구하고어대를간다 어대를간다하고자조자조나갓섯다 누님은늘나를짜돌리고혼자나갓슴으로 푸른풀자자진곳과달빗고요한대에서 그와누님이맛나꿀가튼사랑의속살거림을몃번이나하엿는나는모른다

누님의출입이자조롭고 기색이殊常하엿던지어머님이「인제네가어대나가거던 쏙네동생을다리고단여라」 하신뒤로는 누님이집에들면 空然이짜증을내며 하욤업는愁色이寂寞한花容8)을휩쌋섯다 그리고째째로머리가압흐다하며

---

8) 아름다운 여자의 얼굴을 형용하여 이르는 말.

입울을스고누윗섯다

　하로는우리가點心을마친후　누님이날다려「너　나하고남산공원에산보가
련?」하엿다　그때는六月炎天이라더운긔운이사람을찌는듯하엿다　나도거긔가
서서늘한空氣도마시고茂盛한목초으로부터쑥쑥덧는翠色에땀난몸을씻으리라
생각하고곳「네」하엿다

　우리는光化門에서전차를타고진고개를거처남산공원을올라갓섯다　저편언
덕우에그가긔다리기支離[9]하다는듯이안젓다가일어섯다가　하는것이보이엇다
누님이가작이돌아서나를보며「너이것가지고진고개가서菓子좀사와!　응」하며
돈　貳拾錢을주엇다　나는급히진고개로나왓다　얼른과자를사가지고가본즉　그
와누님은그림자도보이지안는다「어대로갓슬가?」　나는누님이　무슨危險한곳
에나간것가티가슴이팔닥어리엇섯다　이리저리아모리삷혀도그드른업다　나는
이편으로기웃기웃　저편으로기웃기웃하엿다　한참이나翠色이어린南山頂上을
치어다보다가　쏘다시거러갓섯다　한동안거러가도보이지안는다「아이고어대
로쏘그만가버렷서이리로는아마아니갓나보다」하고돌아서　오더닐로돌우온다

　갓던길로돌우오랴니퍽먼것갓다「에이그　그동안에내가퍽도거럿네」속으
로중얼중얼하얏다　골짝지나가니　싸더러운것갓다　大氣는해ㅅ불에와글와글
쓸른것갓다　나는이대기에잠기어몸이삷아지는지?　땀이줄줄흘러나리고숨은헐
덕헐덕차오른다　帽子를벗으니　머리에서김이무럭무럭난다　나는부글부글고여
오르는心術을억지로참으며아까그가섯던곳까지돌아왓다「어대로갓슬가?　저
리로가보자」　혼자말로두더러리고아까갓던　反對方面으로거러갓섯다　한동안
거러가도그들은쏘보이지안는다　참고참앗던짜증이일시에爆發이되엇다　잔듸
밧에털석주저안저엉엉울엇다　풀들을쥐어쓰드며한참울다가　하도내가어린애
가튼것이부쓰럽고웃으윗다　그렁그렁한눈물을씻고희희한번웃은뒤　이리저리
쏘살혀보기시작하엿다

　저편좀처럼사람눈에쓰이지안할소나무그늘미테그들이나란이안저잇는
것을보앗다　나는일헛던보배를발견한듯이깃버하엿다「누님!　거긔기셔요」高

---

9) '지리하다'의 어근.

喊을지르고쮜어가랴다가 에라무슨이악이를하는지좀엿들으리라하고 어느밤
에그둘의뒤를쌀아가던모양으로 가만가만거러갓가이갓섯다 남이들을가보아
서가만가만이하는이악이도낫나치내귀에들리엇다

「勿論그러케해야지요, 그런데 요사이는어쌔볼수가업서요?」 그가말하
엿다

「어머님쎄서어대나가게하셔야지요, 나가거든쏙네동생을다리고단여라하
시겟지요 그래서오날도가티왓지요」 그리고누님이웃으며말을이어 「짠이악이
하노라고이젓구려, 기다리신다고오즉支離하셧겟서요」

「한시간이나넘어기다렷서요 오날도아마못오시는가보다하고 고만가버릴
가까지하엿서요」

「네? 가버릴가하엿서요? 제가언제約束어긴일이잇서요, 저는어찌급햇던
지점심을먹는데밥이입으로들어가는지코로들어가는지 몰랏서요」 둘이웃는다
나도웃엇다 나는어린애가꽃에안즌나비를잡으려간째에가는거름거리로하너
름두거름갓가이갓섯다 사랑하는이들은다듸단이악이에얼이쌔져 사람오는줄
도모른다 그들안진소나무뒤에살짝부터섯다 두어째는닥아잇고누님의풀린머
리카락이그의쌤을스친다 그와누님의눈과입에는情이찬웃음이넘치운다 그리
다가두손길을마조잡고 失心10)한사람모양으로멀거니서로드려다본다 누님의
몸으로부터發散하는짜쯧하고香氣로운긔운에 나도싸인것가탓다 나는와락달
려들며

「누님여긔게서요, 아는어대가섯다고…… 아이사람애도퍽도먹이시지!」

둘은쌈짝놀나엿다 누님의모시적삼이달싹달싹하는것을보고 누님의가슴
이팔닥거리는구나하엿다

그는시침이를쑥짜려하엿스나 「부쓰럼」이란元素가어롤에퍼트리는붉은빗
을감출길이업섯다

「애그나는누구라구퍽도놀랏다」 누님은두근거리는가슴을한손으로어루만
며말하엿다 누님이그를향하며

---

10) 근심 따위로 맥이 풀리고 마음이 산란하여짐.

「이애가제동생이야요, 아즉철이안나서……만히사랑해주셔요」 한뒤나를
보고그를눈으로가르치며

「너이보고以後ㄹ랑은형님이라하여라」

「어째서형님이라해요?」 내가애를먹이엇다 누님의얼굴은샛밝애지며나를
흘겨본다

「웨누님性나섯소? 그러면형님이라하지요」하고어리광을부리며 「兄님, 누
님菓子잡수셔요」하고쥐엇던과자를압헤내려노앗다 누님이나를보고방그레웃
으며

「우리는먹기실으니 너혼자저쪽에가서먹고잇거라우리갈째부를것이니…
…」

나도길게방해놀기가실혓다 과자를쥐고나와풀밧에안저먹으며서혼자말로
「내배속에영감장이가열둘이나들어안젓는데 어린애로만여기지……」하고 웃
엇다

그긴긴해가벌서서산에걸리엇다 落照에비치는 綠樹와芳草는불이뭇흔것
가티붉어보인다

나도이동안에퍽도심심하엿다 풀을자리삼아눕기도하고 기자게도켜고몸
을비비틀기도하며 曲調모르는唱歌를함부로부르기도하엿다 이제나올가저제
나부를가 苦待苦待하여도그둘의그림자는얼른도아니한다 무슨이악이가그러
케만흔고 아마사랑하는사람끼리의이악이는 끗이업는가보다 벌서이악이한것
이數萬마듸가넘건마는 말몃마듸못하여해는어이수이가나하는것이다

남산밋풀과나무에빗나던붉은빗은漸漸거치고 暮色이가물가물처들어온다
해ㅅ빗은쫏기어남산정상을향하야자꾸기어올라가더니 남산맨꼭대기에옴추
리고안젓슬뿐이다.

거무른저믄빗이남산미틀에워싸자정상에빛치는해ㅅ빗조차슬어지고저편
한울에붉은놀이흰구름을붉고누러케물들인다

나는참다못하여몸을일이켜그곳으로갓다 어두운빗에놀란는지그들도일어
섯다 나는거름을멈추고나무ㄹ짝가세워노흔사람모양으로주춤섯다 누님의걱
정스러운썰니는소리가나의耳膜을울림이라

「K씨! 우리가目前에질거움만다행이여겨그냥이리지내다가는 우리의꿀가튼행복이쓰테는소래가튼苦痛으로변할것가태요, 우리각각쏙아까말한것과가타야됨니다」

「아무럼요! 쏙그리해야될터인데…… 아까도말햇지만우리집은워낙頑固라……」 그의말이 썰리엇다

나는가슴이선뜻하엿다 무슨말을하엿나? 무슨일을하랴는가? 엿듯지못한것이恨이되엇다 둘은이리로거러온다 누님의눈은약간밝으레하엿다 그고흔쌤에눈물痕迹이보이엇다 나는쏘웬일인가하고가슴이선뜻하엿다

六

그날밤에나의어린소견에도 별별생각을다하고 씩씩이잠도잘자지못하엿다 내가어렴풋이잠을쌜적마다 큰房에서어머님과누님이 무어라괴악이하는소리가 間斷[11]업시들리엇다

새로한點이나되어내가쏘잠을깨니 큰방에서훌쩍훌쩍우는소리가들린다 우름석긴어머님의말소리가난다

「그래 네가요사이늘탈긔를하고행동이殊常하더라…… 나는허락한다하더래도 만일그집에서안된다면네身世가어쩌케되니…… 네가다만하나잇는 어미몰래그사람과約婚한것이괘심하다, 아비업시너를金玉가티길러내어 이런일이날줄이야! 男便업다고너까지나를업수이여기는게지……」 누님은흑흑늑기며

「어머니말못하얏습니다, 무어라고말삼을엿주어야조흘지…… 親키도前에말슴엿주기도 부쓰러운일이고…… 親한뒤에는몃번이나 말슴엿주랴하얏지만 입이잘썰어지지를안핫서요…… 들어주셔요 암만어머님이라도그째는부쓰러웟서요, 이젠서로約婚까지해노흐니 몸과마음이달아 부쓰럼도돌아볼수업게되엇서요, 그래서썬썬스럽게엿준것이야요, 어머님말슴가티 그가저를이질理는업서요, 버릴理는업서요, 그다지多情한그가 그럴理가잇다고요, 어제

---

11) 계속되던 것이 한동안 끊임.

公園에서단단이盟誓하엿습니다, 각각부모님께엿주어들으시면 이우에더조흔일이업거니와만일그러치안커든멀리멀리달아나겟다구요,　배가곱흐고옷이차더래도　부모도못보고형제도못보더래도　둘이가티만잇스면행복이라구요, 온갖곤란과가진고통을달게격겟다구요,　정말그래요,　저도그업스면미칠것가타요,　어머님이허락을아니하신다할것가트면　저는이세상에살아잇슬것갓쟌아요」 밀어오는무를막앗던防策을 문허버릴째에물미듯이 누님이말하엿다 흔이 순결한처녀가사랑의불을가슴속에깁히깁히숨겨두고　행여나남이알가보아서 戰戰兢兢하며호을로肝膽을태우다가도　한번自己親한이에게發說하기시작하면　맹렬이所懷[12]를베푸는것이라

나는가슴을울렁그리며　안방에건너왓다

누님은어머님무릅에머리를파뭇고울며　어머님은누님의등에다니마를대고운다　나도한참悄然이섯다가어머님겻혜안잣다　어머님을흔들며목멘소래로「어머님우지마서요」　이말을마치자곰이찌르르해지며흘으는눈물을禁할길이업섯다　어머님은눈물을삼키고누님을흔들며「이애이애그만쯔쳐라」

누님은더설게운다

「이애나무쯔럽다 그만두어라,　오냐네願대로하마,　그도한번다리고오너라」 어머님은그만동곳을째엇다「女子가　雖弱이나爲母則强」　이란말은어찌생각하고한소리인고?

이틀후누님이그를다리고왓다　그의곱상스러운얼골과얌전한거동이當場어머님의사랑을이끌엇다　참내쌀외짝이라하엿다　愛女의평생이有託하다하엿다 단쑴이쑤이리라하엿다　깃븐날이오리라하엿다　더구나맑은눈과깜안눈섭이 내쌀과恰似하다하엿다　누님과그가英語로말하는양을보고　뜻도모르면서웃으섯다　滋味스러운쌀의장래가정을쑴쑤고　사랑스러운외손자를쑴쑤엇다

그후부터는남의이목을피해가며　멋번이나서로마추어서　길게기다려가지고 쌀으기만나던愛人들은 자조로이우리집에서 맛나웃고질기게되엇다

---

12) 마음에 품은 생각.

七

어쩐날저녁에그가우리집에왓다 그쌔마츰어머님은어대가시고 나와누님과단둘이잇섯다

나는와락내다르며「兄님오셔요」라고반갑게인사하엿다 누님도반가이마즈며

「요사이는웨오시지안하셔요」

「아니내가언제왓는데」하고그는지어서웃는다

누님은눈을스르르감으며무엇을생각는듯하더니

「오날이칠월초열흘이고 초칠일이兖日이라…… 兖日날오시고 오날처음이지요?」

「그래요, 한사흘밧게더되엿서요」

「사흘! 저는한삼년이나된듯하엿서요, 사흘만에한번式맛나!? 멀어요! 퍽멀구말구요! 사흘이그다지갓가운것갓습니까?」하고 누님은무엇을찻는듯이그를바라본다

「사흘만에한번式와도장하지요」하고 그는쓰웃는다

「壯해요! 사흘동안에제가몃번이나 門박글내다보는지아서요, 저는온갓걱정을다햇지요, 몸이나편챤으신가 쑤중이나뫼셧는가……」하고 목소리는 願聲을쯰어가며눈에는눈물이괴이어진다 「저는우리일에대하야무슨큰걱정이나생겻나하고 얼마나애간장을태왓는지요!」하고는 눈물이 그렁그렁넘쳐흐른다

「아니야요! 如何間罪업시잘못하얏습니다」하고 그는눈살을 쩌쯔리다가선웃음을치며

「어린애모양으로걸핏하면 울기는웨울어요, 저동생부쓰럽지안하요, (갑작이語調를야릇하게변하며) 그런데 내가어지도올라카고아레도올라켓지마는올라칼째마다동무가차자와서올수가잇서야지」

울던누님이웃음을쯰엇다 나도웃엇다

그는대구사람이다 그의부모는아즉도대구에서산다 서울잇는오촌당숙에그는留宿13)하고잇다 그는서울온지가벌서五六年이지내엇슴으로 사투리는거

의안쓰게되엇스나 째째로우리를웃키랴고야릇한말을하엿다

　「올라카고갈라카고」 흉내를내며 나는방바닥에쓸쓸굴러가며웃엇다 그는 시침이을쑥다고「남이악이하는데웃기는와웃소 가참얄굿다」하엿다 누님은어 쩌케웃엇는지 얼골이붉어지고 배를훔처쥐고숨찬소리로

　「그만두셔요, 그만웃기셔요」

　한참동안우리는이러케웃고질기다가 나를누님이쏘무슨심부름을시켯다― 무슨심부름이던가생각이아니난다 그가오기만하면누님이무엇좀사오나라 어 대좀갓다오너라하고 늘나를싸돌럿다

　「애그누님도웨나를늘싸돌려」 두덜두덜하면서집을나왓다 半달은비스듬 이푸른한울에걸리어잇다 萬頃蒼波에외로이써나가는一葉扁舟와가탓다

　나업는동안에그들이무슨이악이를하는지를듣고십허서　급히오노라고오는 것이 한時間이나넘어걸리엇다 나는벌서엿듯기에익숙하여 사쁜中門에들어 서며가만이삷혀보니 愛人들은달비치는月桂花나무미테平床을내어노코나란 이안저서무어라고소근그린다 나는숨소래도크게아니쉬고귀를기울엿다

　「그러면어쌔요?　어머님께서는좀처럼올라오시지안을것이고……　웨그러 면上書로이사정을못알릴것이야잇서요」 누님의애태는소리가들린다

　「글세요몃번이나上書를썻지만……　부티지를못하겟서요」

　「만일此日彼日하다가 짠대婚姻을정해노흐시면어쌔요?」

　「정해노하도아나면그만이지요」

　「그러면어렵지안해요?」

　「그런데 오촌당숙내외분은 아마이눈치를아시는것가타요……　네? 아마 그런것가타요, 그래서집에무슨通奇가잇섯는지한아버지께서　日間올라오신 대요」

　「올라오시면죄다 엿줍겟단말슴이구려」

　「글세요, 그런데……　우리한아버지는 참호랑이가튼어룬이라……　頑固 頑固참頑固신데……　나도어찌할줄을모르겟서요, 그래서밤에잠이잘오지안

---

13) 남의 집에서 묵음.

해요」하고머리를극적극적하고눈ㅅ살을찡기더니쪼말을이어

「오날쪼아버지께서下書하셧는데 이번蔚山金承旨집에서 너를선보러간다니 行動을端正이하여라 하는뜻입되다 참氣가막힐일이야요」하고 한숨을내쉰다

「父母님께하로바쎄 이사정을엿줍지안하면 큰일나겟습니다그려」 누님의 아타가운소리가들린다

「如何한쑤중을보시더래도 장가를못가겟다할터이야요! 죽음도걱정마셔요」 그는決心한듯이고개를돌며斷然이말하엿다

밝은달은애태는 兩人의가슴을 나는몰라하는듯이저리로저리로미끌어저가며 더운空氣에맑은빗을헛날린다 月桂花는더욱붉고 더욱곱다 塵世의憂愁苦惱를난느이졋노라한느것가탓다

八

그이튼날일어난 누님의얼골은해쑥하엿다 머리카락이허터질대로 허터진것을보아도 昨夜에잠을못이루어멋번이나 벼개를고처빈것을可히알러라 누님이사랑의맛이쓰고짧은것을처음으로맛보앗도다! 幸福의海棠花를쩍그라면 가시가손찌르는줄비롯오알앗도다

하로가고이틀가고 어느덧일주일이지내엇건만누님이오날이나와서好音[14]을傳해줄가 來日이나와서 喜息을알려줄가 苦待苦待하는그는코씃도보이지안는다(내가학교에을가도그를볼수업섯고 누님도이쌔부터心思가散亂하야학교에못갓섯다)

이동안에누님은어찌애를태웟던지 兩頰[15]에고흔빗이살아저가고 눈언저리는푸른氣를씌고들어갓다 입술은쌈옷쌈옷타들어가고 두팔은脈업시늘어젓다

일주일되던날 누님은생각다못하여 便紙한張을주며「너이便紙가지고 그

---

14) 듣기 좋은 소리나 소식.
15) 양 볼.

宅에서 그가잇거던傳하고 못보거던 돌우가지고오너라」하엿다

前日에그를쌀아한번그집에갓던일이잇슴으로그집을仔細히알아두엇다 그집대문에들어서니 行廊사람도업고 그가잇던舍廊門도다치어잇다

안에서기운찬老人의성난맘ㄹ소리가 나의귀를울린다 「이놈, 아직學生이니 장가를못가겟다? 핑계야좋지, 이놈괘씸한놈. 들으니 네가어떤女學生을얻어가지고 미처날뛴다는구나!」 아니야요란다무엇이야,父母가들이는장가는 학생이라못가겟고 학생신분으로게집은해도관계찬으냐, 이놈고약한놈! 네願대로그학교나마치고장가들일것이로되벌서어린놈이못견대서 女學生을엇는니무엇을엇느니하니 그냥두다간네身世를망치고 家門을더렵힐터이야! 그래서하로바쎄정혼하고 婚需까지보내엇는데 至今와서가는니마느니하면 너찌하잔말이냐, 암만어린놈의소견이기로…… 그집은蔚山일관에유명한집안이라 財産도잇고兩班도조코……다된婚姻을이편에서退婚하면 그新婦는生寡婦로늙으란말이냐! 一婦含怨에五月飛霜[16]이란말도못들엇서! 주거도못가겟다 허허이놈 撲殺할놈! 祖父母도쓴코父母도쓴코 一家親戚도쓴흐랴거던 네마음대로좀배보아라」

나는이말을들으니 솔음이쑥찌치엇다 한편으로는분하기짝이업섯다 깨긋한누님이이다지 侮辱을당한것이切切이분하엿다 곳들어가분푸리나할듯이작은눈을홉쓰고고사리가튼손을불끈쥐엇다

「허허허이놈괘씸한놈! 에이火나 거긔내두루막내」하는그老人의우렁찬소리가쏘들린다 나는肝膽이서늘하엿다 그老人이신을찍찍쓰을고이리로나오는것갓다 나는무서운症이나서 急히다름박질하여그집을나왓다

九

그날밤어머님잠드신후 누님이살짝내게로건너와서 「이애너본대로좀이약이하여다고 응?」 이말을하는 누님의얼골은 苦惱와羞愧의빗이보인다 어린동생에게愛人의말을물어도부쓰러워하엿다! 나는입을다물고 默默히안젓섯다

---

16) 여자가 한을 품으면 오뉴월에도 서리가 내린다.

참아그이악이를할수가업섯다

「웨쏘心術이낫늬 어서이악이를좀하렴으나 편지를돌우가지고온것을보니 형님을못맛낫니? 만ㅅ나도못傳햇니? 或은무슨일이낫더냐? 남의속고만태고 어서좀이악이하여다고 可憐한네누이의請이아니냐」 이말소리는 哀婉凄凉하 엿다 나의어린가슴이지르는듯하며눈물이넘쳐나온다 이다지나에게情다이구 는누님이가슴에그리던 쑬가튼장래가 물거품에돌아가고만것이訥헛슴이라 그 리고純潔한우리누님이그老人에게 「어쩌타」던가 「게집을햇다」던가 하는더 러운소리를들은것이 이가쩔리엇다

나는悲憤한語調로 그집에서들은것을이악이하엿다 精神업시듯고잇던누 님은 내말이끗나자긔운업시쓸어지며 이이악이들을적부터괴엿던눈물이 불ㅅ 덩이가튼쌤을쉬일새업시줄줄흘너나린다 「누님! 누님!」하고나도누님의가슴 에안키며울엇다

이럴지음에누가대문을가비야이흔들며 떨니는소리로

「S씨! S씨! 주무셔요」한다 누님은이소리를듯고얼른일어낫다 愛人의음성 은이럴째라도잘들리는것이다나올듯나올듯하는울음을입슐로쏙다물어막으며 急히나갓다

대문소리가나더니 「K씨! 오셔요」하며우는소리가들린다 나도나갓다 둘 은서로붓들고눈물비가擦亂이썰어진다 누니이울음半말半으로「저는쏘다시…… …못……뵈올줄……알앗지요」하엿다 그도흑흑늑기며

「다내잘못이야요」하엿다

「저짜닭에오날매우쑤중을뫼셧지요」

「어쩌케알앗서요」

누님이내가편지를가지고 그집에갓다가 내가들은이악이를하얏다 그리고 우는소리로 「좀들어가셔요」하엿다

「아니야요, 明日은 한아버지쎄서 쑥다리고가실모양이야요, 至今곳멀리 멀리다라나랴고합니다 그래서이런말이나멱마듸할양으로왓서요」

누님은自己의귀를疑心하는듯이

「네? 멀리멀리가셔요!? 부모도버리시고형제도버리시고멀리가셔요!? 제신

세는벌서불상하게되엇습니다　불상한저째믄에前程이구만리가튼당신을쏘불
행하게만들것이야무엇잇습니까　질랑永永이이즈시고　부모님말슴으로장가드
셔요　장가드시는이하고나　百年이다진토록情다운짝이되여주셔요　아들나코쌀
나코……　저의모든것을바쳐도당신이행복되신다면그만이아니야요?　곳당신
의깃븜이　제깃븜이아니야요?　당신의행복이제행복이아니야요?　한숨쉬고눈물
흘리면서도　당신의행복의그늘에서웃어볼가합니다」熱情찬눈으로부터하욤
업시흘러나리는눈물에寂寞한花容이아롱진다

　　「아아S씨를내손으로불행하게맨들고나혼자행복으르……사랑을쩌나행복
이잇슬가요?　나에게행복을줄S씨가눈물바다에허우적어릴째나혼자행복의정상
에서나려다보며웃을수가이슬가요?　업서요!　S씨업고는나혼자행복을누릴수가
업서요!」

　　「제불행은제손으로맨든것임니다　그러나우리가오늘날이러케된것이당신
의잘못도아니고저의잘못도아니라서　엇더케가엽고애닯은지몰라요!　그런데이
우헤더당신을永永이불행하기하겟서요　당신이행복되신다면저는오날죽어도
아쌉잔아요」

　　「안될말슴입니다　그런말삼을들을스록……　氣가막혀요!　해야늘그말이니
까　길게말할것업시나는가겟서요　S씨!　부듸安寧이!」그는흐르는눈물을씻으며
決心한듯이돌아서가랴한「K씨!」안타가운쩌는소리로부르더니북바처나오는
울음이말을막는다　그는쏘한번돌아다보고「S씨!　부듸安寧이……」말을마치
자그는쩔어지지안는발길을돌려　마음은이리로몸은저리로멀어간다……

　　나는心臟을누가칼로싹싹에이는것가탓다

十

　　그후그는어대로가는지永永이消息을들을수가업고누님은신음신음병들기
시작하야　날이가고달이갈스록병은　점점깁허온다

　　이슬저즌蓮花가티　붉으스럼하던얼골이靑色窓鏡에비치는梨花처럼해쑥
하엿다　익어가는林檎가티血色조튼살이　시리마즌黃葉처럼배배말라간다　거

슴치레한눈은희눈물에붉어젓다

　그리다가참아볼수업시바싹말란버렷다마치白骨을엷은백지로덥허두고 물을홈신품어노흔것가티되고말앗다 마츰내漢江 어름얼고 남산에눈쌔일제 누님은그에게한숨을주고눈물을주던이세상을쩌나가버렷다

　아아사랑하사랑의불아! 네가부들업고짜쯧한듯함으로철업는靑春들은 그의연하고부들어운心臟에 너를보매만여겨 강징난다 殘忍한너는그만그心臟에다불을부틴다돌기둥가튼불길이종작업시오른다 玉肌도타버리고紅顏도타버리고 錦心도타버리고 繡腸도타버린다! 방안에켯던燭불忽然이쩌지거늘웬일인가삷혀보니 초가벌서다탓더라! 兩頰이젓던눈물갑작이마르거늘무슨緣由뭇잿더니숨이벌서끈쳣더라!(끗 十月作)

貧　妻

『開闢』, 1921. 1

一

「그것이어째업슬가?」

안해가장門을열고무엇을찻더니 입안말로중얼거렷다

「무엇이업서?」

나는우둑허니冊床머리에 안저서冊張만뒤적뒤적하다가 물어보앗다

「모번17)단저구리가하나남앗는데………」

「………」

나는그만默默하엿다. 안해가그것을차저무엇하랴는것을알미라 오늘밤에 엽집한멈을시켜잡히려하는 것이다.

이二年동안에 돈한푼나는대는업고 그래도줄이면 시장할줄알아器具18)와 衣服을 典當局倉庫에들여밀거나古物商한구석에세워두고 돈을어더오는수밧 게업섯다至今안해가하나남은 모번단저구리를찻는것도 아츰ㅅ거리를장만하 려함이라

나는입맛을쩝쩝다시고 펴던冊을덥허노코 후－한숨을내쉬엇다

---

17) 모본－단 : 중국에서 나는 비단의 한 가지. 품질이 정밀하고 윤이 나며 무늬가 아름 답다.

18) 세간, 그릇, 연장 따위를 통틀어 이르는 말.

봄은벌서半이나지내엇건마는 이슬을실흔듯한밤긔운이 房구석으로부터 슬금슬금기어나와사람에게 안키고 비가오는까닭인지 밤은아즉깁지안흔데 人跡조차끈허지고 왼天地가비인듯이고요한데 투닥투닥썰어지는비소리가限업는구슯흔생각을자아낸다

「빌어먹을것 되는대로되어라」

나는 漸漸견딜수업시 두손으로허터진머리칼악을 쓰다듬어올리며중얼거려보앗다 이말이더욱凄凉한생각을일으킨다나는쏘한번「후--」한숨을내쉬며 왼팔을비고 冊床에쓸어지며 눈을감앗다

이瞬間에오늘지낸일이 불현듯생각이난다-

늣게야點心을마치고 내가막卷煙한個를피어물적에漢城銀行단이는T가 空日이라고 놀러왓섯다 親戚은다머지안케살아도가난한꼴을보이기도실코 차저갈적마다 무엇을쮜어내라고 조르지도아니하엿건만幸여나무슨 苟且한 소리를할가봐서 미리방패막이를하고 눈ㅅ살을집흐리는듯하여 나도발을쓴 코쌀아서차저오는이도업섯다 다만이T는寸數가가까운까닭인지 자로우리를 訪問하엿다

그는誠實하고 恭順[19]하며 屑屑[20]한小事에 슯허하고깃버하는人物이엇다 同年輩인우리들은 늘親戚間에 比較ㅅ거리가되엇섯다 그리고나의評判이 恒常조치못하엿다

「T는돈을알고 爲人[21]이眞實해서 그에는돈푼이나모을것이야! 그러나K (내이름)는아모짝에도 못쓸놈이야그잘난諺文[22]석거서 무어라고쓰적어려노코 제주제에무슨朝鮮에有名한文學家가된다니-실업의[23]아들놈!」

이것이그네들의評判이엇다 내가文學인지 무엇인지 하는소리가까닭업시 그네들의脾胃에 틀인것이다 더군다나 나는그네들의生日이나 或은大事째에 돈한푼이러타는일이업고 T는所謂着實히돈벌이를하여가지고 국수밥소래나

---

19) 성격이 어렴성이 있고 고분고분하다.
20) 하찮은 일.
21) 사람의 됨됨이, 또는 됨됨이로 본 그 사람.
22) 한문에 대하여 한글로 된 글을 낮추어 이르던 말.
23) 말이나 행동이 실답지 못하다.

補助를하는싸닭이다

　「얼마아니되어 T는잘살것이고 K는거지가될것이니 두고보아!」

　五寸堂叔은 이런말슴까지 하엿다한다 입밧게는아니내어도 親父母親兄弟까지라도 心中으로는 다이러케생각할것이다 그래도 父母는달라서 화가나시면 「네가그리하다가는　末境에벌엉방이가　되고말것이야」라고꾸중은하셔도 「사람이란늣福모르느니라」 「그런사람은 쏘그러케되느니라」 하시는것이 스스로 慰勞하는말슴이고 쏘며느리를慰勞하는말슴이엇다 이것을보아도 하는수업는놈이라고斷念을　하시면서　그래도잘되기를바라시고　祝願하시는것을알겟더라

　如何間이만하면T의사람됨을　可히알수가잇다 그러고그가우리집에올것가트면 지어서快活하게웃으며힘써滋味스러운이악이[24]를하엿다 단둘이孤寂하게 그날그날을보내는우리에게는 더할수업시반가윗섯다

　오늘도그가活潑하게집에쑥들어오더니　新聞紙에싼길음한　것을 「이것봐라」 하는듯이 마루우에올려노코 분주히구두씬을쓸른다

　「이것은무엇인가?」 나는무러보앗다

　「저-제妻의洋傘이야요-쓰던것이벌서다낡앗고쏘살이부러젓다나요」

　그는구두를벗고 마루에올라서며 나오는웃음을참지못하야 벙글벙글하면서 對答을한다 그는나의안해를보며突然히

　「아지머니 좀구경하시랍니까?」

　하더니싼조히와 집을벗기고洋傘을펴보인다 힌비단바탕에두어가지 梅花를繡노흔洋傘이엇다

　「검정이는 조흔것이만하도 넘우칙칙해보이고……… 灰色이나누렁이는 하나도 그것이야십흔것이업서서이것을산걸요」

　(그는이것보다더조흔것을살수가잇나)하는뜻을보이랴고 애를쓰며 이런발명까지한다

　「이것도퍽조흔데요」 이런 稱讚을하면서 洋傘을펴들고 이리저리 홀린듯

---

24) 이야기.

이드러다보고잇는안해의눈에는「나도이런것을하나가젓스면」하는생각이歷歷히보인다

나는갑작이不快한생각이 와락일어나서 房으로들어오며 안해의洋傘보는양을 빙그레웃고 바라보고잇는T에게

「여보게房에들어오게그려 우리이악이나하세」

T는딸아들어와 物價暴騰에對한이악이며, 自己의月給이오른이악이며, 株券을멧株사두엇더니 쾌利益이남앗다던가, 이번各銀行事務員競技會[25])에서 自己가優越한成績을어덧다던가, 이런것저런것 한참이악이하다가 돌아갓섯다

T를보내고冊床을向하야 짓던의結尾를생각하고잇슬지음에

「여보―」

안해의쎠는목소리가 바로내귀겨테서들린다 피ㅅ긔업는얼굴에살짝다가안젓더라

「당신도살도리를좀하서요」

「……………」

나는쏘「始作는구나」하는생각이번개가티머리에번적이며 不快한생각이벌컥일어난다 그러나무어라고 대답할말이업서默默히잇섯다

「우리도남과가티살아보아야지요!」

안해가T의洋傘에단단히 刺戟을바든것이다 藝術家의妻노릇을하랴는獨特한決心이잇는그는 좀처럼이런소리를입밧게내지아니하엿다 그러나무엇이相當한刺戟만바드면 참고참앗던이런소리를하게되는것이다나도이런소리를들을적마다「그럴만도하다」는 同情心이업지아니하나心思가어쩐지조치못하엇다

이번에도「그럴만도하다」는 同情心이업지아니하되 쏘한不快한생각을抑制키어려웟다 暫間잇다가不快한빗을들어내며

「급작스럽게살도리를하라면 어찌할수가잇소, 차차될째가잇겟지!」

---

25) 각 은행 직원들이 모여 경기를 하는 모임으로 추정.

「아이구, 차차란말슴그만두구려, 어느千年에………」

안해의얼굴에붉은빗이지터가며　前에업던興奮한語調로이런말까지하엿다
仔細히보니　두눈에隱隱[26]히눈물이고이엇더라

나는暫時멍멍하게잇섯다　성낸불길이치바텨올라온다　나는참울수가업다

「막버리군한테나　시집을갈것이지　누가내게시집을오래ㅅ서! 저짜위가藝
術家의妻가다뭐 - 야!」

사나운語調로몰풍스럽게소리를쌕질럿다

「에그………」

살짝얼굴빗이變해지며　어이업시나를보더니　고개漸漸숙으러지며　한방울
두방울, 방울방울눈물이

편우에썰어진다 -

나는이런일을가슴에그리며　그래도來日아츰ㅅ거리를장만하랴고옷을찻는
안해의心中을생각해보니말할수업는슯흔생각이　가을바람과가티　설렁설렁心
情을분질르는것갓다

쓸쓸한비소리는　굵엇다　가늘엇다　依然히寂寂한밤空氣에더욱凄凉히몰리
고　그림[27]안진燈皮[28]속에서　비추는불빗은구름에가린달빗처럼　우는듯조으
는듯　苟且히어더산멋零洋冊[29]의表題金字[30]가번쩍어린다

二

장압헤悄然히서잇던안해가　무엇이생각낫지고개를쓰덕쓰덕하며　들릴듯
말듯 목안의소리로

「으흐……… 올치 참그날………」

「차엇소?」

---

26) 겉으로 뚜렷하게 드러나지 않고 어슴푸레하며 흐릿하다.
27) '그을음'으로 추정.
28) 남포에 씌운 유리 꺼펑이(바람을 가리고 불빛을 밝게 함).
29) 서양책, 외국책.
30) 금자 : 泥金으로 쓰거나 金箔 따위로 나타낸 글자, 금빛의 글자.

「아니야요, 벌서……… 저仁川사시는兄님이오셧던날………」

「………」

안해가애서찻던그것도 벌서典當鋪의고흔몬지가안젓구나! 종지하나라도
차근차근알안곳하는 안해가 그것을잡혓는지아니잡혓는지 모르는것을보면
貧困이얼마나그의精神을물어쓰덧는지可히알겟다

「………」

「………」

한참동안서로아모말이업섯다 가슴이어째답답해지며 누구하고싸움이나
좀해보앗스면,소리썻高喊이나질러보앗스면,실컷울어보앗스면 하는一種異常
한憾情이부글부글피어오르며 全身에이(虱)가스멀스멀기어단이는 듯이, 옷이
어째몸에씨이고 견딜수가업다 나는이런感情을露骨的으로들어내며

「漸漸苟且한살림에실症이나서못견디겟지?」 안해는무엇을생각하는지모
르게精神을일코섯다가 그재섭치테눈이둥글해지며

「녜에?어째서요?」

「무얼그러치!」

「실흔생각은족음도업서요」

이러케말이오락가락함을딸아 나는興奮의度가漸漸지터간다

그래서안해가썰리는소리로

「어째그런줄아셔요?」하고反問할적에

「나를菽麥으로알우!」라고激烈하게소리를놉헛다

안해는살짝憤한빗이눈에비최며 물쓰럼이나를들여다본다 나는쾌씸하다
하는듯이흘겨보며

「그러면그것모를가! 오늘날까지잘참아오더니 인제는漸漸氣色이달라지
는걸, 뭐-勿論그럴만도하지마는!」

이런말을하는내가슴에는 지낸일이活動寫眞모양얼른얼른나타난다.

六年前에 (그째나는十六歲이고 제는十八歲이엇다)우리가結婚한지얼마
아니되어 知識에목마른나는 知識의바다ㅅ물을어더마시랴고 飄然히집을쩌
낫섯다 狂風에나부끼는버들葉모양으로 오늘은支鄕31), 來日은日本으로구을

러단이다가　金錢의탓으로　知識의바다ㅅ　물도흠씬마셔보지도못하고　半거둬충이가되어　집에들아오고말앗다　내게시집올째에는　방글방글　피랴는꽃쑝오리갓던안해가　어느결에　이울어가는꽃처럼　두쌤에鮮姸한빗이슬어지고　이마에는벌서두어금가는줄이그리엇다

　　妻家德으로집간도장만하고　세간도어더　우리는所謂살림을하게되엇다　처음에는그럭저럭지내엇지마는한푼나는대업는살림이라　한달가고두달갈스록漸漸困難해질짜름이엇다　나는報酬업는讀書와　價値업는지茫然[32]케몰랏섯다　그래도째째로맛난飯饌이床에오르고입은옷이果히　醜하지아니함은專혀안해의힘이엇다　전들무슨벌이가잇스리요　부끄럼을무릅쓰고親家에가서　눈치를보아가며　구차한소리를하여가지고　어더온것이엇다　그것도한번두번일이지長久한歲月에어찌늘그럴수가잇스랴ㅡ末境)에는　안해가가져온세간과衣服에손을대는수밧게업섯다　잡히고파는것도　나는알은체도아니하엿다　그가애를쓰며　특별스러운엽집한멈에게돈푼을주고시켯섯다

　　이런苦生을하며서도　그는나의成功만마음속으로　깁히깁히밋고빌엇섯다　어느째에는　내가무엇을짓다가마음에맛지아니하며　쓰던것을집어더지고　화를낼적에

　　「웨마음을　燥急하게잡수셔요!　저는꼭당신의이름이세상에빗날날이잇슬줄미더요,　우리가이러케苦生을하는것이將來에잘될根本이야요」하고그는스스로興奮되어눈물을흘리며나를慰勞한적도잇섯다

　　내가外國으로돌아단일째에　所謂新風潮에찌어까닭업시舊式女子가실혓섯다　그래서나의일즉이장가든것을매우後悔하엿다어쩐男學生과어쩐女學生이서로戀愛를주고밧고한다는이악이를들을적마다　空然히가슴이쒸놀며부럽기도하고悲感[33]스럽기도하엿섯다

　　그러나나ㅅ살이들어갈스록　그런생각도업서지고집에돌아와안해를격거보니　意外에그에게짜뜻한맛과純潔한맛을發見하엿다　그의사랑이야말로利己的

---

31)　'秦'이　와전된　것으로　'중국'을　달리　이르는　말.
32)　어이가　없어　하다.
33)　슬픈　느낌.

사랑이아니고獻身的사랑이엇다 이런줄을漸漸깨닷게될째에내마음이얼마나
幸福스러웟스랴-밤이깁도록다딤이를하다가그만옷입은채로쓸어저困하게자
는 그의파리한얼굴을들여다보며

　「아아나에게慰安을주고 援助를주는天使여!」하고感激이極하야 눈물을흘
린일도잇섯다

　내가아다십히내가별로天稟은업스나 어쨋던무슨著作家로몸을세워보앗스
면하야 나날이創作과讀書에全心力을바치엇다　勿論아즉남에게認定될價値
는업는것이다그影響으로自然 日常生活이末由[34]하게되엇다

　이런困難에그는近二年견디어왓건마는 나의하는일은오히려아모보람이업
고 房안에노혀던세간이줄어가고장농에찻던옷이거의다업서젓슬뿐이다

　그結果그다지견딜성잇던저도 요사이와서는 째째로쓸대업는歎息을하게
되엇다 손잡이를잡고 마루쓰테우둑허니서서 하염업시먼산만바라보기도하며
바느질을하다가말고 失心한사람모양으로 멍엉히안젓기도하엿다 窓鏡[35]으
로비추는으스름한해빗에 나는흔히그의눈물먹음은근심잇는눈을發見하엿다
이럴째에는말할수업는쓸쓸한생각이들며일업시

　「마누라!」하고부른면 그는몸을흠칫하고고개를저리로돌리어 치마자락으
로눈물을씻으며

　「녜에?」하고울음에썰리는가는對答을한다 나는동에찬물을끼언는듯 몸이
으쓱해지며 凄凉한생각이싸늘하게가슴에흘럿섯다 그러치안해도自卑하기쉬
운마음이더욱해지며「내가無資格한탓이다」하고 스스로蔑視를하고나니 더
욱견딜수업다 「그럴만도하다는同情心이업지아니하되 그래도그만不快한생
각이일어나며「계집이란할수업서」」혼자이런不平을중얼거리엇다-

　幻燈[36]모양으로 하나씩둘씩 이런일이 가슴에 나타나니 무어락말할勇氣
조차업서젓다 나의唯一의信仰者이고 慰勞者이던저까지 인제는나를아니밋게

---

34) 중요하지 않은 인연, 연관된 일 등으로, 가정에 신경을 쓰지 못한 정도로 해석할 수
　　있다.
35) 창문이나 유리창에 단 유리.
36) 꺼졌다가 켜졌다가 하는 등. 곧 문맥 속에서는 가끔씩 이런 일들이 일어났다가 또
　　없어졌다가 하는 모습을 비유하기 위해 인용함.

되고말앗다,　그는마음속으로「네가六年동안내살을싹고저미엇구나!　이怨讎야!」할것이다이러케생각하매　그의불갓던사랑까지엷어저가는것가탓다　아니痕跡도업시살아지고만것가탓다　나는感傷的으로허둥허쿵하며

「낸들마누라를苦生시키고십허시켜겟소　비단옷도해주고십고　조흔洋傘도사주고십허요!　그러킬래　왼終日쉬지안코工夫를아니하오,　남보기에는펀펀히노는것가타도實相은그러치안해!　본들모른단말이요」

나는漸漸强한假面을벗고　弱한眞相을들어내며　이와가튼可笑로운辨明까지하엿다

「왼世上사람이다나를誹笑하고　侮辱하여도　相關이업지마는　마누라까지나를아니미더주면　어찌한단말이요」

내말에스스로刺戟이되어마츰내

「아아」길이歎息을하고그만쓸어젓다　이瞬間에　고개를숙이고　아마하염업시입술만물어뜻고잇던　안해가忽然

「여보!」

울음소리를떨며서　문허지는듯이내얼굴우에쓸어진다

「容恕………!」하고는북바처나오는울음에　말이막히고　불ㅅ덩이가튼두쌤이　내얼굴을누르며　흙흙느끼어운다　그의두눈물으로부터새암솟듯하는눈이제쌤과내쌤사이를　짜듯하게저저퍼진다

내눈에서도　눈물이흘러나린다　뒤숭숭하던생각이　다이쓰거운눈물에　봄눈슬듯슬어지고말앗다

한참잇다가　우리는눈물을엇어다　내속이얼마큼시원하듯하엿다

「容恕하여주서요!　그러케생각하실줄은　참몰랏서요」이런말을하는안해는눈물에불어오른눈썹질을압푼듯이　끔적어린다

「암만苟且하기로니　칠症37)이야날가요!나도한번먹은마음이잇는데………」

가만가만히辨明을하는안해의눈물　痕跡이어룽어룽한얼굴을　물쓰럼이바라보며　겨우心身이가든하엿다

---

37) 실증.

三

어제ㅅ일로心身이疲困하엿던지 그이튼날늣게야 잠을깨니간 밤에오던비는어느결에그치엇고明朗한해ㅅ발이 미다지에놉핫더라 안해가다시금장문을열고잡힐것을차질지음에 누가中門을열고들어온다 우리는누군가하고 귀를기울일저에 밧게서

「아씨!」하는소리가 들리엇다

안해는急히房門을열고나갓다, 그는妻家에서부리는한멈이엇다 오늘이 丈人生辰이라고 어서오라는말을傳한다

「오늘이야참올치 오늘이二月 열엿셋날이지-나는깜박이젓서!」

「웬 아씨는짝도하십니다,어쩌면아버님生辰을이즈선단말슴이요, 아모리살림이滋味가나시더래도…」

시큰둥한한멈은 선웃음을처가며 이런소리를한다 艱難한살림에 汨沒[38]한락 自己親父의生辰까지 이젓는가하매 안해의情地가더욱惻然하엿다

안해는 한멈을수작해보내고 房으로들어오며

「오늘이 本家아버님生辰이라요, 어서오라시는데………」

「어서가구려………」

「당신도가셔야지요, 우리가티가셔요」 안해는하염업시 얼굴을붉힌다

나는妻家에가기가 매우실혓섯다 그러나 아니가는것도 내道理가아닐듯하야 하는수업시두루막을입엇다

안해는머뭇머뭇하며 兩眉間을보일듯말듯 찡그리다가 겻눈으로살짝나를보더니 돌아서 急히장문을연다

「흥, 입을옷이업서 망상거리는구나」

나도슬쩍돌아서며 생각하엿다

우리는서로등지고섯건마는 그래도 안해가거의다비인장안을들여다보며 입을만한옷이업서 눈ㅅ살을 찝흐린樣이 눈압혜선연하며 어찌할수가업섯다

「자아가셔요」

---

38) 다른 생각할 겨를 없이 오로지 어떤 한 가지 일에만 파묻힘.

무엇을생각는지모르게 精神을일코섯다가 안해의부르는소리를듯고 나는 機械的으로 고개를돌리엇다 안해는 唐木옷을갈아입고 내마음을알앗던지 나를慰勞하는듯이 방글에웃엇다 나는더욱쓸쓸하엿다

우리집은川邊배다리겨테잇고 妻家는安國洞에 잇서 그距離가꽤멀엇다 나는천천이가노라고가고 안해는速히오노라고오건마는 그는늘뒤써러저섯다 내가한참가다가 뒤를돌아보면 그는꽤멀리써러저나를 쌀아오랴고 애를쓰며 주츰주츰걸어온다 길가에단이는어느女子를보아도 거의다비단옷을입고 고흔신을신엇는데 안해는唐木옷을허술하게차리고 청목당혀[39]로 타박타박걸어오는양이 나에게얼마나哀然한생각을일으켯는지!

한참만에 나는넓고놉흔妻家大門에다달앗다 내가안으로들어갈적에 낫선사람들이 나를흘끔흘끔본다 그들의눈에 「이사람이누구인가아마이집차인인가보다」하는 輕蔑히여기는빗이잇는것가탓다 안大廳가까이들어오니 모다내게紛紛히인사를한다 그인사하는소리가 내귀에는어쌔誹笑하는것갓기도하고 侮辱하는것갓기도하여 空然히가슴이두근거리고 얼굴이후끈거리엇다

그中에第一내게 親熟하게인사하는사람이잇다 그는안해보다 三年마지인 妻兄이엇다 내가어려서장가를들엇슴으로 그때그는나를 못견디게시달렷다 그때는 그가실키도하고 밉기도하더니 至今와서는 그때그리함이 돌이어우리를無關하고 情답게맨들엇다 그는仁川사는데 自己男便이 期米를하여가지고 이번에 돈十萬圓이나 着實히쌋다한다 그는 自己의잘사는것을자랑하고저함인지 비단을나리감고 치감고얼굴에富裕한態가질질흐른다 그러나 粉으로숨기랴고 애쓴보람도업시 눈우에퍼러케멍든것이 내눈에씌엿다

「웨마누라는어쩌고 혼자오셔요?」 그는웃으며이런말을하다가 中門便을바라보더니

「그러면그러치! 同夫人[40]아니하고오실라구!」

혼자주고밧고한다 나도이말을듯고 슬쩍돌아다보니 안해가벌서中門안에 들어섯더라 그 瘦瘠한얼굴이더욱瘦瘠해보이며 눈물고인듯한눈이 하염업시

---

39) 과거에 어린아이나 여자가 신던, 푸른 바탕에 붉은 눈이 그려진 신발.
40) 아내를 동반함.

웃는다 나는有心히 그와안해를번걸아보앗다 처음보는사람은 分간을못하리
만큼 그들의얼굴은酷似하다 그런데 얼굴빗은어쩌면저러케틀리는지? 하나는
이글이글滿發한꼿갓고 하나는시들시들마른落葉갓다 안해를 兄이라하고 妻
兄을 아오라하엿스면 아모라도속을것이다 쏘한번안해를보며 말할수업는쓸
쓸한생각이 다시금가슴을누른다 쌘飮食은별로먹지도아니하고 못먹는술을넉
잔이나마시엇다 그래도바늘방석에안진것처럼안저 견딜수가업다 집에가랴고
나는몸을일으켯다 골치가힝하며 내가선房바닥이 마치暴風에淘淘하는波濤
가티 놉핫다나잣다 어질어질해서곳쓸어질것갓다 이擧動을보고 丈母가惶忙
이일어서며

「술이저러케醉해가지고 어대로갈라구 여긔서 한잠자고가게」

나는손을내저으며

「안돼요 안돼요 집에가겟서요」

醉한소리로중얼거리엇다

「저를어쩌나!」 丈母는걱정을하시더니 「한멈! 어서人力車한채불러오게」
한다

醉中에도人力車를태어주지말고 그人力車삭을 나를주엇스면 冊한卷을사
보련만하는생각이잇섯다 人力車를타고 얼마아니가서 그만잠이들고말엇다

한참자다가 잠을깨어보니 房안에벌서람푸불이키엇는데 안해는어느결에
왓는지 외로히안저바느질을하고 火爐에서는무엇이 쓸는소리가보글보글하엿
다안해가나의잠쌘것을보더니 急히火爐에언즌것을 만저보며

「인재고만일어나 진지를잡수셔요」

하고 불이나케일어나 구돌목에파무더둔 밥그릇을 쓰어내어 미리차려둔
床에언저서 내압헤갓다노코─邊火爐를당기어 더운飯饌을집어언즈며

「자─어서일어나셔요」

나는마지못하여하는듯이 무시시일어낫다머리가오히려압흐며, 목이몹시
말라서 국과물을連해들이컷다

「물만잡수셔어쌔요, 진지를좀잡수셔야지」

안해는이런근심을하며 밥床머리에안저서 고기도쓰더주고 생선쎠도추려

주엇다　이것은다오늘妻家에서가저온것이다　나는맛나게밥한그릇을다먹엇다
내밥床이나매　안해가밥을먹기始作한다　그러면至今ㅅ것내잠깨기를기다리고
밥을　먹지아니하엿구나하고　오늘妻家에서본일을생각하엿다어제ㅅ일이잇슨
後로　우리사이에　무슨壁이생긴듯하던것이　그壁이漸漸엷어저가는듯하며　가
엽고사랑스러운생각이　일어낫섯다　그래서우리는情답게이런이악이저런이악
이　하게되엇다　우리의이야이는　오늘丈人生辰잔치로부터　妻兄눈우에멍든것
에옴겨갓다

　　妻兄의男便이　이번그돈을짠뒤로는　晝夜料理店과　妓生집에돌아단이더니
日前에어썬妓生을　어더가지고　미쳐날뛰며집에만들면　집안사람을들복고걸
핏하면妻兄을친다한다　이번에도별로大段[41]치안흔일에　妻兄에게밥床을냅다
같치　바로눈우에　그러케멍이들엇다한다

　　「그것보아-　돈푼이나잇스면　다　그런것이야」

　　「정말그래요,　업스면업는대로살아도　의조케지내는것이幸福이야요」

　　안해는哀心으로共鳴[42]해주엇다　이말을들으매　내마음은말할수업시滿足
해지며　무슨勝利者나된듯이　得意揚揚[43]하엿다　그리고마음속을

　　「올라　그러타　이러케지내는것이幸福이다」하엿다

四

　　이틀뒤해어스름에　妻兄은우리집에놀라왓섯다　마츰내가업시　무엇을생각
하고잇슬지음에　쓸쓸하게다처잇는　中門이찌긋둥하며　비단옷소리가사으락사
으락들리더니　알에ㅅ목은내게쌔앗기고　웃목에바느질을하고잇던　안해가門을
열고나간다

　　「아이고兄님오셔요」

　　안해의인사하는소리가들리더니　妻兄이　계집下人에게　무엇을들리고들어

---

41) 대단치.
42) 남의 사상 또는 의견에 공감함.
43) 뜻을 이루어 우쭐거리며 뽐내는 모양.

온다 나도반갑게인사를하엿다

「그날매우辱을보섯지요, 못먹는술을 무슨짝에그러케잡수셔요」 그는이런 인사를하다가 급작스럽게 계집下人이든것을앗더니 그속에서 新聞紙로싼것 을 쓰집어내어안해를주며

「내신사는데 네신도한켜레삿다 그날 청목당헤르………」

말을하랴다가 나를겻눈으로흘끔보고 고만입을다친다

「그것을웨쏘사셧서요」

헬슥한얼굴에 쏫물을들이며 안해가致謝[44]하는것도들은체만체하고 쏘이 악이를始作한다

「울적에사랑양반을졸라서 돈百圓을어덧겟지그래서 오늘鍾路에나와서 옷감도바꾸고, 신도사고…」

그는자랑과깃븜의빗이얼굴에퍼지며 짠褓를끌러

「이런것이야-」하고 우리압헤펼처놋는다

仔細히는모르나 如何間갑만코 品조흔비단일듯하다 紋儀[45]업는것 紋儀 잇는것灰色·玉色·草綠色·粉紅色이갓가지로 潤이흐르며 色色이빗이나 서 나는 한참恍惚하엿다 무슨補讚을해야되겟다십허서

「참조흔것인데요」

이런말을하다가 나는쏘쓸쓸한생각이일어난다저것을보는안해의心中이어 쩌할가? 하는疑問이 문득일어남이라

「모다조흔것만골라삿습니다그려」

안해는인사를차리노라고 이런 補讚은하나마 별로불버하는氣色이업다

나는적이意外의感이잇섯다

妻兄은自己男便의 흉을보기始作하엿다 그밉살스럽다는둥 그축은축은하 다는둥 말끗마다자긔남편의 不美한點을들다가문득이악이를끈코 일어섯다

「웨벌서가시랴고하셔요 모처럼오셧다가 반찬은업서도 저녁이나잡수셔 요」하고 안해가 만류를하니

---

44) 고맙다는 뜻을 표현함.
45) 무늬.

「아니곳야가돼,오늘저녁車로쩌날것이니짜가서짐을매어야지 아즉車時間이멀엇서? 아니 그래도停車場에 일즉이나가야지 만일 汽車를노치면 오죽기다리실라구 벌서오늘저녁車로간다고 편지짜지 하엿는데………」

再三만류함도돌아보지아니하고 그는 忽忽46)히 나간다 우리는그를보내고 房에들어왔다 나는웃으며 안해다러

「그까짓것이 기다리는데그다지急急히 갈것이무엇이야」

안해는하염업시웃을쑨이엇다

「그래도 옷감 바꿀 돈을주엇으니 기다리는것이 애처롭기는하겟지!」

밉살스러우니, 축은축은하니하여도 物價의滿足만어드면 그것으로 慰勞하고깃버하는 그의生活이 참可憐하다하엿다

「참그런가보아요」

안해도웃으며내말을밧는다 이째에 妻兄이사준신이 그의눈에찌엇는지 (或은나를 쩌려보고십흔것을 참앗는지모르나) 그것을집어들고 操心操心 펴보랴 다가말고머뭇머뭇한다 그속에그를 害케할 무슨危險品이나든것가티

「어서펴보구려」

안해가하도머뭇머뭇하기로 보다못하여 내가催促47)을하엿다

안해는이말을듯더니 「자키조호랴」하는듯이 活潑하게싼新聞紙를허틴다

「퍽이쑨걸요」 그는近日에드문깃븐소리를치며 房바닥우에 사쁜나려노코버선을쌍가며 곱게신어본다

「어쩌면이리케마저요!」

연해연방48) 感歎詞를부르지즈는 그의얼굴에 欣然한喜色이넘쳐흐른다

「………」

默默히안해의깃버하는양을보고 잇는나는 쏘다시 「女子란할수업서!」하는생각이들며 「操心하엿슬짜름이다!」하매 밤빗가튼검은그림자가 가슴을어둡게하엿다 그러면아짜 妻兄의옷감을볼적에도 勿論마음속으로는 불버하얏

---

46) 작은 날짐승 따위가 가볍게 나는 모양.

47) 재촉.

48) 자주 잇달아서 곧.

슬것이다 다만表面에들어나지아니하엿슬짜름이다 겨우「어서펴부구려」하
는한마디에 가슴에 숨겻던생각을속임업시 나타내는구나하엿다

내가무엇을생각하고잇는지 저는모르고 새신신은발을족음쳐들며

「신모양이어째요」

「매우이쩌」

거트로는조흔듯이 대답을하엿스나 마음은쓸쓸하엿다 내가세게신켜테를
사주지못하야 남에게어든것으로滿足하고깃버하는도다-

웬일인지이번에는 그만不快한생각이 일어나지아니하엿다妻兄이同婿를
밉다거니무엇이니하며서도汽車노치면 男便이기다릴가念慮하야 急히가던것
이생각난다그것을밀우어안해의心思도알수가잇다不得已한 境遇라 하일[49]업
시精神的幸福에만 滿足하랴고애를쓰지마는 其實不足한것이다 다만참을짜
름이다그것을내가생각해야된다 이런생각을하니 前날안해에게그런말을한것
이後悔가난다

「어느째라도 제恩功을갑착줄날이잇겟지」

나는마음울음좀너글업게먹고 이런생각을하며 안해를보앗다

「나도어서出世를하여 비단신한켜레쯤은사주게되엇스면 조흐련만……
…」

안해가이런말을듯기참처음이다

「녜에?」

안해는제귀를못미더하는듯이 疑訝한눈으로 나를보더니 얼굴에살짝熱
氣[50]가오르며

「얼마안되어 그러케될것이야요?」라고힘잇게말하엿다

「정말그럴것갓소?」 나도 約干興奮하야 反問하엿다

「그러면요, 그러코말고요」

아즉아모도認定해주지안한 無名作家인나를 다만 저하나이 깁히깁히認
定해준다! 그러킬래 그强한 物質의對한本能的要求도 참아가며 오늘날까지

---

49) 어느날, 무슨 날, 목적이 있는 날.
50) 고조된 흥분, 또는 그런 분위기.

몹시 눈ㅅ살을찌프리지아니하고 나를도아준것이다
　「아아 나에게慰安을주고 援助를주는天使여!」
　마음속으로이러케부르지즈며 두팔로덥석 안해의허리를잡아 내가슴에바싹안앗다 그다음瞬間에는쓰거운두입술이………………………. 그의눈에도 나의눈에도 그렁그렁한눈물이 물쓸틋넘쳐흐른다.
　-(끗 十二月十七日夜)-

술 勸하는 社會

『開闢』, 1921, 11

「아이그, 아야」

호올로 바느질을하고잇던안해는 얼굴을 살작쩝흐리고 가늘고날카로운소리로 부르지젓다. 바늘쯧이 윈손엄지손가락손톱밋을찔럿슴이다. 그손가락은 가늘게쩔며 하얀손톱밋으로 櫻桃빗가튼피가 비추인다 그것을볼사이도업시 안해는얼른바늘을쌔고 다른손엄지가락으로 그 傷處를눌르고잇다. 그리면서 하던 일가지를 팔굼치로 고히고히 밀어나려 노핫다. 이윽고 눌럿던손을쩨어 보앗다. 그언저리는인제다시 피가아니나랴는것처럼 血色이업다. 하더니, 그 히던쩝흘미테 다시금 쏫물이차츰차츰 밀려온다. 보일듯말듯한그傷處로부터 좁쌀낫가튼피ㅅ방울이 송송솟는다. 쏘아니누를수업다. 이만하면 그구멍이 아물럿스려니하고 손을쩨면 쏘얼마아니되어 피가비추어나온다.

인제 헌겁오락지[51]로처매는수밧게업다. 그傷處를누른채 그는바느질고리에 눈을주엇다. 거긔쓸만한오락지는 실패밋에잇다. 그실패를밀어내고 그오락지를 두새끼손가락사이에 집어올리랴고 한동안애를썻다. 그오락지는 마치 풀로부텨둔것가티 고리미테 착달라부터 세상 집혀지지안는다. 그두손가락은 헛되이 그으락지우를 극적어리고잇슬쑌이다.

「웨 집혀지지를안하!」 그는마츰내 울듯이부르지젓다. 그리고그것을집어

---

51) 오라기 새끼, 종이, 실 따위의 좁고 긴 조각.

줄 사람이업다하는듯이 房안을둘러보앗다. 房안은 텅비어잇다. 어느뉘하나
업다. 호젓한虛影52)만 그를휘싸고잇다. 밧갓도죽은듯이 고요하다. 時時로퐁
퐁하고떨어지는 水道읫물방울소리가 쓸쓸하게들릴쑌. 문득電燈불이, 光彩
를더하는듯하엿다. 壁上53)에걸린掛鍾의거울이 번들하며, 새로한點을 가르
치랴는時針이, 威脅하는듯이 그의눈을쏜다. 그의男便은 그째껏 돌아오지안
핫섯다.

　안해가되고 男便이된지는 벌서오래읫일이다. 어느덧七八年이지내엇스리
라. 하건만 가티잇서본날을 헤아리면 單一年이될락말락한다. 막그의男便이
서울서中學을마첫슬제 그와結婚하엿고 그리자 말자 고만 東京에負芨54)한
짜닭이다. 거긔서 大學까지 卒業을하엿섯다. 이길고긴歲月에 안해는 얼마나
괴로윗스며 외로윗스랴! 봄이면봄, 겨울이면겨울, 웃는꼿을 한숨으로마젓고
얼음가튼벼개를 쓰거운눈물로 덥히엇다. 몸이압흘째, 마음이 쓸쓸할제, 얼마
나 그가그립엇스랴－하건만 안해는이모든苦生을 이를 악물고참앗섯다. 참을
쑨이아니라 달게바닷섯다. 그것은男便이돌아오기만하면－하는생각이 그에게
慰勞를주고 勇氣를준짜닭이엇다. 男便이 東京에서 무엇을하고잇나? 工夫를
하고잇다. 工夫가무엇인가? 仔細히는모른다. 쏘알랴고 애쓸必要도업다. 어
찌하엿던지,이世上에 第一조코 第一貴한무엇이라한다. 마치넷날이악이에잇
는 도깹이의 富者방망이 가튼것이어니한다. 옷나오라면 옷나오고, 밥나오라
면 밥나오고, 돈나오라면 돈나오고⋯⋯⋯ 저하고십흔무엇이던지, 請해서 아
니되는것이업는 무엇을, 東京에서 어더가지고나오려니 하엿섯다. 가끔 놀러
오는親戚들의 緋緞옷입은것과 金指環55)낀것을 볼째에 그當場엔 마음그윽
히 불버도하엿지만 나중엔「男便만돌아오면!」하고 그것에 輕蔑하는 視線을
던지엇다.

　男便이돌아왓다. 한달이지나가고 두달이지나간다. 男便의하는行動이 自

---

52) 허영.

53) 바람벽의 위.

54) 부급. 책상자를 진다는 뜻으로, '타향으로 공부하러 감'을 이르는 말.

55) 금가락지.

己의期待하던바와 폭음背馳56)되는듯하엿다. 工夫아니한사람보담 폭음도 다른것이업섯다. 아니라 다르다면 다른點도잇다. 남은돈벌이를하는데 그의男便은 돌이어 집안돈을쓴다 그리면서도 어대인지 奔走히 돌아단인다. 집에들면 精神업시 무슨冊을 보기도하고, 쏘는밤새도록 무엇을쓰기도하엿다.

「저리는것이 참말富者방망이를 맨드는것인가보다」

한해는 스스로 이러케解釋하엿다.

쏘두어달 지나갓다. 男便의하는일은 늘한모양이엇다. 한가지 더한것은 때때로 깁흔한숨을쉬는것쑌이엇다 그리고 무슨근심이 잇는듯이 얼굴을 펴지안핫다. 몸은나날이 축이나간다.

「무슨걱정이잇는고」 안해도 쌀아서 근심을하게 되엇다. 하고는 그여윈것을 補充하랴고 갓가지로를썻다. 곳 될수잇는대로 그의밥床에 맛난飯饌가지를붓게하며 쏘 고음가튼것도 맨들엇다. 그런보람도업시 男便은 입맛이업다하며 그것을 잘먹지도 안핫섯다.

쏘멋달 지나갓다. 인제 出入을 쑥 쓴코늘집에부터잇다. 걸핏하면 성을낸다. 입버릇모양으로 화난다화난다하엿다.

어느밤새벽, 안해가어렴풋이 잠을쌔어, 男便의누웟던자리를 더듬어보앗다. 쥐이는것은 이불자락뿐이다. 잠결에도 조금失望을아니느씰수업섯다. 일흔것을차지랴는것처럼,눈을부시시쩟다. 책상위에머리를 쓸어털이고, 두손으로 그것을 움켜쥐고잇는男便을 보앗다. 흐릿한意識이,돌아옴에따라 남편의 어깨가 덜석덜석움즉임도쌔달앗다. 흙흙느끼는소리가, 귀를울린다. 안해는 精神을 밧작차리엇다 불현듯이 몸을일으켯다. 이윽고 안해의손은 가볍게 男便의등을 흔들며, 목에 걸리고 잘나오지안는소리로

「웨이리고계셔요」라고무러보앗다.

「………」 男便은아모對答이업다. 안해는손으로 男便의얼굴을괴여 들랴고 할지음에, 그것이 쓰쓰하게 눈물에 젓는것을 쌔달앗다.

쏘한두어달 지나갓다. 처음처럼 다시 出入이자조로윗다. 구역이날듯한

---

56) 서로 반대가 되어 어긋남.

술냄새가 밤늦게돌아오는 男便의입에서 나게되엇다. 그것은 요사이ㅅ 일이다. 오늘밤에도 只今까지 돌아오지안핫다. 초저녁부터 안해는 別別생각을 다하면서 男便을 苦待苦待하고잇섯다. 支離한時間을 速히보내랴고 치엇던 일가지를쏘쯔내엇섯다. 그것조차뜻가티안이되엇다. 째째로바늘은엇되이움즉이엇다. 마츰내 그것에찔리고말앗다.

「어대를가서 이째썻 오시지안하!」

안해는인제 압흔것도 이저버리고 짜증을내엇다. 잠간그를써낫던 空想과 幻影이 다시금그의머리에 돌기始作하엿다. 異常한곳을繡노흔, 힌褓우에맛난料理를담은접시가번적인다. 여러親舊와 술을권커니잡거니하는光景이보인다. 어쩐妓生년이 愛嬌가 흐르는웃음을씌우고, 살근살근 제男便에게로 다가드는꼴이보인다. 그의男便은 미친듯이 썰썰웃는다. 나종에는 검은휘장이 스르를덥히는듯이 그모든것이 사라저버리더니 狼藉⁵⁷⁾한料理床만이 보이기도하고 술瓶만히게빗나기도하고 아까그妓生이 한팔로쌍을집고 진저리를처가며 웃는꼴이 보이기도 하엿다. 쏘는男便이 길바닥에 쓸어저우는것도보이엇다.

「門열어라!」

문든 大門이 덜컥하고 혀가꼽으러진 소리로부르는듯하엿다.

「네」 저도모르게 對答을하고急히마루로 나왓다. 잘못신은, 발에아니맛는신을 질질쓰을면서大門으로 달렷다. 中門은아즉 잠그지도안핫고 行廊房에 사람이업지안치마는 依例히 깁흔잠에 썰어젓슬줄알고 自己가쮜어나감이엇다. 가늘음한손이 어둠속에서 히게빗장을 잡고한참실랭이를한다. 大門은 열렷다.

밤바람이 선득하게 얼굴에안친다. 門밧게는아모도업다! 온골목에 사람의그림자도볼수업다. 검푸른 밤빗이 허연길우에 그믈그믈⁵⁸⁾ 깃드럿슬쑨이엇다.

안해는 무엇에놀랜사람모양으로 한참멀거니서잇섯다. 문득 急遽⁵⁹⁾히大

---

57) 여기저기 얼룩지거나 흩어져 어리럽다.
58) 날씨가 활짝 개지 않고 자꾸 흐려지는 상태.

門을 다친다 마치그열린사이로 惡魔나들어올것처럼.

　「그러면 바람소리이엇구면」하고 싸늘한쌤을쓰다듬으며, 해쑥웃고 발길을 돌리엇다.

　「아니 내가分明히 들엇는데……… 或내가 잘못보지를안핫나, ………………길바닥에나 쓸어저 잇섯스면 보이지도 안흘터야………」

　中門間까지 다다르자 瞥眼間 이런생각이그의거름을 멈추게하엿다.

　「大門을 쪼곰열어볼가? ………아니야 내가 헛들엇지………그래도或………아니야 내가헛들엇지」

　망상거리면서도 꿈쑤는사람모양으로, 저도모를사이에, 마루까지올라왓다. 매우奇妙한생각이 번개가치 그의머리에 번쩍인다.

　「내가大門을 열엇슬제 나몰래 들어오지나 안핫나? ………」

　果然房안에 무슨소리가 나는것가탓다. 確實히사람의긔척이잇다. 어른에게쑤중모시러가는어린애처럼 換心換心 房門압헤왓다. 그리고門間알에로 손을대여 하염업시웃는다.그것은제잘못을 容恕해줍시사 하는어린애가튼웃음이엇다. 換心換心 房門을 열엇다. 입울이 어째움즉움즉하는듯하엿다.

　「나를속이랴고 입울을 쓰고누윗구면」하고 마음속으로 소근거렷다. 가만히 나려안는다. 그 貌樣이 이것을 건드려서는 큰일이나지요 하는듯하엿다 입울을 펄적 쳐들엇다. 비속褓가 하야케 들어난다. 그제야 確實히아니온줄안것처럼

　「아니왓구면, 안왓서!」라고 울듯이 부르지짓다.

*　　*　　*　　*　　*　　*

　男便이돌아오기는 새로두點을 훨신 지낸뒤이엇다. 무엇이털석하는소리가 들리고 잇달아 「아씨아씨」라고 부르는소리가 귀를짜릴째에야 안해는비롯오, 아즉도안젓슬自己가, 입울우에 쓸어저잇슴을 째달앗다. 其實[60], 잠귀

---

59) 갑자기, 썩 급하게.
60) 실제의 사정.

어두운한멈이 大門을열엇스리만큼, 안해는 쌈박 잠이깁히들엇섯다. 하건만, 그는夢境[61]에서彷徨하는精神을 當場에收拾하엿다. 두어번얼굴을쓰다듬자 말자 불현듯 밧그로나왓다.

　男便은,한다리를 마루쯔테걸치고 한팔을비고 엽흐로누워잇다. 숨소리가 씩은씩은한다.

　막 구두를벗기고 일어난한멈은 검붉은상을 찡그려부치며

　「어서 일어나房으로 들어가서요」라고한다.

　「응 일어나지」

　나리는 혀를 억지로 돌리어 코와입으로 對答을하엿다. 그래도 몸은꿈적 도안는다.돌이어 그개개풀린 눈을 자랴는것처럼 스르를 감는다. 안해는 눈만부비고서잇다.

　「어서일어나셔요, 房으로들어가시라니까」

　이番에는 對答조차아니한다. 그代身, 무엇을잡으랴는것처럼 손을내어젓더니,

　「물, 물, 冷水를좀주어」라고 중얼거렷다.

　한멈은얼른물을써다 泥醉[62]者의코미테 노핫건만, 그사이에 벌서아까請을 이즌것가티 醉한이는 물을먹으랴고도안는다.

　「웨 물을아니잡수셔요」 겨테서 한멈이깨우첫다.

　「응 먹지먹어」

　하고 그제야主人은 한팔을집고 고개를든다.한쩌번에 물한대접을 다들이켜버렷다.그리고는 쏘쓸어진다

　「에그 쏘눕네」하고 한멈은 우물로 기어드는 어린애를 안으랴는모양으로 두손을내어민다.

　「한멈은 고만가자게」 主人은귀치안타하는듯이 말을한다.

　이를어찌해, 하는듯이 멀거니서잇는안해도,한멈이고만갓스면하얏다. 男便을붓들어 일으킬 생각이야 懇切하지마는, 한멈보는데, 어찌그럴수업는것

---

61) 꿈속.

62) 술에 곤드레만드레 취함.

가탓다. 婚姻한지가, 七八年이되엇스니 그런破羞63)야되엇스런만, 가치잇서 본날을 쏩아보면, 그는아즉, 갓시집온색시이엇다.

「한멈은 가자게」란말이 목까지 올아왓지만 입술에서 사라지고말앗다. 마음그윽히, 한멈의, 돌아가기만기다릴쑌이엇다.

「좀 일으켜들여야지」

가기는켜녕, 이런말을하고, 한멈은 선웃음을치면서 마루로 부덕부덕올라온다. 그모양은, 마치, 主人나리가藥酒가醉하시거든, 房에까지, 모셔다들여야 제道理에올치요, 하는듯하엿다.

「자아자아」

한멈은 아씨를보고, 히히웃어가며, 나리의등밋으로 손을넛는다.

「웨이래웨이래, 내가일어날터야」

하고몸을움직이더니 정말 주인입부시시일어난다 마루를쾅쾅눌러디디며, 비틀비틀, 쏯쓸어질듯한 步調로, 房門을向하고, 걸어간다. 와직근하며, 門을 열어제치고는, 房안으로들어간다. 안해도, 뒤쌀아들어왓다. 한멈은中門턱을 넘어설제, 몃번혀를착는, 저갈대로 가버렷다.

壁에엇비슷하게, 기대서잇는男便은, 무엇을생각하는듯이 고개를숙이고 잇다. 그의말라부튼광자노리64)에, 펄덕어리는, 푸른脉을, 안해는경정스럽게, 바라보면서, 男便겨트로다가온다. 안해의한손은, 洋服깃을, 쏘한손은 그소매 를, 잡으며, 和한목성으로,

「자아, 벗으셔요」하엿다.

男便은문득, 미쓰러지는 듯이, 壁을타고, 나려안는다. 그의쑥쌔친발쯔테, 입울자락이, 저리로밀려간다

「에그, 웨이리하셔요, 벗자는옷은아니벗으시고」

그셔슬에, 넘어질번한안해는, 애닯게부르지젓다. 그리면서도,가티쌀아안 는다.그의손은 쏘 옷을잡앗다.

「옷이구겨집니다. 제발좀벗으셔요」라고안해는哀願을하며, 옷을벗기랴고,

---

63) 파수.
64) 관자놀이.

애를쓴다. 하나,醉한이의등이, 千斤가티壁에척들어부텃스니, 벗겨질理가업다. 애를쓰다쓰다 옷을 노코물러안즈며,

「원참 누가술을, 이처럼勸하엿노」라고 짜증을낸다.

「누가勸하엿노? 누가勸하엿노? 흥흥」男便은그말이, 몹시귀에거실리는것처럼, 곱삶는다. 「그래누가勸햇는지, 마누라가좀알아내겟소?」

하고썰썰웃는다. 그것은絶望의가락을띈, 쓸쓸한웃음이엇다. 안해도짤아, 방긋, 웃고는, 쏘옷을잡으며,

「자아옷이나, 먼저, 벗으셔요. 이악이는, 나종에하지요. 오늘밤에잘주무시면, 來日아츰에알으켜들이지요」

「무슨말이야, 무슨말이야. 웨 오늘일을, 來日로밀우어. 할말이잇거든只今해!」

「지금은藥酒가, 醉하셧스니, 來日藥酒가깨시거든하지요」

「무엇? 藥酒가醉해서?」하고 고개를, 쩔레쩔레흔들며 「千萬엣, 누가술이醉햇단말이요. 내가空然히이리지, 精神은말쑹하오.쏙이악이하기 조흘만해, 무슨말이던지………자아」

「글세, 웨 못잡수시는藥酒를잡수셔요. 그러면몸에축이나지안하요」하고 안해는, 男便의이마에흐르는 진쌈을, 씻는다.

泥醉者는머리를흔들며,

「아니야아니야, 그러말을, 듯자는것이아니야」하고 아까ㅅ일을追想하는것처럼, 말을끈헛다가,다시금말을이어,

「올치, 누가나에게술을勸햇단말이요. 내가술이먹고십허서먹엇단말이요?」

「자시고십허, 잡수신건 아니지요. 누가당신끠藥酒를勸하는지, 내가알아낼가요. 저…………… 첫재는화중이술을勸하고, 둘재는, 하이칼라가, 藥酒를勸하지요」

안해는,살짝웃는다. 내가어지간히,알아마첫지요,하는모양이엇다.

男便은苦笑한다.

「틀럿소,잘못알앗소. 화중이술을勸하는것도,아니고, 하이칼라가,술을勸하는것도아니요. 나에게 勸하는것은짜로잇서. 마누라가, 내가어쩐하이칼라

한데나, 흘려단이거니, 그하이칼라가 늘내게술을勸하거니, 하고, 근심을햇스면, 그것은헛걱정이지. 나에게, 하이칼라는아모所用도업소. 나의所用은술쑨이요. 술이창자를, 휘돌아, 이것저것을, 잇게맨드는것을, 나는取할쑨이요」하더니忽然,語調를고쳐, 感慨無量하게, 「아아有爲65)有望66)한머리를, 알콜로痲痺아니시킬수업게하는, 그것이무엇이란말이요」하고긴한숨을, 내어쉬인다. 물큰물큰한술냄새, 房안에허터진다.

안해에게는, 그말이넘우어려윗다. 고만默默히입을다물엇다. 눈에보이지안는무슨壁이, 自己와男便사이에, 갈리는듯하엿다. 男便과말이길어질째마다, 안해는이런쓰디쓴經驗을맛보앗다. 이런일은, 한두番이아니엇다. 이윽고, 男便은긔막힌듯이 웃는다.

「흥 아듯는군. 뭇는내가그르지, 마누라야그런말을알수잇겟소. 내가說明을해들리지. 仔細히들어요. 내게술을勸하는것은, 화중도아니고, 하이칼라도아니요. 이社會란것이, 내게, 술을勸한다오. 이朝鮮社會란것이, 내게술을勸한다오. 알앗소? 八字가조하서, 朝鮮에, 태어낫지, 쌴나라에낫더면, 술이나, 어더먹을수잇나………」

社會란것이, 무엇인가? 안해는쏘알수가업섯다. 어찌하엿든, 쌴나라에는업고, 朝鮮에만잇는 料理집이름이어니한다.

「朝鮮에잇서도, 아니단이면, 그만이지요」

男便은쏘아짜웃음을재우친다. 술이정말아니醉한것가티, 쏘렷쏘렷한語調로,

「허허 긔막혀, 그만分子된以上에다 단이고아니단이는게, 무슨相關이야. 집에잇스면, 아니勸하고 밧게나가야, 勸하는줄아는가보아. 그런게아니야. 무슨社會란사람이잇서서, 밧게만나가면,나를꼭붓들고 술을勸하는게아니야…… 무엇라할가……… 저어우리朝鮮사람으로成立된 이社會란것이 내게술을아니못먹게한단말이요. ……… 어째그럿소? ……… 쏘내가說明을해들리지. 여긔會를하나쑤민다합시다. 거긔모이는사람놈치고, 처음은, 民族을爲하

---

65) 능력이 있음, 쓸모가 있음.
66) 희망이 있음, 앞으로 잘될 듯함.

느니, 社會를爲하느니, 그리는데, 제목숨을, 바쳐도아깝지안티아니하는놈이 하나도업지. 하다가, 單이틀이못되어, 單이틀이못되어………」 한層소리를놉히고, 손가락을하나式둘式꼽으며「되지못한名譽싸움, 쓸대업는地位다틈질, 내가올흐니, 네가글흐니, 내權利가만흐니, 네權利가적으니………밤낫으로, 서로찟고뜻고, 하지, 그러니, 무슨일이되겟소. 무슨事業을하겟소, 會쑨이아니지, 會社이고組合이고………우리朝鮮놈들이 組織한社會는, 다그조각이지. 이런社會에서 무슨일을한단말이오. 하랴는놈이, 어리석은놈이야. 적이精神이바루박힌놈은, 피를吐하고, 죽을수밧게업지그러치안흐면, 술밧게먹을게, 도모지업지. 나도前者에는, 무엇을좀해보겟다고, 애도써보앗서. 그것이 모다水泡67)야. 내가어리석은놈이엇지, 내가술을먹고십허먹는게, 아니야. 요사이는, 좀낫지마는, 처음배울째에는, 마누라도, 아다십히, 죽을애를썻지. 그먹고난뒤에, 괴로운것이야, 격거본사람아니면, 알수업지, 머리가지끈지끈압흐고, 먹은것이, 되돌라올라오고……… 그래도, 아니먹은것보담나핫서, 몸은괴로워도, 마음은, 괴롭지안핫스니까. 그저이社會에서할것은, 주정군노릇밧게업서………」

「空然히, 그런말말아요. 무슨노릇을못해서, 주정군노릇을해요-남이라서………」

안해는 不知不識間에, 興奮이되어, 熱氣잇는눈으로, 男便을바라보고, 불숙이런말을하엿다. 그는제男便이, 이世上에, 가장거룩한사람이어니한다. 쌀아서, 어느뉘보담, 第一잘될줄밋는다. 朦朧하나마그의目的이, 遠大하고, 高尙한것도알앗다. 얌전하던그가 술을먹게된것은, 무슨일이,맘대로아니되어 화풀이로, 그리는줄도, 어렴풋이, 쌔달앗다. 그러나, 술은노상먹을것이아니다. 그러면, 敗家亡身하고는만다. 그럼으로, 하루바쎄, 그화가풀리엇스면, 쏘다시, 얌전하게, 되엇스면, 하는생각이, 그의머리를 쩌날째가업섯다. 그리고, 그날이쏙올줄미덧섯다. 오늘부터는, 來日부터는……… 하건만, 男便은어제도, 술이醉하엿다. 오늘도한모양이다. 自己의期待는, 나날이, 틀려간다. 조차

---

67) 애써 노력한 것이 헛된 결과가 된 상태를 비유적으로 이르는 말.

서期待에對한自信도, 엷어간다. 애닯고冤痛한생각이, 가끔그의가슴을누른다. 더구나, 瘦瘠해가는, 男便의얼굴을, 볼째에, 그런을것잡을수업섯다. 只今저도모르게興奮한것이, 쏘한, 無理가아니엇다.

「그래도, 못알아듯네 그려. 참, 사람, 긔막혀. 本精神가지고는, 피를吐하고 죽던지, 물에쌔저죽던지, 하지, 하루라도, 살수가업단말이야, 胸膈이막혀서, 못살단말이야. 에엣, 가슴답답해」

라고, 男便은, 소리를지르고, 괴로워서, 못견디는것처럼 얼굴을, 쌉흐리며, 미친듯이, 제가슴을쥐어쓰는다.

「술아니먹는다고, 胸膈이막혀요!」

男便의하는짓은, 본체만체하고, 안해는얼굴을, 더욱붉히며, 부르지짓다.

그말에몹시놀랜것처럼, 男便은, 어이업시, 안해의얼굴을바라보더니, 그다음瞬間에는말할수업는苦惱의그림자가, 그의눈을거쳐간다.

그르지내가그르지, 너같은숙맥더러그런말을하는내가그로지, 후우」 스스로歎息한다. 「아아답답해!」

문득긔막힌듯이, 외마디소리를치고는, 벌덕몸을일으킨다. 房門을열고나가랴한다.

웨 내가그런말을하엿던고? 안해는不時에, 後悔하엿다. 男便의저고리뒤자락을잡으며, 안타가운소리로,

「웨 어대를가서요. 이밤中에, 어대를나가서요.내가잘못하엿습니다. 인제는, 다시그런말을, 아니하겟습니다. ………………그러게,來日아츰에, 말을하자니까………」

「듯기실혀, 노하, 노하요」하고 男便은안해를, 쩌다밀치고, 밧그로나간다. 비틀비틀, 마루쯧까지가서는, 털석주져안저, 구두를신기始作한다.

「에그,웨 이리하셔요. 인제다시그런말을, 아니한대도………」 안해는뒤에서, 구두신으랴는 男便의팔을잡으며, 말을하엿다. 그의손은썰고잇섯다.그의눈에는 단박에 눈물이쏘다질듯하엿다.

「이건 웨이래, 저리로가!」 배앗는듯이말을하고, 휙쑤리친다. 男便의발길은, 쑤벅쑤벅, 中門에다다랏다.어느덧 그밧그로사랏것다. 大門빗장소리가,

덜컥하고, 난다. 마루쯔테썰어진 안해는, 헛되이 몃番

「한멈, 한멈」이라고불럿다. 고요한밤空氣를울리는, 구두소리는, 漸漸멀어간다. 발자취는, 어느덧골목쯔트로사라져버렷다. 다시금밤은寂寂히깁허간다.

「가바렷구면, 가바렷서!」 그구두소리를, 永久히아니일흐랴는것처럼, 귀를기울이고잇는안해는, 모든것을 일헛다하는듯이, 부르지젓다. 그소리가사라짐과한끠, 自己의마음도사라지고, 精神도사라진듯하엿다. 心身이 텅비어진듯하엿다. 그의눈은 하염업시검은밤안개를, 물그럼이, 바라보고잇다. 그社會란毒한쏠을, 그려보는것가티.

이쓸쓸한새벽바람이, 싸늘하게, 가슴에, 부디친다. 그부디치는서슬에, 잠못자고, 疲困한몸이, 부서질듯이, 지극하엿다.

죽은사람에게쑌, 볼수잇는햇슥한얼굴이, 痙攣的으로썰며, 絶望한語調로, 소근거렷다.

「그못쓸社會가,웨 술을勸하는고!」

(쯧)

墮 落 者

『開闢』, 1922. 1~4

一

우리둘이-C와나-明月舘支店에 왓슬째는 午後일곱점이 족음 지내엇슬 적이엇다. 봄은발서半이 가짜왓건만, 찬바람이 오히려 사람의살덤을 여의는, 昨年二月 어느날이다. 우리가 거긔간것은 우리社에 처음 들어온K君의招待 를바든 까닭이엇다.

이런料理店에 오기가, 그날이처음은안이다. 처음이안이라면 만히단인것 갓지만은, 그런것도안이니, 이번까지어울러야 겨우세번밧게는 더 안된다. 나 는 이런宴會席에 參禮할적마다, 매우즐거웟다. 길다란料理床을 中心으로, 여 러사람이 둘러안자 웃고쩌들며, 술도마시고 料理도먹는것이 조핫슴이라 안 이 그것보담도 나의가슴을쮜게한것은, 妓生을볼수잇슴이엇다, 親할수잇슴이 엇다.

「무엇째문에?」

이물음에答하기前에 나는잠간나의境遇를說明해두고십다. 나는日本에서 工夫를하다가, 中途에廢學안흘수업게된사람이다. 그것은 어느듯 二年前읫 일이다.

나도工夫할적에는 模範的學生, 自由한靑年이란 稱讚을들엇섯다. 其實 그것이 虛譽는안이엇다. 남은日比谷運動場에서쮜고, 淺草區노리터에서 精

神을일흘째에도, 나는한字라도 알랴하며, 두字라도 배우랴하엿다. 나는 空日도모르고, 休日에도쉬지안엇섯다. 나의唯一의벗은 書冊뿐이엇다. 나에게 慰安을주고 娛樂을주는것은 오직知識뿐이엇다. 窓틈으로새어오는찬바람에 困한잠이째여지고, 선선한 달비치찬물처럼 외로운벼개를적시는새벽, 思鄕의 눈물을뿌리다가도, 갑작이 머리마테 두엇던冊을집어들엇섯다. 이대도록, 나는 工夫에熱狂的이엇다. 工夫만하고보면 偉大한人物이될수잇다. 내가 崇拜하는英雄豪傑도짜를수잇다. 그보담지내간들무엇이어려우랴! 나는쌈아아득하나마 光彩燦爛한將來를 꿈꾸엇다. 나의幻影은, 希望의붉은꽂이필대로피인 꽂밧사이로 써돌앗섯다. 勿論나는 이꿈을미덧섯다 이幻影을참으로녀기엇다. 그러나— 心術구진運命은 그것을 홍뎅이치고말앗다. 不意에 五寸堂叔이 別世하시니, 나는그의入後가안이될수업섯다. 八十이넘은從祖母님의 홋孫子가되고, 三十이남짓한 堂叔母님의 외아들이되고말앗다. 인제는 집을써날수업다. 바다를건너 日本에가기는커녕 며칠시고을만단여와도 한머님과어머님이 우시며부시며, 집안이 호젓한것을 하소연하신다.

　꿈은째여젓다. 幻影은살아젓다. 光明이기다리던 압길에 재ㅅ빗안개가가리엇다. 希望의불꽂은 그물그물사라저간다. 날이감을짜라, 달이감을짜라, 가슴을캄캄하게하는失望의구름장만 두터워갈뿐이엇다, 나의魂은 얼마나 이크나큰損失에嗚咽하엿는지 呻吟하엿는지! 마츰내 돗대가쩍거진배모양으로 이리비틀 저리비틀하게되고말엇다.

　「되는대로되여라! 偉人이 다 무엇이랴! 人生이란 물거품의그림자에不過한것이다!」

　밤새도록 잠한숨안이자고 머리속에서 온갓 蜃氣樓를싸올리다가, 그것이 싸늘한現實에 無慘히째여질째 이런自暴自棄하는생각을 일으키기도하엿다.

　工夫할동안 끈헛던담배도, 어느결엔지 잇(續)게되엇다. 째째로「화난다! 화난다」하고는 술을 찻기도하엿다. 술은本來못먹음은안이니 어릴적부터 맛도모르면서, 父親의잡수실술을,도적해서한목음두목음 홀작홀작마시엇섯다. 그래도中間에 그것을切禁하엿나니, 정말 工夫에心身을바친나는그것을생각할겨를도업섯다. 담배와술을먹게된째는 집에나온지 한一年이나되엇스리라.

술을먹는대도, 料理店에서 버듬적하게먹을處地가아니라 (그런處地야맨들랴면 맨들수잇지만은 그까지는 아직 墮落되지안핫섯다) 十錢어치나二十錢어치나, 바다다가, 집에서自酌할뿐이엇다. 擧酒消愁愁更愁란格으로 酒氣는 돌이어 화증을도은다. 화풀곳은업다. 어찌되든, 집을 휙 나오는수밧게업다.

나오기는나왓지만, 발돌릴곳이업다. 서울서學校에 단인일도업고, 쏘交際를실혀하는나이라, 어느親舊하나업다. 잇대도 나의화푸리바들벗은안이다 나올라가서, 처도모를소리를 지르기도하고, 한썻興奮하얀, 혼자우는것이 고작이엇다.

그後내가○○社에들어가자, 오늘처럼, 社友의招待를바다料理店에간일이잇다. 거긔서 나는妓生이란물건을보앗다. 閭閻집女子에게는좀처럼볼수업는 어여뿐表情, 옷이몸에들어부튼듯한 아름다운맵시 巧妙한言辭, 誘惑的우슴이 果然그럴듯하엿다. 默默히보고만잇는나에게도慰安을주고, 快樂을주는것가탓다. 답답하던가슴이 한결풀리는듯십헛다. 싸늘하던心臟에 짜뜻한피가 흐르는듯십헛다.

「이럴째에 妓生이나 아는것이잇섯스면………」

쓸쓸히덥허오는幻滅의悲哀에, 가슴을물어뜻기도하다가 흔히 이런생각을 하게되엇다. 前者에는妓生이라면, 남의피를빨고,쎠를글거내는妖物이고, 蛇蝎이라하엿섯다. 그런데드나드는사람조차, 사람으로알지안핫섯다. 「浮浪者」, 「墮落者」……말못할人間이라하엿섯다.

「有爲有望한꼿다운靑春에, 무슨노릇을못해서, 花柳界에서歲月을보낸단 말입니짜. 그들은제一平生을 그르칠뿐만아니라, 그害毒을 제子孫에게까지 씨치어 罪人이고, 人類의罪人, 안일수업습니다」

어썬演說會에서, 얼굴을붉혀가며, 이러케까지絶叫한일이잇다.

그째잇나, 지금잇나, 變한들 어찌 이다지도變하랴! 인제, 길거리에, 或妓生들과 서로 지내치면. 문득 가슴이꿈틀함을느끼엇다. 나는, 그치마ㅅ 뒤자락을 홀린듯이 돌아보기도하고, 슬적 코에안치는 그魅力잇는香氣를, 주린듯이 들어마시기도하엿다.

어느날 나는 마츰내 所謂討伐까지하게되엇다 그것은 社友C가, 심심破寂이란口實미테, 놀라를가자함이엇다.

이C란이는, 몸집이작고쌀으며, 머리가곱실곱실한사람인데, 그紅褐色으로 반질반질하는얼굴은물은것단단한것에 다달가보앗다, 쏘 나보담, 近十年마지언만, 족음도年長者로, 自處치안는데, 成服하엿섯다. 그리고 쏘 그의旅館이 우리집가싸히잇는째문에, 우리는자조로이相從하게되엇다. 그도, 몃해前주머니가 넉넉할째에는, 花柳界에 만히놀앗다한다. 그의말을빌리건대, 그는 花柳界裡에 百戰老將이엇다.

우리는 어둠침침한行廊뒤골로 돌앗다. 나는어대가어대인지 잘알지도못하엿다. 다만 C의뒤만싸른다. C의番地보는성냥불이, 몃번 번적하엿다. 그럴적마다, 나의가슴에도 希望과期待가 번적이엇다 그래도「나는가티안이왓소」라고, 變名하는듯이, 늘몃거름 물러서서, 고개를돌리고잇섯다. 番地는 자꾸 틀리엇다. 어느째는 속깁히들어갓던골목을도로나오기도하엿다. 헛되히 성냥개피만허비하엿다.인제 希望은커녕「웬걸 거길라구」미리失望조차할地境이다. 그리고 C가速히그집이 그집아닌줄알고짠데로가시면, 하엿다. 다리가압흐다.

찻든집을 찻기는차젓다. C는 大門을 살그머니 열더니 그안으로사라젓다.

「이리오너라」라고 불으는소리가 들리인다. 웬일인지 나의가슴은, 닥처올重大한일을기다리는사람모양으로, 쮜놀앗다. 펄덕하고, 行廊房門여는소리가 난다.

「妓生잇소」

「妓生집안이야요」하는 툭명스러운말이 맛나자말자, 탁하고 성낸듯이 門을닷는것갓다.

「대단이 잘못해구려. 고런것, 나하고 오늘저녁에 맛나자해노코, 고만移徙를간담」

C는 脾胃조케 거짓말을쑤리고, 우스며나왓다 그날밤遠征은失敗이엇다.

「空然히 남을쯔을고만다니지」

도로 그골목을걸어나오며, 나는C를 원망하엿다.

「쏙 보아야멋인가. 이러케다니는것이, 運動도되고조치. 우리가 어데다니
고십허다니나, 하도 가쌉스러워서그리지」

「그것은 그래」 나는 同意를하면서도 어쌔무엇을 일혼듯이 섭섭함을 어
찌할수없섯다.

二

時間은 이미일곱點半이나되엇건만, 손들은오히려모여들지안핫다. 너르
다는 明月舘支店一號室은 쓸쓸하게비어잇다. 손이라고는 C와 나外에 우리
를 招待한K와, 그의切親한친구로 이宴會의設計者이고 準備員인D가잇슬쑨
이엇다. 아니 그들쑨은아니다 우리가, 들어올때 밥을먹다가일어선 妓生들도
잇다 그의하나는 한번본일이잇는 桂仙이란것이엇다. 그는 이미 妓生으론 老
字를부칠만한낫세일다. 三十가까윗스리라. 그도 한참當年에는 어여쁜姿態
와능난한歌舞로 만흔丈夫의肝臟을녹이엇다한다. 어느이름난大官을 감투쯧
까지쌔지게도 맨들엇다한다 그러나 지금보는나의눈에는, 그런일이 거짓말인
듯십흘만치, 그의얼굴은 사람을쯔으는무슨힘도업섯다. 두쌤은 부은듯이 불
룩하고, 니마는 민듯이 훌렁하엿다. 더구나 그시들시들한살비체는 발서 늙
은그림자가 깃드린것갓다. 하건만, 女性으로는 참아못들을淫談猥藝이 날적
마다, 그검은눈을 스르를감아부치며, 「흥흥」하는코소리와함끠 그쓰거운입술
을 비죽비죽하는것은, 淫蕩그것이엇다. 저긔 녯날솜씨의 남은자최를 차지라
면차질수잇슬는지!

그러타고 그에게 나와故鄕을가티한名譽잇슴조차否定할수업다. 더구나
그가나를 처음볼째「저이가 아모支配人의아우가안닌가요」라고, C에게 물엇
스리만큼 그는 지금 어느시골○○會社支配人으로잇는 우리뮌님을 잘알앗
다. 어린나를 몃번 보기조차 하엿다한다. 짜라서 그는 妓生中나를 아는 오즉
한사람이엇다.

쏘하나는 처음 보는 妓生이엇다. 나의注意는처음부터 그에게로 쯔을리엇
다. 公平하게말하면 그쏘한 美人측에 끼이지는못할는지 모르리라. 니마는

족음줍고, 코끗은 약간 육은풋하엿다. 하나 그어여뿐쌤보리와 귀여운입언 저리가, 그런欠點을 감추고도남앗섯다. 그것보담 그어린牛羊모양으로, 하늘하늘한 애ㅅ된살이 더할수업시 아름다윗다.적어도 그날밤에는 그러케 보이엇다.

「너 요사이 나지미 만히定햇니? 그래 나는네나지미될資格이업단말이냐 나도 좀 되여보잣구나 응」

멋萬金父母의財産을, 오입의구덩에 쓸어너코, 그대신 멋曲調노래와 멋마디弄談을어든D는, 그퉁퉁하게 살진손을들어, 그妓生의손목을잡고, 빙글빙글우서가며 이런말을하엿다. 그들은 밥을 다먹고 床도치운째이엇다.

「네 좃습니다」하고, 그妓生은, 가볍게 고개를 쓰덕인다.

「그래 정말이냐」

「네 좃습니다」

하고 대여드는D를 밀치며, 문득 소리를처 웃는다. 입술이 귀염성잇게 방싯 열리며, 하얀쌀낫가티 찬찬한니ㅅ발사이에, 다문다문석긴金니가 誘惑的으로 번적인다. 나의입술에도 어느결에 우슴이 흘럿다.

「흥흥 논을팔란말이지 밧을팔란말이지. 애이고 요런것」하고 D는손으로 그의쌤을치고, 첫다느니보담 스치고 물러안는다.

「이리 좀 오게그려」

妓生을보면 감질이나서, 못견디는C는 愛嬌의웃음을 흘리며, 그妓生을 부른다. 그째나는C와한자리에 안저잇섯다. 가슴이출렁하엿다.

「우리가 어째 여태썻 서로 만나지못햇담」

채안지도안은 그의손을잡아다리며, C는 말을 부티기始作하엿다.

「이름이무엇?」

「春心이야요」

「고장이어대야?」

「○○이야요」

나는 먼저 그가 나와한고을사람인을 깃버하엿다.

「서울온지 얼마나되엇나」

「한三年되지요」

「이건참 내가 넘우固陋하군」

C는 인제 내판이라하는듯이, 일변몸을 그리로다그며,일변 그獨特한弄談을 늘어노키비롯하엿다 C의하는양은 마치 열번 스무번, 보아親히아는듯하엿다. 나는 물그럼이 그들의하는양을보고만잇섯다. 나의눈에는, 妖術장이가, 입으로五色조희를쏩아냄을 구경하는村쓱이의그것모양으로 疑訝와驚嘆의비치 잇섯스리라.보게사나웁기도하엿다. 부럽기도하엿다. 어찌하면 저러케도 말을잘부틸수잇는가하고가늘한손을 함부로쥘수잇는가. 한時바쌔 C이대신에 내가그와말을하엿스면, 손을쥐엿스면, 하엿다. 羨望에타고잇는나의눈은, 맛난飮食을먹는어른의입만바라보는 어린애의그것가탓스리라.

어느듯 C의팔은, 비스듬이 春心을안고잇다. 사랑을속살거리는愛人들처럼, C의입술은 春心의귀에 다힐듯말듯하다.

「에그 점쟌흔이가 그게 무슨말슴이야요」하고 春心은 몸을쌔친다.

「점쟌킬래 그런말을하지, 어린애가 그런소리를하던」하고, C는 제말솜씨에 滿足한것가티 빙그레웃엇다.

春心은 나에게 겻눈질하며, 빈정대는듯이 방긋웃는다. 마츰 그瞬間인즉, 나도 春心을보고웃을째이엇다. 그것은 C의才談째문이아니다. 아까부터 생각하고생각하던 春心에게 건넬妙한말을엇고 나오는줄모르게 찍운웃음이라. 그런데 意外에 두웃음은 마조첫다. 어째 내마음을 春心에게 쯔둘려보인듯십허, 나는 하염업시 얼굴을붉히엇다. 그래도 나의가슴에는, 깃븐물결이 출렁하고 퍼지는듯하엿다.

「나를조하하는가보다」하는생각이 나의피를 쓸케하엿다.

偶然히오고간이웃음이, 두사이에, 검얼못을친듯이, 그와나를 달라붓게하는듯십헛다. 나는 고만無條件으로 그가情다웟다. 뜻도모를무슨말이 불숙올라온다. 그刹那이엇다. 밀창이 고히열리며, 보안얼굴과푸른치마가, 얼른한다. 그다음瞬間에, 나는 누구를向하는지모르게 한팔을집고 인사하는妓生을 보앗다.

그妓生도, 桂仙이보담 나히만핫스면 만핫지, 어리지안으리라. 그리고 그

얼굴이야! 粉으로메이고메인보람도업시, 드믄드믄한손틔, 감웃감웃한죽은깨,
싹근듯한쌤, 그야말로 아모러케나 생긴것이엇다. 「저짜짓것을 웨불럿슬가」
나는속으로 疑訝히녀길地境이엇다.

　「兄님! 인제오셔요」

　春心은 반갑게 부르지즈며 불현듯 몸을일으킨다 몹시 시다르는C로부터
벗어날핑계 어듬을못내 깃버하는듯이.

　C는 아모일도업섯든모양으로, 시침을 쑥 짜고 그곱슬곱슬한머리를 쓰다
듬으며, 그제야 손들이모히지안음을 깨달은것가티 「웨 들 오지를 안아」라고
하엿다.

　그와나의距離는, 멀어지고말앗다. 그에게말을건넬絶好한機會를노치고말
앗다. 將次數十名이나 올터이니 그는어느틈에 씨일는지! 누구하고 끌가튼이
악이를주고바들는지! 나는 할일업시 뒤 慶만보고 잇슬쑨이다.

　「에이, 못생긴것!」 나는 마음속으로 애닯게부루지젓다.

　저이들끼리모인그들은, 이악이쏫을필대로되게한다. 蓮닙헤 실비쑤리듯
속살속살하기도하며째째로 玉盤을깨트리듯 째글을하고 웃기도하엿다. 나는
어리인듯이 그들을바라보고잇섯다. 桂仙이가 눈으로 나를가르치며, 春心이
다려무에라무에라하는듯하엿다. 그는 고개를 까싹까싹하기도하고, 슬적슬적
나에게 視線을던지기도하엿다.

　「내말을하는가보다」하고 나는 눈을나리감앗다 얼굴에 春心의視線을느
끼면서.

＊　　＊　　＊　　＊　　＊　　＊

　사람들은 여덜점이나되어, 모여들기始作하엿다. 서로마처둔것가티, 한사
람뒤를 한사람이잇(續)고 그사람이 채 자리도잡기前에, 다른사람이 들어왓
섯다, 어느결에 갈고리란 갈고리는 帽子와外套가 비인틈업시 걸리엿다.

　「인제 妓生소리나 한마디 들읍시다」

　한동안 늘 하는인사와無味한談話가끗나고, 잠간無聊한沈默이 잇슨後,

누가이런 提請를하엿다.

「그것조치요」 다른소리가 贊成을한다.

「그래볼가요」

그런일이면 내가 도마탓지요, 하는듯한얼굴로 D는 말을하엿다. 그의쉬인듯한소리는 쏜이를불럿다. 툭명스럽게, 쑤짓는듯이 쏜이에게 分付하기始作하엿다. 伽倻琴이 들어왓다. 장구가들어왓다. 갇강갇강한쏜이는 伽倻琴을 잇(忘)기도하고, 장구가, 소리가잘아니나기도하야, D에게톡톡히쑤중을모시엇다. 하건만 그쏜이는「그런야단이야 밤마다 맛납니다」하는듯이, 그하이칼라한머리를극적극적하고는, 허리를 굽실굽실하며 연해연방, 「네 네」하고, 시키는대로하엿다.

먼저 春心이가 伽倻琴을 쯧기로하엿다. 그는 나에게 등을向하고 줄을檢査하기비롯하엿다.

「저게집애가, 웨 돌아를안저!」 나는 화증을 내엿다. 그대도록, 나는 그의얼굴을 보기나마 언제든지繼續하고십헛다.

줄을골라도 저이들끼리, 問議도끈난뒤, 우는듯한구슯흔伽倻琴ㅅ가락을 마추어, 느리고順한春心의 소리가 석겨들리엇다.

「가자가자 어서가, 위수건너 백로가………」

말소리는 쑥 끈치엇다. 모든사람의視線은 그리로몰리엇다. 그리고 제各其 古代音律에 知識이잇서, 그잘잘못을 가릴듯이 귀를기우리고잇다. 그知識의發表로 어느구절에 「조타」하여야올흘지 精神을모르고잇는듯십헛다.

「………騎鯨仙子간然後 공추월지단단, 자라둥 저半달실어라 우리고향을한찍가………」

노래가락은 멋잇게 슬적 넘어간다.

「흥흥」하는 코소리가 여긔저긔서 일어난다.

나도不知不識間에 「흥」하고말앗다. 그노래는 마치봄바람모양으로, 나의마음을 어루만저주엇다.그서슬에, 얼어부튼무엇이 스르르 풀리는듯십헛다. 그무엇이 활개를버리고 우줄우줄 춤을추는것갓기도하엿다. 그러치안으면 어깨가 웃줄웃줄할理잇스랴! 이럴스록 그노래의임자가 보고십헛다. 그表情이

더떨가? 그입술이………

　「저 마즌便사람에게 무슨말을하는척하고, 슬그머니 그의正面에가안질
가?」

　絶妙한落想이다! 그러나 나의 몸은 무엇으로 동혀맨것가티, 꼼작도할수
업섯다. 나의눈은 박힌듯이, 그의뒤꼴에 어리고잇섯다. 압흐로굽흐릴적마다
반질하고 빗나는그의머리, 軟粉紅숙國紗저구리미테서 끔실끔실음즉이는 어
깨의輪廓, 늘엇다 굽엇다하는팔, 그쑤김쑤김한치마주름,………이모든것보담
도 伽倻琴ㅅ 줄우에서, 남실남실 춤추는 보얀손가락이 나의넉을살우고말앗
다. 보면볼스록, 그모든것에 美가더하고, 魅力이더하엿다. 째째로 精神이 앗
질해지며 모든것이 한테뒤범벅도되엇다. 그國紗紋儀가 서로 뭉켜지기도하
고 치마주름이 한대로몰려지기도하엿다. 어섬푸레한어둔가운데서 보얀손가
락만 파쏙파쏙하기도하엿다. 나종에는 모든것이 아몰아몰해지며, 눈압헤 불
쏫치 주렁주렁허러진다.………

三

　料理床은 들어왓다. 우리는 그것을 가운대노코 들어안젓다. 妓生들은 술
瓶을들고서잇섯다.

　이윽고 比較的 나히 좀 만흔便에, 두老妓(?)는 자리를잡고안젓다. 그런
데! 春心은! 그는잠간나의 眼界에서사라젓다. 나는 얼른 座席을둘러보앗다
업다! 웬일인가? 그리다가 나는 마츰내 아모의겨테도아니안고 오히려 나의
등뒤에 서잇는그를 發見하엿다. 그째의기쁨은 여간 몃千圓일헛던돈을 차진
것에 비할것이아니엇다.

　찻기는차젓지만, 내겨테 안질지말지는 그래도未知數일다. 감(柿)이 그저
쩔어지기를 기다리랴. 못올라싸겟거든 나무를 흔들기라도하여야한다. 그것
조차 못할地境이면 그미테 입이라도 버리고누어야한다. 안지랴는쯧만이라
도 보여야한다. 나는 밍그적밍그적 몸을한편으로밀어, 그의안질자리를 비워
노핫다. 그리고 이리루안저요?란 말을품긴눈씨도 몃번 그를 슬적슬적 치어

다보앗다. 남의눈치는 빌어먹게도 못알아준다. 하다하다못하야 나는내겨테 안진 P에게 눈꿈적이를하엿다. 이것은 정말 나의 피쌈을흘린마음의努力이 엇다. P는 春心을힐근 쳐다보더니

「이리안지!」 대수롭지안케 말을던지엇다.

그當場엔 그냥 썻썻이서잇섯다. 이쌀은刹那가나에게는 얼마나 길엇스랴! 이윽고 소루룩코에안치는 香氣실린실바람을 느낄제, 그는, 벌서, 사뿐하고, 나의왼편 P의오른편에 안저잇섯다. 펄덕펄덕 鼓動하는 나의가슴에 장단마 춤으로, 나의한엽흘스치는 그의옷이 사르를하고 그윽한소리를내엇다.

그와나는 서로 대힐듯말듯이, 안게되엇다. 이것은 偶然인듯십허도 偶然 이아니다. 이만흔사람가운데 何心나의겨틀取하랴. 여긔 무슨깁흔意味가 잇 서야되리라. 암만해도 나에게 마음이 잇는가보다. 그러치안으면 나의등뒤에 서잇슬理도 업슬것이다. 그도나모양으로 나를알고親하기를 마음그윽히渴望 하고잇섯스리라. 이런생각을한나는, 말할수업는歡喜를느끼엇다. 磁石에 쓰 을리는쇠꼿모양으로 우리둘의사이는 漸漸다가들어갓섯다. 그의팔과가장 스 치게쉬웁도록, 나의팔은 슬며시 나려노히엇다. 나의손은 그보들아운살에 대 이기前에 먼저 그보들보들한옷자락에 더할수없는快味를 맛보앗다.

나는술잔을 비우고 쏘 비웟다.

아니비우고 견릴것가. 그힘을 빌어야만 나에게로 날아오는幸福을 꼭 잡 을수잇다. 아니라, 그의보얀손이 재불동하며, 방울방울이 잇달아썰어진이술 이야말로, 幸福그것이아니랴! 작어도幸福의구름을 걸러나린甘露水! 아닐수 업다 우리는 말만하면, 속에잡아너흔幸福이 날아갈가두려워하는것가티, 그 는默默히 부어주고, 나는 默默히 마시엇다. 나의마음은 실실이 풀어젓다. 그 리면서 한썻緊張하고잇섯다. 平日과달라, 술은 좀처럼 醉해오르지안는다. 精 神은 잔을거듭할스록 더욱 말둥말둥해갈쑨이엇다. 그의손을쥐자면서도, 그 의얼굴을보자면서도, 그와말을하자면서도, 나는 헛되이 視線을싼데로 돌리 어, 너절한남의말參預를하고잇섯다

술은 벌서 열잔이넘어갓다. 前가트면 이미精神모르고 나둥구러젓스리라. 하건만 웬일인지 오늘밤에는 잔을거듭할스록, 精神은 더욱말둥말둥하엿다.

　　술은 열잔이넘어갓다. 그제야 쪽음 얼건한듯하엿다. 나는 담배하나를 집
어들엇다.
　　「성냥업소」라고, 나는 그에게 첫말을건네엇다. 그것도 그의담배부치는것
을 본까닭이엇다. 그는성냥한개피를 그엇다. 나는 의례히 부처줄줄알고 담
배문입을 내어밀엇다. 하나, 그는불을 부처주랴고도안코 그것을 나에게준다.
나는 失望도하고 섭섭도하엿다. 하지만 부처달랄勇氣는업섯다. 할일업시 그
것을 바닷다. 失望한비치 나의顔色에 들어낫스리라. 그다음瞬間에 그櫻桃빗
가튼입술이 방실열리며, 나에게 무어라고 소근거렷든가! 그는 마치辨明하는
듯이, 방긋우스며
　　「불을부처주면 아니 된대요」
　　이것은 더意外이엇다.
　　「어째 그래?」
　　「저-………」 매우말하기어려운듯이 망살거리다가 쏘한번 빙글하고는
말을이어 「저- 情이갈린대요 웨 저- 첫날밤에 新婦가 新郎의담배불을 부처
주면 소박맛는다는 이악이가 잇지안하요」
　　쑬가튼말이다- 아무리 부끄럼만흔 도련님이라한들 이에미처서야 말문
이 아니터지랴-
　　「그러면 나에게 소박만날가 걱정이란말이지?」 나는, 쏠을듯이 그의얼굴
을 들여다보며,다조처 물엇다.
　　그는, 부끄러운듯이 視線을避하며, 意味잇게웃기만한다. 그아름다운입술
이란! 모든것을잇고 熱烈한 키쓰를하고십헛다. 그것은못하나마 나의 손뿐마
는 어느결에, 床미테서 그의녹신녹신한손을 꼭쥐고잇섯다. 이말끗을 일허서
는 아니된다. 무슨말이던지 하여야될것갓다. 하나, 아짜 생각해노흔絶妙한言
辭는 다 어대로갓는지! 씨슨듯이 잇(忘)고말앗섯다. 사람의말을 흉내내는鸚
鵡모양으로 남의늘하는말을 뒤푸리하는수밧게업섯다.
　　「이름이 무엇?」
　　「春心이야요」
　　「고장이어대?」

「○○이야요」

「나도○○사람이야」

「참말슴이야요」

「그러면 거짓말할가」

「네이………」하고, 고개를 짜짝짜짝하엿다. 그의손가락이 살금살금 나의손안을 누르고잇다.

나는 또 술을한잔 마시엇다.

「자꾸 술만 잡수셔서,어찌합니짜. 진지를좀쓰시지요」

담긴밥이 그대로 남아잇는밥보사기를 가르치며, 그는 잔상스럽게勸하엿다.

「나는 괜찬아. 참 밥좀먹지」

「실혀요」 그는 고개를 흔든다.

나는 밥보사기를 그의압헤 갓다노흐며」

「시장할것을 그래, 좀먹어요」

「아니 먹기실혀요」

「그러면 무엇 짠것이라도 먹어야지」

「아까 잔득 먹엇서요」

우리는, 벌서 사랑이 흠신든愛人끼리하는모양으로, 서로생각하며 서로아끼고잇다.

문득 여러사람의웃는소리가, 우뢰가티 나의耳膜을 울리인다.

나는, 깜짝하며 고개를들엇다.

모든 視線은 우리에게로 몰리엇다. 모든웃는 얼굴은 이리로 向하여잇다.

「美男子는다른걸」

「○○야 오죽이 이뻐야지」

「아암○○보고 아니 반하면눈업는妓生이지!」

「둘이얼굴이 한판에 박혀노흔듯이 가튼걸」

「져런夫婦가 잇섯스면 좀 어울릴가」

「別소리를 다 하네. 오늘밤에라도 되면그쑨이지」

　　모든사람은 우슴석거 이러케 써들엇다. 나의 얼굴은 모닥불을 담아분는 듯이 확근확근하엿다. 그것은 부끄럼의불째문쑌이아니다. 밝간幸福의불꽂도 방글방글 피고이섯슴이다. 그러나 나의얼굴과 그의얼굴이 갓다함에는 不服이엇다. 살거리가힌것은 서로 어근버근할는지모르리라. 마는 나의옴옥한코쯧과 알마진니마넓이는, 그의그것들의발벗고 쌸을바아니다. 말이낫스니말이지, 나의얼굴은 남에게 그리뒤지지아니리만치 못생긴것은아니엇다. 더구나나의눈은 C의말을들으면, 가을눌가티맑은데 脉脉한情波가 도는듯한것이엇다.

　　「자네에게는 계집이 만히싸르리니」 한 것은, 어느 친구의 나를批評한말이다. 나도 어째그럴듯십헛다 于先오늘밤으로말하면 나는 벌서春心이가 나에게 홀린줄알앗다. 저는 妓生으로 예사로이하는것이라도 나에게는 意味深長한것이엇다. 勿論나도 그에게 마음이기울어젓스리라. 하되 그것은, 女性으로의 그의아름다움에 쯔을림이요, 그가나보담 잘나서 그런것은아니다.

　　그것은 그러타하고, 여러사람의稱讚이 깃브기는하엿다. 그기림이, 春心으로하야금 나의잘난것을 다시금 깨닷게하는點에잇서, 더욱 깃벗다. 나는, 빙그러 得意揚揚한 우슴을우섯다.

　　「둘이 한테만 부터안저 쓰나. 春心이. 이리도 좀 오재그려」

　　나와마즌편에 안즌M이, 그험구진상에 어울리지안는간악한우슴을 씌우며, 그를부른다. 나는 어이업시 M을 바라보앗다. 나의눈은 감째사나운兄이 제작난감을보자고할째, 치어다보는 어린아우의 그것모양으로, 그것을 앗길가하는 두려움과, 쪼그것을 쎼앗지말아달라는哀願이석겨잇섯스리라.

　　그는 그리로갓다. 하건만, 나는 依然히깃벗다. 그가가도그저아니간까닭이다. 몸을일으키는그刹那에 그아름다운얼굴을 나에게로돌리며, 눈우슴을첫다.

　　「잠시라도 나리겨틀쎠나가기는 실혀요, 그래도 妓生몸되어, 손님이, 부르는데아니갈수업습니다. 눈한번쌈짝할동안만 참아주서요. 내가 곳돌아올터이니………」

　　그의秋波는 이러케 말하는듯하엿다.

　　「될수잇는대로 얼른오게. 벌서오나!」

나도 눈으로 이러케 일럿다.

M은 淫兒한우슴을 껄껄 우스며, 그의손을 잡아이끌사이도업시,안반가튼 제무릅우에 올려안친다.

저런!

남에게 저러케 쉬운일이, 나에게는 웨 그리어려웁든가?

「이것을 좀 보아 어쩐가」

M은 春心의어쌔에 머리를누이며, 나를보키엇다

「어쩌키는 무엇이어째」

나는, 泰然히 말을하엿다. 마는 나의귀에도 그소리가 억지로지은것가티 울림을 어찌할수업섯다.

「오장이를 질머지고도 慣하지안어」

「아이고, 참 죽겟는걸」

이번에는 한불넘어보앗다. 그래도 자리잡힌소리는아니엇다. 몹시 가슴이 울렁거린다. 암만시침이를짜도, 그가남에게 안긴것을보기실헛다. 싀싀로운 생각이 無意識한가운대에도, 쏘스스로 否定하면서도, 마음어대서인지 움즉이고 잇섯슴이리라.

나는 퇴마루로 나왓다. M의노닥거리는 쏠도 보고잇기무얼하엿고, 쏘 먹은술이 왼몸에 불을이르켜 선선한空氣도 마시고십헛슴이다. 웃고쩌드는소리가, 가씀 흘러듯기지만, 거긔는 쌴세상가티 고요하엿다. 지나가는사람의그림자도 볼수업섯다.한참서서 저도모르게 무슨생각을하고잇섯다. 이윽고 無心히 고개를돌린나는, 무엇에놀랜듯이, 가슴이 쯔를렷다. 나의압헤 春心이가 서잇다

「어데를가!?」

나는, 몃해못맛나던 切親한친구와, 길거리에서 쯧밧게마조칠째모양으로, 반갑게 소리를첫다. 그리자말자 그의간열푼허리는, 벌서 나의가슴에착안겨잇섯다. 그날신날신한허리란! 자릿자릿눌리는 가슴이란! 나는잠간恍惚하엿다.

「집이어대야」

나는, 슬며시 잡앗든팔을풀며, 생각난 듯이, 물어보앗다.

「그것은 웨 물으셔요」

그의對答은 意外이엇다. 번연히 알겟거늘 웨 채처물을가, 나는 잠간 할 말이업섯다. 그는 제一身에關한무슨重大한解決을 기다리는것처럼, 얼굴빗을바루고잇다.

「그것을 웨 물어?」

나는 혼자 말가티 중얼거리엇다.

「웨 물으셔요」 그는, 대질러뭇는다.

「나, 놀러갈터이야」 나는 艱辛히 이말을하엿다.

「놀러는 웨 오셔요」 그는 쏘다도쳐뭇는다.

「자네 보고십허서」 하고, 나는 다시금 그를잡아다리엇다.

「고만 두셔요」 하고 그는 몸을쌔치며, 冷然하엿다.

「그것은 쏘 웬말이야」 나는, 정말 웬 신음인지 알수업섯다.

「그래 나를 보고십흐실가요」

「그러면!」

「무얼 지금쓴이지. 來日이면 씨슨듯이 이즈실걸 뭐」하고, 怨하는듯恨하는듯 눈을쌀아메치인다. 나는, 꿈을처음으로 쌔인듯하엿다.

「무슨 그럴理가잇나」 나는, 부들업게 그를慰勞하엿다. 이말은 決코 겨틀 바르는말이아니엇다. 哀腸에서 울어나온말이엇다.

「흥 그럴理가잇나? 나도만히속아보앗습니다」

그는, 이말을남기고, 돌아서더니, 나를쩌나 한거름 두거름, 깁흔발길을옴기엇다. 나는 무엇을일흔듯이, 茫然하엿다.

瞥眼間 그는, 발길을 획돌리킨다. 방긋 쏘다지는듯한우슴을 흘리고, 선쯧 나의압헤들어서자, 그다음瞬間에는, 그의香氣롭고, 보들보들한 나의목을 잡고잇섯다. 그리고 그부들어운입술이, 나의귀를스칠듯말듯하며,

「참말 나를 아니이즈실터이야요」라고, 소근거렷다. 나는, 精神이얼썰썰하엿다. 한동안 말도나오지안핫다.

「그래 나를 아니이즈실터이야요」

「이슬理업지」

「정말?」하고, 물그럼이 쳐다보다가「꼭그리하셔요」란말과함씌 나에게 달콤한키쓰를주엇다.

「茶尾町○○番地. 爲先 이番地를 잇지마셔요」

나는, 機械的으로 고개만 쓰덕일뿐이엇다.

「이宴會가 씃나거든, 우리가티가요 꼭」하고, 가볍게 나의등을쑤다린後 저갈대로가버렷다. 나는, 우두머니 그대로잇섯다. 밋근하고, 그의팔이, 감기엇든 목언저리는, 무슨기름이, 발라잇는듯십헛다. 그리고, 나의입술은, 무슨 버레가 기여다니는것가티 근실근실하엿다.

나는, 우슴을씨고 房에돌아왓다. 모든사람이 나를보고웃는듯십헛다. 방바닥이고, 天井이고, 電燈불이고, 모다 나에게 우슴을 건어는듯하엿다.

말금 조흔사람들뿐어라하엿다. 이런조흔사람들에게 술한잔, 아니勸할수 업다하엿다.

나는, 차례로 술을勸하엿다. 나도, 그돌려주는 술잔을 辭讓치안핫다.

나는, 잔득 술이醉하엿다. 그뒤에 들어온春心은 인제 나의것이되고말앗다. 세상업는사람이불러도, 나는 그를노치안핫다. 그가 期於히 가야 될事情이면, 둘이 가티갓섯다.

나는, 주정을 막 하엿다. 간에헛바람든사람모양으로, 연해연방 우섯다. 술을 더가저오라고, 쏘이를 야단도첫다. 할줄모르는노래를, 高喊치기도하엿다. 그널른房을 좁다고 휘돌며 춤도추엇다. 내마음대로 놀앗다. 남이야 실혀하든, 미워하든, 비웃든, 辱하든, 나는 쪽음도關係치안핫다. 社의웃사람이 몃 잇섯지만, 그것들! 다 草芥가티 보이엇다.

四

내가, 타는듯한渴症을늣기고, 잠을쌘째는 눈을 부시게하는, 해ㅅ발이 문살을쏘고잇섯다.

어찌된셰음인가? 只今쩟 나의가슴에는, 春心의 溫柔한몸이 녹신거리고 잇섯는데……… 여긔는 암만해도 그의房은아니다, 確實히 우리집이다 보라!

웃목을 씩씩하게 차지한, 衣걸이, 三層欌, 半다지 그우에 이불싼 牧丹옺을
繡노흔 물날은야단袱, 문갑우와밋과가운대 뒤숭숭하게 재이고쏩히고 누인
冊子들을. 틀림업는 우리집건너房이다.

흐릿한記憶가운대, 문득 어제ㅅ밤, 헤여지든光景이 쩌나왓다.

멋아니남은 손들고, 外套를입으며 帽子를찾게되엇다. 그째썻 나는 春心
을노치안핫다. 언제든지언제든지 그의겨틀쩌나기실혓슴이라. 하건만 짠妓生
들이 제만도도잇고 세음도짜질, 料理店事務室로 사리질제, 春心이도 아니일
어설수업섯다.

「어대를가?」

「事務室에가야지요」

「나하고가티가―」 나는, 어린애모양으로, 울듯이 불으지즈면서, 그에게
매어달렷다. 마치 한번노치면 다시못잡을幸福을 붓드는것처럼. 그럴째, 어째
구쓰생각이낫든지, 그것을 불현듯 집어들고 그의뒤를짜르랴하엿다.

「昌皮합니다. 남이흉을봅니다. 大門에서 기다릴것이니」 그는, 이러케타
이르자 나를 내여버리고 그림자를감추엇다.

그째, 시커먼失望이 납(鉛)덩이가티, 나의가슴을 나리질르든것을 지금도
생각할수잇다. 그러나 어찌하야 집으로돌아왓는지는 짜마케모를일이다.

나는, 고개를들어, 둘러보앗스나, 자리긔는벌서 거긔업섯다.

「물! 물주어!」라고, 나는 성난듯이 소리를 질럿다.

慌忙한발자최가, 마루를울릴겨을도업시, 안해가 물그릇을들고들어온다.
김이 무럭무럭 남은, 미리덥혀 두엇슴이리라.

「무슨술을 그러케 잡수신단말입니까. 왼골목이쩌나가도록 高喊을치고,
大門을 부서지라고 짓쑤다리고‥‥‥‥ 야단야단해도 그런야단이 어대잇겟습
니까」

내가, 살듯이, 물을 드립다켜고잇는동안, 안해는 발간, 물무든손을 袴밋
에너코, 이런말을하엿다.

「내 원참, 안해는 말을이어 「마루에 그냥 털석들어누으시더니, 세상 일
어나시나요. 죽을애를써서 僅僅히 房에모셔다노흐니, 外套을입으신채 쓸어

지시지요」

　나는, 默默히 물만마시고잇섯다. 그러면서 속으론, 쏘 무척 성을가섯고나, 하엿다.

　나는, 갓금 이런괴로움을, 그에게 끼치엇다. 일쑨아니라, 가슴이답답할제, 脾胃가틀릴제, 화증푸리도 그에게하엿다. 설은事情도 그에게하엿다. 社會에서밧는나의不平, 家庭에서엇는나의鬱憤, 쏘는 運命에 對한咀呪를, 맑금 그에게 퍼부엇다. 그가이모든不幸의原因인듯게, 나는 그를들복갓다. 하지만, 그는 그것을실타아니하엿다, 쓰리다아니하엿다, 달게바다주엇다. 가닭업시 자아치는 애닯은 슯흠으로하여, 하염업시 눈물을쑤릴제

　「웨이리하셔요. 웨이리하셔요」 하는, 그의눈물저진부들어운소리가, 슬픔을 거두어주엇다. 쏘는 空然히, 부글부글 피어오르는心思를, 어찌할수업서 억메를덥허, 罪업는그를 야단을치다가도, 그쏘렷쏘렷한눈찌를보면, 어느결엔지 마음이 가라안짐을쌔달앗다. 여긔, 나는 不充分하나마, 不滿足하나마, 慰藉도엇고 幸福도스러윗다.

　만일 그가업섯든들, 나는 벌서 墮落의深淵에 왼몸, 왼마음을 다 쌔터리고, 지금쯤은 헤여날수도 업게되엇소리라.

　「에그 물고만잡수셔요. 진지가 벌서 다 되엇는데」하고, 그는 물그릇을앗는다. 그리고 한동안나를 물쓰럼이 보고잇든, 그의눈과입술에, 문득 意味잇는웃음이 흐른다.

　「어제밤에 날다려 무에라고한줄아셔요」

　「무에라고하기는!」

　「그래 모르셔요」

　「그런데 어제밤에 어대 가섯습듸까」

　「明月舘支店에갓섯지」

　「妓生이왓지요」

　「그럼. 웨 그래?」

　「그러치요」하고, 안해는, 북바쳐나오는웃음을못참겟다하는듯이, 진저리를치며웃는다. 사르르 감기는 눈추리에 가는금이잡히고, 軟한쌤ㅅ살이 광대

쎠우로 토실토실하게밀리자, 薔薇꼿봉오리가 피어나듯, 입술이동글고 옴으
하게 열리는것이, 그의웃음의特徵인同時에, 또그의가진가장아름다운特徵이
엇다.

「웨 말을아니하고 웃기만웃어」

안해는, 웃음에막히어 말을이루지못하면서,

「저어, 하하하하……… 아이고 참웃으워죽겟네……… 저어………」

「저어…… 하지말고 말을해요」

「저어……… 하하하하한잠을 주……… 주무시고 부스럭일어나시길래
外套와두루막을벗겨드리랴니까 하하하하」 하고, 그는, 이불우에 문허지며,
어째를들석어리고, 한참 웃음에자자진다.

나는, 멋모르고 빙그레하며

「말을해요. 말을해요」 하엿다.

이윽고 안해는, 웃음의波紋이, 이리밀리고,저리밀리는 唐紅빗가튼얼굴을
들더니,

「저어…… 눈을감으신채……… 하하하하 나, 나를 한팔로 스르를잡아당
긔시며, 하하하하 春心이 春心이, 하 하시겟지요. 하하하하 그春心이란게누
구이야요」

나는, 가슴이 쓱금하엿지만, 무안새김으로,빙그레웃으며,

「春心이가 春心이지」하고, 시침을 쑥 쌌다.

그러나, 별안간 春心의아름다운모양이, 鮮明한活動寫眞가티 선득 머리
에비춰엇다. 幻影에 달뜬나의視覺이, 안해의玉洋木저구리에, 붉은光線의사
르를 덥힘을 느끼자, 어느결엔지, 軟粉紅國紗저구리입은春心이가 烟氣가티
나의압헤안저잇섯다………. 「무엇을 이러케 생각하셔요」 하는, 안해의말소
리를 들은째에도, 나의눈은, 꿈꾸는사람모양으로 말둥말둥하엿다.

그다음날밤에야, 나는 C와함끠 春心의집에갓섯다.

가고십흔마음이야 한時가바빳지만, 茶坊골에 서투른나는 C의힘을아니
빌릴수업섯다. 그러나 그의집番地는 내가알앗다. 醉中에 오즉 한번들은 그
數字가 야릇하게도, 나의記憶에, 새긴듯이 남아잇섯다. 다만 그집찻기가 困

難도하고, 쏘이런名譽롭지못한訪問을, 혼자하기실혀서, C를 힘입으랴는것
이라.

어제밤에도, 두번이나 C를맛나려하엿건만, 出入이자진C는 旅館에부터잇
지안핫섯다. 오늘도 저녁일즉이 서둘럿스되, 緊치안은 C의訪問客으로말미
암아, 나는 支離한時間을, 쑬걱쑬걱하고 아니참을수업섯다. 깃븐期待와달뇌
단希望에, 눈을벅적이면서, 가슴을쒸면서, 길에나선지는 아홉점이 훨신지낸
째이엇다.

그의집은 廣泉橋에서 南쪽개천을씨고 한참올라가다가 쪽으마한다리노
힌대서, 가운대茶坊골로 쌔지면 오른편셋재골목 막다른집이엇다. 이近處에
발이넓은듯한C는 어려웁지안케 그것을發見하엿다

大門안으로 숙 들어선우리는 흘러나오는 伽倻琴가락에 잠간거름을멈추
엇다. 그날밤, 春心의 伽倻琴쑷든 彩畫一幅이 다시금 얼른하고, 나의眼界
를 스처간다. 그남실남실하는 보안손가락이……… 그반질반질하는 쌈한머
리가………

거침업시, 中門을열어재친C는, 점쟌케 「이리오너라」고, 불럿다. 그소리
가 썰어짐을쌀아, 묵은樂器도 울림을 멈추엇다.

「누구십니까」 안에서 고흔목소리가뭇는다. C는성큼성큼 마당으로 사라
젓다. 나는 오히려下回를기다리며, 어둠침침한中門間에 몸을숨기고 잇섯다
이윽고 「들어와요」란 C의불음을듯자, 歡喜의 戰慄이 찬물처럼, 왼몸에 쑥
찌치엇다. 春心이가잇고나, 하엿다.

나는 야릇한不安을느끼며, 허청허청 발길을옴기엇다. 열린미다지사이로
밝게흐르는光線을 막은듯이, 서잇는處女하나이, 이상한눈찌로, 나를삷히다
가, 긔어들어가는목소리로 「올라오셔요」하엿다. 얼른房안을 엿보앗다. C는
벌서 房안에자리를 잡고 안저잇다. 春心의그림자는 보이지안는다.

안房에서나, 엽房에서나, 쏘는나뭇본어섬푸레한 구석에서나, 春心의튀어
나옴을, 마음그윽히 바라면서, 나는 구쓰를쓸럿다.

「兄이어대갓서」

C의이말에, 나의어리석은바람은, 속절업시 쌔어지고말앗다. 나의마음은

밤가티 어두엇다.

「唯一舘에갓습니다」하고, 그童妓는 놀랏다는듯 한눈으로 뭇는듯이 나를 바라보앗다. 씾모를검은비체, 맑은光彩가도는그의눈매는, 더할수업시 어엿벗다. 열대여섯이될락말락하리라. 봉을봉을피랴는 牧丹花처럼 그의얼굴은 貪스럽고아름다윗다.

나는, 默默히 숨소리만씩은거리엇다. 웬일인지 낫이(面)확근확근 타는듯 하엿다. 하염업시 視線만이리저리 던지엇다.

세간은 그리華麗하다고못하리라. 衣거리와, 입울언치인 크다란궤와, 日本製鏡臺쭌이엇다. 그러나 妓生房에쭌잇는, 蠱惑的色彩는, 모번단보료에도 비스듬이 세운伽倻琴에도, 濃厚하게 흘러잇섯다. 한편壁알마진자리에, 畫枠에너흔 洋畫한張이걸럿다 그것은 푸른煙氣가 어리인듯한산웃머리를, 힌구름이 휘휘 둘럿는데, 수풀욱어진곳에, 푸른리본가튼 江이 흐르며, 그우로, 朦朧한달빗안(抱)은 一葉扁舟가, 男女단둘을실고, 소리업시쩌나간다. 그것으로 나는 고만 主人의趣味가高尙하고, 風雅인줄 斟酌하엿다.

「애써오니 어째업담!」

이윽고 나는 自嘆비슷하게 이런말을하엿다. 弄談가티하랸것이 어째絶望의가락을쯰고잇섯다. 벌인입도 웃음을이루지못하엿다.

「저어 묘님한테 긔별할가요?」

나를 삷히지안튼琴心은- 이것이 그童妓의이름이다- 인제 알앗다, 하는얼굴로, 우리에게물엇다

「무얼 그럴것은업지」 C는拒絶하엿다.

「아니 저어……… 묘님이가실째 손님이 오시거든 알게하라하엿서요」

「어쩐손님이?」 나는 가슴을쮜이며, 물엇다.

그는 쪽음 망상거리다가 「저어 오늘오실손님이 계시니 그손님이오시거든………」

「나를 가르침이아니로군」 나는 번개가티생각하엿다.

「우리는 오늘온다고한손님이아니야, 온다고하기는 그젓게밤이야」 나는 비웃엇다.

「네 그럿슴니까」하고, 琴心은 무안한듯이 고개를숙이다가 무엇이생각난 것가티 「참저어 그저게밤에 손님두분이오신다고, 食道園에서 人力車군이왓 습니다」

나는 더욱 失望안흘수업섯다. 明月舘에서놀앗거늘 食道園이 쏘웬말인가!

「食道園에서!」 나는, 不知不識間에, 부르지젓다

「우리는明月舘에서, 놀앗는데……… 그러면 쌴손님이든게지」

琴心은 놀라 나를바라본다. 그큼직하게쓴눈은마치 이런말을하는듯하엿 다. 「어째그럴가, 우리兄님의기다린손님은, 分明히이쑌인데……… 그러면내 가잘못들엇든가. 食道園이아니라 明月舘이던가」

「아니야요. 兄님혼자만와섯요. 와서,손님두분이 아니왓드냐고, 뭇습디다」

모를일이다! C의말을들으면, 나보담 먼저나온 그는, 門間에서 春心을만 낫는데, 春心의말이 準備가 다 잇스니, 나와가티오라고, 신신부탁하엿다한 다. (이準備란것은, 곳 다른妓生을 C에게 부텨주겟다는쯧이라.) 두분손님이 라함은 곳 나와 C를 指稱함이리라. 그러하지만 食道園云云은 풀수업는疑問 이다.

「그날밤에, 매우 우리를 기다린모양이지」

돌아오면서, 나는 C에게 물어보앗다.

「기다리긴 무엇을기다려」 C는, 이天痴야,하는 語調로,「무엇보고기다리 겟소. 오! 얼굴이여쑌니까. 얼굴쓰더먹고사나, 논팔고밧파는놈이라야지. 서 울온지 三年이나되는년이, 나지미가 자네 ××하나쑌일걸」

五.

비마진옷모양으로, 풀하나업시, 집으로돌아왓다 무슨긔막힌일이나본듯 이, 帽子와 두루막을 되는대로, 휙 집어던지고는, 힘업시 쓸어지고말앗다. 호올로 바느질을 하고잇든안해는, 잠간 눈섭을찡기고 웃웃과帽子를 걸엇다.

「진지 좀 아니잡수렵니까」 이윽고, 안해는 나에게물엇다.

「아짜, 나, 저녁먹엇는데………」

「어대한술이나쩟습니까……… 요사이는 도모지 진지를 못잡수시니, 무슨까닭이야요. 살이나리시고……… 신색이 그릇되시고……… 웨 긔운하나 업서보입니까. 春心인지무엇인지, 글로하여 그럽니까」

이런말을하며, 안해는, 근심스러운가운대에도비웃는비츨보이엇다.

참말, 술이 量에넘친탓인지, 쓴사랑에 멍든탓인지 그後부터, 무슨가시나 난것가티, 혀가쌀끔쌀끔하며 밥이달지안핫다. 쉼자리조차뒤숭숭하엿다. 잠을 깨면, 흔히 왼褥 왼입울이, 축축하게 땀에 저저잇섯다. 물에빠진듯한몸은 惡寒에썰며, 머리가 짓근짓근압흐기도하엿다.

「내말이올치요. 春心이때문이지요」하고, 안해는 어서그러타하라는듯이, 나를들여다보다가, 웃음의가는물결이, 그쌈한눈섭언저리를흔들더니, 고만자지러처웃으며, 「그만일에, 진지를못잡술게 무어야요. 탈긔할게무어야요. 정 그러시거든 한번 가셔서 情을풀면그쑨이지」

나도 웃으며, 「무슨 그것때문에 그럴라구……」

「안그런게, 다 무어야요」

「그러타면, 어찌할터이오」

「그러기에 가시란밧게」

「어더도 샘을아니하겟소」

나는, 안해가 녯날窈窕淑女의본을바다 君子의愛物을妬忌치아느리란, 平日의主張을생각하며, 한번 다저보앗다.

「그것은 당신끠달렷지, 兩便을 다 조케하면 웨 샘을하겟습니까」

그러면 샘을아니하겟다는말이로군」 나는, 쏘한번다지엇다.

「샘이니 우물이니는,둘재치고, 제발 願을풀고 진지를 만히잡숩게해요, 落心千萬한모양은, 참아볼수업습니다」하고, 室人은 다시금 失笑하엿다.

「가랴면못갈가. 只今當場갈터야」

그러나, 只今當場은커녕, 그이튼날도, 나의그림자는 茶坊골에나타나지안핫다. 妓生집에 이틀밤을 연거퍼 감이 무엇도하거니와, 그가 나에게마음이 잇는지, 업는지, 알수업는 수수격기인까닭이다 그날밤, 둘이 놀든일을생각하면, 그는, 確實히 나에게쏠리엇섯다. 그러나, 春心은 홀린척도하고 호리기도

함을 爲業하는 妓生일다. 明月舘손님도 오라하고, 食道園손님도 가자하여야
되나니, 마치 그물을 여긔도치며, 저긔도쳐서, 고기(魚)의 걸리기만 기다리는
漁父모양으로, 사나희를낙는것이 그의장사일다. 그러면 나에게 준 뜻만흔秋
波와 꼿다운言約도 맑금 그의맛난밋긔(餌)일는지 모르리라. 멋間집을쌉살리
게하고, 멋쬐기논을날릴手段일는지모르리라. 한우님마옵소서!

그러나! 그러나! 그의얼굴이보고십다. 못견듸리만큼보고십다.소루루 코안
으로 긔어들든 香긋한 실바람은, 오히려 嗅覺어대인지, 남아잇섯다. 박하를
뿌린듯한 나의목은, 문득문득 비단결ㅅ팔을느끼엇다.

「梨花에月白하고, 銀漢이三更인데, 一枝 春心을 子規야알라마는, 多情
도病인양하야 잠못들어하노라」

詩文讀本에서 읽은 이時調를, 잇다금잇다금목을쌔서, 청청스럽게 읍조
렷다. 쏘붓을들면, 이글을적기도하엿다. 그리고 春心이란두글자를, 뚤흘듯이
들여다보며, 精神을일헛다. 그두글자가,굼실굼실 움즉이어, 엄청나게, 굵고
크게되어, 시컴어케 눈을가리기도하엿다. 봄춘字의쎄침과파임이 그의 간열
픈팔이되어, 나의허리를 감기도하엿다. ………

六

그이튼날이다. 아츰을마추고, 卷煙한個를피워문 나는, 이리저리 마당을
건일째이엇다.

「便紙바드오」하는, 소리를듯자, 누른服裝이 얼른하며, 하얀네모난조희가,
中門압헤 떨어진다.

그것은 葉書形 西洋封套이엇다. 매우異常하다하는듯이, 나는, 것封을압
뒤로뒤치며, 한참보고잇섯다. 그리다 四方을 둘러보기가무서웁게, 얼른호주
머니에 집어너엇다. 쏘쓰내엇다. 쏘너흐랴다말고, 손에움켜쥔채, 어찌할줄모
르는것처럼, 왓다갓다하엿다. 문득, 미친듯이 건넌방으로, 쒸어들어왓다. 그
것는 春心의便紙일다! 압장엔, 한字한劃 틀림업시 우리집番地와 나의이름
을적엇고, 그뒤장엔, 「茶屋町○○番地金小汀ㅋㄹ」라고쓰이여잇다.

　　나는, 번개가티, 封套웃머리를 찌젓다. 안에서 그림葉書한張이나온다. 구
비치는물결모양으로, 검누른머리를, 左右로 구불구불 늘어터리고, 바람에 나
부끼는듯한, 알다란한오리쩌자취가, 아른아른하게 감긴, 豊艶한두팔과안가
슴을 눈가티들어내엇는데, 薔薇꼿한숭이를, 시름업시든손으로, 턱을고이고,
눈물이도는듯한秋波에 님생각이어리인金髮美人의그림이엇다. 그리고, 이쑉
게 諺文半草를날린 그사연은, 아주簡單하엿다.

　　행용이면 受信者의住所氏名을쓸자리 한복판에두줄로「아모리기다려도
아니오시기로 두어자적사오니 속보시지마시압」이라하엿고, 그밋間ㅅ글월
은 이러하엿다.

　　「보고십허, 홍응.

　　웨오시지안습니까. 기다리는제마음 행여나 아실는지,

　　지뎜일변 아시겟소.

　　어찌하면 조흘가요?」

　　이째의깃븜이야 무에라할는지! 가슴에 무슨 輕氣球가튼것이잇서, 나를우
으로우으로 치슬러올리는듯하엿다. 기리기리쒸고십헛다. 날고십헛다. 모든
사람에게 이깃븜을말하고십헛다. 鐘路네거리에쒸어나가, 오는사람, 가는사
람에게, 春心이가나에게便紙한것을, 알려도주고십헛다. 밀장을　화닥닥열엇
다. 무슨큰일이나난듯이, 안房에잇는안해를소리처불럿다.

　　「이것을 좀 보아요. 이것을!」

　　안해가 房에들어도서기前에 무슨驚急한일을 말하는사람모양으로, 나의
소리는 헐덕어렷다.

　　「春心이가, 나에게便紙를햇구려. 便紙를……」

　　하고, 왼얼굴이, 웃음에묻허젓다.

　　그날 해지기가, 바쑉게 나는, 精書준이를차자나섯다. 안해는, 일부러 저
녁을 일즉이 거더치고 坐請하는대로, 술조차바다주엇다. 나는 無念無想으
로, 거의다름박질하든, 거름을재게하엿다 발이空中으로날며, 찌에다히지도
안핫다. 그집골목에, 획들어서자, 갑작이, 걸음이 누글어지며, 가슴이 방망이

질하엿다.「예싸지와가지고」하고, 하마트면뒤로돌발자욱을, 압흐로 콱 내듸디엇다. 中門턱을넘으매, 머리는 모든意識을일헛다는듯이 힝 하엿다.

「아이고, 어서오십시요」마즘마당에잇든 琴心은 나를보자, 반갑게인사하엿다.

「너의兄잇늬」

「잠간어대나갓습니다」하다가, 나의꼴이 애처로웟던지,「지금곳올것입니다. 올라가셔요」라고 말을 뒤부첫다.

그의말맛다나, 얼마아니되어, 春心이가, 돌아는왓다. 하건만, 그의態度는 意外이엇다. 房門을열고는, 알에목 褓褥우에, 엉성하게안진나를보고,시답지안케, 다만「오셧서요」란, 한마디를 던젓슬뿐이엇다. 그리고 對面도 하기실혀, 하는것처럼, 鏡臺압헤 착돌아안는다. 하번도못본사람에게하듯, 서름서름하다. 그날밤ㅅ일은 姑舍하고, 便紙한것조차 씻은듯이, 이즌것갓다.

「오늘밤에, 海東舘으로, 부르지안핫서요」

粉紙로써 얼굴을 요모조모 골고로 닥그며, 나를 돌아도아니보고, 그는 이러케뭇는다.

「아니」

「그러면, 누구일가. ……… 새로한時에 수유를바닷는데……… 나는나리라고」

「나는 그런일이업는걸」

料理店에서, 豪氣잇게 불러보지못하고, 제집으로온것이, 區區한듯도십헛다. 昌皮도하엿다. 바늘방석에나안진듯이, 무릅을 누이락세우락하며, 팔을 집허도보고, 쯰여도보앗다. 웨왓든고, 後悔까지하엿다. 고만갈가도십헛다.

그러나, 이답답한狀態는, 오래繼續되지안핫다. 鏡臺를 살작쪄난그는, 나의코미테 밧삭 다거안젓다 나는, 쏘 그말할수업는, 魅力잇는香氣를, 느끼엇다.

「웨 오시지안헛서요. 홍」하고, 한숨을 휘 쉬더니, 나의눈속을, 물쯔럼이 들여다보며,

「便紙보셧서요」

「응」

「그날밤새도록 기다리니, 어대와야지」春心은말을이엇다.「그러면그러치, 무슨 두드러진情이잇서 이못난이를차질라고. 기다리는년이, 미친년이지! ………잠못잔것이 어쩌케 앵한지몰랏서요.」하고, 이媒精한놈아, 하는것처럼, 눈을짜라메치인다.

「원악 술이醉해서, 여긔온다는것이, 親友들에게 쓰을리어 집으로간모양이야. 아츰에 잠이깨고야알앗서」라고, 나는辨明하엿다.

「그젓게날밤에, 唯一舘에갓다가, 집에오니, 오섯다겟지요. 놀음에웨갓든고, 십헛습니다. 오늘은오시려니하고, 어제는 아모대도 아니갓지요. 거짓말? 이琴心이한테 무러보서요, 거짓말인가. ……… 그래 생각다못해서, 便紙를 하엿습니다」

그리고, 料理집에 갈적마다, 나를맛날줄알고,남모르게, 깃버하든것과 진답지안흔짠사람만잇고, 그리운내얼굴을못볼제, 얼마나 喪心하엿스며, 얼마나 興味素然하든것을 하소연하엿다.

「속업는 사나희도 다 만치」春心은, 쏘다시, 말을이엇다.「誰야 某야 다 안진자리 情가는곳은 한곳뿐이라, 이런소리를 하지안켓습니까. 그러면 저이들끼리, 네니 내니, 하겟지요. 무슨 아리알심이나, 잇는듯이, 눈을 씀벅씀벅하며, 남의 엽구리를쑥쑥찌르겟지요. 하하하하………… 情가는곳은 이곳뿐인데」하고, 나의 등을, 가볍게 쑤다렷다.

「春心아씨 모시러왓습니다」

썩세인 車夫의 목소리가, 우리의情談을 깨털엿다.

「어대서왓는가」

「海東舘에서왓서요」

春心의 눈섭은, 보일듯말듯, 찝푸리엇다. 무엇을 한참생각하더니, 큰소리로,

「거긔잇게, 只今갈터이니」라고, 일럿다.

「술잔갑시나, 주어보내지」나는, 大膽스럽게 이런말을하엿다. 그만치, 春心을 보내기실헛다.

「그럴수잇서요? 미리수유바든것이되어서, 그럴수도업고………」 하면서,
나의손을 꼭쥐인다.

「어찌하면조하!」라고, 안타갑게 속살거리고는 몸을나에게 쓸어부치엇다.
………

「………무슨탈을하고, 나, 곳올터이니, 기다리겟습니까」

「그리쉽게올수잇슬라구」

「집안에 憂患이잇다하고서, 인사나하고, 선거름에 돌아올터야. 기다리고
계셔요」

「글세」

「글세가아니라, 꼭 기다리셔요」

「기다리지」

「꼭, 기다리셔요. 꼭. 아홉점안으로는 긔어히올터이니………」

「그래, 아홉점까지만 기다리지」

「가시면, 日後봐도 말도안흘터야」

「아홉점만지나면 간다」

正誤

前號小說墮落者七三頁下段第七行「自由」는「有望」(印刷의誤), 七五頁上
段第十三行最下「도」及十四行最上「하」는除去할것(原稿의誤)七七頁下段第
六行「羊」은「乳」(印刷의誤), 八〇頁下段第十三行「줄을골라도」는「줄도골랏
고」(原稿의誤), 八三頁上段自第一行至第四行은抹殺할것은(原稿의誤), 八六頁
上段第十三行「쓰들럿다」는「씀틀하엿다」는(原稿의誤, 八六頁上段第二十一
行「잠앗든팔」은「잡앗든팔」(原稿의誤), 八七頁上段第七行「깁흔발길」은「생각
깁흔발길」(印刷의誤), 全第十一行「보들모들한나의목」은「보들보들한두팔이
나의목」(印刷의誤)

七

　　한번간春心은, 돌아올줄몰랏다. 바람이 門을지걱어리게할적마다, 몃번을 오는가오는가 하엿는지 몰으리라. 나는 누으락안즈락 하엿다. 일어서건일기도하엿다. 마듸고마듼時間이언만, 아홉點이지낫다, 열點이지낫다………

　　온갓疑惑이 피여오르기始作하엿다. 그의말과속이가틀진대 여태썻 아니올理업스리라. 그情매치인눈찌도, 그안타까운몸짓도, 모다虛僞이런가,假飾이런가. 나의생각이란, 念頭에도업고, 어느遊冶郎과 안기고안으며,쌤도비비고 입도마추면서, 덧업시깁허가는밤을恨하는지 누가알리요! 그런줄을몰으고, 눈이멀둥멀둥하게, 오기를苦待하는나야말로菽麥일다! 天痴일다!

　　내가 여긔서, 그의돌아옴을 기다리는모양으로 그는,거긔서 나의감을 기다리고, 아니잇는지, 누가證明하랴!암만해도오늘낫 새로한點에 놀음수유를 바드면서 잘수유조차 아울러바닷슬것갓다. 그러치아느면 처음볼째, 웨 冷然하엿스랴! 冷然함은 衝動이엿고, 나종의 꿀을담아붓는듯한言辭와表情은 지은솜씨일다! 「海東舘에서 나를 불으지안핫서요」한 것은, 露骨的으로 나를 辱보이는수작이엿다 擊退하는칼날이엿다.

　　「괘심한것가트니」 나는, 속으로 불으짓고 잇지도안흔違約者를 노려나보는 듯이, 미다지를물쓰럼이 바라보다가, 벌덕 몸을일으켯다.

　　「조금만 더 기다립시요. 곳 올것인데……… 지금열點아닙니까. 半時만 더 기다려요」 겨테잇든琴心은, 짤아일어나, 나의압흘 막으며, 懇請하엿다. 그와나는, 벌서 꽤 親熟하게되엇다.

　　「고만갈터야.아홉點까지 기다리란것을,열點까지 기다렷스면 무던하지」하고, 나는 그의팔을가볍게잡아, 엽흐로 밀치엿다.

　　「안되어요. 안되어요. 가시다니. 꼭 못가시게하라든데………」하고, 琴心은 응석하는 듯이, 뒤에매여달리며, 帽子를 벗기랴고, 애를쓴다.

　　「밤새도록 아니올걸 뭐」 나는, 帽子를 한손으로 단단히 붓잡고, 웃으며, 이런말을하엿다.

　　「안오기는 웨 안와요. 두고보시오. 곳 아니오는가 가시면 제가야단을맛

나요」하고, 哀願하는듯이,나를치어다보며, 「잠간만 더 기다려요. 十分만 五
分만…네? 네?」

나는돌아다보고, 빙그레웃으며,

「그래, 너의兄이, 나를꼭잡으라하든」하고, 물어보앗다.

「꼭 못가시게하라고……」

「정말?」

「정말이고말고요」

「가볼일이잇는데………」 입으론 이런말을 하엿지만, 이미갈쯧은업섯다.
春心이가, 眞情으로, 나의 기다림을 바랏거니, 어찌 그의뜻을 저버리랴!

「볼일이 무슨볼일입니까」 琴心은 나의마음을 알아챈 듯이, 중얼거리자,
敏速하게,나의帽子를 벗겨들엇다. 그가凱歌를불으며, 웃고쓸어지자, 나도빙
그레 며 주저안젓다.

春心은, 새로두點이넘어, 돌아왓다. 그째쩟 나는 견딀성잇게도, 거긔잇섯
나니, 그렁저렁, 열두點이넘고, 새로한點이넘으매, 기다린것이, 아까워도갈
수업섯습니다. 치마자락의, 사르륵 소리를듯자, 나는, 짐짓 한잠이나든것가
티, 눈을 감앗다.

밀장은, 소리업시, 열리엇다. 사람의녁을 사르는듯한, 몸과마음을, 가볍
게하는듯한, 향내가, 쩌돌앗다 저도모를사이에, 나는 깁히呼吸을하고잇섯다.
그리고,무슨强烈한光線에쏘일째처럼, 감은눈이 환 하며 눈거울이 부신듯이
떨리엇다.

「아이고 아니갓구면!」하는, 속살거림이 들리엇다. 그音響가운대는, 無限
한感謝와, 無限한歡喜가품겨잇섯다. 감은눈으로도, 가만가만히 다거드는그
의외씨가튼발을볼수잇섯다.

그는 ,琴心을 고이, 깨워일으키자, 가는소리로물엇다.

「주무시나?」

「주무시긴누가 주무서요. 웨 인제야와요」琴心의 잠고대가튼소리가, 對
答을하엿다.

나는, 눈을쩟다. 春心은, 벌서 내겨테 안저잇섯다

「未安한말을, 어찌 다 할는지」그는말을쓰어내엇다.「암만오라니, 어대 사람을 노하야지요. 손님도 顔面잇는이가트면, 事情도보건만, 아는이란단지 하나뿐이고, 모다 모르는분이겟지요. 집에일이잇다니 사람을 놋습니까, 몸이 압흐다니 사람을놋습니까. 하다하다못하야 배가압흐다고, 엉구럭을치니까, 靈神丸이랑, 仁丹이랑, 드려오라겟지요. 속이傷해서, 죽을번하엿습니다. 오즉이 支離하셧겟습니까」하다가, 문득琴心을向하며,「웨, 자리를아니깔아드렷늬. 좀便安히 주무시게나하지」하고는「나는 가신줄알엇서요이못난이를 웬걸 기다리실라고, 하엿서요. 이런줄은모르고, 오즉괘심히 생각하셧겟나하엿서요. 밤을새워도, 便紙로 謝過나할가하엿서요. 그런데 와보니………」하고, 깃븜을 못이긔는 듯이, 말긋을웃음으로매치어젓다.

나는, 부시시 일어안젓다. 그러나 선잠을쌘사람가티, 말할마디 할수업섯다. 그열엇다다첫다하는입술과, 그럴적마다 花瓣이벌어지며, 眞珠가튼花心이나타나는모양으로, 반작반작 들어나는하얀이ㅅ(齒)발과, 찡겻다피엇다하는 그린듯한눈섭과, 그밋에서, 흐리다가 빗나다가 하는쌈한눈을, 멀거니바라보고만잇섯다.………

이윽고, 衾枕은,펼처젓다. 하건만,나는化石이나한것가티, 茫然自失하고 잇섯다. 어째 무시무시한症이들엇다. 이불속이, 곳 地獄인듯이 들어갈情이 업섯다. 그만 집으로 갓스면 하엿다.

「그만 자십시다.매우困하실터인데………」

저便도 아주感慨無量한 듯이, 고개를 써러트리고 안저잇다가, 슬픈音聲으로, 沈默을 깨털엇다.

「응」

「어린애모양으로「응」………」하고, 春心은, 소리처웃으며, 瞥眼間나를 부딍켜안는다. 나는 魔女에게나덥친 듯이, 머리씃이 쭈뼛하엿다.

둘의그림자는, 이불안으로 사라젓다. 나는우들우들썰면서, 두번아니 오리라, 생각하엿다.

八

쌀아준獨蔘湯을마시고, 門間에서, 발발쩌는 그와作別한나는, 人跡업는 쓸쓸한거리로 나왓다. 食前꼭두운치웟다. 몹시치웟다. 치움그것이엇다. 쓸알이는발은, 자욱자욱이 얼어붓는듯하엿다. 귀가쩔어지는것갓다. 밝아케단쇠가, 얼굴에, 척척 달아붓는것갓다. 압흐로, 휙하고, 닥치는, 매운바람은, 나의몸을썩은나무가지나무엇처럼 지근지근 부수며, 細胞속속들이, 불어들어가는듯십헛다.

「다시는, 이런짓을 아니하리라」 나는, 디시곰생각하엿다.

어머님은, 姑從四寸婚姻구경兼消風兼, 東萊에나려가시고, 집에계시지안햇다. 한머님만 속이면, 그뿐이다. 어제밤은, 여러 親舊들에게쓰을리어, 淸凉寺에나갓다가, 술이醉해서, 못왓다는 것을, 咄嗟間에, 생각해내엇다.

알엣목에, 쪼글이시고안저계시든 한머님은, 샐죽한입을, 두가장자리를동글게, 壺蘆形으로여시며,

「못된대만아니갓스면. 못된데만아니갓스면」라고 소근거리셧다.

「늣게놀고보니, 電車가 끈첫겟지요. 어대올수잇습니까, 하는수업시, 자고왓습니다」라고, 거짓말을 쑤미여대인後, 나는 우리房으로, 건너왓다. 나는빙그레웃엇다. 머리를빗고잇든안해도 빙그레웃으며 「인제속이시원하지요」하엿다. 그러나 그의얼굴비츤, 피로물들인것가탓다.

나는, 그만 나무둥치가티, 困한잠에, 쩔어지고말엇다. 午鍾가까이되어, 艱辛히, 안해에게, 깨이어일어난다는, 冷水로洗嗽를하면서도, 쑤벅쑤벅조을고잇섯다. 社에들어가기는갓스되, 머리가, 부현안개에갈린듯이,朦朧하여, 일이, 손에잡히지안햇다. 그저자고만십헛다. 저녁 숟가락을노차말자쏘다시, 죽은듯이 잠이들고말엇다.

그이튿날,잠을깨자, 第一먹저, 解決해야될 것은, 그것을 어째치를가하는 問題이엇다. 말할것도업시돈이必要하다. 그러타고,주머니에서, 잘각거리는, 멋푼銅錢으로는, 될수업는일이다. 만치안흔月給이라도, 쏘박쏘박 타기나하엿스면, 그믐을하루바게 아니지낸쌔이니, 그것수세할것이야, 남앗스런만 困

難이至極한××社는, 社員月給支撥은커녕, 新聞박힐조희도못사서 쩰쩰매
는판이다. 집으로말하여도,아들의放蕩에이바지할財政은업섯다. 그러나 멋十
圓장만할거리는 나에게잇섯나니, 그것은 遺産으로 물려바든美國製十八金時
計이엇다. 오랜것이라, 모양이 이쑤지안흔대신, 투박하고 튼튼하며, 다리야
꼿도압뒤쑤경에,아로새겻고,機械에寶石조차박히인갑진物件이엇다.

「이것만잡히면,四五拾圓이야엇겟지」 春心의집에가든날이나, 이제나 힘
미덥게생각하엿다.

난생처음으로 典當舖를차저단엿다. 操心만흔힌옷입은,取利군들은, 이속
모를物件을 退却하기에서슴지안핫다. 어느 日本 質屋에서, 三十五圓에잡히
는수밧게업섯다.

그다음問題는, 傳達할手段이엇다.封套에너허, 郵便으로보내고, 아주끈
을쎄어바리랴하엿다. 良心의反省도 猛烈하엿거니와, 한번격거 보니, 그耽耽
스럽지도안핫슴이라. 그러나, 야릇한念慮가 나로하야곰, 躕躇하게하엿다. 封
套에너허보내는것은, 만흔金額에만,쓰는格式인것가탓다. 더구나, 그리함은
그와나의사이를, 利刀로 싹 비여버리는것가탓다. 그는 失望하리라. 失望한
그만치나를辱하리라. 永久히그를對할낫이 업스리라하매, 어쌔참아못할일인
듯십헛다. 끈는대도, 톱으로슬근슬근 나무써을듯,눅으러운方法이 업지아느
리라고생각하엿다.

「그것은 쑤미어대는소리일다! 정말끈흐랴면, 저야失望을하든, 辱을하든,
對할낫이업든, 쩌릴것이무엇이냐?! 그런念慮를하는것은, 끈흐랴면서 아니끈
흐랴는 것이다!」 나는, 마음어대인지, 이런苛責을느끼엇다.

「끈코아니끈는問題보담도, 네가沈弱이될가 아니될가가, 더重大한問題일
다. 쌔지지만안흐면, 그쑨이아니냐. 슬근슬근情을부처두긴들, 너에게 해로울
것이야무엇잇나. 鬱寂하고無聊할제, 一時의慰安거리는, 쩨될것이다」 다른소
리가, 쏘 이러케辨明하는듯하엿다. 마츰내 이런結論을어덧다.

「이왕이면, 한번보기나하자. 그亦사람이니 넘우매몰스럽게함은, 내道理
가아니다」

맹승맹승한精神으로야, 直接으로, 돈을건넬수업섯다. 어느料理店에, 다

리고가서, 滋味잇게놀다가 그도醉하고, 나도醉한後, 그의품속에, 슬그머니
너허주리라하엿다.

여긔에對하야, 안해는 劇烈히反對하엿다. 안해의態度는, 하로밤사이에
突變하엿다. 그의主張을依支하면, 그런짓은 成功도하고, 財産도넉넉한뒤에
할일이엇다. 하로밤이면 무던하지, 이틀밤부터는遇한짓이엇다. 참말 끈을쎄
라할진댄, 春心을아니보는것이上策인同時에, 돈을封套에너허보냄이至當한
일이엇다. 그리고 돈도다줄것이아니니, 二十圓이면, 넉넉하엿다. 十圓은내가
쓰고, 五圓은 자기가 써야되겟노라하엿다.

「무슨짝에 三十五圓 템이나주어요. 만날용돈이업서 허덕지덕하면서. 나
도한五圓잇서야되겟서요.먹고십흔것 좀 사서먹을터이야요」안해는, 이러케
말을매치엇다. 胎氣잇는지 三四個月되는그는不可抗의힘으로, 道味국이먹고
십헛다. 물만흔배(梨)가먹고십헛다. 나는이要求를아니들을수업섯다. 그리고
는 만치르고, 열점이 아니넘어 돌아올것을再三타이른後나는, 春心의집으로
왓다.

「오늘은 오실줄알고, 아모대도아니갓지」

春心은웃는낫으로 나를마즈며, 이런말을하엿다 그는, 못알아보리만큼,
어엿벗다. 끈흐리말리한것이罪悚할地境이엇다.

그의집에서그리멀지안흔 食道園으로, 나는春心을쓰을고왓다.

우리는, 한동안,먹기도하고마시기도하엿다. 이악이도하고웃기도하엿다抱
擁도하고키쓰도하엿다. 忽然,春心은 내손을잡아다리여, 제바지를만저보이며
「퍽도쌧쌧하지요. 짜스하라고 새양목(西洋木)으로 바지를해입엇더니만……
…」

「톡톡한게 조쿠먼」나는, 無心한듯이 對答을하엿스나, 春心의그말에, 무
슨깁흔뜻이, 잇는것가탓다 奢侈만일삼는 時體妓生과다른, 저의質素를자랑
함일가? 쏘는 明細바지를 해달란말일가? 마츰그쌔에 그는 게을르게, 기지개
를켠다. 누구에게절이나할것처럼, 각지씐손을 내여밀엇다. 나는, 반지하나업
는그의손가락을보앗다. 明月舘支店에서처음맛나든째에, 나는 그의손가락에
적어도 두어個반지가 씨인것을보앗다. 나는 아까疑心조차, 한꺼번에 푼듯십

헛다.

「흥, 내가반지를해줄가하고」 나는 속으로 요년십헛다. 그리면서, 해주고도십헛다. 이默然의慾望을못채워주는것이, 男兒로恥辱인듯도하엿다. 마음이괴로워 견댈수업섯다. 더만흔것을바라는意思表示를보기前에, 한시바삐, 주랴든돈을 주엇스면하엿다. 그러나, 料理갑시, 얼마인지, 알수업서 주저주저하고잇섯다.

「고만가요」 그는, 훅근훅근다는뺨을 나의억개에 쓸어터리며, 나의마음을 안듯이 소근거렷다. 料理갑슨, 八圓얼마이엇다.

나는, 남은돈二十圓을, 쥐인주먹을, 내어밀며

「저어……… 이것 담베用에나보태쓰라」라고, 나는목에걸린소리로, 머뭇머뭇하엿다. 그는, 나를 물끄럼이바라보다가, 고개를 흔들며, 「실혀요실혀요」라고 부르지젓다.

「얼마아니된다마는, 情으로바드렴. 돈이아니고情이다」

「妓生은, 돈주어야情붓는줄, 언제부터, 알앗소. 흥 돈! 돈! 妓生년은, 情을情으로못찻고, 돈으로찻는담!」하고, 春心은, 한숨을내어쉬엇다. 나는, 어찌할줄몰랏다.

「흥, 돈이情,情이돈! 妓生년의팔자란!」 春心은 또한번 괴로운한숨을吐하엿다. 애달븐슬픔에싸인 그뜨거운입김이, 마치 나의心臟을, 스치는듯하엿다 그도사람이다, 女性이다. 시들고 골아젓슬지언정, 뜻기고 짓밟히엇슬지언정, 그의가슴에도, 사랑의움은잇스리라. 지금 그말은, 煙沒해가는사랑의애끗는呻吟이리라. 나는, 마치, 그 사랑을把握하랴는것처럼 그를 휩싸안앗다. 나는 그의가슴에 溫味와鼓動을느끼엇다. 마치그의사랑이, 나에게 이러케 속살거리는듯하엿다-「나는 다 식지안핫습니다. 오히려봄날과가티짜뜻합니다. 나의숨은 아주지지안핫습니다. 오히려 脉이뛤니다. 오오-나를허덥주셔요! 북도다주셔요!」 그말에應하는것처럼, 나의속소리도 소근거렷다.

「덥혀주고말고. 북도다주고말고. 아아불상한사랑의넉이어!」

우리는 十分동안, 서로떨어지지안핫다. 떨어진뒤에도, 우리는 억개를견우고,가티걸엇다. 돌아온데는,勿論그의집이다! 그러나, 나는 그의 만도 포케

트안에 紙幣두張을, 너코말엇다.

九

　來日團成社 ××券番(春心의다니는組合) 溫習會에서 다시만남을期約하고, 나는 아츰늣게야, 그의집을쩌낫다. 그만치 大膽스럽게도 되엇다. 그만치 愛戀도깁헛다.

　五分前에, 잠간어대나갓다오는사람가티 신추럽게, 돌아왓다. 非難과責望을 未然에, 막기爲하야, 儼然히 緊張한얼굴로, 건넌房에 들엇왓다. 안해는업섯다. 그대신, 나의冊床우에, 무슨글발이잇섯다. 그것은, 안해의筆蹟이엇다―

　전일에는, 이몸을사랑하시압더니, 인제는 이몸을버리시니 슬프고애닯은 심사, 둘데업사와 이세상을 쩌나랴하나이다. 이몸이어, 죽사온들 아까울것업건마는, 다만 배속에든 어린것 불상코가련하옵내다.

　두루막은다리어, 장안에너허두엇스니, 이몸보는듯이, 입으시기바라나이다. 기리못뵈올것을, 생각하온즉, 죽어도 눈을감을수업사외다. 다행이 모진 목숨이, 쯔허지지안사오면, 다시 뵈옵고, 첩첩히싸인 설은사정을, 하소연할 가하옵내다.

　나는매우感動되엇다. 정말遺言狀을본것가티, 가슴이, 찌르르하엿다. 눈물이 핑 돌앗다. 勿論거짓이고, 戲弄인줄이야, 모름이아니로되, 거짓이면서도, 거짓이아닌듯십헛다. 戲弄이면서도, 戲弄이아닌듯십헛다. 或 事實이나 안일는지!

　「한멈! 아씨어대로가셧나!」 나는, 마루로 쮜어나가며, 허전허전하는소리를, 떨엇다.

　「몰라요! 웨 房에아니게셔요」 밥을먹는듯한한멈은, 제房에서, 이러케 對答하엿다. 事實이나아닐가!?

　나는, 안房으로, 건넌房으로, 廚房으로, 뒤ㅅ간으로허둥거리며, 차저단엇다. ………안해의그림자는볼수업다!

　「아씨어대가셧서. 어서아르켜달라니까그래」

나는, 고앙속에들어갓다나오며, 다시금 부르지젓다. 對答은업고, 히히웃는소리가. 들리엇다. 나는 곳 行廊房門을 열엇보앗다.

「아씨가 여긔 게실라고요」 한아범은 왼얼굴에주름을밀며, 泰平乾坤으로, 빙그레하엿다.

마츰내, 나는 다락속에, 숨은안해를 發見하엿다 「여긔잇구면!」 나는, 죽은이가 살아온것처럼반갑게 부르지젓다. 컬럼버스가, 新大陸을 發見한째도, 이만치 깃브지안핫스리라. 안해는웃으며, 나려왓다.

「다락이 저승이야」

우리가, 건너房으로, 單둘이 들어왓슬제 나는 웃으며, 그를嘲弄하엿다. 隱匿者도 방글방글 웃고만잇섯다.

「그것이 무슨짓이람. 遺言을써노핫스면, 죽을것이지 웨 다락속에, 들어안젓담」

「웨 모진목숨이 쓴치치안흐면, 다시맛나자하지안핫서요」하고, 안해는, 해죽웃엇다, 「이번은그랫지만한번만더가보아요. 정말 아니죽나」 안해의얼골빗은, 갑작이 바루어젓다. 슬픔의그림자에, 그의얼골은 그늘지고말엇다. 「참 그러케 날속일줄은몰랏습니다. 돈만주고, 열점안으로 오신다해노코, 아니오시는데가, 어대습잇니까……… 이제나 오실가, 저제나 오실가, 암만기다리니, 어대오셔야지요. 새로한점을치고, 두점을치고, 석점을치겟지요. 그제야 아니오시는줄알앗습니다. 자랴도잠은아니오고 그년을쓸어안고잇는꼴만보이겟지…… 참말애닯고슬퍼서, 견딀수업섯습니다고만죽고몰랏스면, 하엿습니다. 그래 요압우물에싸질가하엿습니다. 내가한것에 웨 남의손을 대이랴하고, 밤중에 일어나, 당신의 두루막을, 다렷습니다. 내손에 옷어더입기도 이것이, 마지막이다하니………」 말을마치지못하야, 그의코가, 軟粉紅色을씌여, 실눅실눅痙攣하기始作하엿다. 그리자말자 두줄기눈물이 흰線을그리며, 쌤으로흘럿다. 뒤미처 透明한液體는흐르고쏘흐른다 이것을보고야, 아모리 春心의蜘蛛網에감긴 나인들 어찌 그의苦哀를삷히지못하랴. 實行은안핫지만, 死를생각한것은, 해보닥도明白한일이다. 그런생각이든것만치, 그의속은쓰럿스리라. 압핫스리라.

「울기는웨, 울기는웨」라고, 나는慰勞하엿다. 그러나, 나의눈도젓기비롯하엿다. 속눈섭에, 쓰거운눈물이몰림을느끼엿다.

「쏘가시럅니까. 쏘가시럅니까」 이윽고, 안해는, 울음에썰덕이며, 다조첫다.

「쏘갈理잇나. 쏘갈理잇나」 말쑨만아니라, 마음으로도盟誓하엿다.

그러나, 春心과맛나자고期約한쌔는왓다! 그이튼날저녁이다. 團成社에갈가말가⋯⋯ 이것은解決키어려운問題이엿다. 암만해도 가고십다. 가도無妨할핑게를, 어드랴고 애를썻다 - 團成社는 春心의집이아니다. 公共의구경터일다. 春心을보랴가는게아니라. 구경하러가는것이다. 쏘 이번이興行하는 ×××洋樂隊에 寄附하기爲하야, 우리社에서 主催한것이니, 가보아야할義務가잇다. 누구가나를보드래도, 春心을맛나랴고, 오지못할대를 왓단말은아니할것이다. 아니가는것이,돌이어 남으로하야금 이상하게 녀기게할것이다. 쏘 春心을맛날機會는이後라도, 만흘지니, 보아도, 水流雲空할試練이必要하다. 보기爲해서 가는것이아니라 情을끈키爲해서 반듯이 가보아야되리라.

理由는, 얼마든지, 잇섯지만, 혼자가기가, 무엇하든차, 마츰C가, 구경가자고왓다. 나는즐거이짤아나섯다.

여덜點, 가까이되엇슬째라, 우層알애層할것업시 觀覽席은, 立錐의餘地도업섯다. 輝煌한불빗도, 담배煙氣와사람의입김에, 흐리멍덩하엿다. 나는壓迫과窒息을느끼엿다.

나의눈은, 婦人席에서, 春心을찻고잇섯다. 눈코는分揀할수업고. 粉面의輪廓만, 총총히 人形가티, 쏘치여잇다. 모다 春心이가트면서, 모다아니엿다.

「저 舞臺뒤로 들어갑시다. 거긔는 煖爐도잇고茶도잇스니. 그리고구경하기도조흘터이지」하고, C는 나를그리로 쓰을엇다. 그긔에는, 푸른 것, 붉은 것, 누른 것, 가지가지衣裳이, 눈을眩亂케하며, 모다비슷비슷한妓生이, 우물우물하엿다. 特別히 못생긴석도업고, 特別히잘난것도업섯다. 香氣는고만두고썩어가는몸과마음의 송장냄새가, 그곳一面에자욱하엿다 나는 一種의恐怖嘔逆을 느끼엇다. 그야말로 게집냄새가 날地境이엿다. 그가운대에도, 春心의그림자는 보이지안핫다.

「이리다. 春心을맛나면, 어찌할고? 나는, 문득 생각하엿다. 맛나면 쏘 알수업는魅力에, 쓰을리지나안흘가. 아니쓰을린다하자, 그러면 보아서 무얼할 것인가. 멀리서 그도나를보고, 나도그를본다. 보고흐터진다. 싱거운일이로다! 싱겁게아니하랴면, 돌아가는길에, 술잔이나 논하야되리라. 적어도人力車나 태여보내야된다. 그러하거늘,나의주머니에는, 벌서 쇠천샐닙도업다. 맛나면 큰일이다!

「고만가요」 나는, C한테, 턱업는要求를하엿다.

「왓다가 구경도아니하고, 가잔말이야」

春心이와 막 마조칠가하는恐怖心이, 머리를처들엇다. 마음이조마조마하여 견딀수업다. 몃번C를졸랏건만,그는, 내말에귀도기울이랴 아니하엿다.

「가고십거든, 혼자가구려」 C는, 마츰내 성가신 듯이, 말을던지고, 어느妓生과, 이악이하기에, 汨沒하엿다. 나는, 하일업시, 쏘머뭇머뭇하엿다. 그럴사이에 어쩨건너便을보고, 나는 쌈작놀랏다. 灰色 만쏘에쌈한 하부다이手巾을 둘은, 春心이가, 어느결엔지, 거긔와잇다! 다행이 나는저를보앗건만, 저는 나를못알아본모양이엇다. 나는 不時에, 돌아섯다. 舞臺로드나드는왼便門은, 잠기어잇다. 나가랴면,春心의겨틀 지나야되겟다! 이야말로進退維谷일다! 그래도되든말든, 두판집고 한번 나가나보자. 나는그리를向하고, 急히걸엇다. 一平生에關係되는重大한일을斷行할쌔처럼, 나는 더할수업시 興奮하엿다. 그는나를보앗다.! 둘의距離는, 한자(尺)도아니된다.! 마츰지나치는사람은만코, 그곳은 좁앗다. 나는 春心에게外面을하고, 사람틈바구니에, 헙쓸리어, 쏜살가티이難關을넘으랴하엿다. 나좀보아요, 하는듯이, 그는 살금살금 나의外套자락을, 잡아다리엇다. 그刹那에 나의발길이 머뭇하랴다, 뒤사람에게 밀리어, 휙 쌔져나왓다. 門間을 나섯다.

安心의숨을, 내쉴겨를도업시, 後悔가뒤미첫다, 犯치못할罪惡을, 犯한듯하엿다. 얼른본春心의얼굴은 前보담, 十倍白倍 더아름다웁든것가탓다. 그伽倻琴幷唱을, 못견듸리만큼 듯고십헛다. 돌오들어갈가? 門직이보기가, 부끄러워 그럴수업섯다. 발이뒤로당길듯당길듯하면서도, 압흐로압흐로옴기어젓다. 가슴은 미친바람에 뒤집히는바다모양으로, 울렁거리엇디. 미리는 벼락(霹靂)에 마진듯하엿다. 어느쌔 始作된지모르는, 비ㅅ줄이, 얼굴을 짜렷것만,

찬줄도몰랏다. 噴火山모양으로, 왼몸이, 뭉을뭉을 티는듯하엿다. 무슨까닭인지, 나로는알수업다 心理學者는說明하고십흔대로하여라!

十

며칠동안, 발을끈헛다. 그러나 알수업는무슨힘이, 나를쓰을믈어찌할수업섯다. 그힘은 어대 얼마나 다라나나, 보자고, 그가, 나를매어노흔 실과가탯다. 다라나면, 다라나는대로, 그실은 풀리엇다 하되 잠간만 거름을멈추면, 그실은, 차츰차츰감기어, 뒤로뒤로이끌엇다. 어느째는, 머리올가티, 가늘고가늘게되어, 이것이터진다 이것이터진다, 고만이리와요, 이리와요, 살근살근달래며, 마음이 간질간질하며, 잡아다리기도하엿다. 어느째는 쇠사슬모양으로, 굵고튼튼하게되어, 이리안올터야, 이리안올터야, 威脅하는듯이, 쑥쑥 집어채기도하엿다. 이편에서버틔는힘이, 不足하면, 획 쌀아가는수도잇다. 하로날 그집ㅅ 골목짜지, 쌀아간일이 잇다. 그집大門을보자, 에 쓰거라, 하고, 나의넉은 다름박질하엿다. 바른길로, 일업시 진고개를올라갓다. 늘하는모양으로, 冊肆에서 冊肆로 돌아단이다가 저믈게야 水標橋로쌔져, 돌아오는길이엇다.

大觀園에서, 어쩐젊은紳士가, 妓生하나를, 다리고나온것을보앗다. 나의마음은 다시금動搖하엿나니, 그妓生의거름거리며, 뒤모양이 하릴업는 春心이엇슴이라. 나는, 거름을 재게하엿다. 느리게하엿다하며, 요모조모 살피기를마지안핫다, 그나부시늘어진귀밋머리조차, 天然春心이엇다. 그럴지음에 그妓生은, 뒤를힐긋돌아보앗다. 마치 내가뒤짜라옴을아는것처럼. 얼골이 가틀쑨만아니라, 謝罪하는듯한뭇음조차, 건네는듯도하엿다. 나는 그자리에 사라지는가, 疑心하엿다. 그러나 내가, 쏜살가티 그의겨틀스치며, 모든것을쌔둘러보려는一瞥로 그가春心이아님을, 看破하엿다. 온전이나의錯覺임을쌔달앗다.

나는, 이런일을, 金房銀房압헤서, 電車停留場에서, 한두번격지안핫다. 마치나의눈에, 春心이란色眼鏡이끼이어, 到處에 春心을發見하는것가탯다. 호올로 視覺쑨만아니다. 나의官能이란官能은, 모다 그러하엿다. 그고소한머리기름냄새를, 안해의머리에서 맛기도하엿다. 그야릇한香氣를, 나의소매에서 느끼기도하엿다. 그의소리, 살, 냄새는, 벌서 그의 專有物이아니고, 낫나치 나의속깁히잠겨잇는듯하엿다. 이모든것들이, 還元作用으로, 본임자와 어우러지라고, 발버둥을하고잇거늘, 그래도, 씃을쩨엇거니하고잇섯다. 정말쎄 어젓슬가? 보라! 어느 宴會에서 다시금맛난우리는, 어찌되엇는가! 처음은서로 눈인사만, 交換하엿다. 그리고, 彼此모르는사람모양으로, 시침을짜고잇섯다.

하건만, 宴會가씃나고, 料理店門밧글나왓슬제, 그의손은 나의손을, 힘잇게쥐엇다.

「어쩌면, 그러케昧情하심니까」 그는, 말을 쓰어내엇다. 얼마든지 非難을 하라는것처럼, 나는 빙글빙글웃고만잇섯다.

「돌아서신줄은, 나도알앗지만. 그러케 아니오실줄은몰랏서요.………그 이튿날 만쯔속에 돈貳拾圓든것을보고, 男子란 다 마챤가지다. 이걸로情을 씃는고나하엿지요………」

「아니 무엇, 그런것은아니야. 저어………」

「남의말을 좀 들어요.………이것이 들어, 남의조흔사이를 갈랏고나, 하고, 그紙錢두장을 쪽쪽찌저바리고십헛서요. 이다지도 남의마음쓰는것을 모르는가, 하니, 야숙해견딜수업섯서요. 어찌면 내마음을알아줄가……… 便紙로나 細細私情 그려볼가……… 別別생각을 다 하다가, 에라치워라 매몰스러운사나이에게, 내속을 웨 쌔앗기리, 하고, 한발이나되게쓰든편지를 갈갈이 찌저버렷지요」

하고는, 그쌔의괴로운한숨을, 모아두엇다가, 인제쉰다는듯이, 기리기리 숨을내여쉬엇다.

「요사이 족음 바빠서………」라고, 一種 프라이트를느끼면서 나는 중얼거렷다.

「그런말말아요」 春心은, 성난듯이 잡앗든손을쑤리치며, 「마음에잇스면, 꿈에라도보인다고, 아모리 바쑤기로니, 잠시잠간, 단이어갈틈이야, 업단말임니까. 내가미친년이지, 내가 미친년이야.나가것이 情이니무엇이니 하는게 개

밥에 도토리지………」

「가고야십지마는 어대가겟든. 營業에妨害만 될뿐이니………」

「내가장사를합니짜. 營業이 무슨營業이란말슴이요. 그런 이면치레를하는것부텀, 마음에업서서 그리는것이지오. 짜정보고십허보시요. 그런생각이, 나기나하는가. 참사나이라 다릅니다그려. 나는 암만 이즈랴해도, 어대이처집되짜. 웨 맛낫든고. 웨親햇든고. 하루도 멋번을後悔를하엿는지, 몰랏서요. 情이란사람이맨든것이지만, 人力으로못할것은情입디다.」

그의손은, 다시금, 나의손을쥐엇다. 문득 째달으니, 나는벌서 그의집마당에 서잇섯다.

十一

마음의防築은, 고만터지고말엇다. 誘惑의흐름은 거리낌업시, 밀리엇다. 이물결가운대는, 싸늘한理智와 쓰거운感情이, 서로부딋고, 서로첫건만 理智는, 흔이 쩔쩔끓는熱水에 너흔얼음조각모양으로사라젓다. 모든것을닛(忘)고, 나는 種種春心을 訪問하엿다. 그亦 언제든지 나를歡迎하는것가탓다.

「웨 그처럼아니오셔요」 그는 中門間에서마당으로, 쎄죽이 나타나는나를 보자, 방글에웃으며,이러케부르지지는것이恒例이엇다.

「아짜웨맛나지안핫서」 어느째는, 내가 이러케對答할境遇도잇섯다.

「참그래ㅅ지요. 나는 쏘쌈박니젓지. 금방보고도 금방아니본것가태요」하고 둘이웃는수도잇섯다. 그리고는, 밧게야해ㅅ발이 짜뜻하든, 달비치밝든, 밀장은 合門이되엇다. 사랑은 樂園을 지을수잇다. 塵世의아모런景致와 아무런風情도, 이에미칠것이 무엇이랴! 거울가티마조만안지면그뿐이다! 말은말꼿을좃고, 웃음은 웃음뒤를이엇다. 彼此의 處地를說明하자 懊惱도하고, 煩悶도한다. 그러나 사랑으로하려하는懊惱요, 煩悶이라. 짠일로말미암은그것보담달랏다. 그것은 하고십허하는째문이다.

「그런생각을 다 하면 무엇합니짜. 한時라도滋味잇게놀면그뿐이지」

刹那主義者인그는, 이러케꼿을맺고, 伽倻琴을뜻기도하엿다.

이리다 돌아오는날은, 滿足과幸福을느끼엇다. 물린것이아니지만, 며칠
아니보아도 참을수잇섯다.하지만, 어쩨갓다가 못맛나면, 하루도두세번을 가
고십헛다. 저나내나 무슨故障이생겨서, 곳 아니헤여질수업게된째도 그러하
엿다.

어머님이, 밤열點半車로, 東萊에서 돌아오시든 날이엇다. 停車場나가는
길에, 나는春心이집에들럿다. 琴心이가잇기째문에, 키쓰한번, 抱擁한번못하
고, 나는몸을일으키는수밧게업섯다.

「웨 벌서가셔요.」琴心은 나에게매여달리며, 帽子집으랴는팔을막앗다.

「아니 집에가보아야될일이잇다」라고對答하엿다 웬일인지, 말소리가, 내
귀에도허전허전하는것가탓다. 어쩨春心에게는, 가야만될事情을 말할수업는
것가탓다.

「이애, 고만두어라. 오긴어려워도, 가긴잘가지. 만날첫날간다간다」라고,
春心은, 새모록하게, 긁어잡아당긔엇다. 帽子는썻건만, 그音響이, 電氣가티
나어게찌치어, 몸을꼼작도할수업섯다. 잠간답답한 沈默에, 왼房안空氣가, 凝
結되는듯십헛다. 琴心은 물쓰럼이 나를치어다보고만잇다. 春心은, 참아가는
뒤쓸을, 못보겟다고하는듯이, 고개를푹, 숙이고 잇다. 「敷島」의卷烟을쌔여,
입으로 그담배를 불어쌔고, 힌조희를, 볼록볼록하게 맨들고잇다 차라리 가
지말라고 나의소매를잡아다렷든들, 이러케 가기어렵지안흐련만!

「아이고, 좀 붓잡으셔요」憫憫하엿든지, 琴心이가 마츰내 沈默을깨트
렷다.

「고만두어라. 楊柳가千萬絲인들, 가는님어이하리」라고, 春心은, 노래불
으는語調로, 한숨을 내쉬엇다. 하건만 나를쳐다본, 애끗는情이 서린秋波는
무에라고形容할수업는느낌을주엇다. 다만 한時間이라도, 半時間이라도, 더
놀앗스면하엿다. 그러나 汽車대일定刻은, 이미臨迫하엿다. 뒤마루까지, 나
오는수밧게업섯건만, 그와作別치안코는, 참아 나려설수가업다. 나는 다첫든
미다지를, 다시금 열엇다. 그는 如前히, 고개를숙이고잇다. 오즉 한번이라도,
나를보아나주엇스면!

「그냥가랴니, 발이쩌러지지안는걸」나는, 眞情을弄談으로엄벙하엿다. 그

는 얼골을 들엇다. 하염업시우스며, 「아모리 無情한님인들, 作別이야안할수 업지」하고, 일어서나온다.

사람눈업는 어섬푸레한마루에서 둘의그림자는하나이되엇다.

「밤에 볼일이무슨볼일이요」 그는물엇다. 그소리는 성난듯도하고, 우는듯 도하엿다.

「어머님이, 오늘밤에오신대, 시방停車場에 나가는길이야」

「진작 그런말슴을하실게지, 그러면 어서나가셔야되겟구려」

하면서도, 나를노치는안핫다. 더욱더욱 그의몸이달라부틈을느끼엇다. 나의다리가, 마루끗을 나려서랼적마다, 무릎으로막앗다. 입으로가지말라는 것보담, 그몸짓의말이, 더욱雄辯이엇다.

이윽고, 나는 구쓰를신엇다. 그도나를쌀앗다. 中門과大門어금에서, 우리의그림자는, 쏘한번合하엿다.

「어서가셔요」

「응」

「나는어찌할고」

「일즉이 좀 자랴므나」

나는, 그가 綠酒紅燈에, 시달리며, 밤마다 밤마다, 잘잠을못자는것을생각하고, 이런말을하엿다.

「어대 잠이나오나요. 어섬푸레하게, 달은비치고………」

그날은 봄의氣分이 벌서쑤렷한밤이엇다. 淡灰色구름은, 烟氣가티 흐르고잇다. 그속으로 輪廓조차 確實치안은달그림자가, 熹微한光線을 헛고잇다. 무에라고말할수업는봄香氣에채운, 이空氣, 이靜寂, 이薄明, 더구나 베일에 감긴處女의裸體가튼 어스름달―이모든것들에게는, 秘密의情熱의醱酵를느낄 수잇섯다. 봄마음(春心)으로는, 잠도아니올밤이다. 나도한참恍惚하엿다.

「참가셔야지, 車時間느질라」

하고, 그는문득, 감앗든팔을풀엇다. 「자아가십시다」 하면서 그는 洋人이하든, 내팔을얼사찌고 발을한발자욱을옴겻다. 그리면서 「이리고, 멀리멀리갓스면」이라고, 꿈쑤는듯이말을하엿다.

門間電燈미테서, 우리는 쩌러젓다.

「어서 들어가」 나는 한마디를던지고, 돌아섯다. 두어거름가다가, 뒤를돌아보니, 그는그대로서잇다 두눈이 異常하게, 빗나는것갓다. 내마음탓인지모르되, 分明히 눈물이 도는듯하엿다. 몃거름가다가 쏘돌아보앗다. 半만大門 안어둠속으로사라진, 그의悄然히돌아선꼴이, 눈에쯰이엇다. 그것이아주사라지자, 청승궂게불으는노래한가락이, 나의뒤를쌀아왓다.

「欲忘而難忘이요, 不思而自思로다. 갈거(去)字 설어마라, 보낼송(送)字 나도잇다」

이런뒤로는, 情이, 더욱깁허진듯하엿다.

十二

어대에서, 술이 좀 醉한나는, 열點가싸이되어웬걸잇슬라고, 하면서도, 이 말무지로 그의잠긴中門을쑤다리며, 불러본일이잇섯다.

「노름가고업습니다」 아니나다를가, 굵다란 男子의소리가, 이러케對答하엿다. 하릴업시 발을돌리랼째이엇다.

「네에!」 이번에는, 쇠된女子의목이, 들리엇다. 琴心의소리리라. 짝짝쯔으는신소리를, 들을겨를도업시, 中門은열리엇다.

시난고난이, 들어누어잇는春心을보앗다. 피스긔하나업는 샛느란얼골에도, 나를반기는웃음은, 움즉이엇다. 그리고 呻吟하는소리를, 썰엇다.

「아이고오서요, 오서요……… 나는 어제부터이러케압하요………이럴 째오셧스면, 오셧스면 하든차이여요」

나는 가엽서못견듸겟다는表情으로, 그의 머리를 집흐며, 「어대가 그러케 압흐담……… 나는, 업단말을듯고, 곳가랴고하엿지………」라고, 하엿다.

「아버지쎄서, 모르시고 그런것이야요. 목소리가 당신갓길래, 琴心이다려, 나가보아라. 아마 ○○○신가보다, 하엿서요」 제압흔것은 둘재이고, 쌘것이 매우 마음에 키이는것가티, 辨明하엿다.

「나도, 그런줄알앗서. 그런데 어데가저러케압허?」

「무얼, 몸살이 좀 낫는가보아. 그것이야 어째든 오사이 웨 그리안왔습니까? 어대가 압흐면, 당신생각이, 열쏩스무곱더나서, 짜정견딜수업습니다. ………암만한들 제마음을, 아시겟소………」

그의말맛다나, 나는 며칠동안, 그를멀리하엿나니, 그것은, 비인손으로오기가, 쩐쩐스럽고, 추근추근하다는생각이엇슴이다. 나만오면 짠이의 불으는것을짜는 것이, 悶罔도하엿슴이다. 더구나 홀대가나를기다리고잇다는苦痛을 아니느끼고, 올수업섯슴이다. 그러나 어째와서만보면, 나의豫想은, 노상틀리엇다. 그의一擧一動과 一 ○ 一笑어느것에 나를 非難하는무엇을 찻기어려웟다. 오늘亦是 그러하엿다.

「고맙군,고마워. 그러케 나를생각해주니………」 나는 참말 感謝안흘수업섯다.

「늘저리겟다……… 참말이다? 고마울게무어이야요. 어대나리가, 생각하라서, 생각합니짜. 절로생각해지니, 생각하는게지………」

「이랫든 저랫든,고마우이. 이것은 참, 참말이다」

「그래 참말이야요? 나리가 참말이라니, 나도참말을 좀 하리짜. 나는 花柳場에노는계집이올시다. 노는계집이라, 이손님하고도놀고, 저손님하고도놉니다. 料理집에서, 料理집으로, 불리어단입니다. 繁華하게 웃고지냅니다. 그래도, 째째로 외로운생각이들어요. 곳 울고십허요. 時體말로, 나지미가만흐면만흘스록, 어째쓸쓸해서, 견딜수업서요. 요새 文字로, 쏙 한사람에게, 戀愛를하엿스면, 하는생각이, 하루도 열두번이나, 나겟지요」

그는, 肺腑에서 짜낸다는語調로, 이러케 늘어노핫다. 왼통虛僞는, 아닌 告白이리라. 참된사랑을할수업슴은, 우에업는 心的悲劇일것이다. 歡樂의 맨 미테는, 悲哀가 가루누어잇슴도, 或事實일것이다. 술에물커지고, 肉에헤여진, 百孔千瘡쭐린, 넉의呻吟을, 나는듯는듯십헛다. 春心은, 말을이엇다.

「나리를알게되자, 어째 前日에, 생각하든대로된것가태요……… 그런데 웬일인지, 더욱 애닯고슬퍼서 어찌할수업섯습니다. 그전슬픔은, 여긔에 대면 아무것도아니엇습니다. 나리를 보면, 웃음은 나오면서도, 가슴이뮈여지는듯하여요. 고만죽엇스면하는생각이들어요. 나리를 아삭아삭, 물어뜻고십겟지요. 그러나, 물어뜯기는건, 제가슴이지요. 毒한벌레에게, 쏘인것처럼, 쓰리고 압핫서요. 이것이무슨까닭인지?………」

이피를쌤는듯한言言句句가, 단쇠쯧모양으로, 나의가슴에 들어박히엇다. 싸근싸근한苦痛을,느끼면서, 辛辣한快感을맛보앗다. 나도 그를 지근지근물어주고십헛다. 물지는못할망정, 나의입술은, 그의입술을 熱烈하게빨고잇섯다. 그우에피인 키쓰의꽃을, 뿌리채뽑아버리랴는것처럼. ……이윽고, 썻썻한 무엇이 나의얼굴에, 축축하게, 저짐을느끼엇다. 나는 낫을쩨엇다. 그는울고 잇다. 다이야몬드알맹이가튼눈물방울이, 번적이는 그의속눈섭에, 송송숫는 것을보앗다. 나는, 다시금 그를움켜안앗다.………

「노하주셔요. 노하주셔요」 하고, 얼굴을돌리며, 눈물을씻는다. 「힛부게 도……웃지나말아주셔요. 속업는년이라고, 웃지나말아주셔요……… 얼업슨 사나이의우는쏠을볼쩨, 미첫다울기는, 웨울어, 하고 속으로웃는일이잇습니 다. 그품아시로, 오늘은내가울고, 나리가웃겟지요!」하고, 우름을 물어멈추랴 고, 한동안애를쓰다가, 암만해도못참겟다하는듯이 흑흑느끼며 「나가티못난 것, 생각마르시고, 父母奉養이나, 잘하셔요. 妻子나잘기르셔오. 아까운靑春 에 이런데 단이시지마시고, 만사람이 우럴어보게 잘되십시요. 나는眞情으로 나리쩨바라는것이 이것뿐입니다. 나도 이를 악물고 나리를 닛(忘)겟습니다. ……… 아아 우리가 웨 알게되엇든가……… 다시오시지말아주셔요. 내눈에 보이지말아주셔요. 나에게는 아버지가잇습니다. 딸子息하나만바라는,불상한 아버지가잇습니다. 그의老境을, 便安히 지날만한거리를 아니장만하고는, 내 몸이라도, 내몸이아닙니다. 어제도 짠년처럼, 사나이 삿갓못씨운다고 야단을 맛낫습니다. ………내한몸만가트면………」 말쯧은 鳴咽에 멈처지고말앗다. 마츰그쩨이엇다.

中門흔드는소리가, 擾亂히들리엇다. 春心이다리러, 쏘人力車가왓다. 엽 房에잇는琴心은, 나갓다들어왓다. 春心은, 눈물을숨기엇다.

「저어………」 琴心은, 나를보고, 매우말하기, 어려운듯이, 「저어……… 金承旨令監이, 食道園에서………」

「압하서, 못간다하렴으나」

琴心이가, 미처對答하기前에, 威脅하는듯한車夫의소리가, 가루질럿다.

「그리지말고가셔요. 金承旨令監이, 불으셔요.쏘올걸입시요」

「압흔데어쩌간단말인가」

「쏙모시고오래요. 괘니남거름시키지, 마시고」

「우연만하면, 가보게그려」

나는 겨테서, 말參與를하엿다.

이金承旨란者는, 나의가장危險한, 競爭者이엇다 忠心의말에依支하면, 厥者는, 一年前부터, 自己에게마음을두어, 家用도대어주고, 세간도장만해주엇스되, 相關(?)은업섯다. 厥은, 서울에서, 屈指하는富豪의長子이니, 財産은 有餘하지만, 그人物에이르어서는, 零이엇다. 그검고얽은얼굴이란, 보기만하여도, 지긋지긋하고, 돈하나로말미암아괄시할수업는손님이엇다. 빗六千圓갑하주고, 五千圓짜리집사준다는條件미테, 厥은 春心을 쎄어드리랴고하는 中이엇다. 金力으론싸울수업다. 人格이나사랑으로 對抗하랴는나는, 厥이불은줄알면, 避해주는것이恒例이엇고, 가기실타는것을, 가보라고勸한적도잇섯다. 그러나, 厥者로 말미암아, 偶然의吉運과, 超自然의奇幸을, 밋게되어, 襲得橫領을, 꿈꾼것만, 여긔自白해두자. 春心은, 버틔고가지안핫다.

얼마아니되어, 厥者가, 親히왓다. 琴心이가 미다지를여자, 春心은 일어안지며, 인사하엿다.

「어대가 그리압흐담」

「어쩨 몸도압흐고, 머리도압흐고………」

「에키, 몸살이난게로군. 그런줄모르고, 나는 食道園에서, 料理를시켜노코, 불럿지. 시킨料理를退할수도업고, 쏘혼자야먹을수잇나. 그래 이리가저오라하엿지」

「아이고, 그럿습니까. 픽도未安합니다. 좀 올라오시지요」

「손님이계신데……… 나 곳갈터이야」

나의피는, 血管에서, 불을피우며, 미처날쮜엇다 어쩌케생긴놈인지, 상판이라도, 보고십헛다. 그리고 春心의압해서, 보기조케, 侮辱해주고십흔,殘酷한생각이 불가티일어낫다. 그래서,나의寬大와雅量을보이는듯이,

「아니 關係업습니다. 들어오시지요」라고, 하엿다.

「네 고맙습니다. 곳 가겟습니다」

간다면서도, 가지안핫다. 厥과나는, 한참 버틔고잇섯다. 그럴사이에, 料理床온다는것이, 나의勇氣를 썩것다. 그것오기前에, 나는 이자리를 아니쩌날수업섯다.

「더 노시다가 가시지요」春心은 未安해못견듸는듯이, 말을하엿다.

「新陳代謝라니, 먼저온사람은, 가야지」라고, 점잔히말을하고나왓다. 마루에걸어안진, 이競爭者를 害치고십흔, 나는, 全身을쩔엇다.

「쪽 내가가야, 들어가시겟습니까」하고, 나는눈살로 厥者를쏘며, 웃음속에, 挑戰의칼날을 빗내엇다.

「이것안되엇습니다. 매우未安합니다」하고, 厥도 哄哄하며, 눈웟불을흘리엇다. 厥의얼굴은, 마치이글이글타는숫불우에, 노치여잇는불고기덩이가탓다 모르면모르되, 나의얼굴빗도, 그러하엿스리라. 어찌하엿든, 나는밀리어나왓다. 敗北하고말앗다. 憤해서 견딀수업다. 다시들어가, 앗가는 내가나갓스니, 인제는 老兄이나가시요, 하고도십헛다. 그것보담, 짠사람을들여보내어, 들바수는것이나흐리라,하고, 나는, 미친듯이, 다름박질하엿다. C의旅館門을쑤다렷다. C는업섯다. 나는, 밤이깁허가는줄을모르고, 茶坊골近處를 빙빙돌며, 헛되이報復手段을講究하고잇섯다.

그런昌皮를當햇스면, 다시는 그의집에 아니갈것이런만, 나는, 마치 兇漢에게, 쌔앗기엇든 愛人의 安否를 삷히랴는것처럼, 그이튿날로, 春心을 訪問하엿다. 이만치, 나는 春心에게, 精神을일케되엇다.

十三

나는, 淋疾에걸리고말앗다. 공교하게, 그못쓸病은, 올맛슬그째로, 낫하나지안코, 이튼날後에야, 症勢가들어낫다. 거의行步를못하리만큼, 남몰래 압핫다. 春心으로하여, 이런苦痛을, 격건마는, 죽음도, 그가괘심치는안핫다. 나의머리는, 아주理智的이엇다. 그야, 무슨罪이랴. 짐승가튼 男子하나이 그의貞

操를蹂躪하고, 그의肉體를荼毒하엿다. 저도모를사이에, 그毒菌은, 또다른男子에게로, 옴겨갓다. 咀呪할것은, 이社會이고, 恨할것은, 내自身이라하엿다. 그러나 그의집에가기는실혓다. 한사나흘後이리라. 내가 社에서돌아오니, 마당에 이불이늘리고, 농짝이 들내여잇섯다. 그날은 春期大淸潔이엇다.

어머님이, 나를보고웃으시면서,

「건너房에 가보아라. 春心의訃告가와잇다」라고, 하셧다. 어머님도, 勿論그일을아섯다. 처음은 야단도치섯지만, 업친물을 담을수도업고, 어머님오기前, 안해가 거짓遺言을쓴뒤로부터는, 春心의집에간대도, 왼밤을새운일은업슴으로, 그들은모다, 나에게알면서속고잇섯다.

나는 가슴이 족음쓰씀하면서도, 웃으며,

「空然히, 거짓말말으셔요. 訃告가무슨訃告야요」

「아니가보아, 내가거짓말인가」

나는, 異常하게 생각하면서도, 말슴대로하엿다. 이것이 웬일인가! 前日에어더온 春心의寫眞이 갈기갈기찟기어잇다! 그의慘酷히죽은 屍體나본것처럼, 肝膽이서늘하엿다. 칼로여의어내는듯한슬픔을 늣기엇다. 그리자뒤미처, 불덩이가튼義憤(?)이치바티어올랏다. 뭇지안하, 안해의所爲인줄, 알겨를도업시알앗다. 지난날의모든賢淑으로할지라도, 이惡行을, 기울(補)수업섯다. 아니라, 착하다고 미덧든째문에, 더욱 容恕할수업섯다. 이殘忍한虐殺者(?)를차자, 원수를갑흐랴고, 나는 猛然히 門을차고나왓다. 犯罪者는, 머리에 힌手巾을쓰고,마루에서무엇을치우고잇섯다. 나는 그를잡아먹을듯이 노려보며, 毒毒하게소리를질럿다.

「그것이, 무슨짓이야! 무슨고약한짓이야, 天下못된것가트니………」

그는, 나를어이업시 치어다보다가, 가티성을내며,

「무엇이요. 그까진년의寫眞 좀 쓰드면엇대요. 야단칠일도, 픅도 업는가보다」

그가, 이러케 들이대기는, 오늘이처음이엇다. 憤怒는沸騰하엿다. 나는, 성을어찌할줄몰라, 침을부글부글흘리며, 더듬거렷다.

「무엇이 어쩌고어째? 쓰드면어쩌냐?」

「어째요. 그런개가튼년………」

저便도, 씩은씩은거렷다. 포르족족해진입술이 바르를 떨고잇다.

허파가, 벌컥 뒤집히는듯하엿다. 숨이 칵 막힘을느끼자, 문득 째아닌눈물이, 핑글을 눈추리에 넘치엇다. 나는, 모든것을일흔까닭이다! 이날이째까지, 나의사랑하는안해가, 이런계집인줄이야, 꿈에도생각치못한까닭이다. 아아 나는어찌할가?

「몰랏다, 몰랏다. 그런계집인줄은 참말 몰랏다 웨 春心이가 나가튼년이야! 너보담 몃곱이나흘지모르지. 그의寫眞을 웨 쓰더? 그寫眞을 웨 쓰더? 둘도업는 나의愛人이다? 이세상에서 참으로 나를 사랑하는이는, 오즉그하나쑨이다! 참 착한女子다! 어진女子다! 말이妓生이지, 참말 地上仙女일다 웨 내가 그에게아니갓든고? 웨 아니갓든고? 나는가랸다. 나는가랸다. 그에게로 나는가랸다」

나는, 興奮에겨워, 詩나읊조리는語調로, 눈물소리를떨엇다.

「가지, 누가못가게하나. 아주 쓸러덥허젓구면!」

안해는, 어대까지 冷冷하엿다.

나는, 집을쮜어나왓다. 미친듯이 春心에게로 달앗다. 門間에서 琴心을만낫다. 그는 죽음도 반기는빗이업섯다.

「兄잇니?」

「어제 살림들어갓서요」하고, 琴心은, 입을 쎗죽하고 고만안으로 사라젓다.

남겨노흔그한마디말은, 匕首가티, 나의心臟을질럿다. 이째야말로, 어간이벙벙하엿다.한동안 化石한듯이, 우두머니서잇섯다. 한울도문허지고, 쌍도꺼지는듯하엿다. 눈압히캄캄하엿다. 하건만

「흥 살림을들어갓다」라고, 소근거리고, 돌아서는 수밧게업섯다.

집일흔어린애나가티, 속으로울며불며, 거리로거리로彷徨하엿다. 그리다, 할일업시 집으로돌아왓건만, 집에서는, 쏘 얼마나 무서운事實이, 나를기다리고잇섯는지!

안해는, 요강에 걸타안저, 왼몸을 부들부들떨고잇다. 참아볼수업서, 샛발

가케 얼굴을 찡그리고잇다. 그눈에서는, 苦惱를못이기는눈물이, 그렁그렁하엿다.

나는, 모든것을째달앗다. 病毒은벌서, 그의純潔한몸을 犯한것이다. 오늘 淸潔하노라고, 힘에넘치는 劇烈한일을한짜닭에, 그症勢가突發한것이다! 春心의寫眞을 처음볼째에, 웃고만잇는그로써 그것을찟게된 辛酸한心理야, 어쩌하엿스랴!

그의胎中에는, 지금새로운生命이 움즉이고잇다. 이結果가 어찌될가!?

싸늘한戰慄에, 나는 全身을쩔엇다. 찡그린 두얼굴은, 서로쑤를듯이, 마조 보고잇섯다. 肉體를, 點點히씹어들어가는, 모진毒菌의去就를삷히랴는것처럼. 그리고, 나는 毒한벌레에게, 쓰더먹히면서, 몸부림을치는, 어린生命의악착한悲鳴을, 分明히들은듯십헛다.………

完決, 一九二二, 二月

끗을맺고보니 처음생각한바의半도 쓰지못하엿다. 그리고 人生의醜惡한 一面을 忌憚업시 暴露식히랴든것의幾分間成功도疑問이다. 그것은 作者의 無才無能한탓이리라. 有形으로無形으로 이幼稚한붓끗이나마 맘대로 못놀리게하는周圍의짜닭도짜닭이리라. 그런데 엇던讀者로부터 이醜惡한方面을그린點에잇서 만흔非難을들은것은作者로甘受하는同時에, 쏘一種의자랑을늣기는바이다.(作者)

어쩐날 開闢社編輯局에 한匿名書狀이 들어왓다. 그內容은 가장淺薄하고 자못幼稚하야 무엇이라고 答할만한 價値도업는것가탓다 그書狀에는 여러가지말이 씨엇스나 도모지가 批評도아니요 疑問도아니고 好意도아니며 짜라서 惡意도아닌 무엇이라고 할수업는 不愉快한 書狀이엇다. 나는 그筆者가 누구신지알수가업고 쏘어느곳에서왓는지를 알수가업스나 그日附印과 到着한날이한날인것과 쏘는日附印이光化門郵便局하나만 찍힌것을보면 정녕코市內에서온글이요 쏘市內라도 光化門局區內에서 온것은分明하다.

勿論數萬의愛讀者를가진 우리開闢으로써는 그愛讀者諸位中에各各그程度가다르고 意見이不一할것은 事實이다 讀者로서 무슨疑問이잇던지 쏘는

무슨 意見의 背馳되는것이엇스면 分明히그內容을들어 正正當當하게 質問
을한다던지 쏘는忠告를한다던지 그러치아니하면 自己의意見을明示하여주
는것은 우리編輯同人이나 쏘는各部責任者로써 至極히感謝하게생각하는同
時에 서로사랑하는本意인줄알수가잇다. 그러나 番地의記錄도업고 쏘는署名
도업시 匿名으로써 그러니 저러니하는것은 사랑하는本意로써는 매우섭섭한
일이라고 하지안을수가업다 그書狀의內意로써는 다른것이아니라 우리開闢
에連載헤온憑虛生의小說『墮落者』가作者의誤入한廣告라는것과 쏘 編輯局
責任者의無責任하다는말로 꾸지젓다 그리고 쏘文藝部責任者나 作者의辯明
까지 要求하엿다. 이것이 그이한뿐만그러케생각하는줄알면 구태여 그러니
저러니 할것도업겟지만은 或은우리讀者中에 쏘 그러한이가 잇슬가念慮하여
暫間지나는말로 數字記錄에 쯔치는것이다.어쩌한一部讀者中에는 小說을볼
째 곳그小說의內容이 作者自己의自敍傳이나 傳記가티 생각하는이가잇스나
그것은 決코그러치아니할뿐아니라 그가티誤解하여서는 매우잘못된일이다.
우리人間社會에 잇는醜美를勿論하고 現狀그대로 描寫하는것이 어쩌한主義
의文學이라고도 할수가잇다. 그러면 그잇는그대로描出하여 讀者의鑑賞을바
라는것이 文藝에는업는일이아니다. 文藝의作品이修身敎科書가아니고 倫理
說明이아닌以上에는 우리社會에잇는그대로描寫하는것도 과히妄發이아닌줄
안다. 그리고더구나우리開闢은 兒童雜誌나 幼年雜誌가아니고 그래도 우리
나라에서는 가장高級의讀者와常識잇는讀者들이니짜 이러한小說이 반듯이
社會를 毒한다할수는업는것이다. 文藝의作品으로써는 어쩌한時代나 어쩌한
나라를 勿論하고 倫理主義, 人道主義, 自然主義, 現實主義……… 其他 枚
擧키어려울만치여러가지가잇는것이다. 그리고世界的文藝의作品으로보더래
도 獨逸의詩聖 쎄테의『젊은벗들의 설움』이 그當時에自殺者를 助長한다는
큰非難을바든것과 露國의쿠푸렁의作인『魔窟』이 賣淫를描寫하고 作者가스
스로 가로되 이作品을 世人이 破廉恥의作品이라고하겟지만은 나는이것을
만흔女子를둔人士에게一讀을勸한다는말과 英國의 오스카, 와일드의의『사
로매』가튼作品이며 더구나佛國의 웃파아산의作品全部가 이『墮落』以上의
深曲한描寫라고할수가 잇는것이다 그러나 이것을어쩌한 文藝國에 가지고가

더래도 非文藝品리라고한소리를듯지못하엿고 쏘어쩌한사람이라도 이런것을傑作이아니라는理由를發見치못하엿다.나는 다맛憑虛生의이作品이 더욱그深曲味와 回轉節이未熟한것만 遺憾으로아는同時에이만한작품이라도 우리文壇에잇는것만반가이녀겨揭載하기에는조금도躕躇하지안어하엿다. 우리讀者諸位는 開闢이篇이 文藝篇으로만알고 倫理講演-人造道德篇-이나 說教篇으로나알아주지아니하엿스면 그우에더알것이업다. 쩨테의말이아니나『遊泳을몰으는者가 물에싸저죽고 물을怨望하는것과갓다』는그者되지말기를바란다. 나는 開闢文藝部責任者로써 이러한質問이잇는以上에 적어도 어쩌한見地下에서 이作品을揭載하엿다는 責任上말로 두어字적는것이다 만일우리讀者中 그뜻에거슬리는이가잇거든 만히容恕하여주시기바란다 그리고이런疑惑을 서로깨쳐가는것은 至極히조흔일이나 匿名으로 誹謗함은 그처럼穩當치못한줄안다 다만지나는말로……玄哲……

그립은 흘긴눈

『廢墟以後』, 1924. 1

그이와 살림을 하기는, 내가 열아홉살 먹든 봄이엇습니다. 시방은 이래로-三十도 못된년이 이런 소리를 한다고 웃지말아요. 긔생이란 스무살이 환갑이라니, 三十이면 일태면 百세 상수한 할미장이가니야요.- 그때는 괜챤앗답니다. 아푸르족쏙한 입슐도 밝으스럼하얏고 토실한 쌤보리라든지, 시방은 촉루(髑髏)[68]란 별명조차 듯지마는 오동통한몸피라든지, 살성[69]도 희고, 옷을 입으면 맵시도 나고, 거름거리도 멋이 잇섯답니다. 소리도 그만저만히 하고 춤도 남의 흉내는 내엇답니다. 화류계에서는 그래도 누구하고 이름이 잇섯는지라, 호강도 우연만히 해보고 귀염도 남불챤히 바닷습넨다. 망할것 웃으워 죽겟네. 하자는 이약이는 아니하고 제칭찬만 하고 안젓구면.

어잿든 나도 한시절이 잇슨것은 사실입니다. 해구멍이 막히지도안하 료리집에서 인력거가 오고, 가고만보면 새로 두점 석점전에는 집에 돌아온쩍이 별로 업섯습니다. 그나마 집에 와서 곳 자느냐 하면, 그러치도안하, 대개 집에 손님이 기다리고 잇기도하고, 쏘는 손님과 가티 올째가 만핫습니다. 그래가지고 쏘고달핀몸을 밤새도록 고달피게 굴다가, 해쓴뒤에야, 인제 내세상인가보다하고, 간신히 눈을 부치면 사정모르는 손들이 낫부터 달겨들어서

---

68) 해골.
69) 살갗의 성질.

고단한 몸을 끌고 곳구경을 간다, 들노리를간다, 절에를 나간다, 합니다 그
려. 그러니 몸이 피로안흘수잇습니까. 놀기란 참 고된일입녠다. 어느째는 사
지가 늘어지고, 노는것이 짝 실코 귀치안하서, 「이년의 노릇을 언제나 마나」
하고, 탄식이 나옵니다.

　그럴째 나의 눈압헤 그이가 나타낫습니다. 나보담 네해마지인 그는, 귀
공자답게 얼굴도 곱상스럽고 돈도 잘쓰며 노는품도 재미스럽고 호긔스러웟
습니다. 나는 고만 그에게로 마음이 솔곳하고 말앗지요. 그이도 나에게 적지
안케 빠진 모양이엇습니다. 그럭저럭 관계가 깁허가자, 그이는 나와 살자고
졸르지안켓습니까. 마츰 긔생노릇도 하기 실튼 차이고 밉지도 안흔 산애라,
내심으론 이게 웬썩이냐 십헛지만, 그래도 긔생행투가 그러치안하 이핑게저
핑게로 그이를 밧삭 달게해서 돈천원이나 착실히 빼앗아서 어머니를 주고
마지못해하는듯이 살림을 들어가게되엇습니다.

　그이는 간이라도 빼여먹일듯이 나를 사랑해 주엇습니다. 나를 엇기전에
도 오입째나 해본 모양이엇스나, 나히가 나히라, 어리고 참다운곳이 잇섯습
니다. 나의말이면 콩을팟이라해도 고지들엇습니다. 나의청이라면 무엇이고
락종70)치안는것이 업섯습니다. 이 눈치를 알아본 나는, 그이로부터 가진것
을 졸라내엇습니다. 우리 든집문서도 내이름으로 내게하고, 자개농이랑, 자
개의걸이랑, 한간벽에 맛는 큰체경71)이랑, 물론 온갖비단 과 포목72)을 필필
히73) 들여오게하고, 철철에74) 쌀흐는 비녀며, 사흘도리75)로 진고개에 가서
는 순금반지 진주반지 보석반지를 사게하얏습니다. 이외에 어머니의생신이
라는둥 일가의 혼례에 쓴다는둥 장사에쓴다는둥 빗을것다는둥 가진 핑게를
맨들어서 그의 돈을 글거내엿습니다. 무슨 내변명이아니라 이런짓을 한게
전수 이 나의 욕심사나운까닭도 아닙니다. 사라고 하고 달라고하는그것이

---

70) 낙종 : 응낙하여 좇음.
71) 온 몸을 비출 수 있는 큰 거울.
72) 베와 무명.
73) 필필이 : ① 필마다, ② 여러 필로 연이어서.
74) 철마다.
75) 사흘 돌이 : 사흘에 한번씩

어쩐지 조코 재미스럽기도 하얏서요. 그리고 쏘 그것이 그에게 피우는 애교이고 아양이엇서요. 그것뿐도아니지요 내말이라면 어는 정도까지 들어주나 곳 그이가 나한테 얼마나 흘러엇는지를 자질76)도 하고십고, 뜻대로 성공을 하면 물건 어든것보담 몃갑절 더깃벗습니다. 물론어머니가 뒤ㅅ구멍으로부축이기도 하얏지만.

그인들 몃만금을 제수중에 두고 쓰는게 아니라, 아버지를 팔고 빗을 내는 것이니, 하루이틀 아니고 물쓰듯 하는 돈을 언제까지 대어갈수가 잇겟습니까. 가티산치 셕달이 못되어 돈주변할길이 막힌 모양이엇습니다. 아모리 귀한자식의 빗봉수77)라도 한번두번이지 던부 아버지가 갑하줄리가 잇겟서요. 더구나 구두쇠로 유명한 그의부친이 그째까지 참은것도 장한일이지요. 마츰내 「너가튼 놈은 자식으로 알지안흐니 죽든지 살든지 나는 모르겟다」하게 되엇습니다. 그전에도 여러번 그리고 얼럿지만 인제는 아주 사실로 나타나게되엇겟지요.

빗장이는 벌쩨가티 일어낫습니다. 료리집에서 금은방에서 선전78) 드틈전79)에서 더구나 고리대금업자한테서 빗장이는 문싼을 쩌날새가 업섯습니다. 부자집 외동아들로 자라나아, 도모지 졸리는것을 모르는 그이는 담박에 입술이 밧삭밧삭 말라가기 시작하얏습니다. 문싼에서 찾는 소리만 나면 왼 몸을 옹종거리고80) 얼굴이 파라케 질리는 쫄이란 겨테서 보아도 가이업섯습니다. 내탓으로 이 곤난을 밧건마는 그래도 나를 원망하거나 미워하는 긔색은 보이지안핫습니다. 빗에 졸리는것이 쌱하기도하고 쏘 자격지심도 나서.

「나째문에 이런골난을 당하시지요. 내가 몹쓸년이야.」하면은, 그이는 「그게 무슨말이야」하며질색을 하고 「웨 채선(彩仙)이 째문이람. 내가 못생긴탓이지」하고는 돌이어 면목업는듯이 고개를 숙이엇습니다.

이런중에 그에게는 쏘 긔막힌 일이 생기엇지요. 그것은 다른일이 아니라

---

76) 자로 물건의 길이를 재는 짓.
77) (남의 돈이나 물건을) 맡음.
78) 六注比廛의 하나. 비단을 팔던 가게.
79) 여러 가지 다 갖추어진 피륙을 파는 가게.
80) 옹종하다 : 마음이 좁고 모양이 오종종하다.

그이가 돈쓰기도 급하얏고 쏘 못된 동무의 꾀임에 빠져 아버지 도장을 위조하야 빗을 낸일이 발각이 된것이야요. 돈쮜여준놈도 몰론알고 한일이지만 그의아버지가 나는 모른다고 싹 거절을하니까 인제는 그이를 보고 얼으싹싹거리며 사긔를 햇느니 인장위조를 햇느니 만일 일주일안으로 갑지안흐면 고소를 하느니 하고 야단을합니다. 간이적고 마음이 어린 그는 얼굴이 새노라케 타들어가겟지요. 몃번 그의 어머니를 새에 두고 쏘는 직접으로 자긔아버지쎄 말을 해보는모양이엇스나 도모지 일이 안된줄은 그 씽긴 눈섭과 붙어진 새쭉지 가튼 엇개를 보아도 짐작 할수잇습듸다. 그이는 조바심이 되어서 못견대는듯이 누엇다 안젓다 일어섯다 금세로 집을쮜여나가는가하면 금세로 쏘쮜여들어오겟지오.

그러다가 나종에는 돌부처나 무엇가티 한자리에 우두컨이 안지면 머언히 바람벽만 바라보고 어느째까지 어느째까지 손짓하나 꼼작도 아니하얏습니다.

래일라티 그일주일이란 긔한날이고 오늘가튼 저녁이엇습니다. 녀름답게 흰구름이 봉오리봉오리 소슨하늘엔 밝은달이 건일엇섯습니다. 우리는 저녁을 먹고나서 마루로 나와 달을 쳐다보고 잇섯습니다. 그째에 나는 문득 「작년이맘째에는 한강에서 선유를 하얏는데」하얏습니다. 굼실거리는 싀원한 물결은, 그림자를 부수는 배가눈압헤 서언하게 쩌보이매 갑작이 더웁고 갑갑해서 견댈수업겟지요. 그러나 아모리 쩬지조흔 나인들 사면팔방으로 빗에 졸리어 머리를 못드는 그이에게 배노리 가쟐 염의야 잇서요. 「이런밤에 집에 처박히어 나가지도 못하구」하매 번화롭든 녯날 긔생생활이 그리웟습니다. 살림들어 온것이 후회가 낫습니다. 이러케 마음이 달쓰는 판에 겨테서 훌적훌적 하는소리가 나들 안켓습니가. 돌아다보니 그이가 울고잇지안하요.

「웨 우서요」하니까 얼른 대답은 아니하고 설음이 복바치어 참을수업다는듯이 이윽히코만 들어마사다가 썰덕이는 목청으로,

「채선이는 채선이는 내가 내가 감옥엘 들어가면 쏘 긔생으로 나가겟지?」하고 눈물이그렁거리는 눈을 나에게로 돌리겟지요. 내속을 알아채엇나 보다하고 가슴이 쯧씀하얏스되 놀아먹은 보람이 잇서서 담박에

「흉업게스리 그게 무슨말슴이야요.」하고 질색을 하얏습니다.

「안이야 내가 감옥엘 가면 채선이는 쏘 긔생에 나가서 뭇놈의 사랑을 바들거야.」

감옥에 간단말이 죽음 안되엇지만 속으로는 암 그러치 하면서도 입밧게 내어서는 「그럴리가 엇겟서요. 셜령 나으리가 감옥에 간다손치드래도 내야 당신사람이 안이야요. 웨 쏘긔생에 나가겟습니까. 댁에가서 행랑방구석으로 돌아단일지라도 나으리의 나오시기만 기다리지요.」라고 꿀을 담아 붓는듯한 마음에업는 짠청을 부리엇습니다. 이말에 그이는 매우 감동된 모양이엇습니다. 밧삭 다가들며,

「그게 참말이야」

「그럼 참말아니구」

「그래 내가 감욱엘 가도 수절을하고 나를 기다리겟단 말이야」

「그럼 수절하구말구」 천연덕스럽게 꼭 그리할듯이 짝끈허서 대답을하얏스되 속으로는 수절이란말이 엇째 춘향전이나 읽는듯해서 웃으윗습니다.

「만일 내가 감옥엘 안이가고 죽는다면?」하고 그이는 나의얼굴을 쌱 노리엇습니다. 그시선이 전에업시 날카로워서 슬적 외면을 하면서도,

「쌀하죽지」하고서 청성맛게 너죽고 나살면 럴녀되나 한강수 깁흔물에 쌔저나죽지하는 노래를 읊헛습니다. 나도 죽일년이지요. 그소리를 들으며 그이는 쏘 얼짜진듯이 우두커니 안젓다가 무슨 단단한 결심을 한것가티 벌덕 이러서며

채선이 내 할말이잇스니 방으로 들어가자하지안켓어요. 나는 흥 쏘안스고씨고 하랴나보다 하얏습니다. 그이는 아즉도 수스긔가 남아잇서 남보는데 아니 남이 볼만한데 에서는 나의 손목 한번 싁원스럽게 못쥐고 그리하고 십흘째엔 꼭 방으로 끌고들어갓습니다. 더구나 요사이와서 몹시 근심을 한뒤이라든지 쏘는 비관한뒤이라든지 반다시 나를 쓰다듬고 어루만지기를 잇지안핫습니다. 이런 짐작을한 나는 족음 앙탈도하고십헛으나 그의 운것이 가엽서서 말대로 방에 들어갓습니다. 방에 들어오그는 방문을 모두 안으로 다 다결겟지요. 내짐작이 틀리지안쿠나 하면서도, 「이 유월염천81)에 방문을 웨

다다요. 남 더워죽겟는데」라고 짜자를 올렷건만 그말에는 아모대답이 업고 제할일을 다해버립디다. 전가트면 붓그러운듯이 눈을 찡긋하기도하고 손짓 으로 말말라고도 하얏스런만. 나는 벌서 내입슐에 닷는 그의입슐 나의 젓가 슴으로 허리로 도는 그의팔을 기다렷건만 그이는 이상스럽게 엄연한 얼굴로 마주 안저잇슬뿐입니다. 얼마만에 그이는 갈아안진 목소리로

「채선이! 네나 내나 이세상에 더 구차히 산다한들 쏘 무슨 락을보겟늬. 차라리 고만 죽어버리는게 어쩌냐」 하겟지요. 미첫나 죽기는 웨죽어 하면서도,

「그래요 고만 죽어버려요」라고 쉽사리 찬성을 하얏습니다.

「그례 나하구 가티 죽을테냐」

「나으리하구 죽는다면 죽는것도 쓿이지요」

「내야말로 너하구 가티 죽는다면 한이업겟다」하는 그이의소리는 썰리엇 습니다. 나도 일부러 목이메이며,

「내야말로 나으리하구 죽으면 한이업셔요」

「말만 들어도 고맙다만 정말 나하구 죽을테냐」

「원 다심82)도하이. 죽는다면 죽는게지. 그러케 내가 못미덥단말이야요」 하고 가장 남의 속을 못도 알아준다 는듯이 새파라케 성을 내엇습니다. 그리 하는것이 엇쎄 신파연극을하는듯십허 재미스러웟서요. 설마 죽을리는 만무 하고 이왕이면 이대도록 너한테 정이 깁다는걸 표시함도 조홧서요. 그이는 나의 긔색을슓히더니 그만하면 되엇다 하는듯이 벌쩍 일아나아 자긔가쓰는 가방을 가저오더니 그안에서 흰봉지를하나 쓰러내겟지요. 그봉지속으로는 밤낫만한 고약가튼것 두개가 나왓습니다. 「저것이 아편이구나」 하매 가슴이 족음 섬쩍어리엇스되 그리놀내지는 안핫습니다. 그약으로말하면 그이가 돈 안주는 자긔아버지를 놀래게하랴고 몃번 자긔 어머니에게 보이는것을 겨테 서 구경을하얏스니까요. 그것을 먹고 죽는다고 야단을해서 돈을 어더온일도 잇스니까요. 그러니 시방와서 새삼스럽게 놀랠것도 업지마는 가티죽자는말 쓰테그것이 나오지라 시방쩟 달쩟든 마음이 족음 긴장은 됩디다. 그이는 자

---

81) 타는 듯이 더운 한여름의 하늘, 또는 그런 날씨.
82) 자질구레한 일에까지 마음이 놓이지 않아 걱정이나 마음 쓰는 일이 많음.

리스기[83])를 당기더니 그약은 압혜다노코 이윽히 나려다보며 닭의쏭가튼눈
물을 쑥쑥 쩌러트리지안켓습니짜. 그째만은나의가슴도 찌르를하얏습니다.

　한참 약을 나려다보고 울고잇든 그이는 무슨 비자안결심을 한듯이 몸을
흠칫하더니 구약한개를 얼른 입에 집어너코 한개를 집어 나를 주지안켓습니
짜. 나도 서슴지안코 그약을 바다 입에 너헛습니다. 약을 먹음은 그는 손가
락으로 자리스기를 가르처 나한테 물을 마시란쯧을 보이엇습니다. 나는 그
의 시키는대로 물을 마시엇스나 물만넘기엇지 약은 혀미테 감춰둔것은 물론
입니다. 내야 쑴에도 죽을마음이 업섯습니다. 가티사는정의에 그이의 빗에
졸리는것이 짝하지안은바이아니고 그째문에 살림살이가 전가티 호화롭지는
못하얏슬망정 그걸로 비관할까닭은 족음도업섯습니다. 정 못살게되면 돌우
긔생으로나갈쑨입니다. 벌서 살림살이에 물려서 그러치안하도 긔생생활이
그립는 나인데 아즉 나히 어리고 남에게 귀염밧든일 호강하든일이 어제스일
가티 력력히 긔억에 남아잇는 나인데, 압길에도 깃븜과호강이 춤추며 가디
라고잇는줄 밋는 나인데, 웨 죽자는 마음이 추호만친들 생기겟습니짜. 내몸
쑨만아니라 그이가 죽는다는것도 밋지안핫습니다. 처음엔 실업슨 거짓말로
알앗고 약을 먹음은 뒤에라도 쏘 무슨 연극을 쑤미는가부다 래일이고 모래
이면 그댁에서 허덕지덕 돈을 갓다줄터이니 쏘흥청거릴수잇구나 하고 돌이
어 깃브기도하섯습니다. 독약을먹고 하는 노릇이라 가슴이 족음 아니 쩔인
것도아니지만.

　그러나 어찌해요! 그이는 나의 물마시는것을 보더니 매우 안심된듯이 내
손에서 자리스기를 쌔앗아 쑬쩍마서버렷습니다. 그이가 정말 약을 삼킨것은
좁은목구멍으로 굴근약덩이가 넘어가노랴고, 얼굴이 새밝애지고 잇개를 추
슬으며 목줄듸가 구불텅거리는것만 보아도 알수잇습듸다. 그러더니 고만 뒤
로 벌떡 잣바지겟지요. 약힘이 삽시간에 퍼진것은 아니겟지만 약을 먹엇다
하는 생각에 정신을일헛는가 보아요.

　이 쯧밧긔일에-그이로보면 족음도 쯧밧긔일이 아니겟지만-나는 더할수

---

83) 잠자리에서 마시기 위하여 머리맡에 떠 놓는 물.

업시 놀래엇습니다. 저이가 정말 죽엇구나, 하는 생각이 칼날가티 가슴을 찌르자말자, 무에라고 형용할수업는 감정이 왼몸을 뒤흔들엇습니다. 무어니무어니하야도 고작해야 열아홉살먹은 계집애가 아니야요. 이 난생처음 당하는 큰일에 어안이 벙벙하야 「악」 소리도 치지못하고, 가위눌린 눈만 휘둥그리다가, 나도 죽엇네하는듯이 뒤로 잣바젓습니다.……

얼마되지안하 그이가 벌쩍 일어나아 미친듯이 방안을 왓다갓다하지안하요. 아편을 먹으면 자는듯이 죽는다는것은 밝안거짓말인가보아요. 답답하고 뉘엿거려서 못 견대겟다는듯이 두손으로 가슴을 쥐여쓰드며 핫핫하고 괴로운 숨을 토합듸다. 그러더니 닷자곳자로 두손을 입안으로 너허 왝왝헛구역질을하겟지요. 아마 속이 넘우도 괴로움에 죽자는 결심도 간곳업고먹은약을 토해낼작정이든다 보아요. 그러나 약은 아니 나오는듯하얏습니다.

이 광경을 바라보는 나도 일변 무섭기도 하얏지만 못견대리만큼 괴롭기도하얏습니다. 그의밧는 고통이 도모지 내탓이아니야요. 날로하여 돈을 쓰고 그돈에 몰리다못하야 죽는죽엄이니 내탓이아니고 누구의 탓이겟습니까. 그런데 나는 죽을째까지 그를속이엇습니다. 거짓죽는 시늉을해서 그를 속이엇습니다. 내가 만일 썰하죽는다 아니하고, 그를 말리엇든들 그이는 아니 죽고말앗슬지도 모르지요. 그약을 먹고 저런 욕을 아니 볼는지도모르지요. 그러면 내손으로 그이를 죽인것이나 질배가 무엇입니까[84]. 그째에야 물론 이러케 사리[85]를 쏘개서 생각은 안핫지마는 참아 그이의 괴로워하는 쏠을 볼수는업섯습니다. 나는 진저리[86]를 치고 눈을 쌱 감앗습니다. 그째입니다, 무엇이 나의엇개를 흔들지안하요. 번쩍 눈을 써보니까 그이가 거더처 올라가는 개개 풀린 눈으로 내엽헤안저서 나를 나려다보고잇겟지요. 나는 소름이 쑥쩌치어 흠칫하고 몸을 소스라처 일으켯습니다.

나의 일어나는 것을 보고 그이도 썰하일어서며, 용서해달라는 표정으로,

---

84) 진배없다. 못할 것이 없다. 다를 것이 없다.
85) 수단 방법을 가리지 않고 꿋을 노림.
86) ① 오줌을 누고 난 뒤나 찬 것이 갑자기 살갗에 낳을 때 자기도 모르게 몸이 떨리는 것.
　　② 몹시 귀찮거나 지긋지긋하여 으스스 몸을 떠는 것.

「괴롭지, 괴롭지, 공연히 나때문에」라고, 더듬거리고는 눈에 눈물이 핑도는듯하얏습니다. 그소리는 어쩐지 무서움에 쩌는 나의 창자속까지 슴어들어가는듯하얏습니다. 나의 눈에도 쓰거운 눈물이 쏘다젓습니다. 그러자 그이는 밧삭 다가들며, 한손으로 내목덜미를 안고 쏘한손을랑 나의 입에 들어 대입니다. 죽어가는 그이, 아니 벌서 송장이나 질배업는 그이의 손이 나에게 다핫건만 나는 죽음도 전가티 두렵고 무서운증이 들지안핫습니다.

「배아타라 배아타 어서 배아타」하고, 그이는 손가락을 내입안으로 쮜역쮜역 들여밀겟지요. 이째에 입안에 든 약을 생각한 나는 흘리든 눈물을 쑥 끈치고 에그머니! 십엇습니다. 나는 그이의 지주안 사랑에 감읍하얏스되, 그이가 돌려내랴고 애를 쓰는것이로되, 나는 그약을 내여노키가 죽어도 실헛습니다. 나는 차라리 삼켜버리랴하얏습니다. 멧번을 침을모아 그약을 넘기랴하얏스나 원수엣 덩이가 큰 까닭인지 세상 넘어가지를안습되다. 그런는판에 내입에 들어온 그이의 손가락이 벌서그약을 집어내겟지요. 그약을 집어내자 나를 바라보든 그이의얼굴은 시방도 이치지안습니다.

어쩌면 그곰샹스럽든 얼굴이 그러케 무섭게 변할가요! 나는 어쩌타 형용할수가업습니다. 제계집이 쌴산애를 끼고 자는것을 보는 본남편의 얼굴이나 그러할는지요. 그얼굴의 표정은 분노 그것이엇습니다. 원한그것이엇습니다. 입슐을 악물고 들어난 니ㅅ발하나만 보고라도 누구든지 질급을 할것입니다. 더구나 이치지안는것은 그눈자위애요. 일상 생글생글 웃는듯하든 그눈매가, 위로 흡쪄이어서 미친개눈갈가티 피ㅅ발을 세워 나를 흘긴것 이야요. 그무섭기란 시방생각하야도 몸서리가 치여요. 그이는 숨이 진뒤에도 그흡쓴눈을 감지안핫습니다.

물론 나는 고약한년이지요. 그를 죽을까지 속인몹쓸년이지요. 그러나 그이는 나에게 「괴롭지」라고, 뭇지안핫서요. 「배아타」라고, 하지안핫서요. 돌려내랴고 내입에 손까지 너치안핫서요. 그리다가 약을 삼키지안코 그저잇슴을보앗스면 내마음은 어쩌하든지 그이는―죽어가면서도 나를 생각한마큼 거룩한사랑을 가진 그이는 깃버해야 올흘일이 아니애요. 조화해야 올흘일이 아니애요. 그러케 성을 내고 나를 흘길일이 무엇이애요. 내그른것은 어찌갓든지 그때에는 그이가 애속한듯십헛서요. 애속하다느니보담 의외이엇서요.
그런데 시방와서는 그 흘긴눈이 쩌나올적마다 몸서리가 치이면서도 엇째 정
다운 생각이 들어요, 그립은 생각이 들어요!
　—끗—

나 도 향

별을 안거든 우지나 말걸

『白潮』, 1922. 5

鍵盤[87])우에 疲困한손을 한가히쉬이시는 晚霞누님에게
한구절 애닯은 울음의노래를 들여볼가하나이다.

一

저는 이글을 쓰기전에 우선 누님 누님 누님하고 눈물이날마치 感激의떨
니는 목소리로 누님을 불너보고십습니다.

그것도 한낫쑴일가요? 꿈이나 갓흐면 오히려 虛無로 돌니여보내일 얼마
간에 위로가 잇겟지만 그러나 그러나 그것도 쑴이안인가? 하나이다. 時間을
타고 뒤거를질친 쏘렷하고 分明한現實이엇나이다. 저의一生의쌀은經路의한
마듸를쑴이고 스러진 쏘다시 엇기어려운過去이엇나이다.

그러나 쑴도 슯흔쑴을 쑤고나면 못견대일 울음이 복바처올너오는대 더
구나 그 저의작은가슴에 쓰리고압흔傷을 주고 푸른 悲哀로 물드려 주고 쌔
지못할 애닯은印象을박어준 그朦朧한過去를 지금다시 도라다볼째 엇지 눈
물이 안이나고 엇제가슴이 못견대게쓸이지안을수잇가잇을가요?

그러나 멀니멀니간過去는 엇재튼가바리엿습니다 저의一生을 쏫다운歷

---

87) 피아노, 풍금, 타자기 등의 건을 늘어 놓은 면.

史 幸福스러운歷史로 꿈이기를 간절히 바라는바가안인게 안이지만은 지나
갓는지라 엇지할가요 다시뒤거름질을칠수도업고 다만 偶然히사라지는 우리
人生의 사람들이 말하는바 運命이라 덥허바리고 다만 째업시 생각되는 記
憶의안타까움으로 녹는듯한감정이나 맛볼가? 할쑌외다.

二

그날도 그전과갓치 고개를 숙이이고 무엇을 생각하엿는지 몽롱한意識속
에 O洞R의집에를 갓섯나이다. R은 如前히 나를 보더니 반가워마지면서 그
의 파리한바른손을 내밀어 握手를 하여주엇나이다 저는 그의집에들어가 마
루꼿헤안지이며

「오늘도 쏘 자네의집 단골나그네가되여볼가?」하고 구두끈을 쓰르고 방
안으로 들어가 모자를버서 아모데나 홱내던지며 방바닥에 털석주저안젓다
가 그R의外套주머니에 손을 느어 담배한개를 쓰내여 피여물엇나이다.

바갓헤서는 거의거의꼿처가는 가늘은눈이 사르락사르락 힘업시 쩌러지
고 잇섯나이다.

그째 R의얼골은 엇재 그전과갓치 즐거웁고邪念업는빗치보이지안코 제
가 주는弄談의 다만 입가장자리로 힘업시도는 쓸쓸한微笑를 줄쑌이엿나이
다. 저는 그것을 보고 아조 마음이공연히 힘이 업서지며 다만 멍멍히 담배연
기만쌈고잇섯나이다.

R은 무엇을 생각하엿는지 멀거니 안젓다가

「D, H」하고 갑자가 불으지요. 그래 나는

「왜그러나」하엿더니

「오늘 K C에 갈가?」하기에 본래 돌아다니기 조화하는저는 아조시원하게

「가지」하고 대답을하엿더니 R은 아조 만족한듯이 우슴을우스며

「그러면 가세」하고 어대갈것인지 편지한장을 써가지고 곳 K, C를向하여
쩌낫나이다.

K, C가 여긔서 부터 六十里. R의말을 들으면 險한山路를 넘어가지안으

면안되인다하지요. 그리고 발서열한시나되엿스니 거긔를가자면 어두어서나 들어갈곳인데 거기다가 오다가 스러지는 함박눈이 태산갓치 싸혓나이다.

엇더튼우리는 쩌낫나이다. 어린아해들갓치 깃거운마음으로 쮜여갈듯이 쩌낫나이다.

우리가 水口門에서 電車를 타고 往十里停留場에가서 내리일째에는 검은구름이 허터지기를 시작하고 눈이부신해살이 구름사이를통하여 새로덥힌 흰눈을 반작반작무지개빗으로 물드럿섯나이다. 저는 그눈을 밟을째마다 처녀의붉은입슐사이에서 째업시 지저귀는 어린꾀꼬리의 그소리갓치 연하고도 애처로웁게읇크러지는88)듯한눈소리를들으며 무슨法悅89)圈內에 들어나간듯이 다만 R의손만붓잡고 멀니보이는 굽으러진넓은 시고을길만내다보며 처천히거러갓슬쑨이외다.

그러나 R의氣色은 그리좃치못하엿나이다 무슨프른悲哀의記憶이 그를 싸고도라가는것가치 그의 압흘내다보는 두눈에는 검은그림자가 덥히여잇는 듯하엿나이다. 그리고 째째 내가 주는말에대답도하지안코 보이지안케 가벼운한숨을수이며 그의괴로운듯한가슴을 내려안첫나이다.

째째 거리거리 서울로향하야 쩌들어오는 시고을 나무장사의 소모리소리가 한적한시고을의감안한 공기를 울니어 부지럽시 쓰거웁게 도라가는 저의 피속으로 쓸쓸하게 기여들어올쑨이엿나이다.

넓고넓은 벌판에는 보이는것이 눈쑨이요. 여긔저긔군데군데 서잇는 수척한나무가보일쑨이엿나이다. 저는 이것을 볼째마다, 저-北쪽나라를 생각하엿스며 定處업는放浪의生活을 생각하엿나이다.

그리고 지금 우리두사람이 放浪의길을쩌난다고 假定까지하여보앗나이다. R은 다만 나의 유쾌하게 쮜여가는것을 보고 쓸쓸할우슴을 우슬쑨이엿나이다.

우리가 S, C, 江을 건널째에는 참으로유쾌하엿지요. 회오리바람만 이구

---

88) 깨어져 물크러지다.

89) 참된 이치를 깨달았을 때와 같은 묘미와 쾌감에 마음이 쏠리어 취하다시피 되는 기쁨.

퉁이서 저구퉁이로 저구퉁이에서 이구퉁이로 획획불어갈째에 발이싸지는눈 우으로 더박더벅거러갈제 銀싸락이갓흔 눈가루가 이리로사르락저리로사르락 바람에불너가는것은 참으로 씨여안을쯧이쌈직하게 귀여웟나이다. 우리는 그눈덥힌모래톱으로 두손을마주잡고「한아, 쏠」을불으며 다름질을 하엿나이다. 그러고 쏘다시 S, P 江에 다다렷슬째에는 보기에도 무서워보이는 푸른물결이 淫女의남치마자락이 바람에불니여 그의국임살이 울멍줄멍[90]하는것가치 움실움실 출렁출렁하고잇섯습니다.

우리는 나루배를 타고 그강을건너 주막거리에서 점심을먹을째에 R이 나에게 말하기를

「술한잔먹으려나?」하기에 나는 하도이상하여

「술?!」하고 아모소리도 못하엿습니다. 여태까지 술을먹을줄몰으는 R이 自進하여 술을 먹자는것은 한가지 이상한일이엇나이다.

K, C를 무엇하러가는지도몰으로 가는 저는 쏘한 R이 술먹자는것을 쏘다시 그理由까지물어볼必要가업섯나이다.

그는처음으로 술을먹엇나이다.

우리는 쏘다시 걸어갓나이다. 魔液[91]은 그쓸쓸스러운R을 無限히興奮식혓나이다. 그는팔을내저으며 목소리를 크게하여 말하기를 시작하엿나이다. 그는 나의손을 힘잇게쥐이며

「DH」하고 불으더니 무슨 感激한듯한語調로

「날더러兄님이라고하게」하고 조곰잇다가 다시

「나는 DH를 얼마간理解하고 쏘한 어대까지 認定하는대」하엿나이다.

아, 얼마나 고마운소리일가요? 저는 손아래동생은잇서도 손우의형님을 가질運命에서 나지를못하엿나이다. 손목잡고 뒤동산수풀사이나 등에업고 압시어 물가흐로 데리고다녀줄사람이 업섯나이다. 무릅에얼골을 비비여가며 어리광부러 말할사람이업섯나이다 다만 어린마음 외로운感情을 그렁그렁한 눈물가운데 맛볼쑨이엿나이다.

---

90) 크고 뚜렷한 것들이 고르지 않게 많다.

91) 술.

그리고 그리고 하라바지나 할머니의 머리를 쓰다듬어주시는 부드러운사랑을 맛보지못하엿나이다. 그리고 아바지 어머니는 本來젊으시니까 —

그리고 어려서부터 오늘날짜지 지내인過去를 생각하여보면 윈일인지 한구퉁이가슴속이 미인듯해요.

그런데 「형님」이라불으로 「아으」라고 불으자는소리를듯는저는 그얼마나 깃거윗슬가요? 그얼마나반가윗슬가요. 그리고 나를 理解하고 나를 얼마간일지라도 認定하여준다는말을들은 나는 그얼마나 感謝하엿슬가요?

그러나 그감사하고 반가웁고 깃거운말소리에 나는얼핏 「네」 하지를 안이하엿나이다.

그 「네」 하지안은것이 잘못일는지 잘못안일는지알수업스나 엇지하엿든 저는 「네」 소리를하지못하엿습니다. 그러면 그것이 나를理解하고 나를認定하여주는 그R의마음을 더–슬프게하엿슬는지 더–무슨滿足을 주엇슬는지는 알수업스나 나는 거긔에 이러케 대답을하엿나이다.

「조흔말이요 우리두사람이 엇더한共通線上에서서 서로 認定하고 서로 理解함을 서로밧고주면 그만큼더幸福스러운일이업지. 그러하나 兄이라 불으거나 아오라불으지안코라도 될수잇는일이안이일가? 도리혀 兄이라 아오라하는形式을 만들것이업지안이하냐?」고 말을 하엿더니 그는 무엇을 깨달은듯이 「짠은 그것도그러치」하고 나의손을 더–힘잇게쥐엿나이다.

三

금빗나는 鍾소리가 파라케 개인공중을 울니우고 어대로사라저바리는지? 그러치안이하면 왼宇宙에다득찬에멜을울니이며 멀니멀니작고작고 슷업시가는지 엇더튼 그禮拜堂종소리가 우둑허니 장안을 내려다보는 仁王山아래 붉은벽돌집에서 날째 저와 R은 O禮拜堂으로 들어갓나이다.

그째에 누님도 거긔에안저게시엿지요. 그리고 그 M P孃도……

처음보이안는MP孃이지만은 보면볼사록 그에게서 볼수잇는것이 작고작고변하여갓나이나, 지난번과 이번이쏘달으지요. 지난번볼째에는 적지안은不

安을 가지고 그女性을 보앗습니다. 그리고 얼마간의 落望을 가지고보앗슬는 지도몰으지요. 그러나 이번의 그를볼째에는 왼일인지 그에게서 보이지안케 새여나오는 무슨魅力이 나의온感情을 몽롱한안개속으로 해매이는듯하게하 엿나이다.

그리고 그의肉體의美도 지난번볼째에는 엇재 흙내음새가나는듯이 누른 感情을 나에게주더니 오늘에는 붉으러하게 黃金色이나는빗을 나에게던젓더 이다. 그리고 그黃金色이 濃厚한 液體가 平平한곳으로퍼지는듯이 점점점점 보이지안케변하여 銅色의붉은빗으로변하고 나종에는 어엽분處女의 粉紅조 고리 빛으로 변하기까지하엿나이다.

그리고 그가 고개를돌닐쯧할째마다 나의전신의 血液은 타오르는 듯하고 天國에 햇발같은 행복의빗이 나의온몸우에 내리붓는듯하엿나이다.

그리고 한시간밧게 안이되는禮拜時間이 나의마음을 空然히못살게굴엇 나이다.

엇지하엿든 禮拜는 쯧이낫지요. 그리고 나와R은 밧갓흐로나아왓지요. 그 째 누님은 나를기대리엿지요. 그리고 저와누님이 무슨이야기든가? 그이야기 를할째 아 아, 왜 MP孃째이 누님을 쏘차오다가 저를보고붓그러워 고개를돌 니이고 저편으로 줄다름질처다라낫슬가요?- 그 그러치안타는 그 MP孃이-

누님 그MP孃이 고개를돌니고 줄다름질을하거나 붓그러워 얼골빗이 타 오르는저녁노을빗갓거나 그것이 나에게 무엇이되겟습닛가?

그러나 왜 나를보고만 그리하엿슬가요? 아마 달은男性을 보고는 그리안 핫슬터이지요?

그리고 그 줄다름질하여 저쪽으로 돌아가서는 그의마음이 엇더하엿슬가 요? 더욱 붓그러웁지나? 안이하엿슬가요 그러치안으면 後悔하는마음이 나지 나안이하엿슬가요?

엇더튼 그것이 나에게 준 MP의첫재印象이엇나이다, 그리하고 歡喜관와 煩惱의分岐點에 나를 세워논 첫재動機이엇나이다.

저는 언제든지 이時間과空間을 써날날이 잇겟지요 그러나 그 깁히박힌 印象은 두렵건대 그時間과空間에 永遠한혼적을 남겨둘는지요?

四

　　사랑하는누님. 왜 나의原稿는 도적하여갓다가 그MP孃을 보게하엿서요! 그MP孃이 그글을보고 얼마나 우섯슬가요?

　　아 아, 그러나 그 누님의나의原稿를도적하여다가 그MP孃을 보게한것이 나의마음을 얼마나 즐거웁게하엿슬가요?

　　누님의 도적질한것은 그것을 罪를定할가요 賞을주어야할가요? 저는 쓸허업대여 절을하겟습니다. 그리고 天國의문을열어들일터입니다.

　　그런데 그 原稿○○○이라한곳에 서투른 筆跡이 새로생기엿서요. 그리고 지을수도업는인크로 나의글시를 흉내를내인것인지 그러치안으면 그의筆跡을 자랑하랴한것인지?

　　그러치만 그런것은안이겟지? 그러치요 그러치는안치요.

　　그러나 나의原稿를 더럽힌 그에게는 무엇이라 말을하여야조흘가요?

　　그러나 그러나 그筆跡은 나의가슴에 무엇인지를 傳하여주는듯하엿나이다. 사람의입으로나 붓으로는 조곰도흉내내일수업는 그무엇을傳하여주더이다. 다만 醉夢中에 헤매이는 젊은이의가슴을 못살게구는 그무엇을?

五

　　고맙습니다. 누님은 그MP孃과는 쏘다시 더엇더케 할수업는 兄弟와갓다 하엿지요? 그리하고 서로서로 형님 아오하고지낸다지요 저는 다만감사할쑌이외다. 그리하고 永遠한무엇을 바랄쑌이외다.

　　그러나 저에게는 그 누님과 MP사이를 얼거노흔 兄弟라하는形式의줄이 나를공연히 못살게구나이다. 그러고 모든不安과落望[92]사이에서 헤매이게하나이다.

　　누님의동생이면 나의누의지요 안이 나의누님이지요-그MP孃은 나보다 한살이더하닛가-그러면 나도 그MP孃을 누님이라불너야할것이지요?

____

92) 희망을 잃음.

아 아, 그러나 그것이될일까요 누님이라불으기가 어려운일이안이지만은 나의입으로 그를누님으이라고 불은다하면 그불으는 그날노부터는 그의 전신에서 粉紅빗나는 무슨타는듯한빗을 무슨날카로운칼노 잘너바리는듯이 사라저바릴터이지. 안이 사라저업서지지는 안트래도 제가이눈을감어야지요.

아 아, 두려운 누님이란말, 나는 이두려운소리를입에올니기도 두려워요.

六

오늘 저는 P, C에보내일原稿를 쓰고잇섯습니다. 머리가 압흐고 神興이 나지가 안어서 펴노흔조회[93]를 척척접어 내던저바리이고 기지개를한번켜고 대님을 한번가라매고 모자를집어쓰고 밧갓흐로나갓습니다. 時計는발서 일곱시를十分이나지내고잇섯나이다.

저의가는곳은 말할것도업시 R의집이지요. 저는 R의집을 가는길가운대에서도 다만생각하는것은 MP孃뿐이엿지요. 그리고 내가 冊을볼째에나 글씨를 쓸째에나 길을것거나 천정을 바라보고 누어잇슬째에나 눈을감고 瞑想할째에나 나의눈압흘써나지안는 그MP孃을 오늘 R의집에를가면서도 쪼보앗습니다.

저는 언제든지 MP孃을 생각합니다. 虛無한幻影과 노래하며 춤추며 이야기하며 奈終에는두려웁건대 손목잡고 이世上의모든愉悅[94]을 極度로 맛보앗습니다. 그러나 그것이 한낫空想인것을 째달을째에는 저도 공연히 씀증[95]이나고 모든것이구챤코 모든것이悲觀의種子가될뿐이엿나이다. 그리고 아아, 과연 다만一刹那사이라도 그MP의머리속에서 나의幻影을 차저낸다하면 그얼마나 나의幸福일가? 하엿나이다. 그리고 그MP는 나를 조곰도 생각지안는것만갓하여 공연히 마음이 애닯앗나이다.

그날 R은 집에잇지안핫습니다. 저의마음은 눈물이 날듯이 공연히 센치멘탈로變하여젓나이다. 그래서 定處업시 彷徨하기로定하고 于先L의집으로

---

93) 종이.
94) 유쾌하고 기쁨.
95) 심통, 나쁜 마음 바탕, 심술.

가보앗습니다.

　제가그處女와갓치 조곰도거짓업슴을부러워하는 L은나를보더니 그검은 얼골에 반가워죽을듯한우슴을쯰우고 손목을잡어 自己방으로 쓰러들이더니 어적게도왓섯는데「왜 그동안에 그러케오지를안엇나?」하지요. 그래 나는 그 얼마나 孤獨히 지내는 그L을보고 이째것계속하여왓든感想이 가슴한복판으 로모여드는듯하더니 공연히 눈물이날듯……하지요. 그래 억지로 그것을참 고 멀거니안저이섯더니 그L은 쏘날더러獨唱을하라지요. 달은째갓흐면 귀가 압흐다고야단을처도 작고작고할 저이지만은 오늘은 목구녕에서 무엇이잡어 다리는지 그목소리가 조곰도나오지를안이하엿나이다. 그래 공연히앙탈을하 고 이러나기실혀하는 그L을 옷을입혀 쓰을고 밧갓흐로 나아갓습니다.

　저녁안개는달빗을 가리우고 붉은電燈불만이 어두움속에 眞球를 쯰뚤어 논듯이 종로큰길거리에 나란히 켜잇슬뿐이엿나이다.

　두사람이 나오기는나왓스나 어대로갈곳이 업섯나이다. 주머니에돈이업 스니 하로저녁을 유쾌히놀수도업고 쏘갈만한친구의집도업고 마음만점점더— 구챤코쓸쓸스러운생가글하엿나이다.

　우리두사람은結局 째업시웃는이의집으로가기로하엿나이다. 우리는 한집 에를갓으나 우리를기다리지안는그는 잇지안엇나이다. 그래하는수업시 雪影 의집으로가기로定하고 川邊[96]으로 내려섯나이다. 골목안의던기불은 누구를 기다리는것갓치 빙그레우스며 켜잇섯지요. 우리는 그집에를들어가

　「雪影이」하고 불넛나이다. 안방에서 영리한목스리로

　「누구요?」하는 雪影의목소리가 낫습니다, 우리두사람은「잇고나」하엿습 니다. 그리고 공연히 마음이 반가웟나이다. 그리고 雪影이는 마루씃까지 나 아와

　「아이그 어서오세요 왜 그러케한번도안이오셔요」하지요

　아, 누님 그소리가 眞正이거나 거짓이거나 慣性으로因하여 偶然히 나온 말이거나 아무것이거나 나는 그것을생각하랴고하지는안습니다. 다만 感傷

---

96) 냇가.

에쫏기여 定處업시彷徨하랴는 이불상한사람에게향하여 그의聲帶를 수구럽게하여 發하여주는 그의 歡迎의말이 얼마나 나의疲困한心靈을 慰勞하여주엇슬가요

그는 날더러 「오라버니」라 하여주기를맹서하여주엇습니다, 그리고 永遠히 오라버니가 되여달나하엿나이다.

누님, 과연내가 남에게 오라버니라는 尊敬을 들을만한資格의所有者가 될수가잇슬가요? 勿論그것도 나의願치안는 形式입니다. 그러나 나는 그雪影을 천누의동생갓치 사랑하려합니다. 그리고 永遠히永遠히 나의누의동생을만들려하나이다. 그러고 다만獨身인雪影이도 眞正한오라비갓흔 엇더한男性의娚妹갓흔愛情을願하겟지요? 그러나 그러나, 無常[97]인世上에 그것을 果然 許諾할참神이 어느곳에게 실는지요? 생각하면 안탁가울뿐이외다.

그날L은 雪影을 공연히 못살게 놀러먹엇나이다 勿論 邪念업는 어린애갓흔 遊戲지요. 그때 L은 雪影을잡으랴고 달녀들엇습니다. 雪影은 소리를질으며 간지러운우슴을우스면서 나의압으로 달려들며

「오라버니? 오라버니!」하고 그L을피하엿나이다. 나는 그때 그雪影이 비록 戲弄에서나왓다하드레도 L에게 쫏기여 나에게 救護함을 請할째에 아 아, 과연 내가 이와갓흔女性의救護를請째함을 밧을만한資格의 所有者일가하엿나이다. 그리고 모든 女性은 다-나를보랴고하지도안는생각을하고 혼자이-雪影이가 나에게 救護함을請한다는 것은…… 그雪影을씨엿안을듯이 貴여운생각이낫나이다. 그러나 그러나 나타낫다 사라지는 幻影의그림자일가? 팔팔팔날니는봄날의아즈랑일가? 永遠이란무엇일는지요!

七

날이 매우따쑷항것습니다. 래일쯤한번가셔뵈오랴하나이다. 下午에 기다려주십시요. 그리고 W君은 어적게東京으로쩌나갓다는말을들엇습니다. 맛나보지못한것이 매우섭섭하외다. 그리고S君Y君도 그리로向하여 數日後에 쩌

---

97) 상주하는 것이 없다는 뜻으로 '나고 죽으며 홍하고 망하는 것이 덧없음'의 일컬음.

나간다는말을들엇습니다. 아 아, 저는 외로운몸이 홀로 이서울에서남어잇게
되겟지요. 情다운친고들은 모두 다- 저갈곳으로 가바리고……
　래일 맛나뵈옵겟습니다.

八

　왜 어적게 저는 누님에게를갓슬가요? 그간것이 나에게 조흔機會엿슬가
요? 그러치안으면 조치못한機會엿슬가요?
　엇더튼 어적게 나는처음으로 그MP의 말을하게되엿습니다. 그리고 갓가
히서로보고안저 간질간질한視線으로 그를보게되엿습니다. 그리고 나의눈에
서 放散[98]하는 視線의멋줄기우으로 나의 쉬일새업시 쐬는靈[99]의使者[100]를
태여보내엿나이다.
　그는그째 그禮拜堂압헤서 나를보고 고개를돌니고줄다름질하는째와는
아조 달랏습니다. 그의마음속으로는 나의全身의구통이로부터 구통이까지
好意의批評을하엿슬는지 惡意의批評-그러치는안켓지?-를하엿슬는지 엇더
튼 不斷의觀察로 批評을하엿겟지요. 그러나 그의눈과顏色은아조沈着하얏나
이다. 그리고 그에게서 가장아름다운 목소리는 아조 나의마음을醉하게할듯
이 부드러웁고 연하며 銀빗이낫나이다.
　그리고 그가 나의글을넘어 稱賞하는것이 조곰나를붓그러웁게하엿스며
또는 先生님이라는敬語가 아조 나를 괴로웁게하엿나이다.
　누님 만일 그가 날더러 先生이라 그러지안코 오라비라고하엿드면? 그
刹那의나의모든것은 다-絶望이되여바렷을터이지요. 그 先生이라는말을듯
기실혀하는 제가 도리혀 그先生이라는말을듯는것이 幸福인것을 깨달을날이
잇슬줄은 이제처음으로 알게되엿나이다.
　엇더튼 저는 그MP와 맛날機會를어덧섯습니다. 그리고 서로 말소리를밧

---

98) 각각 흩어지다.
99) 정신의 핵심이 되며 시간, 공간에 매이지 않는 인격적이며 초자연적인 존재.
100) 심부름꾼.

구게되엿슴니다. 아마 이것이 저와 그MP사이에 처음밧구는 말소리가되엿겟지요? 그리고 宇宙의生命中째에 쏘다시업는그엇더한 마듸이엿겟지요?

그러나 저는 不安을 깨달읍니다. 마음이 못견댈만치 不安합니다. 다만 한번잇는 그機會의 瞬間이 조흔瞬間이엿슬가요. 입분瞬間이엿슬가요? 無限한希望과永遠한幸福일걸? 하는悔恨의탄식을 나에게부어줄 그瞬間이엿슬가요?

엇지하엿든 저는 한엽흐로 僥倖을꿈꾸며 한엽흐로 부지럽슨落望에 헤매이나이다.

九

오늘은 아츰아홉시에 겨우 잠을째엿나이다. 그것도 어제 저녁에 空然히 도라다니느라고 늣게잔 德澤으로 아츰에 일어나지 못하는 幸福을 얻었더니 그나마 幸福이 되여그리하엿는지 R이 차저와서 못살게굴지요. 못살게구는데 쏘들리어 겨우 잠을 깨어 세수를 하엿나이다.

이상한일이잇나이다. 저가R의집을가기는하여도 R이 저의 집에 차저오는 일이업는 그가 오늘 식전아츰에 저를차저온것은 참으로 쯧밧기고 이상합니다.

그는 매우 갑갑한모양이엇나이다. 그리고 요사이 몃칠동안 그의얼골은 그리조치못하엿스며 언제든지 무슨失望의빗이 잇섯나이다.

오늘도 그는 沈默속에잇섯나이다. 그리고 먼산만바라보고 잇섯나이다.

그는 어대로 散步를가지하엿나이다. 저는 아침도먹지안코 그와함께 定處업시 나섯나이다.

우리는 電車를타고 H와 P의집에를 가보앗스나 H는 아츰먹고 막 어대인지가고업다하고 P는 집에일이잇서서 가지를못하겟다하지요. 그래하는수업시 우리단두사람이 쏘다시 H O를 向하여써낫나이다.

天氣는 晴朗, 가는바람은 살살, 아조 조흔 봄날이엇나이다. 우리는 電車에서 나럿나이다. 牛砲가 탕 하엿나이다.

멀니멀니흘으는 H O 江은 옛적과가치 고요히 흘으고잇섯나이다. 아무소리도업고 아모향긔도업고 아모웃는것도업고 다만 푸른물속에 翠色의山그림자를비추이잇서 다만 「아 아, 아름다웁다」하는 우리두사람의 못견대여 나오는 歎聲뿐이 고요한沈默을 가늘게흘닐뿐이엿나이다. 우리는 언덕으로 내려가 한가히매여잇는 主人업는배우에안저 아모소리업시 물우만바라보앗나이다. 푸른물우에는 째째 銀絲의맴도는듯한 波潭101)이 가늘게 쩔뿐이엿나이다. 그리고 사르렁사르렁102)하는銀絲의 풀럿나감겻다하는소리가 들니는 듯하엿나이다.

우리는 한참이나 안저잇섯나이다.

우리는 문득 저쪽을 바라보앗나이다. 그리고 나의가슴은 공연히 덜렁덜렁하고 全身에 식은쌈이 흘으는듯하엿나이다. 저긔 저쪽에는 그 비단결갓흔 물우에 한가히쩌잇서 물속으로녹아들듯히 감안이잇는 그애트 우에는 참으로쏫밧기엿서요 그MP가 엇더한말은동모하고 나란히안저잇섯나이다.

그러나 그MP는 나를보고도 몰으는체하는지 보지못하고 몰으는체하는지 다만 저의볼것 저의들을것만 보고들을뿐이엿나이다.

저는 그MP에게로 달려가고십헛습니다. 아, 그러하나 만일 그가 나를보고도 못보는체한다하면 불과몃十間되지안는 거긔에잇는 그가 엇재 나를 보지못하엿슬가? 못보앗슬理째가잇나?라고만 생각하는저는 그에게로 가기가 두려웁고 공연히 무엇인지 보이지안는무엇이 원망스러윗슬뿐이엿나이다.

그런데 왼일일가요! MP를 나혼자만아는줄아는저는 R의氣色에놀나지안이치못하엿나이다.

R은 나의손을잡어다니며

「MP-가왓네」하엿습니다. 그소리를듯는저는이엇더케 MP를아는가? 하엿나이다. 그리고 무엇인지 번개와가치 저의머리를싯치고 지나가는것이잇더니 저는 그R에게서 무슨 恐怖를 째달은것이 잇섯나이다.

R은 大膽하게 MP에게로갓습니다. 저도 그를 짜러갓습니다. R은 모자를 벗고 그에게 禮를하엿나이다. 아아그러나 그정성을다하여 바치는 禮에 그로

---

101) 파동에 있어서 같은 위상을 가진 점사이의 거리.
102) 스르르룽스르룽 쓱싹쓱싹. 쓱싹거리는 소리 또는 그 꼴.

부터 주는答禮는 차듸찬눈동자로 구챤케흘겨보는 그것이엿나이다. 아아그
러나 누님 정성을다-하지안코 몽롱한疑心과 적지안은不安으로 주는제의禮
에는 그의입가장자리로 볼그레한微笑가 써돌앗스며 짜뜻한눈동자의금빗光
彩이엿나이다. 그리고 「아이고 엇더케 이러케오섯세요」하는 그의全身을녹
이는듯한 獨特한語調가 저를 그瞬間에 歡喜의精華속으로 스미여들게하엿
나이다.

우리두사람은 그를作別하고 바로市內로 들어왓나이다, 윈일인지 저의마
음은 한업시 깃벗나이다. 그리고 全身의血液은 더욱더욱펄펄끌기시작하엿
나이다.

그러나 R의얼골은 그전보다 더-悲哀롭고 失望의빗이 써돌앗나이다, 쓸
쓸한微笑와 쓸쓸한語調가 노는저의同情의 마음을 일으킬만치 悽慘한듯하
엿나이다. 저는 R에게

「엇더게 MP를 알든가?」하엿습니다. 그는 무슨넷날의幻像을 보는듯한表
情으로

「그전부터알어」하엿나이다. 이소리를듯는 저는 「그러면 異性사이에 맛
나면생기는사랑의카락103)(絡)이 그MP와 이R사이에 매여지지나 안이하엿나?
하고 여째것 깃거웁든것이 점점 무슨失望의或傷으로變하여바리엿나이다.
그리고 차차 疑惑속에 彷徨하게되엿나이다.

그리하다가도 그R의失望하는빗과 MP의 冷淡한答禮가 저에게 눈물날만
치 R을同情하는생각을나게하면서도 쏘한엽흐로는 무슨勝者의자랑을마음한
구퉁이에서 滿足히역이엇스며 不幸한R을엽헤세우고 多幸의歡喜를 맛보앗
습니다.

그날 저는 R의집에서 자기로定하엿나이다. 밤열한시가지내도록 별노히
서로말을한일이업는 R과저두사람사이에는 공연히 마음이괴로운 間隔을 째
닷게되엿나이다. 그리고 그의푸른悲哀와 灰色失望의빗이 그의얼골로 각금
각금 濃厚하게지내갈째마다 저는 空然히 不安하엿나이다.

---

103) 가락. 물레로 실을 지을 때 실이 감기는 데에 쓰이는 쇠꼬챙이. 또는 그렇게 하여
　　　실이 감긴 뭉치.

저는 R에게 그氣色이 조치못한理由를뭇기를 두려워하엿나이다. 그리고 萬一 그 悲哀의빗과 失望의빗이 그 P로因한것이안이이고 달은것으로因한것이라하면? 저는 그째 그R의 그悲哀와 失望과 쏘갓흔悲哀失望을 맛보앗슬것이지요?

그러나 저는 兄弟와갓흔 그R의悲哀失望을 그 P로因하여서라고 認定하엿나이다. 認定하지를안이하면 저의마음이 不安하여못견대겟슴으로.

그날저녁 R은 자리에누어서도 한잠을자지못하는모양이엇나이다. 다만 눈만 멀쓩멀쓩하고 天井만 바라보고잇섯나이다. 그리고 머리를집고 눈을감고 무엇인지瞑想하듯이 가마히잇섯슬쑨이엇나이다. 그의얇은눈섭은 가늘게 썰니고잇섯습니다.

저도 왼일인지 잠이오지안엇습니다. 그래 머리맛 書架에노여잇는 On The Eve를 집어들고 한참이나보다가 잠이쌈박들엇섯습니다.

十

저는 어리석은 사람이되여바리엇나이다. 꿈을밋고 길에서 장님을 맛나면 두다리에 풀이다-하도록 失望을하게되엿나이다.

그리고 꼿의 花瓶을 「하나 둘」하며 「MP가 나를 사랑하느냐? 사랑치안느냐?」하며 차례차례 짜보게되엿습니다. 그리고 만일 「사랑한다」 하는곳에서 「매인나종꼿입사귀가 썰어지면」 成功한것처럼춤을출듯이 滿足하엿스며 그러치안코 사랑하지안는다는곳에와서 그 매인나종꼿입사귀가 썰어지면 空然히 落望하는생각이나며 비로소 그헛된것을 嘲笑합니다. 그러나 어느틈에 쏘다시 그꼿입사귀를짜보고십허못견대게되나이다. 저는 僥倖을바라는同時에 말할수업는 迷信者가 되엿습니다.

오늘은 제가 누님을 맛나뵈러가지안으려하엿고나 W君이 Piece를 차저달나하여서 누님에게로갓섯습니다.

누님이 나오기를 기다리고잇슬동안에 나는 다만沈着하고 고요한마음으로 正門압 골라토홀104)을왓다갓다하엿나이다.

그리다가 門열니는소리가나더니 나오는사람은 누님이 안이고 그 P이엿습니다. MP는 나를 보더니 쌩긋우스며 고개를숙여 례를하여주엇나이다. 그리고 그곳에서잇섯나이다. 그뒤를짜러나온이가 누님이엿지요!?

저의마음은 이상하게 깃벗나이다. 그리고 아조 무슨希望을 일운듯하엿나이다. 길거리로 거러다니면서도 或시나 MP를맛나 인사를주고바들만한瞬間의機會를 期待하는 저는 누님에게로 갈쌔마다, 그MP를 맛날수가 잇슬가? 하는 期待를가지고다니엿나이다. 오늘도 그期待를 조곰일지라도 안이가지고간것이 안이엇것마는 그MP가 잇지안을줄안 저는 아조斷念을하고 갓섯습니다. 그래 그MP를맛난것은 아조意外이엿지요.

누님 그MP가 무엇하라 누님보다도 먼저 저를 보러나왓슬가요? 어린아오를 맛나라는 누님의마음이여슬가요? 반가운情人을맛나라는愛人의마음이엿슬가요? 무엇이엿슬가요?

그는 저와오래동안말을하엿나이다. 그리하고 冬靑이 푸른 잔듸사이를 누님과저-세사람이 散步하엿지요? 저의가 그 좁은길노지내올쌔 저는 그MP에게

「R을엇더케아섯든가요?」하고 물어보앗습니다. 그MP는 조곰 얼골이 불그레한中에도 微笑를 쩨우며

「녜 그전에 한두어번맛나뵌일이 잇섯서요?」하고 對答을하엿지요, 그소리를듯는저는 곳

「R은참조흔사람이야요」하엿지요. 그리닛가 그MP는 곳 달은말로옴기여 바리엿나이다.

그러케한지 十分쯤되여 누님과우리두사람은 무슨조용히할말이나 잇는것처럼 주저주저하엿나이다. 그러닛가 그MP는 곳怜悧하게 그것을알어채이고 안으로 들어가바리엿지요.

아아그쌔 저의마음은 아조 섭섭하엿습니다. 우리가 우리의必要한 이야기를하지못한다하드래도 그MP는 쩌나기가실헛나이다. 그러나 그의검은치마

---

104) 플랫포옴.

자락의그림자는 보이지안케 사라저바리엿나이다.

그째 누님은 절더러이야기를하여주엇지요. 그MP를R이사랑하랴다가 그 MP가 排斥을하엿다는것을-그리고 그MP가 저의 그누님이盜賊하여간原稿 를보고 아조 度外[105]의讚賞[106]을하드라는것과 그러나 그가 한가지不滿으로 생각하는것은 信仰이적드라는것을

저는 누님과 作別을하고 문밧그로 나아오며 쮜여갈듯이 거름을속히하여 걸어가며

「내가 幸福한者냐? 不幸한者냐?」하고 혼자소리를질러 보앗습니다. 그러 다가는 그 信仰이 적다고 하는데對하여는 적지안은 不快와 쏘한엽흐로는 熹微한失望을째달엇습니다.

그래 집에 도라와 아래목에 누어서 여러가지로 그MP와저사이를무지개 빗나는 아름다웁고거룩한 것으로만 얼거노아보다가도 그信仰이란말을 생각 하고는 곳 疑惑속에 헤매이엇나이다. 그리다가는 그의집에서본 On The Eve 를 읽든것이생각되며 그 女主人公 에레-나의日記가 생각낫습니다.

그의愛人인사로프와 그의아버지가 그와結婚식히랴는 크르나도-스키-를 比較하여 인사로프에게는 信仰이 잇슬지라도 크르나도-스키-에게는 信仰 이업섯다. 自己를밋는것만으로는 信仰이잇다고 말할수업스닛가…….

누님 저는 이글을볼째 공연히 失望하엿습니다. 에레-나는 信仰잇는사람 을 사랑하엿습니다. 그리고 信仰업는사람을 사랑치안엇습니다. 그러면 MP 도 언제든지 信仰잇는사람을 사랑할터이지요? 그러면 그MP가 저에게 信仰 이업다고한말은 저를 동생이나 親友로역일는지도알수업스나 愛人으로 생각 지는못하겟다는것이지요.

누님 그러면 저는 失望할가요 落膽할가요? 信仰이란무엇일가요? 물론누 구에게든지 信仰이업는 사람이업습니다. 누구는 예수를밋고 釋迦를밋고 偶 像을밋고 여러가지를미듭니다.

그러고 쏘自己를 밋는사람이 잇기도합니다. 그러고 누님 저도 무엇인지

---

105) 어떤 한도나 범위의 밖.
106) 훌륭하고 아름답게 여기어 칭찬함.

信仰하는것이 잇겟지요? 信仰이 업는 사람이 이世上에서 生命을 가지고 살어잇다는것은 거짓말이닛가-누구든지 各各 自己가 信仰하는것이 잇기째문에 이世上에 살어잇스닛가, 저도 쏘한 잇세상에 살어잇는사람일 엇더한 信仰이든지 가지고잇겟지요.

저-엇더한宗敎를 어리석게밋는사람들은 各各自己의信仰만이 참信仰으로 생각합니다. 그리고 남의信仰을嘲笑합니다. 그러나 한번더-크게눈을쓰고 고개를돌니여 四面을 둘너보는者는 各各 이것과저것을對照할수가 잇슬것이지요 그리고 各各 長處와 缺点을 차저낼수가 잇슬것이지요, 이불을뒤집어쓰고 勿論 그이불속쑨이 世上인줄알터이지요. 그리고 그속에만 참眞理가 잇는줄알터이지요 그러하나 그이불속만이 世上이안이고 그속에만 眞理가잇는것이안인줄아나 그이불을 버서바린자는 그이불쓴사람을 불상히역이엿슬터이지요 그러면 이世上에는 그이불을버슨사람이 여럿이잇섯습니다. 그리하여 그이불을 뒤집어쓴사람들을 아주 불상히 역이엿습니다.

그러면 저도 그이불을 버슨사람에 한아이[107] 되랴합니다. 다만 엇더한일홈알애에서든지 그 온宇宙에 가득차서 永遠부터 永遠까지 변치안는 眞理를 밋는사람이 되랴하나이다. 그리하고 다만 그것을求할쑨이요 그것을 體驗할쑨이외다.

勿論사람은弱한것이지요 心身이 다-强하지는 못하지요 제가 엇더한째 本意안인일을할째가 잇다하드레도 그것은 다만 弱한싸닭이겟지요 그리고 그것을 째닷는째는 그거슬고치겟지요.

그리고 누님 한가지 씀어말하여둘것은 Quo Vadis 에잇는 뷔니쥬쓰와갓치 리지아의 信仰과갓흔信仰으로因하여서 저도 그뷔니쥬쓰는 되지안켓지요.

아아그러나 누님 제가 엇지하여 이와갓흔말을쓸가요? 사랑보다 더-큰信仰이 이세상에 쏘어대잇슬가요. 自己의 生命까지犧牲하는것은 사랑이 잇슬쑨이지요 사람이 사랑으로나고 사랑으로죽고 사랑으로살기만하면 그사람의 生은참生이되겟지요. 그러하나 저의는사랑을 생각할째마다 마음이 두군거

---

107) 하나가.

림니다. 처음으異性에게 사랑을 求한는者가 누가 주저하지안은자가 잇고 누가 가슴이썰니지안는者가 잇슬가요? 그러면 사랑이란罪惡일가요? 죄지은者와쏙갓흔 썰님과不安을 쌔닷는것은 엇지함일가요

그렷습니다. 우리人生에게는 두가지큰問題가 잇습니다. 그것은 熱情과理智입니다. 이세상의歷史는 이두가지의싸홈입니다. 그리고 모든不幸의根源은 이熱情과理智가 서로 容納하지안는곳에 잇는것입니다.

그리운異性을 보고 自己마음을 披瀝지못하고 혼자 疑心하고 煩惱하는것도 이理智로因함이지요. 저는 엇더케하면 이理智를沒却한熱情만의人物이되랴하나, 그理智를沒却한熱情의人物이되겟다는것까지도 理智의부르지즘이지요. 時間이 업서서 두어마대로 大綱만쓰고 요다음 언제든지 機會잇스면 熱情과理智에對하여 좀 써보내랴하나이다.

十一

조용한저녁날에 술주정쑨가티 저는 정처업시 헤매이나이다. 안개빗저의 가슴에서는 눈물이째업시 솟나이다.

아아 누님, 누님은 다만 참사람이 되여주시요, 저도 쏘한 그러케되랴하나이다.

오늘 저는 쏘다시 R의집에를 갓섯나이다. 그R은 잇지안엇습니다. 그러나 얼마잇지안으면 곳들어오리라는 그집사람의말을듯고 저는 그의방에서 기달니게되엿나이다. 그러나 R이 저와兄弟갓치親하지가안으면 그와가티 主人업는바안에 들어가 안저잇지를못하엿슬터이지요 그래 그와 親타하는무엇이 저를 그의방으로 들어가게하엿나이다.

저는 그의방에 들어가 그의책상압헤 안젓나이다. 그째 문득 저의눈에 보이는것은 그가 써서노흔 편지엿나이다. 그리고 그편지皮封에는 MP라써여잇섯습니다. 저의마음은 공연히 싀기하는마음이 나며 쏘한 그편지를 기여히보고십흔생각이 낫섯습니다. 마침多幸한것은 그편지를 封하지안은것이엿나이다.

저는 그것을 보앗습니다.

그곳에는 이러한말이 씨여잇섯습니다.

……DH는 未熟한文士이요. 그리고 一個 Bourgeois에지내지못하는사람이요……라고

아아 누님 저는 손이썰리엿나이다. 그리고 그片紙를 다시 그 자리에노코 그대로 밧갓흐로쮀여나왓습니다. 그리고 길거리로 거러오며 눈물이날만치 모든것이 원망스러웁고 쏘하녑흐로는 憤한생각이나서 못견대엿나이다.

그리고 그사랑하는R이 그와갓흔말을써보내일줄은 참으로아지못하엿나이다.

누님 그러치요 저는 글쓰는데未熟하겟지요 저는 거긔에조곰이라도 異意를말하랴하지안나이다. 그러나 그말을무엇하러 MP에게 할것일가요

아아 누님 저는 一個참사람이되랴할쑨이외다.

저는 文學家 文士라는 稱號를願치안어요 다만참사람이되기爲하여 글을 봅니다. 그리고 늣기는바를 견대일수업섯섯습니다. 그리고 나와갓흔늣김과 깨달음이 우리人生을爲하여 조곰이라도 보탬이될가하엿습니다.

그러나 저一個人의成功은 엇기가 어려울터이지요 제가 늣기고깨닷는 것은 길고긴宇宙의生命 과함께 만코만흔사람들이 깨달은것에 다만 몃千萬億分의一이될낙말낙할터이지요 그리고 그 저의生命이끈이는날에는 그것보다 조곰 더하여질쑨이지요. 그리고 그것보다 더-큰무엇을 願개할지라도 有限한저의肉體와精神을 그것을容恕치안을터이지요.

그러면 제가 Bourgeois나 Prolotaria나 무엇 엇더한불음을듯든지 언제든지 참사람이되랴할쑨이외다.

아마 이 世上의모든眞理를 혼자깨달은줄아는사람일지라도 이 참사람이 되랴는데서 더-버서나지는 못하엿슬터이지요.

그러나 저는 오늘부터 親愛하는親友하나를 일허바리게되엿나이다. 아모리 아모리 제가 너그러운 마음으로써 그전과갓치 R을 對하랴하나 그는나를 謀陷한者이지요. 엇지 그전과갓흔 情誼를繼續할수가잇슬가요.

그러나 저의마음은 괴로웁습니다. 그리고 그 KC를 가면서 저에게 兄弟

와갓치지내자든것을 생각하고 쏘는 그동안지내오든情分을 생각하고 그것이 다만 한 瞬間에 깨여지는것을 생각할째 저의마음은 아조안타까윗나이다. 그리다가도 그R의손을잡고 깃거워하고십헛습니다.

十二

집에서 나올째 동생L이 울며쏘차나오면서

「형님 형님 나하고가―」하며 부르지젓나이다. 그리고 두팔을벌니고 저를 바라보고잇섯습니다. 그러나 발이쩌러지지안치만은 하는수업시 어머니에게 L은맷기고 쏘다시 R을 차저갓나이다.

어제 저녁늣도록 잠을 자지못한저는 오늘 쏘다시 새벽에 일즉일어낫슴으로 몸이 조금 疲困하엿나이다.

저는 R의집으로 가면서 몃번이나 가지안으리라하여보앗습니다. 날마다 가는 R의집에를 一週日 이나가지안은지는 오늘도 쏘가볼마음이그리 만치는 안엇습니다. R을생각하면할스록 분하고 답답한저는 언제든지 그마음을눌느랴하엿스나 그리 속마음이편치는 못하엿습니다.

제가 R의집에 들어갈째에는 아조 마음이 유쾌치못하엿습니다.

R은 저를 보고 힘업시 저의손을잡고 인사를하여주엇습니다. 그리고 「어서 오게」하는소리가 아조 반갑지못하얏습니다. 저는 그R을보기전에는 반가웁게인사를하리라한것이 지금 그를 맛나보닛가 공연히 그와함끠잇는것이 실흔생각이 나서 그대로 밧갓흐로 나오고십헛습니다.

저는 그대로 서서

「여러날맛나지못하여서 좀 보고나갈가하고……」하며 그를치여다보앗습니다. 그는 다만 고개를 쏫덕하며

「응……」할쑨이엿나이다. 저는 갑작이쮜여나오고 십헛습니다. 그래

「내일 쏘봅시다」하고 그대로 쮜여나왓습니다. 그R은 아모 말도 업시 힘업시 自己방으로 들어가 바리엇습니다.

아아, 누님 우리두사람사이는 엇재이리멀어젓슬가요? 무슨間隔이 생기

엿슬가요? 그리고 무슨줄이 끈어젓슬가요? 저는 그것을 알수가업습니다.

제가 鐘路로 거러올째이엿습니다. 저쪽에서 뜻밧게 그MP가 거러왓습니다. 그째 저는 그MP와맛나 인사를하리라하엿습니다.

그러나 그MP는 엇더한洋服입은이와함께 저를 보앗는지못보앗는지 저의 겻흐로 그대로지나가버리엿나이다. 저는 다만 지나가는 그만 바라보고잇다가 손을단단히쥐고 「에-고만두어라」 하엿습니다.

저는 말할수업는 煩惱가운대「에, 雪影에게나 가리라」 하엿나이다. 그리고 川邊으로 그의집을 차자갓습니다. 그째 저의마음에도 「雪影이가 잇지안으리라」는 생각은업시 의례이맛나려니하엿나이다. 그러나 雪影을부르는 저의목소리에그怜悧하고 귀여운우리누의동생의목소리는나지안코 그의어머니가 「업소」하고 冷待하듯 普通손님과갓치 대답을하엿습니다. 그소리를 듯는 저는 공연히섭섭한생각이나며 쏘는 雪影이가 저를 한낫지내가는손님처럼생각하는듯하고 쏘한 엇더한情人이나 차적가지안엇나할째오라비노릇을하랴는 저도 공연히嫉妬스러운마음이나며 「다-고만두어라」하는 생각이나고 공연히 感傷의마음이 낫습니다.

저는 그대로 집으로 가습니다. 집문간에서 노든L은 반기어마지면서 두팔을벌니고 저에게 턱안기며 몸을비비쏘고 그의 가는손으로 근지러웁고차듸차게 저의쌤을문질너주엇나이다. 그째 그L은

「형님 임마○……」 하엿나이다. 그래저는 그에게 입을마추랴하닛가 그는무엇이 滿足지못한지

「안이 안이 귀붓잡고」하며 그의손으로 저의두귀를 붓잡고 입을마추어주랴다가 쏘다시

「형님도 내귀붓잡어」 하엿나이다. 저는 그L의귀를 붓잡고 입을마추엇나이다. 그러나 그째 L은저를 치여다보며

「형님이 우네」 하엿나이다. 아아, 누님 저의눈에는 눈물이 나왓섯습니다. 그리고 마음껏 그L을 끼어안고 울고십헛습니다.(끗)

녯날 꿈은 蒼白하더이다

『開闢』, 1922. 12

내가 열두살되는 어쩌한가을이엇다. 近五里나되는 학교에를 다녀온나는 冊褓를내던지고 두루막이를벗고 뒤동산나무밋으로달음질하여올라갓다.

쓸쓸스러운 붉은감닙이 죽어가는生物처럼 여기저기 휘둘러서 헛날닐제 말엄시오는 가을바람이 짜쯧한 나의가슴을근즐이고지내감에, 나도모르는 쓸쓸한悲哀가 나의두눈을 공연히울고십게하엿다 어린처녀들의 침생키는고개들이 一齊히 우으로向하여지며 붉고연한 커다란연감이 힘업시 떨어진다

陰濕108)한쌍냄새가 저녁煙氣와함께 온마을을 물들이고 구슬픈 갈가마귀소리 西便숩풀속에낫다. 울타리밧갓 콩나물우물에서는 저녁콩나물에 물주는소리가 척척하게들릴제 村女의 행자치마들은 집섹이거름109)이 물동이와함께 달음박질한다.

나는 날마다학교에셔돌아오는길로하는것이라고는 이것이 첫재번 科目이다. 공연히 뒤ㅅ동산으로 왓다갓다한다.

그날도 감나무동산에서 半熟한연감하나를짜먹고서 배추밧 무밧틈으로돌아다니엇다. 지렁이쏭이 몽글몽글110)하게올나온 긔습잇는밧이랑과 고양

---

108) 그늘지고 축축함.
109) 짚신을 신고 걸음.
110) 망울진 물건이 몰랑몰랑하고 미끄러워 손에 잡히지 않음.

이반이나잇는빈터저을 쓸째업시돌아다닐째 건는편 鐵道沿邊에서잇는 電氣불이 어느틈에 반작반작한다.

그째에 징신신은 나외아우가 뒤문에나서면서 부엌에서 밥투정을하다나왓는지 열손짜락과 입가장자리에는 밥알투성이를 하여가지고 짠사람은 건듸리지도못하는 저의白銅숫가락을 격구로들고서서,

「언니 밥먹으래」하고 내가바라보고서잇는곳을 덩달아치어다본다.

「그래」하고 대답을한나는 아모소리도업시 마루쯧헤 가안지며 차려노흔 밥상을 한귀퉁이 점령하엿다. 밥먹는이라고는 우리어머니와 일해주는마누라와 나와 나의다섯살먹은아우뿐이다.

小學校四學年을 다니는 내가 무엇을알며 무엇을感得할能力을가젓스며 안다하면 얼마나알고 感得하면 멧푼어치나 感得하리요 그러나 웬일인지 그째부터 나의어린마음은 공연히쓸쓸하고 憂鬱하엿섯다. 나무가지하나가 바람에흔들리는것이나 저녁참새가 처마쯧헤서 웅송111)그리고 재재거리는것이나 한가한午鷄가 길게목늘여우는것이나 한울우에솟는별이 종알거리는것이나 저녁달이 눈(雪)우에 차듸차게비초인것이나 차르럭어리며 흘으는내물이나 더구나 나무입과菜蔬입사귀에 얼인白露의 쎈즐을하게흘으는것이 왜그리 그어린나의感情을 蒼白한感傷의渦中으로 처틀어박는지 약한心情과 연한感情은 공연한悲哀中서 째업는눈물을흘리엇섯다.

그것을 詩想의發芽라할는지 玄妙 幽遠112)한그무슨境域을憧憬하는 첫재번洞口일는지는아지못하겟스나 어쩌튼 나는 다른이의어린째와 다른 生涯의一節을밟아왓다. 그러나 그것은 曚朧한過去이며 흐릿한記憶이다.

그날저녁에도 어둠침침한마루쯧헤서 갓지은밥을 한수짜락두수짜락 퍼먹을째에 공연히 쓸쓸하고 寂寂하다, 어림풋한烟氣내음새가 더구나 마음을괴로움게한다. 沈默이沈默을 나코 沈默이沈默을이어침침한저녁을 더어둡게할째 나는 웬일인지 근지럽게 그沈默이실헛다. 더구나 초가집첨하쯧에서 이리얽고 저리얽어놋는 王거미한마리가 어느듯나의눈에 씌일째에 나는 공연히

---

111) 궁상 맞게 몸을 웅크리다.
112) 도리나 기예가 깊어서 썩 미묘하고 아득히 멀다.

옷슥하여 무엇을생각하시는지 입에든밥만씹고게신 우리어머니의 얼굴만치어다보앗다. 그러고 코를손등으로써사서가며 손고락으로 반찬을 집어먹는 나의아우의얼굴을 바라보앗다.

「한멈 물좀써오게」하는 소리가 우리어머니입에서 썰어지며 그흉한沈默이깨지엇다. 한멈은 행자치마자락에 손을씨스며 대접을들고 부억으로내려가더니 솟뚜쩡소리가 한번 덜겅하고 숭늉 한그릇을들고 나온다. 어머니는 아모소리도업시 그물을 나에게다 내미시면서

「물말어먹으련」 하시니까 물어보신나의대답은 나오기도전에 너의동생이 어리광부리는 그소리로

「물」하고 물그릇을 가로차간다.

「업질너진다, 언니먹거든먹어라」하시는 어머니의 권고는아모效力이업시 왈칵잡아다니는 물그릇은 출넝하더니 내동생 바지우에들어부엇다. 그一刹那間에 우리네사람은 일제히 물러안지며

「에그」 하엿다. 어머니는「걸네 걸네」하며 한멈에게 손을내미신다.「글세 천천히먹으면 엇대셔 그러케 발광이냐」하시며 상을 찌쁘리시고 한멈이 집어주는 걸네를 집어 나의아우의 바지압흘털어주신다. 때가무든바지압흘 엉거주춤하고 내밀고잇는 나의아우는 다만 두팔만벌리고서서 아모말이업다.

나는 미안하여 그리하엿든지 동생의철업시 날뛰는것이 우수워그리하엿든지 밥은먹지못하고 다만상에서 저만침썰어저안젓다가 石油燈盞에불만켜노코서 다시 밥상으로갓가히올때

「에그 머리압허, 저녁을인제야먹니?」하며 마당으로들어오는이는 우리동네한머니시다. 손에는 남으로맨든冊褓를들고 발에는구두를신고 머리를 쪽진데는 은비녀를쏘젓다. 키가 작달막한데다 머리가희읏희읏한대 검정치마가 짱에 거의거의끠을리게 된것을보니까 오늘도 꽤 만히돌아다니신모양이다.

「어서오십쇼」하며 들든숫까락을 노코일어나시는이는 우리어머니시다.

「마냄 오십니까」하고 집세기를 신는이는 한멈이다. 마루창이 뚤어저라 경둥경둥씌며「한머니한머니」를 불으는것은 나의아우다. 나는숫가락을 입에

문채로 다만 빙그레우스면서 반가워하엿다.

마루끗헤 한머니는 걸어안지섯다. 한멈은 걸네로 마루바닥을 훔치는사이에 어머니는 부억으로 내려가섯다. 그릇소리가 덜거닥덜거닥난다. 피곤한가슴을 힘업시 내려안치시며 한숨을 휘-하고 내쉬신한머니는 무슨걱정이나 잇는 듯이 부억을 向하며

「고만도우러 내밥은 아즉먹고십지안타」 하신다. 어머니는 부억에서 상을차리시더니

「왜 그래세요 족음잡숫지요」

「아니다 저긔서먹엇다. 오늘 敎人尋訪[113]을하느라고 이리저리다니다가 明哲의집에를갓더니 국수장국을끌려내서 한그릇먹엇더니 아즉까지도 배가불으다」

어머니는 차리든상을 그대로노코 부억문에서나오며

「明哲의집이요 그래 그어머니가편치안타드니 괜찮어요?」

「응 인제는 다-낫드라 그것도 한우님은혜로 나은것이지」

우리한머니는 그洞里敎會傳道夫人이다. 우리집안은 本來 우리한아버지와 우리아버지사이가 조치못하야 따로따로썰어저산다. 그리고 우리한머니는 熱心잇는敎人이요 眞實한信者이지마는 우리아버지는 宗敎(現代社會에서名稱하는데)對하여 冷酷한批評을하는 사람이엇다.

우리한머니는 本來敎育이잇지못하다. 잇다하면 舊式家庭에서 儒敎의傳統을바다오는 敎育이엇슬것이며 안다하면 漢文이나國文멧자를짐작할쑨이요. 새로운思潮와 近代思想이라는 옴기기도어려운 文字가잇는지도 아지못할것이다.

그러나 나는 그열두살되는 그해에는 다만 우리한머니를 한개 예수밋는 女性으로 알엇섯스며, 한우님의부리는따님으로만알엇섯다. 宗敎에對한見解라든지 信仰이란如何한것인지를아지못하엿다.

나도 예수敎學校에를 단임으로 自己의先生을 絶代적으로信任하고 自己

의學校의校風을 絶代로尊重하엿섯다. 그리고 예수의十字架에 흘럿든붉은
피가 참으로 우리人生의 더러운죄를 씨섯스며 수염만흔한아버지가튼한우님
이 참으로 우리를내려다보시고 계신줄알엇섯다.

날마다아츰聖經時間과 主日學校에서 先生에게들은바가 참으로 나의눈
압헤 幻像으로 나타낫섯스며 유대風俗을 그리인 聖畵가 果然 天堂 地獄 聖
地 樂土들의典型으로보이엇섯다. 그것이 나에게어쩌튼 무슨印象을 준것은
事實이니 天使를생각할째에는 반듯이 西洋女子를그리인 그彩色칠한그림이
나의눈압헤 나타나보이며 예수가十字架에못박혀돌아간것을생각할째에는 시
썰건肉塊114)가 屍眼을불읍쓰고 焦悶115)과苦痛의極度를象徵하는그의表情
과 비린내나고차듸찬피가흘으는 예수의죽엄이 滿人의입과 千年의歲月을두
고 聖餐聖餐하며 推仰 敬慕의 그부르지즘의소리가 그어린나의귀와 나의心
眼에다을째에도 그것은 苦痛으로보이지안엇스며 焦悶으로보이지안엇스며
비린나는붉은피 賓血로보이엇스니 무서운屍體를 그리인 그그림이 돌이어
나의어린핏결속에 무슨信仰을부어주엇섯다. 그째의 나의 祈禱는 한우님이
들엇스며 그째의나의罪는 예수가씨섯섯다. 그것이決코 只今의나를 滿足시
키며 지금 나에게 果然信仰을 부어주지는안는다하드래도 내가 열두살되는
그째의 나의靈魂은 잇는지업는지도 判斷치못하든 한우님이 支配하엿섯스며
二千年녯날에 송장이되어 썩어진 예수가차지하엿섯다. 그째의나의靈魂은
나의靈魂이아니고 空名의한우님의것이엇스며 그째의나의生은 나의生이아
니며 髑髏까지업서진예수의生이엇다. 그째의나는弱者이엇스며 그째의나는
被征服者이엇다. 無窮한宇宙와調和를일흔者이엇스며 瞑瞑無限大한大世界
에 나의生을實現할能力을 쌔앗긴者이엇다.

瞑瞑한大空116)을바라볼째에 유대式建物의天堂을 憧憬하엿슬지라도 自
我心床우의樂土는몰낫스며 死後의犧牲임으로알앗섯다.

山下의敎訓과 포도동산의비유를 듯기는들엇스나 열두살먹은나의好奇心

---

114) 고깃 덩어리.
115) 애처롭고 민망하게 여김.
116) 하늘.

을 쓰을기에 넘어 玄妙하엿스며 愛의福音과自我의犧牲力說함을 듯기는들
엇스나 나에게果然 深刻한感化를주지는못하엿섯다. 聖經의解釋은 一種神
話로 나의귀에들렷스나 그무슨信仰을주엇스며 聖畵를그런조희쏘각은 한개
完具가되엇스나 쌔기어려운 偶像을 나의心殿에 그리어주엇다.

아아 나는 무르랴한다. 한우님의 使者로自處하고 敎會의일군으로自任하
는 우리한머니의그쌔의內面的이나 外面的을不問하고 열두살밧게되지안흔
나의그것과얼마나틀린點이잇섯스며 얼마나나흔점이잇섯슬는지? 그는 果然
예수의聖訓을 날것대로생키는者가되지안코調理하고 익히며 그의完全한味
覺으로 그것을 咀嚼할줄을알엇슬가? 그는 참으로 예수의精神을 그의內的生
活의體得한者이엇슬가?

그는果然如何한信仰으로써 生으로生까지를살어갓섯스며 그는참으로어
쩌한靈感을 예수敎에서 感得하엿슬가? 나는 다만 커다란疑問表를 아니그릴
수가업다.

그날도 우리한머니는 女子의몸의疲困함을깨달으면서도 무슨滿足함이
그의얼굴을싸고도는듯하엿다. 그러나 한편으로는 自我以外에 우리어머니가
한멈이나 내나 나의동생을 一個의 罪人視하는곳에 可憐함을견대지못하는듯
한表情이 그의시들어가는입가장자리와 가느다란눈초리에 희미하게얼이어잇
섯다. 한머니는 죽음잇다가 눈쌀을잠싼집호리시더니

「큰일낫서! 례배당에 돈을좀가저가야할터인데 돈이잇서야지 다른사람과
달나서 아니낼수도업고 쏘 죽음내자니 우리집을그래도남들이 밥술이나먹는
줄아는데 그러케할수도업고 이런말슴을 아버지께 여쭈면 공연히 역정만내
시니까!」하며 우리어머니에게向하여 걱정을쓰내낸다.

「요사이 날이점점치워저서 柴炭費를내야할터인데 金婦人은벌서 五圓을
적엇단다. 그이는정말말이지 살어가기가 우리집에다 대면 말할것도업지안흐
냐 그런데 아버지께 그런말슴을한짜 역정을 내시면서 남이죽으면짤하죽느
냐고 야단을치시면서 돈一圓을주시는구나 그러니 애 글세 생각을해보아라
어쩌케一圓을내니! 내 속이 상해쏙죽겟서」하며 「그래서 하는수가잇더냐 明
哲의집에가서돈五圓을지금쑤어가지고오는길이란다」하며 차국차국접어쥔一

圓紙幣다섯장을 펴보인다. 우리어머니는 이러타저러타는말이업시 가만히듯고만잇다가

「그러면 그것은어쩌케갑흐십니까?」하며 貧困한生活에저즌 우리어머니는 그갑는 것이 첫재問題로 그의가슴을 거북하게하엿다.

「글세 그제야 어쩌케든지갑게되겟지? 하다못해 全畓을잡혀서라도」하더니

「에그 인제는 고만가보아야지」하며 벌덕일어서서 나아가랴하다가

「애아범은 여태까지안들어왓니!」 한마대를 남겨노코 밧갓흐로나아간다. 우리어머니는 다만「네 언제든지그러케늣는답니다」하며 걱정스러운 듯이 門밧그로 한머니를쏘차나아간다.

우리어머니는 아슬낭아슬낭 어두움속으로살아저 업서지는 우리한머니의 뒤그림자를바라보고서잇섯다. 그러고 그한머니의검은뒤그림자가 다―살아진 뒤에도如前히 그한머니의그림자가 살아저업서진곳에서 무엇을찾는 듯이 바라보고서잇다. 모든 것이 검기만한어두운밤이다. 나도나의동생을 등에업고 어머니를조차 문밧게서잇섯다. 어머니는 소매거둔 두팔을 가슴에팔장을질으고 허리를구부정하고서서 근심스러운 듯이 저쪽길만바라보고서계시다.

고생살이에 다―썩은얼굴은 웬일인지 나도쳐다보기가실케 和氣가적다. 머리카락이 이마를덥흔 그의두눈은 공연히 쳐다보는나를 울고십게하엿다. 째무든행자치마와 다―쩔어진집세기가 더욱 나를붓그럽게하엿다.

하얀두루막이가 바라보는어두움속에서 희미하게 휘날릴째마다 우리어머니는 엽헤 서잇는나에게 나즈막한목소리로

「아버진가뵈다」하며 나에게 무슨同意를請하시는것처럼바라보신다. 그러나 그흰두루막이가 우리집으로向하지안코 다른곳으로지내처바릴째 우리어머니와나는 섭섭한웃음을우섯다.

門間에서서아모말업시 늣게돌아오시는 우리아버지를 기다리는 우리는 한시간이넘도록 서잇섯다. 나의어린아우는 등에다고개를대이고 코를굴며잔다. 이마를 나의등에대이고 허리를 세우등가티 쏘브리고자다가는 엽흐루썰어질듯하면 반듯이한번식놀래인다. 놀래일그째 나는 깍찌낀손을 다시 단단

히쥐고 주춤하고한번식 다시치키엇다. 한時間을기다려도 아버지는 돌아오시지안핫다. 어머니는 힘업고落望한목소리로

「문닷고들어가자!」하시며 「에그 어린애가자는구나 갓다누여라」하시며 대문을 덜컥닷고 들어오신다. 문닷는소리가 어쩐지쓸쓸하고 적적하다. 우리집空中을 싸고 도는空氣의波動은 沿色의 波汶을그리는듯이 動的이아니며 定續이엇스며 陽氣가업고陰氣뿐이엇다. 灰色淡한沈默과 褐色의暗黑이 이 귀퉁이 저귀퉁이에서 妖邪한施舞117)를추고잇섯다.

나는 그째에 무엇을感覺하엿스며 무엇을感得하엿슬가? 灰色沈默과 아득한 暗黑이 調和를일코 施律118)이업시 째업는쓸쓸한바람과석기여 실음업시 우리집全體의오스스한空氣를휩싸고돌아나갈째 나의 感情은플은感傷과 서늘한感情으로물들여주엇섯다. 마루꼿까지 올라선나의눈에비취인 찬장이나 두주나 그外의 모든 器具가 여러 가지 妖魔의化物가티 보일째에 나의가슴은더욱서늘하여젓섯다. 다만나무입사귀가 나무쯔테서 바스락하는것일지라도 나를방안으로쮀여들어가도록무서웁게하엿다. 어머니가 등잔불을쩨어들고 나의뒤를 쏘차들어오실째에 그불의비취인 나의어두운그림자가 저쪽담벼락에서 얼은얼은하는것까지 나의머리꼿을웃슥하게하엿다.

그러나 그靜寂과恐怖가엉키인나의心情을 녹이여주고풀어주는 것은 나의뒤에서신愛의神가튼 우리어머니의 부드러운사랑의힘이엇다. 그것은나의信仰의全部이엇스며 나의압길을無限한저압길로引導하는구리기동이엇다. 베드로가 에수를보고 갈닐니바다로걸어감과가티 이世上모든 것을 超越케하는最大의勢力이엇다. 등잔불의기름이엇스며 쇠북을두다리는방망이엇다.

방으로들어온 나는 아루목에자리를펴고누어서 複習을하엿다. 本來工夫를하지안는나는 來日에先生에게꾸지람이나듯지안흐랴고 算術宿題두어問題를하는척하여 다른조희에옴기여볏기고 쓰기실흔習字는 내일아츰일즉일어나 쓰기로하엿다. 나의 동생은 발길로나의허리를질으면서 이리뒤척저리뒤척 이리듸굴저리듸굴 남의덥흔이불을 함부로쯔을어다 저도덥지안코서 발치에다

---

117) 느릿느릿 춤을 추다.
118) 느릿한 시적인 율격.

밀어던진다. 그리고는 힘잇는코김을길게내쉬며 곤하게잔다. 우리어머니는 등잔미테서 바느질을하시며 눈만 쌈박쌈박하신다. 한멈은발치에서 고단한눈을잠간부치엿다.

나는 방안이라는 족으마한世界에서 네 개의動物이 제각각다른狀態로生을繼續하는가운대 남의걱정과남의근심을 알줄을몰낫섯다. 우리어머니의머리숙에는 과연어쩌한心理狀態의活動寫眞이 그의腦膜에비춰엿스며 늙은한멈은 어쩌한夢中世界에서 고생살이 잠꼬대를할는지아지못하엿다. 어린아우의單純한머리속에도 무서운호랑이와 동리집아이의불어윤작난가음을꿈꾸는줄은아지못하엿다. 짜쯧한이불속에서 두발을문지르며 편안이누엇스니 몃十分전 그릇하든感情이 이제는 어대로인지다-다라나고 모든것이閑暇하고 모든것이평화롭고 모든것이노곤한甘夢을 誘引하는것쑨이엇다. 인제는 어느틈에올는지아지못하는 달콤한잠을기다릴쑨이엇다. 붉으레한등불미테안저서 바느질하시는어머니의 머리속에잇는 늣쎄돌아오시는아버지를기다리는焦悶과 지내간일을時間의 얼키엿다풀리엿다하는記憶과聯想과期待와憧憬의엉크러진心理는아지못하고 다만 재미잇는지 집분지 으레히그래야할것인지아지못하는 無意識의延長線이 나의全身을거미줄억듯일기를始作하더니 나는아모것도몰낫다. 잠이들엇다.

어느째나되엇는지 아지못하게든잠이 말여운오좀으로因하야 어렴풋하게 쌔엿슬째에이엇다. 이불을들치고 엉거주춤일어선 나의귀에는 짓걸짓걸하는 사람의목소리가 들리더니 등잔불에 부시인두눈사이로 우리아버지의희미한 輪郭이 보이엇다. 나는 반가운마음에

「아버지!」 하엿다. 그러나 우리아버지는 저까락으로 안헤노여잇는반찬을 뒤적뒤적하시면서 나를冷淡한눈으로 멀거니치여다보시기만하시더니 무슨不滿한點이게신지 怒여운語調로

「아버진지 무엇인지 다-귀찮타. 어서잠이나자거라」 하시고는 다시본척만척하시고 반찬한저까락을입에다느신다. 나는 얼굴이홧홧하여지도록무참하엿다. 나는죄지은사람가티 良心에무슨붓그러움이 나의아버지를치여다보지도못하게하엿다. 熟夢의醉하엿든 나의昏夢한精神은 한쩌번에쌔여지며 썻

쌧하든두눈은 기름을부은 듯이 쏘렷쏘렷하여젓다. 그째야 나는 우리아버지의 붉은얼굴을보고 술취하신줄을알엇다.

어머니는 무참해하고 무서워하는나의꼴을보시고 아버지를흘겨치여다보시며

「어린지식이 반가워하는 것을 그러케말을하니 줌무참해하겟소. 어린애들에겔지라도 조흔말할적은한번도업지」 하시다가 다시나를향하시여 혼자말비슷하고 쏘는누구더러들어보라는듯이

「너의들만불상하니라 아버지라고미덧다가는 조치못한꼴만볼터이니까」 하시며 두눈을 알에로쌀고 방바닥을 걸네로흠치시는체하신다.

나는 들어눕지도못하고 일어나지도못하엿다. 돌오들어눕자니 아버지진지잡숫는데 不敬이될터이요 그대로 안저잇자니 자다가일어난몸이 치운가운대 공연히 무서워서몸이 쩔린다. 이런째에는 어머니가 나의辯護人이요 庇護者임을 多少間의지내인經驗으로알고 쏘는사람의本能으로 母性의慈愛를信任하는나는 우리어머니의얼골만치여다보앗다. 그째마츰어머니는

「어서누어자거라 아버지진지도 거진다ㅡ잡수섯스니」 하섯다. 나의마음은 얼엇든것이녹는듯이 아조조핫다. 나는 못이기는체하고 겻눈으로아버지의눈치만보며 이불자락을들엇다. 그러고는 눈짝감고 이불을귀까지폭덥고 그대로 들어누엇다. 그러나 잠은어대로다라나버리엇는지 오지안는잠을억지로자는척하지마는 마음은조마조마하여못견딜지경이다.

아버지는 숫가락을 탁 집어상우에다내던지시며

「엥 내가 업서야해 업서야해」를 두서너번중얼거리시더니

「그래 자긔자식은 굼든지죽든지 상관하지를안코 례배당인지 무엇인지 거긔에다간빗을 어더다가주어야해」 하시며 엽호로물너안지시니까 어머니는

「누가 알우 왜 그런화풀이는내게다하우」 하시는소리가 쩔어지기도전에

「무엇 흥 긔가막혀 그래 예수가무엇이고 十字架가무엇이야 례배당에단임네하고 구두만신고다니면第一인가? 왜 구두를신어! 그머리가허연이가구짝두을신고돌아다니는꼴이라니 活動寫眞박일만하지 예수가무슨말을하엿는지알기들이나한다나? 그私生兒를한우님의아들이라고? 그러나 예수가낫븐사

람은안이지 조흔사람이지 참聖人은聖人이야! 그러치만 所謂예수밋는사람들이 예수라는 그사람을미덧지! 예수가 불으지즌 그한우님을밋지는못하엿서! 한우님은이세상아니게신곳이업지! 누구에게든지 한우님이계신것이야! 다각각자긔마음속에한우님이계신것이야! 너편네들이 무엇을 알어야지 내가 이러케쩌들면 술먹고 술쥐정으로만알렷다! 홍, 牛耳讀經이야! 긔막히지! 여보무엇을알우? 그런늙은이가무엇을알어 그래信仰이무엇인지 참宗教가무엇인지를알어! 예수예수하고 아조 긔도를하고! 그것은 다―弱者의짓이야 사람은 强者가되어야해!」

우리어머니는듯고만계시다가

「듯기실소왼잔말이요! 그런말을하랴거든 어머니나아버지안테가서하구료」 하시며 床을들고나아가랴하시니까 아버지는

「무엇이야 듯기실타구?!」 하시더니 어머니의치마를홱잡고 홱잡어다니시는김에 치마가북하고 찌저젓다. 어머니는 床을 한멈에게주고 찌저진치마를 들여다보시며 얼굴이쌜애지신다. 녀자인어머니는 衣服의破損이 얼마큼아까운지모르시는모양이다. 치마폭이찌저지는 그예리한소리와함께 우리어머니의神經은쑈족한바늘끗으로 쪽내리버히는것가티 날카라웁고쓸린 刺戟을바드신모양이다.

「이게무신짓이요. 녀편네옷을찌지못하면말을못하오? 그래무슨말이요 어듸말을좀해보어쩌자고 이러시우 날마다 늣게술이나취하여가지고 만만한녀편네만못살게구니 참으로사람죽겟구려! 무슨말이요 할말잇거든어서하시우!」興奮된語調를 죽음놉히신까닭에 놉흔音聲은 쏘우리아버지를興奮시키는同時에 노여웁게하엿다.

「말을하라구? 홍 남편된사람이 옷을좀찌젓기로 무엇이엇저고엇재?」

「글세 내가 무엇이라고햇소 내가무슨죄요 참으로 하구한날 사람이실수가업구료」

「듯기실혀 녀편네들이 무엇을알어야지남편의心理를몰나주는녀펴네가무슨일이잇서 다―고만두어 나는 우리아버지에게 내버림을당한사람이고 世上에서驅迫을當한사람이니까……… 에……… 후………」

우리아버지는 이러케쩌드시다가 다시한참가만히안저게시더니 벌덕일어나시며

「엥! 가만잇거라. 참말그대로잇슬수는업서! 내가 가서 說敎를좀해야지 내가敎師노릇을좀해야해」하고 모자를쓰고 벌쩍일어나시며 문밧그로나아가시랴하시니까 어머니는 쏘다시 목소리를 고치시여부드럽고애원하는中에도 족음怒氣를씌우신말소리로

「여보제발좀고만두 글세이게무슨짓이요 이밤중에가기는어디로가며 가셔서 어쩌케하실모양이요 자! 고만 옷좀벗고들어눕구려」 아버지는듯지도안코 방문을홱열어젓들이섯다. 고요한 저녁공긔가 훈훈한방안으로 훅불어들어오며 들어누어잇는 나의온몸을선쓱하게하더니 石油燈盞에불이 두서너번 번득번득한다.

어머니는 아버지의팔을붓잡으시엇다. 움크리고마루에안저잇든한멈은 황망하여하지도안코 여러번經驗한그의沈着한態度로 두팔을버리고 다만 이리왓다저리왓다하면서 동정만살피고잇다.

어머니는 쩔리는목소리로

「글세 남붓그럽소 어서들어갑시다. 가기는어대로가우 남이알면 글세무슨꼴이오」 하는말을 즛지도안으시고 우리아버지는 어머니의팔을 홱쏠이치섯다. 어머니는 애크소리를 질으시며 방문밧게서 방안으로넘어지시며 한참이나 아모말이업시업데려게시다.

「남붓그럽다. 남붓그러움을당하는것보다도 자기량심에붓그러운짓을하는것이 더욱 붓그러운것이야」 하시고 술취하신얼굴에 憤氣를씌우시고 쏘한엽으로는업퍼저일어나시지못하시는어머니를多少間가엽슴과未安한마음이생기시나 威信上어찌하시지못하는語塞한얼굴을 돌이켜보지도안으시고 門밧가흐로나아가신다.

나아가시는 規則업는발거름소리가 大門이닷처지는소리와함께살아젓다.

한멈은어머니를붓잡어일이키며

「다치지안으섯서요?」하며 어머니가 애처로워보이기도하고 쏘는아버지의 술주정이 귀찬키도하여서 상을찌쁘려 어머니를듸려다보며물어본다.

나도 그째야이불을벗고 일어나서 어머니를보앗다. 어머니는 일어나안지 시기는 일어나안지섯스나 아모말이업스시다.

철모르는나의아오는 말너부른코짝지를 째째 주먹으로부비면서 힘업는손 구락을 꼼질꼼질하며 자고잇다. 나는다만 어머니의동정을살피고잇섯슬뿐이 엇다.

멧분間동안은 아조고요靜膜하여젓다. 暴風雨가지내간바다의물결가튼空 氣가 온방안을채우고자는듯이고요하다.

그째의 나는 어머니의멀이자락이덥히인 두눈을바라보앗다. 두눈에는 불 에빗처반적어리는눈물방울이 방울방울쩔어지고잇섯다. 이것을본 나의全身 의쓰거운피는 바늘쯧으로질으는 듯이 파랏케식는듯하엿다. 나의마음은 어머 니의눈물에서 그무슨悲哀의傳染을바든 듯이 極度로쓸엿섯다. 나는 그대로 어머니의얼굴을치어다볼수가업서 이불을뒤집어쓰고 어머니와함쎄눈물흘려 울엇다.

한멈은 화적짜락만만지고잇는지 달가닥달가닥하는소리가들릴뿐이다. 그 리고 어머니의 쩔리는숨소리와 코마시는소리가 이불을뒤집어쓴 나의귀우에 서 煩悶과 悲哀의情을속살거려주엇다.

어머니는 한참이나우시더니 코를요강에푸시고 이불을다시붓잡어 나와나 의동생을다시덥허주시엇다. 그리고 한손으로 나의발치와나의가장자리를 어 루만지실째 근지러운慈愛의情이 부드러운면주옷가티 나의어린가슴을짜뜻하 게하시엿다.

이튼날아츰 우리어머니는 나의동생의손을잡고 나와함쎄 우리外家로向 하야 쩌나갓다. 물론아츰도먹지안코 늣도록주무시는 아버지의아츰밥은 한멈 에게부탁이나하섯는지 의려히알어할한멈에게 집안일을맛기시고 五里남즛한 外家로갓다.

가는길에 나는 매우깃벗섯다. 무엇하라가시는지도모르는어머니의心情은 아지도못하고 귀에하시는한마니를 만나라간다는것만조하서 압장을섯다.

그째의어머니는 하소연할곳을차저가시는것이엇슬 것이다. 八字의哀訴[119]

를 自己의親父母에게하라가시는것이엇슬 것이다. 一生을依託한우리아버지
를 사랑하지안는것이아니며 못밋는것이아니지만은 발알에업듸려 몸부림할
만치 自己의 鬱憤과自己의悲哀를呼訴할곳을차저 지금우리어머니는 우리外
家로가시는것이다.

그쌔 그에게는 自己의父母가 唯一한한우님이며 慰安者이엇다. 弱한心
情을부칠만한信仰을 갓지못한 우리어머니는 慈愛의나라로달음질하면 거긔
에自己를慰勞하여주고 자긔의哀訴를들어줄 아버지어머니가 게실것을미듬
이엇섯다. 瞑瞑한大空과 漠漠한天涯120) 저편에 慰安121)나라를建設치못하
고 적은가슴속과보이지안는心床우에 天堂과樂園을짓지못한우리어머니는 다
만 慈愛의동산을차저가시엇다.

걸어가시는어머니의얼굴에는 어제저녁의鬱憤을참지못하시는 풀은表情
과 어머니나아버지에게 八字의한탄을 푸념하리라는구든決心의빗이보이엇
섯다.

가가압흘지나고 개천을건너고 사람과길을피하고 돍맹이가발쓰테채일쌔
에도 우리어머니의머리속에는 그것뿐이엇슬 것이다.

그러나 우리어머니의머리는 그러케單純한것이아니엇다. 나어린어린아이
의 그마음을갓지는안엇섯다. 우리를볼째 우리아버지를생각하며 父母의慈愛
를생각할째에도 自己의哀心에서發動하는 愛慕의情을쌔달엇다.

그는 自己의男便을사랑하는同時에 自己의父母를사랑하엿다. 그는 自己
男便의不名譽를 自己父母에게 하소연하는것을 아까집大門을나설째까지는
決心하엿슬든지아지못하겟스나 半이나넘어가까이 自己父母의집을왓슬째에
그것을부끄리는情이나오는同時에 쏘한그不名譽러운소리를 發하는안해된自
己의不名譽러움을알엇다. 그리고自己男便의不名譽를 掩蔽122)하랴는同時에
自己父母의心慮를 생각하엿다. 慈愛를부어주는自己父母에게 自己의鬱憤을

---

119) 슬프게 호소함.
120) 아득히 멀어진 타향.
121) 위로하여 안심시킴.
122) 가리어 숨기는 일.

哀訴하는것이 自己에게는조흔것이나 自己父母의 마음을근심되게함을깨달
앗다.

　나의동생은 아슬넝아슬넝걸어가면서 무어이라고 感興에띄쮠이악이를 중
얼거리면서 걸어간다.

　어머니의 外家에거의다－가짜히왓섯슬째에 나에게은근한목소리로

　「너 한머니나 한아버지쎄 어제저녁에 아버지가술먹고야단햇다는말은하
지말어라」 하시며 무슨應答이나들으랴시는 듯이 나를듸여다보신다. 나는

　「예!」 하엿다. 그「예」 소리가 나의입에서 쩔어지면서 무슨解決치못한問
題가 다－풀린듯한感이생기며 집에서나올째부터 무슨不幸스럽고不安하든마
음이 다시和平하여젓다.

　(쯔리)

十七圓五十錢
- 젊은화가A의눈물의한방울 -

『開闢』, 1923. 1

첫 째

사랑하시는C先生님께 어린心情에서 째업시솟아오르는 끗업는늣김의한마듸를 올리나이다.

時間이란 시내가 흐르는대로 우리人生은 그우에서 뱃놀이를 하고잇습니다. 늙은이나 젊은이나 마음압흔이나 가슴쓰린이나 幸福의頌歌를 놉히외우는이나 成功의謳歌를 길게부르짓는사람이나 이時間이란시내에서 뱃놀이하지안는사람이 누구입니까?

오늘 이편지를 先生님께 올리는 이젊은A도 時間이란시내에 一葉片舟를 씌워노코 끗모르는 浦口로向하여 둥실둥실써갑니다.

어쩌한이는 快走하는汽船을 탓스며 어쩌한이는 놉다란돗을 달고 順風에 밀리어갑니다. 쏘어쩌한이는밋구녕뚤어진 거루배를 이리뒷둥 저리뒷둥 위태하게젓고갑니다.

어쩌한배에서는 하픔하고기지개켜는소리가 들리입니다. 쏘어쩌한배에서는 장고를두드리고 푸른노래를부르기도합니다. 어쩌한배에서는 붉으레한情話의소근대는소리가 들립니다. 어쩌한배에서는 女子의애쓴는 울음소리가납니다. 어쩌한배속에서는 髑髏가 춤을추고 어쩌한배속에서는 놀음꾼의코구는소리가납니다.

　　그러나 이A의탄배에서는 무슨소리가들리는줄아십니까? 째업는憂鬱과悲情과失望과苦痛과怨望이 뭉텡이가되고 덩어리가되어 듯는이의 귀ㅅ구멍을 틀어막은듯이 다만 쌩하는머리압흠이잇슬쑌이외다.

　　나의가튼배를 씌워 가튼자리를 지내가는배가 몃백몃천이잇습니다. 그들은 다만 서로바라보며귀막혀웃을쑌이외다.

　　先生님. 이배가 가기는갑니다. 한시간에 五里를 가거나 단 一里를 가거나 가기는갑니다. 그러나 그배가 뒤거름칠리는 업슬터이지요. 가기만하는배는 우리를 실어다 무엇을 하랴할가요? 흐르는時間은말이업고 뜻이업스매 다만 一定한規則대로가기는가겟스나 뜻업고말업는 時間이란시내우에 이A는 무슨波紋을 그리어노하야할가요.

　　새벽서리찬바람에 차르럭찰삭쒸어노는 어여쁜물결입니까? 아츰저녁 멀리밀려왓다 멀리밀려가는 밀물의 스르렁거리는물결입니까? 초생달갸웃두름하게비추인 푸르럿다희엿다하는 쌈찍한波紋입니까? 어쩌튼 저는 무슨波紋이던지 그時間이란시내우에 그리어노하야할것이외다. 하다못하여 시컴한 물결우에 푸-하게일어나는 거픔일지라도넘겨노코야 말것이외다.

　　先生님. 그러나 그波紋을 그리랴하나 그릴수가 업습니다. 한울의바람은 넘우장하고 몰려오는물결은넘우힘이잇습니다. 因襲이란물결이 이작은片舟를 몰아낼째와 肉迫하는環境의 모든 시컴한물결이 가랴하는 이A라는족으마한배를 집어삼키랴할째 닷을감아라 노를즈어라 가랴고는합니다마는 方向을 定하랴하나 팔에는힘이弱하고 가랴하오나 나를이끌어 나아가게하는 힘잇는 發動機를갓지못하엿습니다. 그나마그쑌입니까? 어쩐째에는 暴雨가 내려붓고 어쩌한째에는 狂風이몰려와 간신히댓동거리는 이작은배를사정업시 푸른물결속에집어너랴합니다.

　　아아, 先生님. 그나그쑌이아니외다. 어쩌한째는 어두운밤이되비다. 울멍줄멍하는 怒한波濤가 다만 시컴한暗黑속에서 이리쒸고저리쒑니다. 한울에는希望의별하나 보이지안습니다. 저-쪽어구에 희미하게비추이는 쌔알가튼 燈臺의쌈박어리는불도 꺼질째가잇습니다.

　　그러나 저는 가랍니다. 약하고 힘업는 두팔두다리로 저-보이지안는浦口

를向하야 形形色色의波紋을그리면서 가기는가랍니다. 오늘에그리어노흔波
紋의한幅이 來日에 그리일波紋을나코 來日에그리어노흔 波紋의한幅이 모
래의그것을나하 저-쪽浦口에 이를째에는 大洋으로나아가는 힘잇는여울물
결우에 거룩하고 꼿다운 成功의波紋을 그리려합니다.

아아, 그째에는 暗黑에날쒸는 미친波濤나 쌔업는暴風暴雨나 밀려오는因
襲의물결이나 모든環境 의 그모진波濤가 그거룩하고 꼿짜운波紋하나는 지
어버리지못할것이며 삼키어버리지못할것이지요 이적은 一葉片舟는 그째가
되어 바위에부듸처쌔어지거나 물결에씻기어살아지거나 저는다만 죽어가는
목구녕속으로라도 넘치는歡喜와 북바치는깃븜으로 永生의노래를불을것이
외다.

둘째

오늘은 왼일인지 日氣가 前에보지못하게 陰沈합니다. 답답한心思와沈鬱
한感情을 陽氣잇고 淸澄하게하랴애를썻스나 그것은 失敗하엿습니다.

아츰에밥을먹은저는 열두시가되도록 濕氣찬방바닥에누어잇섯습니다. 오
고가는空想이 어쩌한째는 저를웃키더니 어쩌한째는울리더이다. 저의젊은안
해는 五色조희로바른반지그릇을엽해노코 별가튼두눈을쌈박어리며 저의입고
나아갈두루막이끈을 달고잇섯나이다. 저는저의안해를볼째마다 불상한생각
이납니다. 나히젊은안해의고생살이를생각할째마다 저의心情은왼일인지쓰립
니다. 제엽헤 안저잇는 그젊은안해가 果然저의理想을체우는안해는아니외다.
사랑과사랑이結合하여된夫婦가아니외다. 自覺잇는愛人과 自覺잇는愛人의 調
和잇는사랑은아니외다. 그는 무엇을밋고서 나의안해가되엇스며 무슨覺醒을
가지고 나를사랑하는지 알수가업습니다. 愛人과愛人이 서로맛나는것이 가
장큰 大膽한일이라하면 愛人도아니요愛人도아닌 이두사람의 서로結合된것
도 危殆하게도大膽한것이외다.

危殆한짓을 쏙가티한 이A도불상한勇者이지마는 그것을 只今까지아지못
하는 저의젊은안해도 어리석은勇者이외다. 우리두사람이 果然圓滿하게愛의

카락을 두몸에얽어노핫습니까? 强大한勢力을 두사람의붉은피속에 부어주는 것이무엇입니까?

　그러나 어린자식은 절더러「압바 압바」합니다. 그리고 저의안해더러는「엄마 엄마」합니다.「엄마압바」라 불으는 그소리를 들을째마다 아지도못하게 저의마음은 깨끗하여지며 어느틈엔 짜거운 귀여움이 저의가슴을 채웁니다. 어린애가 웃으면 저도웃습니다. 그러면 저의안해도웃습니다. 저의안해의 웃는눈은 반듯이 나의얼굴을바라봅니다.

　철업는 아이가 재롱부려웃을째는 저의웃음과 저의안해의웃음소리는 보이지안는 공중에서 서로 얼크러저 입을마춥니다. 그째에는 모든불평모든고통이 그방안에서 내쫏기어버립니다.

　오늘도 남향한창에는 해빗이짜뜻하게드는데 철업는어린자식은 방한구퉁이에서 자막대기를가지고 몽실뭉글한 두다리를쪽벗고서 무엇이 그리재미잇는지 코소리를쌔근쌔근하며 작난을하고잇슬째 답답한감정이 공연히저의상을찌쯔리게하엿스나 근지러운살과 부들어운입김을가진저의안해가 고요한沈默을가늘은바늘노써 바늘질할제 왼일인지 눈을감은 저의全身의 모든官能은 힘을일흔것가티노곤하여젓나이다.

　잘들지안흔 나의정신은 昏朦한가운대 져저잇슬째 나의안해는 무엇을생각하엿는지

　「여보셔요 날이 점점치워오는데 月給되거든 어린애모자하나사오셔요」하엿습니다. 이말을듯는저는듯고도못들은채하엿습니다. 그리고 속마음으로는「畵具도살것이잇고冊도좀사야할터인데 어린애모자는천천히사지」하며 안해의말에 공연한쌈징이낫습니다. 그씸중은決코 안해의말이不當한말이나 어린아이의 모자를사다주는 것이 앗가워그리한것이아니라 經濟의 壓迫을當하여오는저는 돈이란소리를 들을째마다싸아오고싸아오는不平이 空然히 조튼感情도얼크러털여버립니다.

　저의안해는 여러번 그런일을말하면서도 저의대답하지안는것이 무안한듯이 한참이나 아무소리가 업다가

　「왜 남의말에대답이업소」하엿습니다. 나는 여전히말대답이업시 들어누

어잇섯습니다. 안해는 쏘다시

「어린애모자하나사다주기가 무엇이 그리어려워서」 하더니 아모소리도업시 다쮀매인두루막이를 툭툭털어 저의누어잇는다리우에 톡던젓습니다.

자막대를가지고작난하든 어린애는 모자 소리를듯드니,

「째째모자? 응 엄마」하고 벙긋벙긋웃으면서 저의안해를처다보며 달려듭니다.

이것을본 저의안해는 토라젓든얼굴을 다시괴어든지

「글세 이것좀보시우 모자모자 하는구료」하며 아모말업시 두눈우에팔을 언고누어잇는 저의가슴을 가만히 연하고 부들어웁게흔들엇습니다. 저의안해의 매씬매씬한손가락이 저의옷우에서 쏨지락어릴째에저의皮膚미트로지내가는 가늘은神經은 무엇에醉한듯한感覺을 저의피결속에傳하는듯하엿습니다.

저는 다만

「왜 이래 구챤한」하고 팔꿈치로 안해의손을 툭치며 다시 돌아누엇습니다. 제가 本來神經質임을 아는 저의안해는 족음도노여워하는긔색이업시 다만 생글에웃으면서 가장 노한듯이

「고만두구려 어서 옷이나입고 나아가요. 대낮에 들어누어잇는 것이 갑갑해못견듸겟구려」하는목소리는 웬일인지 마음弱한 저의그짓노여워함을 오래가게는못하엿습니다. 저는 다만 벌덕일어나며 안해의얼굴을 한번처다보고

「엥 그등쌀에 누어잇슬수가 잇셔야지 두루막이 어쌧소」하며 웃음을 참지못하고 빙글에 웃엇습니다. 저의안해도 웃음이 쩌도는얼굴에 거짓노여움을 석그면서

「그것아니고 무엇이요」하며 방바닥에 노혀잇는 저의두루막이를 가르첫습니다.

저는 다만 무안한가운대도 웃으운생각이 나서 아모말이 업시 두루막이를 입고

「지금 몃시나 되엇슬고?」하며 혼자말을하고는 모자를 집어썼습니다.

저는 밧갓으로나아왓습니다. 젊은안해와 정에겨운싸움을하고 나아온저의마음은 밧가테 나아와서 비롯오 그時間에 일어난歷史가 그리웁고 愛着하

는생각이낫습니다. 새로운空氣와 푸른한울이 거의 공연히 센틔멘탈한心情을 녹이며 부들어웁게하여줄때 웬일인지 반웃음과 반노여움을 석근 저의 젊은안해의얼굴과 그의表情이 말할수업시 저의마음을 魅醉케하는듯하엿습니다.

저는 저의친구를차저 MW社로向하여오면서 생각하는 것은 저의안해뿐이엿스며 그안해가 청하든 어린자식의 새모자이엿습니다. 저는 月給을타거든 모자를 사다주리라하엿습니다. 그래서 어린아이의마음을 깃거웁게하기도 할뿐만아니라 아이의어머니된 젊은안해의마음을 질거웁게하여주리라하엿습니다.

셋 째

MW社에왓습니다. D, H, W, C는 서로 바라보며 무슨걱정인지 하고잇섯습니다. 웬일인지 그넓지못한방안에서는 검푸른근심의그늘이 오락가락하엿습니다. 저는

「웬일들이야 무슨걱정들엇나?」 하엿습니다. 얼굴검은D, H는

「그러치안하도 자네를기다리엇네 그런게아니라 NC의안해가 알는다는긔별이왓는데 本來 구차한그사람이 어쩌케근심을하겟나 그래서 오늘 NC의집까지 가볼가하고 자네를 기다리든터인데」

「무엇야? NC의안해가?」

「그래」

「그것안되엇네그려 그러면 언제가라나? 車費들은準備되엇나?」

「그것은 내가 준비하엿서」

「그러면 가보세 그려」 저는 다만 친구의불상한처지에 동정하는마음을 견듸지못하엿습니다. NC의집은 시골입니다. 더구나 閑寂한村입니다. 그의 생활은 富裕하지못하고 貧困합니다. 그는지금자긔의손으로 農事를지습니다. 아츰에 괭이메고 논으로갑니다. 저녁이면 실음업시 자긔집으로 돌아옵니다. 돌아온그는 삼박삼박하는 鍮檠미테서 째알가튼책을봅니다. 그러고 時를씁

니다. 그의時는 先生님도 보신바가잇겟지요마는 참으로 完璧을일운 것이 적지안습니다. 저는 NC의閑寂한生活을 부러워합니다. 족음도 不平이업시 족음도 變함이업는 그의구든信仰알에 살아가는 것을 저는 부러워합니다.

저는 그의눈물을 못보앗습니다. 그의한숨이 저의귀를 서늘하게하지못하엿습니다.

넷째

사랑하시는先生님, 사람의눈물이 잇다고하면 이러한경우에 우지안는사람은 업슬것이지요? 만일참으로 그눈물이눈물이라하면 이와가튼눈물이 참눈물이겟지요.

오늘 저녁이외다. 저의세사람은 NC의사는 시고올에왓습니다. 停車場에서 十里를 걸어들어올째 저의세사람은 참으로 共通된意識 共通된感情을 머리속과가슴속에품고잇섯습니다.

멀리보이는 작은별들은 녯날의東方傳士들을 베들네헴으로 引導한 듯이 우리를보고서 재롱부리어 쌈박어립니다. 다닥다닥한좀생이는 간즈러운 듯이 옹기종기합니다. 밤은어두웁고 길은험하오나 저의를 이끌어가는 그무슨勢力의線이끗나는 저편에는 反定이라는樂園이잇습니다. 同志라는 그리운「에덴」이잇습니다.

말이업고 소리가업시 거러가는 우리세사람은 다만 쓸쓸하고 寂寞하고 심심하고 無味淡淡한 NC의집을 차저가면서도 우리의끌는피와 타는 熱은 그차저가는 閑寂한農村을싸고도는 감안한空氣를 꼿답고 찬란하게 그리어노랴하엿습니다.

그러하나 NC의집을 다달앗슬째되엇습니다. 초가집가장자리를 싸고도는 暗黑속에서 이리갓다저리갓다 혼자왓다갓다하는사람이잇섯습니다. 그는 그째 눈을감고 한울을 치어다보고잇섯습니다. 우리는 그를 NC로 알앗습니다. 우리는 다만

「NC!」하고 반가운두손을 내밀엇습니다. 이것을본 C는 다만 아모소리가

업시 파리한두손을 내밀어서

「야 어쩌케들이러케내려왓나?」하며 힘업는말소리에 처량한긔운이도는 목소리로 대답을하엿습니다. 우리세사람의마음속에는 NC의말소리를 들을째에 그무슨 曖昧한意識을 깨달앗습니다. 人生의哀歌 마음압흐고 가슴절인 그무슨노래를듯는 키 NC의목소리에서는 푸른긔운이돌앗습니다.

NC는 아모말이업시 다만 번갈아가며 우리세사람의손을 단단히쥐엇습니다. 그리고는

「나의안해는 三十分前에 永遠한解決의나라로 갓네」 하엿습니다. NC의눈에서는 여태까지보지못하는눈물이 흘럿습니다. NC의가슴을에이고 붉은피는식히고 哀嘆의結晶인 쓰거운눈물은다만차듸찬옷깃을적시고 실음업시 식어버리더이다.

그누가 말한바와가티 한울에는별이잇습니다. 짜에는꼿이잇습니다. 바다에는진주가잇습니다. 우리사람에게는 쓰거웁게 반짝이는눈물이잇습니다. 누가 이것을보고 울지안는이가잇고 누가이꼴을보고 눈물흘리지안는이가잇슬까요? 우리 세사람은 한참이나 선채로 울엇습니다. 친한친구 사랑하는同志者의사랑하는안해의죽어간것을보앗슬째 새삼스러웁게 우리人生의모든悲哀가 心弱한우리들을 울티엇습니다.

다섯째

오래뵈옵지를못하엿습니다. 일주일동안이나 NC의집에 잇섯습니다. NC의안해의장례는 저의가 시고을에간지 이틀뒤이엇습니다.

초가을은 으스스하엿습니다. 나무입흔 屍體를 담은상여우에서 시들어가는 듯이 춤을추엇습니다. 상여꾼들의 목늘여불으는 구슯흔輓歌는 길고늘이게 공동墓地로向하는 산고개를 넘어가더이다.

아! NC의안해는 永遠히갓습니다. 동리를거치고 산모통이를 지내서 영원히갓습니다. 그러나 NC의 머리속에서 꼿업시울고잇슬 그의幻影은 길고긴세월을 두고 우리NC를 얼마나 울릴까요 回顧의記憶속에서 시들스럽게춤추는

그의그림자는 몇번이나 NC의 두눈을 感慨無量하게하겟습니까?

  새벽서리 차듸찬밤, 初生달 갸웃드름한저녁에 애타는넷記憶 맘압후넷생각은 어느곳 어느자리에서우리NC를 울리일까요?

  제가 NC의안해의장례에 참례하엿슬째에는 저도또한죽음과 生의境界線에 서잇는듯하엿습니다. 죽음과살음이라는 것이 무엇이 다를것인가요? 살앗다함은 肉體에 血液이돌고 모든 것을 意識하고 모든 것을 感覺한다함입니까? 죽음이라하는 것은 모든官能이 肉體의썩어짐과함께 그活動을 일허버린다함입니까? 저는 무한한悲哀를 아니늣길수가업섯습니다.

여섯째

  어젓게 시고을서올라왓습니다. 오늘은 웬일인지 日氣가淸明하더이다. 간엷고달큼한空氣가 저의코속을通하야 쉴새업시 벌룩어리는肺속으로 지내들어갈째 어적게까지 싀들은듯한 저의血液은다시정해진듯하더이다.

  「落望」이라는 그림을그리면서 落望을念慮하는 저는 쉬지안코 꼿짜운希望으로 저의가슴을 채웟섯습니다. 그윽한法悅속에서 쓰러쉬와 Palette(調色板)을움즉일째 저는 살앗섯스며 生의眞實을 맛보앗습니다. 다만 제가 「팔레트」板을들고 「간바스를」 隔하여안젓슬째가 저의참生이엇습니다. 「落望」이라는못토를가진 그림을 그리면서도 無限한將來와 꼿업는愉悅이잇섯습니다. 愛人의손을잡고 그의커미테눈물을 썰어털이며 自己의兇中을 하소연할째와 가티 淨潔하고 달큼한맛이 저의全身을물들엿습니다.

  오늘은 웬일인지 精神이淸澄하얏습니다. 一週日갓가이 刺戟이적은鄕土에놀은까닭인지는 알수업스나 어쩌튼 閑雅한精神으로 노곤한安逸속에 오늘하로를지내엇습니다.

  그러나 安逸에도倦怠가잇고 法悅도째일째가업지안핫습니다. 六體의倦怠는 精神까지 倦怠하게하더이다 또다시 法悅까지 깨털여버리더이다.

  저는 기지개한번하고 팔래트板을 내덧젓습니다. 그리고 간빠스를 집어치우고 외투를입고 모자를 쓰고 時計를보앗습니다. 그時計는 두施를가르치고잇섯습니다. 저는 두시간의餘暇가잇슴을 알엇습니다. 그래서 그倦怠를 녹이기위하여 SO의집으로가랴하엿습니다.

SO는 불상한女性이외다. 한다리가업는 不具者이외다. 나히는 二十歲이외다. 그는 한쪽업는 다리를 쓰을면서 치우나더우나 學校에를 十餘年이나 다니엇습니다. 제가 中學校四年級 다닐째에 날마다 아츰이면 가튼길모퉁이에서 맛나는 것이 緣이되어 그와사귀게되어지금까지 삼년동안을지내왓습니다.

그에게는 나히늙은어머니한분밧게는 업습니다. 아츰이지나저녁에學校에 가고올째에는 그는반 듯이 자긔딸의 學校에가고 學校로서오는 것을 바라보고기달렷다합니다. 學校에서 무슨일이잇서 늣게돌아오게되면 그의늘근어머니는 반듯이 學校문압까지와서 자긔의딸을기다리고잇섯다합니다.

아아, 先生님, 不具者의母女의生活은 참으로 눈으로볼수업고 생각할수업게 불상하고慘憺합니다. 그의物質的生活은 이세상에서 第一悲慘합니다. 그는 남의집겻방에서 바느질품으로 그날그날의 生活을繼續하고잇습니다.

오늘도 그불상한不具者를차저왓습니다. 문을들어서며 기침을 두어번하엿습니다. 그러나 웬일인지 그전에는 반듯이 반가워마저주든 그不具者의女性. 오늘은 그의그림자를 볼수가없섯습니다.

문간에 들어선 저의마음은 저녁날에 산골작이를 헤매는 듯이 휘휘하엿습니다 가련한不具의女性이 나를 마저주지안는 것이 저의마음을 울게하엿습니다.

저는 쏘다시 기침을하고 구녕이 뚤허지고 문풍지가 펄럭펄럭하는 방문을 열려하엿습니다. 그러나 저는 그문을 열지못하엿습니다. 숭숭뚤어진 문틈으로 새여나오는 不具인女性의 母女의 울음소리는저의 感情을 憐悶의情으로 물들엿습니다. 저는다만 茫然하게 아모말이업시 서잇섯습니다. 말업시 서잇느 저의 周圍는 날연한空氣가 不具者의어머니와 不具인女性의 울음소리를 실고서 시들어지는 듯이施舞를주엇습니다.

족음잇다가 문이열리드니 나오는사람은 그의늙은어머니엇습니다. 그는 치마자락으로 눈물을씨스면서 저를바라보더니

「보셧습니까? 어서방으로 들어가시지요」하며 돌아서서 코를풀엇습니다. 저는 무엇이라 물어볼말도업거니와 쏘다시말할것도업서 다만

「네 SO는잇나요?」하며 방안을 들여다보앗습니다. SO의어머니는

「네 잇서요」하고 저의말에 대답을하더니 다시 방안을 들여다보며

「애 先生님오셧다」하엿습니다.

방안에는 SO가 돌아안저 여태것울고잇는지 참아 고개를 돌리지못하고 다만 치마끈으로 눈물만씻고잇섯습니다. 그러나 제가 온 것을 보고서는 그대로 고개를 숙이고 몸을틀어 돌아안지면서 「어서오십시요」하고 밝아케피가올른 두눈으로 저를 치어다보더니 다시 눈을 방바닥으로 향하엿습니다. 저는 들어가기를 주저하엿습니다. 그러타고 그대로 돌아갈수는업섯습니다. 저는 구두를 쓸르고 그방안으로 들어갓습니다. 방안으로 들어가랴할째 마루쓰테노혀잇는 SO의 다리를 代身하여주는 나무대리가 저의발길에 채여 덜컥하더이다. 저는 그째 근질업고 누가엽헤서 「에비」하고 징그러운 것을 저의 목에다 던저주는 듯이 진저리를치는 듯이 방안으로 쮜어들어갓습니다.

SO는

「오늘은 時間이업스서요」하며 다른째와다르게 有心히 저를치어다보앗습니다. 저는

「잇다가 네시에나時間이 잇스니까요 잠간다녀가랴고왓서요」하고 자리를 定하고 안젓습니다.

「댁에 무슨조치못한일이 생겻습니까」하고 저는 그의운 理由를 알아보랴하엿스나 그는 다만

「안예요」하고 부끄러움을 끠우며 아모말이업섯습니다.

저도 쏘다시 무엇이라 물어볼수가 업서서 다만 사면만돌아다보며 아모 소리가 업섯습니다.

SO는 한차이나 감안히 잇섯습니다. 그리다가 반쯤 썰리는 목소리로

「先生님」하고 저를 불르더니 쏘다시 아모말이업시 한참이나 꼼질악꼼질악하는 손가락만 바라보다가 저의

「네」하는 대답을 재촉하는듯이 쏘다시

「先生님」 하엿습니다. 저는

「네」하고 그의굽으린머리의 쌈안머리털만바라보앗습니다.

「저는 병신입니다」 하더니 여태까지참엇든눈물이 쏘다시 썰어저 방바닥우으로 실음업시굴럿습니다. 이소리를듯는저도 가티울고십헛습니다.

「저는 병신인데요」하고 힘잇는語調로 쏘다시 한말을 겁허하더니 그대로 방바닥에가 업들어저울면서 목메인소리로

「병신인 저도 피가잇고감정이잇습니다. 쓰거운눈물과 샛밝안熱情이잇습니다. 그러하나 불상한 저는 그눈물을가지고 혼자우나 그눈물을알어주는 사람이업스며 그熱情을혼자 태웟스나 그것을 바다주는이가업서요 불상한사람은 세상에서 더욱불상한구덩이에 틀어박으라할뿐이야요」하며 늣겨가며울엇습니다.

「저를 A氏는 불상히녀겨주십니까? 만약참으로 불상히 녀겨주신다하면 이 저의마음까지알아주서요」하고 哀訴하듯이 저의무릅에 업대어 울엇습니다.

先生님 누가 이말을 듯고 울지안는者가잇스며 누가 불상히녀기지안는자가잇슬까요? 저는 다만 SO를 끼어안고 한참이나 울엇습니다.

「SO씨 우지마셔요 나는 당신을 불상히녀깁니다. 참으로동정합니다」

「그러면 한다리업는 不具者인저를 길이길이사랑하여주시겟서요?」

이말을들은 저는 다만

「네!?」하고 아모말이업섯습니다. 저는 그말에대답을 하지못하엿습니다. 저의눈압헤 나타나보는 것은 저의나히젊은안해엿습니다. 자막대기가지고 놀고잇든어린아이엇습니다. SO는

「네 A氏 대답을하여주서요」하고 저를 哀訴하는두눈에 방울방울히 눈물을고이고서 치어다보앗습니다.

아! 先生님 이 SO를 저는 참으로 불상히녀깁니다. 참으로同情합니다. 그가눈물을 흘릴째에 나도 눈물을흘립니다. 그가 속태울째에는 나도 속을태우라합니다. 한울알에 地球한點에서 쏨지락어리는 이병신인 SO를 저는 힘껏붓잡고 울드레도시원치가 못할것갓습니다. 그러나 先生님 그불상히 녀기는

마음이 생기는 그刹那사이에 벌서 사랑이라는 것이 간것이아니올까요. 그의 손을잡고 짤하서 가티우는 것이 벌서 사랑이아니엇슬까요?

그러나 이不具의女性은 저를사랑하랴합니다마는 저는 女性의사랑을 엇고서 똘이어 가슴이압핫습니다. 眞正한女性의 쓰거운사랑을 밧기에는 넘우 不幸한사람이외다.

先生님 肉體의不具者는 그不具를 同情한저로말미암어 사랑의不具者가 될줄이야 꿈에나알앗사오리까? 사랑은 고든것이요 굽은 것아니니 저는벌서 그고든길우에 선사람이외다. 저의안해를 사랑하지안는바가 아니엇나이다. 그러면 저는 저의안해에게로 向하는 꼿꼿한사랑을 일브러썩거 이不具의女性을 사랑할수는업섯습니다. 不具의女性이 不具의女性임으로 그를 同情하는同時에 저의사랑을 不具가되게할수는업섯습니다. 그러나 이 不具者의눈물은 그눈물이 저의무릅우에 썰어지는째부터아니올시다. 그의사랑이 저에게로向할째부터 벌서 그의가슴에얼이어잇는사랑을 不具者되게하엿습니다. 그의한다리가 업는것과가티 그의사랑은 한쪽업는사랑이엇습니다.

저는 다만

「SO氏 우지마셔요 저의가슴은 SO氏의눈물로因하야 녹아버리는듯하외다. SO氏의눈물방울이 저의마음우에 한방울식 두방울식 썰어질째마다 그무슨화살로 쐬뚤리는 듯이 압흐고쓸입니다」 할쑨이엇나이다.

「A氏 저는 다만 A氏한분이 저를 참으로사랑하여주실줄알앗섯는데요」하는 SO는 그무슨對答을기다리는 듯이 아모말이업섯습니다. 저는 다만

「고만 우셔요 자-일어나셔요」하고 가리지못할눈물을 씨슬쑨이엿나이다.

저는 어제날까지 만흔女性의사랑을밧는者를幸福者라하엿섯습니다 그러나 오늘 이不具者의 하소연을 들을째에 비롯오 情의가슴이압핫섯습니다. 한개의사랑을 두군대로 찌즈랴할째 그압흠을알앗섯습니다. 그쓸임을알앗습니다. 한 개인사랑을가진 한사람이 여러사람의여러사랑을 밧는것의 그가슴절이고 不幸한것을 알앗습니다.

아! 그러나 그不具者는 더욱더욱不具者가 되어갈터이지요. 落望과怨恨의深淵에서 한울을 우럴어 그의不幸을 부르지즐터이지요? 그부르지즘의哀

悽러운소리는　저의피를　얼마나식힐까요?　그소리는　영원까지저의귀미테서
슬피울터이지요?

　　先生님　저는　이참으로사랑하는　女性의사랑을昧精하게　물리처야할것입
니까?　永遠토록바다주어야할것입니까?　불상한者의울음을　들어주어야할것입
니까　不具者의哀訴의눈물을　저의가슴에과무치도록안아야할것입니까?　저는
다만　歧路에彷徨하며　弱한心情을定하지못하고　헤매일쑌이외다.

　　「네　알앗습니다.　그러나　저는　SO氏의　말슴에　그러케速히대답할수는업습
니다」

　　「그러면　언제　대답을　하여주시겟습니까?」

　　「네　그것은　천천히해들이지요」하는뭇고대답하는말이　우리두사람가운대
에는　교환되엇습니다.

　　SO는　의심하는듯이

　　「그러면　저를　絶代로　사랑을하여주시지는안는다는말슴이지요　A氏의가
슴에는　저를위하여서는絶代의사랑이업스시다는말슴이지요?」하며　원망하듯
이　저를치어다보앗습니다.　저는　무엇이라　대답할는지　몰랏습니다.　참으로
저에게　絶代의사랑이　그째잇섯습니까?　참으로　업섯습니다.　絶代의同情과
憐憫은잇섯슬는지알수업서도　絶代의사랑은업섯습니다.　打筭이잇섯스며　주
저가만핫섯습니다　어쩌한째에는　不具者라는　근지러운代名詞가　저를진저리
치게까지하엿습니다.

　　아무대답도업는　저를보든　SO는

　　「저는　알앗습니다.　저는　永遠토록不具者이외다.　한구룽이가　이즈러진사
랑의所有者이외다.　그쑨아니라　저는………」하더니　斷念과怨望이엉키인　두
눈에는　어리석은눈물이　어느름에말라버리고　冷笑와咀呪와　매치인듯한表情
을볼째　저는　쏘다시　그의마음을　풀어털이어　힘업고연하게　울리고십헛습니
다.　저는

　　「SO氏」하고　그의손을　잡으며

　　「저는　영원토록　SO氏를　잇지는못하겟습니다」　하엿습니다.　그는

　　「네　저를　잇지는말아주셔요　저도　눈을감을째까지는　A氏를　잇지는못하겟

지요」할쑨이엇습니다.

　SO의집에서나온저는 學校를 向하여갓섯습니다. 아싸까지 淸澄하든心神은 웬일인지 不具인女性의집을 다녀나온후부터는 흐릿하고 朦朧할쑨만아니라 沈鬱하고 센치멘탈로 變하엿습니다.

　저는學校에를 갑니다. 한時間의圖畫를알으키기위함보다도 그報酬를 바라고갑니다. 세상에第一不幸한 犯罪가잇다하면 아마 이와가튼者이겟지요. 뜻하지안코 내마음에잇지안흔짓을 한뭉치의밥덩어리와 김치멧쪽의 充腹할 食物을爲하여 알면서行한다하면 罪人줄알면서 他人의物件을 盜賊한 飢寒에쪼들린者와얼마나 나흘것이잇겟습니쌰? 남의物件을 盜賊한者의良心이 썰리인다하면 그만큼 比例한 저의良心도 썰리엇슬것이며 迫頭하는 飢塞에못이기여 다른사람의物件을盜賊한사람의生을渴求한 것을 同情할것이라하면 生命을이어엇기위하여 自己의良心을속이는 이A라는畫家도 쏘한同情을求할수가잇슬것일는지요?

　저는 學校正門에들어섯섯습니다. 그째마츰 M校主가 學校를 다녀가는길인지 自動車에 올르랴할째이엇습니다. 그째에 그간사한李先生은 M校主의 팔을부축하여 自動車속으로 몰아너헛습니다. 저는이것을 보고 크게 웃엇습니다. 엽헤서 저의웃는 것을보는 朴先生은

　「왜 웃으시우」하며 눈을흘기더니「그게무슨무례한짓이요?」하더이다 저는 쏘다시 한번 썰썰웃스면서

　「朴先生은 나의웃는意味를 모르시는구려..」하고는

　「人形이외다. 人形애요. 두팔두다리가 잇고도못쓰는人形이외다. 人形은 人形이니까 말할것도업지마는 人形을 부축하는 어리석은사람은 보고서는 나는아니 웃을수가업지요」하고는 그대로돌아서서 敎室안으로 들어갓습니다.

　오늘은 그믐날이외다. 月給타는날이외다. 事務室에 들어선저는 다만 보이는 것이 會計의動靜쑨이엇습니다. 그러고 그돈을 가지고 쓸궁리를하고잇섯슬쑨이엇습니다. 오늘도 어린애모자를하나사다주고 사랑하는안해의목도리를 하나주어야하겟다하엿습니다.

　二十五圓이라는 月給을기다리는 저의마음은 웬일인지 쓸쓸하고도 저의

몸이불상해보엿습니다. 그러고 공연히씀증이낫습니다.

　교실에들어가 白墨을 들고서 漆板우에 그림을 그리일째에는 모든學生들짜지 밉살스러울뿐이엇습니다. 그러고 그學生들이 저의 運命을 이러케만 들어준듯하기도하엿습니다. 저는 마음에업는 한시간을 아니지낼수가 업섯습니다.

　그날은 學生들에게 宿題를 해오라한날이엇습니다. 近四十名學生中에 宿題를해오지안흔 學生이 다섯이잇섯습니다. 그中에 그中나히적고 옷을헐벗은 學生은 제가

　「왜 숙제를안그려왓소?」 할째 그는 다만 아모말업시 한참이나잇더니 쓰거운눈물을 흘리면서 자꾸자꾸울고섯슬뿐이엇습니다. 다른애學生은 여러가지핑계로서 先生인저를 속히랴하엿습니다. 저는 그눈물흘리는學生을 바라보고 쏘다시 다-뚤허진양말을볼째 어쩐지측은한생각이나서

　「왜 대답은 아니하고 울기만하시요?」하며 그의억개의 팔을대이니 先生인저의손이 그의억개를어루만지는 것이 더욱 그의感情을 느즈러지게하엿든지 더욱더욱 늣기어울뿐이엇습니다. 그러다가는 북바치는울음소리와함께

　「집에서 돈이업다고 도화지를 사주지안하요」 하엿습니다.

　先生님 제가 이學生을罰줄資格이잇습니까? 업습니까? 저는 다만 창연한 두눈으로 그어린학생을 바라보며

　「여보시오 참마음만잇스면 고만이요 나는 당신의 그림그려오지안흔 것을 責하랴한것이아니라 당신의 참誠意가 업섯는가하는것을 責하랴함이엇소. 당신의눈물한방울은 오늘그려오지못한그그림보다 멋배의가치가 잇는것이요」 하엿습니다.

　下學後事務室로나왓습니다. 會計는 나를보더니 아조은근한듯이

　「A先生님 이리로좀오십시요」하고 자긔겨트로부르더니용투에집어너 月給을저의손에쥐여주면서

　「담배갑시나하십시오」 하엿습니다. 저는 그것을밧는 것이 어쩐지부끄러웟습니다. 그래서

　「네 고맙습니다」하고 그대로 보지도안코 주머니에다너헛습니다.

날은 점점어두어가느라고 灰色의저녁빗이 온市街를 싸고도는데 저는 學校문밧게나아와서야 그封套를 다시쓰집어내여 그속에잇는돈을 쓰내어보앗습니다.

그속에는 十七圓五十錢이들어잇섯습니다. 저는 멈칫하고섯섯습니다. 그리고

「어째十七圓五十錢만되나」하고 한참이나의아하야 생각을하고잇슬째에 뭇득생각나는 것은 NC의집갓섯든것이외다. 안해일흔 親友를차저갓든 一週日의努力의代價는 學校에서는 除하여젓섯습니다.

아! 先生님 저의손에는 十七圓五十錢이잇습니다. 一個月努力의代價는 十七圓五十錢이외다. 불상한젊은畫家의良心을 부쓰러웁게한 罪의代價가 十七圓五十錢이외다.

저는 하는수업섯습니다. 灰色封套에집어너흔 그돈을들고 SO집까지無意識中에 왓습니다. 한울에 구름장사이로는 가리엇다보엿다하는 작은별들이 이웃으운젊은A를 비웃는 듯이 내다보고잇섯습니다. 灰色의感情이 空然히 저의마음을 鬱憤하고 원망스러웁게하엿습니다.

SO의집에는 무엇하라왓슬까요? 그것은저도아지못하엿습니다. 문간에와서야 내가 무엇하라여긔를왓나하고 그대로집으로돌아가랴하엿섯습니다. 그러나 저의가슴에서 째업시울(鳴)고잇는 그무슨하모니는 저의발을 SO의집안으로쓰을어들엿섯습니다. 그러나 저는 그전과가티 서슴지안코 그대로 들어갈수가 업섯습니다. 조그마한집 조그마한문으로 흘러나오는 무거운공긔는 급히흐르는 시내물가티 저의가슴으로 몰려오는듯하엿습니다.

저는 다만 문간에 서서도적놈가티 문안을 엿듯고 망사렷습니다.

先生님 사랑도아모것도 하지안켓다고 할적에는 서슴지안코 아모不安도 업시다니든 제가 오늘은 어찌하여 죄지은者모양으로 들어가기를 주저하엿스며 가슴이거북하엿슬까요?

죄악이아닌사랑을 주랴하는데 저는 가슴이 썰림을깨달앗스며 잘못이아닌사랑을 준다는 사람의집에 들어가기를 주저하엿습니다.

저는 十分동안이나 서잇섯습니다. 그째에 쏘다시 그不具者의母女의울음

소리가 들럿습니다. 그울음소리는 그전보다 더-저의마음을 훌는듯하고 쪼개
는듯하엿습니다. 그러고 모든悲哀를 저의가슴우에 실어놋는 듯이 무거웁게
슬펏습니다. 그러나 저의눈에는 눈물이업섯습니다. 學校에서 바든 一個月努
力의 代價인 十七圓五十錢이 저를 鬱憤하게하엿슴이 공연히 저의눈물까지
막아버리엇습니다.

저는 한참이나 그울음소리를 들엇습니다. 그울음에 석기어 나오는 늙은
어머니의 썰리는목소리로 분명치못하게들리는것은

「SO야 이제는 고만 한길귀신이되엿고나」하는 살이얼어붓는듯한 불상한
소리엿습니다.

저는 그제야 그눈물을알앗습니다. 不具者의母女는 몸을담을집이업습니
다. 그는 오늘에 멧푼안되는 貰錢으로말미암아 이집에서 내어쪼깁니다.

창밧게서듯고잇는 이A의주머니에는 十七圓五十錢이잇습니다. 이A는 아
즉까지 한길에彷徨하지는안켓지요? 저는 그주머니의 十七圓五十錢을 쓰내
엇습니다. 그러고 鉛筆로 封套에 A라썻습니다. 저는 그刹那間에 絶代의動
靜이 저의가슴속에서 躍動하엿습니다. 저의피를 쓰거웁고 힘잇게끌케하엿
습니다.

저는 그돈을 문을소리업시열고감안히 마루우에노핫습니다. 그리고竊盜
와가티 그문을썰리느다리로 얼는쮜어나왓습니다. 그러고 뒤도돌아다 보지안
코 저의집으로 向하여갓습니다.

집에서 안해가 돌아오기를 고대하겟지요. 어린자식은 아버지오면 째째
모자를 사다준다고 몽실몽글한손을 고개에고이고 이젊은아버지 돌아오기를
바라고잇슬터이지요?

그러나 월급날인오늘의 저의주머니는 벌서 한입도업는 탈탈이가되엇습
니다. 저의들어가는 대문소리를듯고 다른날보다 더-반가워마저주는 젊은안
해에게 그의마음을 만족시키어줄 아모것도업습니다. 어린자식의 깃버쒸는마
음을 돌이어 풀이죽게할쑨이겟지요.

그러하오나 어두움속으로 파고들어가듯이 暗黑한동리를 걸어가는 이A의
마음은 웬일인지 滿足한 깃거움이 잇섯스며 싱싱한生의 躍動이잇섯습니다.

저는 쏘다시 MW社로 왔습니다 .거긔에는 DH와 WC가 웅크리고안저서 무슨冊을보고 잇더니 저를 보고서

「어쩌케되엇나?」 하엿습니다 .그것은月給말이엇습니다. 저는 모자를벗고 구두를쓸르면서 귀가막힌 듯이 쓸쓸히웃으면서

「흥 나의 一個月동안의努力의代價는 참으로갑잇게 써버리엇네」 하엿습니다

(尾)

電車 車掌의 日記 멋 節

『開闢』, 1924. 12

十一月十五日 雲

……………동대문서 신용산을향하야 아츰첫차를 가지고쩌난것이 오늘 일이시작이엇다.

전차가 동구압헤서 정거를하라닛가 처음으로 승객두명이탓다. 그들은 모두양복을 입은신사들인데 멋달동안전차 차장에익은눈으로보아서 그들이 어제저녁밤새도록 명월관에서 질탕이놀다가 술이 취하야 그대로 그자리에서 쓰러저자다가 나오는것을 짐작하얏다. 새벽이라 날이 몹시선선할쑨안이라 서리긔운석긴찬바람이 불어서 「추로리」쯘을 붓잡을적마다 고두름을 만치는 것처럼 저리게찬긔운이 장갑짠손에 수미어드는듯하다. 그들은 얼골에 앙갱이를 그리고 무슨 뭇그러운곳을 지내가는사람모양으로 모자는 눈짜지눌러 쓰고 외투로 코짜지싼후에 두억개는 양쪽으로 쌧죽올라섯다. 아직 다밝지는 안코 먼동이터옴으로 서쪽한을과 동쪽한울 두사이 한복판을 두고서 광명과 암흑이 은연히양색이것다. 그러나 눈오랴는날처럼 북쪽한울에는 회색구름이 북악산우를 답답하게 막어노앗다. 운전수는 사람이하나도업는 널븐길을 규정외의마력을 내어서 전차를 달려갓다. 전차는 탑동공원압정류장에와서 섯다. 먼곳에서는 홰를치며우는 닭의소리가 새벽서티바람을타고서 들려온다. 그리자 잇더한녀자하나가 내가 서잇는바로차장대충계우에 어엽븐발을 올려놋는것이 보엿다. 아즉 탈사람이 별로히업스리라고 지레짐작에신호를 하엿다가 그것을 보고서 다시정지하라는신호를하얏다. 한다리가 승강단우에 병아리모양으로 쌍창올러오더니 계란가티옹크린녀자가 툭뷔어올라서 내압흘 지내는데 머리는 어대서 엇더케부시댁이를첫는지 아모러케 허터진것을 아모러케쪽지고 본래부터란잡하게놀랴고 차리고나섯는지는알수업스나 옥양목저고리에 무슨치마인지수수하게차렷는데 손에는 비단으로만든지갑을 들럿섯다. 그러고 그가 내엽흘 지낼째일본녀자들이 차에탈격이나 기생들이 차에오를적에 나의코에마치는 분냄새와향수냄새가튼상긋한냄새가 찬바람에석기어 나의코에 시첫다.

그녀자는 차안으로 들어가더니 그안에 안저잇는 양복입은청년들의눈을 파하랴함인지 쏘는 내외를 하라는것처럼 맨압헤가서 압만보고안저잇섯다. 두젊은 사람은 어제저녁에 긔생데리고놀든흥이 아직까지도 풀리지안엇는지 그녀자를보더니 한사람이 팔꿈치로 엽헤사람을 툭치면서 눈을씀적하얏다. 그러닛가 그사람도 알엇다는듯이 고개를 쓰덱쓰덱하며 그녀자만보고잇섯다.

나도 호긔심이 일어나서 그녀자갓가히가서 얼골이나 쏙쏙히보리라하고 뒤로돌려미엇든 가방을 압흐로 돌려서 전차표와 가위를 양손에 갈라쥐고 차안으로 들어갓다. 우선 두젊은이에게 표를찍어주고서 그녀자압헤가서 손을 내밀랴하다가 나는 쌈짝놀래엇다. 나는 달려들어 이것이 왼일이오? 할만치 놀랏다. 그러고 그의머리에 쏘진금비녀로부터 발애신은 비단신까지 모주리 다시한번흘터보앗다.

엇더튼 표를 찍으랴하닛가 자긔지갑에서 돈을 끄내는데 일원자리인지 오원짜리인지 두서너장 드러잇는중에서 한장을 선선히내노터니

「의주통(義州通)이요」

하고 저는 나를 니저바렷는지 태연하게안저잇다. 의주통밧구어타는표한장을주고나서 나는 다시 차장대로 나와섯슬째 발서 전차는 청년회관압흘지내어 종로정류장까지왓다. 그녀자는 거긔서 나리더니 저쪽으로 가버리엇다. 나는 쏘다시 남대문을 향하야 돌아가는전차의 「추로리」를 바로잡으랴고 창으로 고개를 내밀엇슬째 한울은 중탁하게덥히엇든암흑이 점점쏘얏케 거두

어지며 동쪽에는제법불근빗이놀고 쌈박쌈박하는 별들이 체로치는것처럼 굴근놈만남고잔놈들은 업서진다.

　「나는 공연히 신긔한생각이 드러서못견대엿다. 그래서 혼자해결할수업는 무슨수수썩기를 풀랴는 사람처럼 고개만기웃하고잇섯다. 나는 지내간생각을 다시쯔집어내엇스니 그것은 다음과갓다.

△

　한달전 바로한달전에 역시전차를 몰구서 배우개정류장에 정거를하엿다. 오후한시가량이나되엇는데 차안에 승객이라고는 동대문경찰서형사비슷한사람하나와 일본녀자둘과 또 조선싀굴사람가튼이가잇슬뿐인데 맨나죵으로 들어온녀자가 잇섯다.

　손에다가는 약병과약봉지를들엇고 입은것은 째가지질이찌고 자락이갈갈이 찌저진데다가 얼골은 멧칠이나 세수를하지안엇는지 색깜앗케걸엇는데 발은버슨채집세기하나만신엇다. 나희는 열아홉이라면 족음노성한편이오 스믈이라면 거대인지어린틔가 보인다. 속눈섭이길음한데 정채잇게도는눈이라든지 보리퉁한쌤과 둥그스름한턱 날카롭지도안코넙적하지도안코웬만한코라든지 어대로보아서든지밉지안은녀자나 주제꼴이 볼성사나와서 조흔인상이 업섯다.

　우리의항상하는례투로

　「표직그시오」

　하고 손을 내미닛가 어리둥절하며 사방을 홰홰내젓는데 다시 전차가 달아나닛가 그는 엇절줄을 몰으고 엽헤사람얼골한번치어다보고 밧갓한번내다보고 안지도못하고 서지도못하고 쩔쩔매는것을보닛가 싀골서갓올러왓거나 당초에 전차한번타보지도못한위인인것을알엇다. 우리는 항상 그러한사람이 전차에 올으면 성가스럽다. 왜그런고하니 의례히 밧구어타야할곳에서 박구어타지를안코 내릴째를 지내노코내리고서는 구찬케굴기는우리네차장에게만 구찬케굴쌘안이리 세상에 지빗게약은사람이 입는것처럼 각금선차표오전을

쩨먹으랴고 엉터리업는 밧궈타는표를 어대서어더가지고와서는 속혀먹으랴
고하기가일수다. 그래서 그런사람만맛나면 공연이 화징이나서 목소리가 불
악불악해진다.

「어대까지가우? 표내시우! 표요」

하닛가 그는 나를 치어다보더니

「네?」

하고 물그럼이잇다.

「네가무엇요 표내라닛가!」

하닛가 그는 손에드럿든 조회조각을 내밀엇다. 조회조각을 바더들고 보
닛가

명치정 인사소개소(明治町人事紹介所)

라고 연필로써잇다.

「이쩨무엇요」

하고 소리를 쎅질러말을하닛가 그는

「이리로가요 여긔가 어대예요? 여긔가서 내려주세요」

하고 도리혀물어보며 간청을한다.

「몰라요 돈내요?」

돈이라는 소리에 무슨짐작을하얏든지

「업세요」

하고 자긔손을 드려다본후 붓그러운듯이 고개를 숙이다가 그래도 할말
이잇다는듯이

「그런게안이라요 제가 싀골서올라온지가한달이나되는데 먹을것도업고
입을것도업서서 동막(東幕)어느집에서 고용살이를 하다가 몸에병이나서 병
원에다녀오는데 이것을 써주며 그리로가면 된다고해서 그리로가요」

모든일은 다알엇다. 총독부의원무료치료실에갓다가 의사나병원에잇는사
람이 정상을 가련히생각하고 인사상담소를가르처준것이오 쏘는 갓 서울로
올러와서 돈도업시 차를탄것도사실인데 엇더튼 그쌔에 나의마음속에서는
알수업는동정심이나는동시 마음이 약한나는 그를 다시전차에서 내려쏘츨수

는업섯다. 그래서 엇지하면조흘가? 그대로 태우자니 규측위반이오 그러타고 내려쪼츨수는업는데 하는생각을 하며 차장대에 나려섯다가 전차가 황금정에왓슬째 나는 다시 그압헤가서 밧구어타는 표한장을 찍어주며

「왜 돈두업시전차를탓소?」

하고 한번싹얼러서 법을아르킨후

「자 이것을 가지고요다음정거하거든내리우 이것도 특별히당신을 생각하여 주는것이오 나는 이것한장당신준것이 탈로되면 버러먹지도못하고 벌금물고그러는법이요 그런줄이나알어두시우」

하닛가 그는 고맙다는듯이 고개를 끄덱끄덱하얏다.

△

오늘 아츰에 맛난녀자가 바루그녀자다. 한달전에 오전이 업서서 나에게 은혜를 입든그녀자가 오늘에는 말숙한모양쑨이다. 내가 언제든지 녀자로타고나는것 그것이무한한보배라고생각을하엿더니 따는그생각이 드러마젓다. 녀자는 마음한번쓰는데 당장의백만장자의안해가 될수잇고 추파를한번보내는데 여러남자의씀찍한사랑을 바들수가잇는것이다.

한달이라는세월이 그리길다고하지못할것인데 한달전에 총독부무료병실에가서 구차한말을하고 병을보아달라고 쏘 나와가튼차장에게까지 은혜를입든그녀자가 오늘에는 어대로보든지 쏙싼려염집부인과갓다. 우리가튼사람은 가진박대의 모든수고를 맛볼째로맛보며 근근히번다해야 한달에단돈몃십원을 벌지못하며 우리가 참으로성공을하야보랴하면은 앗가운젊은시대를 무참히 간난신고중에보내고도 될지말지한일이다.

하로종일 차장대에섯기도하며 쏘는승객의표를 찍어주기도 하는동안에 나로서는말할수업고 내가나희스물한살이되도록 늣겨보지못한감정이 내몸전체에 수미어드는듯하얏다. 아직짜지 나의젊은피는 비린내가난다. 그피가 작렬(灼熱)을 하지못하엿스며 순화(純化)하고정화(淨化)하지못하얏다. 나의피를 그무잇에다 살우거나 체실하거나하야 「엑기스」가 되게하지못한 말하자

면 아즉진국으로잇는그것이다. 나는 왼일인지 오늘 그녀자를 본후로는 나의 가슴속에잇는피가 한구퉁이에서부터 타오르기를 시작하야 석쇠우에 염통을 점여노코 그것을 드려다보는듯이 지지타는속에서도 무슨새생명이 불우에쩌러저그불을 더닐으키는듯한늣김이잇섯다. 그러나 그녀자는 의주통으로향하야 가버리엇다. 그녀자가 의주통으로갓다고 언제든지 의주통방면에 플로부친듯이잇슬것은 안이겟지마는 내가전차를 몰아 그곳을갈째나올째나 쏘는엽흐로지날째 그를생각하고 언제든지 그쪽을향하야보앗다.

十一月十七日 　晴

나는 어제하로를 논후에 오늘은 야근(夜勤)을 하게되엇다. 오늘은 동대문서 청량리(淸凉里)를 향하여쩌나게되엇다. 오후여덜시나되어 날이 몹시치워졋다. 바람도몹시불기를시작하야 먼지가 안개처럼 저쪽먼곳오로부터 모라온다. 녀름이나봄가을에는 장안의풍류남아처노코 내손에전차표를 쩍어보지안은사람이 별로히업슬것이오 내손빌지안코차타지안은사람이 별로히업섯슬것이다. 그러나 오늘은 일요일은 일요일이지마는 나무닙은 어느듯활란이들어서 실음업시쩌러지고 수척한나무들이 한울을 쑤를듯이 웃득웃득소삿는데 갈가마귀쎄들이 보금자리로돌아간지도얼마되지안코 다만시골나무장사와소모라쓴들의

　「어듸어 이놈의소」하는소리가 들릴쑨이다. 탑골승방 영도사 쏘는청량사들어가는 어구는웬일인지전보다 더욱 쓸쓸해보인다.

　우리차는 다시 동대문에 갓다노앗다. 나는 추로리를 돌려대고 다시 차안에올러서서 차쩌날준비를 하랴할째 차안을 드려다보닛가 그적게새벽에맛나든녀자가 그안에안지엇다. 나는 반가웁기도하고 쏘한편으로 놀라웁기도하야 한참이나 물쯔럼이건너다보고잇섯다. 가슴속에서 타기를 쯔첫든 그피는 다시 한쩌번에 왓삭타올르기를시작하얏다. 그러고 속으로는

　「애 이것자조맛난다!」

　하는생각이 나면서 웬일인지차듸차게식은쌈이 뒤잔등이에 솟아오르는것

을 깨달앗다.

전차가 쩌나기를 시작한후 전차표를 바드러속으로 들어갈째에 나는 쏘 다시 그에게 그의손으로주는 차표를 바들생각을하닛가 웬일인지 공연히 마음이 두근두근하여지는것이 온몸이홧홧달른듯하얏다. 두어사람의표를 찍어 준뒤에 나는 그녀자압헤가서 손을 내밀엇다. 그째 나의생각은 관습적으로 나의손을 내어밀면은 의려히전과가티 지갑을 열어서 그속으로부터 돈을 쓰 집어내려니하엿섯다. 그러면 내손으로 찍어서 내손으로주는 전차표를 그녀 자는가지고안저잇다가 그것을 다시 운전수에게 주고나리려니하얏다. 그러나 그녀자는 나의손내미는것은 본체만체하얏다. 도리혀성난사람처럼 암상스러 운얼골로 짠곳만보고안젓다.

「표찍으시요」

하고 나는 그에게 주의하기를 재촉하엿스나 그는역시아모말업시안저잇 다가 나를 한번흘끔치어다보는게 엇전지 거만한듯하얏다. 그러더니 다시 저 쪽 두어사람이나 격하야안저잇는사람하나를 고개를기웃하고 건너다보앗다. 그러닛가 그안저잇는사람이 니저버렷든것을 깨달은것처럼 잠간놀라는듯하 는표정을하더니 주머니에서 돈지갑을 쓰내며

「여긔잇소?」

하며 금테안경넘어로 쩝언눈동자를흘기며 나를 불럿다.

「이게웬것이냐?」

하는 놀라운생각이나며 하는수업시 그남자편으로 갈랴하나 그녀자를 다 른사람처럼 그대로본체만척 홱돌아설수는업섯다. 나는 다시한번그녀자를 흘 터본후 그남자—금테안경쓰고 웃수염을 까뭇까뭇하게길으고 두눈가장자리 가 푸르쑹하고 코날이웃쑥한 삼십이 넘울락말락한사람으로 얼핏보면은 미 두시장이안이면 천량만량패가튼사람――에게로가닛가 그는 자랑스러운듯이 지갑속에서 일원자리한장을 쓰내어 활인승차권하나를사더니 석쌍만찍으라 하얏다. 나는 석장찍으라는소리에 그엽헤안저잇는 양복얌전하게입고 얼골 이 대리석으로싹근듯한 「기리시아」타입의청년이 가티가는남자인것을 알게 되엿다.

차표를 다찍어주고 차장대에 나와섯슬째에 웬일인지 그차표내주든남자가 미웁고 쏘는 더러웁고 질투성스러워못견대엇다.

전차가 영도사드러가는어구에 정거를하자 그들은 거긔서 나리엿다. 이것을 보고서 나는 일종의의심이 닐어나기시작하얏다. 그차표를 사든남자가 나의눈으로보기에 엇재부랑성(浮浪性)을 쯴듯하얏고 쏘는 그눈이나 입가장자리가 몹시음탕하야보엿스며 그가 그녀자를 데러고 음부탕자(淫婦蕩子)가 비교적만히오는 한적한절로 들어가는것이 장차무슨음탕한사실이 그속에서 생길듯하여 공연히 그남자가 미운동시에 쯔을려가는 그녀자에게 동정이갓다. 전차차장의직업이 그러귀하지도 못한것을 나는안다. 비교적야튼지위에잇서서 엇더한계급을 물론하고 날마다 그들을 맛나게되는동시에 이와가티수상스런사람들을 만히보지만은 이러한수상스러운남녀를 볼젹이면 공연히 욕도하고 십고 그들을 잠간이라도 몹시고로웁게하고십흔생각이 나는데 이번애본 이녀자로말하면 처음에그와가티 남루한의복에다가 돈한푼업시 나에게 전차표를 어더가든자로서 오늘와서 나를대하는태도가 몹시 거만하고 쏘는 적은은혜나마 은혜를 몰으는것이 가증한생각이들기는들면서도 웬일인지나의가슴가운데잇는정서(情緖)를 살살풀리게하는듯하얏다. 그래서 그를 쩨여보낼째 나의마음은 쏘다시 섭섭하얏다.

十二月十五日 晴

오늘일긔는짜쯧한일긔다.

그런데 어젹게 나는 우리동관들에게서 이상한소문을 하나들엇다. 내가 맨처음 엇더한날새벽에 짜고다공원정류장에서 맛나든째와가티 그녀자가 역시 새벽마다 전차를 타고서 의주통으로향하야간다는말을 들엇다. 그모습과 쏘는행동이 여러사람의입에서 냐오는말과 나의긔억으로 내머리속에그리여노혼것이 쏙쏙드러마진짜닭에 그녀자로인정할수가잇섯다. 나는 이말을 듯고서 일종의호긔심이생기어서 나의당번도 안인데 남이가지고가는 새벽첫차를 가티탓다. 그러고서는 전차가 짜고다공원압헤 정거를할째에 나는 얼핏밧갓

슬 내다보앗다. 혹시 내가탄전차와 상치나되지안을가하는염려가잇서서 만흔
요행을 기대하는생각으로 그녀자를 만나보랴할째 과연그녀자가 전차를 기
다리고잇섯다. 그녀자뿐만아니라 그엽헤는 엇더한남자하나가 그녀자의억개
에 자긔억개가 다을만치부터서서 무슨이야기인지 정다웁게하는것을보앗다.
　전차에올으는 녀자는 그전에몸을차리듯것과 판이하야젓다. 전에는 머리
를 쪽지고 신을신엇더니 지금와서는 양머리에 구두를신엇다. 그러고전에볼
적에는몰랏더니 지금에 이녀자를보고 전에그녀자를생각하닛가 전에잇든 싁
굴틕와 어색한것이 모다업서지고 도리어 무엇앤지 시달려서 손쎄가쏘르를
흘르는듯하얏다. 날이치우닛가 몸에다가는만도를 입엇는데 쥐엇다펴기도하
고 꼼지락꼼지락하는 손가락에는 한달전에업든 금반지가 전둥불에 비취여
붉은빗을 반짝반짝반사한다. 그는 나를한번치어다보더니 여러번맛나는것이
신긔하다는듯이 익숙한눈으로 치어다보앗다.
　그러자 그남자도 전차를 탓다. 그남자라고하는사람은 한달전에 영도사를
나갈적에가티가든 그양복입은젊은사람이엇다. 영도사를 나갈적에는 이젊은
사람이 뒤쩌러저서 홀로히 비슷비슷쏘처가는것을 보앗는데 오늘은 자긔가
이녀자를 독차지하고서 승자(勝者)의자랑스러운모양을 나타내는것을보앗다.
　「구찬어서 죽을쩐하얏서?」
　그녀자는 아양이라면아양 웅성이라면웅성이라고할만한말소리로 그남자
에게대하야 이러한말을 하고서는 한숨을 내쉬엇다.
　「왜 진작오시지안코 시간이지내도록 오시지를 안으섯소- 엇더케기다렷
는지몰으는데」
　남자는 차안에서 그런말을하면은 짠사람이 드르니 아무말도마는것이조
타는듯이 그말대답은하지도안코 가만히잇다. 눈치를 챈녀자는 입을다물더니
무참한듯이 고개를도리키고 전차가 정가할정류장의붉은등만기다리는듯이
내다보고잇다.
　차가 종로에와스자 그두사람은 닐어서 나리엇다. 나는 오늘 생각한바가
잇슴으로 그들을 짤하서 나리엇다. 나는 그들이 재판소압정류장을 향하야
가는것을 보앗다. 그러고 혹시 그들에게 의심을 사지나안이할가하야 멀직안

이 서서 뒤를쌀핫다. 그들이 사면에사람이 업다는것을 긔회로생각하고서 서로손목을 잡는것을나는보고서 나의온몸이 불덩어리가터지고 내가 참패한생각이낫다.

재판소압헤가더니 그들은 멈츳하고섯다. 그러고 무엇이라무엇이라하더니 다시 그들은 재판소엽좁은골목으로 들어섯다. 이번에는 갓가히 쏘차가보리라하고서 뒤를 밧작쏘치매 그들은 내가쌀하가는줄도 몰으고서 이약이를 정다웁게하면서갓다.

「오늘 제가요 그이더러 다시맛나지안켓다고해버렷지오 그러닛가 썰썰우스면서 알엇다알엇다하며 얼핏승락을하든데요」

「무엇을 알엇다고?」

「당신하고 이러케된것을말이요」

「눈치야 챗겟지」

「그러치만 그이는남의생각은 죡음도해주지를안어요 가티살랴면은 가티살도리를 차려준다던지 그러치안으면 할수업스니 너와나와깨끗하게 갈러서 자고한다든지무슨말은업고 그저 질질쯔을면서 오늘녈오늘녈하기만하니 엇더케그런사람을 바라며살어요 날마다밤중이면 사람을쯔러다가 새벽이면은 보내면서 한번바래다주기를하나요」

남자는 아모말이 업다가

「우리집에가서 몸이나좀 노켜가지고가지………」

「넘우느지면엇더케해요 날이발서밝어오는데요」

「무얼 집에가면쏘무엇슬해? 할것도업스면서………」

「할거야 별르히업지마는 넘우자조가면 짠방손님들이라도 이상히알지안켓세요?」

「괜찬어 누군지아나」

「왜몰라요 눈치들채지오」

이리케말을 하는동안에 어느듯 어더한려관압헤 두사람이 서잇섯다. 그려 관문개구녁으로손을 느어 고리를 벗기더니 두사람은 종적을 감추어버리엇다. 나는 다시 엇지할수가업섯다. 압길을 탁막어논것가티 멀거니서잇기만하

엿다. 그려관속에는 반듯이 무슨 수상한일이 잇슬것을알엇스나 그것을알길
이업섯다. 하는수업시멍멍이돌아올째 그집담모퉁이를 돌아서랴닛가 불이 환
하게비취이는썰 창속에서 남자와녀자의잣거리는소리가들리며 미다지를 닷
는소리가 들리엇다 나는 올치이방이로구나하는생각이들며 귀를 기우려듯고
잇섯다. 족음은 아모말이업서서 공연히 나의가슴이아슬아슬하여젓다. 그러
더니 옷이 몸둥이에서 밋그러저버서지는소리가 연하게들리더니 기침소리두
어번이나며 전긔불은 확써지엇다. 나는 모든것이 더러웟다 내가 가슴속에서
부드러웁고 짜뜻하개타든 모든것이 그대로 써져버리고 엽헤잇는개천애 침
을 두어번뱃고서 큰길로돌아섯다.

J 醫師의 告白

『朝鮮文壇』, 1925. 3

一

　　이글을 쓰랴는나는 몃번이나 주저하얏는지 알수가업습니다. 이글은 나의 인격을 당신의재대하야 스사로 나치는동시에 쏘는 나의죄악의긔록을 스스로 짓는것이 되는것을 알무로 몃번이나 들엇든붓을 내던젓는지알수가업습니다. 이글을 쓰랴고 결심하얏슬째 쏘 이손에들은 철필촉이 나의신경(神經)을 바늘쯧으로 색이는듯이 싸각싸각하는소리를 내이며 나의쓰지안으면안이될글을쓸째 비로소 나의내면생활(內面生活)에 무슨큰변환이 잇는것을 쌔닷게되엿습니다. 당신과 내가 숙명덕(宿命的)으로 이글을 서로밧고주는운명을 타고나지안엇슬것도 나는 현대인(現代人)이라는 관념아래에서 명백히암니다. 쏘는 내가 이글을 써서 당신에게 바치지안이하야도 나의재 아무 의무나 책임이 업슬것도 법률의관념으로 나는 모르는것이안이며 도리혀 그것을 회피하지안이하면안될것도 압니다.

　　그러나 나는 이글을 당신에게 써서보내랴할만큼 나를 무서웁게하며 나의 내면의잠재한모든힘을 위압하고 강제할만한 무슨위대한힘이 쏘다시 우리인생사회에 얼키설키하야잇서 그힘이 나와 쏘는 S라하는이성사이에 일어난 무엇더한사실을 그사실중에 직접당사자되는 당신에게 이글을 안이보낼수업게하엿습니다.

당신도 이글을 보시면은 새삼스러웁게 놀래실줄압니다. 그리하고 쏘 S라는녀성이 얼마나 당신에게 원망스러웁고 쏘는 무서운녀자인것을 당신도 아시겟습니다. 그러나 그죄는 결코 S에게만잇는것이안입니다. 다부분의책임이 「나」라는사람에게잇습니다. 나라고하는사람만업섯드면 S라는녀성도 그와가튼무서운죄악─사람으로서 사람을 업시한다는 죄악은 짓지안엇스리라고 생각합니다. 엇지하얏든지 이죄악을 짓게된나로서 이글을 써서 당신의게모든 사실을 자백하야 그죄를 사하는동시에 쏘는 이 「나」라는 사삼의재도 다소간에 동정할점이잇는것을 알어주시기를바라는바입니다.

二

내가 S를 알기는 지금으로 부터 륙년전일입니다. 그때 나는 의학교를 갓나온젊은의사로서 사각모(四角帽)를 버슨지얼마되지안은데다가 「스물한살의사」라는 자긔자랑의마음이 가슴가운데 가득하야 말하는때나 쏘는 행동에 다소간에 거만하고 방약무인하는빗이 보인것은 그때에 자긔자신도 종종깨 다른일이 잇섯습니다. 나희가 어린데다가 남에게서 별로히볼수업는 자격 즉 의사면허(醫師免許狀)을 가진것이 그때 나의마음을 얼마나만족하게하얏는지 그것이 원인이 되여 적지안은죄악을 짓게되엿스며 쏘는나의게는 남달리 사람의마음을 잡어다니는힘이 잇다는것으로말마암아 적지안은원한을 품게한녀성이이세상에 몃친지알수가업습니다.

더구나 모두가 그러타고 단언해서말할수는 업는일이지만은 의사가 되랴는사람이 참으로우리인류의 우환질고를 위하야서 의학을연구하는사람은 몃사람이 못되고 첫재 의술을파라서 쌍이나 논을 작만하랴는사람이 만흔것은 의사가 돈을만히번다고하는것보다 그만큼 사회상대우가잇스며 쏘는 그만큼 제한이업는직업인까닭이라하겟지오.

내가 처음으로 개업을 하얏슬적입니다. 부모의주선으로 엇더한이가 뒤를 보와주어서 병원을 내인지 두달만인가 하로는 우리형님의소개장을 가지고 온녀자가한아 나를 차저왓섯습니다. 우리형님이라는이는 그때 K녀학교교사로게실째인데 그소개장을 가지고온녀자는 자긔가 가리키든녀자로 수년전에 K학교를 졸업하얏다는데 마츰 늑막염(筋膜炎)의증세가잇서 엇더한의사든지 마음노코 치료를 바들사람이잇섯스면 조켓다하야 우리형님이 나를 소개하야주신것이엿습니다. 그녀자인즉 당신의애인인 S이엇습니다. 그째의나는 여러가지로 호긔심을 가지고잇슬째이엇습니다. 나는 사람의머리를보면 피부와 근육과 쏘는그속에잠겨잇는노(腦)밧게는 보이지안엇스며 그야말로 토기의고환(睾丸)과 사람의고환이 현미경미테서는 동일하다는정리밧게는 몰랏섯습니다. 사람이 울고웃는것도 그신경작용의이러코저런것에짜라서변하며 그사람의잘하고못하는것도 대노(大腦)의대소나조직여하에 짜라서 분명히구분되는 것밧게는몰랏스며 녀자의골격과 남자의골격은 몃 「프로센트」가 틀리는데 남자의골반(骨盤)과녀자의관골은눈감고만저보와도 달은것을 차저낼수잇는 것과 사람이남자가되고녀자가되는것은 다만 「홀믄」 작용에짜라서되는것이며엇지하얏든 사람을 볼째에 나의눈에는다만 한개의기계(機械)로밧게 보이지안앗습니다.

나의손으로 살우에 「매스」를 대고서 살점을 배여내고 피를 글거닐째 나의마음은 아마 조각가(彫刻家)가 차듸찬대리석을 깍는것이나 다름업는 법열(法悅)의쾌감을 늑기엇다하여도과언이 안일가합니다.

바로S가왓슬째 나는 그를 보고서

「잠간만 기달리십시오」

하고서 다른환자(患者)를 보랴고 진찰실로 드러가자 내뒤를 짜라드러오든 O라는간호부의 얼골빗이 썩조치안은긔색이 보엿습니다.

나는 속마음으로 이상하기는하얏스나 말을물어볼수가업서서 다만 그째에 병을 보든어린애의맥박을 듯고잇스랴닛가 O라는 간호부는 나의수종도하야줄생각을 하지안코 다시 밧그로나갓다가 조곰잇다 드러오더니

「그녀자가 잇다오마하고갓세요」

하얏습니다. 나는 그O라는간호부의마음을알엇습니다. O라는간호부는 내가 의학교쩍에 맛난녀자로 나에게는 첫사랑을 준녀자이엇습니다. 그러나 그녀자는 너무나 질투심이 만하서 내가 엇더한녀자하고든지 맛나는것을 몹시

실혀하얏습니다. 더구나 자긔보다인물이 조곰이라도 더나보이는녀자가 혹시
병을보러오면 그녀자는 반듯이 무슨핑게를 잡어서든지 쏘차보냇습니다. 그
러타고 결코 나의사랑을 독점(獨占)하랴하는것도안이엇습니다. 처음 내가그
간호부를 학생시대에 사랑할적에 퍽 열열하게사랑을 하얏섯스나 그녀자와
내가 육적관계를 매즌뒤에 내병원에와서 일을보게된뒤에는 그녀자는 발서
내것이안인것을알엇습니다. 그의사랑은 발서 김이나간사랑이엇습니다. 나의
손을 쥐든 그쓰거운손은 어대로가고 차듸찬손이 나의손을 쥐엇습니다. 쏘는
그의 눈동자에 별가치빗나든빗은 나를 볼째 나타나지안코그엇더한사람을볼
째 나타낫습니다. 나는 그녀자로 말미암아 그얼마나마음이 괴로웟는지알수
업습니다. 그래서 그를병원에서 내쏘치랴고 생각까지하얏습니다. 다시맛나
지안으랴고까지하얏섯더니 하로는 O가 나를 보고 눈물을흘니면서 잘못을
용서하라함으로 나도 쏘한 그리박절히할수업서 용서를 하야주엇습니다. 그
러나 한번업지른물은 다시 담지를 못하는것인지 그의마음은 나에게서 영영
가버렷습니다. 그는 쏘다시 다른애인을 어더두엇습니다. 그러나 O는 언제든
지 내엽에 다른 녀자가 갓가히 오지를 못하게하얏습니다. 이것은 일종의 변
태심리에서나오는질투이겟지오. 그뿐안이라 자긔의자존심과자부심을 유지
하랴는 녀자의앙칼진마음인지도몰으겟습니다. 그날도 그S가 나의게 갓가히
오는것이 실혀서 무슨거짓말을 해서든지 쏘차보낸것이 분명하나 아즉 증거
를 잡을수업서서 그대로 내버려두엇습니다.

三

　　그날하로는 공연히 마음이 조치못하얏습니다. 더구나 잇다오마하든S가
오지안음으로 기다리고기다리든마음이 나종에는 분노로 변하야바리엇습니
다. S는 당신도 아시다십히 미인이엇습니다. 더구나 그눈섭긴눈에 검은눈동
자가 말할째마다 광채잇게도는것이라든지 어엽분입이 반쯤우슴을 씌우는것
에 엇전지 사람의마음을 쯔는데다 그의넝청넝청것는거름거리는 그대로 뒤
로가서 끼어안을만하얏습니다. 그러니 내기 S오기를 기다린것온 결코 S에게

마음을 두어서그리한것이 안이라 O라고하는간호부의 원수를 갑흐랴하는것
이엇습니다. 아모리기다려도오지안음으로 하는수업시 옷을 가라입고 O간호
부집을 차저갓습니다. 째는 맛치 첫봄이되여서 상긋한봄냄새와 부드러운봄
바람이 코속으로슴이어 분한마음에 쓰거웁게타오르는노속에까지기어드럿습
니다. 집에서 나올째에는 O를 맛나면 당장에죄수심문하듯하야 그말을 알고
말리라하얏스나 그래도 증거를 알기위하야 나는 멈처 형님에게로 갓습니다.
형님에게로 간즉 형님은 나를 보시더니 무슨잘못한일을한사람을 책망하랴
는사람처럼

　「어서오나라」

　하시며 나를 쳐다보섯습니다. 나는 그째에 나의마음에 먹엇든맘이 드러
마진것을 확실히알게되엇습니다.

　「앗가 누가 너 차저가지안엇든?」

　「네 왓섯세요 그러치안어도 그일째문에 왓는데요」

　「글세 병보러간사람을 쪼처보내는일도잇니?」

　「안예요 제가쪼차보낸것이안이라요」

　「응」

　「간호부가 다른사람더러 잇다오라고하는것을잘못말을햇서요 그래서 노
하지나안엇나하고 더구나 형님이 소개장까지써주신것을………」

　「글세말야 그럴리가업는데 퍽이상하게 나도생각을하얏지 그S라는녀자가
오더니 퍽성이난얼골로 날더러하는말이 너는 기다리라고하얏는데 간호부가
나와서 지금은 밧부세서 진찰을 못하겟스니 잇다나 내일 오라고 그러드라나
그러면서 내쫏다십히 가라고해서 다시는가지안는다고그러니 그비러먹을간
호부년이 엇재그모양이냐, 그런것을 왜붓처두니?」

　이말을 드른 나로서는 감안이 잇기가 어려웟습니다. 속에서는 날카로운
칼날갓치 쪽족하고예리한감정이 당장에 O를 업새버리고 십흔생각까지낫습
니다. 그래서 형님에게 그긔색을보이지안으랴는생각으로

　「대단히일이 잘못되엿습니다 래일은 꼭다시오라고말슴하야주십시오」

　하고 형님의집대문간을 나서서 가랴는곳은다시 O의 집이엇습니다. O는

려관에 잇섯습니다. 그려관에는 다른 의학교다니는학생들이 만히잇는집으로 녀자라고는O와쏘다른간호부학교에다니는사람이 잇슬쑨이엇습니다. 내가 O의려관에 발듸려노랴는마음을 먹은것은 이번이처음이엇습니다. 물론 그려관에 발을 듸려놋는것은 O를위하야서는 조곰섭섭한말일지는알수업스나 나에게는 창피한일이 엇습니다. 그럼으로 O는 내가 자긔려관에는 의례히오지안으리라하얏습니다. 자긔는 자긔려관에 잇기만하면 무슨일이든지안심하고할수가잇섯습니다.

내가 O의집에드러 스랴할째에는 거침업시 그의방문을 열고서 머리채라도 그러내랴하얏스나 참으로 짝당하고보닛가 일은 마음과 정반대로 다리가 주저주저하야젓습니다. 우선 사람을 차저서

「O씨 게시우」

하닛가 하인은 잠간안으로 드러갓다나오더니

「안계서요 누구십닛가?」

나는한참주저주저하다가 나의일흠은 대기가창피하야

「언제 나가셧소?」

하고 다른말을 하얏습니다.

「글세 저는잘몰으겟습니다 안게신것만알지오」

「누구하고 나가신것도몰으고?」

「몰으죠」

하고 고개를 내흔들엇습니다. 그러자 누구인지 밧갓혀서 양복입은사람 하나이 드러왓습니다. 그는서슴지도안코 나처럼 하인에게 무러보지도안코 안으로 드러갓습니다. 그러다가 나를 도라다보다가 나와얼골이 마조칠째 나도 놀라고 그도날랏습니다. 서로 치어다보는눈에는 무서운원수의화살이 당장에서로쏠쏫하기도하고 녯날에 그리운우정이 서로끠어안을듯하기도하얏습니다.

「야!」

서로 손을 일시에 내밀고 그손을 서로쥐일째에 그손은 차기도하고 더읍기노하얏습니다.

「재미가 엇던가?」

「그저 그럿치!」

다만 근질근질한얼골을 서로치어다보고잇슬짜름이오 엇재왓스며 누구를
보러왓느냐?는것은 서로물어보기전에 쏙가치알므로 다만 전쟁에서 서로 전
군이된친구모양으로 마조보기만하고서 우리두사람은발하나 쏨작하지안 코
서잇섯습니다.

그러자 저쪽 구석에잇는 미다지가 열리며 내다보이는사람은 업다고하든
O엿습니다. 나는 그째에 모든것을 알엇습니다. 이모든것이라는것이 오늘 당
신에게 이글을 써서바치게된동긔를 나에게 만드러주엇습니다.

나는 그자리에 더 오래 서잇지를 못하얏습니다. 오래서잇스면 O의얼골
이 간질간질할것보다도 나의 얼골이 더욱간질하야서 못견댓습니다. 그래서
나는 아모말업시 그자리에서나왓습니다. 사람이 이와가치 분한경우만당하는
것이 안이겟지오. 그러하나 나는 그자리에서 그경우를 당하는것처럼 분할째
가 업는것가탯습니다. 집으로 도라오는길에 쩔리는가슴을 진정할수가업서서
집에도가지안코 엇던료리집에가서 밤새도록 술을마시엇습니다. 내가 눈을
쩟슬째에는 우리집거는방이오 내안해가 나를 째엇습니다. 나는 그째 나의안
해를 볼째 얼마나 붓그러운마음이 잇섯는지 알수가 업섯습니다.

四

그이튼날 나는 병원에잇섯습니다. 오늘 나에게 진찰을 바드러오는 사람
은 내가 생각하기에도 불상한생각까지낫습니다. 오늘처럼 나의마음이 불쾌
하고 화증나는날이 업섯습니다. 내가 내생각에도 내가외과수술(外科手術)을
하는것이 겁이 날만치 나는 조심을안이할수업섯습니다. 더구나 부인환자가
오기만하면 그부인환자를 모조리 째려내쏫거나 그러치안으면 모다 자긔의
것을 만들어서 O간호부의원수를 갑허보고십헛습니다.

오정이 되도록 O간호부와 나사이에는 말이 업섯습니다. 다만 벙어리모
양으로 환자를진찰할쑨이엇습니다. O도 나의불쾌한것을 물으는것이 안이지

만은 여러남자의게 쇠달림을 만히당한그는 내가 성이난눈치를 채우면 도리
허 그는 생글생글우스면서 사람의 간을달게하얏습니다.

한시쯤하야 S는 왓습니다. 마츰 손이 부엿섯슴으로 얼픗문밧그로 나가서
그를 마저드리며

「어제는 매우실례를하얏습니다」

하며 나는 우섯습니다. 이것이 오늘 병원에 드러와서 처음으로 우슨것이
엇습니다. 이웃는것을 내가 문을 열자 방안에잇든 O가 보앗든지 그의 두눈
등에서 서리가일듯이 새파란빗이돗는것을 나는 발견하얏습니다. S는방안에
드러와서 머뭇머뭇하얏습니다.

「안즈시지오」

하며 나는 S의서잇는곳을 보닛가 거기에는교의가 업섯습니다. 그러자나
는보통사람에게하는것처럼 O를 향하야 교의를 갓다노라하얏습니다. 독살스
러운눈으로S를보고잇든O는 아모말업시 싹도라서더니 그대로 문을 획닷고
나가버렷습니다. 이것이 이째에 나는 S에게 미안하기도한동시에 쏘 O가 얼
마나 얄미웁고 그행동이 방정마저보이는지나는 나는제비보다도 더빨으게
문밧그로 쏘처나가 그의손을 잡엇습니다. 나는 울크러지게 그손을 잡고 니
를 앙물다십히하고 그를치어다보앗습니다. 밧가테는 약을기다리는사람들이
교의에 안저잇다가 눈이 쑝그래서 우리의꼴만살펴엇습니다. 나는 머리끗까
지 분함이 탱충하얏섯스나 그래도 체모를 생각하고 안으로 썰고드러갓습니
다. O는 독살이 나서 쌕쌕하며 암상이 닥지닥지한눈으로 나를 흘겨서 아래
우로 흘러보더니

「왜 이러세요? 손을 좀노세요?」

하며 손을 뿌리치랴하얏습니다. 그째 S는 엇지된영문도아지못하고다만
한엽흐로 비켜서서 우리의행동만 살피고잇섯습니다.

「무엇야? 손을 노라구? 네가무엇이냐? 손님에게 그런무례한짓이어대잇
서?」

「무엇이 무례해요? 저는 여태까지 그러한심부름은하야보지못하얏세요?
저는 죽어도 그런짓은 하지안어요!」

그때의 나의성미도 몹시 표독하얏습니다. 더구나 조고만큼이라도 내수에 틀리거나 나의말을 들어야할사람이 터택만치라도 거역을하는일이잇스면 그때에는 단정코용서하지를안는성미엇습니다. 그때에 나는 나도 몰으게 무슨 기운이 나의가슴으로 칵치밀어올러오더니 나의두눈에서는 불기운가튼기운이 번개가치나며 나의 바른손이 O의파르죽죽한쌤을 힘잇게갈겻습니다.

「무엇야?」

소리를 지르자 O는 그대로 얼골을 두손으로 폭싸더니 폭 주저안저서 한참은 아모말이업시안저잇섯습니다. S는 엽헤서 이꼴을 보더니 눈이 쏭그래지며 두팔을 옹숭그리고서서

「선생님 왜그러세요?」

하며 측은한듯이O를내려다보앗습니다. O는 조곰잇다가 눈물이 쏙쏙쩌러지는것도 씨슬생각을하지안코 그대로 이러서서

「어듸 다시한번째려보세요 당신이 나를 짜리시면 죽기밧게더할가요? 그러지말고 죽여보세요 당쉰의손으로 당신압헤서죽는것이 나의평생소원예요」

O의말이 입에서나와서 입꼿테서 살어지는말인것을 내가 모를리는업스나 비록 부인말이나마 전에 잠간이라도 나의게 사랑을 준녀자의입에서 나오는말이되여그러한지 퍽나의가슴을 쓰리고 거북하게 하얏습니다.

「뭣기실혀!」

벼락가치 소리를 지르는바람에 병원의약제사 조수 쏘는환자들이 모혀들엇습니다. 조수는 우리의사이와 쏘는 나의성미를 짐작함으로 무슨일이 생겻나보다하고서 O를 얼핏쓰러내랴고 O에게로 갓습니다. O가 쌤에서 손을 쩨일째에는 그파르족족한쌤에 싯벌건손가락자꾹이 쩍가락가치낫섯습니다. 나는 다시

「가! 다시는 여기잇지못해!」

하고 한손을들어 손가락에힘을 주고 O를 문밧가편으로 모라내라는듯이 지휘를하얏습니다.

「왜 이러세요?」

약제사는 내압흘가려스면서 물엇습니다. 나는 그째야 여러환자들이 내눈

압헤 서잇는것을 보앗습니다. 저환자들은 나를 밋고 나에게 자긔의병을 고
치러왓나 그뿐안이라 내가만일 조곰이라도 저사람들에게 위신이 쩌러지거
나 쏘는 신용을 일른다하면 나는 고만 환자를 일어버리는동시에 명예와 쏘
는수입이여지엽시 쩌러질것을 째닷고서 얼픗머리속으로생각나느것은 O간
호부에게 모든잘못을 씨어버리리라하는것이엇습니다.

　「왜가 무엇야? 간호부가 되어서 손님에게대하야 잘못을 하닛가그러치」

　나는 목소리와 자세에 위엄을 도드랴고 일부러 허리를 펴고 점잔은 태도
를 취하얏습니다.

　「잘못을 하닛가 선생님이 그리하셧지 당신이 미워서 그러셋겟소? 성생
님 성미를 알면서 왜 그러우 한두해 모시고잇는것도안이면서………」

　나의조수는 O를 타일르기에 노력하엿습니다.

　「자 남붓구럽소 어서 저방으로 갑시다 어서 어서」

　하며 O의등을 밀고서 밧가트로 나가매 O는 밀려 나가면서 원망스러운
듯이 나를 흘겨보더니

　「어듸 선생님 두엇다보세요」

　하고 문밧그로 나가자 밧가데잇든 엇던실업슨환자의목소리로

　「모양조타. 말안드르면 그런법이지」

　버째노코 비웃는사람도잇고 쏘엇던 사람은

　「그러치만 넘어 지독한걸!」

　하고 동정하는 사람도 잇섯습니다.

五.

　O의시긔는 날로하야금 반동적(反動的)으로 S를 통탁할마음이 생기게하
얏습니다. O간호부가 자긔는 나를배반하면서 나는 자긔의 손아귀에 집어느
코 내노흐랴고 하지안는 괴약한 심사가 더미웁고 쏘는 이손에한아 저손에한
아를 쥐고서 어느편으로든지 더기우러지는편을 택하랴하는 그 심사가 더욱
가증스러윗습니다.

그러자 나는 S라는녀자를 엇더케해서든지 손가운데다가 집어너어서 O간호부를 내 눈압헤서 내가보는데서 그대로 말려죽이어 바리고십흔생각이 낫습니다.

S의병은 그리중하지는 안엇습니다. 일주일이나 이주일간치료를 하면 관계치안을것을 나는 일부러 머리를 극적극적하면서 고개를 기웃하고 대답하기가 난처한듯이

「글세요. 과히넘려하실것은업스나」

하고 말끗을 맛치지못하매 S는 자긔의병이 그러치안어도 중한병이나 안인가하고 의심을 하는차의 내가 대답을 시원이하지안는것을 보더니

「왜 그러세요 오래가겟세요」

하며 눈가장자리가 파래지면서 근심스러웁게 물엇습니다.

「안요」

나는 더욱더욱 S의마음을 초조하게하기위하야 구지 말을 느럭느럭하야

「변로히 오래갈것갓지는 안으나」

하고 말을 끈헛다가

「좀 중합니다」

하는데는 힘을 주어서 말을하얏습니다.

「글세 중한줄은 저도압니다만은 치료를 하랴면 얼마나 걸리겟서요」

「글세요 곳처보아야알겟지오」

나는 짐즛 얼골에 냉정한표정을 나타내며 말을하닛가 S는 거의절망이나 한사람처럼

「그럼 한이업다는말슴예요」

「안요 한이업기야 하겟습닛가만은 좀 시일이 오래걸리겟다는말슴이지오」

그리고 S를 나의손가운데에다 느라면 S를 나의겨테두는것밧게 업슬것가태서

「그리고 너머 한만히 나다니신다든지 쏘는 불규측한생활을 하게되여서는안될걸요」

「글세 그러케 말슴을하시니말슴이지 저도 집에 잇스면 머리살만압흐겟

고 병에 해로울줄압니다 그러닛가 이병원에 입원할 병실이잇스면 입원이라도하고 병나흘째까지 잇서볼가하는데요」

「녜 그것야 완비하게잇스닛가 S씨가 게시겟다면 상당히편의를 도아드리지오」

여기에 나는 나의일을 시작하는데 첫재번 성공을 하얏습니다.

六

S는 내병원에 입원을한지 열흘이 되엿습니다. 그의남편은 날마다 아츰저녁으로 들러서 병자도위문하고 쏘는 나에게 여러가지로 부탁을 하기도하얏스나 나는 그가 오는것이 언제든지 불쾌하얏습니다. 그리하자 마침 그의남편이 볼일이 잇서서 동경으로가게되엿슴으로 이것이 둘재번으로 내가 내일을 하는데 성공하얏다할것이겟지오.

S에게는 차저오는사람도업섯습니다. 하로종일 병실에 누어서 책이나보고 잠이나잠으로 그는 몹시 쓸쓸한모양이엇습니다. 그래서 나는 틈을 타서 각금각금병실로가서 이야기도하여주고 혹 시원한 과일이라든지 쏘는 과자무엇이든지 사다주며 심심하면은 서로침대머리에서 추람프작란가튼것도하얏습니다.

처음에는 서로존경하는말을 서로써오다가 다음에는 롱담을교환하게되엿습니다. 그럴째마다 그는

「저는 선생님이시닛가 모든것을 밋고서 이러케 무례하게합니다」

하며 일변 변명을하얏스나 그변명은 도리혀 나와 S사이가 무례한짓을해도관계치안은지경까지 일으럿다는것을 증명하는말이엇습니다.

하로는 달이 환하게밝엇는데 그는 창에 비초인달을 치어다보기위하야 일부러던등을 쓰고누어잇섯습니다.

나는 어대를 가서 약간술이취하야 말할수업는 흥취가 가슴에서 용소슴을 치는데 파란달빗은 나의피줄로 슴여드는듯하얏습니다. 나는 S의안부를 알랴는것보다도 그와 쏘롱담이하고십고 그의얼골이 힌번보고십허시 나의병

원으로와서 S병실의문을 열엇습니다.

「누구요?」

하는소리가 방안에서 나기는하나 불은 쩌서 얼른보이지안는데 조곰 더 자세히보닛가 유리창 「커텐」을통하야 흘러드는듯한달빗미테 백옥가티힌 S의얼골이 마치 천사가 드러누은듯이보이고 그의쌈안머리카락은 카락카락마다 달빗이어린듯하얏습니다. 나는 그째에비로소 녀자의숭엄(崇嚴)한 아름다움을 차저냇습니다. 더구나 혼이불하나만걸친 그의온육체의윤곽은 마치 로단의조각을 보는듯하얏습니다.

「나요」

하고 갓가히드러 스랴하닛가

「내가 누구요?」

하는목소리는 술이 반취한 나의귀속으로는 그러케정잇는소리를 처음드른듯하얏습니다.

「나를 몰나요」

하고 침대로갓가이가서매 그째야 안심한듯이 가슴을 내려안치면서

「나는 누구라구」

하며 손을 내미러악수를 청할제 그 히고 부드러운손을 나의손으로 쥐엇지만은 그는 나의 불가치탁오르는가슴을 어루만지는듯하얏습니다.

「그런데 이밤에 웬일이세요」

하더니 옷을 버서서 일어나지는못하면서

「그런데 어두어서안되엿스니 저불좀켜주세요」

하고 뎐등을 가리킨다.

「불은켜서무엇하우 달이 저러케발근데」

하닛가

「그러치안어도 달구경하느라고 불을 썻세요 대관절 이리로안지시지요」

그째에 나는 속으로 그러케만족할수가 업섯습니다. 자긔의마음에도 자긔의하고십흔대로할만한 아름다운녀자가 다만 나와저두사람만잇는 이부인방에 잇는것을 생각할째에 모든것은 하고십흔대로 되리라 하얏습니다. 그째의

나의머리가운데에는 남의안해라는 관념도업고 간통죄라는 생각도업고 다만
내가 하고십흐면 할수잇다는 생각밧게는 업섯습니다.

　S의얼골에는 적막한마음에서 억지로 이러나는 우슴이 나타낫습니다.

　「혼자게시기가 퍽쓸쓸하시지오」

　나는 위로나 하는듯이 S에게 물엇습니다. S는 참으로 적막하다는듯이 쏘
는 누구든지 이적막을 업시하야주엇스면 조켓다는듯이 고개를 도리켜 나를
치어다보며

　「네 오늘저녁은 웬일인지 몹시 쓸쓸해요」

　하는그의눈에는 누구에게든지 맘튼튼하도록 매달려보거나 그러치안으면
더 긴장한생활을 하고십다는듯, 긔색이 력력히보이엇습니다.

　나는 이틈을 타서 S를 유혹 쏘는롱락하리라하야

　「그러면 산보를 좀하시지오」

　「산보를 해도 병에 관계가 업슬까요」

　그는 산보가하고십다는 말이엇다.

　「넘어 적적하게 게시는것보다 조곰 바람을 쏘히시는것도 좃습니다」

　이러한경우처럼 환자가 의사의명령을 복종하야주엇스면 조켓지오. 영숙
은 당장에 쮜어일어날듯이 깃븐빗이 얼골에 가득하야

　「그러면 조곰 나갓다드러올가요」

　「그러시요 그러나 혼자나가시면 안되지안엇세요 제가 잠간동행을 하야
드리지오」

　S는 잠간무슨 생각을하엿는지 창밧글 념려스러운듯한눈으로 내다보더니.

　「그러치만」

　하고 나를 의아한듯이 치어다보앗습니다. 나는 그째 그의마음을 알어보
앗습니다. 자긔는 남편이잇는 사람이다, 그러러한사람이 아모리자긔의병을
맛긴 의사라할지라도 밤중에 두리서로 나가는것은 세상에엇더한소문을 만
들른지 잣칫하면 자긔의일생을 좌우하는문제가 될것이다, 그러고 비록 이내
가 즉의사가 아모리자긔의 신뢰하는사람이라할지라도 그의마음과 그의인격
까지는 밋지못한다는생각이 그의머리속에 그째 번개불가치 일어난것은 사

실이엇습니다.

그러나 그의넘어 쓸쓸함은 그와가치일어나는 의심을 익여바리고 문박그로 그를 쓰러내기에 넘어만혼 힘이잇섯스며 또는 적막한가운데에서 젊은녀자가 주리고 주린이성(異性)에대한 그엇더한위안이 넘어 결핍함을 째달엇섯든것도 사실이이엇습니다.

그는 어린애가치 옷을입엇습니다. 그러고

「여보세요 어듸로갈가요?」

할째에는 통속에 가첫든비둘기가치 춤을 추다십히 하앗습니다.

「글세요 엇더튼 나가시지오」

마당에 달은 쩌저지는듯이 밝엇습니다. 우리는 마치 금강석가루를 까라노흔마당을 거러가는듯이 모래들은 어염브게 반쩍어리엇습니다. 병원은 적막한바람이 적막히브러간듯이 말업시 우리들을 전송하앗습니다.

우리는 길거리를 피하앗습니다. 그길거리를 피하야 으슥한곳으로 다니자는것은 S나 나나 모다동감이엿습니다.

그것은 자긔는 남편잇는 사람이오 또 나는 남편잇는녀자를 데리고다니는것이 다소간량심에 쩔리는 점이잇슬쑨만안이라 나는 발서 나의머리속에 예정하엿든것이 잇섯슴이엇습니다.

S는 그째 나를치어다보며

「누가 보면 내의로알겟네」

하며 우슬제 나에게는 만족이잇섯습니다. 그말 한마대가 영숙이 나에게 자긔의맘을 알이켜준것가테서 장차 자긔성공이 긔탄업고 조곰도어려움업시 된것을 미리짐작하게하앗습니다.

S는 쑴에취한사람이 잠쏘대하듯키 여러가지 이야기를 하앗습니다.

자긔의친정이야기로 싀집이야기로 또는 친구들의 이야기로 또는 싀골로 구경다니든이야기를 하앗습니다. 그러고 자긔는 아직까지 부족할것이업시지 내나 한가지부족한것이 잇다하앗습니다.

그것은 자긔남편의이야기엿습니다. 자긔남편이 우선 자긔보다 나희가 한살이알애라는것과 넘어신경질이라는것과 또한가지는 자긔는 S를 사랑하지

안으면서 S에게 자긔를 사랑하야달라는것이엇습니다. 즉말하면 S는 자긔남
편을 사랑은 하야도 사랑을 바더보지못한다는 말이엇습니다.

　　S의입에서 쩌러지는말마다 나에게는 승리를 노래할조흔긔회를 잣고잣고
지어주는 소리쑨 이엇습니다.

　　우리들은 열두시나넘어서 엇던카페로갓습니다. 밤찬을 가치먹으랴고 음
식을 갓다노앗을째 S는피곤한빗이 가득하야 가뱌운 한숨만쉬고 잇섯습니다.

　　「드십시다」

　　둘이 먹기를 시작하기전에 나는 포도주한병과 「휘스키」 한병을 가저오
라하얏습니다. 그래서 「휘스키」는내가 포도주는 S에게권하얏습니다.

　　이것을 본 S는

　　「저는 술을 먹을줄몰라요」

　　「안요 한두잔은 괜찬습니다」

　　이런한째에 나는 내가 의사라는것을 그에게 힘잇게 발휘하얏습니다.

　　다른 술은 해주어도 이포도주는 여러가지로 리루운것이오, 그래서 의사
들이 환자를 먹이는것이닛가요 쏘 흥분제가 되어서 조곰피곤할째 한두잔마
서도 괜찬타하얏습니다.

　　영숙은 피로한것을 이즐수가 잇다는말에 솔깃하야 한잔을 칠흡즘 마시
엇습니다.

　　「맛도 흥허지안코조치오?」

　　「녜」

　　「자 한잔만 더하시지요」

　　나는 두잔재 권햇습니다.

　　두잔을마시더니 햇슥하든얼골이 진홍가치 쌜개젓습니다. 그러더니 누을
자리만차지면서

　　「에그 취해요 취해요」

　　하며 일어섯다 문을 여러노앗다 수건으로 부채질을 하얏다하엿습니다.

　　그째 나는 참으로 못할일을 하얏습니다. 그가먹다논 「곱부」에다가 내가
먹던 휘스키를 한잔부어노코

「왜 그러세요 이라와안지세요 찬바람을 쏘이거나 괴롱을하시면 해로웁습니다」

손목을 쓰러다가 자리에안치고 다시 남어지술-그독주가석긴술-을 권하얏습니다.

S는 손을 내저흐며

「에그 실혀요」

하며 사양하는것도 듯지안코 나는 내손으로 그술을 먹엿습니다.(未完)

검시어딤

어즈러움(『開闢』, 1923. 5)

어즈러움

『開闢』, 1923. 5

요한君

봄이지나고 濃厚한녀름을기다릴째에 우리아페겨울이나타나면 우리는 저 퍼하지안흘수업슴니다 부빔밥가티濃厚한 사랑에서 외로움의世界로 쪼겨난 이가티 不幸한이가 다시업스리라. 나는생각합니다 그는 極度의저픔123)과 외로움과 슯흠을 맛본사람이외다. 그와가튼뜻으로 끗짜지 돈을즐기던 享樂主義者가 財産이라는王國에서 쪼겨날째에 밧는 不幸과슯흠도 적지아는것이오다. 짜뜻하고 가브엽던124) 옷을생각하고 맛잇던 조흔음식과조흔담배를 생각하며 사고십흔 수업는물건을생각하며 아직 늙어죽기짜지에 남아잇는年數을비교할째에 그는 自殺할勇氣가업는 自己를 비웃지 안코는 두지안케짜지됩니다.

이러한뜻으로 나도 그 不幸한사람의하나이라고 안할수업슴니다. 만치는 못하엿스나 내一生에는 豊足하던財産은 三年동안의 곳모르는放蕩에볼나위업시 주러지고마럿슴니다. 큰짱은 팔리워적은짱이되고 적은짱은 팔리워 빗째문에나가고이리하여 마침내 나에게는 가장신성하던 저택짜지 인제는 남의손으로 넘어갓슴니다. 平壤城내에 住宅地로는 한곤대밧게업는곳에 四百

---

123) 두렵다, 무섭다.
124) 가볍던.

餘坪을점령하고잇던 그 커다란저택ㅣ 아버지가지ㅅ고[125]내가자라고 結婚하
고 내게는 그중보배인 한아들과 한쌀을어든 그집도 「공언히 커다란집을쓰
고잇슬필요가업다」는 테재조흔필계알에 永久히내손에서 쩌낫습니다. 엿새
동안을짐을옴기고 마지막 이사하는날 나는 구녁쑬린것가튼압흔마음으로 그
집을 쩌낫습니다. 그잇튼날 病院에가는길에 無心히 그집에 다시들어가보니
이젼에는 안해라도 허투로 못들어오던 나의書齋이던방에동리ㅅ아희들이 그
림ㅅ조희를 엇노라고 와글와글하더이다. 세머리이 개가 나흘동안을 굶으면
서비인집을지킨것도 한悲劇이라할수잇지오 自己조흔긔희[126]에라도 자긔의
자라난집을 팔면 설럽거던 할수업시파른 나는 이사온지한달이나되는지금도
마음이 낫지안습니다.

　너덧달전 집을팔기로게획한 그째부터 나의머리는 얼마간 변하엿습니다.
그젼까지는, 사람을사람으로넉이지안코 밸[127]이세고 교만하고 自我에强하
던나는 차차 「남」이라는것을 眼中에두게되엿습니다. 지금 나는 二年만에朝
鮮옷을닙으나 이것도 이상한 겁으로말미암아서의다. 어쩐날어대로 가노라는
데 나와 마조오던 學生며치다픽픽 나를보고 웃는것을보앗습니다. 그뒤에 어
대를지날쌔에 「멋쟁이로다」라는말을드럿습니다. 그뒤부터는 길에서 사람이
웃는것들을보면 나를보고웃는것가타며 젊은이 특별히學生 (남을놀리기조하
하는) 을보면 돌림길을 하여서라도避하고 큰길로다니던나는 작은길을取하
게되다가 마츰내양복이낫부다는 結論에이르러 朝鮮옷을닙게되엿습니다. 그
러나 길에 웃는사람은 차차만하가면만하가지 업서지지는안습니다. 사람이라
는것이무서워옵니다.

　土耳其帽[128]를쓰고 鐘路로闊步하던나는 어대가고삿부채를들고 大路를
거치던나는 어대갓는지 지금은 사람만보면 할수잇는대로 피하려는나밧게는
차저내일수업습니다 나를유심히보는사람이잇스면 「무얼. 쑥은 꼿까지 삼을

---

125) ① 집에 있는, ② 지으시고. 여기서는 후자의 뜻임.
126) 기회.
127) 배알의 준말. 창자를 속되게 이르는 말로 여기에서는 자존심을 이른다.
128) 토끼털 모자.

몰라보아」라고비웃던 나를, 나는 舊歲紀의小說이라도 닑는마음으로 회상하
게되엿습니다.

　巡査(그들은 우리가 植物인지 礦物인지 區別치못합니다) 가무섭습니다.
무론 아모라도 罪人으로보려는 그들의눈이 낫브기는하거만 派出所압흘지날
째는 나는正大한사람이라는 표적을보이려고 힘쓰지아느면 그들이 고함칠것
가타여 무섭습니다. 칩쓰注射를마즈라고온 슌사들 나는문틈으로 겨우내여
다봅니다. 그와함끠 바늘과 칼이무섭고 큰길이무섭고 작은길이무섭고 맑은
날이무섭고 흐린날이 무섭고 말하자면 나自身밧게는 온갓것이무섭습니다.

　썰리는마음은 나로하여금 차차우울에싸지게합니다. 벗이생각나는째도잇
스며 위로하여주는 愛人이업는 이世上은(몰내)저주하고십흔째도만히웁니다.

　그동안에 언제醱酵하엿는지모르지만 한가지생각이 나의마음속에 成長
되엿습니다. 가르되

　「우리는 엇지하면(或은 「언제면」이라도조치오)不滿이업는삶을 살을수가
잇슬가!」

　어쩐날밤 나는생각하엿습니다. 나는 弱者다. 그러고 不幸한者이다. 무서
운權威을잡어보고십다이세상은커녕 過去現在未來를 通하여 이宇宙의 通轄
權을 잡어보고십다. 사람의生殺與奪權은 바람의 最少한部分이오 日氣와 별
의運動에까지밋는 큰권세를잡어보고십다. 이우에 痛快한일은 다시업스리라.
그것이면 나도 滿足하겟다고!.

　그러나 그것으로果然滿足할가 나는 다시생각하여보앗습니다. 體驗이업
스니 卽答할수는업스나 希臘神話에서 쥬-쓰가滿足지못한것과 舊約聖書에
서 여호얘가 째째로 노여워한것을보면 역시 「滿足」에서는 距離가 먼듯싶습
니다.

　그리면 나는 數十의 愛人(數百이라도 괜찬습니다)을 가지고십다. 이세상
에서 愛人과가티마음을위로하여주는者가 다시잇슬가. 벗이죽는다.

　「업슨이는 할수업지요. 인제부터는 저를벗으로알아주세요」

　그는밀합니다.

財産이업서진다.

「돈? 그것이야 다시벌면되지요. 돈보담貴한것은 사람이여요」

그는 내억개에 손을언습니다.

모든 근심과걱정은 봄눈과가치사라짐니다. 아아 이보담즐겁고 아릿다운 삶이 어대다시잇슬가滿足「滿足한삶」은 거긔이섯다.

그러나 령리한 나는 歷史上에 百千의美姬를두고도 아직不足다한 帝王을 차저내이고 쏘

「게집가운데 사랑스러운者 둘이잇스니 하나는임이 죽은者이고 하나는 시방求하는者이라」

는俚語을發見할째에 다시생각지아느면 안되게되엿습니다.

돈, 돈, 돈이다. 三十億이면不足하다. 百億만잇스면 百億으로는 能히온갓호강을할수잇다. 돈으로는 권세를살수가잇다. 돈은 사랑의中媒의가장귀한 다리다. 그것만잇스면 나는생각하엿습니다 그러나 곳 나는 그것을否認하엿습니다. 돈으로能히길에서웃는不良한學生들을 制止할수가잇슬가그들의우슴은 나를죽이는武器이다.

모든것은 틀렷습니다. 권세로 滿足을살수업고사랑도能히 不足을 쏫지못하고 돈으로도 滿足을엇지못한다하면 우리는 마츰내 무지게를잡으려가는 아희와가티 찻고 부르짓기만하다가 마르랴하나. 이것은 넘우도 야속한일이외다. 이러고야 「사람」이라는보람이 어대잇스리까. 미칠듯십습니다.

이째에 요한君…………

나는 화닥닥 놀낫습니다.

미치광이 미치광이 그것이외다.

昨年 벌서 再昨年이던가―겨울 어대를가노라고汽車를탓는데 그날은 밧겨튼 대단히치윗지만스틔ㅣㅁ129)으로 말미암아 車室內는 오히려 더운편이엇섯습니다. 나는 누ㅡㄴ에 덥혀서 희게된벌을특별히보는곳업시 눈을 걸치고잇노나니까 쌤이근질근칠하기에 보니 내마진편에 아짜는 누어자든사람이

---

129) 스팀.

어느덧일어나서 내쌤을 들여다보고잇섯습니다. 내가만약 美男子이엇더면
그가 내게 홀렷다고생각하리만큼 그는 황홀한눈으로 마치 꿈쑤던 나를들여
다보고잇섯습니다. 白鐵테眼鏡속에잇는 커다란눈은 열닐여듧에난 쳐녀의눈
가티 비츨내이고 나를봄니다. 그는 눈을 감박이지도안코(좀時間이지낫지만)
나를봄으로 나는 이러케까지 생각하여 보앗슴니다. 그는 有名한 骨相學者
로서 나의 頭蓋骨의發達된것 (나도모르지만) 을보고잇다고!.

그러고 쏘좀지낫지만 그는 그냥 내얼굴만봄으로 나는 부끄럽어저서 머
리를좀치윗슴니다. 그리나 무슨일이냐 그눈이 내머리를 쌸하오리라 하엿더
니 나의存在를온전히否認하는듯이 나의머리가 잇던자리만보고잇슴니다. 나
는 不滿과不平를째닷고 新聞을들고 보기실흔것을 좀보다가 다시그를보니
그는 그쌔야 나를처음으로본듯이 나에게 어대까지가느냐 무릅니다. 나는거
긔대답하며 한참 동한 꿈쑤는듯한눈으로 보고잇다가 갑작이 내게 부자가되
고십지안나 무릅니다. 그말을 그대로쓰자면 이러힘니다.

「アンタア金持に成りくないか子?」

나는 되고십다고 대답하엿슴니다. 그는 이대답을듯고 我意를得하엿다는
듯이 喜色이滿面하여이러한말을하엿슴니다. 지금世界는쇠와 나무에서 썸과
셀로이드로변하여간다. 이제 남보다먼저셀로이드工場을하나 시작하면 不遠
間큰부자가되리라. 그대는 낡은 헌겁부스럭이가 엇지셀로이드로변하는지 보
고심흐면 自己게로오라. 自己는 八王子에 八萬坪을잡고 큰 셀로이드工場을
세윗노라. 쏘 지금世界는 온갓光과動力과熱을石炭과石油에서엇던것이 차차
電氣로變하여간다. 이제큰發電所를세우고 아조싼갑으로 電氣에對한權利들
을사두면 큰利를보리라. 自己는某處에몃萬키로와트의發電所가잇노라云云

나는 그의 플라틔나時計줄과 眼鏡을白鐵로본 둔한눈을 비우스면서 그의
말을愼聽하엿슴니다.[130] 滔히說明한그는 困하여젓는지 눈을감음으로 나는
다시 다－본新聞을좀보다가 그를보니 그는마치 어린이와가티 곱게잠이드러
잇섯슴니다.

---

130) 두서 없이, 어지러이.

그때에 그 工場主의겨테안젓던사람이 씩우스면서 내게 자미잇게드럿느냐고무릅니다. 나는 자미뿐아니라 尊崇에갓가운마음으로드럿노리고하니까 그는 우스면서 이리케말하엿습니다…………

「이사람(工場主라 自稱하는사람) 은 誇大妄想狂인데 지금 내가 保護해가지고 本國으로가는길이외다」

事件은이것으로끗이외다.

요한君.

그것이외다. 誇大忘想狂. 그사람뿐이 아모런不滿한일이라도 滿足히알고 아모런일에 處하여도不平을모르는사람이외다. 싸귀를맛고 按摩로아는사람은 그사람뿐이고 粗食을 파리最上等쩨스트란의料理로아는사람도 그이뿐이고 空想의財産과권세를 참으로밋는사람은 그이밧게는업슴니다 이 不平과不滿뿐의世上에살면서 一毫의괴로움을모로고 뿐아니라 이를否認할수잇는사람은 誇大忘想狂밧게는업슴니다. 쥬-쓰가사랑째문에 괴로워하고 여호바가 자긔를배반하는무리를 노여워하고 보나파-르트131)가 웰링튼째문에 쩔째도 그는洪水와 쎄니쓰의폭발의 장嚴한光景을正視하고觀賞한사람은그 誇大忘想狂밧게는 업섯습니다.

요한君.

그뒤에 나는 엇지하여슬줄생각함니까? 먼저百科辭典을폇슴니다. 그뒤에 精神病學을폇슴니다. 그러나 誇大妄想狂이되는 方法은업섯슴니다.

그뒤에 의사에게뭇고 여긔저긔서 綜合힌것으로 넘치업는空想을만히하면 마침내는 誇大忘想狂이된다는 結論을어덧슴니다. 그뒤부터 매일저녁 電燈만오면 곳 불을쓰고두러누어 나는 空想으로歲月을보냄니다

내게는百億의財産이잇다. 아차 그보담먼저百億圓의由來가잇서야겟다. 나는 어대留學갓다돌아오는길에 破船을하여(러빈슨과가치)어느孤島에漂着한다. 나는거긔 벙갈로-式으로 간단히집을짓고 온갓器具를밋슌式으로 간단하게만들고 居處을한다 偶然히 그섬에 金剛石鑛(크기가주먹가튼)을發見하고

---

131) 나폴레옹.

沙金과풀라틔나鑛을發見한다. 바다ㅅ가의 언덕에부드치는물결의힘으로 쌀을씻는 방아를만들고(이設計는 아직冊床설합에잇슴니다)섬北쪽의 瀑市에서 水力電氣를엇고 이리하여 몃해사는동안에 米國(英國이라도不關)어썬큰會社에서 그섬을發見하고 그섬에대한全權利를 百億에買受한다! 大略이러케 百億이된뒤에!

　　요한君. 나는 그돈을 쓸것을 생각하엿슴니다 單萬圓을 한쩌번에써본적이업는 나에게는 百億은 결코 적은돈이 아니엇슴니다. 그러나 (사람의힘은 무서운것이다) 두달동안을 생각함에 인제는 百億이오히려 적은듯한생각이 잇슴니다. 그러고(역시 사람의힘은 무서운물건이라)인제는 째째로-가아니라 열시간에 여섯시간은 (처음에는 항상비우스면서 생각하엿지만) 百億이라는 돈이 맛당이 내게올것가티 생각되게까지 나의머리는 進步(或은退步)하엿슴니다. 길에서 째째로 가난한사람을만나면 며칠만 기다리라는마음이 생김니다. 사고십흔물건이잇스면 (아직남아잇는信用으로) 돈을쑤어서라도 덜컥삽니다. 그러고「좀잇스면富者가될테-ㄴ 데!」라는생각을함니다. 百億은 나의 마음에 단단이박인信念으로서 나는通常時에는無條件으로自信함니다. 이것은 거짓말이라는사람이잇스면 그것은 그의自由이지만 나는 나의名譽(半狂人에게라도名譽가잇다하면)를두고 맹서라도할수잇슴니다. 쏘 半狂人이된 나를同情하여주는사람이잇다하면 그것도 그의自由이지만 나는오히려 그를 同情하며 동시에 하로밧비全狂人이되기를바람니다.

　　업슨아버지가 우리에게남겨준 金錢이 兄에게는 늘고 아우에게서는 그냥 잇고 내게서는업서젓스되 업시한나는 가장金錢을享樂한사람이외다 孔子는 淸貧을즐기라하고 예수는 가난한者에게福이잇다하되 拜金崇인나는 濁貧도 질길수업는사람이외다. 그러나 萬若 돈을濫用한탓으로誇大忘想狂이될수만 잇거던 나는 이를甘受할쑌만아니라두손을들고 萬歲를 부르겟슴니다. 온갓 苦勞와不滿을一掃하고 아편의쑴과가튼安樂을어들수만잇거던 나는 온갓것을犧牲하여라도 이를取하겟슴니다 圓滿한「滿足」을엇는길은 이것밧게업다 함니다.

　　誇大妄想狂.

　　만약 이만空想으로能히誇大忘想狂이될수만 잇거던 하로밧비 나로하여 그境地에드러 돈이나사랑으로 말미암아 애타는사람들을 꿈꾸는듯한눈으로 들여다보게하라. 그러고 또 나로하여금은갓일에 깃버하고 온갓것에 滿足하는 사람으로되게하라.

임 로 월

惡魔의 사랑

『靈臺』, 1924. 9

一

　貞順의存在를全혀, 닛다십히한내가, 요좀와서 왜, 그의 一動一靜[132]을 살피게되엇는고? 더구나, 形容할수업시, 밉다는 감정을 가지고 그의온갖행동을 간섭하지안는가? 남을미워하는감정이, 남을사랑하는감정보다 한층더敏感한나로써 사람을 미워하는것은 사랑하기보다쉬운일이지만, 그와갓치내게 忠實하고, 나의生涯를 마암ㅅ것도아준, 그를 왜심히 미워하는가? 얼마전까지는 그에게대해서미워하는마암도업고 사랑하는마암도업시 全혀平凡한새엿섯는데, 요좀와서왜, 그를몹시미워하게되엇는가? 그를미워하게된原因을 가만히살펴보면, 그가전보다, 얼골빗이검푸러지는것과 날날이더해가는 귀밋헤 죽은깨까닭인가? 그러나 以前에는 그의얼골이 검푸르든지 죽은깨가만튼지, 全혀 無關心하엿다. 그리다가요좀에는, 왜마암이씨워지는가 나느니러케생각하면서 그가胃病째문인줄을알고 여러가지藥을써보앗다. 그리고얼골빗을희게한다는, 비상이든가, 硫黃을 먹여도보앗다. 그뿐만인가, 毛髮을潤澤케하는 오리-부油를 먹이며 血色을조케한다는 레몬씨를 다스한 물에녹여서머기는둥-여러가지로힘을써스나, 그의얼골은 날날이거츠러지고 늙어가는듯하게

---

132) 모는 농작, 일거수 일투족.

뵈엿다. 나는 美裝學133)에對한智識이 豊富하엿슴으로 밤마다, 美顔術에쓰는藥을 발나도주고 먹여도보앗다. 그리고 아츰마다 이즉안이니러나서 貞順에얼골을 검사해본다. 그러나 귀밋헤죽은째는 느러갈쑨이고 아모런 효가업섯다. 그째는 셩이왈칵나서 그를虐待하기始作한다. 그러나 나희가어린데다가溫順한 性質을가진 貞順이는 아모反抗이업시 나를 종용히달내일쑨이엿다. 그째는마암이좀 눅으러지나 아츰마다셩화가나는그의죽은째를볼째 나의마음은쏘다시몹시미워하는편으로뒤집힌다. 이갓치그와나새는 숯혀咀呪밧은것갓치생각이되엿다. 더구나, 그의죽은째를 仔細히드려다볼째 그죽은째가한나식둘식, 다―惡意의表情을 가지고잇는것갓다. 노루스룸한 죽은째의빗갈이, 나를 셩가시게하는것갓하섯다.

二

이럿트시貞順이를미워할째에, 나는 英姬라고하는엡부장스러운 女子를 새로알기가 되엿다. 그는나보다 나희가세살이나위지만 퍽애스 되뵈이는女子엿다. 그리고性質이分明한데다가좀 妖婦的氣質를가졋기째문에 방긋웃을째는 凄艶한美가이엇다.

그에게대해서 사랑을늑기개된동기로말하면 貞順의缺點을全部 째여노은데잇다. 첫재는 죽은째가업는것, 둘채는毛髮이非當히아름답은것, 세채는상긋하게 妖婦的氣質을가진것이엿다. 毛髮에대한好奇心을잔득가졋엇든, 나로써는 英姬를볼째마다 한번쓰다듬어보아스면, 하는생각이난다. 색카만그의머리갈, 비단실갓치潤澤한그의머리갈―을볼째마다 견딀수업시 애타는사랑이넘처나온다.

엇던날밤에―그를맛나슬째는 처음부터 끗까지그의머리만 쳐다보고잇엇다. 트레머리한뒷맵시며, 압니마에흐터진 멧오락이의머리갈을 깁흔主意로써 보앗다. 「왜,내머리만작고살펴보십늬가」하고 그가물을利那에―나는 압뒤를 가리지안코 달녀드러―그의머리를얼사안고, 멧번이나키스하엿다. 무삼까닭인

---

133) 아름답게 꾸밈.

지그째英姬는 내가하는대로 아모反抗이업시 順應아엿다. 나는 熱烈한목소리로-「아-아름다운당신의머리-世上에가장사랑하는당신의-」하고 말을 씃치엿다.

「나의머리를그러케사랑하세요?」하고 물을째나는좀撫顏하엿다. 그리고낫을붉키며물러안졋다.

三

英姬와나는그후로 자조상종하엿다. 저녁에는대개집에서식사를하지안코英姬와함게카페갓흔데서함께 저녁을사먹은후 밤이깁도록 散步도단니며或은密會處를求하려고 종용한덜간갓은데로 차자단녓다. 그럴사록 貞順이는날날이미워만지고 英姬에대해서는 熱烈한사랑을늑기게되엿다.

첫번에는 英姬의 아름다운美를 머리쌀에서만늑기엿스나 차차交際가 깁허갈수록 그의온갖態度가 全部 美의權火갓치 뵈엿다. 그의파란입술은 夜曲과갓치 달사하고 상긋한소리를내기爲하야, 그의눈은世上에도 드물게곱은것을보기爲하야, 그의살가운볼은 쩌러지기가愛惜하는듯이바르르쩌는 양구비쏫의아름답은것과 美를서로競爭하기爲하야, 생겨난世上에가장아름다운幻影갓치뵈엿다.

「英姬氏-내가당신을알기前에는 무에라고말할수업시 비참한생활을햇슴니다. 理解업는結婚生活을 五六年이나 해내리올째에 나는 人生의色彩라고는 도모지몰낫슴니다. 누구를미워하그나 쏘는사랑할줄도몰낫슴니다. 쏫다운歲月이 내압흘 고요히흘너가며 傳說과갓치哀然한니애기로소근그리는것을, 듯지못햇슴니다. 尊貴한 째가 나를둘너싸고-靑春이여-하는살가운소리도 듯지못햇슴니다. 神秘한月光의美며 무르닉는 綠陰-고요한새벽에 푸른빗을날니는流星의째-그모든것들이 무엇을象徵하는지 도모지 몰낫슴니다. 온世上이全혀無意味하게만 뵈엿슴니다, 그리다가, 당신을만나서-나는비로소섬에서째쳐난듯이색각됩니다. 고요히흘니가는밤이며, 단쑴을기대리는쏫들이며, 茫茫한水平線에기우러지는夕陽의美-그모든것이, 다 우리의靑春을 裝飾하

고讚美하는줄을只今비로소알기가되엇슴니다.」하고 나는말하엿다. 그째英姬
는 아모말업시 그져 방긋～웃을짜름이엿다. 그가내게對해서 全혀無抵抗主
義를가지는줄안다는勇氣를내서 그를 쪄안앗다. 그리고가장정답은목소리로-
「내말은무엇이라도 들어주실터이지요네?」하고 물엇다.

四

英姬와는 열한시쯤해서, 헤졋다. 나는無我夢中으로, 빗츨～하면서 집에
도라왓다. 妻는 화로겻헤안자서 내밥상에놀 찌개를데고잇섯다.

「오늘밤은일즉들어오시는구려」하고 妻가물을째, 나는- 「일즉들어오든
지늣게들어오든지무삼상관이야」하고화를내엿다. 그래도 貞順이는 착한마음
을가지고 아무대거리가업시- 「자-진지나쌜니잡수시요 시장하시겟슴니다.」
하고 나를달내엿다.

貞順이는 마암이착한主婦形의女子엿다. 내게대해서는마음것정성을써주
는어진妻엿다. 내가아모리늣게들어와도그는 밤을새여가면서 밥상과함쎄 나
를기대린다. 내가쎈허니 저녁을먹고들어오는줄알면서도, 그는妻의職分을끗
까지하노라고 화로불을 홀홀불어가면서 찌개를쓸이고잇는女子엿다.

그러나 貞順이가그와갓치내게忠實하고恭順한態度를가질사록, 나는苦痛
이다. 그가차라리 사나운女子라든지,마암이조치못한사람일것갓흐면,그에게
대해서하야 아모런感情이업겟지만, 그가 내게대해서 끗까지忠實한妻이기째
문에, 나는더욱이苦痛이다. 何如間貞順이는미운便으로든지, 쏘는밋겨지는
便으로든지, 나로써는 永久히닛지못할女子엿다. 그러기째문에나는貞順의일
만생각할것갓흐면, 말할수업시 성가시게가된다. -「왜,니저지지가안는女子인
가」하고 나는하로멧번이나自問自答한다. 나는貞順이를미워하다못해서나종
에는지치게가되엿다. 남을 미워하는것도큰苦痛인것을, 그째에비로서쌔다른
나는할수잇는대로 마암을지여서라도 貞順이를全혀닛고 사랑하지도안코 미
워하지도안는 全혀 無關心한氣分을가지랴고애썻다. 그러나내가그와갓치努
力할사록 더욱～貞順에게대해서는 도리혀敏感해진다. 以前보다도그의죽은

째를, 더-성가시게생각한다.-아-엇진일인가-엇젓든 나는 貞順이를닛져야
만될形便이다. 내게는 英姬라는꼿갓흔 愛人이잇지안은가 恒常그의일만생각
하여야 나는幸福한사람이된다. 貞順이째문에英姬를생각하는마암이더덥힘을
밧는다면, 게서더不幸한일은업지안은가, 이럿트시나는貞順의存在를 全혀
니저쑤릴方法을생각해보앗다. 아모리궁리해보아도別도리가업섯다. 貞順이라
는내妻가이世上에서아모 痕跡도남기지안코 全혀업서지기前에는, 내가 救願
박기는들닌일이엿다. 貞順이라는女子가 이世上에存在된以上에는, 나는一平
生 성가신生活을하게 될形便이엿다. 그러나그는살아잇는사람이다. 언제그
의存在가업서질는지 예측키어려운일이안인가. 謀殺? 아-그런일은할수업다.
왜그려냐하면그는내게대해서말할수업시忠實한妻다. 나를 無條件으로밋고사
랑하는妻-나의生涯를 요만큼이라도 安全한데로引導하여준 妻를 내손으로
죽일수는업지안은가, 단지나는 그의存在가 自然히 업서지기를 기대릴쑨이
다. 무서운 病苦갓은것이 偶然히그를侵害하기를바란다. 그러나, 그는위생을
甚히하는女子다. 病苦이그를侵害할수가업지안은가? 그러면엇지할가? 그럿
타-그는心臟病이잇는동시에恐怖心이만흔女子다. 그를甚히놀내기만하면 或
은心臟마비가되여죽을는지도몰으겟다. 그러나 果然心臟마비가될지안될지엇
더케장담을하고. -나는 이러케여러가지로貞順의存在를업시하랴는惡意를생
각하엿다.

五

　아츰일즉간이째어서 엽헤누어자는貞順이를보앗다. 그는철몰으게깁은잠
에잠겨잇는듯하엿다. 恭順한그는나를단지 조흔男便인줄만알고 살아가겟지,
世上에도드문나갓은惡人을그래도井星것사랑하고밋고지내는妻의째끗한　마
암을헤아려볼째, 나는 축은한마암이생겻섯다. 그래서그가죽은째만업서슬것
갓흐면 그냥살아가겟지만-하고 성가시게그의죽은째를다시검사해보앗다. 그
刹那-나는아니꼽고 不快한생각이가슴에서 치밧히는것을째다랏다. 왜그려냐
하면, 그노루스름한 죽은째가 總出動을하여가지고 내한테 敵意를품고잇는

듯하게뵈인까닭이다. 아-죽은깨는確實이 엇던表情을가젓다. 더구나貞順의 죽은깨는내게대해서 원한만흔惡意의表情을 가지고잇는듯하게뵈엿다. 過酸化水素를바른다든지, 酒石酸과硫黃을 等等해서 먹일것갓흐면, 美裝學上죽은깨가 좀덜해지는것이當然한일인데 至今까지貞順에게대해서 試驗해본 것을 살펴보면 그와갓치美顏術的治療를할사록 죽은깨가 漸漸더減해진例를가 만히생각해볼거삿흐면 貞順의죽은깨는生理上變化에서생긴 죽은깨가 안이고, 나를 咀呪하는엇던潛在物이 暗示를밧아가지고그와나새에무서운悲劇을 니르키랴는 陰謀가안인가하고, 나는迷信的의解釋을 해보랴고하엿다. 그러케생각해보닉가 理由가 全혀업는말은안니다. -「엣날엇던妖婦가한나잇섯는데, 그妖婦를 열흘만상종하면누구든지變死를하는일이잇엇다. 왜그러냐하면 그妖婦에게는(亦足貞順이와갓치)귀밋헤 적은사마귀가 한나 잇섯는데 빗이 노루스름하든 모양이엿다. 그女子와 상종하는 사람들이 장난삼아「요사마귀는무슨사마귀야」하고 손톱으로 그사마귀를 퇴길것갓흐면 그사마귀가처음에는 바르르떨다가, 나중에는 새쌀간눈알이 그사마귀에서 톡비여져나오며, 男子를向하야 눈을흘긴다고한다. 그리고 엇던毒氣가 그눈알에서쏨기째문에 男子는 그만卒死를한다」는 傳說이잇다. 이러한말은或지어낸말일는지몰으나 貞順의죽은깨는 確實이엇던惡意를가젓다고생각하엿다. 萬一에 그죽은깨가 傳說에잇는말과갓치 그것들이 한나식둘식 각각 눈알이되여서 나를 흘기는 째가잇다고할것갓흐면-아-무서운일이다. 그러케만된다면 나는 질겁해서 죽을것이라고생각하엿섯다. 그러케생각할째, 나는쏘다시 밉다는마암을니르켯다. 그리고하로라도速히 貞順의存在가 이世上에서업서지기만바랫다. 어차피貞順이와連命을갓치할, 그죽은깨를안니보랴, 면貞順의存在를咀呪할수박게업다고 생각하엿다.

　　매날아츰마다 그의죽은깨째문에 不快를사가지고하로終日을 성가시게지내다가 밤이되면은 사랑하는 英姬와맛나서 不快한일을닛저쑤린다. 그래서, 나는어서밤이오기만기대리엿섯다. 밤만되면, 모든不幸을 다-닛고 단지 살갑고情답은英姬와함게 맛날수가잇는까닭이엿다.

六

　그날밤에, 나는英姬와함게　전부터定해두엇든엇쩐密會處에서　맛낫다. 그
는아양을부리며가장부드러운목소리로　나을쐬엿다. 그는나의마암을　잇는대
로, 다-아삿다. 나는그의奴隷가되여도相關업다는생각까지하엿다. 「당신이
要求하는　것은　무엇이라도해드리지요-내魂까지라도팔아드리지요」하고　나
는타는듯한목소리를쯰냇다.

　「나는당신의오직한나인伴侶임니다. 나는당신의　가장사랑하는妻올시다.
나이외에는당신의妻가쏘업슬것임니다.」하고　그는내무릅에업대엿다. 나는그
말의意味를얼픗아라채렷다. 그래서「네-알앗슴니다. 世論당신은나의가장사
랑하는唯一한妻올시다. 貞順이와는어차피헤여지야될形便이닉가　그것은　念
慮마세요」하고　나는말햇다. 그와나는하로밧비　家庭을일을것과　貞順이와速
히헤여지겟다는　굿은約束을하엿다.

　英姬와헤진후　나는집에도라왓다. 貞順이는平常時와갓치　나를반갑게마
잣다. 그는내가미워하하는줄을알고　얼픗　부채를내서, 나를부처주엇다. 나는
미웁다는意味로　부채를　아스며　눈을흘겻다. 그러나한길갓흔그는　머리를숙
일짜름이고　아모런不平도말하지안엇다. 貞順이가쏯까지　내게恭順하엿슴으
로　나는화를　그以上더내지는못하엿다. 英姬와　헤여질처음에는　집에도라와
서爲先야단을치고-엇지～하겟다든생각이구만그러케되고말엇다.

　그잇흔날아츰에나는平常時와갓치　일즉이쌔엿다. 그리고늘하는대로貞順
의죽은째를검사해보앗다. 그時間에나는쌈작놀냇다. 나는온몸에　솔음이쳐지
는것을　쌔다랏다. 그죽은째가일일히　눈알희자갓치, 번득그리는것을보앗다.
나는그째에비로소　죽은째가내한데　敵意를단단히품고　害하랴는것을알아채렷
다. 그죽은째는일일이살아잇는것갓치　생각되엿다. 그쑨만안니다　그것들의
表情이　惡意를가진것가치뵈엿다. 나는부르르쩌럿다. 그리고　벌덕니러나서
옷도입지안은채로　웃방으로쫏겨갓다. 그째웃방탁상우에　노인　죽은째쩨는藥
째이　얼른눈에쯰엿다. 그째에야나는　좀安心을하엿다. 왜그러냐하면, 죽은째
에　말나붓터서　번득그리는것이엿다. 그러면　내가　죽은째에대해서여직것　무

서운感情을품고잇슨 것은 나의神經錯覺인지도몰은다.

이와갓치죽은에대해서얼마즘 나의迷信的恐怖心이사라지자 나는貞順에게대해서 마암이 좀 부드러워지기始作햇다. 그리고이상한일은 죽은쌔가전보다는 훨신 열버진것 갓치 생각이되엿다. 注意만해서보지안을것갓흐면 거이죽은쌔가업서진것갓치도뵈엿다. 나는옷을다주어닙고 책흔자상엽헤안잣섯다. 그리고 至今까지 貞順이를 몹시미워한일에대해서얼마즘 뉘우치는생각이낫다.

이世上에오직 나한나만밋고사는 貞順이-性嫉못된나를 종용히달내며 살갑게해주는그를 왜몹시미워하엿는가. 그와갓치착하고쪽쪽한妻가 어대쏘잇스랴하고나는뉘우첫다. 닭우는소리가마즈막으로凄凉하게들니며 窓빗이 허혀스리하게밝아갈쌔나는, 센티멘탈에 쌔져서 울다십히하엿다. 妻째는그냥철물으게자고잇섯다. 좀잇다 가늘다란 아츰볏줄기가 窓에빗치엿슬때 방안은 극히 安穩한情調가 가득하엿다. 곱다란 은향색겹니불을덥고자는 妻의얼골이 平和스럽게 뵈엿다. 世上에 ○感의美니하는것이다-쓸데업고 단지 그방안에잇는모든裝置-그리고妻의마암과 설허하는내마암쑨이 가장 아름다운것이라고 생각하엿다. 나는英姬의일를全혀닛젓다. 그리고인해박그로나가서 꼿박에물을주며 멧날의즐겁든家庭生活을쏘한번경험하는 듯이 마암이 퍽愉快하엿섯다. 얼마동안 내버려두고 창간하지안튼뒷뜰의무성한꼿밧에서는 상긋한 香내가낫다. 나는그것들을新奇하게바라보앗다. 그립든사람람을맛나서늑기는마암갓치 나는셜은듯한-반가운듯한 늑김을깨다랏다. - 아-여긔가내世界로구나, 이집을나셔면 언제든지마암이갈데올데가업서지고 限업시煩悶하기가되지안는가-. 이러케혼자서 생각할때 나의마암이 急變해진것을놀낫다.

그러나 저녁째가되자 나의마암은 쏘다시무엇에 倦怠가된것갓치 실증이 나기 始作하엿다. 그리자 異國情調에늑길째와 쏙갓흔 그리운생각이 누구라고는 知名할수업시 엇젯쓴 누구를사랑하지안코는견대지못할 마암이 가슴에서 샘솟는것갓엇섯다.

나는얼른 英姬를생각햇다. -아-英姬, 羅衣家長사랑하는영희를차자보야되겟다는생각이 간절이낫다. 그래서나는 마암속으로-英姬-英姬하고 그의일홉을 외이면서 박그리나갓다.

  英姬와는 늘맛나는곳에서 서로맛낫다. 나는철업시반가워하엿다. 멧번이
나 그를 껴안고 키스하엿는지몰은다. 「여보. 나는世界끗이 되는쌍까지가보
십허요. 당신과함게 멀니限업시 멀니만 다라가고십허요.-世上사람이라고는
도모지업는곳에.-단지 당신과나와두사람만 살수잇는나라로 가고십허요-.
내가가자면 당신도 無條件으로따라올테지요, 네. 漠漠히地平線만바라뵈이는
沙漠갓흔데가서 殷或몬지가획획날아서 그몬지속에우리가 파뭇헤죽는대도,
단지 우리두리만살수잇는데랴면 함게가지요, 네? 그럿치안으면배를타고 茫
茫한水平線을쏫차서 限업시 작고작고 갈데가잇다면, -거긔에우리의無限한
自由가잇다면, -함게가주겟지요, 네?」하고 나는情에몹시 늑기고잇는듯한 熱
烈한 목소리로말하엿다.

  「그럿치안어도어데를좀旅行갓다오고십흔생각이만허서요」하고 英姬가대
답햇다.

  「旅行이안이라, -永久히갓다가 도라오지못할곳을가고싶허요」하고 나는
말하엿다. 그래서 英姬와約束하기는 그잇흔날저녁車로, 爲先釋王寺를가기
로하엿다.

七

  貞順에게대한感情이전보다 부드러워진것은나로써생각해보아도 이상한
일갓다. 그러케도뮈웁게생각하든妻째를 只今와서다시생각하게될째, 나는거
듭난듯한맛을째다랏다. 멧해전처음으로그를맛나슬째의즈럽든생활이 그립게
同想이되엿다. 그째로말하면나도 善良한男便이엿다. 그를마음것사랑해주든
착한마암이 쏘다시소사나는듯하엿다. 그리고그째의平和하든생활이 졸음을
재촉하도록 나의마암을限업시 부드럽게하엿다. 그럿타, -그째는只今과갓치
不安과彷徨을몰낫섯다. 모든생활이극히안돈되고平和하엿다. 어데를갓다가
도라올째는 貞順이가반드시대문밧까지마자나왓섯다. 그리면나는그째 貞順
의손목을잡고비달기모양으로 집으로드러와서는 貞順이를반갑게하는 선물를

펴놋는다. 그리든 것이 엇지면그러케마암이變하여가지고 그를몹시도미워하엿는고? 只今와서正直히하는말이지만 엇던째는 그가죽이랴고까지하지안엇는가? 모조리다-告白하는말이지만 英姬와서로얼닐째에 그의秘密片紙가올것갓흐면 貞順에게안뵈이랴고 고심을하다못해 그의두눈을 못보게만들陰謀까지하엿섯다. 실상은 貞順이는單純한女子엿슴으로 내한데오는편지를의심하지를안는터인데 내가空然히 貞順이가볼가바, 몹시 그의눈을쩌렷다. 그래서 그의얼골문대기는수건을 細菌잇는오줌에 적시여다가 房에거러둔일도잇섯다. 細菌뭇은 수건으로눈을싯츠면 눈이머는까닭이다. 그러나 僥倖 그는그수건으로올골을식기前에 쌜내에당그고 새수건을쩌내서씨츤結果 아모런害가업섯다. 그러나 그일를가만히생각하면 내가얼마나 惡人이엿섯는고? 아-貞順이가불상하다. 나는 그를여직것 미워한갑스로 이제부터는마암것 다시사랑하야만되겟다고생각하엿다. 나의여직것 경험으로보면 몹시미워하든사람은나종에는도로 사랑하게가되는일이다. 그래서그른지는몰으나 나는果然貞順이를徹底히미워하엿다. 그러케徹底히미워하든마암이 다시사랑하게하는原動力을만드럿다.

「貞順이-. 이리가까이오시요」하고 나는 그를불너노코 가장情답은목소리로 「우리두리가 이즘에는너무나소홀이지내서요. 내케허물이잇그든, 다-용서하고 이제부터는滋味나는생활을합시다.」하고 나는그이상더말못하엿다. 왜그러냐하면 목소리가작고쩔니여나오랴는까닭이다.

「용서하고안니할것이잇나요. -나는처음이나지금이나 당신한데대한 사랑이한결갓흐닉가요. - 응당, 당신도 나와갓겟지요. 나는 언제든지 당신한데感謝한마암만가지고잇스닉가 당신의일이랴면 늘 고맙기만해요」하고 貞順이는나즌목소리말했다.

나는그말을들을째 흙흙늣기엿다. 그리고 멧번이나 「허물이잇스면용서해요」하고부르지지엇다. 貞順이는果然 忠實한妻다. 내게대한 그의한길갓흔마암은 나를感服식혓다. 나는끗까지그의忠實한伴侶가될 것을 마암속으로 멧번이나 盟誓하엿다.

그날밤은 英姬와함게 釋王寺에간다는일도 다-닛저쩌리고 貞順이와함

게 넷날에 우리의情답게지내든일을 서로닷토아가면서 말하엿다. 그리고 이
제부터도 넷날과갓치서로마암을 變째하지안코 情답게지내자는말를 盟誓하
다십히 멧번이나 거듭말하엿다. 나는 처음으로 貞順에게대해서 온갖親切을
다햇다.

八

그잇흔날밤에나는英姬를차잣다. 그는約束을억이엿다고 성을몹시내엿다.
나는그럴듯한口實을만드러가지고 英姬의마암을달내엿다.

「貞順이한테 혼이나서못온것이지」하고 그가화를내서말할쌔 나는 그럿
치안타고 애걸복걸하엿다.

나는냥손에쩍쥐인모양으로 貞順이를놀수도업고 쏘는英姬와關係를끈흘
수도업섯다.

사실말하면 나는貞順에게대해서는 忠實한남편이되고 英姬에게는情다운
사람이 되어잇다. 萬一에두女子가운데한사람이라도나를쩌난다하면 나라는
사람은 不完全한것이되리라고 스사로생각한다. 한사람박게사랑하지못한다
는것은 結 偏狹한사람의마암이다. 내가貞順이를생각하는동시에 쏘한편으로
英姬를생각하게되는 것은 多種多樣한 美를조와하는 近代人의열닌마암이라
고 스사로자랑하고십다.

이갓치나는 그후로석달동안이나 三角戀愛의緊張한맛을쌔다럿다. 그러
나내가두女子를가지고 내마암대로 잘享樂하기쌔지는 여간한 努力이안니엿
다. 英姬한데는貞順이와하로밧비헤어지라는성화를밧고 貞順이한데는 밤에
늑게드러오지말나는부탁을박게쌔문에, 마암이恒常조마조마하게지내섯다. 그
래서엇던째는 귀치안은 생각도낫섯다. 그리고貞順이한데는 英姬의일을감추
고 英姬한데는 貞順의일을감추는것이 말할수업시 寂寂하고 셜게생각이되엿
다. 왜그이들과조곰이라도 마암담을싸코지내게되는고, 간담을다혀치고 모든
것을通事情해가면서 살아스면하는생각이 간절이낫섯다. 그러나 할수업는일
이엿다.

나는最善의努力을해가면서 두女子를 잘 操從치안으면안되겟다고 생각하엿다. 萬一에두女子가운데 한사람이라도 나를배반한다면 나의생활은 破滅될것이라고생각하엿다. 英姬와貞順이가 宿命的으로 나를永久히쩌나지못하게된다는 難世의굿은約束이 잇기를바랫다. 그러나努力과惟謀로써 그이들을사괴야될것을 생각할쌔 나는不安을늣기엿다. 차라리한女子하고만 忠實한생활을 하는것이조치안은일일가하고생각하엿다. 그러나貞順이는忠實한妻쌔다. 그가업서진다하면 나는어머일흔새와갓치 엇절줄을몰으겟다. 나의安全하든生活은 根本的으로破滅이될것이다. 그리고쪼英姬는 나의가장情다운사람이다. 萬一그가 내生涯에서 永永히업서진다면 온世上이滋味가업고 귀치안아질것이다. 나는이러케혼자 생각을하면서 엇던날저녁쌔에 英姬를차젓다.

그는하로밧비 우리잇는곳을쩌나서 낫몰을다른데로가서 살자고主張하엿다.

「당신과함게가는곳이라면 아모리 험상스러운곳이라도 짜르지요. 단지이不快한 고장만쩌나기된다면」하고英姬는말햇다. 나는곰곰히생각해보앗다. 대쳐英姬以外에쪼다른女性을所有할必要가잇을가? 그이와갓치 살갑고에쁜愛人을쩌나서 쪼다른 女性한데 未練을둔다는것은 結局 自滅할길이안인가? 英姬겻헤만잇스면 나는언제든지 究極의 恍惚味째닷지안느냐. 아-英姬-나의가장사랑하는 英姬를爲하야 온갖것을다-犧牲하자, 貞順의存在가무엇이냐. 그에게대한未練은 淺薄한人情에不過하다. 人情대문에 나의尊貴한幸福의길을막을것이안이다. 나는모든것을 져바리고 단지英姬겻헤서만살자. -그것이 惡이든지善이든지 관게할바는안이다. 다만나의마암을 녀룸그름과갓치限업시 부드럽게해준다면, 그의 妖艶한美貌와 살가운表情과상긋한젓가슴의香氣, 그모든것이 나의情熱을限업시 붓도듭기만한다면 그만이안이냐? 그외에쪼무엇을求하는고? 그럿타-나는英姬를爲하야 모든것을져바리자, 그리하는것이 째끗한길이다.

나는이러케생각을하면서 英姬겻헤안자서 그의손을만지고잇섯다.

「부드러운손」하고 나는그의팔목을쓸어당겻다. 나는그쌔 넘치는愛情을가지고 英姬를 바라보면서……「당신의말이라면 무엇이라도듯지요」하고 말를

써냇다. 英姬는방긋웃스면서 「어서速히 먼데로가요. 네」하고 나를쬐이는듯 이말하엿다. 나는그의말을살갑게드럿다. 그리고 貞順이를 하로밧비親庭으로 보낼것과 英姬와함께다문 얼마동안이라도 閑寂한곳에가서 두리쑨지내보자 고 단단히言約을하엿다. 나는마암이좀 가벼워지는것을 깨다랏다. 그리고 참 마암속에서 울어나오는愛情이 봄풀과갓치다시엄돗치는듯함을늑기엿다.

나는 英姬와헤지고 집으로도라올쌔 爲先貞順이를 速히 親庭으로보내일 手段을생각해보앗다. 그째내머리속에서는 幻影과갓치 보짐을인貞順의 哀凄 러운 모양이얼핏생각이되엿다. 그리고 멧번이나 나를도라다보고 쏘도라다보 는 소박마즌이의 설은모양이뵈엿다. 「아, 불상한貞順이」하고 나는눈물을지 엿다. 나는왜그를소박하지안으면 안되는고. 그가날더러 무에라고하기에 그 와갓치내가 虐待를하랴고하는가? 지금까지 虐待한것만 생각해도 불상하기 가슷시업다.

나는 이러케생각하면서 집으로도라왓다. 貞順이는 깁분낫으로나를마잣 다. 그리고 내웃옷을벽겨주며 부채를내서부처주엇다. 나는疲困해서 반즘누 어서 방안을휘둘너보앗다. 낫닉은書庫며 卓子며 支那製의쏫병이 차례차례 눈에서쩌엿다. 엣날에는 그것들을 얼마나 貴해하엿는지몰나섯다. 집안에잇 서도 언제든지 갑갑한줄을몰으고 貞順이와함게 세간들을차근차근해노면서 滋味잇는 생활을하엿섯다. 貞順이는내가 양구비쏫을 사랑하는줄알고 매일 아츰마다쓸에서 양구비쏫을쩍어다가 훌능한庭園을 만드러섯다. 쓸맨가운데 는 壇을싸코 그우에는 熱帶地方의植物인 仙人掌種類를심으고 그아레둘네 에는 닙파리 큰草花를심엇섯다. 그리고 맨아레壇에는 양구비쏫갓흔 毒草를 만히심엇섯다. 六七年頃에는 그것들이茂盛해서 異常야릇한 쏫을피엿섯다. 그째로말하면 내집과쓸에대해서 얼마나愛着을가지엿섯는지 몰은다. 그째의 滋味나는 생활을쏘한번만다시 해보고십다는 생각을하엿다. 나는安穩한생활 이 그리워젓섯다. ―「貞順이겻헤만잇스면 언제든지 溫雅한마암을 가질수가 잇다」하고 속으로생각하면서 「더운데웃은 다버서바리고 자리웃만닙지」하고 나는 貞順이를쓰러안으며 치마를쓸넛다. 그리고 적삼과속곳까지벅긴후 내 손으로 열분 지리웃한나만닙히엿다. 쏭쏭한실빗이 볼구스롬하게 빛질째 나

는그를얼사안고…… 「이제부터는 다시짠마암두지안을테야」하고 소근그리
엿다.

「누가 짠마암 둔데서요」하고 貞順이는 낫을붉키며 말하엿다. 一平生을
아모파탄업시 마치봄나그내와갓치 고요히지나칠수가잇다면 게서더幸福한일
은 업다고생각햇다. 무엇보다도 安逸하고거츨매업는 생활이 人生의가장아
름다운 생활이라고 생각하엿다. 그러케생각이될때 英姬와의關係는 왜그른
지危險한 悲劇性을가진 愛情이라고 생각하엿다.

「그럿타, 英姬와의關係를끈허버리자. 그리고單純하게 貞順이와살자. 英
姬에대한愛情은, 나의生涯를 어지럽게할 變態的의禍根이다.」 나는이러케혼
자말을하엿다. 나는 그때英姬와關係를 끈허버리기로 決心하엿다.

九

그러나 나는 英姬와關係를끈흘수가업섯다. 저녁째만되면 英姬와맛나고
십흔생각이견딜수업시 소사낫섯다. 그래서나는 英姬한데 曖昧한말노 貞順
의일을 그럴듯하게 핑게하고지내왓섯다.

그후한달만에일이다. 내生涯에 큰 傷處가생겻는데 그것은 貞順이와 英
姬가 내겻흘써나버린일이다. 나는그일을적을째에 가슴이울넝그리고 붓긋이
쩔닌다.

내가무삼일노 ○○를하로묵어서 단녀오든 그잇흔날밤 아홉時째에 집에
와본즉 貞順이는업고 그의편지한장만 책상우에뇌여잇섯다. 그편지의內容인
즉 이러하다.

「오늘 英姬氏라는당신의 愛人이단녀갓습니다. 그에게 모돈말을다들엇습
니다. 당신이 져를 업시하기前에 몬저업서지려고 당신겻을써남니다. 두분의
幸福을爲하야 저는親庭으로 가고맘니다.」

이것은 편지의대강한 內容인데 내가英姬한데 秘密히말하든것을 모조리
貞順이한데 닐너밧친모양이엿다. 나는煌煌[134]하여 엇절줄을몰으고잇다가 곳

---

134) 마음이 급해 허둥지둥함.

英姬잇는데를 차저갓섯다.

千萬意外에 英姬는 집을옴기엿다. 그것집사람한데물어보아도 몰은다고 만할짜름이다. 나는믿칠듯이 마암이어지러워졋다. 英姬까지도 내겻흘써나버 렷다. 未來派의그림을보는것갓치 하눌과쌍이 뒤집혀뵈엿다. 내눈에서는눈물 이 핑핑쏘다지엿다.

다시집으로도라와서 貞順이! 英姬! 하면서 울엇다.

그잇흔날아츰에 편지한장이왓는데 이번은英姬한데서 온것이다.

「그적게 貞順氏를맛나서 비로소모든일을 다알앗슴니다. 두분의 깨끗한 사랑과 幸福을 爲하야 나는당신의겻흘 永永히써남니다.」

편지의 대강한內容은 이러하다.

나는 두女子의편지를 가슴에안고 일홈을불너가면서 슬피울엇다. ―「아! 貞順이-英姬」하고 那終에는지치여서 울음소리가가늘다락케 나왓섯다. 그쌔 내마음속에서는 突然히憤하다는생각이 旋風과갓치니러낫다. 그래서주먹을 부루쥐며…… 「그래…… 世上에女子가貞順이와 英姬뿐이란말가. 世上에美 는多種多樣하다. 그許한美를 이제부터모조리다 享樂하여보자」하고 부르지 지엿다. 그러나, 나는쏘다시울엇다. 아모리슬피 울어도나를위로해주는이는 한사람도업섯다.

十

그후한주일만에 엇던친구의探知로 英姬의 옴겨간집번지를알기되엿다. 나는 믿칠듯이 반가워하엿다.

그리고 내生涯에 파란[135]을니르키게한罪를 貞順이한데들녀보냇다. 그럴 째 英姬의일이더욱그리워졋다. 그가貞順이를맛나서 내니애기를듯고 斷然히 내겻흘써나버린것은 참人格的이의當然한行動이라고생각하엿다. 나는 英姬 의그모든것을 가만히살펴볼째 맛당히―럴것이라고하엿다. 그리고英姬의爲 人을 神聖하게보앗다. 그럴째英姬에대한情熱이 불붓드시니러남을늑기엿다.

---

135) 생활과 일의 진행에 있어 많은 곤란.

그럿타 貞順이가 親庭으로도라가버린것은 나를爲째해서 天佑神助라할수잇다. 나는이제부터 英姬와함게 單純히家庭을일우고 행복한생활을할수가잇다…… 나는이러케 혼자생각을하면서 책상을향하야 英姬한데보내는 편지를썻다.

「仔細한내용 니애기도듯지안코 내것흘쩌나버린英姬氏를 심히나무렴함니다. 일개무식한女子의邪惡한 거즛말을참으로밋은 英姬氏의마암이 너무가엽게뵈임니다. 그러나 우리두리의 連命은벌서定해졋슴니다. 英姬氏는 나의唯一한伴侶요 永久한妻인것을 째다릅시오. 邪惡한거즛말노 우리두리의새를 멀니하랴든 貞順이란게집은 벌서親庭으로쪼차보냇슴니다. 貞順이는 자최도업시 우리생활에서 永久히사라져쑤린것을 밋어주십시요 이편지보시는대로 곳와주실줄암니다.」

편지의내용은 대강이러하다. 나는 편지를붓치고 밤싸지 英姬를 간절히 기대리고잇섯다. 그러나 밤아홉시가디도록 英姬는오지안엇섯다. 나는궁굼증이나서 대청문을 子正이넘도록 멧번이나 기웃기웃내다보앗섯다. 그래도 英姬는오지안엇다. 그잇흔날 아츰이지나가고 점심째가되도록 英姬는오지안엇다. 밤에고요한틈을타서 오라는것이지하고 하로밤을새여가면서 기다려도 亦是오지안엇다. 그동안 英姬를기다리는 苦心이야말노 내生涯에 처음생긴쓴 經驗이다. 더구나 性味가조급한 나로써는 견대지못할苦悶이엿다. 그후사흘이지나도록 英姬가오지안을째 나는지치여서 맥시풀니는것갓치 온몸이疲困해졋섯다. 나는刹那 突然히 英姬에게대해서 敵意가생기는것갓치 생각이되엿다.

그럿타, 나의안온하든생활에 파란을니르킨이는실상 英姬가안인가? 英姬가 나업는새에 貞順이를맛나게째문에 모든 병집이 생기지안엇는가? …… 그러케 생각이될째 나는 英姬에게 미웁다는생각을니르켯다. 그와동시에 貞順이가限업시가엽고 애처럽게생각이되엿다. 모든 禍根이다-英姬째문이라고 생각하엿다. 英姬란處女가업섯드면 忠實한貞順이와함게 째끗한생활을 그냥게속하엿슬것이라고 생각하엿다. 그러케생각이변해질째 貞順이를 그리워하는마암이 간절이낫섯다. 나의마암을 언제든지 부드럽게해주고 나를 마음것위해주는 貞順의일이 哀然하게도 작고작고 생각이되엇다. 그래서 나는 책상을向항貞順이한테 보내는편지를썻다.

「내마암갓치밋든妻가 나를배반할째 꿈이안인가 하엿습니다. 나의마암은 한길갓흐닉가 辯護할것도 엄습니다. 단지한탄하는말은 그와갓치밋든 내妻가 英姬란 악착스러운 게집한데 속아서 나를그릇생각한것이 맞업시 셜은일임니다. 남의 남자들꾀이기로 有名한 英姬의말을 엇지면그리쪽하게밋은것이 내妻의資格으로써는 不足하게 생각이될쑨임니다. 仔細한말은맛나서 할터이오니 이편지보는대로 곳써나오십시요.」

나는 편지를부치엿다. 親庭이 멀지도안으닉가 곳오리라고 생각하엿다. 나는 집세간을채근채근해노면서 貞順이를 기대리기始作하엿다. 그러나뜻밧게 貞順이는 사흘밤이지나도록 도라오지안엇다. 나는 切實히외로움을늑기엿다. 그래도貞順이는 곳 차자오리라고 밋엇든것인데 意外에貞順이한데서도 아모 消息이엄슴으로 나는絶望과셜음에 싸여서 엇절줄을몰낫섯다.

그러나 나는 어지러운마암을 다시가다듬어 외로움가운데서 期於히 내丹身을구원해보리라고決心햇다. 露骨的으로말하면 英姬와貞順이 두女子가운데 어늬편이든지 한女子만은 내것으로삼으야되겟짜는 굿은 決心을가젓섯다. 사실상 두女子다는 몰으겟지만 한女子쑨은 맛당히 所有할만한 特權을가진것갓치 생각이되엿다. 그래서 나는 不知不識間에 누구를 차즈러가는지도 몰으게 意識업시 박그로나갓다.

나는한참동안 이리저리 彷徨해단니다가 XX町을니르러서 얼핏英姬생각을하엿다. 올타여긔가 英姬의 새로옴긴 동리구나……하고 나는 그를 차즐생각이나서 番地를 살피게되엿다.

英姬의집은 어렵지안케차젓다. 나는 英姬를보자마자……눈물이펑펑소다지엿다. 英姬도 울은것가치뵈엿다.

「英姬氏 - 英姬!」하고나는긔상더말못햇다. 나는목이메는것갓치 생각이되엿다.

「아! 나는 英姬氏한테 목숨을 밧치러왓슴니다. 英姬하자는대로 할테야요」하고 나는 어린애갓치울엇다. 참말 그째의감정으로말하면 英姬가갓치 죽기만하자면 갓치죽어쩌리는것이 가장큰幸이라고 생각햇다.

나는곳人力車를불넛다. 얼마안이잇다가 人力車두채가왓섯다. 英姬다러 몬져타라고하닉가 아모말업시 그는 順應햇다.

두리갓치타고 집으로도라와서는 서로울기만햇다.

「아! 나는죽고십허」하고 나는목이메서말햇다. 그째로말하면 설혹天地가 가분작이 무서운變動을 니르킨대도 단지英姬와갓치 죽는다면 쌈작도안니하고 아름다운 最後를 매저슬것이엿다. 나는입살을 英姬의젓가슴에 파뭇으면서 흙흙늑기엿다. 英姬는 어미가어린애한데하는모양으로 나를쓰다듬어주엇다. 나는限量업시 고맙게생각햇다. 째째로온몸에 솔음이씨치어질째 나는 말할수업는 感激을밧엇다. 나는그째 誕生의 깁쁨을늑기엿다. 그리고 이제부터 새롭게산다는 意識이强烈하게 내全感情과意志를 支配햇다.

벌서나의생활이 帝王의城壁갓치 莊嚴한土臺우에서 展開되는것갓치 생각이되엇다. 이전과갓치 不安과 아모런動搖가업시 튼튼한基礎를가젓다고 생각햇다.

永遠과無限에대해서 나의意識이 얼마나興奮되엿섯는지몰은다. 나는그째靈魂의無限存在도肯定햇다. 그리고英姬와함게 그압흐로 永久한歲月을안고 살아갈것을 꿈꾸엿다. 限업는歲月의 아름다운光景이 英姬와나를 반갑게 맛줄것이라고 생각햇다. 아-이제부터나는 참으로 아름다운 생활을하게된다 …… 하고 혼자생각을하면서 英姬를꼭쓸어안엇다. 女性의美가운데 壯麗한 魅力이잇짜고 確信하는나는 그째야말노 쯧업는享樂을 經驗햇다. 그의부드러운살과 푸ㅅ고초와갓흔몸香氣에나는全精神을 다 앗긴것갓치생각이되엿섯다.

十一

十一月十八日에 생긴일이엿다. 나는그일을적을째 온몬에 솔음이 얼마나 씨치는지알수업다. 讀者가 나의 매몰스러운136) 행동에 진져리가날줄도 미리

---

136) 보기에 매몰한 태도가 있다.

짐작한다.

十八日새벽에 英姬와나는 부시시니러나서 세간을 엇더케놀것과 이로부터 엇더케살님을시작할것을 서로議論햇다. 두리다꿈에서사는것갓해섯다. 그러면서도 상긋한맛이잇섯다. 그럴째, 아츰여들시쯤해서 千萬쯧박게 貞順이 가차저왓다. 사실은편지를밧아보고온것이지만 나는그째 形容할수업는恐怖에눌니엿섯다. 나의새로운生活을 두번채 뒤집으랴고하는 閑人者에대해서 나는極度로 성가시게생각이되엿다. 貞順의입에서 무슨말이나오기前에 엇더케처치해야될것을 얼핏생각햇다. 그刹那 나는우리집우물(井)이눈에 번개불갓치 번작찍엇다. 突然히나는 貞順이한데 달너드러 우물(井)을向하고 발길노찻다. 貞順이는 풍덩하고 집흔우물속으로 채여드러갓다. 뒤에서「에그머니」하는 소리가 들니엿다.

나는뒤를힐끗도라보앗다. 그째英姬가 파랏케질닌낫빛으로……「惡魔」하고 부르지지며 나를쑤러지도록드려다보앗다. 나는흙흙늑기엿다. 貞順의屍體를안고 나는하로終日울엇다. 지금도 그일만생각하면 울음쑌이다. 아-모든일이 다-虛無다. 爲先내가내마암을 알수업다. 사실상 나는밋친것같다. 마암이작고 어지러워만진다. 쌍과하날이빙빙도는것갓다.

　　-쯧-

惡　夢

『靈臺』, 1924. 10

一

　　어즈럽고편치안은맘이 쏘다시 나를밋치게하엿다. 왜그런지맘이묵어워만젓다. 온天地가멀지안아 무슨變動이생기리라고 짐작햇다. 그럿치안으면무서운惡疾이 돌든가쏘는큰火災가니러나든지, 어젯든 조치못한일이 니러나리라고생각햇다. 그럿트시 맘이작고어즈러운편으로 뒤집필째 나는박그로나갓다.

　　××町을지나서 ××골목으로들어갈째에 내뒤를짜로는 못딘놈이나잇지안은가하고 여러번뒤를도라보며 人跡드문길을 골나서걸엇다. 그래도수상스럽게뵈이는 사람들이 이골목저골목에서 나를직히는듯하게뵈엿다. 좁은골목으로들어갈째는 하날이무겁게 내머리우를덥허누르는듯하게 생각이되엿다. 그리고 세우드룸한집들은 病들어알는듯하게뵈엿다.

　　나는 큰길노나섯다. 自動車가 붕-붕-하면서 지나칠적마다 나는쌈작~놀냇다. 그것들을 避째하누라구 멀니서부터조심을하지마는 그래도 막상 내겻흘지나칠째는 솔음이끼쳐젓다. 『속상하는世上이로군』 하고 나는한숨을내쉬엿다.

　　가을바람이 쓸쓰하게 내옷깃을 슬치엿다. 나는定處업시 길를작구 걸엇다. 『여보게O君! 어데를가나?』 하고 뭇는이가잇섯다. 그는 나의친구되는한사람이엿다.

『아-자네든가?』

『H君이 自殺햇짜는말을들엇나? 참가엽은일이야 누구한데들으니까 毒殺 당햇짜는 말도잇스니 대관절엇지된일인가?』 하고 친구가물엇다.

『누가남의일을 아나』하고 나는H君에 關한 니애기를 避하랴고하엿다.

『안니자네가 몰은다면 누가안단말인가』 하고 친구가물을째 나는좀不快히생각햇다.

『자-이다음쏘맛나세 나는밧분일이좀잇서서』 하고 말방패매기를한후 친구와헤여졋다. 나는 非常한 不安을늣기면서 집으로 도라왓다. 막 방안으로 들어오자 대청에서 O君! 하고 찾는이가이섯다. 나는깜작놀냇다. 무슨일이생기는고나하고 나는가슴이두근그리기 시작하엿다.

그는 나하고함게大學에서工夫하든 同窓生이엿다.

『자이리드러오게』 하고 나는그를房으로 引導하엿다. 그는들어오자마자 인해말을이르케 써냇다.

『H君이죽엇데그려』

『그래서』 하고 나는밧삭精神을차럇다. 그는빙그레웃으며 『이제는安心일세』 하고 쏘한번픽웃는다.

『무엇이安心이야』 하고 나는怒해서말햇다.

『여보게그리 語聲을놉힐것이야무엇잇나 S가이제는 자네愛人이되닉가말이지』 하고 허허허웃서쑤렸다. 나는하도기가막혀서『S야 벌서부터 내愛人이 안인가』 하고 正色을하며 말햇다.

『宿命論的으로말하면毋論S는 멧世紀前부터자네의愛人이겟지만은 世上이알기는죽은 H君과자네와 S새를 複雜한三角戀愛關係로보는것을엇지하나 그러니까내말은 H라는자는 자네의戀敵이 죽어쎠려스니까 安心이란말일세』 하고 그는무엇이그러케웃스운지 쏘하하하 하고웃엇다. 나는그째참지못할 侮辱을 當하는것갓치 생각이되엿다. 그래서 낫을붉키며

『그것은 世上이誤解지 S와H는絶對로戀愛關係가안니엿스니까』 하고 나는시츰이를쑥째짜.

『자-그런말은 다그만두세 그러면 S하고는 언제婚姻을하나한턱밧아먹으야되지』하고 그는 쏘한번 썰썰웃엇다. 나는 성낸맘을겨우참으면서……

『S하고야 벌서婚姻한지가 얼마나오랫기에』 하고 잘나말햇다.

『그러케맷구 쓴흔듯이말할必要야잇는가 H君갓흔이가이世上에쏘잇는것이안이고 이제부터는 安心인데』 그가이러케말할째 나는그이상더는 참지못하겟다고 생각햇섯다. 그래서나는 주먹을부루쥐며 부르르썰다가 다시생각을 도리켯다. 當分間은친구들한데 맘을사가지고 H의 死因에대해서 世上의疑惑을 비서나야만되겟다고 생각했다. 나는 부드러운 목소리로『여보게그런弄談은 다구만두세 그런데 H君이죽은데대해서 世上一部人士에서 내게조치못한 疑惑을두니 大體이런일이어데잇쌈』 하고 나는하소연하는듯이말햇다.

『엇더케疑惑을둔단말인가』

『날다려 H君을毒殺하엿다고하지』 하고나는 그의視線을피하면서말햇다. 그리고 좀잇다다시 말을니여서…

『사실자네한데만通事情이지만 H君이 S한데맘두엇든것은사실일세 그리다가 S가그냥 自己의말을 안니듯고 나하고사랑이成立되니짜 失戀끗헤 自殺해쑈렷다네 그럴줄알앗드면 내가몬저 S를 斷念하고말아슬것인데 생각하면 H君이 가엽기가쯧이업서』 하고나는말햇다.

『나도대강그러케짐작햇섯네 世上이자네를疑心하는것이야 當치안은일이지 그런일이어데잇쌈 나도자네性格을잘알지만 자네갓치 弱한맘을가진이가 누구를 毒殺하다니 기가맥키는말일세 내가알아보아서 사실世上이 자네를疑心한다면 내가 極口辨明하지』 하고그가말할째 나는 比쏘할수업시고맙다는 생각을햇다. 그리고온갓정성을다해서 그를대접햇다. 나는그에게멧번이나 『참된벗』이되여달내는말을 거듭말햇다.

二

가을의쓸쓸한 日氣가나의맘을 더욱이散亂식혓다. 더구나 S가죽은H를 닛지 못한다고하면 내게대해서는 큰不幸이라고생각했다. 그리고 H의死因에

대해서　S가世上사람들과갓치　나를疑心하게된다면　엇지할가하는　不安스러
운생각이낫다. S의말을듯건대　H는　사랑하지안엇다고　하지만　그것은게집들
의말나맛치는말이라고생각햇다. H가그냥살아잇섯기만햇드면　S가나를배반하
고　H한데로갈지도　몰으는일이엿다. 더욱이그째境遇로　말하면　S가나를짜르
든지　H를짜르든지　態度를分明히가지야될形便이엿다. 맛츰그째　H가　죽은것
은　나를爲하야　天佑神助라　할지몰으겟다　그러나　H가죽자부터　나의　맘이　形
容할수업시　어즈러워지는것은　엇진짜닭인가　다알수업는일이다. 나는　이世
上이하로밧비　부서져서누가누군지　알지못하게되기를바란다. 罪째도업고罪
를罰하는일도업는　그러한世上이되기를바란다. 나는이러케　혼자　自問自答을
하며서　S한데보내는　片紙를썻다.

　『밋부신　S氏여　나는하로終日　당신을기대렷습니다. 요좀은　神經衰弱症이
다시　複發되는　듯합니다. 맘이空然이뒤숭숭해지고　외로워만짐니다. 더욱이
요좀은알다십히　H君의死因에대해서　世上의疑惑을　밧기째문에　맘이괴롭습
니다,　나를잘理解해주시는　당신만쯕밋습니다.　世上이아모리나를疑心해도
나는도모지　겁낼것이업습니다. 나의良心은　언제든지나를그르다하지못할것
임니다　나는H君의죽엄을　누구보다고　哀痛합니다. 어제오늘은　切實히외로움
을늣기엿습니다. S氏가　내게잇짜는생각을하고　慰安을엇엇스나　나는只今쏘
다외롭고　쓸쓸한생각만합니다. 이편지보는대로　곳와줄줄밋습니다.……』

三

　『엇쩌한일이잇든지　나를밋어주겟지요』하고　나는S한데물엇다.
　『선생님이　저를밋듯시　저역시선생님을밋습니다.』하고　S가　살갑게말햇다.
　『H君이죽겟째문에　얼마나寂寂한지　몰으겟서요』하고　나는S의낫빗을仔
細히살펴보앗다.
　『世上이선생님한데　疑心을둔대니　그런못된놈들의　批判이　어데잇서요　H
先生으로말하면　어차피自殺하야될性格이지요,　그러케도　人生을否定하고　那
終에는自己까지　否定하지안으면　견대지못하는어른이니짜　自殺할수밧게업

지요 맛나는사람마다 죽엄이唯一한 實在니勝利니하는先生이니까』하고 S가
말햇다.

   H君은본래부터 厭世主義者의 哲學만을골나서 硏究하든이니까 自殺하
기가쉬웟서요』하고내가말하니짜……『글세 H先生은 愛人을求해도 自己와
함게죽어줄 사람을求햇섯대니까요……』하고 S가대답햇다.

   『萬一 H君의죽엄이 世上사람들의인증 하는바와갓치 自殺이안니고毒殺
일것갓흐면 엇더케생각하겟습니까』하고 나는가분작이물엇다.

   『그럴理由가萬無지요 爲先毒殺當할만한일을 남한데한일업지요 더구나
世上은 그先生을聖人갓치보앗섯는데요』하고 S가 창박글엿보며말햇다.

   나는그러리라고생각햇다. 그리고 S가 H에게대해서 아모런 同情이업는체
하게 뵈이랴는 그의心理를 나는알아채렷다.

   그러나 H가 살아잇슬째 S의態度가 너무나 娼婦的이엿든것을 생각하고
좀不快한 생각이낫다. H한데가서는 H만사랑하는체하고 내한데와서는 나만
사랑하는체하는 S의心理를쏘한번다시살펴볼째 나는 不快히생각햇다. 그뿐
만아니라 S가내한 몸을허락하드시 H한데까지 그러한관계가 잇것다고할진대
엇지할고하는 질투심까지 니르켯다. 萬一 H한데도 그가몸을허락햇다고할것
갓흐면 엇더케햇슬가? 내한데하듯이 그와가치 性慾的째으로 數째업시同居
하다십히 아-不快하다. 안니쯔운계집이다. 나는이러케생각하면서 그를쳐다
보앗다. 그刹那나는 배속에서무엇이안탑갑게 치벗치는것을 째다랏다. 그것
은가장野卑한性慾的欲求엿다. 안니쏩게 매슥~하게생각이되는感情과함게
얼싸인色情的의 强烈한欲求엿다.

   나는참다못해 그의손목을 잡아끌엇다. 그리고물어쓰드시 그를키스하엿다.

   H와는엇더케놀아슬가하는생각을할째 나는거이復讐心에갓가운맘을가지
고 그를함부로쎠안으며놀앗다. 그는나하는대로 모든것을順應하엿다. 그럴사
록나는시원치안케생각햇다.

   그의 豊艶한몸매-健康이모도다 無盡藏한 그무엇과갓치생각햇다.

   나혼자서는 다所有하지못하겟다는 생각이나도록 그는 내한데넘치는欲
求를 채워주엇다.

四

　　머리가해지고 귀가울니기시작했다. 그리고 맘속에서는무슨심상치안은일
이니러나리라는생각을햇다. 世上이모도다뒤집혀지고 무서운災難이니러난다
고하면 한편으로그것을 겁내면서도 그러한일이좀니러나스면하는 期待가잇
섯다.

　　못된맘도잇다하고 혼자말을하면서 나는밧그로나갓다. 언제든지 나는定
處업시빙빙도라단니는것이조와섯다. 맘속에서어데를가니하고물으면 나는언
제든지……『世界끗』까지간다고대답해준다.

　　『世界끗』이라는생각을할나는 모든일이다鮮決되고 씨원하게생각이된다.
恒常맘이 뇌여지지안코 不安스러운世上을 버서날나면『世界끗』 까지가야
만된다고생각햇섯다.

　　無限地平線만뵈이는 그러한넓은데가조타. 그러치안으면虛無感이切實히
늦져지는 北劇과갓흔데든나룻소의 原始林갓치異常한植物들이 함부로자라
는져熱帶地方갓흔데흔가서사는것이조타고생각햇다. S와함게그런곳에갈수가
잇다고할것갓흐면 얼마나조흘고, 그러케만되면나는救援밧는사람이되리라고
생각햇다. 이고당에잇다가는반드시무슨일이생겨서破滅을當하리라는 强迫觀
念에사여잇섯다. 그래서나는하로밧비쩌날생각을햇다.

　　나는 이러한決心을하고 S한데차자갓다.

　　『S氏! 먼데로갈생각은업서요?』하고물으니까 그는방긋웃으면서『선생님
이 가시쟈는 곳이라면 어데든지짜르지요』하고 나를꾀이는듯이말햇다.

　　『그러면 저印度갓흔데가면엇대?』하고물으니까, 그는쌈작놀내면서『그
러케멀고쓰거운곳으루요?』하고대답햇다.

　　『자-그러면 南京갓흔데 가볼가요 異國情調도만대로늣겨볼겸—쏘는 西
北쪽으로楊子江을背景으로한武陵桃源도求景할겸 엇대요?』하고물엇다.

　　『南京이야조흔곳이지요 支那의詩人들이서로다토아가면서 讚美하든곳이
니싸』하고 S는 好奇心이니러난듯이말햇다. 나는歷史上여러가지例를들어서
南京을썩아름답게소개햇다. S와나는南京으로旅行갈것을굿게約束하엿다. 그

래서 그멧츨동안은 南京갈準備를하누라고 奔走하게지냇다.

五

모든일이다꿈이다. 지나간일을생각할것갓흐면 어즈러워을짜름이다. 맘이 恒常不安스럽드니 果然조치못한일이생겻섯다. 그러나내게는아무罪도업다. 어더한일을하든지 나는 罪라고일홈하기가실타.

조치못한일이니러나기는 S와함게南京으로쩌나려든 전날밤이엇다.

저녁닐곱시쯤해서 『이리오너라』 하고나를찾는이가잇섯다. 그는××暑에서근무하는刑事엿섯다. 아-刑事!일홈만들어도 不快하다. 나는그째웬영문인지도몰으게刑事에게끌니여 ××暑째에갓섯다. 그는나를秘密室노쓸고갓섯다. 침침한웃층조그마한房에나를 안치드니『잠간기대리시오』하고나갓다. 좀잇드니무슨書類를가지고들어와섯다. 나는精神을 단단히채리야만되겟다고 생각햇다. 그래서泰然自若한態度를 차리고『엇재서나를불너 왓서요?』하고 물엇다.

『가만게십쇼』하고그는교만한태도로 書類를뒤적~하드니……『그런데다른일이 안니라요, H의죽은일을좀물어보랴고합니다』하고나를쑤러지도록드레다보앗다. 나는그의視線을피하면서 『그일이야내게물으실必要가잇나요』하고 正色을하며대답햇다.

『우리의생각으로는 당신이잘아실줄밋는데요』하고 그는넝거집허서물엇다.

『世上이다알다십히 自殺이겟지요』

『世上이인증하기는 自殺보다도毒殺이라고하는데요』

『누가 그짜위말을해요』

『그러케쏘毒殺안니라고辨明하실必要야무엇잇습니까』

『누가必要가잇대요? 우리친구들이알기는 다自殺이라고인증하니까말이지요』

『아마自殺이라고인증하는이는당신혼자인가보오』 하고 刑事가 쒸쏙대를 쳐서 말할째 나는 精神을잘차리지못햇다. 腦가휘둘니는것갓치생각이되자

刑事가 쏘다시『우리의생각으로는 꼭毒殺노인증하는걸요』하고 날카로운목소리를써낸다.

　『그야증거만잇스면 毒殺뿐안니라 게서더한일홈까지붓쳐도 關치안켓지요』하고대답할째 그는엄숙한낫빗으로『毋論증거가잇지요』 하고말햇다. 나는웬일인지 그째가슴이서늘해젓다. 그리고避할수업는큰일이나생기는것갓치생각이되엿다. 입살이부들~ 썰니는것갓치생각이되엿다. 그래서나는잇는精氣를다해서맘을가다듬엇다.

　그는좀잇드니 다시낫빗을유화롭게가지며……『그런데 당신더러이런혐의가 잇다는것은 안임니다만은 世上의 一部人士가운데서 당신한데무슨혐의를두는모양이니 대관절 엇지된일임니까?』하고물엇다. 나는한참머리를숙이고잇다가『그런말은처음듯는걸요.』하고대답햇다.

　『左右間毒殺問題에대해서는 당신한데무슨혐의를두는것은안임니다. 당신은 H의 친구엿서스니까 그의죽은原因을 잘알가바뭇는말이야요 萬一에 H라는사람이毒殺을當햇다고할것갓흐면 누구보다도 당신네친구들이 憤慨할것이안임니까』……하고刑事가말햇다. 나는『毋論이지요 그런놈이잇슬것갓흐면 期於히잡아주십시오』 하고대답할째 무슨일인지그는 빙글~웃스면서『자-仔細히~ 들으세요……』 하고말을써낸다. ……『그런데 이와갓흔니애기는 決코事實談은안임니다. 말하자면小說에갓가운니애기겟지요……只今 내가하는니애기를들으실것갓흐면 아마알아채리실일이만히잇스리다마는 決코당신한데거리씨는말은안임니다. 단지冷靜한맘과第三者의態度를가지고들어주십시오』 하고刑事가수렵을내서뒤적~하드니 다시말을써내서『내가只今니애기하는말은 滋味잇는三角戀愛의니애기인데, 三角戀愛의關係者들을 ABC라고불너둡시다. C라는女子를中心으로하고A와B라는두男子가 잇섯습니다. 두男子가다사랑에대해서는 非常한敏感을가젓습니다. 그런데다기 C라는女子의性格은 여러男子에게사랑을밧겟다는 虛榮心을가젓섯습니다. 다시말하면 한男子한데는 도져히滿足을엇지못하는 女子겟지요 그래서 C는A한데도 사랑하는채하고 B한데도사랑하는체햇습니다. 그뿐만안이라 A와B에게各各秘密한關係까지매자와섯습니다. 그래서두남자의맘파몸을 혼자서所有햇

습니다. A를맛나서는 B하고는아모관게가업는체하고 B를맛나서는 A하고아
모관게업는체하엿습니다.……퍽 複雜한게집이지요? 그래도AB는 敏感한사
람들이니까 C라는女子가自己네두사람을가지고 그로는줄을알앗습니다. 그래
서A와B는비상한고민을햇습니다. 엇지하면自己혼자서 C를 所有해볼가하는
생각드들을해보앗습니다. 그러나도져히별신기한방법들이업섯습니다. 本來
게집이妖婦的의氣質과複雜한性味를가젓스니까 A와B는매양속아넘억기만햇
습니다. 그까닭으로 AB두男子는 속으로알키만햇습니다. 그리다가마츰내 A
는萬事에지치여서 人生을否定하고 甚至於自己自身까지否定하게될極端한
厭世主義者가되엿습니다. 그래서 죽엄뿐이唯一한實在요救援處라고생각햇
습니다. A는C한데멧번이나함게죽지안켓느냐고 말햇으나 C의態度는A를애만
태우고 시원한대답은해주지안엇습니다. 엇던째는A가혼자죽어버리겟다는생
각도해스나 그런생각은一刹那뿐이고 期於째히C를혼자서所有해보겟다는생
각이맹렬햇습니다. 自己혼자죽고십흔생각도잇스나 무엇보다도C를남겨두고…
…더구나 自己죽은뒤에 B혼자서C를所有할것을생각하고꼿까지 살으야되겟
다는생각을햇습니다. 말하자면 A는죽지도못하고살지도못할그러한고민에싸
여잇섯습니다. 그리고, 쏘B로말하면 본래질투심이만흔男子이겟째문에 C가
자긔녑헤만업스면 화가나서몬견대는사람이엿습니다. 그래서那終에는 히스
테리病이나서 性格破産에니르게까지되엿습니다. 그러나B는個人主義의洗禮
를徹底히밧은이가되여서 自己의幸福을爲해서는 무엇이라도 犧牲한다는決
心을가지엿습니다. 自己를爲해서는 온世上을犧牲식혀도 關선치안타는생각
을가지엿습니다. 왜그러냐하면 自己一個人의幸福은 全人類의幸福의總量보
다도 더크니까結局 自己一個人을살니는것이唯一한書이라고생각하는사람이
엿습니다. 要컨대여긔에한가지큰問題가잇습니다. A라고하는사람이 이 世上
에살아잇는동안에는 C를自己혼자서全所有하지 못하겟다는것을쌔다랏습니
다. C라는女子가다시거듭나기前에는 AB두사람中에 어니편을배반하고한사
람의所有가되지안을것을 看破하엿습니다. 그러니까 B의생각으로는그냥그모
양으로지내다가는 A와自긔두사람이 애만뭇척타고那終에는사람구실을못하
리만치變態的人物이되여모든것을否定하고 쏘는모든것을虛無를늣기게되리

라고생각햇슴니다. 령리한그는벌서 A한데그러한 病的徵候를 發見하자마
자—自己自身한데도 그러한病的徵候가 생긴것을알아채렷슴니다. 問題는두
가지가남엇슴니다. A와自己두사람가운데 한사람이업서지거나 그럿치안으면
AB두사람中에 어니누구가 C를斷念하든가 두가지길이엿슴니다. 그러나 AB
두사람이—다— C를斷念하기는 絶對不可能한일이엿슴니다. 왜그러냐하면 C
라는게집은 限量업시魅力을가진妖婦엿슴니다. 일즉이歷史에도 그런女性은
드믈다하리만치 妖艶한게집이엿슴니다. 한번그게집의품속에싸지엿든男子일
것갓흐면 제아모리理性이잇서도 도져히엇지하지못할그러한絶對의魅力을가
진게집이엿슴니다. B는곰곰이 생각하다가그만A를업시하리라는 決心을햇슴
니다. 두리다亡하는以上에는 차라리A를죽이고 自己혼자서救援을밧는것이
가장온당한일이라고 생각해슴니다. 그래서B는A를 謀殺하려고여러가지陰謀
를햇슴니다. 그는藥物學에對한 智識이좀잇서슴으로모히를가지고 毒殺하는
것이 第一쉬운일이라고생각햇슴니다. 그째마츰A가맛나는사람마다주어를 讚
美하든째엿슴으로 그째를잘利用해가지고 A를自殺식히리라고決心햇슴니다.
그래서B는僞善 厭世的思想을 붓도둡는 레오날팔듸와 솔노굽의作品갓흔것
을 멧종사서 기증까지한일도잇섯슴니다. 그리고A를맛나기만하면「모히」애
對한好奇心을 니르키는말을햇슴니다. 「모히」를 먹으면 모든情緒와觀念이恍
惚해지는것이 맛치 薔薇꼿피는길에서피리소리를들으며 彷徨하는것과 갓다
고햇슴니다. 그리고自殺에對해서도「모히」만쓰면絶對로苦痛이 업시죽을수
가잇다는말을하며……한편으로는「모히」를슬근히 써내서 A한데빈중질하듯
이 뵈엿슴니다. 그째A는그것을한나달나고햇슴니다. 처음에는絶對로안니줄
듯이그랫지마 한번두번채 請求를할째 B는못견듸는체하고주엇슴니다. 毋論
그「모히」는 致死分量에꼭맛는『헤로잉』을교갑에넌것이엿슴니다. 그러나B
의陰謀는구만 水泡에도라갓슴니다. 왜그러냐면 A는C를남겨두고혼자죽을맘
은 絶對로업섯슴니다. C가함게죽어준다면갓치죽기는하지만 자기혼자는죽을
勇氣가업섯슴니다. 萬一C가맷구쓴듯이 C를背反하고B하고만조아지낸다면
그째에A는 失戀끗헤自殺할지몰으나 C가A를맛나서는A혼자만을사랑하는체
하겟째문에 B와의관게를의심하면서도 어엽뿐C에대해서는 끗입는 愛着이잇

섯습니다. 그럼으로죽엄이 自己思想에結論이지만 꼿갓흔愛人을버리고 자기 혼자서는決코 죽으랴고 하지안엇습니다. A의생각은단지C와함게情死하기를 바랫습니다. 함게죽어준다고만하면 A는조곰도주저치안코 죽어슬것이엿습니다. A가C를完全히所有하는데는갓치 죽는수밧게업다고생각햇습니다. 그러나 C는누구하고든지 情死할女子는안니엿습니다. 그는꼿싸지삶을讚美하고엇더케하면 그삶을좀더낫게享樂해볼가하는 切實한欲求를가진女子엿습니다. 그래서A는함게죽는것을바랫스나 女子의態度가그러함으로 할수업시죽은일을 斷念하고말엇습니다. 령리한B는 벌서A가혼자죽지안으리라고생각햇습니다. 그째는 할수업시 自己가直接下手人이되여서 毒殺을하야만되겟짜고 決心햇 습니다. 그래서조흔機會만엿보고잇섯습니다. B는무슨생각이잇서서그랫든지 마라리아菌을가진 모기멧마리를잡아가지고A한데가서 그것을A의寢室노몰내 그레보냇습니다. 그후멧츨이안되여서 A는학질에걸나여서 알키가되엿습니다. A가알느나는말을 C한데들은B는매우걱정하는체를햇습니다. 헤르밍의빗갈과 학질쎄는藥의빗갈이 꼭갓흔것을아는B는……『쏙낫게하는藥은 잇지만은』하 고 C를처다보앗습니다. C의생각은A나B나 ─ 다 ─ 꼭갓치중하고사랑스러우니짜 자긔의힘을가지고 A를하로밧비낫게하야만되겟짜는 생각을햇습니다. 그래서 C는『그藥을求해서멕이도록하지요 매우甚히알는모양이야요』하고 B의대답 을기다렷습니다. B는설합에서 교갑에너두엇든『헤로밍』을 한개쩌내서 C한 데주며,『이藥은「염산기니네」 올시다. 獨逸製이겟쌔문에 먹으면곳날걸요』 하고 C한데주엇습니다. C는그藥을밧아쥐며……『언니째먹게할가요』 하고물 으니짜 B가한참생각하드니……『밤열두시에 먹으라고하십시오』 하고널너주 엇습니다. B가무삼짜닭으로 밤열두시를말햇는고하니 그것도 쏘한가지理由 가잇지요 밤열두시일것갓흐면 아무도업시 A혼자서죽게하누라고 그랫습니 다. 設或C가A한데가서 病看護를해준다해도열두시前째으로는 넉넉히도라가 고A혼자만잇스리라고생각한짜닭이지요. C는그藥을엇어가지고는곳A한데로 갓습니다. 그리고그藥은언니醫師한데엇은것인데 밤열두시에 쏙먹을야만된 다고말한후 벼개밋헤노아두엇습니다. A는고맙게밧아슴니다. 밤열시쯤해서C 는도라갓습니다. A는열두시만되면먹으리라 생각하고잇는동안에 잠이들엇슴니다. 熱이甚하겟째문에 깁히는잠이들지못해섯스나새로세시頃까지자다가 熱째이좀싸라짐을싸라 쌔엿습니다. 쌔여서보니까藥을제시간에먹지안엇습니다. 그래서A는그藥이느저서 호염이업스리라고생각하면서도 冷水와함게생컷습니다. 그藥은勿論致死分量에꼭맛추어교갑에넛섯기째문에 아모런苦痛이업시고요히잠들어 永永히죽고말엇습니다. 그잇흔날오전열시頃째에야A가죽은줄을비로소알기되엿습니다. 그의죽엄을몬저發見한사람은 C엿습니다. A의 벼개밋혜는 遺書한장과 그전날밤 C가 갓다주엇든『기니네』라는藥이 그냥 잇섯습니다. 그런데한가지이상한일은 A가確實히毒殺을當햇지만은 遺書한 장과쏘그날새벽세시頃에먹은藥이 쏘나왓스니 이상한일이안니야요 그이상한 내막은이러하지요 주도세미란B는새벽다섯시쯤해서 遺書한장을 A의글시비 슷하게 써가지고A의잇는곳을몰내담정을넘어들어갓습니다. 그리고準備해두 엇든遺書와정말『기니네』를갓다노코도라갓습니다. 그러니까A가꼭自殺한것 갓치만뵈이지요 더구나 그遺書쓴것을 보면쏙속게만되엿지요 자-遺書를닑 어드림니다.『모든것이다虛僞다. 爲先산다는것부터 虛無다. 죽엄쑨이唯一한 實在다. 生을能히 破壞하야엇는 죽엄이야말노偉大하다. 九月三日夜十二時 毒藥을먹고』 자-들이섯지요 누가보든지 A가써스리라고밋지안켓서요 그리 고 염산기니네가한개나왓스니까 누구든지 C가준毒藥을먹고죽어스리라고는 생각지안을것임니다. 참奇妙한毒殺이지요 그러나B는인해發覺이되엿습니다. 왜그러냥면 警察署가診斷한것으로말하면 C가A의죽엄을發見한그날 오전열 시부터 五六時間前 즉 새벽네시頃에 죽은것이分明한데 遺書에는열두시라 고써워잇스니까 그것이이상스럽지안어요, 그리고쏘 한가지이상한일은 遺書 글시는비슷하고하지만 글시쓴 잉크빗이 A의房에잇는잉크빗하고는全혀다른 點임니다. 그잉크빗은意外에B가쓰든잉크빗과갓겟지요, 그리고쏘 이상한흔 적은 그죽은날에警官들이가서 調査한바에依하면 누가담정을넘어들어온것 이 分明한것은 담정우에구두신발자최가백혓겟지요, 발자최가쏘B의발자최와 흡사하겟지요, 하하하, 참毒殺도奇妙하게햇지만은 發覺되기도참 용하게되 엿지요. 자. 내말을잘들으섯습니까 소셜이 상으로자미가잇지안어요?』하고 刑事가말을맛치자, 나는벌덕니러낫다. 그刹那刑事는내압흘막으며 『못감니

다』 하고눈을흘것다. 나느온전신에이상한病련이니러낫다. 그리고주먹을부루
쥐며 『그래B가나란말이요? 論理的으로그러케맨들면 누구든지지 罪人안니
될사람이 업슬테야요』 하고부르지젓다.

　『이놈아! 잠작고잇서라』……하는호령소리가크게나왓다. 그리고좀잇다가
警官두목이와서 나를끌고留置場에가서 쇠문을덜컹하고열드니 나를발길노
차서드려보냇다.

六

　그후한달이넘도록 나는뭇척고생을하다가 証據不充分으로 出獄이되엿다.
지나일을가만히 생각하면 모두다어즈러운꿈이다. 엇잿든 方今S가내겻헤잇
스니까 그마큼나는幸福이다. 사실말하면나는S를爲하야 모든어즈러운꿈을보
앗다. 오-S여 그대를위해서못할일이무엇인가? 그리고우리의幸福을위하는일
이라면 罪될것이무엇인가. 人生은모두다어즈러운꿈이다. 누구를善하다할것
도업고 누구를惡하다할것도업는世上이다. 그러나그대를생각하는내맘과 나
를생각하는 그대맘뿐은 이어즈러운世上에도가장아름답고高尙한것이다.

凄艶

『靈臺』, 1924. 12

一

　　世上이다알다십히 나는 手腕과機智를 풍부히가진사람이다. 그러나 내외
이모든 才能과 活潑한性品이 일개女性의 쏘임째문에-다시말하면, 迷信的
으로 밧게해석이안니되는 이상한 魅力을가진 A라는 魔女째문에 내가 無能
해지고 나약해졋다고 할것갓흐면 諸君은 그런일이 어데잇겟느냐고 웃슴에
붓치겟지만 사실나는 A라고하는 게집째문에 아조 못난이가 된줄밋어라. 이
로부터적어놋는 글을볼것갓흐면 A가얼마나 이상한 魅力을 가지엿는지 쏘는
그와나새에엇더한 관게가잇는지 알것이다. 드러나이것은 秘密이다. A를 처
음으로알기는 지금으로부터 반년전이엿다. ○○俱樂部에서 만찬회를열어슬
째 말하기조와하는 나는이말저말을 해나가다가 사랑이라는 문데에대하야
멧멧친구와 변론을하기되엿다. 그째말한것을 자셔히기억하지는 못하나 이러
케말한듯 십다. 사랑에대해서神聖하니 不神聖하니 할것을決코업다는것과
그러한術語을 쓰는것부텀 사랑의 無限한世界를 구속하는것이된다는말노 쟝
황스럽게말햇다. 한참말하든중에 너니누가 나를 쑤러지도록 바라보는듯하게
생각이되엿다. 그視線이 날카로와서 거이 내깁흔맘속까지 께뚤너 보는듯하
게생각이되엿다. 그래서 나는얼핏 그에게로視線을옴겻다, 그는물론 지금 말
하려는A엿섯다. 그 視線과 내의視線이 서로마조칠刹那에 니는 이상하게도

엇던무서운늣김을 밧엇다. 왜그른지 그날카로운눈빗이 나의 全精神을 앗사
서 나는그에게 아조 정복된것갓흔 그러한무서운생각이 낫섯다. 그래서나는
말을끈친후 한참동안 머리를숙이고잇섯다. 그째,내맘은맛치 暗示밧은 그무
엇과갓치 멍텅하면서도 情緒가거듭나는듯하게 생각이되엿다. 나는좀잇다
또한번다시 A를바라보앗다. 그째까지도 A는 깜작도 안니하고 나를 바라보
고잇섯다. 나는그째 머리가휘둘니여서 中心을 잡을수업게되엿다. 나는 벌떡
니러나서 방안을한번 빙돌앗다

　「자네가 말하다가 슷도맥이지를안코 엇지된셈인가?」하고뭇는이가잇섯
다. 나는다시 내자리로와안젓다. 그리고 세번채A를바라보앗다. 그래도A는
그냥나를 쓰러지도록 바라보고잇섯다. 그째나는 不快한생각이나서 고약한
게집이라는 생각을햇다. 남의남자 얼골을 그러케도쓰러지도록 그레다보는
쎈쎈한계집이 어데잇짬하고 혼자화를냇다.

二

　　그후로나는 A의일동일정을 살피게되엿다. 그와함게 자리를갓치할째마다
그가나를보는지 안보는지 또는 그가내말을 주의해서듯는지 안니듯는지 그
러한 일에까지 敏感해젓섯다. 그와갓치 A를살피길내 나는좌석에서 안절부
절을 하기되엿다. 이전과갓치사내다운기적을 일허부리게되엿다. 그쑨안니라
A를맛나기만하면 나오든말도 맥키게가 되고 天然스럽게 가지야될태도도 서
틀게만되는것갓치되엿다. 이모든일이 엇지 된일인가하고 나는혼자서 곰곰히
생각할째가 잇섯다. 必竟 A는 사내한테 조치못한暗示를 주는게집이다. 그에
게는반드시 迷信에갓가운 魅力이잇서가지고 사내의 맘을 앗는게집인지도
몰으겟다……하고 나는A에게대해서 여러가지로 해석을해보랴고 하엿다. 그
러케성가시게 A를생각할째마다 심상치안은敵意와 밉짜는생각을니르켯다. 엇
던이상야릇한게집이길내 내맘을이러케까지 고약스럽게 맨드러주는고하고
성이 왈칵나는째도잇섯다. 그쑨안니라 A가나를 만홀히보는듯한 그러한태도
를 발견할째는 不快하기가짝이업섯다.

엇던날밤에그를 차저가슬째는 이러한일이잇섯다. 그는간사스럽게 웃면서 「이서방님은 작고쑹쑹만해간다닉간…… 그런데요 서방님과 쏙가치귀엽게생긴 菓子가우리집에잇짜오. 내가악가 거리에나갓쓰니 그런菓子가잇겟지요. 그래서 그것을사가지고 왓지요. 자-이것안니야요 동구스름한것이 쑹쑹한것이 모두다서방님갓치 생기지안엇서요? 네-그럿치요? 그럿타고좀해요」하고 A가방정을쏄째 나는낫을불키고 웃지를안엇다. 그째A는 내얼골을 드레다보면서-「얼업소. 서방님얼골에 사쿠라가피는데요」하고말이나올째는 더욱이不快햇섯다. 대쳐이게집이 나를놀니라고하는가 쏘는음탕한생각에 내한데 농을거러서 좀다리고놀나고 하는가? 나희가三十이나 된나를 서방님이라고 부르는것은 쏘한무슨까닭인가? 다른사람한데는 나리니쏘는 先生님이니하고 오직 내한데만 그러한말을쓰니 대쳐엇지된게집인가 하고나는속을 쓰게되엇다. 그가나를놀닐째마다 나도그와함게갓치놀녀주면 서로기분이맛고쏘는 자미도잇슬지몰으나 讀者여, 왜그런지 나는 無抵抗的으로 A한데놀님을밧을사록 맘이샌님갓치 不活潑하게되고짜라서 A가하는대로그모놀님을밧지안을수 업게되엇다. 世上이다아는바와갓치 나는決코 지금과갓치無能하고 나약한男子가안이엿섯다. 그런데A와친하자부터 바보노릇을하게되엿스니 무슨까닭인고하고 곰곰히생각도해보앗다. 그러나A의그모든 행동이며 쏘는그의생김 생긴것이 모두다傳說에서 흔히보는 妖婦와갓치 무섭기도하고 아름답기도한 그러한 魅力을 가진이갓해서 A를생각할째는 항상맘이 아득하고 상긋햇다. 나의맘을 잇는대로다앗는 A는 과연 엇더한 녀자인고?

三

A에게 엇던不快를품고 잇스면서도 나는하로라도 A를보지안코는 견대지 못하게 되엿다. 자조놀녀갈사록 A한데 不快한맘을 더가지게된다. 그래서 A의집대청에가서는들어갈가말가하고 한참식주져~하다가는 「에라이번 A를 맛나서는 좀 活潑한태도를 가지고 이전과갓치 사내다운기색을 좀뵈이자-그리고 A로하여금 나를 恭敬하게맨들자……」하고 혼자말노 결심한후들어간

다. 이것도엇던날밤의일이다.

그를차자가서놀때에 나는점지안은태도로 니야기를 좀쩌내랴고하엿스나 A는내말이나올때마다 말을가로막으며 무슨소린지자긔혼자서 참새갓치 작고 쩌드럿다. 나에게는말할틈도업시맨드럿다. 나는곁눈질노 A를힐긋~ 바라보앗다. 그리다가 視線서로마조칠째는 내가몬져머리를숙이고 그의視線을피한다. 왜그런지 그와함게 서로쏙바로바라볼째는 내눈이아룽~ 해지고 밤이안절부절해진다. 그는한참짓쩌리다가 벽에걸닌時計를 힐긋쳐다보드니 일본말노…… 「이전도도라가세서 주무시는것이 조흘걸요 늣저스니까」하고 말햇다. 나는그말을게서 더할수업는侮辱이라고 생각햇다. 손에게대해서 몬저가라는 말이 어데잇쌤하고 나는다시 A의집을차자오지안으리라고 결심햇다. 왜내가자격업시A를 조조차자단니다가 이런辱을 보는고하고 자긔책망을햇다.

그러나 그잇흔날이되자 나는暗示밧은사람갓치 A한데 쏘가고야마랏섯다. 그째는女子손님세사람과 男子손님한사람이잇섯다. 서로패를갈나서 도람푸를하게되엿다. 지는이는반드시 니애기를한다는 내기를걸엇다. 처음에는 主人되는A가 지긔째문에 A가 귀신니애기를쩌냇다. 그는처음부터 긎까지 나만바라보면서 말햇다. 그째나는무안한생각이낫다. 왜그러냐하면 A가그러케쓰러지도록 나를바라볼째에 다른손들이 이상하게나안니 생각할가하엿다. 그리고 쏘不快하기생각이되는것은 그러케도 내가남한데 만홀이뵈이는가내얼골을 아모상감이업시 제맘대로 드려다보는A의 태도야말노 너무안니쏘운일이 안인가 하고 나는不快해서 일부러그의 視線을될수잇는대로 피하랴고하엿스나 무슨까닭인지 그러케努力할사록 낫만붉어질짜름이고 A에게대해서는 더욱~ 내의視線이 갓다왓다 하엿섯다. A의存在를 一刻이라도 니즐수가잇기만하면 나는좀맘이 泰然해질것갓다. 그담은 도람푸작난에 내가지게가되엿다.…… 「자서방님차례임니다 여러분종용히드르세요」하고 A가내한데로 밧삭닥아안즈며 말햇다. 나는각짜스러히 맘을지여서니애기를쩌냇다. 그러나니애기를하다가도 A가쑤러지도록 나를바라보고잇는것을 생각하면 니애기하든것이 구만닛저지고 말이안니나온다. 그래서 내가머밋~ 하고 잇슬째에 A는 상녕스러히 웃스면서 「자서방님 하실말슴은 제가긎매기를 해드리지요. 그니애기는 저도일즉이들엇담니다」하고 그가내말을 가로맛하서 말햇다.

　　나는쏘한번 만신햇군하고 혼자북쓰러움을 늣기엿다. A쌔문에날날이 無能해가는 내自身을 가만히살펴볼쌔 나도내맘을 헤아릴수업섯다. 그것도 二十前後에 늣기는첫사랑이라고할것갓흐면 그럴지몰으나 現在意識으로는 A한데 사랑을늣기고 잇는것갓지도 안엇다. 내가 A를사랑하느냐?하고 내맘을 향하여 물어보아도 모른다고만할짜름이엿다. 아모리생각해도 A쌔문에 내맘이이상야릇하게도 無能해지는것이 알수업섯다.

<h2 style="text-align:center">四</h2>

　　그러나 한가지이상한일이생겻다. 그는平常時에 想像해보지도안튼일이 쑴가운데서 낫하나기가되엿다. 다름아니라 쑴가운데서는 A가 나의愛人이되는일이다. 그러케도不快만주든 A가 쑴가운데서는 내게限量업시 情답고 溫順해지는까닭이다. 쑴에는 언제든지 그와함게 寞寞한 地平線을 빗날니는 무연한보리밧가운데나 쏘는꼿이가득이 쩌러진기나긴강가를 散步하게된다. 그는情다운목소리를가지고 내게소근그린다. 나는쩔니는맘으로그의손목을잡고 꼿이업시도라단니다가 두리가서로 얼골을마조대이고 강을드레다본다. 그럴쌔강에빗치는 A의얼골이 말할수업시 凄艶하게뵈인다. 그쌔나는 목이메어서나오는소리로…… 「아-A여 凄凉스러히어엽쑨A여 그대는무슨까닭으로 쩌러진꼿을 한나식 둘식 줍는가? 엇지하야 그러케도 설은눈찌를하고 강을드레다보는가?」하고물으면, 그는哀愁에가득한목소리로-「일홈몰을江에와서 일홈몰을꼿을줍는것이 엇지슬푼일이 안니겟서요」하고 은근히나를쳐다볼쌔 그의색까만눈은 이슬에저즌 안즌방이꼿갓치뵈인다.

　　그와갓치 아릿짜운쑴이 쌔쌔로잇섯다. 그런쑴을 보고난 잇흔날에는 으레히 A를차자간다. 그날도쑴쒸고난 잇흔날밤의일이엿다. 나는쑴에서보든 A와 그當席에잇는A를 비교해가면서살펴보앗다. 쌔쌔로쑴에서 보이든 그럿틋한 살가운表情이 파란입모습과까문눈찌에낫타낫섯다.

　　「A가 만일키쓰를허락한다면」하고 나는 혼자생각해보앗다.

「무엇을 그러케생각해요?」하고 A가물엇다. 나는그째 원셈인지 이런한 생각이낫섯다. A가나를 만홀이보거나 또는나를함부로 놀닌대도 상관업다단지 A의가슴속에 나를 사랑할可能性이 萬分之一이라도 잇기만해주면 나는 幸福하겟다고 생각했다.

그러나 나는 내自尊心을위하야 A한데 그런눈치를 뵈이지안엇다.

좀잇다 사내손이한사람차자왓다. A는 交際界에발이넓고 또는여러사내에게 귀염을밧는女子인고로 차자오는손도 자연히만하섯다. A를찾는 손가운데는 모든階級의 사람이다 석기엿다. 文士도잇고 新聞記者도잇고 또는富者도 잇고 敎育家도 잇섯다. 그날밤에 차자온손으로말하면 자칭文士라고 자랑하는자이엿다. 나는 그가드러오기에 처음부터조치안은맘을 가졋다.

「어서드러오세요」하고 A가반갑게 맞는것이 더욱 不快햇섯다. 그뿐안니라 그文士라는者가 들어오자 A는 나의存在를 숲혀니젓는지나한데는 참견도안니하고 그者와만무슨소리를 함참서로 쩌드러내는통에 나는견디다못해 니러섯다.

「오래노시다가십쇼」하고 나는그者에게인사를한후 主人아씨에게는 「시간이엇서서 좀가보아야되겟슴니다」하고 밧그로나왓다. 그째나는 처음으로 질투심을니르켯다.

A는 그者와밤이깁도록 자미잇게놀겟지 不幸히 비라도쏘다지면 그者는 도라가지못하고 A의집에서 하로밤을묵을지도 몰으지안는가? 그러나A는 그와갓치 品行이不正한 女子는 안니다. 설혹남자교제는 만틋더래도 그럴수야 잇나하고 나는좀安心이되는듯하나 그째 하날을쳐다보니까 맛츰식쩌문구름이 찌여서 별들이안니뵈이는밤이엿다. 그리고째는 아홉시가되엿섯다. 그렁져렁 서로니애기를하노라면 열시나열하신되기는쉽고 겟다가 비나쓴치지안코 쏘다지게되면…… 「비쓴치거든가세요」하는主人아시말에 달콤해서 머밋~할것갓흐면 열두시되기는 쉬운일이다. 자-그러케만되면 야단이다. 더구나 열두시를넘기면 사람마다 맘이흐려지고 情緖가 모호해지기째문에 실수하기기 쉽게된다. 나는이런생각을해가면서 문밧게서이사가 가분작이 무슨 생각이들어갓쓴지 가만히틈난大門을비비고들어섯다. 그리고발쯧을삼가서 그

릿뒷채 좁은골목을 차자들어갓다. A가잇는房은 짜로쩌러진뒷채엿섯다. 그래서나는 A의房뒷들창밋헤서 가만히서서는 귀를 A의房한데로 기우럿다. 좀잇쓰니 과연 비방울이쩌러젓섯다. 그래도 그文士라는者는 갈생각을안니하는 모양이다. 비쌍울이 쩌러지는 소리를듯지못하는가? 쏘는 그소리를듯고도 일부러 몰으는체하는가? 나는걱정이생겻다. 더구나비쌍울이 쩌러짐을짜라 그 文士라는者와 서로니애기하는소리가 안니들니엿다. 암만귀를 기우려도 아니들니엿다. 안니들니는것이 안나라 서로아모말이업시 恍惚해서 그저얼골만마조쳐다보고 잇는지도 몰으는일이엿다. 서로얼골만처다보고잇슬것갓흐면 그래도 安心이지만만일에 서로손목이라도잡고잇든지 한거름더나가서 무릅과무릅이 서로맛부터잇다고 할것갓흐면 안니다 A의맘이 그文士라는者에게 거의無抵抗으로 되여잇지나안는가?하는 질투심이맹녈히 니러낫섯다. 그래서나는 귀를 들창에 밧삭대이고잇섯다. 이상한소리라도 들니리만치 귀를 들창틈에다 대고잇섯다. 좀잇드니 바가막쏘다지게되엿다. 이제는 엇지할수업시되엿다는 不幸한생각을 니르켯다.

　　그러나좀잇다가 미다지문이 열니는소리가 들니잇다. 그리고-「안녕히주무십시요」하는소리가 어렴풋하게들니엿다. 이제는 安心이라는생각을하고 나는집으로 도라갈준비를하고잇든차에 대문닷치는 소리가덜컹하고 들니엿다. 나는쌈작놀냇다. 나는 들아갈수도업고 나갈수도업게 가치엿섯다. 이일을엇지하면 조흘가 넘치불고하고 막A의 房으로 들어가서 치마쯧헤매달니는것이 조흘가? 안니다 나의自尊心을위해서 그럴수는 업다고 생각햇다. 걱정에싸혀서 뒷것헤서잇슬째 들창여는소리에 쌈작놀냇다. -「거긔 선이가 누구요?」하는소리가 A한데서나왓다. 나는 그소리를듯자마자 후닥닥 담정을넘어쮜엿다. 그리고숨이차도록 다름박질노 쮜여서집에도라갓다. 도라가서 가만히살펴보니까 모자를쩌러치고온일이다. 나는큰일낫다고 생각햇다. 그러나쏘다시 비를맛즈며 담정을 쮜여들어가서 모자를집어올수는업섯다.

五.

그잇흔날아츰이되자 나는모자일노 걱정을하고잇든차에 A가 차저왓섯다.

「잠구럭이서방님 안녕히주무셧슴니까?」하고 그는상녕스럽게인사햇다. ……「그런데요-서방님한데 조흔선물을한나사가지고왓쌈니다.」하고 그는종히에싼뭉치를 내게내노앗다. 나는好奇心에쓸니여 인해그것을쓸너보앗다. 그것은듯박게 내가쩌러치고온 모자엿섯다. 나는얼골이확-다는것갓치 생각이되엿다. 아-A가 나를무엇으로알가……하고 붓쓰러운생각이 너무나나서 당쟝 숨어쩌리고십흔생각이낫다. 그래서방안으로 숙드러가서 쥐저안잣다.

「아이고 원일이야 남의선물을 고맙짜고도 안니하고」하는말에나는 덕욱 이엇절줄을몰낫다.…… 이런 큰망신이어데잇쌈……하고 나는가슴이답답해서 한숨일쉬엿다.

「서방님 우리집으로함게 놀너안니가시려우?」하고 A가친절하게물엇다.

그러케될사록 나는A라는 女子에게대해서 이상한생각을 품게되엿다. 그전날밤자긔집 담정을 쮜여넘쓴이나 난줄을알고 쏘는그쩌러진 모자까지집어가지고와서 天然스럽게 나를대하는A의맘이 알수업섯다. 常識을가지고는 도져히판단을내릴수업는 그러한 이상한일이A하테만히잇는줄을 쌔다랏다.

「속히가세요…… 우리집에갈것갓흐면 자미잇는일이 만흘테닉간요……」하고A가 재촉하는통에 나는 목매서쓸녀가는것갓치 A의뒤에서어슬넝어슬넝하고 짜라갓다. 이상한힘이 나를억지로쓸고가는듯 하게생각이되엿다.

「쌀니들어오세요」하고 A가짜불거리면서 나를 자긔방으로인도하엿다. 그는내엽흐로 밧삭닥아안즈며 잇짜금 방글방글웃섯다.

요게집이엇지자고이러는가 좀처럼마음을안니줄게집이맛나면상녕스럽게구니 대관절내한데마음이잇는가업는가? 하고 혼자생각해보앗다. 그리고 그전날밤일을 A가엇지생각할가? 毋論A는 령리한女子닉가 내가들창밋헤서엿듯던줄을알것이다. 내게그가마음이없슬것갓흐면 남몰래엿듯는다고 노할것이안인가- 그런데 그냥天然스럽게 도리혀전보다도친절하게대하는것을보면 내게심상치안은마음을 두고지내는것이분명하다고 생각햇다. 더구나 그전날밤의일노말하면 내가A를사랑한다는것이 露骨的으로 낫하낫섯다. 그런줄을 번연히아는A가 나에게 그냥친절히하는 것을보면－내사랑에 順應하겟따는 表示가 안인가 하고 깁뻐하엿다.

그러나 그전날밤에 담정 뛰여넘뜬점지안치못한행동이 A한데발각된것을 생각하면망신스러워서 북끄럽기가 짝이업섯다. 어차피A한데는 발목잡핀사내가되엿스닉가 되여가는대로 지내가지－A가 내의所有만되면 萬事解決이안니냐…… 나는 이런생각을하며안자잇섯다. A가나를 전과갓치뚜러지도록 드레답겟때문에 나는 아모생각도안니하고잇는듯이 무심한태도를가지랴고하엿다. 왜그러냐하면 A의視線은 언제든지 날카로와서내맘속까지 깁히 드려다보는까닭이다. 나는갑갑해하는듯한 낫빗을가지고 방안을 휘들너보앗다. 그때자주빗금침이 얼핏눈에띠엿다. 미다징빗치는광선이 금침에 반사되여 방안은 극히안온하고 곱다란빗줄기가 아롱아롱하게벽에빗치엿섯다. 그방안의기분으로 말하면 졸음을재촉하리만치 안온햇섯다. 나는일본말로「고이무찌노해야」라고생각햇다. 알지못하는동안에 나는 A의손목을잡앗다. A는가만히잇섯다. 임이 맘을낸이상에는 한거름더나가겟다는 결심을하고 손목을끌어당겻다.

「무얼그래요? 망측해라」하는 A의말도 못드른체하고 그냥「서방님 무얼그래요」하고 두번채 A가말할때 나는머리를숙엿다. 그리고 떨니는목소리로「나의허물을 용서해주십시요 꼭한번만용서해주십시요」하고 또하번다시팔에힘으주어 끌어당겻다. A는 나의품안에안기고야마럿섯다. 그러나좀잇다 그는나를뿌르치며……「글세왜그르세요」하고 목소리가좀 날카롭게나올때 나는시셋당이 틀녓따고 생각햇다. －「그러실냐그든 도라가세요」하는말에 나는精神을 차렷다. 서틀게다르다가는 망신이나거듭하기되리라고 얼핏알아채렷다. 그래서나는「失禮햇습니다」하고 인사를한후 불이나케그집에서나왓다. 집에도라와서 가만히생각해보닉가 숭겁기가짝이업섯다. 내가A한데 바보노릇을한것은 그에게대한이상愛者때문이지만 만일A가나종것 내것이안니된다면 그야말노 나혼자만損이라고생각햇다. 그때내맘속에서는 不快하고憤하다는 생각을니르켯다. 그리고 期於히A를征服하겟다는 決心을햇다.

「世上업서도A는내사람이다. 정안드르면 막다른수단까지도써보지」 나는 이러케혼자 중얼거리엿다.

六

나는엇던날밤에 日記를스다가 곤해서 책상에기대인대로 잠이드럿다. 그째마츰A가꿈가운데서 나를차자왓섯다. 그는파란옷을닙고 색카만머리를 풀어헷첫다. 그리고 나를향하야냥손을펴며 마즈랴는듯이 내한데로가까이 거러왓섯다. 나는어린애가 어미한데하는양으로 울면서 그의품아느로 기여드러갓다.

「오-A여 당신은언나곳에 왓슴닉가?」하고물엇다. 그는설은듯한 반가운듯한낫빗으로…… 「당신을차즈랴고 일홈몰을곳에와서 셜어할짜름이웨다」하고 A는대답햇다.

나는센티멘탈에싸지여 흙흙늑기엿다. 나는 그의가늘다란허리를밧삭쪄안앗다. 색카만 그의눈에서는 맑은눈물이 내이마에쩌러졋섯다. 좀잇다 愁心스럽게상기한듯한달이 구룸속에서나오자 파란빗을 우리한데던지엿섯다. 그리다가다시 구룸속으로 숨어쩌럿다. 그리고 시들어病든듯한별들이 오종종하니 서편하날을더펏섯다. 나는무서워서 A를꼭안앗다.

「오-A여 世上은왜이러케도 셜기만한가」하고 물으닉가…… 「우리가 서로일홈몰을쌍에오기쌔문이지요」하고 A가대답햇다.

「엇지해서 우리는일홈 모를쌍에왓는고?」

「죽어서는 누구나다 이런곳에온담니다」

나는 A의 이상한말에 쌈작놀냇다. 그리고 발을동동굴으면서 「오-오-無量한죽엄의 나라여」하고 목소리를놉히냇다. 그刹那나는 꿈에서째첫다. 째여서보닉가 꿈이다.

나는 日記책을뒤적뒤적해보앗다. 거긔는 A를생각하는 文句가 만히씨워져잇섯다. 엇던 페지에는 이러한글구가잇다. 「A는엇지하야 내맘을이러케까지 호리는가? 그를생각할쌔 나는 애만씨워진다. 그리고 맘이음침해만간다.

무삼까닭인가? 그의겻헤잇스면 엇던이상한魔力이잇서가지고 나를음즉ㅁㅅ하게하는것갓다. 나는 갈사록 맘이나약만 해지는것갓다.」쏘엇던페지에는 이러한글구가 씨워잇다.

　「A한데는 알쌀쌀한 매운냄새가 낫는것갓다. 그냄새가 이상하게도 졸음을재촉하는 睡魔와갓치 내呼吸으로들어올째는 앗득해진다. 그리고 색카만눈과 도라지꽂갓치파란입살을 드려다볼째는 왜그런지 솔음이씨친다. 그리고 그입에다가 키쓰를하게될것갓흐면매운毒이뭇을것갓다. 아-이상도한女子다. 나는언제든지 그女子한데죽을것갓다.」그댐페지에는 쏘이러한글구가잇다. 「나의생각으로는 도져히 알아낼수업는女子다. 그러나 속씨원히 그女子의 정테를 알냐면 그A의 속목을 맘대로안아보아스면 도믄일이 알아질것갓다. 그러나좀처럼해서는 맘과몸을 허락지안을女子다. 사내의情熱에다가 불만질너놋는 女子다. 그리고 그불붓는 光景을 구경하기나 조와하는 女子다.」

　　나의日記冊에는 A에게대한 해석이 여러가지로씨워잇섯다. 나는日記책을덥어서 책상설합에넛다. 무삼까닭인지 그日記책을닑을째는 맘이밋치는것갓해서 무서운생각이난다.

　　나는 그잇흔날오전에 A을차자갓다. 그집행낭어멈이 「아씨나게세서요」하는말을듯고 집으로도라왓다. 그리고 그날밤에 쏘다시 A를차자갓다. 그째도 행낭어멈이 미리나오면서 「아직안드러오세서요」 햇다. 나는그째 의심이 생겻다. 잇구도 짜지안는가? 하는의심이나서 나는 그집대청에서나와서 한박귀 돌아가지고 뒤채담정겻흐로갓다. 그리고귀를 기우렷다. 소근소근하는 말소리가 들니는것갓해섯다. 「요게집이 잇구두 나를쌌고나 보자-」하고 나는담정을 슬적쮜여넘어 들어갈째 발이덧둑하며 쌍하고 업푸라졋다. 좀잇쓰니 들창을열며…… 「거누구요? ……아이구 서방님이네」하고 A가소리를질느자, 그房에 함게잇든사내들이 들창으로 얼고를내밀고…… 「원일이야」하고 부르지졋다. 그刹那 나는 온힘을다해가지고 도로담정을쮜여넘어갓다. 그리고定處업시 다름박질을햇다. 나는精神업시 힘것다라낫다. 한참다라나다가 나는 숨이차서 엇던좁은골목에서 쥐저안잣다. 「아-이것이무슨망신이고 쏘는실순고」하고 나는겨우精神을차렷다. 나는 빗츨~하면서 집을치지갓섯다. 그리고

신발신은채로 房안에들어가 책사을의자로하고 걸쳐안잣다. 그째내맘속에서는「萬事休矣」라는생각을니르켯다. 그후부터 A와 또는친구들을 대할낫가지 조치못한소문이 생길것을 짐작해보앗다.

七

나는 그잇흔날아츰에 일즉이나갓다. 그길노 明治町鐵物商에 가서 短刀한개를 三圓에 사가지고 집으로갓다.

그날저녁째쯤해서 A가차자왓섯다.

「서방님게세요? 어제밤우리집에와서 演劇을한바탕 하려고햇지요? 그런데 왜도망은가섯서요?」하고 A가 상글~웃스면서 말햇다. 나는얼핏好機勿失이라는생각을햇다.

「자-그런말슴은 구만두고 어서올나오시요」하고 나는A에게쌜니 房으로 들어오기를 재촉햇다.

A는 머밋하다가 내房으로들어왓섯다.

나는한참 아모말안니하다가…… 「A氏-어제밤은 너무나실례햇습니다. 여러분이 자미잇게노시는데 공연히 방해를해서」하고 말을쩌냇다.

「방해가 무에야」하고 A는 여전히 상글~웃스면서 나를유심히바라보앗다.

나는그째잡담제지하고 A의손목을잡앗다.

「아이구 또이르시네 이럴줄알엇쓰면 안니올걸」

나는 A의말를못들은체하고 손목을끌어당겻다. 그리고꼭씨여안앗다.……「아-A氏나의맘을 알겟지요? 내가요멧달동안 애타하는줄알지요? 네?」하고 나는 하소연하는듯이 말햇다. 그째A는 나를쑤리치고 니러섯다. 나는인해 문결쇠를걸고 뒤로안앗다.

「정이러면 소리지를테야요 얌전한서방님인줄알엇쓰니」하고 목소리가벌서날카롭게나왓섯다. 세상업서도 노아주지는안는다고 결심한나는 A를쑥씨여안으며 쥐저안쳣다. 그는 발을버둥버둥하면서「소리칠테야요」또한번 부르지지엿다. 나는 대담스럽게「소리쳐도상관업서요」하고 입을 A에볼에다가대엇다. 그刹那A가 「여보쇼」하고 쫴 큰소리를쩌내ㄴ다. 나는그쌔 短刀를쩌내들엇다. 그리고 썰니는목소리로……「자-이칼노 당신죽이고 나죽을테야요」햇다. A의낫빗은 短刀를보자마자 새파락케 질니엿섯다. 나는바른팔에 온힘을다해서 短刀를 A가안즌외인편벽(壁)에다 푹쏘잣다. 그리고 A에파란 입살에 키쓰를하얏다 그리고는A가 꼼쫙도못하게 가는허리를꼭쓸어안앗다.

　　A는 가만히잇섯다.

　　「이刹那만은 당신의所有입니다」하는 생각을하고잇는듯이 눈을감고가만히………… 잇섯다. 그는죽은듯이 가만히잇섯다.………….

八

　　그후얼마안니잇짜가 나는우연히 病이들어서 알키가되엿다. 그일이잇슨댐부터 A는한번도 나를차자오지안엇다. 나의病을위문하러 차자오는사람은 멧멧친구박게업섯다. 그이들은 다-내가 A한데 失戀當한줄노 인정하는모양이엿다. 그래서 나의病을 이상야릇하게해석하고잇섯다.

　　무삼짜닭인지 A와秘密한관계가 잇자부터 나는致命傷을밧은것갓치 생각이되엿다. 그뿐안니라 쏘한가지 이상한일은 매날밤마다 쑴가운데서 A를맛나게되엿다. 그의 쑴을 보고난 그잇흔날에는 반드시 나의病이 重해진다. 그리하야나의病은 날날이甚해가섯다. 그쌔나는 이러케생각해보앗다.

　　A한데는반드시 사내의情熱을 害롭게하는魔力이잇다. 그힘이毒한 버슷과갓치 사내의 情熱을限量업시 魅惑하면서도 內容으로는 害를끼친다. 그럿치안으면 왜A를쑴가운데서 맛나고만 그잇흔날은病勢가더해가는고? 그것이 이상한일이안인가 A의情熱가운데는邪惡하고生氣를죽이는 그무엇이잇서가지고 恒常그의周圍를 둘너싸고잇다. 그有害한무엇이 쌔쌔로 고요한깁흔밤중에 엇쩌한惡意가잇쓴지 空間에 波動을니르켜가지고 그를생각하는나의潛在意識을 刺戟식힌다. 그리하야 그와나새에는 매일밤마다 쑴이생긴다. 나의潛在意識은 毒한버슷의냄새를 맛고 어릿~하는 나뷔와갓치 내한데로 다시도라와서는 그것이알지못하게 不吉한暗示를내한데傳한다. 그리하야 나의病

은 害毒밧든 潛在意識의發動으로말미아마 漸漸더해간다.

  -이러케생각할째 나는무서운생각이낫다. 이러한 迷信的의 일이果然 실디로잇슬가? 안니다 이러한생각은 모도다 나의妄想이라고생각햇다. 그러나 그의 꿈을보고난그잇흔날에는 반드시 病勢가重해지는일을 무엇으로 說明할고?

  나는病席에누어서 이리져리생각해보앗다.

  오-오-알아낼수업는A여! 그대는왜 꿈가운데서만나를 찾는가? 괴로움짜운데서헤메며 그대를 찾는줄 왜몰으는가?-「女子는 사내에게 대해서 꿈이 요쓰한 그림자다」한 타고아의詩句가 생각돈다. 나는그째 永久히 慰勞밧지 못할한숨을쉬고 혼자 잠이들엇섯다.

  - 쯧 -

조 명 희

R 군에게 (『開闢』, 1926. 2)

R 군에게

『開闢』, 1926. 2

第一信

자네를본지 벌서 이주일이나되엿네그려. 그래그동안에 몸도성하고 글가튼것도 만히쓰는가? 나는 그동안에 전에잇던감방에서 북쪽맨끗헤방으로, 올마왓네.

올마온방이라고는 전보다 별로나흘것은업스나그러나 귀통이방이라 그러한지 전날가트면 여름절긴긴날에도 해ㅅ빗한점 구경못할너니, 이고스로온뒤에는, 지는해가 뒤ㅅ산봉오리에 걸칠째쯤이면 한십분동안이나 창귀통이엽흐로 큰대접넓이만한햇살이 바바닥에 간신히 드러빛치네그려 십분동안의 해ㅅ빗을 몸에바더보기는처음일세그려, 마음에 엇더케나 신긔하겟나. 신긔하다는말보다 감격하다는말이 올흘듯십에.

이것보게그려. 한방에가치안젓던 죄수(罪囚)하나는, 쪼차가 그해ㅅ빗을 손가락으로 만저보네그려. ……

이사람은 나와맛찬가지로 여러달동안 어두운대서만지나던사람인줄은 이것으로미루워 알엇네. ……

요새로 우리집 식구를 더러만나보는가? 우리어머니는 요전에 자네가오기전에 면화하러왓더라고 자네보고도말하엿지마는, 일주일에한번식은 의례히오는 내안해라는사람은 내가 이방으로올마오던날 맛침왓네그려. 이사람의말을드르면 늘집안이 다무고하다고말하닛가, 과연그런지안그런지몰으나, 아마 내게는 바른말을하지안은것갓대. 집안식구가 잘지내거니 잘못지내거니 내가알아도소용이업고 알야고도하지안치마는, 그래도 각금~ 걱정되는마음이 문득나네그려.

자네역시 단혼자도굴무며 먹으며하는사람이 우리집식구까닭에 여북[137] 마음부터 켕기겟자. 도모지다소용없는 일이다. …… 요전에도 우리어머니라던지 마누라라는사람보고 제발 굼던지먹던지 시골구석으로내려들가서 내생각말고 내눈에만보여주지말나고 그다지당부하여도 듯지를안네그려.

가는, 지금이모양갓해서는 십년이상은되지안을줄로아네마는 만흐면룩칠년 적으면사오년은 중역에 처하게되겟지. 그래 그들이 드문~보는 내얼골만 처다보러 서울잇스면 무엇한단말인가? 제발좀, 비러벅드래도 시골내려가 그들의꼴이 내압해보이지안이하얏스면좃켓네. 그리고, 일전에 운동시간에 내가 방에서 창구녁으로 가만히내다보닛가, 우연히 가치가친 C군이 얼는지나가는것을보앗네. 물론 자네는, 각금면회를 하겟지마는, 그사람의그림자가 눈에 번쯧쩨이며 가슴이 선쯧하며 눈물이나올듯십네, 그째나는, 내신경이 몹시 쇠약하야짐을 째다럿네. 나는 나잇는데서 대여섯방건너 잇는줄은알지마는 이러케라도보기는 서너달전에 이모양으로 한번보앗고쏘지난달에 R군을 니모양으로보앗슬뿐일세. 그래, 그 C군도 뭇척파리하엿데그려. 그밧게 R, H군 M군쏘그밧게여러동지드은 다어데가잇는지 몰으겟네. 물론한감옥에는 다 잇겟지마는……무어……그만두네.

第二信

자네가 한편지답장은 바다보앗네. 차입(差入)하야둔책○○○도 바다서 넑어보앗네. 그러나 이러한 책갓은것으로는 별로 무슨흥미도 늣길수업슴으로 차라리 묵상(默想)갓흔것으로나 쏘는 그저 우두커니하고안저서 시간을보내고잇네. 이묵상이란것도, 처음에는 마음이 뒤숭숭하야, 잘되지안데. 그까

---

137) '얼마나', '오죽', '작히나'의 뜻으로 언짢은 경우에 쓰는 말.

닭은 대개 들어 말하면 배고픈 것이 제일 많이 괴롭게 구는 것. 그 다음에는 성(性)에 대한 충동(衝動)를넘기고나면 정욕(情慾)에대한충동 (이정욕의충동은 지금내안해라는사람에게대한것이아니라, 알수업는엇던이성(異性)에대한 것이란말일세.) 쏘는자긔과거의 잘못한것을뉘우치는생각, 집에대한걱정 이 박에도 괘심한것은 생리상(生理上)으로, 정신상으로오는 답답증, 이런것으로 인하야견댈수업더니 그것도 오래되닛가 지금은 매우가라안쩨되엿네, 올되닛 가, 창자가구더서 배곱흔걱정갓흔것은, 지금은 아조업서지다십히되엿네. 그 리하여 묵상갓흔것도 인제는 제법좀하게되네. 그러나 각금가다가, 폭발되는 증세는 참으로 견대일수가업슬만큼, 괴로워.

그런데 우리어머니가 남이집에게시다가 몸이불편하서서 집에와게시다 고, 생각건데 필연코, 나만흔토인이 남의집드리난사리를하다가, 고생과근심 이 과한곳해 병환이나서 와서누어게신모양일세그려.

여보게 이사람! 우리가평시에 부모처자가 아모리참혹한정상에쌔저잇다 하더래도 그것만을 도라다볼수가 잇섯겟나마는, 생각하여보게 그러한 애처 로운쏠을눈압헤보아가며 억지로살어나가는 사람들이 마음세를……

우리어머니가 내마음에 말할수업시불상해. 그마음에 내어린누이도…… 하기는 어린누의가칙은한생각이 더몹시나네. 어린것이 주림에시달니고, 학 령(學齡)은되엿서도 학교도못단이고……

여보게, 내가 잇쌔쩟 내누이동생을 면화한일은 한번도업네마는 이편지보 는대로 내누의를곳좀드려보내여주게 이런짓을하는것이 어린것에게대하야 넘우도 잔혹(殘酷)한일인줄아네마는, 나는그지긋~ 한쏠을 좀참어가며보고십 헤……

요전에 내안해란사람의마를드르닛가 면회하러오던날 그잇흔날부터 무슨 고무공장에드러가 직공노릇을하겟다고 월급은 한십여원가량되겟다고, 그래 서 이다음부터는 면회도전과가티 자조하러올수업다고, 그리고 쏘, 엇던 영 화회사(映畵會社)에서 활동사진배우가되여달나는데, 그것을하고보면 수입 (收入)이 상당이잇다고하나 자긔는 그런것을안이한다고 거절하엿노라고말하 데, 그위인이 인물조차고흘것은 업지마는, 아직 나이가젊으닛가 그러힌유혹이 더러드러오는듯십에.

그리고 그사람이 요전에 그흉악한중증(重症)을치르고 난뒤에 아직까지 건강이 들회복된모양인데, 그러한공장에를단인다니 엇지될셈이지늘 모르겟네. 이러한걱정과 잔말을하지말자지마는, 제절로 작고나오게되네.

딱절너말하면 내마음가운데 가정걸니는 이째사람(우리집식구)차라리 이것들이 한째한꺼번애몰사(沒死)를당하는꼴을 보앗스면 참으로 통쾌하겟네. 언제까지던지 이모양으로 나의신경만 작고 쓰실니기는 견대일수업는노릇일세. ……

내가무슨 인정에만 어린사람이안인줄은 자네도알겟지. 전에도 자네가말하기를

「자네가치 괄괄한사람이 안해에게대하야는 넘어 약하게 구느니……」

세상에서말하기를, 범가튼사나이도, 계집에게는째진다고, 자네가 이런뜻으로 말하기는괴이치안으니 그러나 내게대해서는 그런것이안닐세 소위, 우리부부란사람들의내막을알고보면…… 내가, 잇째썻, 우리부부의내력이야기를 자네에게하지안은까닭으로, 자네가 나의하는일을 미흡하게생각하기도쉬운일일세. 내가어느째에 세상밧겻으로 나갈는지모르닛가, 내처말하는김에 우리부부의내력이야기와, 나 일신의멧해동안지내여온일을 자네에게만 하여둘가하네.

*　　*　　*　　*　　*　　*

내가 ××군읍내에잇는 교회당에가서 교회의권사라는직책과, 그교부속소학교의 가리치는일을보고잇슬째일세. 그째가 긔미운동뒤끗이라, 아무리미미한 사립학교라도 남녀학생이물미듯하야 남교원도더 늘리고 녀교원도만히 와야하겟다고해서 서울로부탁하야 내려온 녀교사란사람과 그밧게또, H란사람과, 그밧게또한사람이 남교원이새로오게되엿네. 넘우도 쓸쓸하던학교가 별아난138)에 남녀교원이느니까, 새로운 공기가 긴장하여지며 전일에는 그닥

---

138) 별안간 매우 짧은 동안에 갑자기.

지 않던 목사-즉 학교 교장까지도 행여나 남녀교원의 사이에 풍기가 문란
하여질까봐 그러하는지, 때때로 교원들에게 주의를 시키며 내게 대하여도
까닭없이 전보다 매우 위엄기있는 태도를 보이네.

　그러나, 나는 그송마리아라는녀교사에게대하야는, 무슨성(性)에냄새를맛
기는고사하고, 나혼자속으로,「저러한녀자하고도 련애를할사람이잇슬가?」하
고 생각까지하엿섯네.

　그러나 그는 여러사람이 쩌들석하는곳에서도, 말업시 한구석에 쪼그리고
안저잇는모양이라던지, 쏘는그이얼골이나 눈속에는 남의종이나밋며누리에
게서 흔히보는 학대와공포에시달닌자최가잇서서보이네. 이여러거지를미루
어, 그의성격과행동이 엇던불행한 환경에서 자라난것을 알수잇데그려.(그가
고아(孤兒)로, 고아원에서자라나, 교회덕분에 공부까지하엿다함은 그뒤에 드
러서알엇지마는) 그래 나도「그가엽슨사람이로구나」하는생각은 가지게되엿
슬뿐일세. 그뿐안이라, 내가 아모리 마음으로부터도 그에게 본체만체하고
지나갓다하려래도, 그가엽슬게된사람이, 어지갓지안케말업시 무엇에던지 침
묵을직혀가지고가는태도, 그하염업는 그침묵-그것이 멧달동안을두고보닛가,
내마음속에 무슨 엷지안은인상이 박히는것갓데.

　그쌔, 나하고갓흔교원이던 H란청년이잇는데, 그는 문학의취미를 만히가
젓다는사람으로 영문학갓흔것을탐독하며 말솜씨나행동이퍽 센치멘탈하야보
이며, 쌔쌔로, 마리아에대하야, 동정이나 매우하는듯하는태도를보이데그려.
이정에주린마리아도 이센치멘탈한 H에게 쓸니엿는지는몰나도, 각금단두리
안저서, 무슨니야기를주고밧고하데그려. 음흉하고눈치쌰른목사는 그눈치를
알고 유심히 그두사람의뒤를 살피는모양인데,

　한번은 하학후에 교장디는목사가 나하고 H와 마리아세사람을 불러세워
노코, 서실이시펴태도로하는말이

　「이학교는 다런학교와도달너서 신성한교회의학교인데, 이러한데서 남녀
교원간에 추한일이 생겨서는 도저히중대한일이요. 그런데 저 H와마리아의
행동은 절대로 용서할수가업소. 이학교에서 물너가는것은물논이오, 출교까
지라도 식혀야되겟소. 쏘는 수석교원의자격을가진당신(나를가르쳐)도 책임

이 업슬수잇을가?」

이째에 마리아는 그의버릇인 쪼고란태도로 한구석에언저서 얼골이 새파라케질녀가지고 벌벌썰고잇슬뿐이요 H는 붉어진얼굴에 눈에는 눈물이 글성~하며

「목사님, 저하고 마리아씨하고는 절대적그런일이업슴니다. 제가 간밤에 마리아씨한테 놀너간일은 잇지마는 하나님께맹세코, 그런일은업슴니다.」

이말을이여, 마리아도 발발썰니는입술을 간신히열어

「하나님께맹세코, 그런일은 업슴니다.」하고는 교회에 혼절(昏絶)하는 듯이 쓰러져울데그려.

나는 이두사람의행동만보아도애매한것인줄을짐작하고

「목사님! 저두사람의태도만보아도 그일이 애매 한것갓슴니다.」

말하닛가, 목사는마치 닭을노리는상광이의눈모양으로 마리아를노려보며

「애매라니? 안되오, 출교라도행되겟소.」

지금부터 칠팔삭전에 목사가상처를하엿섯고, 쪼두달전에 마리아가온뒤부터 그에게 마음을두고내려오다가, 얼마전에 슬며시 통혼을하여보앗는대, 엇지하야그러하얏던지, 몸을이르키며 약간독살스러운눈씨로 목사를쳐다보며

「그것은 목사님이 사람을 애매하게잡는것이에요.」하닛가 목사는흠상스러운태도로펄적쮜며

「조런! 잡다니?」하고 소리를 지르데.

이째 내생각에는 목사가분명히 질투를해서 그리하는것인줄알고 분한생각이 슬몃이나며

「여봅시요, 목사님, 지금저사람들이 애매한줄도 짐작하겟고, 쪼는 남녀간에 정당하게 서로 사랑한다하면 그것이무엇이 올치못한일일가요?」

「정당하다니? 남녀간의사통이란것은 십계명의하나들어가는것이아닌가, 첫재 하나님씃을 거슬니는것이란말이요.」

「간음외에 정당한사랑이란것은 하나님씃을어기는것이결코안닌줄로암니다. 만일에 사랑이나 간음을 갓흔의미로 성경에긔록하야잇다면, 그것은 성경을쓰뎌곳칠필요가잇지요.」

이말에 목사는 어이가업는듯이노리고보다가,

「저런무리는 바리색인139)이상의무리다. 별수업시모다 출교해야하겟다.」

「안되오. 출교라니? 목사부터 우리이상의죄악을진사람이요.」

「무엇 엇재? …… 출교좀당해보아라!」

이째 사환아이가드러오며, 그를군수영감이 차자왓다는말에, 목사는 황황급급히 이긔한손님을마지러 밧글쒸여나갓다.

그째그길로 나는, 교회의권사고, 학교교원이고그만다사직을하여버리고, 배교(背敎)를하고 바로 그이웃동리에잇는 지금갓치가친 O군의집에가서 지내게되엿네.

그뒤에 전도사라던지 여러직원들의 권고로 그두사람의 출교일절은 그만 그럭저럭파무더두게된모양이고, H는얼마잇다가 다런곳으로갈녀간뒤, 훨신 잇다가 한번은밤에 마리아가 나를차저와서 이런말저런말도업시 안자잇기만 하다가 도라가데그려, 그리고난잇흘만에 마리아에게서 내게로편지가왓는데 그편지사연이 나를무슨사랑한다는의미의말이시여잇데. 그러나 나는 아직까도 그녀자에게 쓸일만한무엇을 늣기지못한터이나, 성(性)에 긔갈증이들닌나로서는, 그래도 사랑을바다볼가하는충동이 솔곳어140)이러나다가도, 「대단치안은녀자에게……」하는생각이나며, 도로혀 불쾌한감정이니러나데.

그뒤에 편지오고쏘오고하나, 나는 이내답장아니하얏네. 그리다가 냉종에 마지막단언을하랴는셈인지 자긔의사랑을바더주지안으면 자긔는죽기까지라도하겟다고하얏데. 여긔에이르러서는, 나도쏘한 어느정도까지 마음이 움지긴것은사실이나, 위로하는말로답장을하랴다가, 엇재 오즉지안은생각이나서 그만두고마럿지.

한주일이 지난뒤, 일요일날저녁에, 편지가 쏘왓는대 쩨여보닛가 놀나울 말이 씨여잇지안턴가. 마지마 유언서(遺言書)모양으로쓰고, 맨끗흐로는 「나는 이길로 죽음의 나라로감니다.」고하얏데.

이구절을본순간에 「무슨깁흔인연도업시 편지몃번하다말고 죽는다는것

___

139) 기원전 2C경 일어난 유태교 한 파의 무리. 동공의 색이 파란 사람.
140) 그럴듯하게 보여 마음이 끌리는 데가 있음.

은 다무엇이야. 소견이짧고, 속이옹색한 녀자로구나」하는생각이 번쩍나다가
도「참으로죽어?」하고혼자소리로말하며, 그래, 나는 정신이펄적나서 밧그로
쒸여나가 교회당근처로 가랴닛가, 교회당대ㅅ들압헤 여러사람이모혀서서 수
군～하고들잇데그려. 나는 그여러사람들을피하야, 짠길로가랴닛가, 예전에
갓치잇던 학교교원하나이 내엽흐로달녀들며

「여보, ×××씨 오래간만이요 그런데 저 송마리아가 독약을먹고자살하
랴다가 발견되야서, 지금 병원에드러가잇는데, 나혼자만 짐작하는노틈이지
마는, 아마 ×××씨(내말)까닭인줄암니다.」

그래 나는 가슴이 덜넝하야지며

「대관절 생명은엇지되얏나요?」

「죽지는안이하얏는대, 엇더할는지 아즉 모르겟슴니다, 그러기는 발서 아
츰일인데-」

나는 두말아니하고 병원에를 달녀갓네. 남녀교인들이 모혀잇는것도 헤아
리지안코 닷자고자로, 마리아가 누은엽해 과이멀지안은곳에서, 바라보고섯
섯네. 혼수상태에드러잇는 마리아의 모로진 얼굴빗은, 핼숙하기 쯔른조회ㅅ
빗갓데 마침의사가지나가기에

「저 환자가 죽지는아니하겟슴닛가?」

「예, 매우 돌녓는대141), 좀더기다려보아야 알겟지요.」

나는 멧거름더, 뒤로물너나와서 우두커니 바라보고섯슬째

「나째문에 저런가엽슨생명이 죽어업서지다니…」하는생각이문득나며 곳
달녀가 환자의손목이라도, 쥐고싶은 생각이 나나, 억지로 억제하고 얼마동
안을 서서 있자니까 환자의 입술이 발작적으로 바들바들하더니, 고개를 약
간흔들～하다가, 답답한드시 긴한숨을 냉쉬며 고개를 저쪽으로돌니데. 그한
숨을짜라, 여러사람들도 마음을 인자노켓다는듯이, 모다일시에 한숨을쉬데.
그러나 나도 그환자의한숨뜻이 무슨의식이잇서서 그럴니는만무련만은, 까닭
업시무엇이 내가슴을 몹시울니며 뭉쿨하야기메.

---

141) 병의 위험한 고비를 넘겨.

조곰잇다가 의사가나와서 환자에게 간단한진찰을하고는 잇다는 확실히 넘녀업다는말이나오자, 모더잇던사람은, 하나씩 둘씩헤여저가메. 나도 환자의정신이회복되기까지는 멋업시잇슬까닭이업서서나와버렷네. 내가슴속에는 무슨 묵직한덩어리를 집어는것갓치 쉴새업시 울멍-하야짐을깨다렷네.

그날밤에 나는쏘다시차저가서 마리아의정신이쾌히돌음을보고 그주위에 여러사람이 둘너잇슴도 관게치안코 달녀가 마리아의손목을잡엇네. 마리아는 평시에도 무슨의심의안개가 찌인듯하던눈이 좀더검은빗을쎄이고, 나의마음을쑤를듯이 드려다보는눈찌는, 무슨 저주(咀呪)의빗이라할지, 애원(哀願)의 빗이라할지, 쏘는 무엇을 의문(疑問)하는빗이라할지, 여러가지복잡한 표정이, 나의 눈으로향하야오데. 나는

「당신을 불상히여기고 사랑하겟노라」는 깊은 의식(意識)에서 저절로울어나는듯한마음으로 그의눈을 바라보앗네, 그리하야 두사람 두눈의 시선(視線)은, 한참동안이나, 쌀은공간(空間)에 무지개나술듯이 마조처 머물런잇섯네. 나는썰니는목소리로

「마리아씨, 미안함니다. 내마음을 미더주시요.」하닛가, 그는 돌니엿던 고개를돌처, 과연 그러타는듯이, 의문의눈빗으로 나를한참 이나바라보다가, 눈을다시감고, 다시고개를 저쪽으로돌니는, 엽볼에는 긴-눈물자욱이 줄-흘너 불빗에 빗나데그려. 나는다시, 그의손을 힘잇게 한번쥐엿다노앗네. …

그뒤에 그는 병원에서나오자, 출교까지당하야, 내게로 영영히 오게되고 마럿네.

그리하여 나는 이 찐덥지못한새사랑을 어더가지고 조선도잇기가실키에 그만 동경으로건나가바렷네.

× × × × ×

동경생활은 별생활니업섯네, 다만 나의생활의 큰 전환(轉換)을 준것뿐일세. 그것은 말하자면, 사상생활(思想生活)이 전환이겟지. 그쌔는한참, 일본천지에 사회사상이 물쓸듯일어날판에 나역시 지식상으로 쏘는 생활의경험으

로부터 새로운사상이 나의피를끌케하던째닐세, 나는 쏘한 갓흔동지를모다 열렬한 선전운동에 착수하얏네.

여보게, 이사람. 사람이 사람이 새로운생활이진리(眞理)를어더서, 새로운 창조(創造)의길을 나가는것처럼, 감격(感激)과정열(情熱)에 넘칠째는, 쏘다시 업즐것일세.

동지와동지사이에 몃고사랑하는마음이라던지 모힘애 발을드려노을째 감격한마음이 이러나는것이다던지, 인간사회에서는 이보다더큰 위대한 무엇은 업는것갓치 생각되네. 엇더한 무서운 사회악의 더러움이라도 이쓰거운 불길 압헤는 다타고녹을듯십데.

말하자면, 이것이 동경시대(憧憬時代)에 풋정렬리라고할는지, 그러던것이 이긔분운동(氣分運動)에서, 실제운동(實際運動)으로 드러갈째에는, 그갓치 미더으던동지들에게나환멸이 닥처오데. 모든사람에게 모든결점이 다드러나고 그네의 의지의약함과 불순하야심이드러다보일째에 나는 그네를 미워하지안으면 안니되엿네. 그런가운데에도 언제까지던지 순실하고 쑤준하게나아가는 지금갓치드러온 O군하나쯤은, 례외로하고, 그밧게는 다 미들놈이라고는 별로업것데. 내가좀, 경솔한탓일는지는모르나, 그째부터나는 모든인간이란것을 다 의심하고 미워하게되엿네. 내사상의 「니히리스틕」하고 「데로리스틕」한 경향을 씌게된것도, 그째부터일세. 닥치는대로죽이고, 업새고십흔생각이나데. 그쁜안니라 내자신도 미운생각이낫네. 나도 남과갓치 약한대가잇고 불순한곳이잇슴을 인제서야발견하고…… 이우후의 모든것을 다눈흘겨보게되엿네, 여긔가, 몹시 위험한곳이데. 갓싹하면 히네쑤레루-비트까자기가 수운대닛가. 그러고만으면, 영영, 것잡을수업시 타락의길로 드러가기가쉽네. 그러나, 나는 속이지안코 자신에대해서도 순실히 싸와나가며 자신을붓드러 나가랴드럿네.

이러한가운데, 소위내안해라는사람은 귀가닛서서드르닛가 새사랑을아는체하나, 실상인즉 아모것도 모르는 숙맥에지나지못하는것이데. 그러하니, 나라는사람을 리해할것이잇겟나. 그러하나, 그사람조차 미운생각이 펄적 더나데.

하로품파리하야 하로먹고사는 우리부부의처지라, 엇던계뇨 화증이나기
해가저서 품삭을바다가지고 나오는길에 그만 쌔ㅅ집으로드러가서, 갓튼토동
자씨리 술먹고놀다가 밤이드러서 집에를도라와보면, 안해라는 사람이 저녁
도못쓰려먹은주제여, 방한구석에쭈그리고 누어자는것을볼째에는, 그만불상
한생각이 왈칵나서 쏘처가서안고볼을대며 닙을마추며 하얏네. 이짜위의 대
단치안은연극이 몃칠건너 한번식은 의례히잇섯네. 그리하다가 나는 직접행
동에나스랴고, ×××× 단체에 참가하야 무슨일을하랴다가 동경감옥에드
러가서 일년을치르게되엿네.

내가 감옥에드러간뒤 얼마잇다가 내안해되는사람은, 홀로 동경서살수가
업슴으로 조선으로나왓네. 조선을나온뒤에 그는 적어도 한달에 수삼차식 내
게편지를하는데, 그편지는 대개 자긔의설운사정 내걱정, 쏘는 내가 간절히
보고십다는말갓흔것닌데, 새삼스레히 사람이 그리운 나의고적한마음은 오고
오는편지다, 가고가는째를짜라, 그에게대한 걸닌마음과, 보고십흔생각이갈
수록더하야가매 마치 새로운 련정(戀情)에나 걸닌것갓데. 그리하냐 하로밧
비 나아가서 그를보고십흔생각이간절하엿네.

사람이란것이 경우에짜러 정이 이갓치변하는것닌지!?

   × ×

동경감옥에서 나오자, 불야~ 고향으로나와, 외갓집에게신 우리어머니를
뵈이러가지안니하엿겟나. 안해되는사람은 마음부칠곳이업다고 서울로시굴
로 왓닥갓다하며 요전에 몟달동안와서잇다가 다시 어대로갓는지 모른다고
그리하데그려. 그런데 놀나운말이 들이지안켓나, 우리어머니말을비려하자면
「그대가 태중인대 거진팔구삭이나 되얏는대, 배는불너가지고 어대로 그
리단니는지모르겟다」 나는 이말을드를째 아모리하야도 그말이고지들이지안
니하야
「태중이라니요? 안니지요. 아마 다런병이겟지요.」
「안니야. 분명태중이다, 그리지안어도 처음에 내가 의심이나서무러보닛
가 저도첫아이라 남이붓그러워그리하는지 수기던구ㅑ. 그러나 내펜네가 네

편네일을모르겟니, 동경서 나온달을짜져보아도별로틀님도업고. 그래 나는
우리 갓튼처지에 걱정은되지마는 한엽흐로는 반가운생각도 나던구나.」

이말을드른나는 의심이 안니날수업데그려. 별안간에 상렬이됨[142]을쌔다
르매 금방내로 두통이이리나데. 질투와분란의 감정이 것잡을수업시 폭발되
데그려. 우리어머니는, 동경서나온달수짜지지마는, 내요량에는, 부부가 동거
한지가 발서일년 사개월이나되는싸닭일세. 그리고 쏘, 최근수삭을두고, 편지
한장이 업는것만보아도, 쑥의심이 나게되얏네. 그래나는 거듭뭇기를

「그래, 어대로간다는말도업지요?」

「글세. 요전의 ××로간다고그랫는데, 과힘ㄹ 지안은곳에잇스면서, 아모
소식이업는것을보아도, 거긔업기에그러겟지」

나는 어머니의만류도듯지안코, 곳 길을쩌나서 T역에를가서, 그의잇는곳
을 탐지하얏스나 월전에 어대로가고 그뒤에는 살수업다는말밧게는 더알길
이업데그려.

그래서나는, 거긔서 서울로향하야오며 찻속에서, 곰곰히생각하야보앗네.

「과연 그가, 성적고독(性的孤獨)을 이기지못하야서, 그런짓을하얏슬가?
그러면 나를 그갓치 열렬하게사랑한다고하엿슬가? 아무리 멧달전일이지마
는…… 과연 그럴수가? ……

평일에 보아도 어느정도까지는 쏙하게생긴위인닌대, 아모리 유혹이잇다
하더래도…… 그리나 계집이란것은 약한것이닛가, 더구나 그다지 똑똑하지
도 못한 위인이다…

「그러면 지금 어대가서잇슬가?…… 엇지하야 그런유혹에싸젓다가, 지금
당하야 뉘우치는생각이나고, 쏘는 나를대할낫이업서서, 그보다도 앞으로 닥
칠 큰공포를 이기기어려워서 혹시……」

여긔까지 생각이나매, 그의 최후의 뒤ㅅ그림자를 마음가운데그려보매
인자는 무엇보다 몸성한 생각이 더럭나데그려.

「좌우간 서울로가서 알어보아야 알일이지.」하고는 서울로완네그려.

---

142) 갑자기 생각이 떠오르다.

　　서울가서　이리저리차저단니매　알어보아도　알길이전연히업데그려.　인자
는 조선천지에서는　달리 더 알아볼길이업는것가치　생각되데. 이리하야 갈스
록에　내마음은　그이죽은혼을　조상하는듯한,　슬험이　그를　생각할째마다,　이
러나데그려.

　　이모양으로 한십여일이나　지내엇네그려. 엇던날 나는 내가 쓰는방안에
홀노드러안저, 문득, 그의불상한생각을하고 마음이 매우 조치못해서잇슬지
음에 누가와서찾는다고　하기에　방문으로,　고개를쑥내미러보자닛가,　이것보
게나! 안해되는사람이 문밧게서잇네그려.

　　그를본 순간의나는 곳, 그를잡어먹을듯이 미운생각이나며, 그를바라다본
나의눈도,　이러한살기가응당씌여잇섯겟지. 나는그만 본체만체하고, 몸을홱
도리켜 방으로 드러가안저잇자닛가, 그는, 갈팡질팡쪼차드러가 쓰러지더니
내무릅을붓들고 울기를시작하데그려. 나는 령방[143] 내몸에가서닷는손을쑤
리치며냉정한태도로

　　「에-에-왜 내몸에다 손을대여?」

　　하고쑤리쳐도 들고늣겨울며 쪼손이와서닷기에 그만 발길로넵차서 내미
럿네그려.

　　방한구석에가서 모들뜨이로 고라진그는 죽을지 살지를모르고 컥컥하고
울매 울음에는긴목소리로

　　「내가 발……발서부터……죽으랴고하얏지마는……다……다만 한번…
… 한번일도 만나보고서……」

　　「내가…… 내손으로죽……죽는것보다 입편소……손에죽는것이 원이돼서.」

　　「내가죽여? 드러운피를 내손에다뭇쳐?……」「……엑……」

　　소리를치고는 바그로튀여나왓다. 길바닥도 캄캄한것갓데. 그길로 쌔고다
공원에와서 널판지쪽에거러안저, 쌍만굽어보고 고대로 언제까지던지 잇섯네.

　　그가 죽는것을 쪼다시 마음에 그리어보매 생각하야도

　　「무엇? 죽어야맛당하지」

---

143) 금방. 짧은 시간 내에.

하고, 막잘으는마음이먹어지다가도, 죽을모양을그려보고는, 坯, 겉이드는 생각이 솔곳이 이러나고, 이러다가는坯, 미운감정으로 뒤밧고나지고 그리다가는坯, 칙은한생각으로 변하야지고 이반복(反復)되는감정이 쉴새업시 번득이네그려. 그리다가 야종에는

「그래도 죽으면은안되켓다!」하고 벌덕이러날제, 발서 날이 어두음을까닷겟데. 그길로 잇던처소로향하야 달녀오자잇가,

아니나다를가! 집에도라와서보닛가 간곳이업고 방바닥한가운데에는, 것봉을연필로쓴, 편지한장이 잇기에 얼는쓰더보니 그안에도 坯한 연필로희미하게 써잇는데

「나는 당신쎄 아모것도 바라지안슴니다. 다만 내가 죽엇다는말을 드르신뒤에, 그째에야 나를용서하시겟다는마음이나 가지시게된다면, 나는죽은뒤에라도 아모한이업슬것갓슴니다. 이 보기실은몸이 두번재보이지안니할터이여요!」하엿데.

나는 앗가 이골목밧겻헤도러올제, 저쪽골목전등불밋흐로 흘긋지나던 녀학생이 혹시 그이나안닌가생각하고 밧그로나오매 주인아이보고무러보아도 나간제 얼마안니된다고하기에 곳그골목길을坯차, 줄다름을처서 한참달녀가자닛가

이것은 참, 요행이다! 저골목쯔흐로, 마치 실성한사람이나, 술취한사람으로 발도 잘쮜여노치못하며, 벗척~작고가는사람이 과연그사람이데그려. 아마 정신이 극도이 혼란(混亂)을격고 坯는임신 당삭이 되여, 몸이 무거워 그리는 모양이데, 나는 쫏아가 탁 붓들고

「여보! 갑시다. 나잇는대로, 내가- 당신의죄를 용서할터이니……」

더러노코쓸고 처소로왓네그려.

그래 그는 여전이울며불며 자긔는아모리한대도, 살기를바랄수는업다고하매, 어느째까지, 긋질줄을 모르고 드리울데그려.

나는 어대싸지던지 쾌히용서하겐노라고 타닐는며 나역시 심사가 공연히 센치멘탈하게되야, 얼마동안을 마조붓들고울어대엿네. 그리하야, 일이 진정은되얏지마는.

그러고보니, 사람이 견데일수가닛던가? 참으로말니지, 이러고난뒤얼마스 동안은, 내평생애 정신상고동이라고는 가장극도로바든째닐세.

불는배를하여가지고 내엽헤 잡버진그를바라다볼째에는, 미운마음이 돌고이러나메, 당장에 칼로 질너죽이코십흔생각이 왈칵나서 그만발길로, 냅더차던지고는 한참씩 밧그로 쮜여나갓다가도, 불상한 생각이 나기시작하면 것잡을수업시 쏘처드러가 그를씨안는다, 볼을대닌다하매 예전에 동경서하던 연극이상의연극을, 하로에도몟차례썩 하게되네. 그째 나의가정을 비유해말하면, 마치 놋코날카라운 봉오리에 슨것갓해서, 이쪽은 음달이요 저쪽은 양달이라면, 가한번삐쯔하는대싸러서, 메천길의차(差)을 내이는셈이라고나할는지.

야종에 나는 그날카로운생각이나서 그무서운갈등의감정이 북바칠째면, 일부러 더 궁덩이를부치고박고안져서 이무서운 인생이사실, 밉더더러운동물(안해의말)을 응시(凝視)하면서, 견듸여나간네.

이우에 더 변하되여나간 나의감정이란것은, 여긔서더, 말하지안네. 그것은 자네상상에맛기고말겟네. 그뒤에 내안해되는사람은, 다행히 사내를나코 무사하게되고, 쏘는그뒤부터 나의감정은, 전날에 변격하던것이다, 어대로 사라저가고말엇네, 그째 내가 쑴속에 무슨 날질~한첨탑(尖塔)이나듸듸고섯든 듯한 긔억만 남을싸름일세그리고나자나는 이번일을 저질느고 이리로드러온 일은 자네도알일일세. 좌우간 우리부부의지난경과가, 이러하네. 말이 넘우지리하얏네. 그만두네.

× × × ×

갓치잇던죄수는 일전에 짠방으로올마갓네. 내방에 빗쳐잇던햇빗도, 점점 더 줄어드러가네그려. 얼마잇다가는 그것도쏘한, 업서지고말겟지!

第三信

일전에 자네하고 우링머니하고 갓치면회하러왓섯네그려. 그래 자네는 시

간이지나서 면회도못하고 그대로갓섯지. 나를마지막보고가는째라그러한지
그째 우리어머니의하는모양이라니! 나는 그길로 감방안에드러와안저 온종일
심사가 조치못하얏네. 좌우간 그가 내눈에다시보이지안코 멸니쩌나간일만
시연한일일세.

내안해되는사람은 삼주일이나되야도 면회도아니오고 편지조차아니하네
그려. 밧불텨이닛가 오지는 못한다하더라도 편지까지아니하는일은알수가업
네. 그동안내게대한마음이 변하얏는지도모르지. 변하얏다면 대수러울것이야
무엇잇겟나마는…….

여보게, 남의마음이란것을 더구나 녀자의마음이란것을 더한거름나어가
세상에서말하는진리라는것을 어데까지밋고 어데까지밋지아니하여야올흘는
지모르겟네. 의지! 물론이의지야 누구에게가 절대로 필요하지. 그러나 약한
남자나녀자는 도저히이것을 갓지못하얏다는말일세. 그의지라는것으로 말하
면 순실(純實)가운대서 나오고자라는것이닛가, 다시말하면 순실이 의지를낫
코 의지가 쏘한 굿센신렴(信念)을만드는것으로아네. 그것은 무엇보다 들때
여노코말하는인간이란것을밋는것이아니고 나라는것을밋는것이란말이지. 다
시말하면 순실한자아(自我)가 굿센의지를가지고 모든것과싸우고 나가는동안
에 위대한신렴이붓삽어지는것이란말일세.

이것을내경험으로부터 간단히말하면, 자긔의양심을붓드러나가기에도 업
치락재치락하고 힘업고약한거름으로거러오든내란사람이 오랜ㅅ동안싸와나
온 끝에 자긔의뼈가튼튼하게되야 가는것일세. 이번에그일로인하야 경찰서에
붓들녀드러가 그무서운악형과고문을당하면서 죽을지언정 자긔를속이고는십
지안엇네.

여보게, 생각하여보게. 고양이가쥐굴이듯하는그마당, 생각만하야도소름
이치는그광경을! 사람이란것은 진리를말하랴거던 신렴을말하랴거던 죽엄의
구덩이를 피투성이하고쑬코나와서야만말할것이지, 결코 양지쪽에잡바저 코
노래부르는격으로 책상머리에서어든 공상이나 지식대로 생(生)에대한진리와
신렴을자질것으로는 아닐줄로아네.

엇잿던 지금나의마음은 매우튼튼하게되어다고생각하네. 지금모양갓하서

는 압흐로 엇더한 정신이고육체상고통이닥처온다하더라도 나는조곰도두려움이업슴줄아네. 편지가더쓰기실혀그만두네. 일긔가아츰저녁으로 제법선선하야감을보닛가 인자 가을철이드는가붸.

第四信

　요전에 판결얼도가긋난뒤 나오는길에 자네가다른사람들과갓치 법정문압길엽헤서잇는것을보 앗네. 그도 발서한달이나되엿네그려. 그동안에 자네가한편지도보앗네마는 엇재그러한지 붓잡기가 이즈음해서는 통히실테그려. 참오래간만일세. 나는 쏘한 이편지도쓰고십흔생각이업서서 멧칠동안을두고 할가말가하마가 마지막말이나 한마대더하야둘가하고 이글을쓰게되네.

　그것은 따런일이라. 내안해되는사람이 필경에는 가고마런네그려. 나는이긔별을듯고나서 에전과갓지는안치마는 멧칠동안두고 분한마음을이길수가업섯네. 지금은아무러치도안에. 다만 그가가서잘살기만 바랄짜름일세. 이말이참뜻으로한말일줄만알어두게. 그가 내게 간단히쓴편지를말하면 이와갓데.

　「나는 H에게로 다시감니다. 당신의일은죽어서도이즐수가업고, 당신의은혜는죽음으로갑흘수가업지마는, 나는 쏘한H도저바릴수업슴으로 하는수업시그리가게되니 나를 한죽은년으로아시고이저주셔요」라고하엿데.

　그는H에게로간네그려, H를자네가알는지모르겟네. 그녀자가 잠시동안첫사랑을하던남자이고 그전편지에말한바와갓치 내가동경감옥에잇슬째에 한달동안인가 얼마인가를갓치동서하얏다는사람일세. 아마첫사랑이미련이란대단한 가붸. H에게로가는것이 내게잇는것보다 그녀자에게대해서는 더나흘는지모르겟지. 말하자면 그역시 시연스리히간네.

　다―간네그려…… 나는 지금 지나간날의모든일을 눈압헤다시한번펼처노코 우둑커니도라다보고잇네. 마음속이 훵하게뷔인것갓헤. 아모것도거리키는것이라고는업네. 다만 뎅뎅한신생(新生)의힘을잡고잇슬쑨일세. 그것은 어데까지던지 진실(眞實), 자긔를속이지안코 진실하게사러나가자는것외에는 더위대한것이업슬줄알고 쏘는그것을어데까지던지실행하야나갈자신(自信)이잇

는까닭일세. 내가만일에 오년동안이란것을마치고 세상밧게를나갈것갓흐면
전보다 더쑤센힘으로나갈듯십에. 짜른시일에 내가좀더자라나간것을 자네도
깁버할줄아네. 마지막으로 간 그녀자의잘되기원하며 붓을놋네.

　　– 끗 –

최 서 해

脫出記(『朝鮮文壇』, 1925. 3)

脫 出 記

『朝鮮文壇』, 1925. 3

一

김군! 수삼차 편지는 반갑게 밧엇다. 그러나 나는 한번도 회답지 못하엿다. 무론 군의 충정에는 나도 감사를 들이지만 그 충정을 나는 밧을수업다.

－박군! 나는 군의 탈가(脫家)를 찬성할수업다. 음험한 이역에 늙은 어머니와 어린처자를 버리고나선 군의 행동을 나는 찬성할수업다.

박군! 돌아가라. 어서 집으로 돌아가라. 군의 부모와 처자가 이역로두에서 방황하는것을 나는 눈압헤 보는듯십다. 그네들의 의지할곳은 오직 군의 품밧게 업다. 군은 그네들을 구하여야 할것이다.

군은 군의 가뎡에서 동량(棟樑)이다. 동양이 업는 집이 어듸잇스랴? 조고마한 고통으로 집을 버리고 나선다는것이 의지가 굿다는 박군으로서는 너머도 박약한 소위이다.

군은 ××단에 몸을 던져서 ×선에 섯다는 마를 일전 황군게서 듯기는 하엿스나 그러타하여도 나는 그것을 시인할수업다. 가족을 못살리는 힘으로엇지 사회를 건지랴.

박군! 나는 군이 돌아가기를 충정으로 바란다. 군의 가족이 사람들 발아래서 짓밟히는것을 생각할때! 군의 가삼인들 엇지 편하랴－

김군! 군은 이러한 말을 편지마다 쓰엇지? 나는 군의 쯧을 잘알엇다. 내사랑하는 나의 가족을위하야 동정하여주는 군에게 내엇지 감사치안으랴? 정다운벗의 충고에 나는 늘 울엇다. 그러나 그 충고를 들을수업다. 듯지안는것이 군에게는 고통이 될는지 분로가 될는지? 나에게 잇서서는 행복일는지도 알수업는까닭이다.

김군! 나도 사람이다. 정애(情愛)가 잇는 사람이다. 나의 목숨가튼 내 가족이 유린밧는것을 내엇지 생각지 안으랴? 나의 고통을 데삼자로셔는 만분의 일이라도 늑길수 업슬것이다.

나는 이제 나의 탈가한 리유를 군에게 말코저한다. 여기 대하야 동정(同情)과 비란(非難)은 군의 자유이다. 나는 다만 이러하다는것을 군에게 알닐 쑨이다. 나는 이것을 군이아니면 다른사람에게라도 알니지안코는 견딀수업는 충동을 밧는까닭이다.

그러나 나는 단언하다. 군도 사람이어니 나의 말하는것을 부인치는 못하리라.

二

김군! 내가 고향을 써난것은 오년전이다. 이것은 군도 아는 사실이다. 나는 그때에 어머니와 안해를 대리고 써낫다. 내가 고향을 써나 간도로 간것은 너머도 절박한 생활에 시들은 몸이, 새힘을 어들가하야 새희망을 품고 새세계를 동경하야 써난것도 군이 아는 사실이다.

─간도는 턴부금탕이다. 기를진쌍이 흔하야 어듸를 가든지 농사를 지흘수 잇고 농사를 잘지흐면 쌀도 흔할것이다. 삼림이 만흐나 나무걱정도 될것이 업다.

농사를 지어서 배불니먹고 쓯쓯이 지내자. 그리고 쌔끗한 초가나 지혀노코 글도 읽고 무지한 농님들을 가라처서 리상촌을 건설하리라 이러케 하면 간도의 황무디를 개척할수도잇다.

이것이 간도갈쌔의 내머릿속에 그리엇든 리상이엇다. 이쌔에 나는 얼마나 깃벗스랴! 두만강을 건느고 오랑캐령을 넘어서 망망한 평야와 산천을 바라볼째 청춘의 내가삼은 리상의 불ㅅ길에 탔다. 구수한 내소리와 헌헌한 내 행동에 어머니와 아내도 깃버하엿다.

　오랑캐령을 올나서니 서북으로 쏠려오는 봄새찬 바람이 어더케 쌤을 갈기는지.

　「에그 칩구나! 여긔는아직도 겨울이로구나.」 어머니는 수레우에서 이불을 뒤집어 썻다.

　「무얼요. 이바람을 만히 마저야 성공이 올것입니다.」 나는 가장 씩씩하게 말하엿다. 이처럼 나는 깃부고 활긔로윗다.

三

　김군! 그러나 나의 리상은 물거품에 도라갓다. 간도에 들어서서 한달이 못되여서부터 거츠른 물결은 우리 세 생령(生靈)의 압헤 기탄업시 몰려왓다.

　나는 농사를 지으려고 밧흘 구하엿다. 빈 쌍은 없었다. 돈을 주고 사기전에는 일평의 쌍이나마 손에 너흘수 업섯다. 그러치안으면 지나인(支那人)의 밧을 도조나 타조로 어더야된다. 일년내 중국사람에게서 량식을

　쑤어 먹고 도조나 타조를 지흐면 가을 추수는 빗으로 다들어가고 쏘 처음꼴이 된다. 그러나 농사라고 못지어본 내가 도조나 타조를 엇는대야 일년 량식빗도 못될것이고 쏘 나갓흔 「시로도」에게는 밧을 주지안엇다.

　생소한 산천이오 생소한 사람들이니, 어듸가 엇지면 조흘는지? 의논할 사람도 업섯다. H라는 촌거리에 세ㅅ방을 어더가지고 어름어름하는새에 보름이 지나고 한 달이 넘엇다. 그새에 몃푼 남엇던 돈은 다부러먹고 밧흔 고사하고 일자리도 못엇엇다.

　나는 팔을 것고 나섯다. 이리저리 도라다니면서 구들도 곳처주고 가마도 붓처주엇다. 이리하야 호구하게 되엇다. 이째 H장에서는 나를 「온돌쟁」(구들 곳치는 사람)라고 불럿다. 가러닙을 의복이 업은나는 늘숫거명이 썸엇케 뭇은 의복을 벗을새가 업섯다.

　H장은 좁은 곳이다. 구들 곳치는 일도 늘잇지안엇다 그것으로 밥먹기는

어려웟다. 나는 녀름 불ㅅ볏헤 삭기음도 매고 쏠도 비어 팔엇다. 그리고 어머니와 안해는 삭방아 찟코 강ㅅ가에 나가서 부스러진 나무갑이를 주어서 겨오 연명하엿다.

김군! 나는 이쌔부터 비로소 무서운 인간고(人間苦)를 늣겻다. 아아 인생이란 과연 이러케도 괴로운 것인가?하는 것을 나는 생각하게 되엿다. 나는 나에게 닥치는 풍파쌔문에 눈물 흘린일은 이쌔까지 업섯다. 그러나 어머니가 나무를 줏고 젊은 안해가 삭방아를 찌을쌔! 나의 피는 쓸엇으며 나의 눈은 눈물에 흐려것다.

「에구 차라리 내가 들어누어 알코잇지, 네 괴로워하는 쏠은 참아봇보겟다.」 이것은 언제 내가병들어 신음할쌔에 어머니가 울면서 하신말삼이다. 이것을 무심히 들엇든 나는 이쌔에야 이말의 참뜻을 늣겻다.

「아아 차라리 나의 고기가 찌저지고 쎠가 부서지는것은 참을수 잇으나 내눈압헤서 사랑하는 늙은 어머니와 안해가 배를 주리고 남의 멸시를밧는것은 참으로 견듸기 어렵구나!」 나는 이러케 여러번 가삼을 첫다. 나는 밤이나 낫이나 비오나 바람이 치나 헤아리지 않고 삭기음 삭심부름 삭나무 무엇이든지 가리지 안엇다.

「오늘도 배곱흐겟구나, 아츰도 변변히 못 먹고 나는 너 배줄잔는것을 보앗스면 죽어도 눈을 감겟다.」 내가 삭일을하다가 늦게 도라오면 어머니는 우실듯하게 말삼하섯다. 그러나 나는 흔연하게 「배가, 무슨 배가 곱하오.」 대답하엿다.

내 안해는 늘 별말이 업섯다. 무슨 일이든지 시키는 대로 소곳하고 아모 소리 업이 순종하엿다. 나는 그것이 더욱 불상하게 생각되엇다. 나는 어머니보다도 안해 보기가 퍽 부끄러웟다. 「경제의 자립도 못되는 내가 왜 장가를 들엇누?」 이것이 부모의 한일이언만 나는 이러케도 탄식하엿다. 그럴수록 안해에게 대하야 황공하엿고 존경하엿다.

어떻게 하면 살 수 잇슬가? …… 이러한 생각은 이쌔 내 머리를 몹시 쌔렷다. 이쌔 나에게는 부즈런한 자에게 복이 온다 하는 말이 거짓말로 생각되엇다. 그 말을 지상의 격언으로 굿게 밋어온 나는 그 말에 도로혀 일종의 의심을 품게되엇고 나중은 부인까지 하게되엇다.

부즈런하다면 이째 우리처럼 부즈런함이 어데잇스며 덩직하다면 이째 우리 식구가티 덩직함이 어데 잇스랴? 그러나 빈곤은 날로 심하엿다. 이틀 사흘 굶은 적도 한두 번이 아니엇다. 한번은 이틀이나 굶고 일자리를 찾다가 집으로 들어가니 부엌압에 안젓든 안해가(안해는 이째에 아해를 배여서 배가 남산만하엿다) 무엇을 먹다가 쌈짝 놀난다. 그리고 손에 쥐엇든 것을 얼는 아궁이에 집어 넛는다. 이째 불쾌한 감정이 내 가슴에 써올낫다.

─「무얼 먹을가? 어듸서 무엇을 엇덧슬가? 무엇이길내 어머니와 나몰래 먹누? 아! 녜편네란 그런 것이로구나! 아니 그러나 설마…… 그래도 무엇을 먹든데……」 나는 이러케 안해를 의심도 하고 원망도 하고 밉게도 생각하엿다. 안해

는 아모말업시 어색하게 머리를 숙이고 안저서 씩씩하다가 박그로 나간다. 그 얼골은 좀 붉엇다.

안해가 나간 뒤에 나는 안해가 먹다 던진것을 차지려고 아궁지를 뒤지엇다. 싸늘하게 식은재를 막댁이로 뒤저내니 붉언것이 눈에 씌엿다. 나는 그것을 집엇다. 그것은 귤껍질(橘皮)이다. 거긔는 베먹은 이ㅅ자국이 낫다. 귤껍질을 쥔나의손은 쩔리고 잇자국을 보는 내 눈에는 눈물이 고엿다.

김군! 이째 나의 감정을 엇더케 표현하면 댁당할가?

─오죽 먹고 십헛스면 오죽 배곱헛스면, 길바닥에 내던진 귤껍질을 주어 먹을가! 더욱 몸비쟌은 그가 아아, 나는 사람이 아니다. 그러한 안해를 나는 의심하엿구

나! 이놈이 어찌하여 그러한 안해에게 불평을 품엇는가? 나갓흔 간악한 놈이 어듸잇스랴. 내가 량심이 붓그러워서 무슨 면목으로 안해를볼가?

─이러케 생각하면서 나는 늣겨가며 눈물을 흘럿다. 귤껍질을 쥐인채로 이를 악물고 울엇다.

「야 엇재우느냐? 일어나거라. 우리도 살째잇겟지, 늘이럿켓느냐.」하면서 누가 억개를 친다. 나는 그것이 어머니인 것을 알엇다. 나는 「아이구 어머니 나는 불효외다」하면서 어머니의 발을 안고 작구～울고십헛다. 그러나 나는

아모 소리업시 가삼을 부둥켜 안고 박그로 나왓다.

「내가 웨 우누? 울기만하면 무엇하나? 살자! 살자! 엇더케든지 살아보자! 내 어머니와 내안해도 살아야하겟다. 이목숨이 잇는째까지는 벌어보자!」 나는 이를 갈고 주먹을 쥐엇다. 그러나 눈물은 여전히 흘럿다. 안해는 말업시 울고섯는 내겻헤와서 손으로 치마끈을 만지작거리며 눈물을 쩌러트린다. 농사ㅅ집에서 길러난 안해는 지금도 엇지수접운지 내가 울면 가티 울기는 하여도 엇더케 말로 위로할 줄은 모른다.

<h2 style="text-align:center">四</h2>

김군! 세월은 우리를 위하여 여름을 항상 주지는안엇다.

서풍이 불고 서리가 내리기 시작하엿다. 찬긔운은 헐벗은 우리를 위협하엿다. 가을부터 나는 대구어(大口魚)장사를 하엿다. 삼원을 주고 대구 열마리를 사서 등에 지고 산골로 다니면서 콩(大豆)과 박구엇다. 그러나 대구열마리는 등에 질수잇엇으나 대구 열마리를 주고 밧은 콩열말은 질수업섯다. 나는 하는수 업시 三四十리나 되는곳에서 두말식 두말식 사흘동안이나 지어(負)왓다. 우리는 열말되는 콩을 자본(資本)삼아 두부(豆腐)장사를 시작하엿다.

안해와 나는 진종일 맷돌질을 하엿다. 무거운 맷돌을 돌리고나면 팔이 쑥 쩔어지는듯하엿다. 내가 이러케 괴로울적에 해산(解産)한지 며칠 안되는 안해의 괴로움이야 엇더하엿스랴? 그는 늘 낯이 부석부석하엿엇다. 그래도 나는 무슨 불평이 잇는째면 안해를 욕하엿다. 그러나 욕한뒤에는 곧 후회하엿다. 코ㅅ구멍만한 부엌방에 가마를 걸고 맷돌을 노코 나무를 드리고 의복가지를 걸고하면 사람은 겨오 비비고 들안게 된다. 쓴김에 문창은 쩌러지고 벽은 눅눅하다. 모든것이 후질근하여 의복을 입은채 미지근한 물속에 들어안즌듯하엿다. 엇던째는 애써 갈아노흔 비지가 이 쓴김속에서 쉬어버린다. 두부ㅅ물이 가마에서 몹시끌번질째에 우유(牛乳)빗가튼 두부ㅅ물우에 쩌다 빗가튼 노란기름이 엉기면(그것은 두부가 잘될증조다) 우리는 안심한다. 그러나 두붓물이 희멀끔해지고 기름ㅅ기가 돌지안으면 거긔만 시선(視線)을

쏘고잇은 안해의 낫빗부텀 글너가기 시작한다. 초를 처보아서 두부ㅅ발이 서지안코 메캐지근하게 풀려질째에는 우리의 가삼은 덜컥한다.

「또 쉰-ㄴ게로구나! 저를 엇지누?」

젖을 달라고 쌕쌕 우는 어린아해를 안고 서서 두붓물만 드려다보시는 어머니는 목메인 말삼을하시면서 우신다. 이러케 되면 온 집안은 신산하여 말할수업는 울음, 비통, 처참, 소조(蕭條)한 분위긔에째인다.

「너 고생한게 애닯구나! 팔이 부러지게 갈아서…… 그거(두부)를 팔어서 장을 보려고 태산가티 바랬더니…….」

어머니는 그저 가삼을 뜻으면서 우신다. 안해도 울듯~ 머리를 숙인다. 그두부를 판대야 큰돈은 못된다. 긔ㅅ것 남는대야 二十젼이나 三十젼이다. 그것으로 우리는 호구를 한다. 二十젼이나 三十젼에 어머니는 운다. 안해도 긔운이 준다. 나싸지 가슴이 밧작~ 조인다. 그날은 하는수업이 쉬인 두부ㅅ붓물로 째를 에우고 지낸다. 아이는 젖을 달라고 밤새껏 쌕쌕거린다. 우리의 살림에 어린애도 귀치안엇다

五.

울면서 겨자먹기로 괴로운대로 쏘 두부를 하지안으면안된다. 그러나 이번에는 째일 나무가 업다. 나는 낫(鎌)을 들고 써난다. 내가 낫을 들고 써나면 산후여독(産後餘毒)으로 신음하는 안해도 낫을 들고 말업시 나를 싸라나선다. 어머니와 나는 구지 만류하나 안해는 듯지안는다.

내손으로 하는 나무언만 마암노코는 못한다. 산님자에게 들키면 여간한 경을 치우지 안는다. 그럼으로 우리는 황혼이면 산에 가서 도적나무를 하여 지고, 밤이 깁허서 도라온다. 안해는 이고 나는 지고 캄캄한 밤에 산빗탈로 내려오다가 발이 밋그러지거나 돌에채이면 나는 곤두박질을 하여 나무ㅅ짐 속에 든다. 안해는 소리업시 이엇든 나무를 내려노코 나무ㅅ짐에 눌려서 버둑거리는 나를 겨오 쯔집어 일으킨다. 그러나 내가나무ㅅ짐을 지고 일어나면 안해는 혼자 나무ㅅ단을 이지못한다. 쏘 내가 나무ㅅ짐을 벗고 안해에게

이워 주면 나는 추어주는이 업시는 나무ㅅ짐을 질 수가 업섯다. 하는수업이 나는 엇던 놉흔 바위우에 버서노코(후에 지기 편하도록)안해에게 이워준다. 이리하여 산비탈을 내려오면 언제 왔는지 어머니는 애를 업고 우들~ 썰면서 산아래서 기다리다가도

「인제 오니? 나는 너 쏘 붙들리지나 안는가 하여 혼이 낫다.」 하신다. 이 째마다 내가삼은 제렸다. 나는 이러케 나무 도적질을 하다가 중국경찰서에까지 잡혀가서 여러번 마잣다.

이째 이웃에서는 우리를 조소하고 경찰서에서는 우리를 의심하엿다.

— 흥 신수가 멀ㅅ정한 년놈들이 그꼴이야. 어디가 일ㅅ자리도 구하지안쿠. 그 눈이 누—래서 두부장사하는 꼴악신이는 참 더러워서 못 보겟네, 불알을 달고 나서 그렇게야 살리?—

이것은 이웃 남녀가 비웃는 소리엇다. 그리고 엇던 산님자가 나무 일흔 고발을 하면 경찰서에서는 불문곡직하고 우리 집부터 수색하고 질문하면서 나를 째린다. 그러나 나는 호소할 곳이 업섯다.

六

김군! 이러구러 겨울은 점점 깊어 가고 긔한은 점점 박도하엿다. 일자리는 업고…… 그렇다고 손을 털고 앉았을 수도 업섯다. 모든 식구가 모두

퍼—러 퍼—러래서 굶고앉은 꼴을 나는 그저 볼 수 업섯다. 시퍼런 칼이라도 들고 하로라도 괴로운 생을 모면하도록 그네들을 쿡쿡 찔러 업시고 나까지 업서지든지 그러치안으면 칼을 들고 나서서 강도질이라고하여서 긔기한을 면하든지 하는수박게는 더도리가업게절박하엿다. 나는 일이 업스면 업느니만치 고통이 닥치면 닥치는이만치 내 번민은 크엇다. 나는 엇던날은 거이 얼짜진 사람처럼 눈을 감고 깁흔 생각에 잠긴 일도 잇엇다.

이째 내 머릿속에서는 머리를 움실~ 드는 사상이 잇엇다(오늘날에 생각하면 그것은 나의전운명을 결뎡할 사상이엇다). 그생각은 누구의 가라침에 일어난 것도 아니어니와 일부러 일으키려고 애써서 일어난것도 아니다. 봄

풀싹가티 내 머릿속에서 점점 머리를들엇다.

— 나는 여째까지 세상에 대하야 충실하엿다. 어듸까지든지 충실하려고하엿다. 내 어머니, 내 안해까지도…… 뼈가 부서지고 고기가 찍기드라도 충실한 노력으로 살려고하엿다. 그러나 세상은 우리를 속엿다. 우리의 충실을 밧지안엇다. 도로혀 충실한 우리를 모욕하고 멸시하고 학대하엿다. 우리는 여째까지 속아 살앗다. 포악하고 허위스럽고 요사한 무리를 용납하고 옹호하는 세상인것을 참으로 몰낫다. 우리뿐아니라 세상의 모든 사람들도 그것을 의식지 못하엿슬것이다. 그네들은 그러한 세상의 분위긔에 취하엿섯다. 나도 이째까지 취하엿섯다. 우리는 우리로서 살아온것이 아니라 엇던 험악한 제도의 희생자로서 살아왓섯다.

김군! 나는 사람들을 원망치안는다. 그러나 마주에 취하야 자긔의 피를 짜바치면서도 깨지못하는사람을 그저볼수업다. 허위와 요사와 표독과 게으른 자를 옹호하고 용납하는 이제도는 더욱 그저둘수업다.

— 이분위긔 속에서는 아무리 노력하여도 우리는 우리의 생(生)의 만족을 늑길날이 업슬것이다. 엇지하야 겨오 연명을 한다하드라도 죽지못하는 삶이 될 것이오 그영향은 자식에게까지 미칠것이다. 나는 어미품속에서 쌕쌕하는 어린것의 장래를 생각할째면 애잡짤한 감정과 분한을 금할 수 업다. 내가 늘 이상태면(그것은 거이 덩한리치다) 그에게는 상당한 교양은 고사시하고 다리밋히나 남의집 문간에 버리게 될터이니, 아! 삶을 바든 한생령을 죄업시 찌그러지게 하는것이 엇지 애닯잔으며 분치안으랴? 그러타하면 그것을 나의 죄라 할가?

김군! 나는 더 참을수업섯다. 나는 나부텀 살리려고한다. 이째까지는 최면술에 걸린 송장이엇다. 제가 죽은 송장으로 남(식구들)을 엇지살리랴? 그리려면 나는 나에게 최면술을 걸려는무리들, 험악한 이공긔의 원류를 처부시려고하는 것이다.

나는 이것을 인간의 생의 충동(衝動)이며 확충(擴充)이라고 본다. 나는 여긔서 무상의 법열(法悅)을 늑기려고 한다. 아니 벌서부터 늑겨진다. 이사상이 나로 하여금 집을 탈출케하엿스며, ××단에 가입케하엿스며, 비바람밤낮을 헤아리지 안코 배랑끗보다 더험한 ×선에 서게한것이다.

김군! 거듭말한다. 나도 사람이다. 량심을 가진 사람이다. 애정을 가진 사람이다. 내가 쩌나는 날부터 식구들은 더욱 곤경에 들줄도 나는 알엇다. 자칫하면 눈 속이나 어느 구렁에서 죽는줄도 몰으게 굴머죽을줄도 나는 잘 안다. 그럼므로 나는 이곳에서도 남의집 행랑어멈이나 아범이며 로두에 방황하는 거러지를 무심히 보지안는다. 아! 나의 식구도 그럴것을 생각할째면 자연히 흐르는 눈물과 뿌직뿌직 찟기는 가삼을 덥처잡는다. 그러나 나는 이를 갈고 주먹을 쥔다. 눈물을 아니 흘늬려고하며 비애에 상하지안으려고한다. 울기에는 너머도 째가 느젓스며 비애에 상하는것은 우리의 박약을 너머도 표시하는듯십다. 엇더한 고통이든지 참고분투하려고 한다.

김군! 이것이 나의 탈가한 리유를 대략 적은것이다. 나는 나의 목뎍을 일우기전에는 내 식구에게 편지도 하지안흐려고한다. 그네가 죽어도 내가 쏘 죽어도…….

나는 이러다가 성공업시 죽는다하드라도 원한이 업겟다. 이시대 이민중의 의무를 리행한까닭이다. 아아 김군아! 말은 다하엿스나 정은 그저 가삼에 넘치누나! ─二五, 正月作

송 순 일

孵化－엇던 여자의 수기(『朝鮮文壇』, 1925. 9)

孵　化
- 엇던 여자의 수기 -

『朝鮮文壇』, 1925. 9

一

　　내가 언니께 이글을씀으로 부지럽시 언니의 마음을 괴롭게함이 안일넌
지모루겟슴니다. 그러나 오래동안享樂의 짠꿈에취하여 속정에물드러나의생
활이 浮化의새길을밟으려할째에 나의生活을진심으로념려하여주는일즉부터
敬畏하든언니에게 엇지한마듸의일님이업사오리까
　　언니여! 이것이眞正한人生으로도라오는나의魂에서우러나오는노래로만
알어주시기를바라옵니다.

二

　　내가이학교에교편을잡을째에는 아해들에게나情을부처과거의모든쓰라림
을 니저바리려하엿스나 여긔도亦是쯔끼는者들의巢窟이라할는지 조곰도慰
安을엇을수가업더이다.
　　지나간生活에서쩌오루는積落의페지가뒤처질째마다 영원히 닛지못할첫
라랑의그립은녯날을追憶하여 연연한가슴속에타오루는戀慕의 悲哀를하소연
할곳이업섯슴니다.
　　나의못니저하는이朴이지금은어데가서무엇을하고잇느지 그의자취주차알

지못하여공연히나혼자애닯여하엿습니다.

三

언니여! 내가말하는이朴을사랑하기는지굼으로브터사년전 내가東京잇슬째임니다.

내가H館에下宿하고잇슬때에그는그겻집단삼조방을빌어가지고자취를하며지내엿습니다. 나는그째에그를심상히볼쑨만안이라 조석으로지나치며맛나게되는것이도리여불쾌하엿나이다 쏘한그도나의쌀쌀한태도를모루는배안이고 짜라서자긔의마음에실니지를안엇든지아초에 내게사랑을두지안엇슴이사실임니다.

그러나 사람의마음은움직이가쉬운것임니다. 이것도 女子의약은마음이라고할는지요.

한달두달지내는새에異性에대한충동을밧을째마다 나는朴을 그리여보게되엿습니다.

그해느즌가을임니다. 어느날학교에서 下學을하고도라오니 주인집下女가 「도나리노 복상가라데스요」하며봉함편지하나를주더이다

나는그째에그것을밧아들자봉투가든쩍하게무거운것을보고는남자에게글을밧어보지못한나로서는 공연히가슴이독은거리여그것을쯧기에주저하게되더이다. 그러나異性새에얼키우는魅力에 그것을 아니쯧고는못견듸겟더이다.

「이속에는 반드시사랑의속살거린편지가잇스렷다」하는생각으로마츰편지를쯧고보니 웬봉투하나가쏘나오는데내게는예상과는반대로간단하개서너줄을썻더이다.

─혜옥씨에게 이러케폐를끼치기는未安하오나 病席에누워서엇지할도리가 엄슴으로쯧안인受苦를빌고저함니다.

YMCA P간사를차저보신후 金哲元씨의移轉住所를알어보아주시고이동봉한편지를부처주시면감사하겟습니다.

나는이편지를닑고 나혼자생각에속은것이우수윗습니다 그러케도예상과

는짠판으로간단한글이 엇지도내게는서운하고싱그윗는지요 그리고 나는그편
지를닑고서이상히생각하엿습니다 그러면이편지를YMCA P간사쎄 친히부처
부탁할것이지 구태여나의손을거칠싸닭이잇슬가 그는반드시나에게대한사랑
의충동이다 한갓병을빙자하고나를건드려보는짓이라고생각하엿습니다. 실상
그후로알고보니 그도나의게대하여사랑이엄돗기시작하든쌔엿습니다. 이러케
저러케생각하든중에 나는 그동봉한편지가쏘한엇더한것인지를 부질업시알고
십흔호긔심이니러나 억제할수가업더이다. 그러하여요리조리망서리다가 마
츰그편지짜지쓰더보앗습니다.

　　결국닑고보니－그는병석에고통을당하며급히돈십원만보내여달나는자긔엇
던친구에게보내는글이더이다.

　　나는 그글을닑고는순간뎍으로나마 그를그려보든나로서 그의간절한부탁
을수응치안을수가업더이다 이것이그의게대한 義務感이라고할는지요

　　나는 그의 부탁대로 P간사를차저가서受信人의주소를알어보고서 그편지
를부처주엇습니다 그리고도라오는길에朴의집을지나치려하다가 멈춧한거름
을물너섯습니다.

　　「아! 나는그의부탁짜지드러주고한번차저라도봄이맛당치안을가 내가그를
차저본다한던쓸쓸히누워잇는그의게얼마나위로가될가」하는생각이니러낫습
니다. 그러나 선쓰시그의집에드러가기가 서머～하여 얼마큼주저하다가 아모
래도발길이 돌니지를안어 그를찾게되엿습니다.

　　지금생각하오면 모말만한방속에서 얼너기일본니불을뒤터쓰고 알른그의
정경이눈압헤보는듯합니다.

　　내가 막드러설쌔에그는한참이나복닥겨쩔고나서 전신이담담하고불붓듯
하여 안절부절을못하고둥글든쌔임니다.

　　그는 나의드러움을보고니러나안즈며불을잡아다녀 드러난가슴을가리우고
열긔쎄친눈을드러힘업시바라보며「이러케오시니넘어도미안함니다」하는그
의검붉게타오룬얼골에는반가움과어색한표정이쩌오룸니다.

　　「어서 누워계시지요」하는나의말에

　　그는「관계치안습니다」하며괴로움을참으려는억지의우슴을 지읍니다.

나는 그동봉한편지를보고 그의병증을자세히알면서도 보통도라가는어투대로

「어데가 그러케불편하신가요?」하고물엇습니다. 그는더운김을후-ㄱ 내쌤으며

「아마 일학(日瘧)인가봄니다. 오늘사흘재이러케누윗습니다.」하며더운한숨을길게내쉽니다.

「참이러케객디에서 알케되는것처럼어려운일이업슴니다」하고나는그의부탁한편지전한것을말하엿슴니다.

「그러치안어도오늘미안한부탁을전하고죄송하온터에 이러케차자까지오시니넘어도감사하옵니다」하고는두눈을스르르감앗다쓸째에검은자위가 좀우흐로치우친듯한그의눈에는무엇을감히헤아려보는듯한氣色이나타남니다.

「그런말슴은 마서요」

하고 나는극히근심스러운드시

「어서 병이나서야겟는데요」하는나의말에그는 「이제야 낫겟지요어데사람이알치안을수가잇나요」하고는괴로운드시얼골을한번찡기며더운김을훅훅내쌤더니 책상밋헤노힌내우를드려마시더이다.

나는 그가그러케열긔가쩌올나냉수를마시는것이利롭지못할것을생각하고

「잠간긔다려주세요」하고얼는하숙으로쮜여가서가다구리를가저다가 더운물에대여 그의게권하엿슴니다.

그는 「넘어도미안함니다」하며 한잔을다-드리키더니 성클너진그의가튼머리를 뒤로잡아넘기면서 석양의넘어가는붉은해ㅅ발을실며시바라보며

「벌서 해가저물엇슴니다 어서가서서 석반을잡수시지요」하는 그의눈에눈물이핑도는것을볼째에 나는 금시로그를 쩨여안고 그의쮜는가슴을 시원히만저라도주고십허지더이다.

四

그후로부터 나는그의게대하여차차로사랑의불꽃이 닐기시작하엿슴니다.

이것이흔히말하는소위「인연」이되여서그런지는모루나 사람이란 이성(異性)새에한두번맛나고 여러번접촉하면애정이 기우러지는가봅니다.

나는 하루라도그를맛나지안으면 엇저지마음이부인것갓하야 그가나를차저오지안으면반드시 내가그를차저갓슴니다.

이러케오고가고하는대의 두새에얼켜지는정(情)은나날이깁허가게되엿슴니다.

또한 그도청춘의서러운몸이라 나를진심으로사랑하려하엿슴니다. 그리고 그는자긔의구하는사랑으로서자긔의內的生活을더욱充實히하려고하엿슴니다.

담화의꽂이필적마다 그는나를향하여

「당신은 내몸덩이를사랑하려함보다 나의內的生命을더사랑하여야함니다」 하며 내가잘알어듯지도못하는 術語를역거가며 자긔의 切實한주의를말하엿슴니다.

어나째인가 그와나의談話중에한말이아직도긔억됨니다.

「여보 惠玉씨가만일나를버린다하여도 나는네프류드가 가쥬사를사랑한것 갓흔그런無抵抗愛를갓게하여달나고늘神쎄빌지요」하며능청거릴째에나는짜 증을내며

「벌서부터 나를그러케의심하서요?」

「아니 누가나를버린다나요 그러기에 만일이라고하엿지요」하고는빙그시 웃슴니다.

「아, 그래도나는만일이라는소리도듯기실혀요」하며그를꾀집어 기어히사 죄를밧고야마른생각이 아직도력력함니다.

五

언니여 나는텬벌을밧지안은것이 多幸이라고함니다. 그러케도 굿게사랑 하겟다든마음이일녀도못가서 어름가치식어버리고말엇슴니다.

차차로 그를알어보니 그는부모님도업시 어느친척에게간신한도움을닙으 며지내는터이라 일시에취하엿든사랑은 그의생활이턱업시貧弱한것을보고는

여지업시슬어지고말엇습니다.

　나는 그를버리고는 허수아비들의희롱감이되고말엇습니다. 어덧째는音樂家라는 假面속에눈이흐리워지고 소위文士라는美名의미끼가되고 엇던째는 소위변호사라는 일홈에팔니우고 이리굴고저리굴어마츰내처녀의자랑이는정조까지유린을당하고말엇습니다.

　언니여! 사람을사랑하려함보다 外樣에꿈여놋는디위를짜라가든나의생활이 술잔을부으며 우슴을파는계집의생활과무삼차이가잇섯사오리까 다만「新女性」이라는 짜풀를썻슴이 다를뿐이엿습니다.

　언니여 이러케放縱한생활에서飽滿을늣긴나의心靈의눈에는 다시悔恨의눈물이고이기시작하엿습니다 내가 다시일허버린「나」를찻고 짜라서 참된人生을맛나기전에는 다시 큐비드(Cupid)를부르지안으리라고생각하엿습니다.

六

　내가 東京서류학을쯔치고 도라와집안에서곤달닌생각을하오면진저리가남니다. 나의원하는바를성력쯧드러주든 부모의게오해를밧고넘려를끼치게된것이다-나의과실임니다.

　내가아초에金允祚에게취하엿든것이만번잘못임니다. 이金允祚라는사람은내가먼저말한 변호사인가 무엇이된다고當時어느대학法科에를다니든자임니다. 내가철업는虛榮에팔녀사랑하든朴을버리고 이사람저사람의사랑을끌든못에이金을쏘사랑하게되엿습니다.

　그외날신한키라든지 희멀끔한얼골에보기조흔코ㅅ마두며 조곰긴듯한속눈섬새로이상히도광채를쯰우고비윽레우수며말할째에는 女性의마음을근질게쯔러내는힘이잇섯습니다.

　누구나 사람의외모를짜라가는세상이라 人物조코 재산만은그의게는만흔녀자의인망이기울닌터임니다. 나도그중에끼여그의사랑(?)을차지한것이 낭의게는무서운 죄악을짓게까지하엿스나歡樂을 꿈꾸든나로서는 그것을도리혀성공으로알엇습니다.

　　바로재작년녀름임니다　하긔휴가쌔귀국하여그와정식으로결혼을하고부모에게량해까지구하엿슴니다　그가학우회의중요간부로잇스며　인물조코말잘하는것으로명망이자자하다는것을　자랑삼어말하엿고그의사진싸지보엿슴니다. 그가평양에서굴지하는갑부라는것으로더욱부모의량해는충분하엿슴니다.

　　그해겨울임니다.　아부지에게서

　　「……그를친히　한번맛나보고십흐니　동긔휴가에할수잇스면　그와동반하여오라……」는편지가왓슴니다.　이쌔에나는그와동반하여귀국한다는깃븜과짜라서내가부모의게이만한自由를가젓다는것이쯧업시깃벗슴니다.

　　나는쯧대로그와함쎄귀국하엿슴니다.

　　그를친히맛나보는부모는인물노나무엇으로든지만족하엿슴니다.　지금생각하오면만번다행임니다　그쌔에나의주장으로결혼이成立될것이나아부지의좀유여하는태도에　정식으로결혼의약속은얼마후로미루게되엿슴니다.　그리고그는삼일을지나　먼저자긔집으로도라가고　나는그후에일본으로건너갓슴니다.

　　언니여!　진실노인생의사랑을찻기는어렵슴니다.　나는그해겨울을지내는서너달동안에이金의사랑에도쏘다시멀미가나기시작하엿슴니다.　이쌔가果然나의性格의變換機라고할는지요虛華에덥혓든나의눈에「眞」의流動이비롯하여理性의칼날이쏘치는압헤는　自動車를달니고　一二等車를타는生活을짜르려든靑春의헛쑴은어디업시쌔어지고말엇슴니다.

　　언니여!　언제는미처서사는지죽느니하다가　멧달이못되여서실증이나오니이러케도가진돌변을부리든나의생활을　스사로생각하오면무슨수수썩기인지알수가업슴니다.　그러나　이것이진정한「나」를찻는데는업지못할經路인가함니다.

　　나의진정한生命의波動이사람을짜라그가나의性格에아모　嚮應을주지못할쑨만안이라도리혀自己의低級된思想에나를집어너흐려함니다.　이로써　나는그를물니치지안을수가업섯슴니다.

　　언니여!　그러나　그는그러케　나의게失戀을當하고　만문히물너갈사람은안이엿슴니다.

　　어느날　나는넘어도마음이괴로워　학교에도안이가고　잇슬쌔에　그가나를차저왓습니다.

그는 두눈에서슬이푸르게설긔가둥둥ㅎ여드러서머안지도안코 나를쏘아봄니다. 나는그의밸푸리하려는 심상치안은꼴이 징글서러워홀적기여나가고도 십흐나 할수업시 말씨펴루운큰댁네를맛나는 羌모양으로 쏭그리고안젓습니다 그는양복바지를 거더들고벗적닥어안즈며

「그래 나를버릴테란말인가?」하고대듬니다. 이째에나의머리에서는그의게대한銳利한反動的意識과함씌前日에니러낫든場面이쩌오름니다 나는그의뭇는말에

「그만큼 말햇스면 알것안이요?」하고톡쏘는드시말을하엿습니다.

「그래서 나는그잘난文學이니哲學이니하면서대가리털길게거른놈만 못하다는말이냐어데좀쏙쏙히말을해」

「글세 그야생각을해보세요 당신과나새에는한갓人物이나地位에팔니는외에는 아모理解를엇지못하여스니 여긔에엇더케眞正한사랑을찻는다말이요?」

「홍 人生苦學이쏘나오는걸 이건방진년法曹界에명예나 팔녀는者하고는 살수가업다어데그 취酬酌을좀다시해보아」

「아모러나 당신과나새에는靈으로는아모結合이엄습니다. 말하자면彼此에 個性을울니(鳴)는깁흔늣김엄습니다. 나는이갓흔 生活에는도모지 만족 할 수가가업서요.」

「야, 이아나썹다 靈의結合! 이것이다-무어말나진수작이냐」

하며 그는왈칵달녀드러 나의쌤을후리처갈김니다.

「아이쿠」

「아이쿠, 이죽일년그러면당초에사랑을하기는웨하엿단말이냐」

하며다시엽구리를드려참니다.

「그래 사람을치면 누가무서워할테란말이오어데죽여라도보아요」하고그의게맛바귀들엇습니다.

그는당쟝에무슨큰변이나 니르킬드시게더품을물고우둘~썸니다.

「말을하여면제대로하지 웨 목도쑨의行勢를해 이獸慾이나채우려는네놈의毒牙에내一生을밧칠줄아느냐 어데맘대로해보라」고다라드니 그는 나의머

리채를그러쥐며

「그래 나는 목도쑨이다」하며 나를후려넘김니다 毒이오루는其瞬間에는 나도그놈의간이라도씹어먹을드시殺氣가끌어올음니다.

나는다시니러나려하다가 머리를드려차는바람에정신이아찔하여 그대로 쓰러젓슴니다.

얼마동안이나되엿는지 , 눈을떠보니下女와主人老姿가冷水手巾을머리에덥 그부비고잇슴니다. 나는아마腦震蕩이되엿든가봄니다.

깨여는나서도頭痛이니러나고 精神이흐리멍하여 金과다투든 생각싸지朦 朧하여지더이다. 나는 下女의무에라고하는말에도 대답할긔운이업시그대로 누워서下女의侍從을밧고잇섯슴니다.

언이여 이것이그가나의게마지막으로행패를하든일임니다. 이로써그와는 영원이헤여지고말엇슴니다.

언니여 내가金가를버린것이 무삼罪가되겟소? 그러나 소위무엇을안다는 留學生들의게까지 나는돌님을當하다십히하엿슴니다. 金이다소의친구를가진 이마큼그의게대하여同情이쏠니는모양임닉 그들은나를보기를우섭게수치를주 려하며참아입에담지못할投書가連日오다심히하엿슴니다. 그러나 나는도리혀 독살이오루고그들과죽기를내기하여싸화라도한다면나의쓸리는피를흘터내여

너희들이 얼마나올흐냐 불의하다는나의피를시원히마서나보아라하는드 시 그들의주둥이에모도 피투성이를하여주고십헛슴니다.

언니여! 이째에나의內面生活에니러나는變化는急轉直下로싼世界를憧憬 하엿슴니다. 내가여지썻밧어오든교육에도一種의不安과懷疑를갓게되엿슴니 다. 所謂사람의性能을發揮식힌다는敎育도현상으로는일즉이 입선의말한人形 을길으는데지나지안는것만갓하서그러케애써서드러간女子大學도단연지즁도 에쓰치고일변으로金을 피하려는생각에일학긔도채못맛치고아조귀국을하고 말엇슴니다.

이러케졸디에귀국을하고보니 쏘한집안에서밧는의혹이여간이안임니다.

-너는엇지그러케도요변을부리느냐? 언제는사내를데리고까지와서살겟다 고아단을내리고 인제와서는그런자하고는죽어도싫타고 언제는고만두라는대

학을하고야만다고앙탈을파드니 이제는한학긔에염증이나느냐?

　네년의장단을누가마치겟느냐 부모의테면을보느냐 마느냐 되고푼대로되여라.

　언니여 나는밤낫이성화에주름을펼수가업섯습니다.

　언니여! 아러케도나는半年동안이나哀傷에타오루는 가슴을부둥켜안고 구지울다가 간거울삼학긔부터 이 C믄M학교에서교편을잡게되엿습니다 이로부터나는다시朴을차즈려하엿습니다.　내가이朴을그러케못니저함이첫사랑의어든싹의충동이안임니다.　그는진실노탐스러운사람인까닭임니다　그는아모꿀임업시 오직진리를위하여자긔의個性을차저내는 사람임니다

　언니여 내가동경잇슬째에 그는구차한동경생활을버리고 귀국한후 大邱인가어데석학교일을본다는소식을알엇기에　거긔형편을알어짜지본즉 그는二年을지낸후에어데로갓는데지금어데잇는지　알수업다고하지요　그러니부모도업는　그의홀몸이어데가서무친것을알수잇서야지요　나는도모지마음을붓잡을수업시失望의深淵으로거저갈쑨이엿습니다.

七

　언니여! 어느듯한해겨울도지나가고 느즌봄을맛게되엿습니다 학교에서遠足인가무엇인가 째문에교장선생님과同伴하여나는長壽山에를가게되엿습니다.

　천인절벽우에　싹가세운드시지어노은다람절(懸岩寺)의절경을구경할째에는오히려　黃海金剛이라는일홈이不足한듯하더이다　그러나　아모리아름답다는自然의風景도나의게는오히려눈물을쓰러내는것쓴이더이다　우리는　그날오후로다시　妙音寺로향하엿습니다.

　구비처흘너내리는 시내ㅅ물을씨고돌며 綠陰을헤처드러갈째에는神秘의淨土를　밟는것갓더이다마는부질업시내ㅅ가에서서　흘너나리는물을짜라한업시～어데로실녀가고도십고까닭업시서럽은마음에언덕에쓰러저맘노코울어라도보고십더이다　그러나할수업시一行의뒤를짜라이상한새들의지저귀는소리가그윽히들니느자욱한숩속으로妙音寺를차젓습니다.

절이라야 그리크지는안으나 산듯한景槪와째끗한맛이 그럴듯하더이다.

거긔서얼마를쉬인후에 우리의一行은한고개넘어잇다는암자를보려고갓슴
니다.

아, 언니여! 엇지하오리까!이깁흔山中에나의못니저하는朴이숨어잇슬줄이
야쑴에늘상상하엿사오리까

그는쏫밧에물을주며흥얼~코ㅅ소리를하고잇더이다 나는그를볼째혹여나
모습갓흔사람을 헛잡지나안는가 하여 아모리홀터보아야갈데엄는朴의얼골이
라 나는넘어도쑴갓하야울지도웃지도못하겟더이다 따라서주위의사정이허락
지안으니 그를맛나든刹那의늣김이엇더하엿사오리까 나는어안이벙벙하여그
를바라볼쑨이엿슴니다.

그는주든물을쯧치고 수선거리며몰녀오는아해들을휘-ㄱ둘너보다가 그의
시선이나의게마조칠째그도한참이나두리번~하다가무슨말을할듯~하더니그
의길즘한얼골에는형용할수업는긴장한감정의빗이서리여지더이다.

그는고만失戀된追憶의불쾌를참지못함인지마즌편언덕으로가버리고맘
니다.

언니여! 나는터질듯한가슴을부더안고풀이업시나려와서 저녁을먹는처름
한후 얼싸진사람처럼머~ㅇ하니안저서 밤으로그를차저갈생각외에는아모정
신업섯슴니다.

교장영감은남생도와가ㅣ큰방에서 쉬게되고나는녀자아해들과함게뒤ㅅ족
의싸른방에서자게되엿슴니다.

잠자리를定한후 아해들이모다 잠들기를 고대하여 거진열한시가 되여서
나는밧그로나와 그의잇는곳을향하엿슴니다.

프른하늘에는이즈러진달이 맥업시 달녀잇고싸늘한별빗만쌈박이는대 사
면은죽으드시고요하야 시내의흐르는물소리만처량하게울고잇더이다.

나는별노무서운줄도모루고 으슥한숩속을지나 비탈길을더듬어그의잇는
암자를차젓슴니다 나는서슴을째가안임니다.

「창식씨 계신가요?」하고문을열고막드러섯슴니다.

그는쌈작놀나는 드시 손에드럿든책을책상우에노으며 드러서는ㅣ를보고는

겨우자리에안기를권하고는시침이를쑥싸고 무섭게도 엄숙한빗을던지더이다.

언니여! 나는그를맛나기만하면구곡에매친恨을시원히푸러헤치고슬컨울어라도볼것갓드니 정말맛나노코보니 나는무슨말을하야조흘지 도리혀「나는무엇하러왓나!」하는흐리멍덩한意識에압히칵막혀지더이다. 그러타고 沈默하고잇는그의말을긔다릴수는업섯습니다.

「창식씨 제의과실을용서하여주세요.」

하고나는비로소쩔니는입을열엇습니다.

「용서는 무슨용서란말이요?」

그는이러케퉁명스럽게대답을하고는책상엽흐로비켜안즈며「아니쩌운년어서가라」하는드시고개를돌니고나와외면을함니다. 本來가꼿꼿한性格이라 失戀된그의態度가 녹녹지안안을줄은아나 나는넘어도 긔가막혀정신이엇절하여지더이다.

「제가 창식씨를버리고물너갈째에 저를얼마나 저주하고 원망하섯겟슴니까?」

「무엇 세상이다 그런것을누구를저주하고원망하겟소」

「그러나 지금은제가다시人生으로 도라온줄을알어주세요」

「언제는 헤옥씨가 인생이아니엿나요」

하는그의말에는싸늘한우슴이 지나 감니다.

「아니여요 저는인생이아니엿슴니다 저를용서하여주세요」

「나는보다십히 이러케 세상과는등지려는터이니까 내가 무슨용서를하느니 마느니 할째가 아님니다」

「창식씨 저를용서하게요 이것이다-제잘못임니다」

「아니지요 내가무슨失戀이나된탓으로이러케하는것이아니니까요」

「내 알겟슴니다 그러나 저는 창식씨께서어데를가시든지 제가진정한人生으로만도라오면제일생을두말업시抱擁하여주실줄노밋엇슴니다」

「내가 무슨헤옥씨 一生을 포용하다못한다하겟소 헤옥씨가 人生을깨달엇스면드래로나갈것이지……」

「지금은 제가 千言萬談을하여도 밋지안으실줄을암니다 제가 그갓치철

업슨마음에창식씨를 버리고 歡樂애팔니운몸이되엇댓스나지금은切實히人生
을깨달엇습니다. 果然제의도라옴을용서하시고제일생을맛허주세요」

　　「하, 날더러일생을맛흐라구요 나갓흘사람이혜옥씨일생을맛흘힘이잇나요
내게야세상에석길武器가잇나요내게야무슨돈이잇기를하오무슨일홈잇기를
하오」

　　그는이러케도비꼬아말을함니다.

　　「창식씨 진정임니다 저는일홈이나돈을求하지안슴니다 그러타고하면제
가웨창식씨께이러케도안타가히哀訴를하겟슴니까 저는오직人生을찻슴니다
그동안저는얼마나 창식씨를차젓는지모름니다 그간大邱어느學校에게섯다하
기에 구리로알어까지모앗슴니다 지금까지창식씨를찻든중에여긔서 이러케뵈
오니……」

　　하고는 참을수업시 뭉켜오든서름이북밧처올나 말꼿을못마치고 손으로
얼골을가리엿슴니다 나의늣겨메이는 울음소리가점점커짐을보고 그도민망
하든지

　　「그러케 우실게야잇소어서말을하죠」 함니다나도다시 정신을진뎡하고무
슨말을하려하나 가슴이들머거려말을니을수가업더이다.

　　침묵에잠기는쓸쓸한방에는등잔불만나의運命을조롱하는드시 깜박임니다.

　　「여보혜옥씨 제말슴드리시우」

　　하는쇠에 나는무슨시원한대답이나 들을드시 고개를들엇슴니다.

　　「피차에 헤여진후혜옥씨가엇더케지냇는지는모르나좌우간 중생이되엿다
하나 압흐로는반드시 헤오씨께조흔길이열닐터이겟지요. 하니까 이사람을위
하여서는단념을하는것이조켓슴니다.」

　　하며 그는이러케정쩔니게말을함니다.

　　「아니여요 저는창식씨를짜라가는외에는다른길이 업슴니다 제의도라옴
을용납하여주세요 창식씨께서전에말슴하시는네프류드가되여주세요 제의운
명은오직창식씩께달넛슴니다」

　　「……」

　　「창식씨! 저를용서하세요 네?」

「글세 헤옥씨쎄서쎄다름이잇다면구태여나만을쌔를리유가어데잇습니짜 저
는그럴수가업서요아해들의동구박질이아니닛짜쏘그러고나는생각하는바가잇
스니짜헤옥씨를위하여희생될수가업습니다」

나는 넘어도그의엄격한태도에눌니여나의진정을더말할수가업더이다 나는
더말을할용긔도업고 쏘말을한대야당석에서 시원한대답을듯기도만무한지라
차라리도라가편지로전후사정을하소연한후下回를기다려보리라는생각으로
그자리에서어이업시도라오게되엿습니다.

어둠컴컴한비탈길에를나서니 턴디가아득하여지고 이넓은세상에나의몸
을붓칠곳이 이러케도업는가…… 생각을하니 그대로풀밧헤쓰러저죽엇스면
죠켓더이다 나는넘어도긔가막혀오는지가는지정신업시 헤매여 절(寺)노도라
왓습니다.

八

언니여! 나는잇흔날학교로돌아왓습니다. 그러케 그립게 찻든愛人을맛나
스나 도리혀말못할恨을깁히품고도라오게될쌔나의애타는속이엇더하엿사오
리짜 暗黑의未知의나라로미쓰러저가는나의運命을엇지하오리짜? 이것이내一
生에가장닛지못할哀怨일가함니다.

나는그날밤으로 나의放縱한생활을비롯하여암담한과실을하나도숨김업시
고백하는삼십페지의긴글을써서다음날부치고는 눈이쌔지게 회답을긔다렷슴
니다 그러나보름이지나도 아모회답이업습니다.

내가 그글을보내며 생각하기는-그가의외에나를맛나서 잠시동안나의하
는말노서는나의인격을밋지못할지라 그가그러케자긔일생에막중한것을무에
라고 가부엽게허락지못할것은당연한일일것이다 하지마는 나의글을 닑고나
서나의內外生活面에니러난모든波紋을보고는반드시 나의자라난쌔다름을밋브
게녁일것이며응당히나를마즈리라고생각하엿습니다.

그러나 그의게서아모회답이업슬쌔에나는낙심치안을수가업습니다 그러면
그는나의情操를더럽게보아 나를물니치는것이아닐가 그러타고하면나는공연

히　나의추악을알니우고　不幸을사는것이안인가　아니다　만일내가나의과거를
숨기고그의사랑을밧는다하면나의생활은쏘다시거즛이되고마는것이다.
　　그가나를물니친다면무슨情操를문데삼을것은안이다　그는아즉도背約한나
의非行을憎惡하는까닭일것이다
　　나는쏘다시「마즈막울음」이라는글을그의게부첫슴니다　첫번글에회답이
업는그이가이번이라고시원히회답을할것갓지는안엇슴니다　아닐세라　십여일
이지나도록아모회답이업슴니다.
　　나는아모리하여도그의胸曲을알수가업슴니다　그가그러케씆씆내물니치는
까닭이무엇일가　나의人格을아직도밋지못하는세음인가　그러치안으면　그가무
슨생각하는바가잇다하니달니愛人이잇다는말인가　그러치안으면그는一生을
그갓치獨身生活노終身하고말여는가　그러치안어도　그가東京서부터　쏘펜하
웰의厭世論을말하드니세상을悲觀하여　山中處士가되고말여든가　엇더튼그가
절간에隱身을할때에는무슨思想에變動이잇슬것이다.
　　○○○○　내가그럭케朴의게쏘김을당함ㄴ서도구태여실타○○○○○○
울고불고하니　설혹내가朴과사랑을닛는다한들내○○○○○인가　세상의비우
슴을사고부모의근심을니르○○○○○○어둠이이무엇일가豊富한金을버리
고　이朴을짜라가는내가어릭석은년이다나의나르켯다는覺悟에서무슨靈化가
니러날것인가　이것도헛꿈이다幻滅의迷路에서무엇을찻겟다고하는가　거저되
는대로살엇스면　그뿐이안인가　하엿슴니다.
　　언니여　나는이러케도頭尾압시흐터지는생각에朴을못니저함이도리혀어리
석은　꿈갓치도보엿슴니다.
　　그러나　속에서부르는소리를엇지함니까　너는반드시朴을짜라가야만한다
그으게서넘치는쓰거운生命과호흡을가치하여야한다　그러다가는「이것이　무
슨아해들의동구박질이냐」하고물니치든그의억세인태도가　압장을설때에는고
만생각이음츠해지고맘니다.
　　언니여!　내가이러케迷路에서傷魂의悲哀를안고나를타락식히고잇다면　나
는넘어도내自身에대하여無能한것이안인가함니다.
　　언니여!　이러케도가슴을조리고잇는女性이엇지나하나쑌이오리까?

언니여 나는그들에게서슴지안코힘잇게말하옵니다.

「팡과사랑을골고리가지지못하여大衆이부르짓고잇는이째에   모든것에주린너희들(女性)이歡樂境이나憧憬하고울고잇서서는 언제든지男性들의弄絡이나當하고타락하는쏘기는자가되리라아니그보다더세상을더럽히는惡魔가되리라……」고.

언니여! 내가임이歡樂境에서버서나온새몸이된이상에는 엇더한悲痛을늣기던지달게밧으려하옵니다.

언니여! 나를위하여설어하지마시요 내가眞正한人生關門에드러선이상에 차저낸 「나」를더욱 洗鍊하여나가기만하면健全한生이展開될것을깁히밋슴니다. (쑷) 一九二五·五·二五·脫稿

박 종 화

浮世(『朝鮮文壇』, 1925. 10)

浮　世

『朝鮮文壇』, 1925. 10

―（몇달을 두고 간곳을 몰라 걱저안든 나의 벗의
한사람인 도영군에게서 돌연히 이러한 글이왓다）―

ㅂ형 가장 나를 애호하시든 ㅂ형 을마나 나를 무신한놈이라 생각하시엿나잇가 을마나 나의 행방을 렴려하시엿나이가 아지못거니와 날과달로 내주위를 항상 넘려하시든 형으로서 그동안 돌연히 자최를 감춘 나를위하야 적지안은 걱정을 버리시엿슬줄 짐작하나이다.

엇지 쩌날째 형에게 한마듸 가노라 말도안하고 갓스릿가마는 그째의 내 초조한행색과 울분한마음은 한터럭곳만한 여유도 가질수업섯나이다 싸음에 패하야 외로히 쪼겨가는 장수의행색이요 화살에 상한 쭉지를 드리우고 애처럽게 부르지지며 초조해 쩌러지는 새의 모양이엿나이다 쫏기는 장수와 상한 새는 오히려 뒤를생각할 여지를 가지엿거니와 그째 아― 그째 가슴에 가득히 억울하고 원통하고 긔막힌 한을 품은 나는 쫏기는장수와 상한새보다 지남이 잇슬지언정 조금도 덜할것은 업섯슬것이외다 ㅂ형 그러치안사오릿가 형제보다 더두텁다는 교분을 가진 지긔(知己)라 일컷든 그도안져서 내 사랑하는사람을 쌔아섯다는것은 얼마나 전무후무한 긔막힌 일이겟습닛가 사나회 그러코 녀자― 쏘그러하니 사람사는 세상에 엇지 참아 이러한 일이 잇사오릿가.

그째 당시에 내눈에 비취는 모든것은 더럽고추한것뿐이엿스며 악하고 간사한것뿐이엿나이다 왼세상 사람이 나를 져버리는것갓고 삼라만상이 나를 들려내는것가탯나이다 나는 한을을 가르쳐 져주하고 쌍을굴러 허회(歔欷)144)하얏나이다 모든인류의사는 곳을 불질러버리고십헛나이다 모든 녀성을 한칼아래에 유린해버리고십헛나이다.

나는 내가 그곳에 낫고 그곳에서 자라고 그곳에 살든 정든 서울을 뒤로 두고 가지안이하면 안이될 쓰리고 압흔 바침한 쳐지에 쌔젓나이다 꼭 가야만하지 가지안코는 못백일형편이엿나이다 그러나 무슨 덩처잇시 쩌나는길이오닛가 막대기 한아 집산한켜레 이것이 내길동무요 바람부는대로 거름 내키는대로 이것이 나의쏘기여가는 방향이엿나이다.

나는 그째 그째것 형에게 대하야 내가애인을엇케되엿다는 말도 한번해본적이 업섯나이다 첫재로 한가지원인은 형과 나의 방면이 달러서 째째로 만나게될긔회가 전보다 듬은까닭이겟지만은 처녀와가튼 수접은내마음은 감히 나의가만히 질기는 첫사랑을 용감스럽게 형에게 고백할용긔가 업섯다하는편이 더욱적합하다할것이외다 ㅂ형 내일생 길이 변함이업슬줄 아럿든 질거운사랑의쑴은 여지업시 유린되여 버렷쓸째 엇지내가 참아 이사실을 형에게얼골을 들고 마랄수잇섯사오릿가 홀로 억울한 회포를 안고 쓰린눈물을 마시며 추연히 은원이 아울러 만흔 서울을 등지여 스사로145) 내가 내행동을 알수업슬만치 분연히 길을 쩌낫나이다.

ㅂ형 그동안 나의 발은풀가티 동으로 셔으로 쩌도라다닌 락만((洛晩)한 행색이야 엇지 족히써 이루긔록하야 형에게 알릴게잇사오릿가 다만 외롭고 고단한 피곤한 젊은혼이 거러지가치 류리(流離)146)할째에 그림자는 형용을 쏫고 형용은 그림자를 위로하야 형용과 그림자를 애오라지 서로 안고 쓰다듬어 서투른 타양의 산쳔을 오르고 네리며 쮜고 건넛슴을 긔억해두ㅅ셔일뿐외다.

---

144) 한숨지음.
145) 스스로 : ① 저절로, ② 자진하여, ③ 체험으로.
146) 유리하다 : 떠돌다, 떠서 이리저리 움직이다.

내가 서울을 쩌난지 아홉달 내가 지금 이글을 쓰고잇는데는 형이게신 서울서 남으로천여리를 격한완도(莞島)란 조구만섬속에잇는 세상에서 일홈도 모르는 중향암(衆香庵)이란 작으마한 절이외다.

ㅂ형 이소리를 들을째 형은 을마나 의외로 생각하시겟나잇가 그러나 나는 전생에 무슨불씨(佛氏)와인연이잇섯든지 일체중생을 널피 인도한다는 불가의 공덕을힘입엇든지 지금 나는 이곳에서 중도안이요 속한도 안인 말하자면 불목한[147]이와 가튼 생애를하고 그날~을 보내나이다.

나가면 일망무제 가업는 남해바다의 푸른파도가 한을을 연하여 불구비치고 드러오면 두어줄기 나릿한[148] 만수향 연긔에 휩싸인 불년(佛殿)에 풍경소리가 그윽한 가락으로 댕그렁거리나이다 쓴세상의 모든 원한과 근심걱정을 잇고 산골에 흐르는 깨긋한 물을 움켜마시며 내손으로 스사로 동령[149]한 쌀을 밥지어 먹을째 홍진망장[150]에 시비가 어즈러운 탐람(貪婪)[151]의세상을 생각하면 도리혀모든부세(浮世)[152]의 영리를 짖는 정화(淨化)된 도장(道場)의 생애가 얼마나 감사한지 모르겟나이다.

ㅂ형 지금은 가을이외다 내가 지난 겨울 섯달 금음쎄 서울을 등지고 쩌낫스니 그동안 이리 좌리 불리고 돌려도라다이는동안에 겨울이가고 봄이가고 녀름이가고 그리하여 가을이 쏘다시 왓소이다그려.

며칠전만하야도 몰려오는 바다바람은 훈훈한 수긔를먹음은 훗훗한 바람이드니 지금부는바람은 냉냉한 맛이 제법 삶을 오그라지게하는 가을바람이외다 푸르고 놉흔 하눌에 두렷이 소슨가을 달은 한업는 넓은바다에 은은한 빗을 터지어 물빗 한울빗 달빗이 함께 어우러져 다만 우주에 가득히 쳐연(凄然)한 큰빗과찬긔운이 흐를뿐이여이다 바람은 요란하게 나무가지에 울고

---

147) 서로 사이가 좋지 아니하다.
148) 나른하다. 몸이 지쳐서 노곤하고 기운이 없다.
149) 동냥. 수행하는 중이 쌀같은 것을 얻으려고 마을을 돌아다니는 일. 또는 그렇게 얻은 돈이나 먹을 것.
150) 햇빛에 비치어 붉게 된 티끌이 높이 솟아 오름.
151) 재물이나 먹을 것을 탐함.
152) 덧없는 세상.

락엽은 어지러이 짜에 가득하외다 밤이 정이 깁흐나 가을깁흠을 우는 버레
소래 적이 고단한 사람의마음을 움즈기고 법당(法堂)엔 늙은중의부즈런이불
경을 외오는소래 도리혀 한층더 고요한 절간의 한전한밤임을 사람으로하야
금 늣기게하나이다.

　째 가을이라 사람의마음을 공연이 소란케하고 달이 박은지라 부즈럽슨
녯새악이 가슴에 그득히 오락가락하나이다 봄게집 가을산아희라더니 ㅂ형
이것도 쪼한 시절병(時節病)인가하나이다 모든이가 그립소이다그려 모든것
이 그립소이다그려 날과 달도 주측하든 벗이그립고 나를 쪼처낸 서울이그립
고 원수도그립고 나를 배반한 더러운녀자도 어느정도까지는 그립소이다그려.

　ㅂ형 형도 아시는바이어니와 나는 혈혈단신 외로운사람이 안이오닛가
부모도 업고 형뎨도 업는 의지가지가업는 외로운놈이 아니오닛가 그럴사록
이러한째를당하면 나를 사랑하든 모든벗이 그립소이다 나를 인도해주든 벗
의 얼골이 그립소이다그려.

　ㅂ형 세상과 임의 인연을 끈은지 오래인 나연마는 가슴에 뭉켜오르는
한뎅이 회향(懷鄕)[153]의정은 것잡을수업시 내마음을 충동식히여 나로하야금
지금 이글을 쓰게하나이다.

　ㅂ형 내가 이러케 말하기전에 혹 형이 내행색을 근심하시여 내일을 대
강아는친구에게 탐문하여아시엿슬는지도 모르겟소이다만은 나의 억색한[154]
회포는 나로하야금 내가이러케 방탕의길로 오른 전말을 형에게 스사로 알리
지안코는 못견듸겟나이다 뿐만안니라 평소에 평이 나를 사랑하든일을 새악
하드라도 의무적으로라도일거에 무소식으로 그대로 잇슬수는 업나이다.

　ㅂ형 형도 아시다십히 형과 나의 방면이 갈러져 형이 학교에 교편을잡
고잇슬째 나는 청운동아래 붉은기와집 예술구락부에 날마다 출입하다십히
단엿나이다 그째에 이구락부에는 륙칠인의화가가 매일 모히여 미술에대한
연구 토론을교환하고잇는 한편에 동방「東方」이라는 미술잡지를발간하고
잇섯나이다 그째에 이러케 모인 동지가운데 ㅅ이라는 나의 가장존경하고 친

---

153) 고향을 그리워함.
154) 원통하여 가슴이 답답함.

애하는사람이 잇섯나이다 얼골이 배쏫가티 희고 웃쏙한 코마루에 새ㅅ별가튼 눈을 가진 준수한 미남자 ㅅ라하면 형도 아마 짐작이 게실것이외다 그는 우리 그림그리는 사람가운데 가장재조가만을뿐만안이라 그의모든 벗에게대한 의협적행동(?)과인격잇는 처사는 여러사람들로하야금 그를신뢰할만한 사람이라 일컷게하얏나이다 그는 나의선배요 또 친한벗이외다 내가 그를 처음 알기는 내가 중학생쩍 부터이외다 언제한번 형에게이약이 햇는지도 모르겟소이다만은 내가 게동영중학교에 이년급으로잇섯슬째에 ㅅ는 사년급이란최고의 년급에 잇섯나이다 언제인가 학교에서 학예회를 여럿슬째 ㅅ는 그의 그림을 학예회에 출품하얏나이다 그째 ㅅ의그림은 과연중학생의 작품으로는 인정할수업슬만치 훌륭한 그림이엿나이다 교장선생님이하로 왼학교안이 그를항하야 층찬하는소리는 얼마나 나의마음을 충동식혓는지모르겟나이다 그째 나도 그림의대한 취미와 자신이 다소잇섯슴으로 나보다 더나흔 그를 부러워하는마음이 간절하야 항상그를 흠모하얏나이다 이것이 동긔가 되여 나는 그에게 먼저서신으로써 사괴이기를 청하얏나이다 이러케하여 나와 ㅅ 사이의 교분은 굿게매저젓나이다.

　ㅂ형 이것은 벌서 지금으로부터 멀고먼 아홉해 전일이외다 그로부터 나와 ㅅ는 항상가튼 보조로 예술의길을 밟어왓나니 내가 그를 경모하는 그만큼 그는 나를 친동기와가치 대덥하얏섯니아다 이러케하야 세월이 흐르는 동안에 우리는 마츰내 우리의뜻을 이루게되얏섯나니 그것은 다른게안니라 항상 그와 나사이에 만나면 이약이하고 게획하든 예술구락부 조직에 대한일이외다.

　ㅂ형 뜻이 가튼 동지가함께 모여 한가지 가튼긔를 목표삼고 보조를가치하야 나아간다는것은 얼마나 깃거운일이겟나이가.

　이라하야 나는「동방」의 편집주임이되고 모든사람은 동인의자격으로 쓰거운 정성의 모임으로 다각각 자긔의 천직을다하야 일하고 공부하게되엿나이다.

　ㅂ형 이러케 참 마음으로써 힘을 다하야 일하니 일인들 오작 잘되여나 가겟나잇가 엇지 그뿐이올잇가 ㅅ와 나와 모든사람들－사이엔 다만 지극한 우정만이 서로 엉키고 넘치여 잇섯슬뿐이니 엇지 터럭끗만한 다른 틈이 잇

사오릿가 다만 그대로 그대로 우리들의 우정은 영원히 흘너 변함이 업슬줄 알엇나이다 쑴엔들 엇지 우리의 정의가 조곰이나 달음이잇슬것을 마음억엇 사오릿가.

아아 그러나 ㅂ형 지금와서 생각해보면 그것은 벌서 흐트러진 한 녯날 쑴이되고말쓴이외다그려 차지려하나 차질수업고 부르려하나 다시올수업는 가이업는 한 녯날의애처러운 쑴이여이다.

ㅂ형 쓴세상일이라하나 이다지도 허무할수가 잇나이가 은애가 아울러깁흔 동지로서 하로아츰에 불상견155)의 원수가된다는것은 넘우도 기막힌일이 안이고 무엇이겟나잇가 다만 길이 쓴세상의 풍파가 무상한것을 탄식할짜름 이여이다.

ㅂ형 말이 쏘다시 겻가지로 흘너 얼마나 읽기에 실증이 나시나잇가 그 러나 이러케 먼저 자세히 내감정을 베풀어노치안코는 압흐로 이사건의내용 을 고백할수업는까닭이외다.

ㅂ형 우에도 대강 말슴한거가치 ㅅ와 나를 위시하야 모든 동지가 날가 밤으로 예술구락부에서 한일주년동안이나 모혀서 질겁게 일할째 ㅅ와 내 압 해는 한 고읍고 아름다운 녀성이 나타낫나이다 째는바로 그럭게 가을이외다 지금안저서 그녀자를회상해보면 음부요 마녀지마는 그째 당시에 내눈에비 친 그녀자야말로 세상에 그짝을구할수업는 아름다운녀자요 쌔끗하고 귀여 운 보오과가튼사람이얏섯나이다.

일홈은 섥ㅇ이 지금은 이일홈을 생각하기도 실소이다만은 그째 당시에 야말로 얼마 아름다운고 부르기조흔 한들한들하는 메로듸를 가진이름인지 몰랏나이다 그는 신녀자도안이요 규수도안이요 부인도안인사람이외다

ㅂ형 웃지마소서 그는 아름다운노래과 고은얼골로 손을마저 반생을 한 마당쑴가치보내는 기생이외다.

이녀자가 엇지하야 ㅅ와 내압헤 나타낫느냐하면 그것은 다른까닭이아니 라 동인가운데 ㄹ이라는 호탕하고 놀기조아하는 그야말로 풍류남아가한사

---

155) 마음이 맞지 아니하여 서로 만나 보지 아니함.

람잇섯나이다 이것이동긔가 되야 ㄹ의소개로 우리가 두어번 설경을 찻고 그 가 쏘한 자조우리를찻게된것이외다.

ㅂ형 이것은 아죽껏 내머리속에 그인상이 깁고깁게 백혀 용이히 사러지 지안는 긔억의한아외다 설경과나의 사랑의가락이 처음으로깁히 매저젓슬째 일이외다.

하늘은놉고 바람은 맑은 그럭게가을어느밤의 일이외다 나는 늘 평일과 가치 여관에서 저녁을먹은뒤에 옷을 쌔입고 예술구락부로 올라갓나이다 밤 이 그리 깁지는안엇는데 구락부는 다른날보다 픽조용하얏나이다 웬일인가 하고 드러가보니 늘잇든 ㅅ도업슴으로 필경 어데로들 몰려서놀러간것이라 생각하고 방으로드러가 옷을벗고 누어서 가만히 시(詩)를 읇흐고잇섯나이다 이러케 한식경도안이나 이리눕고 저리눕고하야 무료함을 이지려할째에 밧 갓 류리창문이 덜컥하며 사람드러오는 소리가 들렷나이다 나는 ㅅ가 도라오 는게라생각하고 얼는 니러나서 「어데를 갓다오시우」하고 소리를 치며 복도 를향하고 나가려할째에 드러오는 사람은 ㅅ가안이라 귀염성스런 눈추리에 우슴을 담쑥쯰인 설경이엿나이다 나는 별안간 반가움을 못닉이여 「아 설경 이가 윈일요」하고 부르지지안을수업섯나이다 설경은 어엽븐얼골을 잠간 숙 이고 맑은눈을 스르르 굴려 방글방글우스며 「왜 저는 못올덥닛가 ㅅ씨 ㄹ씨 는 다 어듸가섯서요」하고 자태를지어몸을 한번 흔드적어리더이다 그의 입 은 옷으로서 가벼운 향내가 흘러 내코에 맛치고 어엽븐 동작이 내눈에 비칠 째 나는 취한듯 흘린듯 다만 당황할뿐이엿나이다 설경을향하야 「방으로 좀 드러가 안지 어듸들갓스닛가 아마 올테이지」할째에 내목소리는 목쉰듯 탁 하야젓나이다 세상물정에 격란이 적은 나로 사람업는 빈집에 남녀두사람뿐 만이 잇슴이 내집고 어색하얏슴이외다.

방으로 드러가인진 셩결과 나는 잠간동안 먹먹히 안저잇슬뿐이엿나이다 내마음은 공연히 어수선해지고 가슴엔 무슨 묵직한 물건이 늘으는듯한 답답 하고 후즐근한늣김을 갓게하얏나이다.

내 코를 위시하야 애윈몸을 휩싸안는 녀자의훈훈한 향내는 나로하야금 거의 숨이 맥히여 허덕어리게하얏나이다.

ㅂ형 나이 이십이 넘도록 일즉이이성(異性)과 조금도 접촉할 긔회를 갓지 못하든 나로서 돌연히 깁흔밤중 사람업는 내집에 아름다운 이성과 무릅을 연하야 안젓스니 더구나 장안천지에 어엽븐얼골과 묘한재조로 한손구락을 꼽는다는 그로더부터 맥맥히 추파를 서로 보내고잇스니 엇지 내마음이 평명할수가잇사오릿가 일즉이 피검을 못한나는 감히 설경에게 먼저 수작을 부치지못하고 다만속으로 누구나 어서 한아왓스면 하는 생각이 오히려 간절하얏나이다.

「도영선생님 왜 감안이 안저서 무슨 생각을 그리하세요 이약이나 좁하십쇼그려」하고 설경이가 방긋이 우스며 고개를 갸웃등하고 나를 처다볼째 나는 불의에나오는 그의말을 대답할준비를 갓지못하얏나이다 다만 어색하게 「글세 무슨 이약를 할까」라고 겨우대답할쑨이엿나이다.

ㅂ형 엇지 이러한 어색한 대답이 세상에 잇슬수가잇나이가 내가 생각해도 스사로 숙맥가튼대답을 하얏구나하얏나이다 설경은 자긔역시 무류하든지 압헤잇는 담배갑에서 담배를 한개 쓰내여 불을뭇치드니 두어번 연긔를 풀삭풀삭 내보내다가 고 밝안입술에서흰권연을 쌔여 나더러 쌜라고 내주더이다 설경의 입술에 다엇던촉촉한담배끗이 내입술에 물려질째에 처음으로 맛보는 이성사이에 일어나는 자연의쾌감이야 부지럽시 적어 무엇하올잇가 다만 ㅂ형 나는 담배를 내여 설경에게 권하얏슬쑨이요 그가 하드키 그러케 담배를 쌰러 그에게권할줄은 몰랏나이다 설경은 쏘 나를향하야

「선생님 댁이 어듸지요」하고뭇더이다

「나는 집이엄슴니다 권동 ㅁ여관에잇슴니다」 이러케 나는 대답하얏나이다 설경은 내말을의외로 알엇던지

「그러면 부모는 어데게서오」라고 뭇더이다.

「나는 부모도 업고 형뎨도 업는 사람이라우」 하얏나이다 설경은 쏘 무슨 소리를 무르랴다가 멈칫멈칫하고 내얼골만 유심이 바라보더이다 설경은 한참 말이 업다가 벽에부튼 풍경화와 초상화들을 치어다보며 「저것은 누가 그렷서요 ㅅ씨 ㄹ씨가 그렷서요 선생님이 그린것은 엇던것이야요」하고 뭇기에 나는 바른대로 이러서서 누구 누구가 그린것을 자세히 일러주엇나이다

설경은 감탄한다는태도로 한참 이나 두루두루 그림을 처다보드니 돌연이 내 팔에가 매달리니 타는듯한 정열이 가득한눈으로 내얼골을 드려다 보면서

「선생님 내얼골 한아 그려 주세요 네 쪽 한아 그려주세요 네」 자태를 지여 마치 어리광하듯 내몸에 기대느듯 쓰러지는듯하게 매달렷나이다

ㅂ형 아-이째 내가슴에 일어나는 폭풍우가튼 흔들림을 엇더한 무슨 위대한 힘으로 능히막을수잇사오릿가 압과 뒤를 어느겨를에 분간하고 헤아릴 틈이잇사오릿가 다만 두눈에 번개ㅅ불갓튼 불빗이 번쩍할째에 왼몸에 근육(筋肉)이 불근소스며 굿센힘이 억세게 설경의 몸을 휩싸안을째 그더운 입술은 씨은거리는 숨을 쏌으며 설경의 부드러운입술에 다엇나이다.

그가 몸을 째치랴 헐덕어리며 숨찬소리로

「그림이나 그려주세요」 할째 나는 비로소 그를 안엇던 팔을 네리고 목쉰소리로

「암쏙 그려주지」하고 중얼거렷나이다.

설경과 나의 상긔된 눈과 얼골 이것은 엇더한 명화가라도 능히 그릴수업슬것이외다 그것은 다만 남성미와 녀성미의 최고뎜이 발현된 찰라외다 누가 능히 이것을 예술로써 표현할수잇사오릿가.

나는 니러나 대문박그로 나거서 감과 배를 사가지고 들어와 설경과 서로 쩌플을 벼겨먹으면서 초상화 그릴 날자를 약조하고 이약이할째 ㅅ와 ㄹ과 쏘다른벗이 도라왓나이다 모든 사람은 설경을 중심으로하고 밤이 이슥도록 재미잇게이약이하다가 헤젓나이다.

ㅂ형 이날밤에 니러난 나의 거의그적뎍 행동은 내가 나를의심할만치 나도 몰을일이외다 그러케 수줍고 그러케 순실하든 나로서 설경을 포옹한 대담한행동은 사실 내자신의힘으로는 능히 그러케할수업섯나이다 나는 새삼스럽게 충동의힘을 놀라지안을수업섯나이다 나의 약한마음 파겁못한 수단으로 비록 처녀가 안이고 기생이라하나 그러한행동을 주저업시한것은 거듭 말하거니와 쑷박게얼이외다.

ㅂ형 이것이 이일의 발단이 되야 사랑이라는 야릇한 형상업는 줄이 내 한몸을 세로가로 억매여 얼거노코 쏘다시 이몸을 천길이나되는 절망에 구렁

에 던저버릴걸 엇지 알엇사오릿가.

ㅂ형 나는 그러케 설경과 그날밤에 만나본뒤에 과연 그를 상사하는 사랑의정을 금할수업섯나이다 과연 녯사람의 말을 비러하는말이아니라 자나깨나 내눈에 나타나는건 설경의 아름다운자태엿나이다 그 너무도검어 푸른빗이 나는 풍륜한 머리며 머리와눈섭사이에 알마진 간격을 가진이마라든지 열번본아도 흠업는코와 살짝우슬째 드러나는 배치가 정제한니라든지 정이 만을듯하며 쌀쌀한듯한 맑은두눈 소담한두흰볼이 과연 얼마나 나를 뇌살(惱殺)156)하얏는지 몰를것이외다 통트러말하면 그는 구란형(鳩卵形)의 미인이외다 지금와 가만이 그의얼골의 인상을 썰어157) 생각해보면 그는 확실이그의몸짓과 태도가 요부형의 미인이엿나이다.

나는 이러케하야 그가 쏘다시 오기를 기다리며 더욱더 밤과 낫으로 예술구락부로 올러가 놀앗섯나이다.

-(未完)-

---

156) 뇌쇄. 몹시 애타고 괴롭게 하다.
157) 꺼리다, 마음에 걸리다, 피하거나 싫어하다.

최 승 일

鳳嬉(『開闢』, 1926. 4)

콩나물 죽과 소설(『別乾坤』, 1927. 1)

鳳　　嬉

『開闢』, 1926. 4

　　올해는 봄도일느기도하다 재작년에 내가 서대문감옥-압쓸에서 그를맛나
든째와 작년이맘째 내가 용정(龍井)에를갓다가 그를맛나든째에는아즉은 먼
산에남은눈 그저남어잇섯고 바람은 몹시치웟는데 올해에는 웬일인지 발서
이다지도 날이짜듯하다. 날은짜듯하여 마음한모퉁이를 쎈티멘탈하게 맨들것
마는 쏘이게 웬일이냐 그의마음은써늘하다. 그째나 이째나 세상은 아모변함
이업시 나의피를쌉아가는듯이 나의몸은 파리하여젓고 나의마음은찌드러젓
다. 재작년이 작년과갓고 올해가 작년과가티 죽음이라도 우리가 다리를쎠들
만썸딩은 우리로부터 멀어진지 이미오래이다.

　　나는 다시금 이해가오자 이봄이오자 나를읍바읍바하고 짜르는-나더러
선생님선생님하고 짜르든 무슨일이던지 나에게뭇고 무슨일이던지 내가하라
는대로 하고자하고 생각하든-내가 「이만하면 조선에도 한개의완전한녀성이
잇게되엇단ㄴ 것을 나는깃버한다」-동지(同志)다 동지! 오늘날의조선을 움지
길만한-이 캄캄한쌍덩어리를 해ㅅ빗보이는데로 쓰러가고자하는 그러한길로
거러가는 만흔동지가운데 한개의녀성이 거러간다. 그는 내가 사랑하고 내가
돌보아주든봉희(鳳姬)란이름이다.

　　김봉희-이게그녀자의이름이다. 나는 봄이오자 다시금 봉희의일을 도리
켜 생각한다. 봉희는 지금 청국의남방소주(蘇州)라는데가잇다. 그러나 나는

다만 그것만알짜름이다. 지금 그녀자는 무엇을하며 지금의그녀자는 엇더한 길을 밟고잇느냐는것은 생각할수가업다. 생각지도안는다. 그러나 긔억이란 무서운것이다. 「과거를잇고살자. 웨? 과거를생각하면 우리는 과거를생각하는그만큼 미래를향하야 나가는데대해서 어느경우에는 큰장해가잇기째문이다」 그러나 엇지할수업다. 니러나는기억 마음에 거울과가티 빗치이는과거 이것을 나는이즐수가업다. 그리하야 봄이 소군소군하면서 차자드는-다-허리쌔진들창이나마 그들창밋 컴컴한구석밋해안저서 다시금 그녀자를위하야 짜라서 려명(黎明)을 바라보면서 아모조록 진실하게 나가기를 바라는마음- 동지들에게 대하야-. 이러한생각으로 나는 이붓을잡앗다.

나는 봉희를생각한다. 과거의 반역자(叛逆者)봉희를생각한다.

○

삼년전봄이엇다.

나는그째 나의고향인S군으로부터 일부러 서울을올나온적이잇엇다. 그것은다름아니라. 나의동지 K군이 서대문감옥에 립감한일이 잇서서나는그를 면회하고 쏘는 그의뒤ㅅ배를보아주랴고 올나왓섯다.(그의사건에대해서는 이 지금쓰는이약이와는 관계가 업는일이기째문에 여기엔약한다.)

그래서 어느쌋듯한봄날 나는처음으로K군을 면회하려고 재판소에가서 예심판사(豫審判事)의허가를맛하가지고 서대문감옥을 차자나아갓다. 두길이나 넘는붉은벽돌담이 악박골뒤ㅅ산모퉁이켯헤서 세상을쩌난듯한 쓸쓸하고도 정적한맛이 쩌도는감옥에 문압을당도하자 정문엽댕이로 조고마한 그문을 두달기니까 그엽헤잇는창살이 달린유리창으로부터 간수의어골이 내여밀더니 문을열어준다. 내가드러서자 그문은도로닷처진다. 웬일인지 좀 마음이 불쾌하엿다. 그리하여 면회하러왓다는말을하고서 그서면을내여주니까 간수는 저리로가서 기대리라고한다. 그말을드른나는 웬일인지 묵직하여진다리를 쓸고서 저편을 향하야 거러갓섯다. 내가 감옥의경험이라고는 S군에서 C항으로넘어가서 C항감옥에 드러가본적이잇고는 이서대문감옥은 처음이기째문에

우선 외관이나마 대충 들어보앗다든지한점업는 감옥의마당 - 불빛이 재글재
글글는모양이란 일종의 이상한아라다움을 늣기게된다 뒤ㅅ산이맑고 압히
탁틔이고 사방에 청결한기운이 돌기째문에 비록 감옥이라고하지마는 별로
히 음불(陰鬱)한(그안의제도 그안의살림은 모르지마는)맛을 차자볼수가업섯
다. 다만 어듸던지 붉은벽돌에다가 쇠살창이 달리여잇는것만을 바로보게될
째 눈쌀이 찌쯔려지면서 사람이사는곳에 반드시이런곳이 잇서야만하는냐는
의문보다도 일종의분노(憤怒)를 참지못할만한 흥부된감정을 가지고서 어느
편인지 벽돌담밋헤 나무결상이 노혀잇기째문에 그곳에가한참이나 걸터안저
잇섯다. 벽돌담에다잔등이를대고서, 머리를숙이고 나는다만 동지의면영(面
影)만생각하고서 맛나면 반가울마음 쑛한 울분한마음이 쩌오르리라는생각을
하면서 감옥의뜰안 모래의바닥을 정신업시 바라보고안저잇섯다. 그러나 엽
헤서 사람들의직거리는소리가나기에 자연히 아모의지식이업시 다만 본능적
으로 고개 들을째름이엿다. 아닌게아니라. 내가 오기전부터 잇든사람이엿는
지 온후에 온사람이엿는지는 모르지마는 한오륙인이나 나의주위로 혹은거
닐면서 혹은안저서 대개 면회의방법 감옥의규칙 이외에 엇지해서 누가엇더
케되여서 드러왓다는것을 이약이하고잇다. 그러나 다시금 새삼스럽게 내눈
에 씌운것은 저편모래쌍우에가 거저 털석주저안저서는 모래를가지고 작란
하면서 그엽헤 감안히 안젓는녀자(그의동무인듯한)를 엽흐로흘깃흘깃보면서
무슨말인지 잘 들리지도아니하나마 하여간 그도 어느재감(在監)한사람을 면
회하려온것은 분명한일이엿다.

　　모래우에 털석 주저안즌 그-그는 검은나단초마에다가 검정나단저고리를
입고 잇젓는데 그가 고개를들째 우연히 건너다보니까 그는얼골빛이 좀 검은
듯하고 윤곽이크고 비록안젓는키나마 쐐큰키를가즌녀자이엿다. 그러고 그의
머리털은 검다는것보다도 오히려 족음누른편이엿다.
　　어느겨를엔지
　　「우리아바지도 나오섯겟다 애 우리아바지도 나오섯겟다.」
　　하는 그의말이 나의귀에 전해오는것이잇섯다.
　　「아바지가 드러와잇는게로군.」

이러케 나는 직각적(直覺的)으로 깨달을뿐이고 그다음은 다시금 심상하엿다.

마조처다보이는 인왕산의곡성(曲城)에 흰두루맥이자락이 펄펄날리인다 파란한울빗-바로그아래인듯한 놉흔넷 성지(城趾)우에서 날리인다 어듸선지 호들기부는소리 그윽히 감옥의벽돌담을 넘어드러온다 나는 꼼작도아니하고 다만악싸그대로안즌채 눈을감고 이안에 드러잇는친구와 저산쏙맥이에서 웃자락을날리이고 거니는사람을 혼자 속으로비교해보면서 엇지나 속이답답하엿는지몰낫섯다. 내가남보다 비교적 리지(理智)의움지김이만코 태도의기분이 적기째문에 다만이러하엿는지 만일 한개의태도이엿드면 쏘엇더하엿슬는지 나는여기서 그말은그만둔다.

저편벽돌집모통이로 삼태기와괭이를든죄수(罪囚)들이 쇠사실과 쇠사실 싸이에 얼거매이여 한사람의간수의뒤를싸라서 지나간다 혹 그들중에 어느사람은 고개를도리키여 이편을바라보면서 무엇이부러운듯이 흘씻흘씻바라보며 지나간다 붉은옷-쌍의흙빗이나 그들의옷빗이나 그들의얼골빗이나분간할수가 업슬만치 빗과빗이 조화가된다「도야지다 도야지다 이게 사람이냐 도야지다 도야지!」잇대여 속으로부르짓기를「나는 저들보다 좀 나을싸 맛찬가지다 나도나에게서 생명을차자내일수가업다.」이러케 쩌오른감정의 선언(宣言)! 순간과순간을통하야 나아가는-죄수의차고다니는 쇠사실에서 절늠절늠나는덜그럭하는소리와갓흔 그그러한토막토막의감정이 이어간다 눈압헤보이는것이감옥의쓸안인지 허허벌판인지도 분간할수업슬만큼 나의마음이 어즈러윗든것이 분명하엿다.

「리적(李赤)씨가 누구요?」

하는듯이 어렴풋이 들리는듯하더니만 바로갓가히 내기에가 칼자루의덜그럭하는소리가 들리인다.

「네 나요.」

소스라처 잠을깨이듯이 고개를드럿다 나의몸압헤는 면도를한수염이 씨ㄱ검엇케 자란턱주가리를 들먹들먹하면서

「웨 여러번불러도 대답이업소?」

「에 듯지를못하엿소이다.」

하고 나느벌덕니러낫다 그조선사람인듯한 간수는 저욱이 심사가 나는모양이다.

「면회요.」

그래도 자기의책임은 다―한다는듯이 좀 목소리가 나저진다 그리고 압서서 거러간다 나는뒤를짜라갓다. 아모말업시.

내가 면회를맛추고 나오자니까 악까내가드러가는째 잇든사람들은 한아도 빠지지지아니하고 그저들서서잇다 그리고 언제알엇든지 퍽 반가운표정이라고할가 잘되여서 고맙다는표정이라고할까 엇쌔든 평상시에 가지는얼골의 표정과는 좀다른표정을 가지면서 나를마저준다 나도빙그레우섯다. 그리고 압흐로거러나왓다. 면회의립회하엿든간수는 흘씻흘씻뒤를 도라다보면서 저편중앙사무실이 잇는쪽으로 사라져바린다 그러나 여기서 한가지 이상한일이 생기게되엿다.

「아이 저선생님성함이 누시라고 하셧드라」

하는소리가 나의귀에들리인다. 그는고개를 모로도리켯다 그는확실히 그 녀자이엿다. 악까우리아바지도 인제쯤은 면회하러나오는곳으로나와 기대리시겟다하는 그녀자의목소리가 분명하엿다. 그래서 나는웃쑥서서잇게되엿다 바로그의엽해가서 모로서게되엿다.

「네 나는리적이라는사람이올시다 누구심니까?」하고 분명히물엇다.

그대로갈것이겟지마는 악까 내가 면회하러간수를 짜라드러가든째에는 거지반 나를반가운낫으로 보내여주엇스며 쪼한이번엔 일부러 나의이름을 빗대여뭇고 뭇는데야 심상치안은일이라는것을 나는알게되엿든것이엿다. (나는 여기서 한마듸붓처서 명언(明言)을 한다마는 그째 나의감정은 그엇더한 이성을 접해보지못하든남자가 녀자의그러한 의심스러운태도로인하야 아조 곤혼(困惑)한 태도라 쪼한 그무슨아지못하는 가슴의비밀이 움지기는듯한 그러한감정에 지배된것은 아니엿다.) 그리하야 그가그전부터 나를알든일이 잇섯든지 그럿치안으면 그당장에 나에게 무슨물어볼말이잇섯던지 하기째문에

그리는것은 분명한 일쑨만이아니라 짜라서 그의태도는 어데까지던지 활발하고 적라라(赤裸裸)하다는것은 나는두번도 말아니한다.

「네 저는 김봉희애요. S군에게시지요.」

자-발서 나의고향까지도안다.

「네 그러숨니다 엇지아심니까」

나는 다시금 그에게물엿다.

「네 알아요 저는선생님을 잘알아요.」

「네 그럿습니까?」

하면서 나는 빙그레우섯다. 이미. 아는일이라

「아버지쎄서 드러와게심니까?」

하고서 의례히 그러한곳에서는 서로를 물어보는어투로 물어보앗다.

「네 그래요.」

「무슨일로요.」

「이약이가 길담니다.」

「네-.」

하고 나는길게 그대로 머뭇머뭇할수밧게업섯다.

「고향이 어대심니까?」

「S군이애요.」

「네 그러시든가요.」

이제 나의여태것 의혹해서 웬영문인지를 모르든마음은 저윽이 풀리여젓다.

「동향이구먼뇨. S군어듸십니까?」

「C면이애요.」

「네 그러면 나잇는데서 불과한삼십리되는구먼뇨.」

「네 그럿습니다 선생님의성화는 익히 그전부터 집에서부터 드럿섯습니다 저도언제나할것업시 읍(邑)애를 지나갈것갓흐면 한번 차자뵈옵겟다는것이 늘 그러케되엿습니다 얼마나 만히 싸우신다는 말슴은 듯고서도 여태것 한번 맛나뵈옵지도 못한것이 오히려 죄송합니다.」

이러케 그는 유창하게 말을하고는 쾌활하게웃는다.

「원 천만의ㅅ 말슴이올시다.」

나도 오래간만에 피동(被動)이엿는지는 모르되 한바탕유쾌하게우섯다.

「드러와게신이는 누구심니까?」

「K××이올시다.」

「네 K씨 그 S군 ××사건에 드러가신이요.」

「네 그럿슴니다.」

「그러면 불복을하고 공소「控訴」를하섯든가요.」

「네 그러케 되엿슴니다.」

이째 「김봉희씨김봉희씨」하고 간수의부르는 소리가난다 그는달리여가면서

「잠간만기대리서요 단오분밧게 더-됨니까 가티가세요.」

하고 말을던저노코는 고만 간수를짜라드러가바린다.

사정이 이쯤되매 그대로 가는수도업는일이라 나는여러가지생각을하면서 뜰안을왓다갓다하엿다.

○

「그래서요.」

「그래서 국경수비대와는 만일 ××를할것갓흐면 아니잡어갓다는 단단한 서로약조가잇서서 드러오신것인데 공연이 짠곳의밀정(密偵)의보고로인해서 잡히서서 지금 저리케 고생을하고게시담니다」

송월동(松月洞)구석 어느막바지초가집아래ㅅ 방에서 나와그와는 마조안저 이러한과거의이약이를 듯고안저잇게되엿다 짯듯한볏이 창문으로 차츰차즘기여오름애 우리두사라은 마조안저 이격정저격정으로 멧시간인지 보내이게되엿다.

그이약이를 대화체(對話體)로 할것갓흐만 너무도 길것이니까 대개 드른대로 개요「槪要」만을여기다 적는다면 아래와갓다.

그의아바지는 원래 만주××현에 근거를둔××단의단장(團長)이엿섯다. 그리하야 ××운동이 니러나게되자 그는 이곳저곳으로 활략을하기 시작하엿다 그리하야 그곳의주민들은 경모(敬慕)하는마음과 쏘한공포하는마음으로써 그를맛고보내이기로하고 그곳의수비대는 늘 그의뒤를쏘차다니엿섯다. 그러나 원악 그고세 익달하고 활략이 교묘한그는 오늘은여기 래이은저기 이러케 이래 사오년동안을 지내이엿다. 그러나 그는 멧해를지내인 작년 재작년에이르러서 불가부득이 S군으로 잠간 단녀가지아니하면 아니되는사건이 생기여서 일부러-나종일은 엇지되엿든지-국경에잇는 경찰과는 그러한타협을 하여가지고 드러오랴는판에 그는 돌연히 만주××현에서 붓잡히게되엿다.

그래서 평양지청에서 사형(死刑)을밧고 서울로 공소를하여온것이엿다. 그러나 그것은대개이마큼이약이하기로하고 그-봉희의이약이를하는것이 본뜻이기로 이에 나는 봉희의이약이를 하겠다. 봉희는 그의아바지가 그러케 되엿다는말을듯자 곳 그는 분노를참지못하엿다. 그리하야 다니든학교도집어치우고 그는 곳N군의군사령부(軍司令部)를 단신으로차자갓다. 차자가서 군사령관에게 면회를 청하엿스나 거절을당하엿다. 그러나 그는 파수병정의총끗헤다 가슴을대이고 발악을한결과 겨우사령관은 드러오라느날을하엿다. 면회를하게되자 그는 곳 그에게 배신(背信)한행위를 매도하엿다. 그러나 그것은 그곳의책임이아니고 짠데서 당한일이니까 엇수업는설명을하엿다. 그러나 비록 사실은그러하드라도 도저히 그는 그말을밋지안코 다만우리아버지를 살려달나는말만 하면서 그는 사령관의소매를붓들고 야단을첫다. 마치 녯날 소설에서 보는듯한늣김이업지아니하나 이봉희에게대해서는 참말사실이엿스니까 독자는 그쯤알아두기를바란다.

그래서 사령관도 무슨마음이잇섯든지. 그러치안므녀 그무슨얄팍한책임을 가젓섯던지 봉희와함께 서울로올나와서 재판소를출립한일도 한두번잇섯다고한다.

「아마 덕택으로 사형은면하게되것지요.」

내가 쓴것은짜르나 이긴이약이를 해가다지도록하고잇섯다. 그러하야 그는 지금 아버지의판결을 보기위하야 쏘는 모든차입의절차를 자긔가하기위하야 올나와서 일부러 감옥의갓가운이곳에주인을정하고잇서가면서 날마다 날마다 그는 그의아버지를 한번식 아니보고는 못견된다고한다.

「올바가 아니게시든가요.」

「잇섯세요. 그러나 죽엇세요.」

「엇재서요. 언제 어듸서?」

「만주에서.」

이외에는 더-뭇지도아니하고 다만 나의가슴은 답답하고 싸라서 이마쌀은 찌쯔려지면서 그무슨납덩어리로 나의머리을 탁싸리는듯이 무겁게 눌리이면서 몸을 경련적(痙攣的)으로 부르르쩔리엿다. 그러나 그순간을지난 나는 어느순교자(殉敎者)의 만영이 나타난다. 나는다시금 자긔들이저바리고 황홀한빗을보앗다.

「지금 어듸게서요.」

「잠시 k동에잇슴니다. ××번지에요.」

「가두 괜찬슴니까.」

「네 놀너오십시요.」

「모든것을 선생님이 지도하여주세요. 저는아즉모든것에 천박하여요 만히 좀 알이켜주세요 여긔도 놀너와주세요.」

「낸들 별로아는것이잇슴니까.」

하고 나는 의례건으로 대답하엿다. 그러나 그는 나의ㅏ 든말을 한마듸도 허술이 듯는모양이 안이엿다. 그-기름하고 검으스럼한두손을 한데다싹자씨이고 덕 벗틔고안젓는것이어타던지 그-너실너실한눈이 각금 미소 쏘는 엇던째 저주 복잡하게도 그의성격을 나타내이는동시에 어듸인지 모르게 자긔가 사람이던 사물이던 한번 신뇌(信賴)만한다면 여간 그의지가 변동이업슬만한 그리한-녀자로써는 오히려 어느강렬한남자의성격보다도 더-끈기잇는것을 차저볼수가잇섯다.

「선생님 저는 서울에잇서보고십흔데요 웬일인지시골에잇스니짜 시대에 뒤진것과갓기도하고 쏘한 아버지는 생명이 오늘래일 하시고 게신데 싸라서 저의집이라고는 어머님한분만이게시고 생활이란 터거리가업슬쑨아니라 쏘

한 저의사정도 절정에달한이쌔에 공부하고-시골××학원고등과라고 단닌다
면 무엇을함니까 차라리 서울어느공장에라도 드러가잇는것이 퍽 마음에도
좃겟서요.」

엇더한동기(動機)로인하여서 나라는사람을 신뇌하게되엿는지모르나 아
조 탁 가슴을제처여노코모든자긔의환경의변동싸지도 의론을스스로가지고오
는것을볼쌔 나는여태것 이러한경험을 지내인이도업고 하기는하나 자긔가
자긔의과거를 이약이하고 쏘한 자긔가 미래에잇서서 엇지엇지하면 좃켓다
는의론을 가지고잇는것을 보더라도 나도그러케 무책임하게 지나가는말로
대답할수업다는것을 새삼스럽게 깨닷게되엿다.

「생활은 엇지하시람니까 물론 그만큼 생각이드는것이 당연한일이라고
생각함니다, 오늘날 이러한 현실에서 소위 학교공부를한대야 무엇이 별로신
통한일이잇겟슴니까. 오늘의조선의문화(文化)라는것은 남에게눌린우리들의
피의긔독이올시다 결국 엇더한사람에게 노예(奴隸)노릇을 예비한다는 한전
제(前提)밧게는 아니되니까요.」

「그래요 저도 비록 미거한생각에나마 그러한생각을 만히늣겻세요. 생활
이요 생활은 악싸말슴한 결과가티 공장(工場)에로갈터이여요.」

「네 물론 리상은훌륭함니다. 그러나 우리의생각하는사회와는 이현실이
정반대(正反對)의 위치에서 서잇슴니다. 당신이 공장에를가신다하십시요 당
신이 물론실지를밟는다거나 가두(街頭)민중속으로드러간다는것은 퍽 조흔일
이겟지요. 그러나 당신은 결국 거긔가선 노예노릇하는것밧게는 업슴니다.
쏘한 그곳에잇는 당신과가튼녀자들이 당신이 누구이며-그러고 당신이 무슨
말을하면 그것이 진리(眞理)인것이나마 알줄암니까 그러나 이것은 물론 어
느시긔(時期)에 국한(局限)된것이겟지만은-그럼으로 나는이러한의미에잇서
서 전자(前者)의현실의교육을 밧지안는다는것을동감하는동시에 쏘한 공장으
로간다는것도 좀더-생각할일이라고 생각함니다. 우리가 그런곳으로가는데
는 좀더단련과교양(敎養)이 필요하겟슴니다 그리하야 우리는그들을교화할만
한그엇더한온전한생각을 붓잡아야되겟슴니다. 여긔서 당신은 내말을쏙쏙이
알아드르서야함니다. 당신이 공장으로간다는것을 부정(否定)하는것이 아니

올시다. 멧만년이라도력사를질머지고 잇는이현실에 만일 그엇더한새로운것이 발견될때까지는 우리가 얼마만한힘이 필요하겟다는것을 우리는 생각해 보아야하겟슴니다. 물론지금 이자리에서 말하는나부터도결코 감정으로던지 긔분만은 그러치안슴니다.」

이말엔 봉희는 아모대답이업섯다. 잠시동안 침묵하엿다. 그러나 그는별안간 발작적으로

「아이그 아버지가 도라가시면 엇덕해요. 아버지가도라가시면 아니되겟는데.」

그는일부러 화제를돌리랴는듯이-그러나 그의영롱한눈은 으슴프레하게 물에잠권구슬과가티 눈물이 핑돌면서 그의얼골에 나타나는표정은 한업는자극(刺戟)을바든듯이 이자극은 나의말함에대해서 엇더한늣김을바든것을 일부러 자긔아버지생각에게로 돌리여가지고 그럼인지는 알수가업스나 하여간 그는말할수업는 그엇더한감격에 흐르는것과가탯다.

「물론 아버지생각도 그러하시겟지요 그러나 그는발서 한개의무능(無能)한 사람이되엿슬짜름입니다 다만그에게 남은것이잇다면 과거의그것이겟지요 그럿슴니다. 당신의아버니는 발서과거의사람이되고만것입니다. 그러한당신아버지의과거의긔억만을당신은붓잡고잇스면 무엇을하겟슴니까 물론 나는 확실히 당신이 그것만을 붓잡고잇다는것이아니올시다 다만 이후에도 그러케 하지는아니하는것이 좃타는생각이올시다. 당신아버지의 다음으론 오직당신이잇지안슴니까.」

쏘한 아모말이업다. 다만 그는오즉 감격에만 흐르러잇는것이 완연하다 나의눈에 보일짜름이엿다-쏘다시 침묵.

「그러면 서울서 엇지잇을까요.」

나는감안히 생각하여보앗다. 그로하여곰 그엇더한몽환덕(夢幻的)-긔분만이 넘치는생각을 바리고 좀더-리지에 충실하도록하라는권고를하여노앗는지라. 나는나의머리속에다 이것저것 함께더부어가지고 생각하엿다. 그러다가 나는번개와가티 녀자××회를생각하엿다.

「이랫스면 조홀것삿슴니다. 녀자××회에가 드시지요. 그러면 다소간 편

의도어들수가잇겟고 따라서 자긔가 활동만하면 「팡」 문제도 그리군색하지
는 아니할것이올시다.」

그는대단히 반가운모양이엿다.

「참이젓세요. 녀자××회는 시골서도 소문을드럿는데요. 그러면 거긔를
아모나 립회할수가 잇스니까요.」

「단단한소개만 잇슬것가들면 관개가업겟지요. 만일 드러가시다면 내가
소개해드리지요. 그회장으로말하면 나뿐아니라. 우리S군의청년회와도 인연
이집흐니까요.」

「그럼 그러케 하여주세요.」

「그럭하십시오.」

○

신뢰하는선생님.

선생님과 정거장에 작별한지도 이미 한달이넘엇고 짜라서 그뒤에 편지
한장도 쏙쏙히 못뵈내엿습니다. 모든것을 널리용서하여주시기를바람니다.
비록그러하나 신생님의안부나 혹은 선생님의싸우시는―그소식은 각금 신문
지상으로 배견함니다. 쏘한 고향인S군의움지김이 얼마만큼이나 벌어진다는
것을 저는 쏙바로 바라다볼째 얼마나 깃븐지 알수업슴니다.

선생님!

저는이전엔 다만 아버지와가튼이를 찬미하엿서요 쏘한그것이 우리의맛
당히 취할길이라고 생각하엿세요. 그러나 아버지는 다만 우리민족만을생각
할짜름이엿슴니다. 물론 그것도 오늘날 우리의처지로 맛당히 취할길의한길
이겟지요. 그러나 서울게실째 선생님의 권고와선생님의가르치심을 힘닙어
책도읽고 실디로 제가 당해보기도하고 지내보기도한결과 오늘날 세계는 두
계급(階級)으로 난호여잇다는것을 아는동시에 쏘한 오늘날의조선은 그우에
더―남과도 유달리달는처디에 잇는것을 발견하엿슴니다. 그래서 아마 도회세
계적이다하나보아요. 저는그동안 ××회O형님의힘도 만히입엇사오며 짜라

서 배운것도만히잇섯습니다. 쏘한 그쑌아니라 과도긔(過渡期)에잇는 절정(絶頂)에 달한-우리의처지를 쎄에사모치게 생각할째 나는 나의 소양 나의전후 도불게하고 동으로쒸기도하고 서으로날느기도하엿섯습니다. 그러나 현실은 우리의생각하는것과가티그러케 소홀이볼것이아니여요. 얼마나 무서웁고 굿고도 더럽운것인지 모르겟세요. 째로도환멸(幻滅)을늣기기도하고 쏘한째로는그반동의힘으로 보다더-한굿세인힘이 용소슴하기도하더이다.

아아그러나 선생님.

녀자의힘이란 웨이리도약함니까? 나는녀자된것을 한함니다. 조선의녀자는 다-저와가틀까요. 「이것은 제가싼말을하엿습니다. 물론 다-저와가틀것임니다.」 네리눌리는우의세력으로인하여 움지기여지는남자의환경에 거긔종속이되여서 허덕거리는 우리녀자의환경! 참으로 애닯습니다. 그쑌임니까 물론 남자본위의이현실이니까. 그러키도하겟지마는 남자라는한자본가(資本家)를 의지하지안으면 우리의생활은 제로임니다그려. 그러나 그역우리의생활이란 엇더함니까. 사회적으로 「엇지되엇든」 소위 활동과지반을 가젓든지-남자들도 생활이업는데 더구나 우리녀자야 말할것이 무엇이겟슴니까? ××회에잇는녀자동지제군도말이못됨니다. 재봉틀두채. 잡지몇권. 이것이 그안에 잇는 이십명의생명을유지시키는 유일의생산긔관이올시다.

리선생님! 리선생님!

어느날 나는잡지를팔나도라다니다가 고만설움에복바쳐서 회관으로도라와가지고 밤새도록늣기여운적이잇습니다. 이것이 한두번이 아니엿습니다. 그러나 뒤에선 생활이란무서운채ㅅ 죽은나의등덜미를 여지업시 싸리임니다. 마치 농주(農主)가 농노(農奴)의 붉은잔등이를 가죽채ㅅ 죽으로싸리듯이 여지업시 싸리임니다. 그러나 목숨이부튼이상에야엇지할수잇슴니까. 쏘 나아가지요. 이러한 기인잔설은 고마두겟습니다 마는 나는 아모조록 진실하게 나아가고자 노력하엿습니다. 사람다웁게 사라가랴고하엿습니다. 쏘한 목숨은 두가지해방(解放)-현시의경제조직에다 쏘한남자의 권력권내(權力圈內)에다 바치고서 쎄가부서지도록 싸우려하엿습니다 무론 남자의권력이라는것도 그들이경제긔관을 가지고잇기째문임니다마는-지금도오히려 싸우고잇는줄이올시다. 그러나 요즈음와서 나에게 한큰변동이 생기엿습니다. 그것은 아마 타협이겟지요? 나느어느쑤르조아집가정교사로 가게된것이올시다. 어느친구의소개로 전에맛보지못하든 훌륭한생활은 하고잇습니다. 나의잇는집은 고대황실이올시다. 부귀영화를 나혼자누릴것갓습니다 한번우슬까요.

그러나 마음은한업시 괴롭습니다. 나자신을허위의풍댕이로 보는동시에 오히려 그전보다는 생활이조와젓습니다마는 용긔는침체되는듯하고 짜라서 죽엄을늘생각하게됩니다. 이게못쓸생각이겟지요. 이기겟습니다. 설마ー이기겟습니다.

참 S군에슨 녀자청년회가 새로생기게되엿다지요. 남보다압서서 한참호(塹壕)를파는것이 나에게는 얼마나 감격한소문을주는지 알수업습니다. 그것도 다ー선생님이 그곳에 자리를잡고 게시기째문인줄로암니다. 쏘는처음에 그소리를드를째 곳 쒸여나려가 가티 싸우랴고하엿습니다마는첫재지금 노비도업는형편이고 쏘한 되나안되나지금은 남에게 매인몸이되어엿으니까 엇지함니까 다만화가나고 답답할짜름이올시다.

나의발달한상명 허위에 얼거매이여잇습니다. 생활에쏘기여서. 생활이란 그놈이 웨우리에게는업슬까요. 이것도사람임니까?

얼마아니잇스면 올나오신다는소문도드럿습니다. 올너오시거던 꼭 한번 차자와주서요. 물론와주시겟지요. 저는그째를 기대리면서 이컴컴한쌍속을작고 파고드러갈짜름이올시다.

쯧흐로 그곳××녀자청년회동지여러분의분투를빌고ー아울너 선생의건투를 빌면서이만쯧침니다.

×월××일

봉희는

리선생님 전

이것은 내가S군에잇슬째 언젠인가 바든편지이다. 내용을한번 좍읽어본 나는 그동안 그의생활을 활동사진으로보는모양으로 내다보면서 쏘한 그의 사상이 지금 얼마마한정도에 이르럿다는것을 여러가지로 짐작할수가잇섯다.

그러나. 맛당히 그러케되엿겟지. 또한 그것이그러낫분일은 아니겟지마는마음이업지도아니하것마는 웬일인지 좀 불쾌한감성을늣기엿다 그러고 좀 섭섭하엿다. 그래서그랫든 저래서그랫든 또한 그째 나는퍽-밧븐탓으로 그만한 긴사연의편지를 바다보앗것마는 그냥엽서한장으로 편지보앗다는말고 아울러 잘잇스라는 간단한몃마듸를 적어보낼뿐이엿다.

그다음 두달이지난후 느진녀름에 나는또한서울에 볼일이잇서 올나온일이잇섯다. 그동안에도 편지가왓다갓다하엿스며 또그뿐아니라 나와그와의관계가 더-한층 이상하게 된것은 다른것이아니라 어느째편지엔가 나더러 옵바라고 불으겟다는사연이 씨여잇섯든적이잇섯다. 그째 나는 다-가튼우리동무가운데 하필윤리적(倫理的)으로 조곰기울어질것이 업는일인줄아는동시에 또한 그러타고더-친절하게되여지는것이 아니라는것을 짐작못하는것이 아니로되 하여간 저편에서 그러면 나를대하겟다는것이닛가 구태여 그것을아니 바들필요도 업기도하여 그대로내여바려두엇섯다.

내가 서울에오든그잇흔날인가 C동에잇는그를 차저갓다. 물론 가정교사로잇다는그집이엿다. 집은 아닌게아니라 훌륭하엿다. 번듯 나의머리에 싸리는생각은 「타협보다도침입」 -이러케 생각되엿다. 「그러면오히려낫겟다」-이러케 생각되엿다.

「옵바!」

하고 내달느는그는 나의손을 잇는힘을다하여잡는다. 그리고 자긔방으로 쓸어드렷다. 그의방은 그집대청을도라서 저-뒤방의한간이엿다. 매우 훌륭한 곳이엿다. 첫재로 째끗하고 또한종용하고 그다음으로 오히려 한적할만하게 종용한곳이엿다. 그의말을의지하여듯건대 하는일이라고는 그집의아해가 둘이잇는데 학교에다녀오면 저녁먹은후에 약두시간가량을 복습식히여주는일 밧겟는 업다고한다 그리고 자긔도 낫에는 ××학원에 다니게되고-.

「그나를 안내하여 더불고드러오든남자가 누구이냐?」

나는드러가안즈면서 고향소식 그동안지내인이약이를 단편단편으로 하다가는 약간 어조를 고쳐가지고이러케물어보앗다.

「그이요 그이는이집주인의족하라나요.」

웬일인지 남의이약이를하듯이 일부러 당정하게 하랴는듯한긔색이보인다.

「매우 친절한남자든데.」

이게웬일이냐 그의얼골이 약간 붉어지면서 아모말이업다. 평시에 말괄냥이라고 별며을듯고 그러나 한번 자긔가 사랑하는동무일것가트면 그사람의 일이라면 전후를불게하고 살점이라도 배여먹일만한 그러한굿세인정렬이잇는사람이라. 어찌하엿든(나는결코미인은아니엿다마는)여러친구에게서 결혼의 신립까지도 만히드러왓것마는 모도다거절하면서-나를쏘데불어다가 쌔리먹으려고-나를노예를 만들랴고. -이러케 그를부르지즈면서 거절을하든그가 지금와서는 완연히 한변한사람이되여잇다는것은 가늘게 늣기여진다. 그의지금의환경이 나에게그러한보임을 주엇든지는모르되-.

「어느학교에 다니나?」

어리쎈쎈하게 웬일인지 그남자가 작고 마음에실리여 작고뭇고십다.

「의학전문학교에 다닌대요.」

「응-.」

하게 길게 어설피게 한마듸 대답하여두엇다.

「그건 웨 작고 무르세요.」

「내 너-그사람하고 련애하지 아니하니.」

별안간 치미러오르는이러한생각을 다른사람은모른다마는 나는참을수업는성질이엿다. 이말이 이방안의공긔에다 대단한파동을 준모양이엿다.

「앙이 옵바두.」

하면서 참으로 급전직하의ㅅ 꿈에도생각지못하든말이엿든지 달겨드러 나의무릅을쌔린다.

「조심해라!」

무겁게 나는이러케 다만 한마듸말하여주엇다.

봉희의고개는 다시금 숙으러진다. 그러나 그는작고 쓴힘업시 그무엇을부인하는모양이 내눈압헤 보이엿다.

다시금 어조를돌리여-

「공장에 다니겟다던전의네가 지금은엇더냐. 편하지아니하엿니.」

좀 내말이 처창하게 나아갓든것이 사실이엿다.

「아니오. 옵자는 웬일인지 무서워젓습니다그려. 웨 그런말슴을하세요. 제가그러케 보임니까! 그러하다면 저는 지금이라도 이집을나아가겟세요.」

「아마 내가 좀 단긔(短期)하여 그랫나보다. 그러나 너는어대까지든지 건실하여야한다.」

「예.」

하는경련적의대답이다.

이리하야 그날도늣도록 놀다가 도라오게되엿다. 그애는 내가쩍을조와한다하여서 인절미를사다준다 하면서 안방으로드나들기도하고 혹은안저서 웃고놀기도하엿다. 내가도라오랴고. 그집을나올째 사랑마당에서 꼿에물을주고 섯는—그남자와 다시한번 보게되엿다. 그는나에게 공손히 인사를한다.

대문밧게서 나는봉희의손을 붓잡고서.

「쏘다시 올는지모르겟다. 디방의일이밧브니까. 곳 내려가야하겟다. 너는 아모조록 이생활을이겨야한다.」

「예.」

쏘 악까와가튼 힘업느대답. 웬일인지나는마음이답답하엿다.

○

일년이지낸후이다. 만주의봄은 몹시치웟다. 내가 볼일이잇서 용정(龍井)까지 드러간일이잇섯다. 그째쯤아마 내디(內地)에는 창경원의사구라꼿이 피엿슬째인데도 엇지치운지 그곳은아즉 어름도다나는직도 업지는안엇지만는 그째쯤은 하도오란일이엿기째문에 그의주소가 어댄지도 쏙쏙히 알수가업섯든째이엿다. 비록 최근까지의주소를안다하더라도 이저바티여 간혹 편지나한장해주어야하겟다는생각이나다가도 주소를이저바리여 그만둔적도한두번이 아니엿다. 무심하더면 무심한편이엿섯다.

그러나 어느날 내가 그곳××회에를갓다가 려관으로도라오니까 난데업는봉희편지가 와서잇다. 나는한편으로 반갑기도하고 쏘한 놀납기도하고 짜라서 이상스럽기도하엿다. 봉희가 엇지해서 내가 여긔를온줄알엇스며 짜라서 나의주소까지 알엇슬가? 나는의심을 일변품으면서 편지를쓰덧다.

「옵바!」

「세월이란 싸른것이애요. 옵바에게 편지한적도발서 반년이 넘어갓슴니다그려. 반년이란기-ㄴ동안을 옵바는 내소식을모르섯겟지만는 나는옵바의소식을듯고잇섯슴니다. 나는참으로 아모리 내가이지경이되여잇스면서도 옵바만은닛지아니하며 옵바만은 참으로 비록 천박한의식이나마 의식으로대하랴고함니다. 참으로 우리는그리하엿섯지요.

네? 옵바!」

저는지금 이편지를쓸째 손이썰리임니다. 그러나 옵바를대하는듯하거니 옵바에게 편지를쓰거니하면 늘 마음이새로워짐니다. 그무슨캄캄한굴속에 잇스면서도 별안간 태양을보는듯한 그러한늣김을 바드면서 머리속은 황홀하여짐니다. 참으로 옵바의감정만은 내가 늘 동경하는 그곳을 가보는것과 가테요.

아옵바!옵바!

나는지금 울고십슴니다. 이게웬일임니까. 옵가가쑹단지 말괄낭이 장작째비 하든나의육체는지금다썩어빠졋슴니다. 웨 이다지도 괴로울가요 세상이란 참으로 지옥이여요. 인류이란 그종류가절종이되도록 그들에게서참다운사람은 발견치못할것이애요. 나는모든인간의운동에서 환멸을늣기엿슴니다. 널리 인류에게 절망을갓슴니다. 나는지고말엇세요. 이세상과 싸우다가 비록 목숨은살아잇스나쓴허진것가튼 죽은목숨이여요.

생가하며 우슴슴니다. 엇더한곳을향하야 반역을하다가 지처잡바지고 짜라서 사람에겐 속힘을밧고-글세 엇점니까 내가그러케 호락호락한녀자는아니인데 내가가장-이만하면 밋는다는사람에게 속힘을바드니 이아니절망이오릿까?

그러나 옵바. 쑤지랑하세요. 이다썩어진유린을바든새의마음가운데도 은연히 니러나는불길이아즉도남어잇담니다. 그것은 아즉도 좀더-착실하게 살어보겟겟다든지-그것이 남어잇담니다.

아-사랑하는나의옵바!

나를구원하여주세요. 이세상누구보다도 당신이오즉잇슬뿐임니다. 이곳은 용정서 한철심리되는촌이올시다 저는 여긔잇는우리고모의집에 와서잇습니다. 한번만 가시기전에 꼭 와주세요. 의론할말슴이잇세요-그리고 옵바.

나는옵바하고 가티용정으로가서 병원의간호부(看護婦)가 되고십흔데요. 엇덧슴니까. 나에게 죽기까지 필요한것이 다만 생활이니까요. 그리고 나는 남에게 속은앙갑흠을하여야겟서요. 옵바! 꼭 오세요 기대리겟습니다.

××촌에서

봉희는

편지를다-본 나는 무서웟다. 그러나 「애가 미첫나 웨이래됏서?」하는부드지즘은 멧분동안을두고 입에서 쩌날째가업섯다. 가만히 그편지를보며 무슨말을솔직하게 할것을 가리워한것이 분명하엿다. 그러나 전광석화와가티 번적 나의 머리를짜리는생각이잇는데 난느 몸이부르르썰리엿다. 나는 속으로 답답한속으로-의학전문학교생도 련애 기만 허위 잉태 병원 하면서 마치 스쿠린에 나타나는타이틀가티 토막토막나오기를시작한다. 나의예축이 틀리지아니하리라 이러케 나는확실이어덧다.

그러나 나는가서볼수가업섯다. 여간나의일이 밧브기째문이엇다 그래서 편지를하얏다. 룡정으로오라는편지이엿다. 그러나 무슨사정인지 그는오지를 아니하엿다. 그리하야 긔어코서로맛나보지를못하고 고만 나는S군으로 다시 도라오게되엿다. 섭섭하엿다.

그이듬해봄에 나는역시서울로 볼릴이잇서서울나온적이잇섯다. 그째 어느친구한텐가 소문을드르니까 봉희가 어느 배우양성소(俳優養成所)엔가 다닌다는말이 들리인다. 나는그소리를드를째 기언가미인가하엿다. 그러나엇잿든한번맛나면 자서한사정이약이를 드를수도잇고 쏘한 아닌게아니라. 비록그가배우양성소에를 드러가잇다한들 도저히나는그녀자를 저바리기실헛다. 나는어느날 시간을타가지고 그곳을차자갓다. 배우양성소는 동대문밧 어느일본집이층집전체를 빌어가지고잇섯다.

「옵바!」

하고 나를마저드리는봉희! 나도 웬일인지 마음에깃브련마는 마음이서어하고 그도웬일인지이상한긔색으로 나를맞는다.

우선생활이다른다. 전체가뒤집히엿다. 우층에서는 다다미조각을 왓삭옷삭발부면서「소통소통하고 류행가를부르는남자째가잇다. 그리고 아랫층 소위응접실이란곳은 컴컴하고도 퀴퀴한내암새가이상하게도 나의머리골치를때리면서 눈압헤보이는 봉희는 분을발는다. 호밴니를칠한다. 손에다. 팔둑시게를걸고잇다. 머리는 고대를대잉서 쏘불쏘불지저가지고잇는것이 도모지 옛날 봉희의얼골은 조곰차자볼수가업섯다. 그나 그뿐이랴 그의얼골은 비록화장을하엿것마는 강대뼈가 불숙나온것이 들나볼만치 얼골이달나젓고 몸은 비록쑹쑹한편이엿스나마 건강하든그의육체는 가만히보건대허리가한줌밧게는 되지아니한다. 나는다만 가만히 안젓슬쑨이엿다. 웬일인가? 웬일인가? 하는대종업는무름만 나의가슴에서 봇밧칠짜름이다.

「너 이게웬일이냐?」

눈물겨운목소리로 이으코 이러케물엇다.

「뭐- 웬일이여요 나는타락하엿세요. 옵바째문에 타락하엿세요.」

마즈막 발악하는모양으로 고개를 내압흐로 밧삭내밀면서 애밀치게 돌려대인다.

「애 봉희야 그게무슨말이냐. 룡정에서 내가 너를못가본것이 나의실수이다마는 대체 그뒤ㅅ 일이 엇지된일이냐 그러고 너의생활은 이것이 무엇이냐.」

「무엇이 무엇이애요. 배우애요. 배우 나는훌륭한배우람니다. 내가 훌륭한배우ㅏ 될수가잇겟지요. 옵바!」

옵바라고부르는말도 웬일인지 듯기가거북하엿지만는 나는가만히 다만 고개를숙국리고잇섯슬짜름이엿다.

「천만에요 내가 옵바째문에타락될리가잇겟슴니짜 억지의ㅅ 소리지요.」

조곰 능치는말로 이러한소리를하더니 나가바린다. 조곰잇다가 우동이드러온다 과자를사가지고온다한다. 나는모든것이 신신치아니하엿다. 가슴만다만 답답할뿐이엿다. 그리고 무엇을 내가일허바친것과가튼감정을늣기엿다.

「애 대관절 이약이나좀하렴으나 내속이답답하다.」

우동과과자를 내압헤가갓다노코 마조안젓든봉희를 나는건너다보고 이러케물엇다.

「이약이할것이무엇잇나요. 이약이는하여서 무얼하여요 다-지나간일인데-참 ××회의 C형님 안령하심니까.」

「응」

하고신신치못한대답을하고 그를 건너다보니 눈물이 되도는모양이다.

일이이만큼 되엿스니 내가 이약이를드르면 무엇하며 듯자고는하여무엇하랴! 나는벌덕 니러낫다.

「웨 니러세요. 섭섭하지안슴니까. 이왕이러케 오섯스니 더노다가세요」

하고 붓잡는그를 나는쌀리치면서 현관(문)을탁닫바리고 도라왓다. 그러나 그째까지도잇스면 이약이를하겟다는말로. 언제한번차자가겟다는말도. 아모말도업는것을보니까 지금 생각하면 오히려내가 그째 차저갓든것이 그에게 재미가업섯든모양이여다.

강철과가튼 그의의지! 중석(重石)과갓흔그의미듬! 남에게 눌리기를 실허하고 남에게지기를실허하든그의반녁의힘! 그것이 지금은어대로사라저바렷느냐. 생각하면 그것도 요-알뜰한 현실의덕택이다. 지지안으려는 버틔는 굴종안는그를 무쇠철사와 가튼가험상스런 바위쨍이와가튼 현실이그를눌넛다. 그의생명을쌔아섯다. 그를속이엿다. 현실 환경-단두대(斷頭臺)를 생각하든그자긔아바자의 나라 자긔가 듸듸고섯는현실을 그것과 싸우기위하야 하잇해동안을두고 서울의거리로 나타나면서 가슴에니러나는불길의화살을 세상에 던지면서 도라다니더니 지금 그의생명은 어듸서 신음(呻吟)하고 잇느냐 생명을쌔앗긴그의산둥신은 어듸서 움지기고잇느냐. 청국의남방-소주에잇다니. 고향의 한울에 태양이 빗치이는것을 아느냐. 몰으느냐. 모름직이 너의봉희의생명의존재는 다시는이쌍에서 차자볼수잇도록 다시 움지김이잇도록 나는바란다. 현실은 한번 너를업허트리엿다. 그러나 너는아즉도 남어잇다. 현실은 네가지금 권토즁래(捲土重來)하기를 바로고잇다.

　작년이맘째　동대문밧게서　맛나든봉희를　이해이맘째　나의집어둠컴컴한
들창밋헤서 궁실거리고드러누어 생각할째 이러케나혼자 부르지젓다. 짜라서
그에피동(被動)에다 탁붓듯는듯한늣김을 바닷다 나는벌덕니러낫다.
　─씃─

콩나물 죽과 소설

『別乾坤』, 1927. 1

一

멧칠전에 쌀멧되와 납작보리멧되판것이 다-업서지고 엇저녁짓고남어지
가닷곱한되도채못되는지라-날은 치웁기는하고 뎐당잡힐것도업고-하는수업
시 치운아츰에 목구녁이나 지지랴는생각으로 콩나물죽을쑤어서 집안식구가
한주발 혹은한대접씩을먹고나서막상을치우랴하는데 걱정만흐신어머님은

「저녁엔 쏘 무엇을먹노?」

자탄인지 독어인지 아마도 트림하고 한써번에 나오시는것을외와하니까
무심중 압걱정이대질리여서 그리하시는모양이다 이소리를들은-못처럼 맛
잇게 훅훅 드려마시고 코ㅅ물을 쓱쓱 닥가가면서 먹고난집안식구들의표정
은 일시의-순간-그먹을째의 먹는맛에 쾌락은이저바리고서 별안간 얼골엔
다-각기 컴컴한표정이 써돈다.

「먹은거 도로 올라오우 못처럼 먹은것이나 잘색여야지」

하고 나는내여던지는말로-그러나 그리불쾌스럽게는 말하지아니하엿다.
못처럼대여섯식구가 좀-거북한형용이지마는-마치 도야지가 밥통에다 주둥
아리를대이고먹을째 서로 쓸쓸-대이며 써들고먹듯이 김이무럭무럭나고 배
릿한콩내가나서는 사람의식욕을동하게하여 아조 이약이하여가면서 맛잇게
먹엇든것이 상을물닐째쯤되여서수다하신어머님의말슴한마듸에 고만 그야말

로의기(意氣)가 저상이되여서 다만 근심이 씌운 또한 어듸인지모르게 불쾌한빗이써도는표정들을지우면서 내안해와 게수는 발써터진상또각을내여다놋는다.

그러나 아닌게아니라 어머님의-그말슴한마듸가 사실은사실이다-참으로 명확한사실이다 어머님말슴에자극이되여서 그랫던지 나는 먹든마코토막을 붓처물고서 또그리고안저박갓헤-마두씃헤 노흔 다-먹고내여간밥상의어지러운것을보고서 안저잇슬째 눈압헤창넘어는-마루씃헤 노힌뒤주-말이뒤주지-녜전에 잘살적에 팟뒤주로쓰든 조고마한 다-허러싸진 명색이뒤주-가 보인다 그속엔아모것도업다 참으로긔가 막히는노릇이다. 요사이 엇쩌다가 아츰에 늣잠을자다가는 뒤주밋이 쌱쌱글키는소리를드르면 나는 제졀로내정신이 차리여진다. 그러나 정신을채리면 무슨소용이잇나? 그터나 발서 일년 멋달전부터는 집안의륙칠식구-어머니 나 내안해 동생-게수, 누의가 내얼골만치여다본다 참으로엇던째는 긔가 맥히는째도한두번이아니다 왼종일 허덕허덕 이리뱅뱅 저리뱅뱅 도라다니다가 나종엔예라 도적질이나할까? 하는마음이업지도안엇다 아닌게아니라 근래에혹 가가압흘지나가든지 소슬대문집 압흘 지나갈째이면 가가에서물건을 만일도적하랴면 엇지엇지하게 아조 교묘하게하고 소슬대문집드러가서는 엇지엇지마치탐정소설에 잇는그것대로 한번하여보리라는생각이 업지도안엇다 무거운다리 피로한몸 착각이 만흔머리-이전체를억지로썰고서 도라다닐째 저녁째가되여서 점심도못어더먹고 도라다닐째에는 이러한마음이 거의날마다날적이잇섯다 그러나 나는여태것 한번도 실행하여본적이업다. 세상에선 이걸 순결한마음이니 도덕적양심이니하면서 여내 입에침이마르도록짓거릴것이나 나는이러케본다 그게다-사람의성된본능적행동을 마비식히는마취제이라고-양심이니 도덕이니가 다-무엇에 말라싸진수작이냐 나는 내가 그러한짓을못하게되는것은 다만나의못난탓이라고생각한다. 내가못나서 그런짓을 못한다고밧게 일커르고십지안타 그래서 내란놈이약아서 혹시 희토수 철창 단두대-그것보다는 찰아리 얼골이 가죽만남고 다리가 배배쏘이고 배ㅅ가죽이 찰삭달라붓허서 죽는것이낫거든-.

또한가지리유는 더러운타협 혹시나 내가좀 잘되여서 무슨 나짜는 행복

이나 행여나잇슬까하는마음-그마음이 나를이못된 개갓흔세상으로 쓸고다
니는것이지 그리하야요-못된마음은 이-다-말라쌔진 커다란덩지를 쓸고다
니면서 조리를돌리는세음이다,

밧게서「김형」하는 부르는소리가 들리인다 나는벌덕이러나 나아갓다 T
잡지사에잇는 P형이다.

「소설 엇지되엿소?.」

그도 아츰이나 든든이 먹엇는지 홀죽한얼골로-발서 삼년째 보는국다란
겁정무명두루맥이를몰에다걸치고서 피곤한긔색으로 뭇는다.

「못쓰겟슴니다 어제저녁에 엽서드렷지요 참 못쓰겟서요 당초에 무슨 뭉
텅이짓는생각이나야지요」

「거안됏다-.」

그는다만 입맛만쩍쩍다실쑨이다. 엇지나 미안한지 두사람은 묵묵이 얼마
동안 서서잇섯다 아마서로 하고십헛든말이야 만앗겟지마는-우슬제는-아모
말이아니나온다 그러나 될수잇스면 할말을다-하랴고애쓴나.

「내-요즈막은 아모것도못하겟소이다 내-언제든지 쓰거든 가지고가지요
그째 실려주십시요.」

그도 별로 귀둥대둥 말이만흔친구가 아닌지라.

「그럼 요다음에나.」

「예.」

하고-으르르쎨고서 마당에 드러서니못처럼콩나물죽한대접에 녹앗든몸
이 쏘 사스나무쩔리듯이쩔리인다 나는별안간-「통나물죽과소설-콩나물죽
과소설-」하고 입으로중얼거리게되엿다.

방에드러서자-

「누구애요…….」

하고 뭇는안해의얼골의표정 혹시나 저녁먹을운동에다소간이라도 도음이
나잇나 하는한표정으로 적막하게뭇는다.

「여보 지금죽겟는놈한테와서 소설을쓰라니 엇저면좃소?.」

「흐-.」

하고 안해는 코우숨을친다.

「여보 참짝하구려 아츰에 콩나물죽한대접을 김치도 업시먹은놈한테 소설을쓰라니-여보 무슨이약이나 한아 해주던지 무슨재료를한아 제공을하오 그럼내-쓸것이니.」

나는 하도 모든것에 긔가맥히고 어이가업서서 작란의말로 이러케라도하여서 좀 마음의안정이나 쏘혹은니저바리랴는마음으로 이러한진실치못한수작을건넛다.

「그래 무엇이라고 대답햇소?.」

「못쓰겟다고햇지 엇덕해 질단코 회피적감정이나그런것으로나 알아주지 말기를바란다고그랫지.」

「아그러지말고쓰구료 아츰에는공나물죽먹고 저녁쩌리는업고집안은 모도근심빗치고-당신이늘 하는말 「윈일인지 굴므면서안젓스면 한집안식구라도 서로보기가챙피하다」는말까지라도쓰구료.」

아조 양기로운-정렬이파뭇친-마치흐릿한흐릿한-겨울아츰에 안개가개이고 아츰해빗이쩌오를째 우리가 가지는-맛못보는감정과갓흔 그러한 양기로운말을 나의게던진다.

그말을듯고 나는속으로우섯다 그러나 뒤밋처나의가슴에는 찔리는것이잇스니(그러타 그것도 소설이다, 솔직한인생의 가장 쏙쏙한소설이다-긔록이다 소설이다 그러나 내게는쓸용긔가업다 온집안식구는 벌벌쩔고잇고 저녁쩌리는업고 나역시 저녁먹을것이 쌈아득하고-그러고 나는소설을 쓸수가잇슬까?

나는-나도갈곳을아지못하고 두루맥이를쩨여입고나올째

「아마 올에두 김장을못하는가부다 인제틀녓다 이러케 치워젓스니 잇기나할나고 씨도리래두 멧짐삿스면좃켓다.」

「글세 어머님도 짝두하시유 먹고살수가업는데 김장걱정은열두재이요.」

윈일인지 나도아지못하는가운데 화증이벌컥낫다 그래서 마루에내려서면서 이러케 커다란목소리를-동리집까지들리게 외오첫다.

「아이구 녯날에 배추열짐씩하던적이다-어듸로갓누?.」

혼자 영탄적으로 그-치옵듸치운 다-허러짜진방국석에서 이러한 쓸데업

는 희고의영단이 새여나오는것을 나는등지고 밧그로나왓다 녜날의잘살든생
각만하고잇는어머님의마음-지금에 그는엇더한환경에잇는지 굴머죽엇스면
죽고 더-망하면망하지 한번 다시이러나 잘살수는업는것은 아지못하고 그래
도 미래에는 녜날과갓흔살님사리가 쏘다시 한번회복되려니 하는헛된-무지
의바램 용긔도업고 능력도업고 아지도못하고 다만 녜날만생각하는어머님의
마음이 불상하기도하고 쏘한편으로는 밉살맛기도하여서 가슴은답답하고 머
리는압흐고 모든것이 갑갑만하여못견듸겟는마음을안고서 나는 이러나 부르
지젓다 속으로 생각한것이엿다.
　「아-이마음이여 것잡을수업는 답답한내마음이여-너는 오늘도 이피로하
고 아모 무능력한이고기쩡이를 쓸고서 어듸로가랴느냐? 종로의큰길거리로-
친구집사랑으로 도서관의신문잡지실로-.」

二

　윈종일 허매이는마음을 내가 갓고다니엿는지 허매이는마음이 나를쓸고
다니엿는지? 이리저리 도라다니다가 털털이로 집이를드러가니까 게수가 부
억에서불을째이고잇다.
　「밥은 엇터케짓나? 그래도 사람이 죽으라는법은업나보다.」
　하면서 나는우선 방문을열고서 고개를 먼저 쑥 듸미러가지고 어머니의
낫을보면서
　「엇더케 밥을짓엇수?」
　밥을짓게된것이 아닌게아니라 나에게는 그보다 더반가운일은업섯고 쏘
한다행한일은업섯다 그래서 맨처음뭇는것이 엇지하여서 밥을짓게되엿는가?
하는-그것을먼저 알고십헛든것이엿다.
　엽헤집에서 쌀한되 꾸어다 거긔도 오늘엇지-엇지하여서 쌀을석되를 팔
앗다나? 엇잿든-
　「그거잘되엿군요.」
　「넌 엇더케되엿니? 돈좀쑤어달난다는것이되엿니?」

방안에 드러서는나를보고 이러케 온종일궁금 하게녁이든것을 어머님은 물으신다.

「돈이무어요 누가 주어야지 쑤어달나기는 갑흘지못갑흘지도모르니까 그저좀달랫지.」

어머님은깜작놀라신다.

「너도 싹하다 남더러그저 엇더케달나니?

「내 오늘생전처음으로 그런소리좀하여보앗소이다 잇는친구두엇다가좀 달라면엇던가요.」

「남더러 거저달라니까 누가주겟니.」

말은이에서끗낫다 온종일 그들은집안에서지내고 나는밧게나가서 도라다 니든 결과의보고가간단이 우선이에 끗이낫다.

그러나 내눈압헤는 극히이상스러운것이 씌이게되엿다 누구가 아랫목에 이불을쓰고드러누엇다 거문머리털만 반즘 밧그로나오고는 두리뭉수리가 되 여가지고째가 쬐죄죄흘르는이불속에가 드러잇다 나는직감적으로「아-ㅅ안 해로구나.」-.

우선 급한이약이하기에 안해가 어듸로갓는지 그것도알랴고 하지안엇든 것인데-나는 이불뒤집어쓴사람이 안해인줄을인제야 알게되엿다 나는그의머 리압흐로 찬찬히가서안것다

「웨 어듸가 압흐우.」

그는아모말업시 몸을뒤키더니 「끙」하면서 병인의알는소리를한다.

「악싸 왼통야단이낫단다. 기-구 배가압흐다구 그러구 아츰먹은것이 체 햇나보드라 악싸 찬물에 네삿쓰하고 제고쟁인가를빨드니 꼭 질럿나보드라」

어머님은 두서가 업는말로써 단편적으로 대강을이약이하신다.

「콩나물죽이 체햇구나.」

나는이러케 그순간에 속으로부르지젓다. 나는차듸찬손을 부비여가지고 안 해의이마를 만저보앗다. 내손이차기드하지마는 렬이어지간이 잇는모양이다.

「대단이압흐우 치운데 쌥내는-.」

-빈곤이 갓다준병-그도알컷마는 나는아모것도그의병을낫게할아모것도

갓지못하엿다. 그러니 나는다만빈말로써나 그를위로나할까? 하는말밧게는 나도아모것도가지지못하엿다. 지금 나의주머니속은 털털이다. 나는다만 차듸찬 비인손만가젓슬뿐이다. 찰아리 원망이나하면 빈곤-그것이나 원망이나할까 원수다. 빈곤이 원수다 여긔까지 이르러서는 이러한빈곤을낫케하는 생기게하는그원인 그것도 알것이업다 알면무엇을하니 알기는안다 그러나 그 안다는것으로는 지금우리가당하고잇는빈곤에대해서는 아모러한해질을주지 못한다. 내가 웨 이모양이며 우리집안이 웨-이모양이며 여러사람이 웨 이모양인지 나는안다. 그러나 그것이 무슨소용이냐 아모것도아니다. 이세상에 진리라는것도 아모것이아니다. 진리대로되여간다는것도 나는의심을한다. 이러한생각까지 하게되는그마음좃차 아무것도아니다. 지금당장 안해는알코잇다. 나는주리여잇다이러한바람갑이생각이 토막토막 머리를짜리면서 나의눈은 나의안해를 쩌나지아니하엿다. 별안간 안해는벌덕이러나며 웃목을가르킨다 나는직각적-혹은본능적으로 내손은요강으로갓다 요강은 그의압해노히엿다. 그는-주르르하고토한다. 나는그의등을툭툭처주엇다. 그느한두번 쓰염쓰염 마치 장마통에 첨아끗해서 낙수물이쏘다지듯이 입에서는 먹은것이 토하여나온다. 콩나물대강이가 혹은성한채 혹은 반토막이 되어가지고나온다 「이걸먹고 사람이살다니.」 나는 지금보는것당하는것밧게는아무것도업다. 그는 나종엔 몸을한번 급한속도로 경련적으로부르르쩔더니 어머님의갓다주시는 행수로 입을닥고는 자리에씨그러진다.

어두컴컴하다 아니아조캄캄하여젓다. 석유동잔에불을켜야하겟다 불은켯다 그불빗은 히미하게 안해의드러누은모양을 내압헤다갓다놋는다 유령과갓치 그는머리는 흐트러진채씨그러젓다. 「아 못보겟다 못보겟다.」얼마나 나는 부르지젓스랴마는 나는여전이 나의안해의머리를집고안저잇다.

저녁밥이라고 드러왓다.

알는사람은 알커니와 성한사람은 쏘-먹어야지

밥이 쑤역쑤역 식도를넘어간다.

안헤는 콩나물죽에 걱구러저잇것마는-밥을먹은인간들은 우두머니들안젓드니마는 쏘박쏘박조을기를시작하다가 그대로씩그러진다 이게 사람의사는것이냐? 나는공중을우러러외오치고십헛다 그러나 내고개는 깃썻 천정밧 게는못치여다보고잇다.

밤은점점깁허간다 「야기모」-「야기모」-「만주노호야호야」가 저녁도변변 히못먹은 나의식욕을 그래도쏘자아올린다 나는원망한다 웨 「위장은생겨나 서 못살겟구나 찰아리 위도업고 오장도업고 다만 공긔만마시고 사람이살게 되엿드면」 한다.

나는쏘한 천정을치여다보고 썰썰우스면서 벽에가 기다이엿다.

병이낫스니 약이필요하다 의사가 필요하다.

「대관절토악질이심하니 주사(注射)나 한대주고 차차 진정되는대로 약이 나먹이엿스면-.」

「그것도 고만두고 령신환이라도 한봉사다먹이엿스면-.」

그러나 령신환살돈도업다. 만퇴가구적하다 돈취하러가도좃켓지마는 줄 놈도업거니와 쏘-다들자리라.

「참어보자 악짜 소곰을멕이니까 그래도 좀진정이되드군.」

나는이러케 웅절거리면서 벽에가 기대인채 나역잠이오는-흐릿한시선으 로 안해의얼골을내려다보앗다. 안해는혼몽하여잇는데 자는지아니자는지?.

나는의사한테로 빨리다라갓다 의사는잇섯다. 그는나와보통학교동차이엿 섯다. 그리하야 내이약이를드른그는실죽하여지면서 「치운데 귀찬케-」하는 듯이 짜라나선다. 갓가우니까인력거도아니불럿다고하고서 걸리여 데불고왓 다 그는안해가 누어잇는방으로 드러올째 자연 내새가 잇슬것이다 고개를도 리키면서 드러와서는우선청진긔를쓰내여 안해의가슴에다 대이고듯고는 나 에게 병의시초와 병의증세를 뭇더니만 무슨주사인지한대주고는

「원래 위가다루가 심한데다가 영양부죽에 긔가 허약해저서 관격이된모 약이고 쏘 단적(丹積)이 잇는모양이외다.」

하고 그는이러선다 나는그를짜라갓다 가면서돈이 업서서 엇쩌나? 엇쩌 나하는근심이 한두번이아니엿다

「그러나 설마 아는처지에-.」

하고 짜라가서는 물약한병 가루약이일분을가지고 이러서나오랴할째

「여보 박형 내 지금 별안간 돈이업는데-」

하고 머뭇머뭇하니까

「응 고만두어- 그런데 언제 자네집안이 그러케되엿나 아니가저와도조와.」

겨우 약병을든손-걱정하든마음은 안심이되엿다. 그러나 왼일인지 뒷니어 모욕-쏘한 능멸 그무슨한업는무시를당하는것과갓했다.

「세상에 남에게 자선을밧는이들의마음이 다-이러할까?.」

하고 늣기여지면서 나는 보아주고 도아주면서도 그의마음은 푸대접으로 대접하여준-옛친구박의사의행동에 한업는불평을품으면서

「성의업는놈-.」

이러케 중얼거리고 우리집골목에까지 드러와거터올째 원체 전등한아가 달리지안은 컴컴한동리이라 찔긋하야 넘어지면서 약병은 째여지면서 약물은쏘다저나왓다.

「아-요강 요강」

하고 부르지즈며 흔드러 깨이는바람에 깨여보니 안해는 벌덕이러나 나를흔든다 요강을갓다대이엿다. 그는토하엿다. 어머님도깨이신다 와서등을문질너주신다 나는그제야 정신이 돌면서

「꿈이엿다?.」

쓰듸쓰게 우스면서 그러나 그꿈이 얼마나 악짜윗는지 몰랏섯다.

토하는-괴로웨하는안해를보니말이다.

짜른꿈-괴로운가운데서 그밤은 발서밝아젓다. 창문이 하도환하기에 내여다보니 밤사이에 짜. 그올에드러서서는 처음으로 눈이왓다. 여긔저긔 소두룩이 가장 어엽브게 싸이여잇다. 그-눈빗츠로인해서 동도트지안은더-창문이 환하다. 어느동리집에서인지 닭이홰를치고운다 씌굴씌굴굴러가는구두마소리가나며 물지게소리가 나기시작한다. 쏘세상이 음지기기시작하는판이다

「비러먹을밤이 외밝아!? 아조 구더바리지-.」

하고 나는역시 속으로중얼거렷다.

얼마잇다가 말숙이 개인 쌀쌀한한울엔 햇비치보인다. 집웅마두턱이 남싯

하고 햇빗은와서안는다 쏘-
　병-의사 령신환-주림-이모든것의걱정이혼선(混線)이되여가지고 나의머
리에 와부딋는다.
　「엥이 햇쓰는게 원수다」
　- 쯧 -

권 구 현

廢物(『別乾坤』, 1927. 2)

廢　　物

『別乾坤』, 1927. 2

一

째는 천구백이십사년이 마지막가는, 눈날리고 바람부는 섣달금음날밤이
엿다.

나는 열한점이나 거진다되얏슬 무릅에서 겨우석간(夕刊)배달을 맛치고
서 머리에서 발등짜지 함부루덥힌눈을 모자를버서 툭툭털며 종각모통이를
나섯다.

지금와서는 생각만하여도 치가쩔일만치 몹시도치운 밤이엿건마는 그째
의나는 짐이무럭무럭날듯한 더운쌈을처흘엿든것이엿다. 두렵건대 이것의즉
접체험자가안인 독자(讀者)로서는 이에대하야 좀상상하기에 부족한혐의가
잇슬딘지도 모르겟다.

여늬째가트면 아모리석간배달이 늣다고할지라도 여섯점이나 혹일곱점이
면끗이나겟지마는 다아는바와가티 내일은 새해의첫날이다. 그럼으로 신문
페-지수는 여늬째의 삼배나늘어서 사페-지 일매엿든 것이 오늘에한하야서
는 십이페-지, 장수로는석장이나된다.

이것을 신문사자체로서는 그의체면상으로 보던지 신문정책상 보던지 쏘
는전례에의하야서라던지 그럿케안이할수도 업다고하겟지만은판에박힌듯한
그인원을가지고서 이만한 것을 맨들어낵자면 노력도 노력이거니와 시간도

안이걸일수가 업는것이라. 그사이에서죽느니 사원이하 직공과배달부들이다.

종로네거리라고는 하지마는 섣달금음날밤이니 째가째라 그런지 일긔가 넘우도 사나운탓인지 사람의 그름자라고는 별로업다. 너저분한 점두장식으로 세모대렴매를 표방하는 각상점에는 젊은점원들만이 쥐굴을수직하는 고양이처럼 옴초리고 조으는 듯이 안젓슬쑨이오 함부로널녀잇는 흐릿한전등불 아래에 열십자로툭터진 큼직한거리는 비일째로 비여잇다. 으르대는 눈보라만이 그위를한판츨쑨이다.

보기만하야도 역즈이나리만치 둔하게 꿇여다니는전차며 제법낸체하고 두눈을부르대며 내달이는 자동차라든지 어느요리점으로 가는지 오는지십흔 쬐죄한 인력거가튼 것은 잇다금오고가나 엄청나게 울부적나려치는 이눈보라압헤서는 도로혀 잇느냐 업느냐가 문제되리만치 너무나 적고도가엽시보엿다.

배꼿가튼 눈송이가 쌤에턱턱붓흘째면 미상불 맴차운괴로움도 업는 것이 안이로되 웅웅 씽씽 쌀쌀하며천지를뒤집어 업는듯한 이웅장한현상을불째에는 두팔을버리고 가티고함치며 쮜놀고도십헛섯다.

만일에 이자연현상이외의 다른사실이 내눈압헤 이조자 이형세로 나타나게된다면 그째의 이심장은 엇더할딘지?

二

입으로 말하기어려운 무한한 신비적감흥을 이럿케늣기면서도 이애로길게 서잇슬수는 업섯다. 그것은 차차쌈이개여짐을 짜라서 발끗으로 손끗으로 등쏠짜지 저릿저릿숨여올으는 치위를 감각하게된것도 한가지리유라고 하겟지마는, 보다더큰 다른한가지의 리유가쏘잇는 것이다. 그것은압흐로차차설명이 되려니와 위선간단히 말하자면 포켓트에는 오원(五圓)짜리 지페한장이 나를그대로 길게못서잇게 하는것이엿다.

나는 포켓트에다 손을너어 돈을다시만저보며 종각뒤ㅅ길로 몸을돌여세웟다. 그것은 위선칩기는 고사하고 배ㅅ속이 출출한김이라 「다ㅅ지노미」나좀하자는조건이엿다나.

　　나는본대술을 조와하엿다. 조와한다는것이보다도 만히마섯다. 사정이 허락하는 범위안에서는 얼마든지 사양치안코 마시는술이라면 더말할것이잇스랴.

　　그러나 월급이라할년지, 품삭이라할년지, 한달에쑥해야 겨우삼십원남즛이 밧는돈을가지고 그나마혼자 가트면모르지마는 세식구―어머니와 누이동생을합하야―가 목숨을이어가는 내처지로는 이만하면무던하다 십흐리만치 술양을한쎄번에 채와보기는고사하고 단몃잔식이라도 잇대놋코 먹을수도업는 것이다 운수가조와야한달에 두서너번 그것도책역보아가며 먹게된다.

　　이오원으로 말해도그럿다. 내게웬 눈먼돈이 오원은그만두고 단오십전인들 드러올 리가 잇스랴. 그럿타고제법신문사에서 년말수당금이나 얼마어든 줄로 알아서도 안이된다. 내가C신문사의 배달부가된지가벌서해ㅅ수로는 삼년째라도 아즉까지 년말수당이라는것은밧아본적이업다. 수당은고사하고 월급도제째에 잘내지못하는 신문사라면 그만안이냐? 이오원도 두달전부터 월급속에서 밀여오든 것을 그야말로 년말의덕택으로 이달월급과 한거번에 수당대신으로 차즌것이다

　　이돈을 마자보탠대도 가용에부족이날것은 물논이겟지만은 이것한장잇서도못살기는 맛창가지요 업서도 맛창가지니 짐한장쑤스는 셈대리라 생각하고, 우물쑤물하야 어머니를 속히고서 싸로제처논 것이다 당초의 게획은 올해도 마지막가고하니가 남들은 요리ㅅ집에가고 기생집에가는대신으로 막걸니나 한잔톡톡이하고 「신마ㅅ지」나 오래간만이니 한번가보자는 것이엿다.

　　그러나 돈을주먹에 쥔제가 사흘째나되도록 쓰기가앗갑다는이보다도 쓸 용긔가 업서서 지금까지 그대로가지고 잇섯다 열일곱에나는 내누의동생은 몃해를두고 전매국에단이든 보수로 지금폐병에걸어서 누은대로 악한첩도변변히못먹고 쪼치쪼치말나잇다. 륙십이넘은 어머니는 남의바누질품팔기에 안질과 요통이나서신음중이다. 그 외에도 이로 머리ㅅ골글키는 궁한 잔소리를 다해서 무엇하랴?

　　엇잿든 이런생각에 치눌여서 참아손에 내들지를 못하얏다.

　　나도 못나기쫘이업는 인간이거니와 생각헤보면 원통하고도 분한마음이

가슴에서 용소슴한다 다른 것은 구만두고 신문사속만 보드라도 가튼신문사
의 정문을드나들면서도 사원들은 일홈도모를 갑진양복을 쑥쑥째트리고 망
년회니무슨회니하며들 줄창요릿집으로만인력거를잡숫고단이시는 모양이나
배 우지못한 탓으로 다리품만 팔아먹고사는 날갓혼놈의 신세는 일년열두달
내가다 별느고별너서 신정오입한번하자는것도 돈을쥐고서도 참아엄두를못
내니 기막힌노릇이안이랴? 그래도 저네들은 툭하면 이놈의세상을-하고들 자
긔네의 생활불안을 부르짓는다. 자긔네의발밋헤 쏘날가튼 인간이 쑤물쑤물
살아잇는줄을모르는 모양이안이냐?

글로는 사회문제니 로동문제니 무엇이니하고 뒤쩌들어도 그네들은 손발
이보얀 고급생활을하고잇는처지들이다.

엇잿든 그네들도 넉넉지못한 월급생활은 한다고하지마는 다음날은 삼수
갑산을 갈망정 당장에잇서서는먹고십흔 것은 먹고 입고십은것은입고지낸다.
그렷케 다는못한다할지라도 배는불니먹고 옷은톡톡히 입고단인다.

돈업고 집도업시 단간세시방으로굴너단이는이몸, 끈이도제째에 잇지못
하야 허덕의는이몸, 신문사「막크」부튼 퍼런「한솅」한아로 유일한 웃웃을
삼고단이는 이몸에비해보면 얼마나 저네들의 생활이 고급적이며귀족적인가

이런생각을 할째면 내자신의생활이 가련하다는이보다도 무엇인지모르게
저네들의 일절행동이 밉고괫심한듯도하얏다. 주먹을부루쥐고 이쌍이라도한
번 힘껏굴으며 쌍이쩌지든가 주먹이부서지든가 째려보고십헛다.

三

나는 막걸이를 거듭네댓사발 마시고나서 벌건화로에서 지글지글익는 갈
비를들고 우둑우둑쥐여뜻엇다. 무엇보다도 살ㅅ점을 물고잡아흘트면 쑥쑥찟
기는것이더욱상쾌하얏다. 그러고 입에넛코 질겅질겅십는것도 바로그무엇을
설치나하는것처럼 고소한 생각이나며짐짓 이가쌔득쌔득 갈니도록씹고 십
헛다.

막걸이 만으르는 배가너무 부를듯하야서 이번에는약주로옴겻다. 나는다

른안주를 석거서 새로멷잔이나 마섯는지 왼몸이확풀이며 관짓노리가욱신욱
신할째에야절가락을놋코 회게를짜젓다. 오원지페를 내여주고 사원이십오전
을 밧앗스니까잔수로는 아마열다섯잔이나 마신모양이다.

　　술이란 얄구진물건이다. 그놈이멷잔들어가니까 고슴돗이처럼 오글아들
던 마음이 술넝술넝풀리며몸물질가티 유창하야진다. 안이이것이 혹나의본성
(本性)일넌지도 모를것이다.

　　주위와 환경에 억매일대로 억매이고 밟힐대로 밟혀서 함지에갓처잇는
사자처름 지긔라고는 잠시도 펴보지못하든 이몸이니 지금이럿케 바로해방
이나 된것가티 몸과마음이 겁분한 것은 이것이참으로 내의본성의 발로일넌
지도 모를 것이다. 내의본성이라는이보다도 차라리 인간의본성일넌지도 모
를것이다.

　　『자 이제는 신마ㅅ 지갈차례다―』

　　하고 속으로 빙긋웃스며 담배를 한개부처물고 술집을나섯다.

　　눈은앗가가티 만히오지는안으나 바람은불고쌍은하얏타. 나는 허리춤에
다 두손을찌르고 얼마쯤흥분된 조자로 소담스럽게 싸인눈을 터벅터벅밟으
며 다시오든길을 것처서 전차정류장을 향하얏다. 맛츰내가 종각뒤를거진 다
왓슬째이엿다. 저만치 쑥쩌러진 왼편골목에서 무엇인지 색까만물건이 동그
란이 뭉처서 앙금앙금 긔여오는듯하더니 나를보고서는 얼는 발자죽을 멈추
며 담모통이로살작 거림자를살아크리고만다 나는 처음에는 무엇인지 상상
치를못하얏다. 그래서 거름을멈추고 웃둑선대로 그곳을 한참이나 바라보앗
다. 이상스런노릇은 그쪽으로는 아무데에도 갈길이업는데 그괴물은 다시보
이지 안는것이엿다.

　　나는 다시생각하야보앗다. 이것은물론 다른김생은안이다. 사람이다. 사
람으로서도 보통사람갓흐면 나를보고피할리가업다. 이것은분명이 도적이
다.―이럿케생각이 들어갈째에는 호긔심이 벗적나며 그리로가보고십헛다.

　　그러나 그도적놈의손에 무슨흉긔나 들니지안엇나십허서 왈악달여가 볼
수는업섯다.

　　나는 담을한손으로 집호며 가만가만이 발을그편으로 옴겨노앗다. 발자욱

을 옴겨노을째마다 짜드득짜드득눈밟히는 소리에도로혀 무슨죄나진것처럼 조심을하며 그곳을 거진다갈째에 퉁퉁퉁소리가급작이나며발서그괴물은 한 성은행뒤로 바로쫄린 골목을향하야 즐다름질을한다.

『야 이놈한번 해볼판이로고나-』

하며 나는 졸지에 공분심이나 나는것처럼 두주먹을붉근쥐며 다름질에 숙년된 두다리를 쏩내엿다. 붓그러운말이다마는 여긔서 나는 더할수업는 정복자적 우월감(征服者的 優越感)을 늣기엿다.

도적놈은 불과몃간 못지나서 내손아귀에 들어왓다. 붓들고 보니까 불과 열서너살쯤된 더벙머리엿다. 전등불은 업는좁은골목이라고 하지만은 희게싸인 눈빗의반사로그의꼴은 대강짐작할수가잇섯다. 윗도리는 손등을푹나려덥는 다낡은 검정학생복을 걸치고 아래ㅅ도리는 무릅과발목이 벌거니들어난 회색홋고이를 입엇다. 발은눈속에 파뭇처서잘보이지 안으나목만남은 헌양말짝만을 쮜고잇는것 갓햇다. 그러고 외인팔에는 무엇인지 구수한김이 약간나는듯한 것을 검정보가튼데에다둘둘마라서 쯔끼고잇다.

『네 요놈 왜 달아나니?』

나는 덜미를 붓든채로 짝한번 호령을하얏다.

『요런 간큰년석-요놈아 바로말못해?』

나는 한번 싸귀를 붓첫다. 그러나 참아힘것 째릴수는업섯다.

『아이쿠-왜째리우-』

더벙이는 내손이 제쌤에 철석붓자 몸을움칫하며 선듯그곳을 만지고는 썩돌아서서 나를바로 쥐여질 듯이 까만주먹을 푹내밀며 부르짓는다. 이목소리는 분명이 목을질리는듯한 반역(反逆)의소리엿다.

나는의외로 놀내며

『요년석 대담하고나-』 하얏다.

나는 건성으로라도 한번째리면 겁을내여서 제죄목을자백할즐알앗든것이엿는데 그러나쯧밧게 내의수단은 실패에돌아가고 말앗다.

자서이는 안보이나 해쓱하니여윈 갸름한 얼골에는반항에타올으는 빗치 쩌올으며 반들반들빗이나는듯한 세모진두눈에는 알수업는 긔운이 송곳쯪처럼날카롭게 내의얼골을 탁쏘는듯하얏다.

　　나는그긔운에 눌린 듯이 얼는머리를숙여서 발발쩔며지금까지 반쯤내민 그대로 움켜쥐고잇는 그주먹을 나려다보앗다. 그러고는 다시 시선(視線)을 겨드랑이에꼭끼고잇는 보통이로 옴겻다.

　　『고까짓것을-바로말안이하면 지금경찰서로 쓰을고 갈텐데-그보통이에는 도시무엇을 훔처넛니?

　　바로말해-』

　　실상나는 더파뭇기에는 스스로마음이 괴로웟다만은 그럿타고 이제와서 그대로돌려보내는것도 엇재좀 구구한노릇인 것 갓해서 다시한번 이럿케 위협을하며 그보통이를 좀쩨아서보려하얏다.

　　더벙이는 얼는두손으로 그보통이를 힘쩟쩌안으면서

　　『안돼요!내가엇잿다구 경찰서니 무엇이니 한단말이우-』

　　하고는 쏘나를 노려본다.

　　『엇잿다구가 다 뭐니? 도적놈이닛가그럿치!』

　　이번에는 목소리를좀 굵게고쳐서 더벙이의 말을턱바다 썩그며 덜미를 두어번 흔들엇다.

　　더벙이는 아모말업시 목이말으다는 듯이 마른춤을두어번 삼키고는 나를 그대로 말금이 바라본다. 나도 마조바라 보앗다. 더벙이를잡고잇는 내의손은 치위를견대지 못하는 듯이 발발발쩌는 그의진동에 의하야 가티쩔리엿다.

　　더벙이는 두어번 맑은코를 훌적훌적 드러마시더니소매를들어서 얼골을 가리며 흑흑늣기며 약간소리를 내여서 운다. 그것은 아마최후의 절망을 부르짓는 울음일것이다.

　　-약한자여! 최후의 문제를

　　　울음으로 해결하고 말여는가-

　　나는 졸연이 가엽슨생각이나서 그대로노아보내려할째에 내뒤로부터 무슨소리가 저만큼 덜커덕덜커덕나며 차차그것이 갓가히 들리는줄을 깨달앗다. 이순간에 나는 직각적(直覺的)으로 이것을 상상하며 휙돌아보앗다. 그것은 틀림업는 순사엿다.

나는 갑자기 더벙이의 억개를 툭치며

『순사―』

이럿케말을 귀에느어 주엇다.

더벙이는 발서알아 챗던지 내말소리가 쩌러지자 마자 흙금내뒤를바라보더니 황망한 듯이 울음을덱걱그치며

『살려 주서요!』

하고 내가작고 잇는팔을 뿌리치고 달아나려한다.

나는 놋치지안으려는 듯이 더힘것 잡아눌으며 앗가보다도 더민속한 소리로

『얘 가만이잇서―』

하고는 얼는쏘 뒤를돌아다 보앗다. 순사는 무슨눈치나 챈것처럼 모양숭한 거름쩨로 독가비가티 경충경충 이쪽을 향하야온다.

『얘 아모소리말고 이리로짜라오너라―』

나는 귀ㅅ속말로 더벙이를 주의식이며 얼는억개를끼고서 순사오는 편을 마조향하야 발을옴겨노앗다. 이째에는 내의가슴도 미상불 울넝그리며 얼골이좀홧홧하얏다.

여긔서만일 더벙이를 저하는대로노아준다면 앗가처럼달아날모양이니 순사에게 채일것은 뭇지안어도 알노릇이다.

그러나 나는참아 이어린 것을 순사의손에 돌러보내기에는 너머도마음이 허락지안엇다. 엇더한죄를 범한것인지도아즉자서이 모를쓴만안이라. 만일에 집이잇고부모가잇는 아해갓흐면 이치운밤중에 이꼴을하야가지고 골목다름질을 할리는만무 할것이다. 더구나 섯달금음 날밤에―

짯듯한 아랫목에 이불을두르고 안저서 썩이나 과일갓흔 것을 앗잇게먹으며 할머니나 누이에게 오늘밤에자면 눈썹이 신다든가 하는 재미스런 이약이를듯던가, 그럿치안으면 동모들과 모혀안저서 설비음자랑을 서로하야가며 윷가치를 던지고 잇슬것이다. 웨이눈덥힌찬거리에서 헤매랴? 이럿케 생각할째에는 새삼스리 인도주의자나 된것처럼 더할수업시 불상한생각이낫섯다.

그럿타 이밤이 그대로샌들 이아해를 차저줄사람이누구이며 불상타 할이

가 누구인가? 지낼날이그러하얏고 압흐로쏘 긋까지 그러하리라.

이아해에게는 돈이업고 집이업고 부모가업는이만치명절(名節)도 쏘한업는것이다. 명절은 그만두고단한시간 압도업는것이다.

이세상을 냉정타하는이보다도 차라리 이아해와 세상과는 각각짠길을것는 별천지의것이라 하는 것이 배스속편할 것이다.

四

순사는 무사이 지나갓다.

나는 다시거름을 멈추고서 저편으로 돌아가는 순사의 뒤스모양을 물그럼이 바라다보앗다. 순사에게는너머도 미안한노릇인 것 갓했다.

내겨드랑이에 착붓터서 쓸려오든 더벙이는이제야 살아낫다는 듯이 가늘게 한숨을 내여쉰다. 나도길게 숨을한번내들럿다. 그리고 더벙이를쎠안앗든 팔을노며

『보아라 너를해롭게 할나구 너를붓들엇겟니』

무슨 은해나 베풀어준것처럼 나는이럿케말하얏다.

『‥‥‥‥‥‥‥‥』

『그래 대관절네가 무슨짓을저즐넛니?』

『‥‥‥‥‥‥‥‥』

더벙이는 아모대답도업시 고개를숙이고 다시훔흠늣긴다.

『그러지말고 바로말해-너부모잇니?』

『업서요!』

『형제도업고』

『아무것도 업서요-』

내의 상상은 조곰도 틀림이업섯다.

『그럼너 어대서자고 엇더케먹고사니?』

뭇지안어도 번연이 다아는노릇이면서도 나는일부러이럿케물엇다.

『자기는 장교다리 밋혜서자구 먹기는 어더먹고 살아요!』

『이치운데 다리밋헤서 엇더케-』

『움집을 지어노코 그속에서 여럿이자요!』

나는 그전에 그자들속에도 두목이잇고 그두목은대개아편쟁이 들이라는 말을 들은적이잇섯다. 나는얼는 이런생각을하며

『그러면 그속에는 어른들도 잇겟고나? 그사람들은 너의들다려만 밥갓흔것을 어더오라고하며 둘어누어서 아편만 쌜고잇지-』

슬적이럿케 넘겨집허서 물엇다.

『안이예요 그런사람은 한아도업서요!』

『응 그래!?』

나는 더벙이의 말이고지안이 들리는것갓흐며 은근이가보앗스면 하는호기심이일어낫다.

『애 내아모데도 말안이낼터이니 바로말해! 너하고지금갓치가보아도 관게치안켓니』

『그라서요! 그럿치만은 퍽더러운데요-』

『그런데 네가 그싸가지고 잇는 것은 무엇이니?』

『-썩이여요-』

『썩? 그래 어대서낫니?』

『-저 거시기-』

더벙이는 엇더케 대답을 할줄모르는 듯이 말끗을어물어물하며 머리를숙인다.

나는 더뭇고 십지안타는 듯이 말을돌려서

『애 이리싸라오너라 치운데 국밥사주ㅅ게-』

하고는 더벙이를 압세우고 앗가먹던 선술집으로다시들어갓다.

앗가보다는 사람도 멧업섯다. 나는 국밥을한그릇더벙이에게 사주고나서 약주를 멧잔쏘마섯다.

나는 지금에사 다시 아주단념이나 한 듯이 이저바렷든 「신마ㅅ지」 생각이 소사울낫다.

『이랏샤이 드러오십시요!』

하며 얼골에 회ㅅ박을 뒤집어쓰고서 문간에 나선양이보인다.

『가보아!?』

이럿케 생각을할지음에 밤송이처럼 옴초리고안저서게걸이나들린것처럼 국밥을 흘부석 퍼늣는 더벙이가 흘긋보이며 장교다리밋희 광경이 써올은다. 도야지울처럼어리해노은 움막속에는 주림과 치위에 우는소리가 들리는듯하얏다.

그러고는 쏘 그흔한 전등불한아도 못달고 감을감을하는 석유등잔 밋헤서 단거리 이불을 머리까지 뒤집어쓰고 업대려서 신음하는 누이동생과 어머니의여윈얼골이 눈압헤 얼는지나간다. 시게는 벌서열두점을 지낫다.

『에라 구만두어라 내게신마ㅅ진들당하냐? 이왕홀아비로 사는몸이니 당초부터 단념해둘노릇이지-다만한푼이라도 집에가저가서 약이라도 사쓰는 것이 올흘도리다』

나는 이럿케생각을하고는 더벙이를다리고 술집을나섯다.

五

둘이는 장교밋헤를 일으럿다.

과연 거긔에는 전에보지못하든 쓰러기통쉼직한 움막이 개천성축을 의지하야잇다. 지붕과 소위벽은 무엇으로 얼이하야노앗는지 잘보이지안으나 불규모하게 함부로 누덕누덕덥힌모양은 차라리 도야지울만도못한것갓햇다. 더벙이가 몬저거적문을열고 들어스며

『다 자우?』

하고는 석양불을 닥긋는다

『봉돌이니?』

노장중의소리갓흔 굴직한소리가 여물지못한대로 그속에서 들려나온다.

『올타 이놈이아마 거지의 두목인가보다-』

나는 이럿케 질읍을대며 동정만보고잇섯다. 그러고더벙이의 일홈이 봉돌이인것도 이제야알앗다.

남붓그런말이다만은 내가여긔까지 일볼어짜라온 것은 배달부의 주제이

면서도 신문사에 드나든다는 자세로그리하얏든것인것을고백하야둔다. 바로
무슨 긔사거리나구하는 듯이-.

나는더벙이에 안내로 허리를굽히고 움막속에다발을들여노앗다. 손가락
기리만한 양초도막에다 불을 켜노코서 사자대가리처럼 머리가헙숙한 산애
가 일어안즌채로 허리를 굽히며

『이런 누추한데를 엇더케 오심닛가 이애에게지금말슴은 들엇슴니다 만
은 참으로 그런고마울데가 업슴니다』

황송하다는듯이 말한다.

그산애 겻헤는 둘인지 셋인지모르나 좁쌀부대 갓튼 것을 머리까지 뒤집어
쓰고누은 몸동아리가 굵직굵직하니 보인다. 그속에서는 잇다금 신음하는 숨소
리가 들린다. 그러고 바람이확칠째에는, 찬김과함께 무슨악취가 코를스처간다.

나는 안즐생각도 안이하고 두손을 무릅에다 벗틔고 굽흐린채로 그산애
에게 무슨말을물어보려할째에 그산애는 물그럼이 나를바라다보더니

『안이 당신이 리춘식씨 안이시우?』

이럿케 내일홈을 부르며 좀놀나운 듯이 머리에다 손을언고는 주름잡힌
미소를 씌인다.

나는 의외로 놀낫다. 그의얼골을 다시드려다 볼째에는 어대선가 본듯한
긔억이 잇는듯하나 누구인줄은줄연이알수가업섯다.

『나를 모르시우 잠못그런 말임니다만은 왜저 그전에C일보사 지을째에목
수일하든 박천식이를-』

『-네! 알겟슴니다. 그런데 이게윈일이시요?』

나는 손으로 무릅을 한번치며 깨달앗다는 듯이 이러케 대답을하얏다.

『다 팔자소관이지요-그런데지금도 그신문사에 단임니다 그려!?』

그는 한숨을 쌍이꺼지게쉬고는 내옷을바라보며 이러케말한다.

『네 그런데-아! 참-』

나는 반갑다는것인지 가엽다는것인지 모르게 이러케쓰동업는 말을 한마
듸하고는 신산한우슴으로 다시그의 얼골을 드려다보앗다. 아즉삼십이채못된
그연만 두볼은 여월대로 여위고 좀대머리진듯한 이마에는 세고(世苦)를말하

는 줄름살이 죽죽가로노혀잇다희게바랜 임살은 쑤섬이갓흔 수염이 눌니우고 큼직한 두눈과 양미간에는 검정구름장이 쩌도는듯하다.

나는 참아 더말할용긔가 업섯다. 가슴속에서는이상스런 안개가 피여올으는듯하얏다.

『이것보시우 그째저 나는 그집짓다가 이층사다리에서 썰어저서 이리케 되얏슴니다.』

하며 그는 무릅만 남은 왼편다리를 내노으며 세상을 원망하는 듯이 가는 미소와함께 쑈한숨을내쉰다.

일로부터 두해전의일이다. 그째에이사람은 일등목수로 뽑혀서 C일보사 신축지에서집을 짓고잇섯다. 그째에나는 이사람과우연이알게되야서 피차술도 몇차레난노아 먹은적이잇다. 그러다가 그해가을에 불행이 낙성을하야서 쌈으러치기까지하고 중상을 당한결과 어느병원에 입원을하얏다는 말만들엇슬쑨이오 그후나는한번도 찾지도안이하얏고 더구나 오늘날이지경이 된줄까지는 참으로 쑴에도생각지못하얏든것이엿다. 내눈에 안보이게된 그째부터 나는긔억에서부터아조 그를쓸어바리고 말엇섯다.

『안이 시굴댁은 어뒨데 여긔서이런참혹한 고생을 하고게시우?』

나는 얼쌔진사람처럼 나를물쓰럼이 바라보고만잇다가 다시 입을버렷다.

『시굴이 어대잇슴닛가 내외라고 명색해가지고 세ㅅ방사리로 돌아다니다가 내가이지경이되닛가 게집이라는 것은 달아나버리고-그러니 병신몸이벌지못하고 죽기전에야 이노릇밧게 할것이 무엇이잇슴닛가-일가친척이야 시굴잇다고 하지만은 내것업는이몸이 이지경되야가지고 차저간들 하로이틀말이지누가반가하겟슴닛가? 어느누가 빌어먹기를 조아하릿가만은 내것업고버지못하니 목구녁이 보도청이라엇지함닛가? 후-아즉도 다안이들 드러왓슴니다만은애어룬 할것업시륙칠인이 이움막속에서사나 모다날과비슷비슷한 팔자를타고난 병신들쑨임니다-』

그의목소리는 무한이침착한듯하면서도 말씃만은 연해쩔이는 듯 하얏다,

『그러면 더벙이는 어데가 병신인가?』 하는생각도업지안엇스나 나는더물어볼 필요가업다는 듯이 얼는생각을돌럿다.

대체 이놈의세상이란 몃만층이나 되느냐? 나보다더 긔구한운명의 소지자(所持者)는 업스리라고 생각을 하얏더니 내밋헤도 쏘잇고 쏘잇스니-안이다 나도미구에 이네들과 손목을갓치 끌고단니게될것이다업는사람은 나쑨만 안이라누구나다갓치-아! 세상이란 참으로 아다가도 모를곳이다. 사람을 몃 푼못되는돈으로 소나말처럼휘자들어 부려먹다가도 어데가 부러지거나 병신이 되야서 다시는 부려먹지못하게되면그대로 내쫓차버리고만다.

안이 소나말은 부려먹다가 못부려먹게되면 잡아라도 먹거니와 사람못부려 먹게된것은 쓸어기통에 쓸어늣는 진개(塵芥)와갓치, 취급을한다. 인간의 폐물(廢物)은 저우마만치도 못녁이는 것이 이놈의세상의 맨들이다. 점점이 쓴기며 갈비갈비 쩻겻스면 차라리콧속이나 시원하지-이째에나는 앗가 술집에서 쓴던갈비 생각이 뭇득낫다.

이놈의 세상을 갈비쓰듯이 짓씹어쓰지못할진대 차라리 최후까지 점점이쓴기고 쎄까지라도 짓씹혀서 업서지고 마는 것이 설치라도 되리라 생각하얏다.

아! 돈 돈 이놈의세상 돈-대테 이놈의세상 이놈의돈을 손악위에 넛코서 흔드는놈은 누구이며 그밋헤서 목을잘려 쓰을려단니며 짓밟히고 씹히는놈은누구인고? 쎄가쌔지도록 일하든놈은 굶어서죽고…………

『그럿타 빌어먹기쑨이랴 될수만잇스면 ××라도해시먹고살어야한다. 최후의 심판이잇기까지-』

이럿케 생각을하며 그네를 바라볼째에는 도로혀나보다 달관(達觀)한 선배의늣김이 잇는듯하얏다.

나는 가슴에다 불이나째는것처럼 렬이확확치밀며답답증이나서 더잇고십지 안엇다.

나는 오십전ㅅ자리 은화한푼을 남기고는 잇는대로 그네압헤다 털어놋코서 쒸여나왓다.

눈가루를 날리는 사나운바람은 여전히 음산(陰酸)과 우울(憂鬱)로가득찬 밤한울을 으르대며나려친다.

이것은 미구에닥처올 생명의봄을 쑵쑤는 대지(大地)의 수란(受難)이다.

 -〔일구이육십이월팔일〕-

송　영

다섯해 동안의 조각편지(『朝鮮之光』, 1929. 2)

다섯해 동안의 조각편지

『朝鮮之光』, 1929. 2

1

一九二四年에 온편지

아사동맹에 얼마큼애를썻나? 그래도 자네들은 「일」을한다는 여유들은가 젓네 그만큼 자네들은 활달한생활을하네 나는 점 우유부단한약자의행동이 랄는지도몰으나 제일첫재 「밥」째문에 애를쓰네

나는말하네 무엇보다도 먼저가 「생활전」일세 「영원한쌍」을구하자니까 내게는 먼저 「찰나의쌍」이 소용되네

키놉흔두쪽박휘를썰면서 먼저씨힌봉텬시기로 단일째에 각금각금 칠갑차 와 긔관총대로된 「×××」이의행렬과마조치네 여보게들 이곳 청국의로동자 는 그야말로 「구뎍이」모양으로 집도업시 거리에서 자고잇네

오줌냄새와 넘지와 주려서햇나오는 「탄산까스」가석긴 봉텬의행낭뒷골 이야말로 이갓튼 장엄무비한 「××××」의형렬과 엇쪄한대조를가지고잇나?

*　　*　　*　　*　　*　　*

그건그럿커니와 자네들은 축하하여주게 나의그중사랑하든 신애시터양은 됴선의예술가 「나막사」 권구성씨와 결혼을하엿다네그려

　　나는 첫재로 「밥」을쌔앗기고 쏘 「동무」를 일흔뒤에 「애인」까지 가루채
여버렷네
　　아-이가튼 ×××××불행아대표인 이 한천(寒泉)군을 축하여주게

　　　　　　　　　　*　　　*　　　*　　　*　　　*　　　*

　　글세 생각혀보게
　　신애시터양은 「한우님」을밋지안으면 살지못할 독실한목사의짜님일세 더
군다나 「정조」라는데에 절대의 신성관념을가젓고 쏘는 됴선에서도 그중낫
다는 「옷입은모양이든지 신식쌀느는데 뒤쩌러지지안는」 ××학교를졸업하
엿다네
　　그거나 저거나 말한것업시 무엇보다도 나와는 「정」이깁헛섯네
　　그야말로 산이물이되고 물이되고 물이산이되고 산이된들 그와나의사랑
이야변할줄알앗나?
　　그리고 에시터양은 나희는열아홉이라고하나 나에게 대한 리해는 쉰살
「五十歳」이나넘은 우리아버지보다도 낫섯다네
　　「네 압니다 당신의가난한것도아조 됴선을실허하시는줄도알고 방낭을하
실줄도압니다. 네-다압니다 그러나 저는밋습니다 불보다도 더쓰거운 당신
의의긔는 그여코 「쯧」을일우시리라고는 어늬째까지 기다리고잇겟습니다 아
모리 먼-곳으로 가시어게시드라도 엇쩌한 깁흔구댕에넘어지우시드라도 쯧
치지만라지고 통신나해주세요」
　　아조 이럿케 호긔잇게 그보다도 일련하게 말하여주엇다네
　　바루 남대문정거장 「프랫폼」에서 북으로오는기차가 쩌나려고하는건세
바루그째에 그랫다네
　　그째의나는 처음으로 이것을어디씻네 그리고 조고만한 가방을들엇스대
질질두루멷기에 그리고 씩씩하게 단상까지집헛섯네 그리고내얼골에는 무엇
이라고말할수업는 긔괴한표정이쯰여잇섯네
　　그보다도 나의가슴속은 터지려는 화산속과가탓섯네

여보게들! 「의레히 그러해야 만할현실」을가지고 「왜그러나?」하고 자네들이 웃을줄도아네만은 나는 그째의내가슴속은 언제든지 니줄수가업네

월급날이라고 고개를처들고 잔쓱기다리고잇는집안사람을버리고 「조합조직의눈들이뒤집힌 자네들을 쌜치고 더군다나 하루만안보와도 세수ㅅ대야에짜지낫타나는 신애스터양과마주서서 유유하게흔드는 역장의신호하는양을 보려니짜………

아-눈물이엿섯네 정말울엇섯네

긔차가 우루우루움지기니짜 애시터는 다를박질로쏘차오면서 흙흙흙흙울데 감정 두루매기에 남빗털목도리를둘는 그는 얼골이유난히 더하얏레그려 갓득하나 붉은두쌤이 상긔가되고 언제든지 영농하든 두눈에 이슬이봅시매치니짜………

아-더한층 분홍빗이요 더한층 빗난별빗이데그려 그리면서 턱-턱-거리며 업흐러질쓴히 쏘차오다가는 그만 -형체쏘차사라지데그려

*　　*　　*　　*　　*　　*

아- 나는정말울엇섯네 그러나 자네들이말한바와갓치 젊은리상주의자로써 울엇섯네

즉 눈에서 눈물이 나면서도 문쓱속으로는

「온냐 이우름은 요다음 「웃음」의장본이다」라는 희망의넘치는 인과적미래관을가지고잇섯다네

더군다나 애시터양과의 요다음살님을 여간 황홀하게 밋엇든것이아니엿다네

이것이 벌서 잇해전일세 그러나 지금잇해뒤인지금에잇해진의리상은 훌융히 내압헤얼니엿네

첫재는 나는 아츰부터저녁짜지는 「쌀내」를하고지내는 세탁직공일세 헌다하게 하루五十錢식은 벌고잇다네 그리고 저녁이면 쏠량과 마쌍(麻雀)과 그리고 음난한 성학(性學)로론일세 그리고는자네 쏘일어나네

그리고는 가슴을쥐여쯧는다네

왜? 그런지 가슴에는 아죽아죽 애시터양의빗슬거리고짜라오든자태가 꿈틀를거린다네 그러면 의례히 서울 필운대 언덕으로 압서거니뒤서거니하고 갓치단기든생각이나네그려 그러면은 아주나는 못견듸네

그러나 잇대여서나는것이 나보다도 돈도만코 재간도만코 명망도잇는 예술가겸 재산가인 권구성씨와 신혼려행을가느라고 쯧덕어리는자동차위에 거룩한쑬이 쏙쏙히보히네그려

여보개들 자네들은 나를 「재조잇고 희망이잇고 더군다나 「일쑨」이될소질을가진동무라고 세음들을치고잇지안나

엇쩌케하든지 내가 맘만잡고 진실하게 「책」이나보기를시작하면 그만한 체험을가진나이니짜 상당한 리-다카 되리라고 추상들을하지안나

그러나 자네들은 매우 영터치가못하이 그렷케 생각하엿다가는 큰일일세

나는 로동자-르세 물결치는데로 바람부는대로 홀너다니는 자유스런 로동자-르세

부모도업지만 안해도업네

책도안입네 졸닌데는 잠이제일이라네 「일」도 소용업네 화가나는째에는 술이 제일일세

그리고 울적한대에는 「쌈」이 쌔일일세 몸도 풀리거니와 마암도 상쾌하다네

무섭게 내갈기는 주먹짜귀에 듯기조케 비명을하고나가잡바지는 쑬갓치 보기조흔연극은업네

난 몰르네

내게는 됴선도일업네 새상도일업네 갓튼계급을 위해서는워하나?

그저 술 싸롱 그리고 쌈………

자-나는 그만붓을놋네

여보게들 자네들의 동모인 「한친군」의 일흠만은 가저다가 자네들의조합의손으로 조합장이나자네주게그려

그리고 비장한 「추도사」 나지여서 아조 째끗하게 「홀몸」이된 자유스런

이 - 로동자에게 보내나주게
  자-잘들잇게 졸녀죽갯네………
  一九二四, 一〇, 十五日, 한천으로부터

2

一九二六年에 온편지

여보게들 그동안에 한참동안소식이업스니까 죽지나안엇나? 하고들잇섯 갯네그려

  그러나 나는 죽기는커냥 더한층 새롭게 살어가고잇다네

  자-여보게들 무엇보다도 나는이러한고백을먼저하네

  시대는물이요 ××도물인것과것치 나도 흘느는물과갓치 그런 리상주의 덕 미래동경이란 그보다도 몹시절망한젊은로동자의 타락이란- 웅덩이에서 비서나와서 호호탕탕한 ××××터로 들어와 버리엿네

  히……… 무어라고말할수가업네 왜? 내가그전에는 그럿케 리상주의에만 흘넛고 연약한타락자의부르지즘만 외치엿섯는가?

  왜 술만먹엇섯나 계집과 씨름만하엿섯나 세상을 웃웁게만보왓나?

  그리고 우리들의 「일」을 부인(否認)하엿섯단말인가? 모다 말하여무엇하 겟나? 다만 그동안에 궁금하엿든 회포대신에 내가-아조 자네들과는 편지를 쓰치자고결심하엿든내가-다시 자네들에게 이편지를쓰게된니약이나 대강하 여봄세

              *   *   *   *   *   *

  사실말하면 그전에는 이 현실을 쏙바로보지를못하엿다네 보기야보고 모 든것을접어내가야하엿지만은 그것을 잘못 재판하엿다네

  엇지말하면 나는 영웅직야심으로 미래를개척하려고하엿섯다네

  전장이라하면 「사령관」만의 활략으로알엇섯디네 외동대리적은병정병정

의모한힘을 나는몰느고잇섯다네

그래서 그째에내가 내 개인으로는 매우 궁핍한경디에짜저노니까 아주 모든것이 귀찬데그려

그래서 무엇보다도 지나의 고력군과어울녀서 서탑대가의 매춘부나찻고 그럿치안으면 성문박 씨름판에나가서 일각(一角)내기씨름이나하고지냇섯다네

*　　*　　*　　*　　*　　*

이것은 올봄에 생긴일일세 나는 그전과갓치 모든 동무의고력과과갓치 언제나가는 매춘부의동내로 토벌을나갓섯네

참 나는 그동안에 세탁공장에서 쏘기여나왓섯다네 그리고 봉뎐성독군부 아문(衙門)밧게서 모히시지내는 한쎄의고력군으로 뛰여들어갓섯다네

하는일이란 외박휘車밀기라네 이것도 하루왼종일 재수가 조화야 한 일 두이번왓다갓다하는바람에 여기돈으로 四角(四十錢)쯤번다네

이것도 재수가 대통을하여야 그런다네 그럿치안으면 一角半 一角三 쏘는 八錢식 버는것이 항용 수입이라네

여보게들 하루에 八錢이생기면 엇쩍케사는줄아나

도야지댁아리와 양의발목에리를 먼지가캐캐안긴 유리창에다 ○○○○ 우리들의식당으로 행차들하신다네 그래서 一錢에한개식하는 주먹만한 만두로 배를채운다네

그리고 자는곳은 그야말로 옛날지나의시인이읍흔 한폭의시경(詩境)을 스스로지은다네 「한울은 니불이요 쌍은 요이지만 구부러진나무쑤리는 푹신한 원안침이요 싼싼한 서릿바람은 절대가인의 숨결이다」

이 엇쩌한 훌늉한 시경인가?

*　　*　　*　　*　　*　　*

그러나 다행하게 사십전만생기는날이면 대개는매춘부를차자간다네

놀나지들말게!

첫재는 동내가 낫에도밤갓트이 더군다나 지나특유의 창문업는 벽돌집이 양편으로 솟아잇다네 쌍속으로들어가는길이 여기냐고? 할지경일세 엇던집 이든지들어스면 길다란복도가 어둔속으로 쎄처노엿네 그리고 양편으로문이 좍 잇고 문패가붓헛네 계집의일흠팬ㄴ 조막만하면 三吊(三十錢)이요 五角 (五十錢)이라는 상품 마-크의 패는 인파갓다네

그러면 우리들은 의례히 三十錢째리상품밧게는 살자격이업네

여보게들 정말이지 몸이쩔니네 문을탁열면은 얼골도잘알수업는 어둑컴 컴한 한구석이 쾅하고울니네

그건 문소리와갓치 기계덕으로 쓰러지는 계집의소리일세

싹싹한침대에가 이상스런냄새가 코를 찌르는 옷을입은채로 모루쓰러진 계집입흐로 깃기히가네

그것은 멋번인지 당해본일이니짜 나는갑겁게달겨드네

「아여보게들」

계집은 한팔로는 두눈을 우는아희모양으로가려서 언고잇네 그리고 한팔 은 굽은환둥갓치쏘아서 ×××× 가리키고잇네

이것이 무슨쯧이겟나?

＊　　＊　　＊　　＊　　＊　　＊

어서 단거나가라는소리일세 나는 주린짐생모양으로 자서히 노려보면 계 집은 벌벌쩔데

그날도 내가 그러한계집압해가서 서잇섯네

여보게들

나는 그전에는 이런계집의하는꼴은 신애시터양으로생각을하고 찌여안엇 섯다네

그보다도 주린아수나맛창가지엿다네

아-그러나 그날에는 왜 그런지 별안간에가슴이쏘개지는것갓해짓다네

「너두 사람이냐」하는 턴등소리가 귀를 쑤럿다네 나는 저절로 주먹을쥐엇네 그리고밋친듯이되엇섯네 그리고는 자네들의 장엄한얼골이 활동사진모양으로 작구작구내눈에나타나네그려

종노네거리도낫타나다가는 조고만「회관」방도보히데그려

아ー그리고 우는소리 부르지즈는소리 주먹소리 쇳소리 그리고 활 활 타는불쏭소리

나는 엇쩍할수가업섯네 나는아조참찌를못하엿네 그래서 앗기고앗기어 품속에느이두엇든 은전한푼을 그냥 캉「조선의온돌갓튼 것」 우애다내어던졋네쌩하는 은전소리는 어두운강안의 무거운공기를요란하게하엿네

그러자 별악갓치일어나는것은 이제까지 아랫몸만 손으로가라치고 벌벌썰고 모루둘어누엇든 계집일세 령겁을하여지일이나도니

그저 방우에가업듸데그래 그리고 주린개가 쎅짜귀나집어물듯이 한편구석에서 번쩍이든 은전한푼을집이들데그려

아주 계집은 부두부두썰면서 그은전을두손으로 쥐고서 내게다○을하대그려

아ー매춘부의집 밋친듯히썰니는손에쥐여잇는 은전한푼의광채! 나는할수업시악을썻네

「온냐?」

이렇케 악을썻네 나는 이「온냐」소리는 일생토록 니저버리지를안네

그리고 그냥 그길로뛰여나왓네

그러면은 의례히 친절히 차를 싸라주면서 보패는 마저주데그려

나도 그쌔는 지나말도 유창한지라 여간 길ー게 니약이를 하지안엇섯네

가만히 니약이를하니까 보패의말은 구절구절에서 불이나데그려

지나에잇서가지고 전통적으로 녀자를무시하는편벽된 공맹의도덕설을 통매하며

더욱 축첩제도라든가 그쌔 군벌들의 ××한 행동이라든가 로부터 무엇보다도 지금의 우리들의 운동(즉지나의××운동)에는 녀성운동이 대단한 중요한 역활을하겟다고까지 그야말로 바다를 긔우리는듯한말소리에 나는 그

만 감격하엿섯네

보패는 얼골이 싯껌엇고 게다가 울퉁불퉁하다네 키는 훨신큰데다가 목까지 걸찻하다네 억지로라도미인이라고 일홈을붓치자면 원시미인밧게는 못된다네

아-그러나 나는 아조 취해서버렷네

그리고 작구 신애시터와 대조를하여보고 속으로 절을하엿다네

봉덴의매춘부는 은전한푼에 나에게 절을하엿지만 나는 보패의말한마듸에 그만 절을하엿다네

그째의나는 녀자를엇쩍케생각하고지넷는지아나?

첫번사랑은 신애시터가상체기를내주고 다음에는 봉덴의매춘부가 나를 야수를맨드러주엇섯슴으로 나는 당초에 녀자와는 인연을끈으려고햇네

끈으려고가아니라 나는 아조 끈코지냇섯네

모든것은 모다 「일」로 집중을 식히고만지냇다네

펼친벌판곳헤서 싯쌜건보름달이 쩌올늘째에나 샛쌍캄한밤중에 쩨게짓는 소리가 처량할째에나 언제나언제나할것업시, 고친단금의 외로움을 몰낫다네

언제든지 주먹만쥐고 가슴만첫다네

더군다나 자네들은 백여명이나되게 한쩌번에 들어가잇는생각을하니짜 더욱 더-하엿다네

다시말하면 「사랑」이란것은 그림자짜지라도 내몸에서는쩌나버렷섯다네

*　　*　　*　　*　　*　　*

아럿케 지내기를반년이나되니 그째는아주 그 올아범에게 승락짜지바닷섯네

아-그째의깃븜 깃븜보다도감격

한편방에서는 동지들의 웃음소리가 요란한곳에서 쯧잇게 손ㅁ고을잡고 ××를위하야 ××를위하야 굿게굿게오래살자고 맹세한 그맹세야말로 눈으로보힌다면 한뭉치의불썽이보다더하엿슬것일세

*　　　*　　　*　　　*　　　*　　　*

　그러나 여보게들 보패의 옵바들의하는일은 그만 탈노가되여버럿다네

　그래서 연루자까지 四十餘명이 잡히어갓네 그런데 이곳은 그곳과도 달
나서 법인을 잡을째는 그의가족까지 잡아간다네

　이래서 보패도 잡히서갈번하엿다가 교묘하게 몸을피해서 내게로 도망을
하여왓섯네

　그래서 그째부터는 나고삿치묵고잇섯네 이것이나와나의안해의결혼식이
잇다네

*　　　*　　　*　　　*　　　*　　　*

　아-우리들의내외는 가장무섭고 가장 ××ㅎㄴ 날을당하엿네

　아마-그곳 신문에도 보도가되엇슬것일세

　「훈춘×××× ××」이라고………

　우리들은 손목을잡은대로 바다가치 모히들은 군중가운데에가섯기여섯
섯네

　군중은 천명 만명 수만명도 넘엇네

　장사치 신사 그보다도 젊은학생 젊은고력군………

　군중가운데에는 놉다란 형대(刑臺)가 가설(假說)되고 그외에는 놉히도놉
히도

　「흙룡강성 흰준보안국 림시지변장」이란 긔가달니엿섯네

　비웃갓치 역거서 좍 ×××들을세워노앗네그려 그아래에는 솜옷을 우둥
퉁이갓치입은 군병들이 총을견위고섯데그려

　아-여보게들 나는 그만두네 그뒤에엇쩌한것은 남자보다도 더 쑥쑥한 원
시미인진보패가 나의가슴에가 쓰러젓든것만알아도 알것이아니겟나?

*　　　*　　　*　　　*　　　*　　　*

　　벌서이런것도 옛날이되고 이제는 치다교외에서 우리들은 백날이갓되려
는 우리들의어린애만듸려다보고 웃고 얼느고 웃고잇네
　　그리고 편지들만은 자주하고지내네
　　그리고 책만보고잇네
　　하는일은 학교의선생일세 지나아해도잇고됴선아해도잇네 보패도 못내마
창가지로 선생님일세
　　여보게들
　　여름이되면 석왕사나가고 겨울이되면 온양온천이나가는 사람들도잇지들
안은가?
　　우리내외도 맛창가지로 이 선생노릇을 석왕사나온천으로알고잇다네
　　여름이길다하고 겨울이길다한들 「철」이야변치안켓나?
　　얼마만참아주게
　　반다시 우리들은 자네들과 악수할날이 싯슬것일세
　　자―그만두게
　　一九二八年一月五日
　　서울에잇는 지들에게
　　한천으로부터

이 효 석

奇遇(『朝鮮之光』, 1929. 6)

奇　　遇

『朝鮮之光』, 1929. 6

　　계순이와나는 그의평생에 세번의긔이한해우[158]를가젓스니 불과칠년을두고니러한 이세번의긔우[159]그째마다 그의생활은엇더케변천하얏스며 그의운명은엇더케전개되엿든가. 이세번의긔우는 다만 파란만흔그의생애의 세단면을보여줌에지나지아니하나 이것으로써능히 그의긔구한일생도 엿볼수잇다.

　　세번의긔우가니러낫스리만콤 그와나와의사이에 그엇던긔연의실마래를생각하지안을수업는라로써는 그의박명한생애를 한업시슳허하고 그를생각할째마다 가삼속에는 크나큰울분과 무서운결심이 항상 새로워진다.

　　다음에나는 이세번의긔우를 순서대로기록할려한다. 아무런락업는 무미한세조각의단편이될자라도 그것은나의죄가아니라 인생윤항상그러케꾸며놋는「우주의외지?」(?)의죄일것이다.

I

　　팔년전이엿다.

　　당시에나는 우연한관계로 엇던괴상한로파와알게되엿섯다. 넓은장안던지

---

158) 해후상봉의 준말, 우연히 만남.
159) 뜻하지 않는 일. 뜻밖의 인연으로 만나는 일.

에는 생활의어두운리면이무수히잠겨 그들의독특한수단으로 생활을도모하야
가는 한계급이잇스니 그들은 침침한어둠속에잇서서 화려한 꼿과꼿사이의중
개의역활을하야 그들의과거를빗나게하든찬란한암의조각을 마음속에어렴풋
이꼿피우며 아울너 그들의실생활을도모하야가는 늙은 「나의」 의무리이다.
나와알게된로파도 말하자면 이러한 무리의한사람이엿다.

　　로파와나사이에는 엇던 「상업덕」약속이잇서서 그의연출한 「나븨」의역
활에대하야 나는임의 그의요구하는상당한보수까지 치뤄준터이엿다. 그는 그
의역활의데일보[160]로 나를 약속한곳으로잇끌고갓다. 거긔에서나는 아직알
지못하는꼿을 선볼랴는것이엿다.

　　「맛나보시우만 사람은그만하면 괜찬슴니다 학교공부햇것다 속잘쓰것다
생김생김도숭굴~하것다 살님사리에야아주마처노앗지 머……직구인물만차
즈시니 어데그러케붓으로그려논듯한일색이 잇단말이유 두구보시우만 녀자
는그래두 머니~해두살님사리가첫재라우」

　　약간허리굽은로파는 압장을서서길을인도하면서이 늘하는소리를 몃번이
나~되푸리하얏다.

　　「게다가 쏘 숫색시요 여어일어가능난하구……」

　　큰거리에서 뒷골목으로들어서고 뒷골목에서 다시좁은골목으로구불어져
이러케짓거리는동안에 언으듯 세가달진골목 조고만반찬가게압까지오자 로
파는발을머물넛다. 바로그집이 목덕하고온집이엿다.

　　가게에아무도업슴을깨닫자 로파는 뒤으로돌아가 조고만대문압헤니르럿
다. 다쓰러저가는초옥이엿다 문패의글자조차 알아보지못하리만큼 쓰슬은집
이엿다. 그러나 나는 아직도 가삼속에예상한아름다운꿈은 버리지는안엇다.
깁흔바다진흙속에 항상 진주는잠겨잇는법이다. 이다쓰슬은초옥[161]안데 얼
마나…… 녹은 「진주」가 숨어잇슬것인가.

　　손쉽게대문을열드니 로파는 서슴지안코 안으로들어갓다. 그러나 아름다
운꿈과 가벼운수치의념으로 자못흥분된나는 그리쉽사리들어서지도못하고

---

160) 첫걸음.
161) 갈대나 짚 따위로 지붕을 이은 집. 초가.

문박에서서　한참주저주저하얏다.

　　무슨담판이그리자즌지　쫴오래동안을지대시킨다음에야겨우　로파는나와서　우슴과눈짓으로　나를마저드렷다.　처음격는터이라　퍽도열적어서162)　주저하고잇스더니　로파는　나의손목을잡아끌엇다.

　　얏혼집웅　허러진벽　찌저진문　문허진장독대—모든것에　신뢰와파멸의빗이력력히들어나보엿다.　조그만　반찬가게를　경영하여　가지고　각각으로　기울어져가는　살림을　간신히　쓰려가는듯한　그집의형편이　첫눈에쏙쏙이짐작되엿다.

　　그러나　그것은　아무래도조왓다.　나의목덕하고온바는　그속에숨은　아름다운「진주」에잇섯스니까.

　　쌀내할옷가지로　구저분히너러노은마루를주섬주섬치우드니　로파는　나에게안ㅅ기를권하얏다.　마루밋헤　허리를걸치고　한참이나기달이고잇서도　아름다운「진주」는　어느구석에무첫는지　속히나오지도안엇다.

　　「무얼그리우　시체량반이……　기대리시는데　얼는나오구려」

　　초조한나의마음을　에민히살핀로파는　안ㅅ방을향하고　이러케소리첫다.

　　「어이구　저러케수집어하면서　학교는엇더케댕겟누」

　　쏘한번　로파가외치면서　껄껄웃자　안ㅅ방문이가비엽게열니며　삽분히걸어나오는것이잇섯다.

　　「이것이다!」

　　하고직각하자　가삼속은　알수업시수물거렷다.　그러나　결국　보아야할것이매　나는용긔를다하야　얼골을들어　그를처다보앗다.

　　찰나의죽엄!　이잇섯다.

　　그찰나가지나자　놀남　의혹　동요의　회오리바람이　불엇다.

　　그회오리바람이지나자　계순이!　—나에게는　겨우바른의식이도라왓다.

　　「계순이!」

　　그는　갈데업는계순이엿다.

　　역시　나를쏙비로닌식한그의얼골에는　놀남인지　깃븜인지　슯흠인지　복잡

---

162) 열없다：조금　부끄럽다.

한표정이흘넛다. 그는 마침내고개를숙여버럿다……

　이것이 최초의긔우엿스니 이긔우까지애는 약 삼년의과거가잇섯다.-

　그 삼년전의당시.

　락원동네거리에 넓은간판달린 한채의와가가잇섯스니 장안에서손곱는 큰려관이엿다. 당시○개의서생인나는 이 하숙을겸한려관에 긔숙하고잇섯다.

　이번잡한집안에 고이고이자라나는 한송이의꽃이잇섯다. 그것이곳 주인의딸계순이엿다. 날마다 수십명의려객이드나들고 십여명의학생이뒤끌는 이려관안에 그만은말쎄말쎄자라낫다. 그러나 공부가점점차가고 나희가바야흐로닉어가매 주인은 은근히 그의배우를물색하기시작하얏다.

　이러는지음 무엇이눈에들엇든지간에 수만흔사람가운데에서 그는 나를가장만히 마음속에두엇다. 그래서차차나는 그와도일게되고 사귀게도되엿다.

　마참내 그의어머니는 그에게영어책을들너서 나의방에보내게까지되엿섯다. 사구라가필예엔 창경원에동반하얏고 달이밝으면 고요한마루까지 우리에게티여주엇다.

　그러나 엇전일인지 나의마음은타올으지안엇다. 첫순간에타올으지안터라도 차차예가가면타는수가잇스되 이거슨달이가고 해를넘어도 종시타올으지는안엇다. 나의마음은 끗끗내맑고구덧다. 그쪽에서 적극뎍으로나오면나올사록 나의태도는 진중하고 소극뎍이엿다. 말하자면 그만흠그에게는 나의열정에불질을 아무것도업섯든것이다. 타지안는곳에는 작란도잇슬수업거늘 하물며사랑이랴. 나는 그집을 써남에 피차의안전과 해방을늣것다.

　이째로부터 첫긔우에니르기까지의 긴동안 도모지 그를맛나지는못하얏다. 써난후월여에163) 그집을차젓슬째에는 임의그들은 어데론지써나버린뒤엿고 려관은 다른이의소유밋헤서 경영되여나갓섯다. 물론 그후다시차즐랴는 노력도 필요도업섯거니와 약삼년동안 그들의종적은묘연하얏다. 나중에는 계순이라는일홈까지 점점 나의긔억속에희미하야갓섯든것이다-

---

163) 월여 : 한달 남짓.

한참동안이나숙엿든고개를 들엇슬째에 계순이의볼에는 두줄의눈물이빗낫다. 나를처다보는 그의저볼빛은 원망하는듯도하고 허소하는듯도하얏다.

나는 그를쏙바로바라볼수업섯다. 푹째진눈 툭쩌진볼 수십간의와가가 단간의초옥으로변한것과가 팽팽하든전날의용모는 여지업시이즈러저버렷다.

꿋까지 지조는구덧고 마음속에 한점의흐린흔적도업섯든나엿지만 그의이즈러진자태와 허소하는듯한눈물을대할째에는 약간의가책과미안을 늣기지안을수업섯다.

한참동안은 멍멍히 할말조차몰낫다.

「그러문벌서를 이러케뫳섯군요.」

긔대치아니한 돌연한연극에 적지아니당혹한로파는 이러케 침묵을째트렷다.

「그리문그러치 시체양반들이 지금까지가만잇슬수잇나…… 찬찬이안저서 싸엿든회포들이나 마음썻 풀어들보시우」

하고 로파는 한거름먼저 나가버렷다.

로파의아첨하는어됴가 지금와서는 심히불유쾌한것이엿다. 그러고 계순이에게대하야서는 이러케로파를쌀아온내자신을 한업시붓그러워하얏다.

그러니이왕 한거름을들여논이상 그들의 현재에니르든곡절이 궁금하얏다. 불과수년동안에 수십간의화가가일간의초옥으로변하고 장안에서손곱든려관이 뒷골목의조고만반찬가게로변하고 금지옥엽가티 귀여하든쌀의처지를 알지못할괴상한로파의손에 맷기게되엿다는것은 너무도큰변화이엿다. 나는 이모든것을알고저하얏다.

「어머니는어데가셋서요?」

겨우입을열어 그에게뭇자 방에잇든그의어머니는 미안한듯이 문을열고나왔다.

「이게웬일이요!」

너무도의외의해후에 그역시놀낫섯다. 나는 묵묵히 반가운마음을표하고는 뒤미처물엇다.

「대체 엇더케된곡절입니짜」

감개무량한듯이 길게한숨쉬는그의표정은 자못어두운듯하얏고 언으듯주름만히잡힌그의얼골은 붓그러운마음에 약간붉어지는듯도하얏다. 그러나 그의대답은 극히간단하얏다.

－원래 부채가만헛섯다. 그우에 장사에서투른드들이라 경영하는려관에서도 별로리가업섯고 갑흘수업는부채는 점점늘어갓다. 무서운 채귀164)의독촉은 날로심하얏고 나종에별도리업는그들은 결국려관집까지차압을당하고야말엇다. 새파란목숨을끈을수업는이상 목숨부터잇는동안까지는 살어야하는지라 헐수할수업시 일간초옥을어더가지고 애닯흔그날그날의생활을 니어가는것이엇다－

너무도단순하고 평범한이약이엿스나 그의엄숙하고 감개165)만흔어됴는 무서운진실성을가지고 쎠속까지저저들어가는듯하얏다. 흔히잇는 평범한사실이지만 그것을 살과피를가지고 실지로과정하야온그들에게는 결코 평범하고단순한것이아닐것이다. 그들의령락한자태가 이것을말햐얏다.

「그래서 그저 살님이구말고 죽지못하니 살어가지요」

암담한그의어됴에는 호화롭든전날의그림자는 한점도차저볼수업섯다.

조만간 필경166)은몰락하여가고야마든 저들의운명을 그들은한거름먼저 걸엇슬뿐이엿다만은 그들의돌연한 잡시간의몰락에는 쏘한 놀나지안을수업섯다.

「저애나얼는 임자를차저줘야 우리야우리대로 살어가든지엇더케하든지 헐터인데」

이약이가 계순이의일신상으로쩌러젓슬째에 나는괴로웟다. 될수잇는대로 그의일에는 접촉하고십지안은나는 다만침묵한다름이엿다.

「나희는차가고 궁한살님에 집에만부터잇서야별수업고……」

짝한일이엿다. 그러나 모든것에 아모리동정한다고하더라도 이일만은 난들엇더케하랴. 과거에잇서서 임의싸늘하든나의마음이 이제와서새로 끌어올

---

164) ‘몹시 조르는 빚쟁이’를 악귀에 비유하여 이르는 말.
165) 마음속에 사무치는 깊은 느낌.
166) 마침내.

을리는만무하얏다. 다만 전날에잇서서 두사람의거리가갓가웟든것이 분명하
엿고 이제와서쏘다시 그들의현재를알게된것만 실책이엿다. 첫재로는로파가
미웟고 다시한층 내자신이비루하게167)보엿다.

그의어머니는 「못처럼차저온」 나에게서 그무슨암시라도 어들랴는듯하
얏다.

그러나 더깁히들어가기를두려워하는나는한시라도속히 그자리를써나고
십헛다. 마참내 선명한태도로 그자리를니러서랴하얏다.

별안간 안방문이거칠게열니드니 한사람의사나희가 문득 마루에나섯다.
전에본적업는 초면의사나희엿다.

약간 상긔된듯한그사나희는 엇전지 나를 한참이나 노려보앗다. 나는 나
스스로의 시선을옴처버렷스리만콤 험상구즌시선이엿다. 그는 쏙가튼억센눈
초리로 계순어머니와계순이를 차례로노리드니 나중에 계순이에게 무어라고
두어마듸 거칠게씨여붓고는 맨머리바람으로 황망하게박으로나가버렷다.

괴상한사나희엿다. 그의험상스런태도는 더욱알지못할것이엿다. 무슨까닭
으로 초면의나를 그러케까지 노려보지안으면안되엿든가. 그험상구즌사나희
와 처녀와 어머니가 어두운방안에서 무엇을의론하고 무엇을계획하얏든가.
생각안할랴하면서도 나는여긔까지어둡게 생각하지안을수업섯다.

「싀골서온 일가사람이람니다」

그의어머니는 뭇지도안는나에게 변명하는듯이 이러케변명하얏다. 그러
나 나에게는 아무런변명도필요치안엇다. 올트지글튼지간에 나는 직각한대
로미들수밧게는 업섯다. 필연코 그사나희에게도 나를 변명하기를 「싀골서온
일가사람」이라고 하얏슬는지모르니까.

그러나 그러면그럴사록 나는그집을써남에 점점몰락하야가는그집안과 계
순이의장래를 한업시슯허하얏다.

---

167) 비루하다 : 품위가 없고 천하다.

Ⅱ

삼년후 -

이짧은삼년동안 나의생활에도 만흔변천이잇섯스나 아직도젊은나의마음은 퍽도 로맨틱 하얏다. (고하야도 그것은 참담하고비장한 로맨티시즘-엿다.) 이로맨틱한마음에 항상아름다운꿈을가삼에품고끈님업시 항구서항구로 옮어단엿다. 쉴새업시꿈을찾는마음에 항구는 가장매력잇는곳이엿다. 맑은거리 붉은등불 밝은술집 푸른술 젊은계집-푸른하눌 기름진바다 그우에쓴배 아물아물한수평선이모든것이무조건으로조왓다.

새파란바다건너 저쪽편에는-
새파란하눌다은 그나라에는-

항상무엇이 손짓하고불으는듯하얏다. 아름다운생각을 그편하눌멀니날닐째에 아물~한수평선은어여쓴처녀의손짓과도갓핫다. 그럴째마다 배에다꿈을가득히실고 낫에는바람에돗대달고 밤에는달빗에저저가며 쉬지안코 먼나라로달아나고십흔충동을 금할수업섯다.

이아름다운공상은 구체화하야가서 필경은 실현되게까지되엿다. -「방랑」이라는 시덕개념에취하얏든 박군과나에게는 오래전부터게획하야오든 「해삼위행」을 마참내단행한날이왓섯든것이다.

동해안의 엇던항구엿다.

푸른하날은 건강히빗나고 오월의바다는 유심히도파랫다. 그우에 꿈쑤는듯한배한척 그것이 우리를실고쩌날배엿다.

눈코쓸새업시밧버야할 출범의전날이엿스나 단지붉은몸하나로굴러단이는 방랑의객이라 삼등선표를사서 주머니속에수습하니 우리의행해의준비는 그만이엿다. 남어지의반일을 그항구의마즈막날을 우리는 우리를보내는김군과함씌 항구의술집에서 작별의술을난우기로하얏다.

압호로바다를바라고 놉히서잇는 조고마한카풰는 정하고도고요하얏다. 오리알빗가튼벽 선홍빗카덴 스텐드우의푸른화초 이모든것이 창으로멀니내다보이는바다빗과 양기로운 조화를 띠고 있었다. 벽 위의괘종시이두시를쎙쎙울니는 고요한오후엿다.

「술!」

창엽헤진치고안즌우리는 알지못하는쌍에대한쑴과 장래의포부를피로하야가면서 술잔을놉히들엇다. 유리잔부다치는소리가 엽헤안즌계집아이의 가늘게부르는코ㅅ노래와업처서 고요한카쮀안에반영하얏다 「흘으로 흘너서……」-애됴을담쑥쯰인 류랑인의한곡됴가 이상히도 방랑의흥을붓도덧다. 흘으로흘너서- 이것이 그나우리나 피차의운명일것이다. 북은서백리아가되든 남은남양이되든 흘으로흘러서 안주할바를몰으는것이 곳 피차의자태엿다. 아직길써나지안은우리는 이제이항구이술집에서 임의바다면해외에나나간듯한 이국정서를늣겻다.

계집아이는 심상치안은정서를가지고 노래를불넛다. 애수를담쑥품은노래가락은 면면히흘넛다. 이제이고요한술집안에서는 모다들 제각각자긔들의쑴을쑤고잇섯다. 노래부르는그계집아이 노래에귀기울니는우리세사람 그리고 앗가부터 저편창기슬에의지하야 실음업시바다를바라보고잇는 그계집아이 모다 흘으로흘으는자긔자신을 반성하는듯이 순간 고요하얏다.

「술이다!」

「잔가득부어라!」

모든애수를써처버리고 나는 늠늠히소리첫다. 마치「쑴을죽여라 행동이다!」하는듯히 늠늠히부르지젓다. 노래부르는계집아이는 쏘다시 붉은입술에 우슴을쯰이면서 술을쌀앗다. 우리는 모든감상을국복할랴는듯이 함부로술을켯다. 가득히부으면한숨에켜고 켜고는쏘청하얏다.

그러나 저편창기슬에의지하야 신음업시바다만바라보고잇는 그에게눈이갈쌔에는 알수업시 마음을치는것이잇섯다. 직업을써난 그의초연한태도에는 술집계집아이아닌품이잇섯고 쓰거운격양을담쑥등지고 잠잣고바다만바라보고잇는그의모양에는 그무슨깁흔것이잇섯다. 옛쑴에잠겻는지 현재를한탄하는지 미래를응시하는지 바다건넌편을생각하는지 그곳의사랑하는이를그리워하는지 실음업시바다만바라보는지 그의자태는 몹시도애처러웟다. 나는 이리

서서그에게로가보고십흔 충동까지늣겻스나 고요한그의긔분을깨칠가두려워
하야 술짜르는계집아이에게 물어보앗다.

　「유리쌍!」

　하고 그가건넌편을향하야불으자 바다만바라보고잇든그는 손수건으로고
요히눈물을싯스면서 이쪽을향하얏다. 얼골모습은쪽쪽히안보엿스나 허트러
진머리 눈물에이즈러진분ㅅ긔가 흐릿하게보엿다. 그는 이쪽에는 아무관심도
안가지고 쏘다시바다를향하얏다.

　「아노히도이쓰데모 나이데막까시이루노요」

　다마쌍은 이러쌔설명하얏다. 그리고 그갸약일주일전에이카페에왓다는것
카페여급으로는처음이라는것 짜라서손님접대에능난치못하다는것 그의과거
에대하야서는 한마듸도입을열지안는다는것 언제든지 혼자눈물만흘닌다는
것……을 대충대충추려서 이약이하얏다.

　그의태도로로보나 이이약이로보나 센티멘탈한불조와소녀가아인것이매 그
역 남과가튼밝은인생을살어오지못하는 불행한사람임을짐작할수잇섯다. 어
대로부터흘러오고 장차는 어대로흘너갈 슲흔인생인가. 흘으로 흘으고……
모다쏙가튼운명이로구나 하고생각할째에 서로알지못하는그와나와지만 나는
그에게로기울너지는 한조각의마음을 엇지할수업섯다. 멀니방랑의길을써날
려는 이마즈막날에 깁흔인생을리해하는듯한그와 이약이라도한마듸 건너보
고십헛다.

　「유리쏘상!」

　나는마참 그를불넛다. 그러나 그는여전히 명상에잠겨잇슬뿐이엿다. 대답
을못어든나는 열적어서그만침묵하야버렷다.

　그러자 이고요하든카페는 새손님을마저들이자 잔잔하든공긔를깨트렷
다. 정복한일인순사한사람과 형사인듯한 사복한사나희가 거칠게 문을밀고
들어왔다. 정복순사가 카페에 온다는 것은 어울리지 않고하기에 나는문득
우리세사람우에 무슨불행이니

　으든 「해삼위행」이 쏘깨여지나보다 하는불안에썰넛다.

　「만나아도쏘다?」

사복한사나희는 이러케소리처드니 저혼자서슴지안코 이충으로올나갓다.

그는 방안을 자세히휘둘너보앗다.

아무래도 일은니러나고야말형세엿다. 우리는속히 그자리를쩌날려하얏스나 일이발서이러케된이상 그것은 더욱불리한듯하얏다. 꼼작업시 가만히안저서 당할일이잇스면 일을당할수밧게는업섯다.

우리를노리든그는 그시선을 건너편유리쑈에게로옴겻다. 그리고 한거름한거름그에게로갓가히가드니나종에 정신업시생각에잠겨잇는 그의등을첫다.

유리쑈는 쌈짝놀나 그를처다보드니 긔절이나할듯이 두팔로얼골을가리고 는두어거름 뒤으로물넛섯다. 그는 무엇인지놉히소리치드니 거칠게그를붓드럿다. 심히놀난듯한유리쑈는 말업시 몸을쩨칠랴고 애썻다.

일을당하는것이 우리가아니고 유리쑈라는것을알엇슬째에 우리는 적지안은안도를늣겻스나 꿈꾸는듯한유리쑈에게 불행이닥처오는것을볼째에는 미안하고도 애처러웟다.

몸을쩨칠랴고 무수히애쓰든유리쑈는 긔진맥진하야 그 자리에쓸어저버렷다. ……………………………………………………………………………. 별안간 막엇든보나터지는듯이 놉흔우름소래가 유리쑈의심장에서터저나왓다. 애를못니기고 서름을못니긴듯한 우름소래엿다.

나는 곳니러나서………………………. 그러나 그것도 쓸데업는 무력한 의분에지나지못함을째달을째에 나는애닯엇다.

이충에올나갓든사복한사람이 황망히내려왓다. 그의뒤에는 단나와오까미상인듯한 두양주가 공손히 짜라내려왓다.

그들은 두양주에게 무어라고일느드니 쓰러진유리쑈를 잡아닐으켯다.

「사 잇쑈니유쓴다!」

필연코 밀매하얏거나 돈만흔소님을집어먹엇거나하야스리라고 생각하얏다.

실타고발버둥치는유리쑈를 그들은 그옷닙은그대로 허터진머리그대로 눈물에저즌얼골그대로 그를쓸어냇다.

눈물에저즌그의얼골! 나는 이제야 그를쏙쏙이보앗다. 나의시선은 잠시간

그의얼골에못백엿섯다 그리고 두번재의 찰나의죽엄! 이잇섯고 놀남고동요의 회호리바람이불엇다. 유리쪼-그는 두말할것도업시 계순이엿다. 기모노를닙은 계순이엿다.

나는 그에게로달녀들어 나라는것을알니고십헛다. 그러나 발서그는 문박까지쓸녀나간뒤엿다. 그역시 나를보지는못하얏다. 그것이운명이엿다.

풍우나 지나간뒤갓탓다. 어더케하면 조흘지를몰으는나는 잠시 술집주부의 이약이에 귀를기울넛다.

그의이약이에의하면 유리쪼는 일주일전에 서울서도망온녀자이엇다. 집이가난하야서 엇던사나회에게 「팔녀」 갓다가 란폭한그사나회에게버림을밧자 두번재 ×××에게로 「팔녀」 갓섯다. 그러나 그가 징글~하고 몹시도실허서 마참 그집을버서나서 멋대로 도망하야왓든것이다.(略)

계순의애처러운마즈막자태가 문득눈압헤써올낫다. 나는 전에업든애착을 이제새삼스럽게늣겻다. 그리고 그의집안에대하야서도 생각낫다. 삼년전에보앗든 그집안은 지금엇더케나되엿슬것인가. 뒷골목의반찬가게 초가집 그의어머니아버지. 나종에 단하나의외쌀까지 이러케 「팔아먹」게된 그들의몰락의과정이 눈압에 역력히 비치는 듯하엿다.

계순의자태가 쪼다시 눈압헤써올낫다. 나의정신은 혼란하얏다. 나로써엇더케하얏스면조흘지를몰낫다. 그의뒤를조차볼가. 그러나 무슨소용이잇스리요. 그를건지기에는 나는너무도무력하얏다. 그리고 래일은 동무와가티 해삼위로써날날이다. 나는 미래에대한 큰쑷이잇다. 그쑷을위하야서는 나갈대로나가지안으면안되엿다. ……. 다만 그에게대하야서는 마음으로부터 미안한생각을 억제할수업섯다.

동모들에게쓸녀 카쮀를나와 저무러가는 해안을걸어가는 나의마음속에는 이울의구름장이 뭉게~피여올낫다.

Ⅲ

바다와 항구와 거리를 헤매이고 헤매이고…… 나는 넓은세상과 수만흔

인간생활을 환연히해득하얏다. 짓씨달닌심장에는 구든결심이못백엿다. 마참
내나는 새밝알의전후를 밧처서……몸을던젓다.

　여름도차차늙어가는 작년구월 ××총동맹의 위원의한사람인나는 엇던
사건의됴사의책임을지고 합이빈까지갓섯다.

　의외에도 일은쉽게맞나고 예정보다는 이틀의여유가잇섯다. 동지박군과
도 오래간만에맛낫고 나에게합이빈은 처음길이기도하기에 나는 박군의안내
를바더 합이빈의 사생활을 자세히 구경할생각이엿다.

　그래서마참나는 크고적은거리거리도구경하고 로서아사람만히사는 유명
한키타야스카약리의마굴[168]도엿보앗다. 윗카에취하야도보고 아름다운눈을가
진로서아계집 소니야도알엇다. (소니야의이약이는 여긔에서는나오지안는다)

　밤의합이빈[169]은 더한층 아름다운도회엿다. 깁흔어둠속에 충충히박힌
무수한등불이 하눌의별과 연하야보엿다. 그날밤에도 박군과헤어진나는 윗
카의취흥을못니겨서 시원한바람을세이면서 숨바삐(松花江)연안을거닐엇다.
아름다운합이빈의야경과 승가리강을불어건너오는 싸늘한바람에 무상의○
감을늣기는나는 강연안을그리면서 한거름두거름 조고만중국사람거리로 발
을옴겨노앗다.

　얏흔집 수만흔商店 박휘적은수렐 불유쾌한냄취가…… 언으듯나는 강연
안을버서지나서 중국인거리의복판까지들어갓섯다. 야경은해삼위보다낫고 복
잡하기는상해에어름입고 최흥에끌닌나는 굿친바를몰을고 거리에서거리로 몽
유병자가티작구걸어들어갓다.

　그러케함부로걷는동안에 길을엇더케들엇든지 나종에나는 조고만알지못
할거리에까지갓섯다. 등불도 업고 인긔척도업는 어둡고고요한거리엿다. 그
거리를굽어서 더욱적은거리로몃간걸어가자들나는 집웅도업고첨하도업는 석
유가티네모지게싼괴상한집이 졸로리들어잇는것을발견하얏다. 그중몃집만은
문이 열너잇고 그안에서 행길로향하야 희미한등불이흘너나왓다. 흐릿한정신
에도 괴상한늣김을바덧다.

___

168) 악한 무리 또는 부도덕한 인간들이 모여 있는 곳.
169) 하르빈.

「빈민굴이로구나」

하고 나는생각하얏다. 세상에 도회처노코 빈민굴업는곳이업다. 굉장한돌
집이절비하야잇는 그반면에 반다시 쓸어져가는빈민굴이숨어잇스니 이쪄저
린대조를 현재의도회는 모다보이고잇다. 합이빈의 빈민굴은 쏘엇더한것인가
를 보아두어야할것이매 나는 늘어잇는집압흐로 갓가히걸어갓다.

희미한등불흘어나오는집 문간에까지갓가히가 안을흘끗엿본나는 그자리
에 장성가티 서버리고말엇다.

그속은 한간의방이엿다. 방안에는 놉직한단이잇고 단우에는 자리와요가
펴잇섯다. 그우에 젊은중국녀자가 두다리를 쌧고고 음란히안저잇섯다. 두팔
을드러내노코 새파란중국복에싸인 젊은녀자엿다.

그는 나를보앗든지 이쏙을향하야 우슴을던지면서 손짓을하얏다. 그러다
가 나종에는 두다리를안으로좃크리고 두팔로옷을거더올니더니 발가버슨하
반신을 서슴지안코낫하내보엿다. 새파란옷과희미한등불에빗쳐 그것은마치
신비로온황홀의연못 그것으로보엿다. 백설가튼현란한감각에 현기를늣기는
나는 정신업시 몽롱히서잇섯다. 그러는동안에 어데서낫하낫는지 두사람의거
한이 비틀거름을치면서 방안으로들어가드니 음란하게 녀자에게로달녀들엇
다. 어느길엔지 판장문이덜컥닷치고 문장구는쇠노래가들녀왓다.

「마굴이다」

나는 그것이 빈민굴이아니고 마굴임을쌔달엇다. 전률할만한마굴—그곳에
서는 엇던무서운죄악이니러나는지도생각할새업시 한번불질은이상 타올으는
새밝안관능의불길에서 나는 버서날래야버서날수업섯다. 아직까지도 몽롱히
서잇든나는 붓그러운말이지만 몃간넌너 역시행길로향하야 희미한등불이 흘
어나오는 그곳으로 반을옴겨노앗다.

쏙가튼방안에 쏙가티차린중국소녀가 안저잇섯다. 새파란옷 희팔 눈부신
감각…… 나는 아무것도 반성할여유업시 서슴지안코방안으로들어가버렷다.

하로밤에 몃놈이나 거친사나의에게부닷기는지 젊은중국소녀는 피로할대
로피로한듯이 손님이들어가도 머리도들생각하지안코 나른히안저잇섯다. 앗
싸의소녀와가티 란잡한추태도 지어보이지는안엇다. 너무도잠자만그의태도

에 나는 긔가빠졋다. 그러나 이왕이러케들어온이상 나는 념치불구하고 그의 엽헤가주저안즈면서 전신을그에게로솔넛다. 그리고 두팔로 그의 목을걸어 조을고잇는듯이 숙인그의 얼골을 번적들엇다.

「응?」

순간! 나의전신은 화석하야버린듯하얏다.

놀남 의혹 동요의회호리바람이세번채쏘불엇다.

그회호리바람이지나자 그의목에걸엇든 나의두팔은 힘업시쩌러져버렷다.

눈의착각이나아닌가하야 나는 두눈을비비고 쏘다시그를처다보앗다. 그러나 임의 주의조차게어비련 나의인식에는 감정의울림도업섯다.확실히그엿다.

무슨 괴이한인연인가. 멀고면외국의밤 낫몰으는감회의 어두운이한구등이에서 그를쏘다시 이러케맛날줄이야 꿈엔들생각하얏스랴. 거짓말가튼이약이다. 그러나 운명의신은 항상 그런 괴이하고심술구즌트릭을 조와하는 얄미운게집아이갓다.

「무슨인연임니까 네 계순씨!」

풀죽은나의목소래는 부드러웟다.

나를힘힘잇게붓들엇든그는 말업시 나의무릅에얼굴을파뭇고 소리처울짜름이엿다.

어데서인지돌연히 멧사람의거친호인이 몰녀들어왓다. 코를찔으는 고약한냄새가 그들에게서흘너왓다. 그들의침입에 나는 적지아니놀냇다.

「오늘저녁 이조선계집애는 내차지다」

그중의한자가 술김에쏙쏙치못한청어로 이러케짓거리면서 나를무시하야버리고 쓰러저잇는계순의등을 잡아일으켯다. 닛대여 쏘한놈이 비틀~달녀들엇다.

나는 크나크모욕과 분로를늣겻다. 그리고 계순이를보호하여야할 의무짜지늣겻다. 그자리에니러서서 아무분별업시 나는 그에게달녀드는놈의 팔을뿌르치고 주먹을하나앵겻다.

세놈은 무서운권막을가지고 일제히나에게달녀들형세이엇다. 나한사람과 장대한세사람의거한과 물론 나의능히당할바가아니엿다. 계순이는 나의팔을

붓들면서말녓다. 그러자 문득 나는 뒤에서잇는장성가티후리~한사나의를발견하얏다. 그런속을대개짐작하는나는 눈치빨리 주머니속에서집어낸 몇장의지폐를 그사나희의손에 얼는쥐여주엇다.

그사나희는 나에게만족한듯한우슴을보이고 놉히호령을하드니 세놈을박그로좃차냇다. 그리고 자긔도 문을닷고나가버렷다.

우리는겨우안심하고 그자리에안즐수잇섯다. 안존한마음으로 그러케대면하야안기는 락원동려관서의 작별후 쏙십년만이엿다. 나는전무후무처음으로 그의손을잡아보앗다. 그역시 그의생전처음으로 나에게몸을의지하얏다. 이제는피차에 북그러운마음도아무것도업섯다. 산설고물설은이역에와잇는 외로운 두개의혼이엿다. 우리는발서 살파는사람 살사러들어온사람은아니엿다.

그경지를놉히초월한 두개의고결한령혼이엿다.

그에게대하야 나는이제 전에업든사랑을늣겻다. 그러나 그것은 욕심만흔 한개의사나희로써의사랑이아니라 옵바나어머니로써의위대한사랑이엿다. 나는 옵바의사랑을가지고 그를안엇다. 그는 어머니에게나안기는듯이 나를신뢰하얏다. 외로운쌍에와 어머니의사랑에도 만히주럿슬것이다.

어머니-어머니라면 대체그의어머니는 어덧게되엿슬것인가. 외짤을 이러케버려놋코 망처놋치안으면안된그의어머니를 나는물어보앗다. 그의눈에는 눈물이새롭게용솟첫다. 그리고 쩔니는목소래로 간신히한마듸를말하얏다.

「죽엇는지살엇는지도몰나요」

「…………」

그러면대체엇더케되엿단말인가. 몰을노릇이다. 그러나 나는 더물을랴고도하지안엇다. 그것보다도한시라도속히 둘이이자리를버섯나야할것이다. 그를 그이상 그대로 그무서운곳에 버려둘수는업다. 어머니를찻든지 새생활을도모하든지 엇저든지 서울까지라도 가티데리고가야할것이다. 고나는결심하얏다.

「자 이대로라도속히 나와가티갑시다」

「네 가다니요!」

그는 놀나서거절하얏다. 그리고 마굴안의무서운세도와 로인의포학무도

한제재를 대강이약이하얏다. 만약들키면 두사람의생명이 위태하다는것이엿
다. 그래도 나는그를설유[170)하고 용긔를붓도더주엇다. 주인의량해를어더서
요구하는대로가록의몸을쌔내랴고까지계획하얏슬째에 계순이는감격의눈물을
흘넛다. 그러나한참이나잇다가 그는 극도의절망한태도로 서슴지안코 두팔을
가려보엿다. 가련한일이엿다. 두팔억게죽지할것업시 흰살우에는 무서운자색
반점이 군데~솟아잇섯다. 감염된외국인의독한병독으로하야 젊은살이 점점
썩어들어가는것이엿다.

　　나는 다시놀낫다. 그러나침착한태도로 그를위로하고 구든결심을요구하
앗다. 그리고 래일아참에일즉이 상당한액을변통하야가지고와서주인과단판
하야모든일을결정하기로굿게약속하야놋코 그곳을나왓다.

　　번잡하든되회는 고요히잠들고 이역의밤은 깁헛다. 취중에 정신업시헤매
이든거리지만 맑은정신에는 극히단순한거리엿다. 나는 손쉽게거리~를쌔져
서 마츰내밤으식히 박군의숙소를차젓다.

　　경성행을 하로동안연긔하기로하고 이튼날아참일즉이 나는 박군의호의로
상당한금액을수중에차고 박군과가티 어제밤그곳을차저갓다.

　　수면부족으로·흐린나의머리속에는 전날밤일이 마치필림가티 전개되엿
다. 생각하고생가하여도 계순의이째까지의운명이 너무도참혹하얏다. 그러나
생활이란항상「일로부터다.」일로부터 사람답게 쯧잇게살어간다면 그만아닌
가. 나는 모든것을 억지로라도밝게생각할라하얏다.

　　승가리강을엽흐로끼고 어제걷든거리~를 찬찬히처저내려가면서 결국 그
곳까지갓섯다.

　　석유통가티네모로짠집들 그것은 낮에보니 더한층참담한것이엇다. 그곳
에계순이가……모다 거짓말갓핫다. 그러나 그것이거짓말이라면 오직이나조
흐랴.

　　아직문이다친집도잇고 열닌집도잇섯다. 우리는몃집을거처놋코 그것인듯
짐작되는집압까지가서 문을열고들어갓다.

---

170) 말로써 타이름.

좁은방안에 이삼인의호인이들어서서 황만한태도로 무엇인지수군~ 의론하고잇섯다. 우리의들어옴을보고 그들은깜작놀나일제히이쪽을향하얏다. 그중의후리~ 한사나희는 주인인듯한 어제밤그사나희엿다.

나는 그들을헤치고들어가서 무엇보다도먼저 단우의계순이를차젓다. 그는이불을푹쓰고잇는그는 아직까지잠자고잇는듯하얏다. 나는 단우에 올나가서 그를깨웟다. 후리~ 한사나희는 나를붓들면서말류하는듯하얏다. 그것도불구하고 나는깨웟다. 흔들엇다. 그러나 그의잠은 너무도깁히들엇섯다. 너무도깁히-영원히깁히.

나는 황망하얏다. 정신이산란되엇다. 다시흔들고흔들엇스나 맥은임의끈어지고 전신은싸늘하얏다. 헬숙한얼골을 드려다보앗슬째에 나의가삼은 문어지은듯이비통하얏다.

「계순이 계순이!」

쓰거운눈물에 세상이캄캄하야젓다.

굿칠줄몰으고 쏘다지는 눈물사이로 나는그의머리맛헤노인 조고만약병과 한장의글발을발견하얏다. 나에게준는 유서엿다. 눈물을쑤르처가면서 나는 그것을내리닑엇다.

찬호씨 놀나지마세요 경솔하다고책하지마세요 저의취할길은 이밧게업섯습니다 이몸을가지고어데가서 무슨새생활을쑤며보겟습니짜 결국 일각~ 죽엄을기다려야할것이니 차라리한시라도속히죽어버리는것이편할줄로미덧습니다 너무나고마온생각에 죽어도한이업습니다 이밤에제에게보여주신고결한사랑 저는마즈막으로 사람답게살엇습니다 아무것도한할것이업서요 다만세상은제에게 너무도쓰렷습니다.

어머니아버지는 죽엇는지살엇는지도모릅니다 서울서작별한것이 마즈막작별이엿습니다 저보다도 더불상한이들이에요 이낫서른짱에와잇서도 그이름만은 한시도니즌적이업섯습니다.

죽은뒤에 쎠나추려주서요 그쎠라도 어머니의품에들어간다면 저에게는더업는깃붐이겟습니다.

계순

쏘다지는눈물을　나는금할수업섯다.　싸늘한그의얼골을들어　마즈막으로 품에안어보앗다.　그의말도올키는올타만은　어제밤에약속까지하야노코서　웨 니러케죽는단말인가.　낫서른땅.　이한구석에서　리별한지오래인　아버지어머니 도못보고　반오십의젊은청춘을죽여버린다는것은　너무도비참하얏다.

나와박군과　세사람의호인은　그를둘너싸고안저서　외로운령을위하야　묵 도171)를울녓다.

비통의눈물은　첨회의눈물로변하엿다.　반은　나의죄라고할짜.　그러나　반은 누구의죄인가.

빌어먹을놈의××이다.　어금니로　바작~　씹고씹고~씹어도　시원치안을 놈의……이다.　나의샛밝안심자에는　무서운저주와구든신념의년류이　쏘한박 휘색여젓다.

이샛밝안콩팟이　두조각이나는한이잇더라도　그의매치고원한만흔　풀어주 고야말것이다-

그의령시압헤　고개숙이고안즌나는　마음속깁히　그의괴로운영혼과　맹서지 엇섯다.

(끗)

---

171) 소리를 내지 않고 마음속으로 기도함.

이 명 식

少年 職工(『朝鮮之光』, 1929. 6)

少年 職工

『朝鮮之光』, 1929. 6

一

긔게의울음에 울녀서 흔들니는 쌍덩이에 위태위태하게 붓터서 삶의싸움을 계속하기 마지안는 동경의 동쪽교외- 검은연긔의 그늘진 동리는 로동자 째가모힌 한뭉치의공장촌(工場村)이다.

쇠를먹는 긔게외소리! 끈칠줄 몰으는 강렬한불ㅅ길! 힘ㅅ줄이 쌜쓴쌜쓴 솟는 남자의팔둑! 쌈이쑥쑥떨어지는 녀자의얼골! 언제든지 찌푸러저잇는 감독의눈쌀! 이모든것들이 늘-계속되여 한줄긔 살기를 씌운 무서운촌을 맨들고잇다.

쌈을 흘리면 흘닐사록⋯⋯⋯⋯⋯⋯알면서도 그런모순속에서 사는 무리가 악착한 현실에 우는 이공장촌의 사람들이다.

나도 그들가운데 한사람이되여 이곳 재철(鐵)공장에서 쌈을 흘리는지도 어느듯 한해가 지나고 쏘댓달이 넘엇다.

크긔 백여간이되는 공장안은 긔게의울음에 채워저잇다.

쇠를먹는 긔게의울음 용광로(鎔鑛爐)의 불타는소리! 「모타」에 돌아가는 긔게와가티 눌으면들어가고 밧치면 나오는-순전한긔게가 된 사람긔게들의, 밥덩이 기름늣는 구녕으로 나오는 힌숨과 불으짓는소리!

모다가 긔게의소리다! 아모런 자유와 방향이업는 긔게외 울음이다.

二

나는 이공장에서 이십여년이나 잇섯다는 고하라(小原)상이 맛타가지고
잇는 쇠쌀으는 커다란 긔게밋해서 조고만 긔게노릇을 하고잇섯다

안이 긔게가트면 이긔게의우에서 춤추는 그들한테 긔게의대우는 밧겟지
만 나는 아직까지 이 공장에서 엇더한 존재까지 가지지 못한 한미나라이(見
習)에불과하엿다.

미나라이보다 더-한층 독쌀스러운 눈ㅅ살밋헤서 붉은피가 자가가는…
……이공장에서 불으는「고쇼」(小僧)가운데 한소년이다

「고쇼!」나는 이소리를 들을째마다 가슴에고인 압흔피의쑤심을 늣긴다.

더욱이 새로지은 공장상호(商號)박킨「한쎈」을 맛지안는몸에 걸치고 지
금 용광로로부터 쓸는불을 쌕게쓰에 담아 힘을 다해 한쪽손에들고 빗슬○○
게다신은발을 옴기는 ××× 갓온나이어린동무들을 볼째에는 알지못할사이
에 흥분이되여 피ㅅ째쒸는 주먹을 부르르 썰게된다.

그들은 모다 건너왓다느니보다 새로 이공장에서 사온긔게들이다.

「일본만가면 돈밧고 일배호고 공부하야 훌륭한 사람이 된다!」고

됴선나가서 사는 ××사람들을 다리로하야 비밀히 아모것도 몰으는 산ㅅ
골농부와 로동자들을 속이여 나무나하고 아희나 보아주려 단니는 됴선의 가
엽슨 어린아희들을 몰아온다.

그리하야 사오년동안이면 훌륭한 사람이 되여 돈벌어가지고 돌아온다는
달콤한 게약서우에려비니 옷갑이나 해서 오륙십원식을 주어다먹온다.

물론 오기만하면 돌아가지 못한다. 올째의 모든비용은 주인에게 빗진세
음이되여 마치「쏭」들과가티 일거일ㅅ동을 그들의 눈가는속에서 움즉이게
되는것이다.

「어이-」

흥분되여 나의압헤 물담은 쌕게쓰를 놋코가는 어린동무를 정신업시 바
라보든 나는 직각덕으로 그ハラ의 소리임을 늣기며 소리나는편으로 눈을
돌렷다.

「김군 주의하오! 내가 이십여년동안 이긔게를 부리며 멧개의사람을 죽엿
는지 몰으오.나는 그것이 결코 나의죄인것이 안인것을알면서도 나의압헤 어
른거리는 검은그림자에게 웃움을 일코사오! 그리고 쓴밥을 먹고사오! 그러
나! 그쓴밥이나마 먹지안으면 안됨으로 이원수의노릇으로 한평생지나오!」

오죽술(酒)을 생명수(生命水)로 안다는 コハラ는 늘-하는 이말로 쏘나
에게 주의를주며 긔게소리를 시작한다.

コハラ에게로 옮겨온지 두달이 좀넘는 동안에 이말을 내가 멧번이나 들
엇는지 몰은다.

나는 이소리를 들을때마다 나의머리에 압흔 발자최를 남긴 두달전의일
에 몸을 쩐다.

더욱이 여전이 돌아가고 여전히 붓터잇는 긔게의 커다란 박ㅅ휘들 볼때
에는 엇더한 공포에 몸을쩐다.

그러나! 누구의죄? 이것이 머리에 쩌-올을때에는 모순으로된이놈의×××
전변해야겟다는 짠외미로서의 몸을 부르르 쩔게된다.

コハラ의뒤를 쌀아가며 이긔게를 나의손으로 닥글때 나로서는 닛지못할
고향의동무 리갑동(李甲童)의몸이 이긔게의 우에서 희생되든때가 쩌올은다.

コハラ도 무엇이 생각나는지 이짜금 쌀리놀리든손을 정신업시 쉬이며
눈ㅅ살을 찌푸린다.

두달전-내가 쌕게쓰에 물을퍼가지고 이긔게로 오다가 아조 잠ㅅ간동
안……… 이공장에서 제일락천적(樂天的)으로 노는 タタオ(忠雄)의 히야까
시하는 노래에 한눈을 파는 동안에 발서 コハラ의밋헤서 일하든 갑동의 그
림자가 보이지 안엇다. 순간에!

「아! 쏘!」

하는 죽엄이된 コハラ의 소리가 바로엽헤서 닐어낫다.

그리고 쉬일줄 몰으고 돌아가든 긔게는 나의놀난거름과가티 머젓다.

나는 앗질하여 쌕게쓰를쌀고 뒤로 물너서며 탁! 주저안젓다.

그러나! 모든사람은 나를 못보앗스리라! 모다긔게로 눈을 쏠리엿스닛
가--.

내가 닐어난째는 긔게사이에 허제비를 쓸어박은듯한 갑동의송장에 나도 몰으게 소름돗친몸을옴지렷다.

「아! 누구야!」

「됴선인?」

「고소!」

「응-그러면!」

이러케 놀나는 직공의입으로 돌아가든 말은 공장감독의 마즈막으로 나든말로 맟이낫다.

이만치 우리는 말할수업시 사람으로서는 밧지못할 대우를 밧는다.

이공장에서 이런일이 생길째에 먼저나오는소리가 「조선인?」인가를 뭇는 말이다.

됴선사람이 섯불러서 늘-이런일이 생긴다는것이 안이라 ⋯⋯⋯⋯⋯⋯
⋯⋯⋯⋯

관게가 업다는 ⋯⋯⋯⋯⋯⋯일업다는 의미로서의 불으지즘이다.

오날과가치 긔게사이에 죽엄이된다는데서는다-가티 놀나나 거긔에서 판결되는 사람으로서그들은 둘채번으로 놀나남을 진뎡하는것이다.

더욱이 오날과가티 「고소」로 판명이 되는째에는 그들의입에서 「응-그러면!」하는 소리로 사ㅅ건을 맟내고 여전히 긔게를돌린다.

무엇보다도 지금까지 나의몸을 썰게하는것은 공장감독의 「응-그러면!」 하는 소리다.

三

독ㅅ살스러운 감독의눈밋해서 무섭게 돌아가는 긔게박ㅅ휘사이로 이세상을 내다볼째 나의어린 마음에도 한갓 「불평」의 륜곽이 그리어젓다.

그러나 한발자국 더-나아가 모든것을보고 판결하기는 나의알미란것이 허락지를 안엇다.

그러나 두달전 월급날오후--

　　모혀서라는 공장감독이 종을울닌다음………「불안한 저주의 웃음을 씌우고 모혀선후 공장주인이공장안에새로운 규약을 언변조케 나려씨우려할째ーー

　　「여러분! 여러분은 주의하시오! 무리한규약에 복종할것이 안이란것에 정신차리시오!」하고

　　모든 직공들을 물끌틋만들어 놋타가 ………………………… 리화철(李火鐵)이라는 젊은우리나라사람의 사랑을 바드며 공장속의 모든일에 눈쓰게된─일년이 넘어간 오날의 나의마음에는 그리여젓든불평의 륜곽이 쑤렷히색이여젓다.

　　이것은 나도 물으는 사이에 환경이 나의마음 한복판에 압흐게 쓸아리게 삭이여주엇다.

　　내가 처음 이공장에 들어와 화철이라는 젊은 사내에게 붓들리어

　　「짜뜻한 어머니의품에서 ㄱㄴ가갸거려하고 씨째마다 밥투정이나 차즐 여러분을 긔게로ー그보다 상품(商品)이 된다는 것은……… 그러나 여러분은 정신차리오!」

　　그러나! 한달이 못넘어 공장속에서 모든사람에게학대를 당할째 나는 그를 차저가울엇다.

　　그째부터 오즉 그를 어머니와가티 선생과가티 생각하며 사랑을 밧기를 한해가 되엿다.

　　그러는 동안에 이세상에게 사로잡히엇든 나의속사람은 무서운 결박속에서 쮜여나왔다.

　　나의몸은 공장이라는 이세상디옥에 갓치엿지만 호올로 나의속사람은 새세상에서 쮜놀앗다.

四

　　여전히 공장안은 달음질하는자 서서잇는자 안저잇는자 쑈부린지로 이편저편에 ○○ 채워저 한결가티 쌈을 흘리머 저녁고동(긔덕)이 울기만 기다리

고 잇다.

물론 그속에 찌여잇는 우리-コハラ와 나도 쏙가튼 기달림속에서 움즉이고 잇다.

그러나 나의손은 쏘 머젓다.

공장사람으로의 감정으로 일한든나는 다시쇠가 들어갓다가 흘러나오는 곳을 닥글째 피에저즌 갑동의 죽엄이 생각나며 멀리 나의고향- 됴선의북쪽 의주(義州)를 차저가 어머니의 외로운몸! 동생의 가엽슨꼴! 갑동아버지의 괴로운얼골--- 광명넘어의 암흑세상사람들이 게속되여 쩌올은다.

그리고 의주거리 중토막에 노여잇는 남문통(南門通)어구에 안저 강냉이 (옥수수)참외를 압헤놋코 오고 가는 사람을 바라보며 마음을 조리는 가엽슨 어머니가 쩌올으고 참외광주리를 머리에 인 어머니의 잔등에 붓터서 간들거리는, 목아지의 째무든 머리를 늘어치고 괴롭게 잠자는 동생이 쩌올은다.

그리고는 처음 됴선으로 건너갈째에는 현병말마부(馬夫)로 갓든 일본사람이 지금은 북재(산일음) 밋 이층집에서 가장호화로이 지나는-- 갑동아버지가 일해주는 일본집주인의 궁상쩍인 얼골에 갑빗싼 의복을 입은 꼴도 쩌올은다.

더욱이 갑동아버지가 자긔 아들을 일본으로 「나으리」 공부하러가게 일본집주인이 소개해 주겟단다고 나의어머니에게 자랑겸깃붐으로 말하든 그애의 장경도 쩌올은다.

나는 나도 몰으게 한번 한숨을 길게 내여 쉬엿다.

「김군! 주의--감독!」

다른직공가트면 정신업시 서잇는 미나라이나고소들을 볼째 사정업시발길로차고 짜런다.

그러나 화철이와 친하든 コハラ는 화철에게 사랑을밧든 나를 그만치 위하야 주며 모든일에 주의를 식혀준다.

나는 그럴째마다 늙은몸으로 일하는 コハラ를 동정하는 동시에 감사함에 눈물이 핑! 돈다.

＊　　＊　　＊　　＊　　＊　　＊

다음－コハラ와 나는 침묵속에서 긔게소지를 끚내엿다.

그리고 손을시츠려 물가저오오기를 기다리고잇다.

나의압헤는 다시 쌈을 흘리며 용광로에서 물푸는 어린동무가 낫타난다.

그리고 불에서 사는 사람과가티 특수한 인내력을 가지고 강렬한 불ㅅ길이 활활 나오는 용광로의압헤서 석탄을 집어넛는 화부들의 모양도 쩌올은다.

쏘 압흐로 좌우로 불먹는 커다란 아궁을가지고 뒤로 굴쑥을 가진 용광로가 나타나고 내여버리는연긔조차 거저내버리기는 리(利)ㅅ속에 쌜은 이세상 사람들이 허락지안음으로 연긔나가는 굴쑥어구에 달리여 물을끌여 놋는 커다란 가마도 쩌올은다.

이러케 하야 한박휘를돌아 그압헤서 물푸는 어린동무가 다시보인다.

이째이다! 돌연! 수업는 긔게의 울음을 넘어 저편에서 커다란 소리가 들려왔다.

서로 짠생각으로 침묵을 직히든 コハラ와 나는 현실의 커다란소리에 생각속에서쩌낫다.

앞만 생각하여도 이공장에서는 그러한소리를 내일것이 업섯다.

그러자 그편에서 여러사람의 지절거리는 소리가 낫다.

· 긔게를 맛하 일하는 직공의 미나라이와 고소들은 그리로 쮜여갓다. 물론 나도 쮜여갓다.

거긔에는 용광로의 아궁지가 허무러지며 맹렬한 불ㅅ길이 활활닐어나는 석탄덩이를 토해노앗다.

이용광로는 넘어오래되여 그우에서 물푸는동안에 사이가 물너나며 갑짝이 허무러진것이다.

불은 여전히 아무것이나 삼킬듯한 무서운 ○○을 가지고 있다.

그러나 나는 한층더－놀나지 안을수업섯다.

그한엽 불길속에는 우리에게 물퍼가지고 올 그어린동무가 잣바저잇섯다.

방금 한생명이 불ㅅ길에 태여잇것만 모나돌 자긔의몸에 엿절줄을 몰으고 썰리는 소리로 불으짓기만한다.

감독도 쯧몰을 소리를 불으짓는다.

강렬한 불ㅅ길은 그어린동무의 몸에게도 피무든살을 맛잇게 잘나먹는 요마의혀ㅅ바닥처럼 날늠 옮아가기를 시작하엿다.

녀직공들도 몰녀와서 울음석긴 소리로 불으짓는다.

감독의 소리들짜라 직공의 한무리는 물을푸러갓다.

이째에 나는 나를이젓(忘)다. 어턴열ㅅ정의터질듯한 끌는피에 지배되는 나는 모든 고기덩어리의 괴로움을 니저버리고 사람뭉치를 헷치고 나도 몰을 순간에 불속으로 쮜여들엇다.

그리고

「악!」

하고 불으짓는 녀직공들의 환호속에서 불길에 놀나 정신을 일코 넘어진— 불이된 어린동무의 몸을 안ㅅ고 쮜여나왔다.

그러고 나는 불붓는 옷자락을 맨손으로 쥐여쯧엇다.

어느듯 여러직공들의 물박아지는 나의몸을뒤집어 씨운다.

그리고 한편에서는 여러사람의 입에서 불으짓는소리가 쮜여나왔다.

「의사! 병원!」

*　　*　　*　　*　　*　　*

그러나! 어린동무는 그여히 원한에 싸여 눈을쓰지 못하엿다.

「엇째서 이럿케 되엿누?」

몰으고 잇섯다는듯이 지금이야 나온 ◯◯◯은 시테를 쨍둘너잇는직공들에게 이럿케말하엿다.

「물만푸고 삶혀지지를 안어서—」

「그럼주의들 안해서 그럿치!」

주인업헤 서잇든 감독이 「주의」라는 것으로 이사ㅅ건을 여러직공들의 마음에서 고읍게 넘기랴고 하엿다.

「누가 이디경이 조화서 주의안할ㅆ?」

입짤은 직공이 어데선지 이럿케 잡아채엿다.

「죽은놈이게 주의 안할까?」

「모두 이럿케 목숨을 내여놋코 일하는것이다!」

「올타!」

「그럿타!」

밀치안은 소리는 이럿케 이곳저곳서 튀여나왓다.

감독은 그럿치 안타는듯이 무슨말을 하려다가끈치며 소리나는곳을 조치안은눈으로 찻는다.

나는 한고소의 동무와가티 감독의식히는대로 고약한 냄새내이는 불상한 시체를 썰리는손으로널판짝우에 올녀노앗다.

「에구! 참 불상하게!」

이번에는 가튼 고소들의 어린마음에서 이런소리가 낫다.

「우리두 다 그런신세다!」

멧칠전-한달을 긔게에 일어버린 한평생의 불구자가된 불상한 고소의한동무가 썰리는 음성으로 같ㅅ 데엽는 신세를 호소하는듯하게 힘업시 말하엿다.

한번더-모든 어린동무 고소들은 널판우에 들리운 시체를 보고 무서운 공포에 소름끼친 싸늘한몸을 브르르 썰엇다. ⋯⋯⋯⋯⋯⋯

ー一九二九年二月첫空日조고만틈을어더서ー

우정권(禹政權) ────────────────

홍익대 국문과 졸업
서울대 국문과 석사·박사과정 수료(문학박사)
현재, 서울대·홍익대 강사

■ 저서 및 논문

「한국 현대문학의 글쓰기 양상」(2002, 월인)
"1920年代 한국 근대 소설의 고백적 서술 방법 연구"(2002)

한국 근대 고백소설 작품 선집 2
- 1920년대 초반 이후 -

인 쇄   2003년 8월 25일
발 행   2003년 9월 1일
편저자   우 정 권
펴낸이   이 대 현
편 집   안현진·장은미·박윤정·오희복
펴낸곳   도서출판 **역락** / 서울 성동구 성수2가 3동 301-80
        (주)지시코 별관 3층(우133-835)
Tel 대표·영업 3409-2058 편집부 3409-2060 FAX 3409-2059
E-mail   yk3888@kornet.net / youkrack@hanmail.net
등 록   1999년 4월 19일 제2-2803호

정가   18,000원
ISBN   89-5556-238-1-93810
       89-5556-236-5 (세트)
*잘못된 책은 교환해 드립니다.